CASSANDRA

Van Dodie Smith zijn verschenen:

101 Dalmatiërs
Cassandra

DODIE SMITH

Cassandra

I Capture the Castle

UITGEVERIJ LUITINGH ~ SIJTHOFF

Voor meer informatie: kijk op **www.boekenwereld.com**

© 1949 Dodie Smith
All rights reserved
© 2002 Nederlandse vertaling
Uitgeverij Luitingh ~ Sijthoff B.V., Amsterdam
Alle rechten voorbehouden
Oorspronkelijke titel: *I Capture the Castle*
Geautoriseerde vertaling
Redactionele bewerking: Hennie Möller
Omslagontwerp: Robert Nix
Omslagfotografie: Neville Mountford-Hoare/The Trevillion Picture Library
CIP/ISBN 90 245 3838 6
NUR 302

1 Het schrift van een *sixpence*

Maart

Ik schrijf dit terwijl ik in de gootsteen zit. Dat wil zeggen, mijn voeten staan in de gootsteen; de rest van me zit in de afdruipbak, die ik heb gevoerd met de hondendeken en de theemuts. Ik kan niet zeggen dat ik erg gemakkelijk zit, en er hangt hier een deprimerende geur van teerzeep, maar dit is het enige deel van de keuken waar nog wat daglicht is. Bovendien heb ik ontdekt dat een plek waar je nog nooit eerder hebt gezeten, inspirerend kan werken; mijn allerbeste gedicht schreef ik boven op het kippenhok. Hoewel zelfs dat geen erg goed gedicht is. Ik ben tot de overtuiging gekomen dat mijn gedichten zo slecht zijn dat ik er maar geen meer moet schrijven.

Van het dak spatten de druppels in de regenton naast de achterdeur. Het uitzicht door de ramen boven de gootsteen is onuitsprekelijk somber. Achter de vochtige tuin op de binnenplaats liggen brokstukken van de muur langs de slotgracht. Achter de gracht strekken zich de doorweekte omgeploegde velden uit tot aan de horizon. Ik houd mezelf voor dat al de regen die we de laatste tijd hebben gehad goed is voor de natuur, en dat de lente nu elk moment kan aanbreken. Ik probeer me de bomen vol bladeren voor te stellen en de binnenplaats vol zon. Maar hoe meer groen en goud mijn geestesoog ziet, hoe kleurlozer de schemering lijkt.

Ik voel me beter als ik mijn blik afwend van het raam naar het keukenvuur waar mijn zus Rose staat te strijken – hoewel ze blijkbaar niet goed meer kan zien, en het zou jammer zijn als ze haar enige nachtpon schroeide. (Ik heb er twee, maar van de ene ontbreekt de achterkant.) Rose ziet er bij het licht van het vuur bijzonder aantrekkelijk uit omdat zij een roze type is: haar huid glanst rozig en haar haren zijn rossig blond, heel licht en zijig. Hoewel ik aan haar uiterlijk gewend ben, weet ik dat zij een schoonheid is. Zij is bijna eenentwintig en erg verbitterd over het leven. Ik ben zeventien, zie er jonger uit, en voel me ouder. Ik ben geen schoonheid, maar ik heb een vrij behoorlijk gezicht.

Ik zei net tegen Rose dat onze omstandigheden toch eigenlijk tamelijk romantisch zijn – twee meisjes in dit vreemde en eenzame huis. Ze antwoordde dat ze er niets romantisch aan vond om opgesloten te zitten in een brokkelige ruïne met onafzienbare moddervelden eromheen. Ik moet erkennen dat ons huis wel een bizarre plek is om te wonen. En toch houd ik ervan. Het huis zelf is gebouwd in de tijd van Karel ii, maar het staat op de funderingen van een veertiende-eeuws kasteel, dat door Cromwell was vernield. Onze hele oostelijke muur maakte deel uit van het kasteel; er zitten twee ronde torens in. Het poorthuis is intact; en een stuk van de oude muren, die hier nog hun volle hoogte hebben, verbindt het met het huis zelf. En de toren Belmotte, alles wat over is van een nog ouder kasteel, staat nog steeds op zijn verhoging vlakbij. Maar ik ga niet proberen ons eigenaardige huis helemaal te beschrijven zolang ik niet meer tijd heb dan nu.

Ik schrijf dit dagboek gedeeltelijk om mijn pas geleerde snelschrift te oefenen en gedeeltelijk om mezelf te leren hoe je een roman moet schrijven; ik ben van plan al onze persoonlijkheden vast te leggen en ook gesprekken op te tekenen. Het moet goed zijn voor mijn stijl om maar door te kunnen schrijven zonder nadenken, want tot nu toe zijn mijn verhalen erg stijf en houterig geweest. De enige keer dat mijn vader zo goed was er een te lezen, zei hij dat ik deftigheid combineerde met een wanhopige poging om grappig te zijn. Hij zei dat ik me moest laten gaan en de woorden uit me moest laten vloeien.

Ik wou dat ik een manier wist om de woorden uit mijn vader te laten vloeien. Jaren en jaren geleden heeft hij een heel bijzonder boek geschreven, *Jacob worstelt*, een roman vermengd met filosofie en poëzie. Het had geweldig succes, vooral in Amerika waar hij veel geld verdiende door er lezingen over te houden, en het leek of hij een echt heel belangrijk auteur zou worden. Maar hij hield op met schrijven. Mijn moeder dacht dat dat kwam door iets dat gebeurde toen ik ongeveer vijf was.

We woonden toen in een klein huisje bij de zee. Mijn vader was net weer thuisgekomen na zijn tweede serie lezingen in Amerika. Op een middag, toen we in de tuin zaten voor de *tea*, had hij de pech om heel luidruchtig ruzie te krijgen met mijn moeder, net toen hij op het punt stond een stuk cake af te snijden. Hij zwaaide zo dreigend met het cakemes dat een bemoeizieke buurman over de heg sprong om tussenbeide te komen en neergeslagen werd. Voor de rechtbank legde mijn vader uit dat het doden van een vrouw met ons zilveren cakemes een lang, moeizaam proces zou zijn, waarbij men haar zou moeten dood zagen, en hij werd volledig vrijgesproken van enige bedoeling om mijn moeder te vermoorden. Het hele geval schijnt erg idioot te zijn geweest en iedereen, behalve de buurman, was heel grappig. Maar mijn vader maakte de vergissing grappiger te zijn dan de rechter, en omdat er niet de minste twijfel aan bestond dat hij de buurman ernstig had beschadigd, kreeg hij drie maanden gevangenisstraf.

Toen hij uit de gevangenis kwam, was hij nog even aardig als altijd – eigenlijk aardiger omdat hij zoveel minder driftig was. Afgezien daarvan leek hij me helemaal niet veranderd. Maar Rose herinnert zich dat hij toen al asociaal begon te worden; en toen huurde hij voor veertig jaar het kasteel, dat een erg geschikte plaats is om asociaal in te zijn. Hij zou aan een nieuw boek beginnen zodra wij hier op orde waren. Maar de tijd ging verder zonder dat er iets gebeurde en ten slotte begrepen we dat hij zelfs de poging tot schrijven had opgegeven – al jaren lang weigert hij zelfs de mogelijkheid te bespreken. Het grootste deel van zijn leven brengt hij door in de kamer van het poorthuis, die ijzig koud is in de winter omdat er geen haard in zit; hij zit dan maar boven op een petroleumkacheltje. Voor zover wij weten doet hij niets anders dan detectiveromans lezen uit de leesbibliotheek in het dorp. Miss Marcy, de bibliothecaresse en onderwijzeres, brengt ze mee. Zij bewondert hem erg en zegt dat 'het zwaard zijn ziel heeft doorboord'.

Persoonlijk begrijp ik niet goed hoe het zwaard erg ver in iemands ziel kan doordringen in niet meer dan drie maanden in de gevangenis – althans niet als hij zoveel vitaliteit bezit als mijn vader; en het leek of hij nog genoeg over had toen ze hem vrijlieten. Maar die is nu verdwenen; en zijn asociale houding is bijna ziekelijk – ik denk vaak dat hij liever zelfs zijn eigen gezin niet zou zien. Al zijn natuurlijke vrolijkheid is verdwenen. Soms toont hij een onechte opgewektheid die ik gênant vind, maar meestal is hij of somber of prikkelbaar; ik geloof dat ik het prettiger zou vinden als hij driftig werd zoals vroeger. Arme vader, hij is heus erg zielig. Maar hij zou toch ten minste wel een beetje in de tuin kunnen werken. Ik ben me ervan bewust dat dit geen fair portret van hem is. Ik moet hem later beschrijven.

Mijn moeder is acht jaar geleden gestorven, aan absoluut natuurlijke oorzaken. Ik geloof dat ze een onopvallende persoonlijkheid moet zijn geweest, want ik heb maar een heel vage herinnering aan haar en ik heb in de regel een uitstekend geheugen. (Ik kan me het geval met het cakemes nog precies herinneren – ik sloeg de gevallen buurman met mijn houten schopje. Mijn vader zegt altijd dat hij daar een maand extra voor heeft gekregen.)

Drie jaar geleden (of zijn het er vier? Ik weet dat mijn vaders enige aanval van sociaal gedrag in 1931 was) kregen we een stiefmoeder. We waren erg verbaasd! Ze is een beroemd schildersmodel en beweert dat haar ouders haar Topaas hebben genoemd. Zelfs als dat waar is, is er nog geen enkele wet die een vrouw dwingt een dergelijke naam aan te houden. Ze is heel mooi, met een enorme bos haar, dat zo blond is dat het bijna wit lijkt, en ze is heel erg bleek. Ze gebruikt geen make-up, zelfs geen poeder. Er hangen twee schilderijen van haar in de Tate Gallery: een van Macmorris, getiteld *Topaas in jade*, waarop ze een prachtig jaden collier draagt; en een van H.J. Allardy, waar ze naakt op een oude paardenharen divan ligt, die, zegt ze, erg prikte. Dit schilderij heet *Compositie*, maar omdat Allardy haar nóg bleker heeft geschilderd dan ze al is, zou *Comapositie* een betere naam zijn.

Maar er is niets ongezonds in de bleekheid van Topaas; ze ziet er eenvoudig uit alsof ze tot een nieuw ras behoort. Ze heeft een heel diepe stem – dat wil zeggen, ze spreekt met een heel diepe stem; dat hoort bij haar artistiek gedrag, net als schilderen en op de luit spelen. Maar haar goedaardigheid is volkomen echt en haar kookkunst ook. Ik ben erg dol op haar – wat leuk dat ik dat net heb opgeschreven nu ze boven aan de keukentrap verschijnt. Ze draagt haar oude lange, oranje fluwelen huisjurk. Haar lichtblonde, steile haar valt over haar rug tot aan haar middel. Ze bleef op de bovenste tree staan en zei: 'O, meisjes...' met drie fluweelzachte stembuigingen in elk woord.

Nu zit ze op de metalen driepoot en port in het vuur. Het roze licht maakt haar gewoner, maar erg knap. Ze is negenentwintig en is vóór mijn vader twee keer getrouwd geweest (ze wil ons nooit veel over haar echtgenoten vertellen), maar ze ziet er nog altijd bijzonder jong uit. Misschien komt dat omdat haar gezicht zo uitdrukkingsloos is.

De keuken is nu erg mooi. Het licht van het vuur gloeit rustig tussen de staven en door het ronde gat aan de bovenkant van het grote fornuis, waar het deksel af is. Het maakt de witgekalkte muren roze; zelfs de donkere balken in het dak zijn van een donker goud. De hoogste balk is meer dan tien meter van de grond. Rose en Topaas zijn twee kleine figuurtjes in een grote, gloeiende grot.

Nu zit Rose op de haardplaat te wachten tot haar strijkijzer weer warm is. Ze staart naar Topaas met een ontevreden uitdrukking op haar gezicht. Ik weet vaak wat Rose denkt en ik zou durven wedden dat ze jaloers is op de oranje jurk en een hekel heeft aan haar eigen armzalige oude blouse en rok. Arme Rose heeft een hekel aan bijna alles wat ze bezit, en is jaloers op bijna alles wat niet van haar is. Ik ben eigenlijk net zo ontevreden, maar ik merk het niet zo erg. Op dit ogenblik voel ik me gewoon onredelijk gelukkig, terwijl ik naar die twee kijk en weet dat ik bij ze kan gaan zitten in de warmte, en toch hier in de kou blijf.

O, lieve help, ze hebben net een beetje ruzie gekregen! Rose vroeg Topaas om naar Londen te gaan om wat geld te verdienen. Topaas antwoordde dat het haar niet de moeite waard leek omdat het leven daar zo duur is. Het is waar dat ze nooit méér kan sparen dan voor een paar cadeautjes voor ons – ze is erg gul.

'En twee schilders voor wie ik poseer zijn in het buitenland,' ging ze door, 'en ik werk niet graag voor Macmorris.'

'Waarom niet?' vroeg Rose. 'Hij betaalt toch beter dan de anderen?'

'Allicht, hij is er rijk genoeg voor,' zei Topaas. 'Maar ik heb er een hekel aan om voor hem te poseren omdat hij alleen maar mijn hoofd schildert. Je vader zegt dat alle mannen die mij naakt schilderen, mijn lichaam schilderen en aan hun werk denken, maar dat Macmorris mijn hoofd schildert en aan mijn lichaam denkt. En dat is maar al te waar. Ik heb met hem meer last gehad dan ik aan je vader zou durven vertellen.'

Rose zei: 'Ik zou denken dat het wel wat last waard was om behoorlijk wat geld te verdienen.'

'Neem jíj die last dan op je, lieverd,' zei Topaas.

Dit moet wel erg irritant zijn geweest voor Rose aangezien zij nooit ook maar de geringste kans heeft op dat soort last. Ze gooide dramatisch haar hoofd achterover en zei: 'Dat wil ik best! Het zal jullie beiden misschien interesseren om te horen dat ik er al enige tijd over denk om mezelf te verkopen. Zo nodig ga ik de straat op.'

Ik zei tegen haar dat ze midden in de rimboe van Suffolk moeilijk de straat op kon gaan.

'Maar als Topaas zo vriendelijk wil zijn om me het geld voor de reis naar Londen te lenen en me wat advies te geven...'

Topaas zei dat ze nooit een straatmadelief was geweest en dat haar dat eigenlijk speet, 'omdat men tot in de diepten moet zinken om tot de hoogten op te stijgen,' wat het soort Topaasachtige opmerking is die je alleen kunt verdragen als je veel van iemand houdt.

'En in ieder geval,' zei ze tegen Rose, 'ben jij wel de laatste om een hardwerkend, immoreel bestaan te leiden. Als je er werkelijk over denkt om jezelf te verkopen, zoek dan liever een rijke man en trouw fatsoenlijk met hem.'

Natuurlijk heeft Rose hier zelf al over gedacht, maar ze heeft altijd gehoopt dat de man bovendien ook nog knap, romantisch en lief zou zijn. Ik denk dat het kwam doordat ze het volkomen had opgegeven dat ze ooit nog een huwbare man zou ontmoeten, al was het maar een lelijke arme, dat ze plotseling in tranen uitbarstte. Omdat ze maar ongeveer één keer per jaar huilt, had ik eigenlijk naar haar toe moeten gaan om haar te troosten, maar ik wilde het allemaal hier opschrijven. Ik begin te merken dat auteurs de kans lopen om harteloos te worden.

In ieder geval troostte Topaas haar veel beter dan ik het had gekund, want ik heb nooit de neiging om mensen aan mijn boezem te drukken. Ze was erg moederlijk en liet Rose de hele oranje fluwelen jurk nat huilen, en die heeft in zijn tijd al heel wat te verduren gehad. Later zal Rose woedend op zichzelf zijn omdat ze de onvriendelijke neiging heeft om op Topaas neer te kijken; maar op dit moment zijn ze dikke vriendinnen. Rose bergt nu haar strijkgoed op terwijl ze nog wat nasnikt, en Topaas dekt de tafel voor de tea terwijl ze onuitvoerbare plannen bedenkt om geld te verdienen, zoals een luitconcert geven in het dorp of een varken kopen op afbetaling.

Ik nam deel aan het gesprek terwijl ik mijn hand wat rust gunde, maar zei niets van belang.

Het regent weer. Stephen komt over de binnenplaats aan lopen. Hij heeft bij ons gewoond sinds hij klein was; zijn moeder was onze dienstbode in de tijd dat wij er nog een konden betalen, en toen zij stierf kon hij nergens meer naartoe. Hij kweekt groenten voor ons en zorgt voor de kippen en doet honderden andere dingen; ik zou niet weten hoe wij het zonder hem zouden moeten stellen. Hij is nu achttien, heel lichtblond en hij is heel knap, maar hij kijkt soms een beetje schaapachtig. Hij is altijd erg aan mij gehecht geweest. Mijn vader noemt hem mijn vrijer. Hij is net zoals ik mij Silvius voorstel in *As you like it* – maar ik heb niets van Phoebe.

Stephen is nu binnen. Het eerste dat hij deed, was een kaars aansteken en die op de vensterbank naast me zetten terwijl hij zei: 'U bederft uw ogen, miss Cassandra.'

Toen liet hij een stijf opgevouwen stukje papier op dit dagboek vallen. Mijn hart zonk in mijn schoenen, want ik wist dat er een gedicht op zou staan; ik denk dat hij er in de schuur aan heeft gewerkt. Het is geschreven in zijn zorgvuldig, eigenlijk mooi handschrift. Erboven staat: 'Aan miss Cassandra door Stephen Colly.' Het is een beeldig gedicht – van Robert Herrick.

Wat moet ik toch met Stephen? Mijn vader zegt dat zijn verlangen naar zelfexpressie zielig is, maar ik geloof echt dat Stephen voornamelijk mij een plezier wil doen; hij weet dat ik van gedichten houd. Ik zou hem moeten zeggen dat ik weet dat hij de gedichten alleen maar overschrijft – hij doet het al de hele winter, zo ongeveer één keer per week – maar ik heb het hart niet om hem pijn te doen. Misschien kan ik hem, als het lente is, eens meenemen op een wandeling en het hem rustig en bemoedigend vertellen. Deze keer hoef ik mijn gebruikelijke huichelachtige woorden van lof niet uit te spreken, omdat ik van de andere kant van de keuken goedkeurend naar hem heb geglimlacht. Nu pompt hij water in de boiler en kijkt heel gelukkig.

De bron is onder de vloer van de keuken en zit daar al sinds de alleroudste tijden van het kasteel; hij geeft al zeshonderd jaar lang water en men zegt dat hij nooit is opgedroogd. Er moeten natuurlijk heel wat pompen zijn geweest. De tegenwoordige kwam toen het (zogenaamde) warmwatersysteem in de negentiende eeuw werd aangelegd.

Ik word telkens gestoord. Topaas heeft net de ketel gevuld en daarbij mijn benen nat gespat, en mijn broer Thomas is thuisgekomen uit school in de dichtstbijzijnde stad, King's Crypt. Het is een lastige jongen van vijftien met haar dat in pieken groeit zodat hij er moeilijk een scheiding in kan maken. Het is net zo saai van kleur als het mijne, maar het mijne is gewillig.

Toen Thomas binnenkwam dacht ik er plotseling aan hoe ikzelf dag in dag uit van school thuiskwam, tot een paar maanden geleden. In een flits beleefde ik weer die vijftien kilometer lange slakkengang van het schokkende treintje en dan de acht kilometer per fiets van het station van Scoatney; wat verfoeide ik dat in de winter! En toch zou ik in sommige opzichten best terug willen zijn op school; ten eerste zat de dochter van de exploitant van de bioscoop er ook op, en soms gaf ze me vrijkaartjes voor de film. Dat mis ik erg. En ik mis de school zelf ook nogal; het was een verrassend goede school voor zo'n rustig achterafstadje. Ik had een beurs, net als Thomas; we zijn tamelijk intelligent.

De regen slaat nu hard tegen de ruiten. Door mijn kaars lijkt het buiten helemaal donker. En de andere kant van de keuken is ook minder licht nu de ketel op het ronde gat boven in het fornuis staat. Rose en Topaas zitten op de grond brood te roosteren door de staven heen. Er is een heldere rand om hun hoofd waar het licht van het vuur door hun haar schijnt.

Stephen is klaar met pompen en stookt nu de boiler op – het is een grote, ouderwetse van baksteen, die de keuken helpt verwarmen en ons extra warm water verschaft. Als de boiler en het grote fornuis allebei aan zijn, is de keuken verreweg de warmste plek in huis; daarom zitten we er zo vaak. Maar zelfs 's zomers gebruiken we onze maaltijden hier omdat het meubilair van de eetkamer al meer dan een jaar geleden is verkocht.

Lieve help! Topaas gaat waarachtig eieren koken! Niemand had me verteld dat de kippen onze gebeden hadden verhoord. O, engelen van kippen! Ik verwachtte alleen maar brood met margarine bij de tea, en ik kan nog steeds niet zo aan margarine wennen als ik wel zou willen. Ik dank de hemel dat er van brood geen goedkopere vorm bestaat dan brood.

Wat raar om te bedenken dat de tea voor ons eens een traktatie was – met gebakjes en flinterdunne sandwiches in de salon. Nu is het een zo stevig maal als we maar bij elkaar kunnen schrapen, want we moeten er tot het ontbijt mee doen. We gebruiken het nadat Thomas uit school komt.

Stephen steekt de lamp aan. Nog heel even en de rossige gloed zal uit de keuken verdwenen zijn. Maar lamplicht is ook mooi.

De lamp wordt aangestoken. En toen Stephen die naar de tafel droeg, kwam mijn vader de trap af. Hij had zijn oude geruite reisdeken om zijn schouders geslagen; hij was van het poorthuis over de vestingmuren komen lopen. Hij mompelde: 'Thee, thee... heeft miss Marcy de bibliotheekboeken al gebracht?' (Dat heeft ze nog niet gedaan.) Toen zei hij dat zijn handen helemaal gevoelloos waren; niet klagerig, meer op een wat verwonderde toon – hoewel ik moeilijk kan geloven dat iemand die 's winters in ons kasteel woont, verbaasd kan zijn over enig lichaamsdeel dat gevoelloos wordt. En toen hij de trap af kwam en de regen uit zijn haar schudde, hield ik plotseling erg veel van hem. Ik vrees dat ik me niet vaak zo voel.

Hij ziet er nog geweldig uit, hoewel zijn knappe gezicht een beetje uitzakt en hij wat bleker wordt. Zijn kleur was even fris als die van Rose.

Nu praat hij met Topaas. Tot mijn spijt merk ik dat hij in zijn quasi-opgewekte stemming is; hoewel ik geloof dat de arme Topaas tegenwoordig al dankbaar is als hij maar doet alsof hij vrolijk is. Ze is dol op hem en hij lijkt zich zo weinig voor haar te interesseren.

Ik zal van de afdruipbak af moeten komen. Topaas heeft de theemuts nodig en onze hond, Heloïse, is binnengekomen en heeft ontdekt dat ik haar deken heb geleend. Het is een bulterriër, sneeuwwit, behalve waar haar fondant-roze huid door haar korte haren heen schijnt. Goed hoor, lieve Heloïse, je krijgt je deken. Ze kijkt me aan met liefde, verwijt, vertrouwen en humor – hoe kan ze zoveel uitdrukken, met maar twee tamelijk kleine, schuin staande ogen?

Ik stop met deze aantekeningen, zittend op de trap. Ik vind het de moeite waard om te vermelden dat ik me nooit in mijn leven gelukkiger heb gevoeld – ondanks verdriet om mijn vader, medelijden met Rose, gêne over Stephens poëzie en niet de geringste reden tot hoop omtrent de toekomst van ons gezin in het algemeen. Misschien komt het doordat ik mijn scheppingsdrang heb bevredigd; of misschien komt het door de gedachte aan eieren bij de tea.

2

Later. Geschreven in bed.

Ik voel me tamelijk behaaglijk, want ik heb mijn schooljas aan en een warme steen bij mijn voeten, maar ik wilde wel dat het niet mijn week was voor het ijzeren ledikant – Rose en ik slapen om beurten in het hemelbed. Zij zit er nu in en leest een boek uit de bibliotheek. Toen miss Marcy het bracht, zei ze dat het een 'aardig verhaal' was. Rose zegt dat het afschuwelijk is, maar dat ze liever dit leest dan over zichzelf te denken. Arme Rose! Ze draagt haar oude blauw flanellen ochtendjas, met de rok opgerold om haar middel voor de warmte. Ze heeft die ochtendjas al zo lang dat ik niet geloof dat ze hem nog ziet; als ze hem eens een maand lang zou weghangen en er dan naar zou kijken, denk ik dat ze zou schrikken. Maar ik moet nodig wat zeggen – ik, die al twee jaar lang helemaal geen ochtendjas meer bezit! De resten van mijn laatste exemplaar zitten om mijn warme bedsteen gewikkeld.

Onze kamer is groot en opvallend leeg. Met uitzondering van het hemelbed, dat er erg slecht aan toe is, is al het goede meubilair geleidelijk aan verkocht en vervangen door de allernoodzakelijkste dingen, die bij uitdragers zijn gekocht. Zo hebben we een klerenkast zonder deur, en een bamboe toilettafel, die volgens mij zeldzaam is. Ik zet mijn kandelaar op een gedeukte blikken koffer, die een shilling heeft gekost; Rose zet de hare op een ladekastje, dat geschilderd is en marmer moet verbeelden, maar meer lijkt op spek. De emaillen kom en kan op een metalen driepoot zijn mijn persoonlijk eigendom. De herbergierster van De Sleutels heeft ze aan me gegeven, nadat ik ze ongebruikt in een stal had gevonden. Dat scheelt weer ruimte in de badkamer. Eén ding dat wel erg aantrekkelijk is, is de gebeeldhouwde houten vensternis; ik ben blij dat die niet verkocht kan worden. Hij zit ingebouwd in de dikke kasteelmuur, met een groot boograam erboven. Aan de tuinkant van de kamer zitten ook ramen, met kleine ruitjes.

17

Er is hier één ding dat me nog altijd fascineert, en dat is de ronde toren, waar een deur in de hoek naartoe leidt. Er is een stenen wenteltrap, waarover je naar de gekanteelde borstwering kunt klimmen, of naar de salon kunt afdalen; hoewel sommige treden erg zijn afgebrokkeld.

Misschien had ik Miss Blossom moeten noemen als meubelstuk. Het is een paspop uit een naaiatelier met een weelderige boezem en een rok van staaldraad om haar ene been. We doen een beetje dwaas over Miss Blossom; we doen alsof ze echt is. We stellen ons voor dat zij een vrouw van de wereld is, misschien is zij in haar jeugd wel buffetjuffrouw geweest. Zij zegt dingen als: 'Ach liefje, zo zijn de mannen nu eenmaal,' en: 'Zorg dat je eerst getrouwd bent.'

De Victoriaanse vandalen die zoveel onnodigs aan dit huis hebben verknoeid, waren te stom om gangen te bouwen, dus moeten we altijd door elkaars kamers lopen. Topaas liep net door die van ons – in een nachtpon van gewoon wit katoen met gaten voor de hals en armen; zij vindt modern ondergoed vulgair. Ze zag eruit alsof ze de brandstapel op moest, maar ze was alleen maar op weg naar de badkamer.

Topaas en mijn vader slapen in de grote kamer die op de keukentrap uitkomt. Er is een kleine kamer tussen die van hen en ons, die we de bufferzone noemen. Topaas gebruikt hem als studio. Thomas heeft de kamer aan de overkant van de hal, naast de badkamer.

Ik vraag me af of Topaas aan mijn vader is gaan vragen of hij naar bed komt – ze is er niet te goed voor om in haar nachtpon over de kasteelmuren te wandelen. Ik hoop van niet omdat mijn vader haar zo afsnauwt als ze onverwacht het poorthuis binnenvalt. Wij hebben als kinderen al geleerd nooit naar hem toe te gaan als hij ons niet had uitgenodigd, en hij vindt dat zij zich net zo moet gedragen.

Nee, ze is niet gegaan. Ze kwam een paar minuten geleden terug en maakte aanstalten om hier te blijven, maar wij hebben haar niet aangemoedigd. Nu zit ze in bed en speelt op haar luit. Ik houd van het idee van een luit maar niet van het lawaai dat déze maakt; hij is zelden zuiver gestemd en het lijkt of dit instrument nooit behoorlijk op gang komt.

Ik voel me schuldig omdat ik zo onaardig was tegen Topaas, maar we hadden net zo'n gezellige avond gehad.

Omstreeks acht uur kwam miss Marcy met de boeken. Zij is ongeveer veertig, klein en tamelijk uitgeblust en toch op de een of andere manier erg jong. Ze knippert veel met haar ogen en heeft de neiging te giechelen en 'Nee, heus!' te zeggen. Ze komt uit Londen maar woont nu al meer dan vijf jaar in het dorp. Ik geloof dat ze heel prettig lesgeeft; haar specialiteiten zijn volksliedjes, wilde bloemen en verhalen uit vroeger tijden. Toen ze pas kwam, vond ze het hier helemaal niet prettig (ze zegt altijd dat ze 'de vrolijke verlichting miste'); maar ze dwong zichzelf spoedig belang te stellen in de dingen van het platteland; en nu probeert ze die interesse over te brengen op de mensen hier.

Als bibliothecaresse knoeit ze een beetje om ons de nieuwste boeken te kunnen geven; ze had vandaag een zending ontvangen en nam nu voor mijn vader een detectiveroman mee die pas twee jaar geleden is uitgekomen – en nog wel van een van zijn lievelingsauteurs.

Topaas zei: 'O, die moet ik meteen aan Mortmain geven.' Ze noemt mijn vader 'Mortmain', half omdat ze van onze vreemde achternaam houdt, en half om de schijn op te houden dat hij nog steeds een beroemd auteur is. Hij kwam met haar terug om miss Marcy te bedanken en deze keer leek hij nu eens echt opgewekt.

'Ik lees elke detectiveroman, goed, slecht of middelmatig,' zei hij tegen haar, 'maar een uitmuntende behoort tot de zeldzaamste genoegens van het leven.' Toen ontdekte hij dat hij deze kreeg vóór de dominee, en hij was zo blij dat hij miss Marcy een kushand toewierp.

Ze zei: 'O, dank u, Mr. Mortmain! Dat wil zeggen, ik bedoel... nee, heus!' en ze bloosde en knipperde met haar ogen. Toen sloeg mijn vader zijn deken om zich heen als een toga en ging terug naar het poorthuis met een werkelijk abnormaal goedgehumeurd gezicht.

Zodra hij ons niet meer kon horen, vroeg miss Marcy: 'Hoe ís het met hem?' op een gedempte toon, alsof hij op het randje van de dood zweefde, of niet goed wijs was.

Rose zei dat hij het uitstekend maakte en volkomen nutteloos was, zoals altijd. Miss Marcy keek gechoqueerd.

'Rose heeft zorgen over onze financiën,' legde ik uit.

'Wij moeten miss Marcy niet vervelen met onze zorgen,' zei Topaas vlug. Ze heeft een hekel aan alles wat mijn vader in een slecht daglicht stelt.

Miss Marcy zei dat niets wat ons huishouden betrof, haar hoe dan ook kon vervelen; ik weet dat zij ons leven hier in het kasteel wild romantisch vindt. Toen vroeg ze heel bedeesd of ze ons misschien kon helpen met raad... 'Soms kan een buitenstaander...'

Ik kreeg plotseling het gevoel dat ik haar graag om raad zou willen vragen; het is zo'n verstandig vrouwtje, en zij was ook degene die op de gedachte kwam me een boek over snelschrift te geven. Mijn moeder heeft ons geleerd nooit over familiezaken te praten in het dorp, en ik respecteer Topaas' loyaliteit tegenover mijn vader, maar ik was ervan overtuigd dat miss Marcy heel goed wist dat we op zwart zaad zitten.

'Als u misschien iets zou kunnen bedenken om geld te verdienen...' zei ik.

'Of om er meer mee te kunnen doen – ik weet zeker dat jullie allemaal veel te artistiek zijn om werkelijk praktisch te kunnen zijn. Laten we een commissie vormen en een bespreking houden!' Ze zei het alsof ze kinderen probeerde over te halen tot een spelletje. Ze was zo verrukt dat het onbeleefd zou zijn geweest te weigeren; en ik geloof dat Rose en Topaas wanhopig genoeg waren om zich aan een strohalm vast te klampen.

'Nu papier en potloden,' zei miss Marcy terwijl ze in haar handen klapte.

Schrijfpapier is schaars in dit huis en ik was niet van plan vellen uit dit schrift te scheuren, want het is een prachtig schrift van een sixpence, dat ik van de dominee heb gekregen. Ten slotte scheurde miss Marcy de middelste bladzijden uit haar bibliotheekschrift, wat ons het prettige gevoel gaf dat we van de overheid stalen, en toen gingen we aan tafel zitten en kozen haar tot voorzitster. Ze zei dat ze ook secretaresse moest zijn om de notulen te kunnen schrijven, en schreef op:

Aanwezig:
Miss Marcy (voorzitster)
Mrs. Mortmain
Miss Rose Mortmain
Miss Cassandra Mortmain
Thomas Mortmain
Stephen Colly

We begonnen met de uitgaven te bespreken.

'Eerst de huur,' zei miss Marcy.

De huur is veertig pond per jaar, wat weinig lijkt voor een groot kasteel, maar we hebben maar een paar bunder land, de mensen in het dorp maken bezwaar tegen het puin, en men zegt dat het hier spookt – wat niet waar is. (Er zijn een paar eigenaardige dingen op de heuvel, maar die komen nooit in huis.) In ieder geval, we hebben al drie jaar geen huur betaald. Onze huiseigenaar, een rijke oude heer, die op Scoatney Hall, een kleine acht kilometer hiervandaan, woonde, zond ons altijd een ham met Kerstmis, of we huur betaalden of niet. Hij is verleden jaar november gestorven, en we hebben de ham erg gemist.

'Er wordt beweerd dat de Hall weer bewoond gaat worden,' zei miss Marcy toen we haar hadden uitgelegd hoe het met de huur zat. 'Twee jongens uit het dorp zijn aangenomen als extra tuinknechten. We zullen de huur alleen noteren en er 'eventueel' bij zetten. En hoe staat het met de levensmiddelen? Kunnen jullie het redden met vijftien shilling per week per persoon? Zeg: een pond per persoon, inclusief kaarsen, petroleum voor de lampen en schoonmaakartikelen.'

Het idee dat ons gezin ooit over zes pond per week zou kunnen beschikken, deed ons allemaal in lachen uitbarsten.

'Als miss Marcy ons werkelijk raad moet geven,' zei Topaas, 'kunnen we haar beter vertellen dat we dit jaar helemaal geen inkomsten hebben.'

Miss Marcy bloosde en zei: 'Ik wist dat u het moeilijk had. Maar lieve Mrs. Mortmain, u zult toch zeker wel enig geld hebben?'

Wij vertelden haar de feiten. In januari en februari hebben we nog geen penny ontvangen. Vorig jaar kreeg mijn vader veertig pond uit Amerika, waar *Jacob worstelt* nog steeds wordt verkocht. Topaas poseerde drie maanden in Londen, spaarde acht pond voor ons en leende er vijftig; en we verkochten een antiek kastje aan een handelaar in King's Crypt voor twintig pond. Sinds Kerstmis leven we van dat kastje.

'Inkomsten vorig jaar honderd en achttien pond,' zei miss Marcy, en ze schreef dat op. Maar wij zeiden meteen tegen haar dat dit niets zegt wat betreft de inkomsten van dit jaar, want we hebben geen goed meubilair meer om te verkopen. Topaas heeft geen rijke kennissen meer om van te lenen, en het lijkt ons onwaarschijnlijk dat mijn vaders royalty's weer zo hoog zullen zijn, want die zijn elk jaar teruggelopen.

'Moet ik van school af?' vroeg Thomas. Maar natuurlijk zeiden we hem dat dat absurd zou zijn, omdat zijn studie ons niets kost vanwege de beurs die hij kreeg; en de dominee heeft hem net een jaarabonnement voor de trein gegeven.

Miss Marcy frummelde een beetje met haar potlood en zei toen: 'Als ik jullie wil helpen, moet ik openhartig zijn. Kunnen jullie niets uitsparen op Stephens loon?'

Ik voelde dat ik bloosde. Natuurlijk hebben we Stephen nooit iets betaald, of er zelfs maar aan gedacht. En ik begreep plotseling dat we dat hadden moeten doen. (Niet dat we ooit geld hebben gehad om hem te betalen sinds hij oud genoeg is om geld te verdienen.)

'Ik heb geen loon nodig,' zei Stephen rustig. 'Ik zou het ook niet aannemen. Alles wat ik ooit heb bezeten, heb ik hier gekregen.'

'Stephen is net een eigen zoon, weet u,' zei ik. Miss Marcy keek alsof ze niet zeker wist dat dit iets benijdenswaardigs was, maar Stephens gezicht klaarde een ogenblik lang helemaal op. Toen werd hij verlegen en zei dat hij moest gaan kijken of de kippen allemaal in het hok waren.

Toen hij weg was, zei miss Marcy: 'Helemaal geen loon? Alleen maar kost en inwoning?'

'We betalen onszelf ook geen loon,' zei Rose, wat waar genoeg is, maar wij werken dan ook niet zo hard als Stephen en we slapen niet in een donker kamertje achter de keuken. 'En ik vind het vernederend dat we onze armoede bespreken waar miss Marcy bij is,' ging Rose boos verder. 'Ik dacht dat we haar alleen om raad zouden vragen hoe we geld kunnen verdienen.' Daarna verknoeiden we een heleboel tijd om Roses gewonde trots en miss Marcy's gevoelens te sussen. Toen konden we beginnen over onze mogelijkheden om iets te verdienen.

Topaas zei dat zij niet meer dan vier pond per week kon verdienen in Londen en misschien niet eens zoveel, en dat ze drie pond nodig had om van rond te komen, en wat kleren te kopen, en de kosten van de treinreis om minstens om de andere week een zondag naar huis te komen.

'En ik heb geen zin om naar Londen te gaan,' voegde ze er wat zielig aan toe. 'Ik wil geen model meer zijn. Ik mis Mortmain altijd zo verschrikkelijk, en hij heeft me hier nodig – ik ben de enige die kan koken.'

'Dat komt er al heel weinig op aan, als we niets hebben om te koken,' zei Rose. 'Kan ik geld verdienen als model?'

'Ik ben bang van niet,' zei Topaas. 'Je bent te mooi. Je beendergestel is niet markant genoeg. En je zou nooit geduld genoeg hebben om stil te zitten. Ik veronderstel dat ik wel naar Londen zal moeten als we niets anders kunnen vinden. Ik zou ongeveer tien shilling per week naar huis kunnen sturen.'

'Dat is prachtig,' zei miss Marcy, en ze schreef op: 'Mrs. Mortmain: mogelijk tien shilling per week.'

'Niet het hele jaar rond,' zei Topaas beslist. 'Dat zou ik niet uithouden en dan zou ik geen tijd overhouden voor mijn eigen schilderwerk. Natuurlijk zou ik daar misschien iets van kunnen verkopen.'

Miss Marcy zei heel beleefd: 'Natuurlijk zou dat kunnen,' en ze richtte zich tot mij. Ik zei dat mijn snelschrift werkelijk al heel snel werd, maar dat het natuurlijk geen echte stenografie was (of eigenlijk zelfs geen echt snelschrift); ik kan niet typen, en daarbij komt nog dat mijn kans om een schrijfmachine te pakken te krijgen heel twijfelachtig is.

'Dan vrees ik dat we jou niet kunnen meerekenen tot je op gang komt met je literaire werk,' zei miss Marcy. 'Thomas telt natuurlijk nog een paar jaar lang niet mee. En jij, Rose?' Als er nu iemand niet meetelt als kostwinner in dit gezin, is het toch wel

Rose; want hoewel ze een beetje piano speelt en vrij aardig zingt, en er natuurlijk beeldig uitziet, heeft ze helemaal geen echte talenten.

'Misschien zou ik op kleine kinderen kunnen passen,' stelde ze voor.

'O nee,' zei miss Marcy haastig, 'ik bedoel, lieverd... ik geloof dat dat helemaal niet geschikt voor jou zou zijn.'

'Ik zal me op Scoatney Hall als dienstbode verhuren,' zei Rose, en ze keek alsof ze de trappen van het schavot al besteeg.

'Daarvoor moet je eerst een opleiding hebben, lieverd,' zei miss Marcy, 'en ik kan me niet voorstellen dat je vader het prettig zou vinden. Kun je geen fijn naaiwerk doen?'

'Waarop?' vroeg Rose. 'Een jutezak?'

Hoe dan ook, Rose kan helemaal niet naaien.

Miss Marcy keek nogal bedrukt naar haar lijst. 'Ik vrees dat we Rose voor het ogenblik niet kunnen meerekenen,' zei ze. 'Dan blijft alleen Mrs. Mortmain over.'

Rose zei: 'Als ik niet meetel, telt vader al helemaal niet mee.'

Miss Marcy leunde voorover en zei met gedempte stem: 'Lieve mensen, jullie weten dat ik jullie allemaal probeer te helpen. Wat is er nu precies aan de hand met Mr. Mortmain? Is het... is het... de drank?'

We lachten zo hard dat Stephen binnenkwam om te horen wat er zo grappig was.

'Arme, arme Mortmain,' hijgde Topaas, 'alsof hij ooit genoeg geld heeft om zelfs maar een flesje bier te kopen! Drank kost geld, miss Marcy.'

Miss Marcy zei dat het ook geen narcotische middelen konden zijn – en dat kan inderdaad niet; hij rookt zelfs niet zodra zijn kerstsigaren van de dominee op zijn.

'Het is eenvoudig luiheid,' zei Rose, 'luiheid en slapheid. En ik geloof niet dat hij ooit echt een goed schrijver was. Ik denk dat *Jacob worstelt* overschat is.'

Topaas keek zo boos dat ik even dacht dat ze Rose zou slaan. Stephen liep naar de tafel en ging tussen hen in staan.

'O nee, miss Rose,' zei hij rustig, 'het is een geweldig boek – dat weet iedereen. Maar er is iets gebeurd waardoor hij niet meer kan schrijven. Je kunt niet schrijven alleen maar omdat je het wilt.'

Ik verwachtte dat Rose hem af zou snauwen, maar voordat ze een woord kon zeggen draaide hij zich om naar mij en ging snel door: 'Ik had zo gedacht, miss Cassandra, dat ik werk moest zoeken; ze willen me wel hebben op de boerderij De Vier Stenen.'

'Maar de tuin dan, Stephen!' Ik jammerde bijna, want we leven zo ongeveer op onze groenten.

Hij zei dat de dagen spoedig langer zouden worden en dat hij 's avonds voor ons kon werken.

'En ik maak me toch nuttig in de tuin, Stephen?' vroeg Topaas.

'Ja, Mrs. Mortmain, heel nuttig. Als u naar Londen zou gaan, kan ik natuurlijk geen baan aannemen; dan zou er te veel werk zijn voor miss Cassandra.'

Rose deugt niet voor zulke dingen als tuinieren en huishouden.

'Dus u kunt mij opschrijven voor vijfentwintig shilling per week, miss Marcy,' ging Stephen door, 'want Mr. Stebbins zei dat ik daarmee kon beginnen. En ik zou mijn warme maaltijd op De Vier Stenen krijgen.'

Ik was blij met de gedachte dat hij op die manier althans één flinke maaltijd per dag zou krijgen.

Miss Marcy zei dat het een schitterend idee was, maar dat het jammer was dat daarvoor de tien shilling van Topaas zouden moeten vervallen. 'Hoewel het natuurlijk alleen maar een kans op tien shilling was.'

Terwijl zij Stephens vijfentwintig shilling op haar lijst noteerde, zei Rose plotseling: 'Dank je, Stephen!'

En omdat zij zich over het algemeen weinig aan hem gelegen laat liggen, klonk het alsof het belangrijk was. En ze glimlachte zo bijzonder lief. Die arme Rose is de laatste tijd zo ongelukkig geweest dat een glimlach van haar is als zonneschijn laat op de middag na een lange, natte dag. Ik kan me niet indenken hoe iemand Rose zou kunnen zien glimlachen zonder van haar te houden. Ik dacht dat Stephen heel blij zou zijn, maar hij knikte alleen en slikte een paar maal.

Precies op dat ogenblik verscheen mijn vader boven aan de trap en keek op ons allen neer.

'Nee maar, een gezelschapsspelletje?' vroeg hij – en ik kan me voorstellen dat het daarop moet hebben geleken, zoals wij daar om de tafel zaten in het licht van de lamp. Toen kwam hij de trap af en zei: 'Dit boek is prima. Ik ben even opgehouden, terwijl ik de moordenaar probeer te raden. Ik zou graag een biscuitje willen hebben.'

Als mijn vader tussen de maaltijden hongerig is – en hij eet aan tafel heel weinig, minder dan een van ons – vraagt hij altijd om een biscuitje. Ik geloof dat hij denkt dat dat het kleinste en goedkoopste is dat hij kan vragen. Natuurlijk hebben wij al in tijden geen echte biscuitjes uit een winkel in huis gehad, maar Topaas maakt havermoutkoek, die erg voedzaam is. Ze smeerde wat margarine op een stukje voor hem. Ik zag even de afkeer in zijn ogen, en hij vroeg haar of ze er een klein beetje suiker op kon strooien.

'Voor de verandering,' zei hij verontschuldigend. 'Kunnen we miss Marcy niet iets aanbieden? Een kop thee of chocola, miss Marcy?'

Ze bedankte hem, maar zei dat ze haar eetlust niet wilde bederven.

'Laat ik jullie niet storen in je spelletje,' zei mijn vader. 'Wat spelen jullie?' En voor ik iets kon bedenken om hem af te leiden, leunde hij over haar schouder om te kijken naar het lijstje dat voor haar lag. Zoals het er op dat ogenblik uitzag, stond er:

Mogelijke inkomsten voor dit jaar

Mrs. Mortmain...	niets
Cassandra Mortmain...	niets
Thomas Mortmain...	niets
Rose Mortmain...	niets
Mr. Mortmain...	niets
Stephen Colly...	25 shilling per week

Mijn vaders gezichtsuitdrukking veranderde niet terwijl hij dit las, hij bleef glimlachen; maar ik kon vóélen dat er iets met hem gebeurde. Rose zegt dat ik anderen altijd gevoelens toeschrijf die ikzelf in hun omstandigheden zou hebben, maar ik weet zeker dat ik op dat moment een heel helder beeld had. En plotseling zag ik zijn gezicht duidelijk, niet alleen op de manier, zoals je gewoonlijk naar het gezicht van iemand kijkt, waaraan je gewend bent. Ik zag hoe hij was veranderd sinds ik klein was, en ik dacht aan

Ralph Hodgsons dichtregel over 'getemde en verkommerde tijgers'. Wat duurt het lang om de gedachten van een ogenblik neer te schrijven! Ik dacht nog veel meer, aan ingewikkelde, trieste en raadselachtige dingen, terwijl mijn vader die lijst doorlas.

Toen hij klaar was, zei hij heel luchtig: 'En geeft Stephen ons zijn loon?'

'Ik moet toch betalen voor mijn kost en inwoning, Mr. Mortmain,' zei Stephen, 'en voor... voor wat ik vroeger heb gekregen; al die boeken die u me hebt geleend...'

'Ik ben ervan overtuigd dat je een heel goed hoofd van het gezin zult zijn,' zei mijn vader. Hij nam het stuk havermoutkoek met suiker aan van Topaas en liep naar de trap.

Ze riep hem na: 'Blijf nog even bij het vuur, Mortmain!'

Maar hij zei dat hij naar zijn boek terug wilde. Toen bedankte hij miss Marcy nog een keer omdat ze hem zo'n goed boek had gebracht, en wenste haar heel hoffelijk goedenavond. We konden hem horen neuriën toen hij door de slaapkamers liep op weg naar het poorthuis.

Miss Marcy maakte geen enkele opmerking over het gebeurde, wat bewijst dat ze heel tactvol is; maar ze keek erg verlegen en zei dat ze weg moest.

Stephen stak een lantaarn aan en zei dat hij haar tot aan de weg zou brengen – zij had haar fiets daar laten staan vanwege de verschrikkelijke modder in onze laan. Ik ging mee naar buiten om haar uitgeleide te doen. Toen we de binnenplaats overstaken, keek ze omhoog naar het raam van het poorthuis en vroeg of ik dacht dat mijn vader beledigd zou zijn als ze hem een blikje biscuits zou geven om daar bij zich te houden. Ik zei dat ik niet dacht dat voedsel ooit als een belediging zou kunnen worden opgevat in ons huis, en ze zei: 'O, lieve help!' Toen keek ze om zich heen naar het puin en merkte op hoe mooi het toch was, maar dat ik er waarschijnlijk aan gewend was.

Ik verlangde terug naar de warmte, dus zei ik maar ja; maar het was niet waar. Ik raak nooit gewend aan de pracht van het kasteel. En nadat zij en Stephen waren weggegaan, werd ik mij ervan bewust dat het er bijzonder liefelijk uitzag. Het was een vreemde avond. De volle maan ging schuil achter de wolken, maar gaf die een zilveren glans, zodat de hemel helemaal verlicht was.

De toren Belmotte, hoog op zijn heuvel, leek zelfs nog hoger dan anders. Toen ik eenmaal bewust naar de lucht had gekeken, wilde ik graag blijven kijken; ik had het gevoel dat ik er door werd aangetrokken en dat ik goed moest luisteren, hoewel er niets te horen was, er bewoog zelfs geen twijgje. Toen Stephen terugkwam, stond ik nog altijd naar boven te kijken.

'Het is te koud voor u om zonder mantel buiten te zijn, miss,' zei hij. Maar ik was de kou helemaal vergeten, dus had ik het natuurlijk niet koud meer.

Toen we naar het huis terugliepen, vroeg hij of ik dacht dat La Belle Dame sans Merci in een toren als de Belmotte zou hebben geleefd. Ik zei dat dat heel goed zou kunnen, hoewel ik nooit echt over haar huiselijk leven had nagedacht.

Daarna besloten we allemaal naar bed te gaan om brandstof te sparen, en dus namen we onze warme stenen uit de oven en gingen naar onze kamer. Maar vroeg naar bed gaan kost veel kaarsen. Ik had uitgerekend dat ik nog twee uur licht kon hebben van de mijne, maar de pit is omgevallen en nu is het een gesmolten massa. (Ik vraag me af hoe koning Alfred dat regelde met zijn klokkenkaarsen als er zoiets gebeurde.) Ik riep Thomas om te vragen of ik die van hem kon krijgen, maar hij is nog bezig met zijn huiswerk. Ik zal naar de keuken moeten; daar heb ik een geheime bergplaats met stompjes kaars. En ik zal aardig zijn en een gezellig praatje met Topaas houden op weg naar beneden.

...Ik ben terug. Er is wat verrassends gebeurd. Toen ik in de keuken kwam, werd Heloïse wakker en blafte, en Stephen deed de deur van zijn kamer open om te kijken wat er aan de hand was. Ik riep dat ik het maar was en hij dook zijn kamer weer in. Ik vond mijn eindje kaars en knielde net bij Heloïses mand om even met haar te praten (ze had zo'n bijzonder lekker warm-zindelijk hondenluchtje nadat ze had liggen slapen), toen hij weer naar buiten kwam met zijn jas over zijn nachthemd.

'Het is in orde!' riep ik, 'ik heb gevonden wat ik zocht.'

Op dat moment woei de keukendeur dicht, zodat we in het donker stonden, behalve dan het bleke vierkant van het raam. Ik liep op de tast door de keuken en botste tegen de tafel. Toen nam Stephen mijn arm en leidde me naar de voet van de trap.

'Ik kan me nu wel redden,' zei ik; we waren nu dichter bij het raam en er viel vrij veel van dat vreemde, gesluierde maanlicht naar binnen.

Hij bleef nog steeds mijn arm vasthouden. 'Ik zou u iets willen vragen, miss Cassandra,' zei hij. 'Ik zou graag willen weten of u weleens honger hebt – ik bedoel als er niets voor u te eten is.'

Ik zou waarschijnlijk geantwoord hebben: 'Nou en of!' maar ik merkte hoe gespannen en bezorgd zijn stem klonk. Dus zei ik: 'Nou ja, er is toch meestal wel iets? Natuurlijk zou het fijner zijn als er een heleboel verrukkelijke gerechten waren, maar ik krijg genoeg. Waarom wilde je dat plotseling weten?'

Hij zei dat die gedachte hem uit de slaap had gehouden en dat hij het niet kon verdragen als ik honger had.

'Als u ooit honger hebt, zeg het mij dan,' zei hij, 'dan zal ik wel het een of ander zien te vinden.'

Ik bedankte hem heel hartelijk en herinnerde hem eraan dat hij ons al allemaal wilde gaan helpen met zijn loon.

'Ja, dat is tenminste iets,' zei hij. 'Maar u moet het mij zeggen als u niet genoeg krijgt. Welterusten, miss Cassandra.'

Toen ik de trap op ging, was ik blij dat ik niet had bekend dat ik soms akelig hongerig was, want als hij Herrick al voor mij besteelt, zou hij waarschijnlijk ook voedsel voor mij stelen. Het was een tamelijk naar idee, maar toch ook wel een troost.

Mijn vader kwam net uit het poorthuis. Hij gaf geen enkel teken dat zijn gevoelens gekwetst waren. Hij vertelde dat hij vier hoofdstukken van zijn boek had bewaard om in bed te lezen.

'En dat vergde heel wat wilskracht,' voegde hij eraan toe.

Topaas keek nogal bedrukt.

Rose lag in het donker omdat Thomas haar kaars had geleend om er zijn huiswerk bij af te maken. Ze zei dat het haar niet kon schelen omdat haar boek afgrijselijk zoetsappig was.

Ik stak mijn eindje kaars aan en plakte het op de gesmolten massa in de kandelaar. Ik moest diep voorover zitten in bed om voldoende licht te hebben om erbij te kunnen schrijven. Ik zat net klaar om weer te beginnen, toen ik Rose zag omkijken om te controleren of ik de deur van de bufferzone had gesloten.

Toen zei ze: 'Deed het jou niet ergens aan denken, toen miss Marcy zei dat Scoatney Hall weer bewoond gaat worden? Ik dacht aan het begin van *Pride and Prejudice* – als Mrs. Bennet zegt:

"Netherfield Park is eindelijk verhuurd." En dan gaat Mr. Bennet een bezoek brengen aan de rijke nieuwe eigenaar.'

'Mr. Bennet was hem geen huur schuldig,' zei ik.

'Vader zou toch in geen geval gaan. O, ik wou dat ik in een roman van Jane Austen leefde!'

Ik zei dat ik liever in een Charlotte Brontë zou leven.

'Wat zou het leukste zijn – Jane met een tikje Charlotte, of Charlotte met een tikje van Jane?'

Ik ben dol op dit soort gesprekken, maar ik wilde doorgaan met mijn dagboek, dus zei ik alleen: 'Van allebei de helft zou ideaal zijn,' en ik begon verwoed te schrijven. Nu is het bijna middernacht. Ik voel mezelf echt net een Brontë, terwijl ik schrijf bij het licht van een spetterende kaars, met vingers die zo gevoelloos zijn dat ik het potlood nauwelijks kan vasthouden. Ik wilde dat Stephen me niet aan eten had herinnerd, want ik ben sindsdien voortdurend hongerig; wat belachelijk is, want ik heb nog geen zes uur geleden een stevige tea met een ei gehad. O, hemel... ik heb net bedacht dat als Stephen zich zorgen maakte of ik honger had, hij waarschijnlijk zelf hongerig was. We zijn me het gezin wel!

Ik vraag me af of ik nog een paar minuten licht kan winnen door pitten te maken van lucifersstokjes en die in de gesmolten was te steken. Soms wil dat weleens lukken.

Het hielp niet – het was alsof je probeert te schrijven bij het licht van een vuurvliegje. Maar de maan heeft zich eindelijk een weg gebaand door de wolken en daarbij kan ik zien. Het is tamelijk opwindend om bij maanlicht te schrijven.

Rose slaapt – op haar rug, met haar mond wijd open. Zelfs zo ziet ze er nog leuk uit. Ik hoop dat ze mooi droomt over een rijke jongeman die haar ten huwelijk vraagt. Ik heb absoluut geen slaap. Ik ga in gedachten een praatje maken met Miss Blossom. Haar welgevormde gemoed lijkt groter dan ooit tegen het zilveren licht van het raam. Ik heb haar net gevraagd of ze denkt dat Rose en mij ooit iets opwindends zal overkomen, en ik heb haar duidelijk horen zeggen: 'Tja, dat weet ik niet, liefje, maar ik weet wel dat die zus van je een beeldje zou zijn, als ze ooit de kans kreeg!'

Ik denk niet dat ik ooit een beeldje zal zijn.

Ik zou gemakkelijk de hele nacht kunnen doorgaan met schrijven, maar ik kan het niet goed meer zien en dat kost zoveel papier, dus zal ik maar gaan liggen denken. Het lijkt wel of dat zo ongeveer de enige luxe is die niets kost.

3

Ik heb net dit dagboek van het begin af doorgelezen. Ik merk dat ik het snelschrift heel gemakkelijk kan lezen, zelfs het stukje dat ik vannacht bij maanlicht heb geschreven. Ik ben verbaasd als ik zie hoeveel ik geschreven heb; bij verhalen kan zelfs een bladzijde me uren kosten, maar de werkelijkheid lijkt gelijk op te gaan met de snelheid waarmee ik haar beschrijf. Maar woorden zijn erg ontoereikend – althans mijn woorden. Zou iemand die ze leest, zich onze keuken in het licht van het vuur kunnen voorstellen, of de Belmotte, die oprijst naar de door de maan verlichte wolken, of Stephen, die er zowel voornaam als nederig uitziet? (Het was heel unfair van mij om te zeggen dat hij een beetje schaapachtig kijkt.) Als ik een boek lees, roep ik al mijn verbeelding te hulp, zodat het bijna lijkt of ik het boek niet alleen lees, maar ook schrijf; of liever, alsof ik het zelf beleef. Dat maakt het lezen zoveel opwindender, maar ik denk niet dat veel mensen dat proberen.

Ik zit deze middag op zolder te schrijven omdat Topaas en Rose zo druk praten in de keuken; ze hebben een pakje groene verf opgediept – dat stamt nog uit de tijd dat ik bij de schoolopvoering een elf moest voorstellen – en willen nu een paar oude jurken verven. Ik ben niet van plan het soort schrijfster te worden dat alleen maar in afzondering kan werken – tenslotte schreef Jane Austen in de zitkamer en bedekte ze alleen haar werk als er iemand op bezoek kwam (hoewel ik wed dat ze er wel het een en ander bij dacht!) – maar ik ben nog lang geen Jane Austen, en er zijn grenzen aan wat ik kan verdragen. En ik wil ongestoord aan de beschrijving van het kasteel beginnen. Het is ontzettend koud hierboven, maar ik heb mijn mantel aan en mijn wollen handschoenen, die zo langzamerhand op één duim na mitaines zijn geworden; en Ab, onze mooie, lichtbruine kat, houdt mijn maag warm; ik leun over hem heen om boven op de boiler te schrijven. Zijn echte naam is Abélard, als combinatie met Heloïse (ik hoef

32

nauwelijks te zeggen dat Topaas ze zo gedoopt heeft), maar hij wordt haast nooit zo genoemd. Hij is redelijk vriendelijk maar niet overdreven sentimenteel; ik geniet vanmiddag een zeldzaam voorrecht.

Vandaag zal ik beginnen met:

HOE WIJ BIJ HET KASTEEL KWAMEN

Toen mijn vader in de gevangenis zat, woonden wij in een Londens pension omdat mijn moeder geen zin meer had om naast die over de heg springende buurman te wonen. Toen mijn vader vrijkwam, besloot hij een huis buiten te kopen. Ik denk dat wij in die dagen tamelijk welgesteld moeten zijn geweest, omdat *Jacob worstelt* verrassend goed was verkocht voor zo'n ongewoon boek, en mijn vaders lezingen veel meer hadden opgebracht dan de verkoop. En mijn moeder had een eigen inkomen.

Mijn vader vond Suffolk een geschikte streek, en dus logeerden we in het hotel van King's Crypt en reden elke dag rond om huizen te bekijken – we hadden toen een auto – mijn vader en moeder voorin, en Rose, Thomas en ik achterin. Het was allemaal erg leuk omdat mijn vader in een bijzonder goede stemming was; de hemel weet dat hij toen geen zwaard in zijn ziel leek te hebben. Maar hij had wel een vooroordeel tegen alle buren; we zagen een heleboel aardige huizen in de dorpen, maar hij wilde ze zelfs niet in overweging nemen.

Het was een late herfst, heel zacht en goudkleurig. Ik vond de tinten van de stoppelvelden en de wazige rivierweiden prachtig. Rose houdt niet van het vlakke land, maar ik heb er altijd van gehouden – vlak land lijkt de lucht zo'n goede kans te geven.

Op een avond, toen er een prachtige zonsondergang was, verdwaalden we. Mijn moeder had de kaart en zei steeds dat de streek ondersteboven lag. En toen ze dat in orde had, stonden de namen op de kaart ondersteboven. Rose en ik lachten er erg om; wij vonden het leuk om verdwaald te zijn. En mijn vader had heel veel geduld met mijn moeder over de kaart.

Plotseling zagen we een hoge, ronde toren in de verte, op een heuvel. Mijn vader besloot meteen dat we die moesten onderzoeken, hoewel mijn moeder niet enthousiast was. We konden hem moeilijk vinden, omdat de weggetjes zo kronkelden en de bossen en dorpen hem telkens voor ons verborgen, maar om de paar minuten zagen we hem even opduiken, en mijn vader en Rose en ik raakten erg opgewonden. Mijn moeder zei maar steeds dat Thomas te laat in bed kwam; hij was in slaap gevallen en schommelde heen en weer tussen Rose en mij.

Ten slotte kwamen we bij een verwaarloosde richtingaanwijzer met UITSLUITEND NAAR DE TOREN BELMOTTE EN HET KASTEEL erop, die naar een smalle, overgroeide laan wees. Mijn vader draaide die onmiddellijk in en wij kropen verder, terwijl de bramen zich aan de wagen vastklampten, alsof ze hem wilden tegenhouden; ik herinner me dat ik dacht aan de prins die zijn weg door het doornbos vocht om bij Doornroosje te komen. De heggen waren zo hoog en de laan kronkelde zo erg dat we maar een paar meter voor ons uit konden kijken; mijn moeder bleef maar zeggen dat we terug moesten voordat we vastzaten en dat het kasteel waarschijnlijk mijlen ver weg was. Toen reden we plotseling de laan uit en daar lag het – maar niet de eenzame toren op een heuvel waarnaar we hadden gezocht; wat we zagen was een heel groot kasteel, op de begane grond gebouwd. Mijn vader gaf een schreeuw en het volgende ogenblik sprongen we de auto uit en staarden vol verbazing.

Hoe vreemd en mooi zag het eruit in het late middaglicht! Ik kan me die eerste aanblik nog steeds voor de geest halen en de loodrechte, grijze stenen muren en toren zien tegen de lichtgele lucht; de weerspiegeling van het kasteel, voor ons uitgestrekt in de overvolle slotgracht, en de drijvende stukken smaragdgroene waterpest. Geen zuchtje wind verstoorde het spiegelgladde water, geen enkel geluid te horen. Onze opgewonden stemmen deden het kasteel alleen nog stiller lijken.

Mijn vader wees ons op het poorthuis; het had twee ronde torens die halverwege verbonden waren door een vertrek met ramen met stenen middenstijlen. Rechts van het poorthuis stond alleen nog maar een verbrokkelde ruïne, maar naar links verbond een stuk van een hoge muur met kantelen het met een ronde hoektoren. Er liep een brug over de slotgracht naar de grote beslagen eiken deuren onder de ramen van de kamer in het poorthuis; en een klein deurtje dat in een van de grote deuren was gemaakt, stond op een kier; zodra mijn vader dit zag, stevende hij erop af. Mijn moeder maakte vage opmerkingen over verboden toegang en probeerde ons tegen te houden toen wij hem wilden volgen, maar uiteindelijk liet ze ons gaan, terwijl ze achterbleef met Thomas, die wakker werd en een beetje huilde.

Ik herinner me nog zo goed dat we door de stilte renden; de geur van natte stenen en nat onkruid toen we over de brug liepen; het moment van spanning voor we door het kleine deurtje stapten! Toen we daar door waren, stonden we in de koele schemering van de gang van het poorthuis. Daar was het dat ik voor de eerste keer het kasteel vóélde; het is de plek waar je je het duidelijkst bewust bent van de grote steenmassa rondom. Ik was te jong om veel te weten van geschiedenis en van het verleden; voor mij was het kasteel er een uit een sprookje; en de vreemde, zware kilheid leek zo op een betovering dat ik Rose stevig vastgreep. Samen renden we verder naar het daglicht – en bleven toen stokstijf staan.

Aan de linkerkant, in plaats van de grijze muren en torens die wij hadden verwacht, stond een langgerekt huis van in visgraatpatroon gemetselde baksteen, voor een deel wit gekalkt, en gevat in een raamwerk van verweerde balken. Het had allerlei merkwaardige kleine glas-in-loodraampjes die door de ondergaande zon fel verguld werden, en het dakgeveltje zag eruit alsof het elk ogenblik voorover kon vallen. Dit hoorde thuis in een ander soort sprookje; het was precies zoals ik me het huisje uit 'Hans en Grietje' voorstelde, en even was ik bang dat een heks daar binnen mijn vader had gestolen.

Toen zag ik dat hij probeerde of hij door de keukendeur naar binnen kon. Hij kwam terugrennen door de overwoekerde tuin op de binnenplaats en riep dat er een raampje naast de voordeur openstond, waar hij Rose doorheen kon tillen om ons binnen te laten. Ik was blij dat hij Rose aanwees en niet mij; ik zou doodsbenauwd zijn geweest om ook maar een ogenblik alleen in dat huis te zijn. Rose was nooit ergens bang voor; ze probeerde al door het raam te klimmen voordat mijn vader bij haar was om haar op te tillen. Ze kroop erdoor en we hoorden haar worstelen met zware grendels. Toen deed ze triomfantelijk de deur open.

De vierkante hal was donker en koud en er hing een afschu-

welijke lucht. Elk stukje hout was vaal bruinrood van kleur, geverfd in een namaakhoutnerf.

'Het is toch niet te geloven dat iemand zoiets met een prachtige oude betimmering kon doen?' barstte mijn vader uit. We liepen achter hem aan naar een kamer aan de linkerkant, die een
donkerrood behang had en een grote, zwartgemaakte open haard.
Er was een leuk klein raam dat op de tuin uitzag, maar ik vond
het een afschuwelijk lelijke kamer.

'Verlaagd plafond,' zei mijn vader terwijl hij omhoogreikte om
ertegen te kloppen. Lieve help, ik ben bang dat de vorige generatie het hele gebouw heeft verknoeid.'

We gingen terug naar de hal en vandaar naar een grote kamer
die nu onze zitkamer is; hij strekt zich uit over de hele diepte van
het huis. Rose en ik renden naar de andere kant en knielden op
de brede vensterbank, en mijn vader deed de zware dubbele ouderwetse ramen open, zodat we naar beneden konden kijken en
onszelf konden zien in de slotgracht. Toen liet hij ons zien hoe
dik de muur was en legde uit hoe het huis uit de Stuartperiode tegen de kasteelruïne was aangebouwd.

'Eens moet het heel mooi zijn geweest, en dat kan het weer worden,' zei hij, terwijl hij over het stoppelveld staarde. 'Denk eens
aan dit uitzicht in de zomer, met een korenveld dat helemaal tot
aan de rand van de slotgracht loopt.'

Toen draaide hij zich om en slaakte een kreet van afschuw over
het behang; hij zei dat het op reusachtige platgetrapte kikkers leek.
Dat deed het inderdaad, en er was een monsterlijke open haard,
met tabakskleurige tegels. Maar de ramen met ruitvormig glas-in-
lood, die over de tuin uitzagen en door de ondergaande zon werden verlicht, waren prachtig en ik had mijn hart al verloren aan
de slotgracht.

Terwijl Rose en ik naar onze spiegelbeelden wuifden, liep mijn
vader door het korte gangetje naar de keuken; wij hoorden hem
plotseling roepen: 'De zwijnen, de zwijnen!' Even dacht ik dat hij
varkens had gevonden, maar het bleek zijn voortgezette mening
te zijn over de mensen die het huis hadden bedorven.

De keuken was werkelijk verschrikkelijk. Er waren schotten gemaakt om hem in meer kamers te verdelen; in een ervan hadden
ze kippen gehouden; er was een groot, doorgezakt, tweede pla-

fond, en de trap en de kasten waren roodbruin geverfd, net als de hal. Wat ik het ergste vond, was een stapel vodden en stro, waar landlopers moesten hebben geslapen. Ik bleef er zover mogelijk vandaan en was blij toen mijn vader ons voorging naar boven.

De slaapkamers waren even erg bedorven als de kamers beneden; dubbele plafonds, vreselijke stookplaatsen, verschrikkelijk behang. Maar toen ik de ronde toren zag die uitkwam op de kamer die nu van Rose en mij is, vond ik die prachtig. Mijn vader probeerde de deur erheen open te krijgen, maar die was dichtgespijkerd, dus liep hij verder over het trapportaal.

'Die hoektoren die wij van buitenaf zagen, moet ongeveer hier zijn,' zei hij. Wij volgden hem in Thomas' kamertje, op zoek naar die toren, en toen naar de badkamer. Daar waren een reusachtig bad met een grote mahoniehouten ombouw en twee w.c.'s met mahoniehouten brillen, naast elkaar, met één deksel om ze allebei af te dekken. Op het aardewerk stonden afbeeldingen van Windsor Castle en als je doortrok, viel de bodem van Windsor Castle eruit. Vlak erboven stond een tekst, achtergelaten door de vorige bewoners: 'Houdt gij mij op en ik zal veilig zijn.' Mijn vader ging op de rand van het bad zitten en brulde van het lachen. Hij wilde nooit dat er iets veranderd zou worden in de badkamer, zodat de tekst er zelfs nu nog hangt.

De hoektoren bevond zich tussen het bad en de wc's. Er zat geen deur in, en we begonnen de stenen wenteltrap op te klimmen, maar de treden waren zo afgebrokkeld dat we terug moesten. Maar we kwamen hoog genoeg om een uitgang naar de bovenkant van de kasteelmuren te vinden; daar liep een brede omgang waarop je kon lopen, met een borstwering van kantelen aan beide kanten. Vandaar konden we mijn moeder in de auto zien, met Thomas in haar armen.

'Trek haar aandacht niet,' zei mijn vader, 'anders denkt ze dat we onze nek zullen breken.' De muur leidde ons naar een van de torens van het poorthuis; en daarin zat een deur naar de kamer van het poorthuis, die uitkwam op de trap.

'De hemel zij dank dat dit niet bedorven is,' zei mijn vader toen we naar binnen gingen. 'Wat zou ik in deze kamer heerlijk kunnen werken!'

De ramen met een stenen middenspijl keken uit op de binnenplaats, behalve die aan de voorkant, die uitkeken op de laan. Mijn vader zei dat ze in tudorstijl waren; van een latere periode dan het poorthuis zelf, maar veel vroeger dan het huis.

Wij gingen weer terug naar de toren en ontdekten dat de treden van de stenen wenteltrap goed genoeg waren om naar boven te klimmen; toen we eenmaal in het donker verder kropen had ik wel gewild dat ze niet zo goed waren geweest; mijn vader streek lucifers aan, maar elke keer als er een was uitgebrand, was het even afschuwelijk pikzwart. En de koude, ruwe steen voelde zo vreemd aan mijn handen en blote knieën. Maar toen we ten slotte bij de kantelen boven in de toren uitkwamen, was het dat allemaal waard; ik had me nog nooit in mijn leven zo hoog gevoeld. En ik was heel trots dat ik dapper genoeg was geweest om naar boven te klimmen. Niet dat ik enige keus had gehad; Rose had me voortdurend van achteren geduwd.

We stonden neer te kijken op de laan en over de velden, die zich ver naar twee kanten uitstrekten; we stonden zo hoog dat we konden zien hoe de heggen ze verdeelden in een lappendeken.

We zagen een paar bosjes, en ongeveer anderhalve kilometer naar links een klein dorpje. We liepen de toren rond om uit te kijken over de tuin op de binnenplaats – en toen riepen we alle drie op hetzelfde moment: 'Daar staat hij!' Achter de ingestorte muren aan de westkant van de binnenplaats was een heuveltje en daarbovenop stond de hoge toren waarnaar we zo lang hadden gezocht. Ik kan me nu niet begrijpen waarom we hem niet hadden gezien toen we de eerste keer door de ingang van het poorthuis waren gekomen. Misschien had de overwoekerde tuin het uitzicht belemmerd; of misschien waren we te verbaasd toen we het huis zagen om in de tegenovergestelde richting te kijken.

Mijn vader dook naar de trap. Ik riep: 'Wacht, wacht!' en hij draaide zich om en tilde me op, terwijl hij Rose vooruit liet gaan om de lucifers aan te steken. Hij vermoedde dat de onderkant van de trap moest uitkomen bij de ingang van het poorthuis, maar Rose gebruikte de laatste lucifer, toen wij de bocht naar de muren bereikten; dus gingen we daarlangs terug naar de badkamer en over de leuke kleine hoofdtrap van het huis naar de hal. Mijn moeder kwam net door de deur om ons te zoeken, terwijl ze een humeurige, slaperige Thomas met zich meetrok – hij wilde nooit alleen gelaten worden in de auto.

Mijn vader wees haar de toren op de heuvel – nu we wisten waar we moesten kijken, konden we hem gemakkelijk zien – en zei tegen haar dat ze mee moest komen; toen rende hij weg door de tuin op de binnenplaats. Ze zei dat ze dat met Thomas niet kon klaarspelen. Ik herinner me dat ik voelde dat ik bij haar moest blijven, maar ik deed het niet. Ik rende mijn vader en Rose achterna.

We klommen over de afgebrokkelde muren die om de tuin liepen, en staken over het gammele bruggetje in de zuidwesthoek de slotgracht over; zo kwamen we onder aan de heuvel, maar mijn vader vertelde ons dat het een oude aarden wal was en geen natuurlijke heuvel (sinds die tijd hebben wij hem altijd de schans genoemd). Het gras was kort en glad en er waren geen overblijfselen meer. Bovenaan moesten we over een paar walletjes klimmen die volgens mijn vader de buitenste verdedigingswerken waren geweest. Dit bracht ons op een wijd, met gras begroeid plateau. Aan de andere kant was een kleiner heuveltje, rond van vorm en heel egaal, en hierop verrees de toren twintig meter hoog, zwart afgetekend tegen de laatste gloed van de zonsondergang. De ingang lag ongeveer vijf meter hoger, boven aan een stenen buitentrap; mijn vader deed zijn best om de deur te forceren maar zonder succes; dus zagen we die avond de binnenkant van de toren niet.

We wandelden helemaal om het heuveltje heen, en mijn vader vertelde ons dat het in vroeger tijden een donjon werd genoemd, en dat het wijde, met gras begroeide plateau een buitenhof was; hij zei dat dit gedeelte veel ouder was dan het kasteel met de slotgracht daar beneden. De zonsondergang verbleekte en de wind stak op, en alles begon er angstaanjagend uit te zien, maar mijn vader bleef heel vrolijk en opgewonden doorpraten.

Plotseling zei Rose: 'Het lijkt op de toren in *De Heksen van Lancashire*, waar Moeder Demdike woonde.' Ze had me gedeelten uit dat boek voorgelezen, tot ik zo bang werd dat mijn moeder haar liet ophouden. Op dat moment hoorden we mijn moeder van beneden roepen; haar stem klonk hoog en vreemd, bijna wanhopig.

Ik greep Roses hand en zei: 'Kom mee, moeder is bang.' En ik hield mezelf voor dat ik hard liep om mijn moeder te helpen; maar in werkelijkheid durfde ik niet langer in de buurt van de toren te blijven.

Mijn vader zei dat we allemaal beter konden gaan. We klommen over de wallen en toen renden Rose en ik hand in hand de gladde helling af, steeds harder, zodat ik dacht dat we zouden vallen. Al die tijd dat we renden was ik doodsbang, maar toch vond ik het prettig. En dat bleef de hele avond zo.

Toen we bij het huis terugkwamen, zat mijn moeder op de stoep met Thomas in haar armen, die weer in slaap was gevallen.

'Is het niet geweldig?' riep mijn vader. 'Ik moet het hebben, al kost het me mijn laatste penny.'

Mijn moeder zei: 'Als het mijn kruis moet zijn, neem ik aan dat God me de kracht zal geven om het te dragen.' Daar moest mijn vader om lachen en ik voelde me tamelijk gechoqueerd. Ik weet absoluut niet of ze grappig wilde zijn – maar ik besef steeds meer hoe vaag ze voor mij is geworden. Zelfs als ik me dingen herinner die ze zei, kan ik me de klank van haar stem niet voor de geest halen. En hoewel ik haar nog voor me zie zoals ze daar in elkaar gedoken op de stoep zat, haar rug, toen we in de auto zaten, haar mantelpak van bruine tweed en ingedeukte vilten hoed, kan ik me haar gezicht helemaal niet meer voorstellen. Als ik het probeer, zie ik alleen maar de foto die ik van haar heb.

Rose en ik gingen met haar terug naar de auto, maar mijn vader bleef ronddwalen tot het donker was geworden. Ik herinner me dat ik hem op de kasteelmuren zag verschijnen bij het poorthuis; en hoe verbaasd ik was dat ik daar zelf bovenop was geweest. Zelfs in de schemering kon ik zijn goudblonde haar en prachtige profiel zien. Het is een lange man, en in die dagen was hij slank maar breedgebouwd.

Hij was zo opgewonden dat hij in grote vaart naar King's Crypt begon terug te rijden; Rose, Thomas en ik dansten gewoonweg op en neer achter in de auto. Mijn moeder zei dat het niet veilig was op de smalle wegen, en hij minderde vaart tot een slakkengang, waar Rose en ik erg om moesten lachen. Mijn moeder zei: 'Er is overal een gulden middenweg voor, en Thomas moest al in bed liggen.' Thomas ging plotseling rechtop zitten en zei: 'Lieve help, ja, dat zou ik ook,' wat zelfs mijn moeder aan het lachen maakte.

De volgende dag, nadat hij inlichtingen had ingewonnen, ging mijn vader naar Scoatney Hall. Toen hij terugkwam, vertelde hij ons dat Mr. Cotton het kasteel niet wilde verkopen, maar dat hij het hem voor veertig jaar had verhuurd.

'En ik mag met het huis doen wat ik wil,' voegde hij eraan toe, 'omdat de oude heer het met me eens is dat ik het onmogelijk nog erger zou kunnen maken.'

Natuurlijk maakte hij het veel beter – hij kalkte het, bracht de betimmering van de zitkamer te voorschijn van achter acht lagen behangsel, en haalde de ergste schoorsteenmantels, de dubbele plafonds en de tussenschotten in de keuken eruit. Hij was nog heel wat meer van plan, vooral wat betreft comfort; ik weet dat mijn moeder centrale verwarming wilde hebben en een machine om elektrisch licht te maken; maar hij besteedde zoveel aan antieke meubelen, zelfs voordat het werk aan het kasteel begon, dat zij hem overhaalde de veranderingen tot een minimum te beperken. Er was altijd het vage idee dat de nuttige dingen later zouden komen; waarschijnlijk als hij zijn volgende boek schreef.

Het was voorjaar toen we erin trokken. Ik herinner me in het bijzonder de middag toen we voor het eerst de zitkamer op orde hadden. Alles was zo fris – de gordijnen van gebloemd chintz; de prachtige, glanzende oude meubels, de witte betimmering (die hadden we moeten laten verven omdat hij er zo slecht aan toe was.) Ik was geboeid door een grote vaas met jonge beukenbladeren; ik zat op de grond en staarde ernaar, terwijl Rose haar stukje 'Aan een waterlelie' speelde op mijn moeders oude vleugel.

Plotseling kwam mijn vader heel opgetogen binnen om ons te vertellen dat er een verrassing voor ons was als we uit het raam keken. Hij wierp de ouderwetse ramen wijd open en daar, op de slotgracht, waren twee zwanen die statig voortdreven. Wij leunden naar buiten om ze met brood te voeren en al die tijd woei de voorjaarswind naar binnen en bewoog de beukenbladeren.

Toen ging ik naar de tuin, waar het gras was gemaaid en de bloembedden in orde gebracht waren; er waren een heleboel vroege muurbloemen, die erg zoet roken. Mijn vader was bezig zijn boeken te rangschikken boven in de kamer van het poorthuis.

Hij riep naar beneden: 'Is dit geen verrukkelijk huis voor je?'

Ik gaf toe dat het dat was; en dat vind ik nog steeds. Maar iemand die de winter hier kan waarderen, zou de noordpool benauwd vinden.

Wat is herinnering toch iets vreemds! Wanneer ik mijn ogen dichtdoe, zie ik drie verschillende kastelen – een in het licht van de ondergaande zon op die eerste avond; een helemaal fris en schoon, zoals in onze eerste dagen hier, en een zoals het nu is. Het laatste beeld is heel somber, omdat al onze goede meubels weg zijn – de eetkamer heeft zelfs geen vloerkleed. Niet dat wij die kamer erg hebben gemist – het was het eerste vertrek dat we die avond zagen toen we op ontdekkingstocht waren en hij was altijd te ver van de keuken. In de zitkamer staan nog een paar stoelen en gelukkig zal niemand de vleugel ooit kopen, omdat die zo groot en oud is. Maar de mooie gordijnen zijn verschoten en alles ziet er verwaarloosd uit. Als het voorjaar komt, moeten we echt proberen ons huis wat op te knappen; we kunnen ten minste nog altijd beukenbladeren neerzetten.

We zijn nu al vijf jaar arm; nadat mijn moeder gestorven was, hebben we waarschijnlijk geleefd van het geld dat zij naliet. Toen maakte ik me nooit zorgen over zulke dingen, omdat ik er altijd zeker van was dat mijn vader vroeg of laat weer geld zou verdienen. Mijn moeder bracht ons de overtuiging bij dat hij een genie was, en dat men genieën niet moet haasten.

Wat ís er toch met hem aan de hand? En wat dóét hij de hele tijd? Gisteren schreef ik dat hij niets anders doet dan detective-romans lezen, maar dat was een domme, generaliserende opmerking, omdat miss Marcy hem er zelden meer dan twee per week kan geven (hoewel hij dezelfde boeken steeds opnieuw leest na verloop van tijd, wat mij erg verwondert). Natuurlijk leest hij ook andere boeken. Al onze kostbare exemplaren zijn verkocht (en wat heb ik ze gemist!), maar er zijn nog heel wat andere overgebleven, waaronder een oude, incomplete *Encyclopaedia Britannica*; ik weet dat hij die leest; hij speelt een of ander spelletje met het naslaan van de onderlinge verwijzingen erin. En ik weet zeker dat hij heel hard nadenkt. Verscheidene keren, als hij geen antwoord gaf op mijn kloppen op de deur van het poorthuis, ben ik naar binnen gegaan en vond hem dan starend in de ruimte. Met goed weer wandelt hij veel, maar dat heeft hij nu in maanden niet gedaan. Hij heeft al zijn Londense vrienden losgelaten. De enige

vriend die hij hier ooit heeft gemaakt, is de dominee, de aardigste man die je je kunt voorstellen; een vrijgezel met een bejaarde
huishoudster.

Nu ik erover nadenk, heeft mijn vader zelfs hem deze winter
ontweken. Mijn vaders asociale gedrag heeft het lastig voor ons
allemaal gemaakt om de mensen hier te leren kennen; en er zijn
er toch al niet veel. Het dorp is heel klein: alleen de kerk, de pastorie, het schooltje, de herberg, één winkel (die tegelijk postkantoor is) en een groepje boerenhuisjes; hoewel de dominee een hele gemeente bij elkaar krijgt van de omliggende gehuchten en
boerderijen. Het is een heel schilderachtig dorpje met de on-
waarschijnlijke naam van Godsend, een verbastering van Godys
End, naar de Normandische ridder Etienne de Godys, die het kasteel Belmotte bouwde. Ons kasteel – ik bedoel dat met de slotgracht, waaraan ons huis is aangebouwd – heet ook Godsend; het
werd gebouwd door een latere De Godys.

Niemand weet met zekerheid de afkomst van de naam Belmotte.
De hele schans, evenals de toren erop, wordt zo genoemd. Als ik
ernaar moest raden, zou ik zeggen dat 'Bel' uit het Frans is, maar
de dominee gelooft in een theorie dat het komt van de zonnegod
Bel. De aanbidding van die god werd hier ingevoerd door de Fe-
niciërs, en de schans zou zijn gemaakt zodat de votiefvuren van
de midzomernacht daar konden worden ontstoken; hij denkt dat
de Normandiërs er eenvoudig gebruik van hebben gemaakt. Mijn
vader gelooft niet in de theorie van de god Bel en zegt dat de Fe-
niciërs de sterren aanbaden en niet de zon. Hoe dan ook, de schans
is een uitstekende plek om zowel de zou als de sterren te aanbidden. Ik doe daar zelf ook een beetje aan als ik tijd heb.

Ik was van plan in dit schrift een opstel over kastelen over te
nemen dat ik geschreven heb voor het Geschiedkundig Genoot-
schap van school, maar ik merk dat het heel lang is en afschuwelijk langdradig (wat moet de school geleden hebben!), dus zal
ik het in het kort samenvatten:

KASTELEN

In de vroeg-Normandische tijd moeten er schansen zijn geweest
met greppels en houten palissaden voor de verdediging. Binnen

die verdedigingslinie stonden houten gebouwen, en soms was er een hoge aarden heuvel die als uitkijkplaats dienst deed. De latere Normandiërs begonnen grote, vierkante stenen torens te bouwen (die men slottorens noemde), maar men ontdekte dat het mogelijk was de hoeken hiervan te ondermijnen – ondermijnen was toen alleen graven natuurlijk, niet het gebruik van explosieven – dus begon men ronde torens te bouwen, waarvan Belmotte er een is. Later werden de slottorens omringd door hoge muren, ringmuren genoemd. Deze werden vaak in een vierkant gebouwd, met uitstekende torens bij het poorthuis, de hoeken en midden in elke zijkant, zodat de verdedigers alle aanvallers konden zien die probeerden de muren te ondermijnen of te beklimmen, en ze konden verdrijven. Maar de belegeraars hadden volop andere goede methoden, vooral een wapen dat trébuchet (reuzenkatapult) wordt genoemd, en dat grote rotsblokken – of een dood paard – over de ringmuren kon slingeren en zo veel last kon veroorzaken. Ten slotte bedacht men om slotgrachten rond de ringmuren te graven. Natuurlijk moesten de kastelen met slotgracht op de begane grond staan; de slottoren Belmotte op zijn schans moet een tamelijk ouderwets geval zijn geweest toen kasteel Godsend werd gebouwd. En toen werden alle kastelen langzamerhand ouderwetse gevallen en Cromwells *Roundheads* rammeiden tweeëneenhalve kant van onze ringmuren.

Lang voor die tijd was de naam De Godys al uitgestorven en de twee kastelen waren via een dochter overgegaan in handen van de Cottons van Scoatney. Het huis dat op de overblijfselen werd gebouwd, was een tijdlang hun weduwhuis* en toen werd het gewoon een boerderij. En nu is het zelfs dat niet meer; nu is het alleen nog maar het huis van de failliete Mortmains.

O, wat moeten we toch doen om aan geld te komen? We hebben toch met elkaar zeker wel genoeg verstand om wat te verdienen, of te trouwen – dat wil zeggen Rose, want ik zou net zo lief trouwen als doodgaan en ik kan me niet voorstellen dat ik geschikt zou zijn. Maar hoe moet Rose ooit een man ontmoeten?

---

* Als in Engeland de oudste zoon het landgoed erft, trekt de moeder zich terug in het zogenaamde 'weduwhuis', een kleiner huis op de rand van de bezitting.

We gingen vroeger elk jaar in Londen logeren bij mijn vaders tante, die een huis in Chelsea heeft met een vijver met waterlelies, en artiesten verzamelt. Mijn vader heeft Topaas daar ontmoet; en tante Millicent heeft hem nooit vergeven dat hij met haar getrouwd is, dus worden we daar niet meer gevraagd; dat is triest, want het betekent dat we helemaal geen mannen leren kennen, zelfs geen artiesten. O, lieve goedheid! Ik voel me zo gedeprimeerd. Terwijl ik schreef, leefde ik in het verleden, omgeven door al zijn licht; eerst het gouden licht van de herfst, toen het zilveren licht van de lente, en toen het vreemde licht, grijs maar opwindend, waarin ik het historische verleden zie. Maar nu sta ik weer met mijn benen op de grond en de regen slaat tegen het zolderraam, een ijzige tocht waait langs de zoldertrap omhoog, en Ab is naar beneden gegaan, zodat mijn buik koud is geworden.

Mijn hemel, wat giet het! De regen ligt als een schuine sluier over Belmotte. Bij regen of mooi weer, Belmotte is altijd prachtig. Ik wou dat het midzomernacht was en dat ik mijn offervuur op de schans kon aansteken.

Er klinkt een borrelend geluid in de boiler. Dat betekent dat Stephen aan het pompen is. O, wat zalig, vanavond is het mijn badbeurt! En als Stephen thuis is, moet het tijd voor de tea zijn. Ik zal naar beneden gaan en heel vriendelijk zijn tegen iedereen. Een goede daad en een heet bad zijn de beste geneesmiddelen voor neerslachtigheid.

4

Ik kon niet vermoeden wat de avond zou brengen; er is ons echt iets overkomen! In mijn verbeelding zou ik dolgraag op het vervolg vooruit willen lopen en plannen maken voor de verdere ontwikkeling; maar het is me opgevallen dat als er dingen gebeuren in je verbeelding, ze dan nooit in werkelijkheid gebeuren, dus houd ik mezelf in toom. In plaats van me over te geven aan wilde toekomstdromen, zal ik de avond van het begin af beschrijven, terwijl ik me stilletjes zit te verkneuteren; want nu lijkt elk moment opwindend als gevolg van wat later gebeurde.

Ik heb mijn toevlucht gezocht in de schuur. Als een gevolg van wat er gisteravond is gebeurd, zijn Rose en Topaas aan de voorjaarsschoonmaak van de zitkamer begonnen. Ze zijn uitzonderlijk vrolijk; toen ik me ongemerkt uit de voeten maakte, was Rose 'The Isle of Capri' aan het zingen, erg aan de hoge kant, en Topaas zong met een basstem 'Blow the man down'. De ochtend is ook vrolijk, warmer, en de zon schijnt, hoewel het landschap er nog half verdronken bij ligt.

De schuur – wij verhuren die aan Mr. Stebbins, maar we zijn hem zoveel schuldig voor melk en boter dat hij niet meer betaalt – ligt vol met hoog opgestapeld los stro, en ik ben daarbovenop geklommen en heb de vierkante deur onder het dak opengedaan, zodat ik naar buiten kan kijken. Ik kijk over stoppels en geploegde velden en verdronken winterkoren naar het dorp, waar de rook uit de schoorstenen recht naar boven gaat in de roerloze lucht. Alles ziet er bleekgoud, schoongewassen en hoopvol uit.

Toen ik gisteren van de zolder naar beneden kwam, ontdekte ik dat Rose en Topaas alles hadden geverfd wat ze maar te pakken konden krijgen, met inbegrip van de theedoek en de handdoek bij het fonteintje. Toen ik mijn zakdoek in het grote zinken bad met groene verfstof had gedoopt, kreeg ik de smaak ook beet – je krijgt het gevoel of je een beetje net als God de dingen van kleur kan laten veranderen. Ik behandelde mijn twee nachtponnen en toen deden we met elkaar de lakens van Topaas, wat zo'n zwaar werk was dat het ons animo uitputte. Mijn vader kwam naar beneden voor de tea, en was niet erg verrukt dat Topaas zijn gele wollen vest had geverfd; dat heeft nu de kleur van verlept mos. En hij vond onze armen, die tot aan de ellebogen groen waren, weerzinwekkend.

We hadden echte boter bij de tea, omdat Mr. Stebbins een klont aan Stephen had gegeven toen hij naar hem toe ging om een afspraak te maken over het werk (hij is vanmorgen op de boerderij begonnen); en Mrs. Stebbins had een raat honing meegegeven. Stephen had ze bij mijn plaats neergelegd, zodat ik me als een gastvrouw voelde. Ik geloof niet dat zelfs miljonairs iets lekkerders bij de tea kunnen eten dan vers brood met echte boter en honing.

Ik heb het niet vaak zo horen regenen als tijdens die maaltijd. Ik voel me nooit gelukkig als de elementen zo tekeergaan; ik geloof niet dat ik bang ben, maar ik zie in gedachten hoe het arme land wordt gebeukt, tot ik me ten slotte zelf als gebeukt voel. Rose is juist het tegenovergestelde; het is alsof zij het weer nog ophitst en nog hardere donderslagen wil horen, terwijl ze de bliksemstralen positief aanmoedigt. Zij ging naar de deur, terwijl het regende en vertelde dat de tuin helemaal overstroomd was.

'De laan zal wel een rivier worden,' merkte ze met voldoening op, want ze is niet het type om eraan te denken dat Thomas er binnen het uur met zijn fiets doorheen moest; hij bleef laat op school voor een lezing.

Mijn vader zei: 'Mag ik je eenvoudige genoegen in het natuurgeweld nog verhogen door je eraan te herinneren dat er zo meteen minstens zes glorieuze nieuwe lekken in ons dak zullen zijn.'

Er was er al een in de keuken; Stephen zette er een emmer onder. Ik vertelde hem dat de twee lekken op zolder al waren begonnen voor ik naar beneden kwam, maar dat er emmers onder stonden.

Hij ging kijken of ze overliepen en kwam terug om te zeggen dat er vier nieuwe lekken waren. We hadden geen emmers meer over, dus nam hij drie braadpannen en de soepterrine.

'Misschien is het het beste als ik boven blijf en ze leeg zodra ze vol zijn,' zei hij. Hij nam een boek en een paar eindjes kaars en ik bedacht hoe somber het voor hem moest zijn om gedichten te lezen temidden van zes lekken.

We deden de afwas, en toen gingen Rose en Topaas naar het washok om de geverfde lakens uit te hangen. Mijn vader bleef bij het vuur wachten tot de regen zou ophouden, voordat hij naar het poorthuis terugging. Hij was heel stil en staarde maar voor zich uit. Het viel me op hoe ik totaal alle contact met hem verloren heb. Ik ging bij hem bij de haard zitten en begon over het weer; en toen drong het tot me door dat ik een gesprek op gang hield als met een vreemdeling. Het ontmoedigde me zo erg dat ik niets meer kon bedenken om te zeggen.

Na een paar minuten stilte zei hij: 'Dus Stephen heeft werk gekregen op De Vier Stenen.'

Ik knikte alleen maar, en hij keek me nogal vreemd aan en vroeg of ik Stephen graag mocht. Ik zei dat dat natuurlijk zo was, maar dat ik me nogal ongemakkelijk voelde met zijn gedichten.

'Je moet hem zeggen dat je weet dat hij ze overschrijft,' zei mijn vader. 'Jij weet wel hoe je dat moet doen; moedig hem aan om zelf iets te schrijven, hoe slecht ook. En wees heel nuchter tegen hem, kind, zelfs een beetje kortaf.'

'Maar ik denk niet dat hij daar blij mee zal zijn,' zei ik. 'Ik denk dat hij dat als een terechtwijzing zou opvatten. En u weet hoe dol hij altijd op me is geweest.'

'Daarom juist,' zei mijn vader. 'Tenzij... het is natuurlijk een jonge god. Ik ben blij dat Rose niet z'n uitverkorene is.'

Ik moet er erg verbijsterd hebben uitgezien. Hij glimlachte en ging verder: 'O, breek je hoofd er maar niet over. Jij hebt zoveel gezond verstand dat je waarschijnlijk instinctief juist zult handelen. Het heeft geen zin om Topaas om raad te vragen, omdat zij het allemaal prachtig zou vinden – en dat is het misschien ook wel. De hemel mag weten wat er van jullie meisjes moet worden.'

Opeens wist ik waar hij het over had. 'Ik begrijp het,' zei ik, 'en ik zal kort zijn, tot op zekere hoogte.'

Maar ik vraag me af of het me ooit zal lukken. En ik vraag me ook af of het echt nodig is; Stephens toewijding is toch zeker nog niet iets ernstigs of volwassen? Maar nu ik op het idee ben gebracht, gaat het maar niet uit mijn gedachten hoe eigenaardig zijn stem klonk toen hij me vroeg of ik honger had. Ik maak me wel zorgen; maar het is ook wel opwindend... Ik wil er niet meer over denken; zulke dingen liggen me helemaal niet. Die liggen Rose veel meer, en ik weet precies wat mijn vader bedoelde, toen hij zei dat hij blij was dat Rose niet Stephens uitverkorene was.

Topaas kwam uit het washok en zette de strijkijzers op het fornuis. Daarom veranderde mijn vader van onderwerp en vroeg me of ik ook al mijn kleren groen geverfd had. Ik zei dat ik niet zoveel had om te verven.

'Heb je eigenlijk wel een lange jurk?' vroeg hij.

'Niet een,' antwoordde ik, en ik weet echt met geen mogelijkheid hoe ik ooit volwassen kleren moet bemachtigen. 'Maar mijn gymjurk van school is nog lang niet versleten en hij zit heel gemakkelijk.'

'Ik moet het een of ander van mij voor haar veranderen,' zei Topaas, toen ze terugging naar het washok. Ik had het gevoel dat mijn gebrek aan kleren een blaam wierp op mijn vader, en probeerde het gesprek op iets anders te brengen, waarbij ik de meest tactloze opmerking maakte die ik had kunnen maken.

'Hoe gaat het met het werk?' vroeg ik.

Zijn gezicht kreeg een gesloten uitdrukking en hij zei kortaf: 'Je bent te oud om in sprookjes te geloven.'

Ik wist dat ik te ver was gegaan en dacht dat ik net zo goed nog een beetje verder kon gaan.

'Zeg eens, vader, probeert u helemaal niet meer te schrijven?'

'Beste Cassandra,' zei hij op een snijdende toon, die hij maar heel zelden gebruikte, 'het wordt tijd dat er een eind komt aan de legende dat ik een schrijver ben. Je zult heus geen baljapon krijgen uit míjn verdiensten.'

Hij stond op zonder nog iets te zeggen en ging naar boven. Ik had mezelf wel kunnen slaan dat ik het eerste gesprek dat we in maanden hadden gehad, zo had verknoeid.

Op dat moment kwam Thomas thuis, door en door nat. Ik waarschuwde hem dat hij niet door vaders slaapkamer moest lopen zoals we altijd doen, en hij ging de voortrap op. Ik bracht wat droog ondergoed naar hem toe – gelukkig was het wasgoed van deze week al gestreken – en ging toen naar boven om te kijken hoe Stephen het maakte.

Hij had de eindjes kaars aan de vloer vastgeplakt vlak bij zijn open boek, en lag op zijn buik te lezen. Zijn gezicht was helder verlicht op de grote, donkere zolder: ik stond even naar zijn bewegende lippen te kijken, voor hij me hoorde. De pannen stonden op het punt van overlopen. Toen ik hem hielp om ze uit het raam leeg te gooien, zag ik dat de lamp in het poorthuis brandde, dus moest mijn vader daarnaar toe terug zijn gegaan door de regen. Het begon eindelijk wat minder te regenen. De lucht rook heel fris. Ik leunde naar buiten om in de tuin te kijken en merkte dat het veel warmer was dan binnen; het kost ons huis altijd wat tijd om te merken dat het weer veranderd is.

'Binnenkort krijgt u de lente weer, miss Cassandra,' zei Stephen. We stonden de lucht op te snuiven.

'De lucht voelt heel zacht aan, vind je niet?' vroeg ik. 'Ik beschouw dit als voorjaarsregen, of smokkel ik dan? Je weet dat ik altijd probeer om de lente wat vroeger te laten beginnen.'

Hij leunde naar buiten en snoof diep.

'Hij begint echt, miss Cassandra,' zei hij. 'Misschien zullen we nog wel een paar tegenvallers krijgen, maar hij komt eraan.' Hij glimlachte plotseling; hij keek niet naar mij maar recht voor zich uit, en zei toen: 'Nou, een begin is altijd goed.' Toen deed hij het raam dicht en we zetten de pannen terug onder de lekken; en omdat de pannen nu leeg waren, speelden de vallende druppels een klinkend wijsje.

De eindjes kaars op de grond wierpen de vreemdste schaduwen, waardoor Stephen enorm lang leek. Ik herinnerde me wat mijn vader had gezegd, dat hij eruitzag als een jonge god; en toen bedacht ik dat ik vergeten had om kortaf te zijn.

We gingen terug naar de keuken en ik gaf Thomas wat te eten. Topaas was haar zijden huisjurk aan het strijken, die er nu prachtig uitzag; hij was verschoten blauw geweest en had nu een merkwaardige zeegroene kleur gekregen. Ik geloof dat Rose er extra somber van werd. Zij begon net een katoenen jurk te strijken, waarvan de kleur niet zo erg mooi was uitgevallen.

'Ach, wat heb je er trouwens aan om te zitten knoeien met zomerkleren?' zei ze. 'Ik kan me niet voorstellen dat het ooit weer warm zal worden.'

'Er zit beslist lente in de lucht vanavond,' zei ik tegen haar. 'Ga maar eens naar buiten, dan ruik je het wel.'

Rose is niet gevoelig voor de jaargetijden, dus ging ze er niet op in, maar Topaas ging meteen naar de deur en gooide die open. Toen wierp ze haar hoofd achterover, spreidde haar armen wijd uit en haalde heel diep adem.

'Het is maar een vleugje voorjaar, niet hele longen vol,' zei ik, maar ze was te verrukt om te luisteren. Ik verwachtte echt dat ze naar buiten zou vliegen, de avondlucht in, maar na nog een paar diepe ademhalingen ging ze naar boven om haar japon te passen.

'Ik kan er niet bij,' zei Rose. 'Na al deze jaren weet ik nog steeds niet of ze zich zo gedraagt omdat ze het werkelijk zo voelt, of dat ze acteert om indruk op ons te maken, of alleen om indruk op zichzelf te maken.'

'Alle drie,' zei ik. 'En omdat het haar helpt om van het leven te genieten, neem ik het haar niet kwalijk.'

Rose ging de deur dichtdoen en bleef daar even staan, maar de nachtlucht vrolijkte haar helemaal niet op. Ze sloeg de deur dicht en zei: 'Als ik iets wanhopigs kon doen, deed ik het.'

'Wat is er nou eigenlijk aan de hand, Rose?' vroeg Thomas. 'Je voelt je nu al dagen lang zielig en je bent hoogst vervelend. Om Topaas kunnen we ten minste nog lachen, maar jij bent alleen maar somber.'

'Praat niet met je mond vol,' zei Rose. 'Ik voel me somber. Ik heb geen kleren, ik heb geen vooruitzichten. Ik woon in een brokkelige ruïne en ik heb niets anders in het vooruitzicht dan de ouderdom.'

'Nou ja, dat is nu al jaren zo geweest,' zei Thomas. 'Waarom heb je er nu plotseling zo'n last van?'

'Het is de lange, koude winter,' zei ik.

'Het is de lange, koude winter van mijn leven,' zei Rose, waarop Thomas zo hard begon te lachen dat hij zich verslikte.

Rose was verstandig genoeg om zelf ook een beetje te lachen. Ze kwam op de tafel zitten en keek wat minder neerslachtig.

'Stephen,' zei ze, 'jij gaat naar de kerk. Geloven ze daar nog altijd in de duivel?'

'Sommigen wel,' zei Stephen, 'maar ik zou niet willen beweren dat de dominee er ook in gelooft.'

'De duivel is niet meer in de mode,' zei ik.

'Dan zou hij zich misschien gevleid voelen als ik in hem geloofde, en extra hard voor mij werken. Ik zou hem mijn ziel verkopen, net als Faust.'

'Faust verkocht zijn ziel om zijn jeugd terug te krijgen,' zei Thomas.

'Dan zal ik hem de mijne verkopen om mijn jeugd te beleven, terwijl ik die nog bezit,' zei Rose. 'Zou hij me horen als ik hard roep, of moet ik een duivelsput of duivelsbron of zoiets zoeken?'

'Je zou kunnen proberen om een wens te doen bij onze drakenkop,' stelde ik voor. Hoewel ze wanhopig was, was ze eigenlijk speelser dan ik haar in lange tijd had gezien en ik wilde haar aanmoedigen.

'Haal de ladder eens voor me, Stephen,' zei ze.

Wat wij onze drakenkop noemen, is in werkelijkheid een gebeeldhouwde stenen kop, hoog boven de keukenschoorsteen. Mijn vader denkt dat daar de kapel van het kasteel is geweest, omdat er een paar brokken geribbelde steen zitten en een nis die voor wijwater kan hebben gediend. De oude muur is zo vaak gekalkt dat de omtrekken nu vervaagd zijn.

'De ladder haalt het niet, miss Rose,' zei Stephen, 'en de dominee zegt dat dat de kop van een engel is.'

'Nou ja, hij heeft nu een duivelse uitdrukking,' zei Rose, 'en de duivel was een gevallen engel.'

We staarden allemaal naar boven naar de kop en hij zag er wel wat duivels uit; de krullen waren afgebrokkeld en de stukjes die over waren, leken op horens.

'Misschien zou het extra sterk werken als je een wens deed bij een engel en aan de duivel dacht,' stelde ik voor, 'zoals heksen die de mis achterstevoren lezen.'

'We zouden je op kunnen hijsen op het droogrek, Rose,' zei Thomas.

Het rek was hoog opgetrokken met de geverfde lakens eroverheen. Rose zei tegen Stephen dat hij het moest laten zakken, maar hij keek naar mij of ik het goed vond. Ze fronste haar voorhoofd en liep zelf naar de katrol.

Ik zei: 'Als je er mee wilt gaan modderen, laat mij dan eerst de lakens eraf halen.' Dus liet ze het zakken en Stephen hielp me om de lakens over twee kledingrekken te hangen. Thomas hield het touw vast, terwijl zij midden op het rek ging zitten om te proberen of het sterk genoeg was.

'Het rek zal u wel houden,' zei Stephen. 'Ik heb het helpen maken en het is heel sterk. Maar van het touw en de katrollen ben ik niet zo zeker.'

Ik ging naast haar zitten in de overtuiging dat als het ons tweeën kon dragen, het wel veilig zou zijn voor haar alleen. Ik wist door de blik in haar ogen en haar donkere blos dat er geen kans was dat we haar van haar plan af konden brengen. We wipten wat op en neer, en toen zei ze: 'Goed genoeg. Trek me maar op.'

Stephen ging Thomas helpen. 'Maar u niet, miss Cassandra,' zei hij, 'het is gevaarlijk.'

'Ik neem aan dat het je niet kan schelen of ík mijn nek breek,' zei Rose.

'Ik zou liever willen dat u dat niet deed,' zei Stephen, 'maar ik weet dat u het toch niet zou laten, al vroegen we het ook. En in ieder geval bent u het die bij de engel wil wensen en niet miss Cassandra.' Ik zou graag bij wat dan ook hebben willen wensen, maar ik zou voor geen miljoen daar naar boven zijn gegaan.

'Het is een duivel en geen engel, zeg ik je,' zei Rose. Ze zat een tijdje met haar benen te slingeren en keek ons toen allemaal aan. 'Daagt iemand me uit?'

'Nee!' riepen we allemaal, wat erg irritant moet zijn geweest. Ze zei: 'Dan daag ik mezelf uit. Trek me op.'

Thomas en Stephen trokken. Toen ze een meter of drie van de grond was, vroeg ik of ze even wilden stoppen.

'Wat voor een gevoel is het, Rose?' vroeg ik.

'Vreemd, maar toch wel een leuke verandering. Ga door, jongens.'

Ze trokken weer. Het gebeeldhouwde hoofd moet op minstens zeven meter hoogte zitten, en terwijl zij hoger en hoger kwam, kreeg ik een afschuwelijk gevoel in mijn maag. Ik geloof niet dat ik tot op dat ogenblik had beseft hoe geweldig gevaarlijk het was. Toen ze op nog geen meter afstand van het hoofd was gekomen, riep Stephen naar boven: 'Het rek kan niet hoger.'

Ze reikte omhoog maar kon niet bij het hoofd. Toen riep ze naar beneden: 'Er is hier een tree waarop ik kan staan; het lijkt wel of hier een trap heeft gezeten.'

Het volgende moment had ze zich voorovergebogen, een uitstekende steen gegrepen en was op de muur gestapt. De lamp op tafel wierp niet erg veel licht naar boven, maar het zag er naar mijn idee verschrikkelijk gevaarlijk uit.

'Schiet op en maak er een eind aan,' riep ik. De achterkant van mijn benen voelde al net zo akelig aan als mijn maag. Ze hoefde maar een stap op de muur te doen om bij het hoofd te kunnen.

'Het is geen schoonheid van dichtbij,' zei ze. 'Wat zal ik tegen hem zeggen, Cassandra?'

'Klop hem op zijn hoofd,' stelde ik voor. 'Het moet honderden jaren geleden zijn sinds iemand aardig voor hem is geweest.'

Rose beklopte hem. Ik nam de lamp en hield die omhoog, maar het was daarboven nog steeds schemerig. Het zag er hoogst merkwaardig uit, bijna alsof ze tegen de muur op vloog, of erop was geschilderd.

Ik riep:

> *Hemelse duivel of duivelse heilige,*
> *Verhoor onze wens, wil ons beveiligen,*
> *Godsend smeekt u een hemelse gave...*

en toen bleef ik steken.

'Als het een duivel is, kan het alleen maar een duivelse gave zijn,' zei Thomas. Op dat moment toeterde een auto op de grote weg hard en hij voegde eraan toe: 'Daar komt Heintje Pik al om je te halen.'

Ik zag Rose schrikken. 'Haal me naar beneden!' riep ze met vreemde stem, en ze viel op het rek. Eén verschrikkelijk moment was ik bang dat de jongens het gewicht niet zouden hebben verwacht, maar ze letten goed op en lieten haar voorzichtig naar beneden. Zodra haar voeten vlak bij de grond kwamen, sprong ze eraf en ging op de vloer zitten.

'Ik schrok van die claxon,' zei ze wat beverig, 'en toen keek ik naar beneden en werd duizelig.'

Ik vroeg haar of ze precies haar gevoelens daarboven kon beschrijven, maar ze zei dat ze niets had gevoeld tot ze duizelig werd. Dat is een van de grote verschillen tussen ons: ik zou ik weet niet hoeveel verschillende gevoelens hebben gehad en ze allemaal hebben willen onthouden; zij dacht alleen maar aan de wens bij het stenen hoofd.

'Je hebt helemaal niet gewenst, is het wel?' vroeg ik.

Ze lachte. 'O ja, ik heb heus wel een paar vertrouwelijke dingen gezegd.'

Precies op dat moment kwam Topaas naar beneden, in haar zwarte regenjas, met regenhoed en rubber laarzen. Ze zag eruit of ze bij de bemanning van een reddingboot hoorde. Ze zei dat haar geverfde japon zo was gekrompen dat ze er geen adem meer in kon halen en dat Rose hem mocht hebben. Toen liep ze met grote stappen naar buiten en liet de deur wagenwijd openstaan.

'Verslik je niet in de nacht!' riep Thomas haar na.

'Je geluk is al begonnen,' zei ik tegen Rose, toen ze de trap op rende om de jurk te gaan passen. Thomas ging naar zijn kamer om zijn huiswerk te maken, dus vond ik dat ik net zo goed nu in het bad kon gaan. Ik vroeg aan Stephen of hij er bezwaar tegen had als ik dat in de keuken deed; daar doe ik het meestal, maar omdat het betekent dat hij dan behoorlijk lang uit de weg moet blijven, heb ik altijd het gevoel dat ik me moet verontschuldigen. Hij zei heel tactvol dat hij toch nog iets in de schuur moest doen en dat hij me zou helpen om het bad klaar te maken.

'Maar het zit nog vol met verf,' herinnerde ik me.

We maakten het leeg en Stephen spoelde het na.

'Maar ik ben bang dat de verf toch nog zal afgeven, miss Cassandra,' zei hij. 'Kunt u niet beter de badkamer gebruiken?'

Het bad in de badkamer is zo enorm groot dat er nooit genoeg heet water is voor meer dan een paar centimeter en het tocht door de toren. Ik besloot dat ik liever de verf riskeerde. We droegen het bad naar het vuur en Stephen schepte heet water uit de boiler en hielp me om een scherm te maken van de droogrekken met de groene lakens erover. Meestal gebruik ik hier stoflakens voor. Omdat onze droogrekken ruim anderhalve meter hoog zijn, heb ik altijd een heel fatsoenlijk privébad, maar ik vind het toch prettiger als ik de hele keuken voor mij alleen heb.

'Wat wilt u vanavond lezen, miss Cassandra?' vroeg Stephen.

Ik zei tegen hem, deel *Bis tot Cal* van onze oude encyclopedie, *Man and Superman* (die ik net weer van de dominee heb geleend – ik heb zo het gevoel dat ik misschien het fijne niet helemaal heb begrepen, toen ik het vijf jaar geleden voor het eerst las) en de *Home Chat* van verleden week, die miss Marcy me zo vriendelijk heeft geleend. Ik houd van een ruime keus bij mijn bad.

Stephen legde ze allemaal voor me klaar, terwijl ik mijn badrommel bij elkaar zocht. En toen, nadat hij zijn lantaarn had aangestoken om naar de schuur te gaan, gaf hij me opeens een hele hazelnootreep van melkchocolade, die wel twee penny's had gekost.

'Hoe kom je daaraan?' hijgde ik.

Hij legde me uit dat hij hem op de pof had gekregen, omdat hij nu een baan had. 'Ik weet dat u graag wat lekkers bij uw bad hebt, miss Cassandra. Zo met boeken en chocola hebt u toch niet veel meer nodig? Of het zou misschien een radio moeten zijn.'

'Koop maar geen radio op de pof,' lachte ik; en toen bedankte ik hem voor de chocola en bood hem een stukje aan. Maar hij wilde er niets van hebben en vertrok naar de schuur.

Net toen ik in bad stapte, jankte Heloïse bij de achterdeur omdat ze naar binnen wilde. Natuurlijk wilde ze bij het vuur liggen, wat een beetje vervelend was, want het is geen genoegen als ze bij je bad komt – haar liefkozend krabbende poten doen nogal pijn. Maar het leek of ze wilde slapen, en we schikten ons vriendschappelijk.

Het was wonderlijk behaaglijk binnen mijn hoge, tochtvrije scherm; en de rossige gloed van het vuur gaf de groene lakens een fascinerende glans. Ik had het heldere idee gehad om op een grote, omgekeerde vleesschaal te gaan zitten om de verf te vermijden, maar het opstaande randje was wel wat ongemakkelijk.

Ik geloof dat het de gewoonte is om je in bad eerst te wassen en daarna pas languit in het water te gaan liggen genieten. Ik geniet altijd eerst. Ik heb ontdekt dat de eerste paar minuten de beste zijn en niet moeten worden verspild – mijn brein borrelt altijd over van ideeën en het leven ziet er ineens veel beter uit dan daarvoor. Mijn vader zegt dat heet water net zo stimulerend kan werken als een glas sterke drank, en hoewel ik die nooit krijg – behalve als het medicijnflesje met port dat de dominee me geeft voor mijn midzomerfeest, meetelt – kan ik het best geloven. Dus geniet ik eerst languit liggend, was me daarna, en lees dan zolang het water warm genoeg blijft. Het laatste stadium van een bad, als het water begint af te koelen en er niets meer is om je op te verheugen, kan tamelijk teleurstellend zijn. Ik denk dat alcohol dezelfde uitwerking heeft.

Deze keer gebruikte ik mijn eerste paar minuten om over ons gezin na te denken en het pleit voor het warme water dat ik over hen kon nadenken en toch nog genieten. Want we zijn toch maar een treurig stelletje. Mijn vader, die verschimmelt in het poorthuis; Rose, die tegen het leven tekeergaat; Thomas... nou ja, is opgewekt, maar het is maar al te duidelijk dat hij constant ondervoed is. Topaas is beslist de gelukkigste, want zij vindt het nog steeds romantisch om met mijn vader getrouwd te zijn en in een kasteel te wonen; en haar schilderijen, haar luit en haar wilde-natuuraanbidding zijn een hele troost voor haar. Ik zou hebben durven wedden dat ze niets aan had onder haar regenjas en dat ze van plan was de schans op te lopen en daar haar regenjas uit te gooien. Nadat ze zoveel jaren lang een model is geweest, interesseert het nudisme op zichzelf haar niet bijzonder, maar ze heeft een hartstocht voor een zo nauw mogelijk contact met de elementen. Dit heeft ooit heel wat moeilijkheden met de boerderij De Vier Stenen veroorzaakt, dus heeft ze beloofd alleen maar 's nachts naakt rond te lopen. Natuurlijk is er 's winters geen sprake van, maar vreemd genoeg is ze ongevoelig voor de kou, en ik was ervan overtuigd dat het eerste teken van de lente in de lucht haar zou hebben verleid. Hoewel het zachter was, was het nog verre van warm, en de gedachte aan haar, daar boven op Belmotte, maakte mijn bad heerlijker dan ooit.

Ik at de helft van mijn reep op en was van plan Rose de andere helft aan te bieden, maar Heloïse kwispelde zo hoopvol dat ik in plaats daarvan maar met haar deelde; ze was zo intens dankbaar dat ik bang was dat ze bij me in bad zou springen. Ik kalmeerde haar, belette haar de zeep te likken en was net bezig me serieus te wassen, toen er op de deur werd gebonkt.

Ik kan me nog altijd niet indenken wat me 'binnen!' deed roepen. Ik neem aan dat ik het automatisch zei. Ik had mijn gezicht juist met zeep ingesmeerd, wat je altijd zo'n hulpeloos gevoel geeft, en toen ik ondoordacht mijn ogen opendeed, kreeg ik er zeep in. Ik was blindelings aan het grabbelen naar de handdoek, toen ik de deur hoorde opengaan. Heloïse ging verschrikkelijk tekeer en stortte zich in die richting. Het was echt een wonder dat ze de droogrekken niet omgooide. De volgende momenten was het een hels kabaal; Hel blafte zo hard ze kon en twee mannen trachtten haar te kalmeren. Ik riep haar niet terug, omdat ik weet dat ze nooit bijt, en ik vond het vreselijk om te moeten uitleggen dat ik in het bad zat, vooral omdat ik zelfs geen handdoek had om om te slaan; ik had eindelijk mijn ogen open geknipperd en besefte dat ik hem ergens in de keuken moest hebben laten liggen. Gelukkig kalmeerde Heloïse na een paar minuten.

'Hoorde je niet iemand "binnen" zeggen?' vroeg een van de mannen, en ik hoorde dat hij een Amerikaan was. Het was een aangename stem, zoals van aardige mensen in Amerikaanse films, niet van gangsters. Hij riep: 'Is daar iemand?' maar de andere man zei dat hij zich rustig moest houden en voegde eraan toe: 'Ik wil dit vertrek eerst eens bekijken. Het is prachtig.'

Deze stem kon ik niet thuisbrengen. Het klonk niet Engels, maar ook niet Amerikaans; toch hoorde ik beslist geen buitenlands accent. Het was een hoogst ongewone stem, heel rustig en heel interessant. 'Besef je dat die muur een deel is van een oud kasteel?' zei de stem.

Dit was geen prettig moment, omdat ik dacht dat hij naar de muur bij de schoorsteen zou komen kijken, maar net op dat moment kwam Thomas te voorschijn op de trap. De mannen legden uit dat ze bij vergissing onze laan waren ingereden en dat hun auto vastzat in de modder. Ze zochten hulp om hem eruit te krijgen.

'Of, als we hem de hele nacht daar moeten laten, vonden we het beter om u te waarschuwen,' zei de Amerikaanse stem, 'want hij blokkeert de hele laan.'

Thomas zei dat hij zou komen kijken en ik hoorde hem zijn laarzen uit het washok halen.

'Prachtig oud huis hebben jullie hier,' zei de ongewone stem, en ik was bang dat ze zouden vragen of ze rond mochten kijken. Maar de andere man begon over de auto en hoe vast die zat en vroeg of we paarden hadden om hem eruit te trekken, en even later ging Thomas met hen weg. Ik hoorde de deur dichtslaan en slaakte een zucht van verlichting.

Maar ik voelde me een beetje teleurgesteld; het was zo jammer dat ik de mannen nooit had gezien en ze zelfs nooit zou zien. Ik probeerde me de gezichten voor te stellen die bij de stemmen zouden passen; en toen merkte ik ineens dat het water koud begon te worden en dat ik nog nauwelijks begonnen was met mijn wasbeurt. Ik toog eindelijk aan het werk, maar hoe ik ook boende, het had geen resultaat op mijn groen geverfde armen. Ik was me altijd grondig en toen ik eindelijk klaar was, was ik de mannen helemaal vergeten. Ik wipte uit het bad en haalde nog een kan heet water uit de boiler, die dicht bij het vuur staat, en ik ging net op mijn gemak zitten lezen, toen ik de deur weer open hoorde gaan.

Er kwam iemand de keuken binnen, en ik wist zeker dat het niet iemand van ons was; die zouden wel iets hebben geroepen of ten minste heel wat meer lawaai hebben gemaakt. Ik vóélde dat er iemand stond te kijken. Na een paar tellen kon ik het niet meer uithouden, dus gilde ik: 'Wie u ook bent, ik waarschuw u dat ik hier in het bad zit.'

'Grote genade, neemt u me niet kwalijk,' zei de man met de rustige stem. 'Was u hier al toen we een paar minuten geleden binnenkwamen?'

Ik zei ja, en vroeg of de auto nog vastzat.

'Ze zijn paarden gaan halen om hem eruit te trekken,' zei hij, 'daarom glipte ik terug om hier even rond te kijken. Ik heb nog nooit zo'n huis als dit gezien.'

'Geef me alleen even de kans om droog en verstandig te worden, dan zal ik u rondleiden,' zei ik. Ik had mijn gezicht en hals afgeveegd aan de lakens die te drogen hingen, en had nog altijd de koude wandeling op zoek naar de handdoek niet ondernomen. Ik vroeg hem of hij die ergens zag, maar hij kon hem blijkbaar niet vinden, dus knielde ik in het bad, schoof de groene lakens wat opzij en stak mijn hoofd erdoor. Hij draaide zich naar me om. Zelden ben ik zo verbaasd geweest. Hij had een zwarte baard.

Ik heb nog nooit iemand gekend met een baard, behalve een oude man in het armenhuis van Scoatney, die op Sinterklaas lijkt. Deze baard leek daar niet op; hij was verzorgd en puntig – nogal middeleeuws. Maar het was zeer verrassend, omdat zijn stem erg jong had geklonken.

'Goedenavond,' zei hij glimlachend; en ik kon uit zijn toon opmaken dat hij me voor een kind aanzag. Hij vond mijn handdoek en begon die naar mij toe te brengen; toen bleef hij staan en zei: 'Je hoeft niet zo verschrikt te kijken. Ik zal hem binnen je bereik leggen en direct teruggaan naar de binnenplaats.'

'Ik ben niet bang,' zei ik, 'maar u ziet er niet uit zoals u klinkt.'

Hij lachte, maar het drong ineens tot me door dat dat tamelijk onbeleefd van me was geweest, dus voegde ik er haastig aan toe: 'U hoeft natuurlijk niet weg te gaan. Wilt u niet gaan zitten? Ik wil echt niet ongastvrij lijken,' en dat trof me plotseling als de meest pompeuze toespraak van mijn leven.

Ik begon een arm door de lakens te steken om de handdoek te pakken.

'Daar komen ongelukken van, als je het zo doet,' zei hij. 'Ik zal hem om het hoekje aangeven.'

Toen ik mijn hoofd terugtrok, zag ik zijn hand om de hoek komen. Ik pakte de handdoek aan en was net van plan hem te vragen of hij mijn kleren ook wilde aangeven, toen de deur weer openging.

'Ik heb overal naar je gezocht, Simon,' zei de Amerikaanse stem. 'Dit is een verdraaid raar oord... ik heb net een spook gezien.'

'Onzin,' zei de man met de baard.

'Echt waar; terwijl ik in de laan liep. Ik scheen met mijn lantaarn op die toren op de heuvel en er fladderde een witte gedaante achter.'

'Waarschijnlijk een paard.'

'Helemaal geen paard; het liep rechtop. Maar... verdraaid, misschien wórd ik wel gek... het leek of het geen benen had.' Ik vermoedde dat Topaas haar zwarte rubber laarzen had aangehouden.

'Praat er in ieder geval niet verder over,' fluisterde de man met de baard. 'Er zit een kind in het bad achter die lakens.'

Ik riep of iemand mijn kleren kon brengen, en stak een arm naar buiten om ze aan te nemen.

'Mijn god, het is een gróén kind!' zei de Amerikaan. 'Wat is dit voor een oord – het Huis van Usher?'*

'Ik ben niet helemaal groen,' legde ik uit. 'We zijn alleen maar allemaal aan het verven geweest.'

* Uit: *Fantastische vertellingen* van Edgar Allan Poe.

'Dan heb ik misschien een van jullie geesten* gezien,' zei de Amerikaan.

De gebaarde man gaf me mijn kleren. 'Wees maar niet bang voor die geest,' zei hij. 'Natuurlijk heeft hij geen geest gezien.'

Ik zei: 'Nou, dat zou helemaal niet zo onmogelijk zijn daar op de schans, maar het was waarschijnlijk mijn stiefmoeder, die probeerde een te worden met de natuur.' Ik was toen al uit het bad en had de handdoek fatsoenlijk om me heen gedrapeerd, dus stak ik mijn hoofd om de hoek om met hem te praten. Het kwam veel hoger te voorschijn dan toen ik in het bad geknield had gelegen en hij keek hoogst verbaasd.

'Je bent een groter kind dan ik dacht,' zei hij.

Toen ik de kleren aannam, kreeg ik de andere man in het oog. Hij had precies het soort gezicht dat bij zijn stem paste, een aardig, fris gezicht. Het merkwaardige was dat ik het gevoel had dat ik het meer had gezien. Ik heb later bedacht dat dit kwam omdat er zo vaak jongemannen zoals hij optreden in Amerikaanse films; niet de held, maar de broer van de heldin, of de man van de benzinepomp.

Hij zag me kijken en zei: 'Hallo! Vertel me eens iets meer over je stiefmoeder zonder benen… en over de rest van de familie. Heb je soms een zus die op de harp speelt als ze paardrijdt, of zoiets?'

Op dat moment begon Topaas boven op haar luit te spelen; ze moet door de voordeur naar binnen zijn geglipt. De jonge man begon te lachen.

'Daar is ze,' zei hij verrukt.

'Dat is geen harp, dat is een luit,' zei de man met de baard.

'Het is werkelijk verbazingwekkend. Een kasteel, een luit…'

En toen kwam Rose te voorschijn op de trap. Ze droeg de groen geverfde jurk, een middeleeuws model, met lange, wapperende mouwen. Ze wist klaarblijkelijk niet dat er vreemden in huis waren, want ze riep: 'Kijk, Cassandra!'

De twee mannen draaiden zich naar haar om, en zij bleef stokstijf staan boven aan de trap. Topaas had haar luit eens één keer zuiver gestemd. En ze speelde, heel toepasselijk, 'Greensleeves'.

---

* In het Engels hoor je geen verschil tussen de woorden verven en sterven.

5

Later. Weer boven op het stro in de schuur.

Ik moest Rose boven aan de trap laten staan, omdat Topaas belde voor de lunch. Ze had het te druk gehad om te koken, dus kregen we koude spruitjes en koude gekookte rijst – niet bepaald mijn lievelingskostje, maar het vult geweldig. We aten in de zitkamer, die geboend was tot de stukken eraf vlogen. Hoewel het houtvuur brandde, was het er ijzig koud; ik heb gemerkt dat kamers die extra schoon zijn, ook extra koud aanvoelen.

Rose en Topaas zoeken nu de heggen af of ze iets kunnen vinden om in de grote vazen van Devons aardewerk te zetten. Topaas zegt dat als ze niets kunnen vinden, ze kale takken zal pakken en er iets gezelligs aan binden; als ze dat doet, durf ik te wedden dat ik er niets gezelligs aan vind; je zou zo denken dat een vrouw die zo dol op naakt is, een naakte tak ook naakt zou laten.

Niemand van ons zal toegeven dat we verwachten dat de Cottons ons binnenkort zullen komen opzoeken, maar we hopen het allemaal hevig. Want dat waren de twee mannen natuurlijk: de Cottons van Scoatney, voor de eerste keer op weg daar naartoe. Ik kan me niet voorstellen waarom ik dat niet direct geraden heb, want ik wist dat een Amerikaan het landgoed had geërfd. De jongste zoon van de oude Mr. Cotton ging destijds, in het begin van de twintigste eeuw, naar Amerika – ik geloof na een hevige familieruzie – en werd later Amerikaans staatsburger. Natuurlijk leek het toen heel onwaarschijnlijk dat hij ooit Scoatney zou erven, maar twee oudere broers sneuvelden in de oorlog, terwijl de derde met zijn enige zoon stierf tengevolge van een auto-ongeluk, zo rond 1920. Daarna probeerde de Amerikaanse zoon vrede te sluiten met zijn vader, maar de oude man wilde hem niet zien, tenzij hij beloofde om weer Engelsman te worden, en dat wilde hij niet. Hij stierf ongeveer een jaar geleden; deze twee jonge mannen zijn

zijn zoons. Simon – hij is de man met de baard – zei gisteravond dat hij zijn grootvader net had overgehaald om hem te ontvangen, toen die arme, eenzame oude Mr. Cotton stierf, wat inderdaad erg triest is.

De naam van de jongste zoon is Neil, en de reden dat hij zo anders praat dan zijn broer is dat hij is opgevoed in Californië, waar zijn vader een ranch had, terwijl Simon in Boston en New York woonde met de moeder. (Ik vermoed dat de ouders gescheiden waren. Mrs. Cotton is nu in Londen en komt binnenkort naar Scoatney.) Mijn vader zegt dat Simons uitspraak wel Amerikaans is en dat er evenveel verschillende dialecten zijn in Amerika als in Engeland; zelfs meer. Hij zegt dat Simon bijzonder goed Engels spreekt, maar met de woordkeus uit het verleden, anders dan hier nu gebruikelijk is. Hij heeft in elk geval een aantrekkelijke stem: hoewel ik geloof dat ik de jongste broer het aardigst vind.

Het is jammer dat Simon de erfgenaam is, want Rose vindt zijn baard weerzinwekkend; maar misschien kunnen we die er af krijgen. Geef ik daar werkelijk toe dat mijn zuster vastbesloten is met een man te trouwen die ze pas eenmaal heeft ontmoet, en die haar heel weinig aantrekt? Het is half gemeend en half doen alsof; ik heb zo'n idee dat de meeste meisjes dit spelletje spelen als ze een leuke man leren kennen. Ze... spelen alleen maar met de gedachte. En als er ooit een gezin was dat daar behoefte aan had, is het wel het onze. Maar alleen zover het Rose betreft. Ik heb me afgevraagd of ik er ook aan meedoe, maar diep vanbinnen weet ik van niet. Ik zou nog liever doodgaan dan met een van die twee aardige mannen trouwen.

Onzin! Ik zou liever met allebei tegelijk trouwen dan te moeten sterven. Maar het is me ineens duidelijk geworden, terwijl ik hier in de schuur zit en me lekker verzadigd voel van de koude rijst, dat er iets afstotends is in de manier waarop meisjes in gedachten zo vaak bezig zijn met trouwen, lang voordat er sprake is van liefde. En de meeste meisjes beseffen helemaal niet wat een huwelijk werkelijk betekent.

Als ik erover nadenk, merk ik dat ik voornamelijk oordeel naar wat ik in boeken heb gelezen, want ik ken helemaal geen meisjes behalve Rose en Topaas. Maar sommige personen uit boeken zijn heel echt, zoals in die van Jane Austen; en ik weet dat die vijf meisjes Bennet aan het begin van *Pride and Prejudice*, die eenvoudig zitten te wachten om als raven op de jonge mannen van Netherfield Park aan te vallen, geen enkele gedachte wijden aan wat een huwelijk inhoudt. Ik vraag me af of Rose dat wel doet? Ik moet in elk geval proberen dat ze daaraan denkt voor ze ergens in verstrikt raakt. Gelukkig ben ik in zulke dingen niet onwetend; dat is onmogelijk als je een stiefkind van Topaas bent. Ik weet alles van het echte leven. En ik heb er geen hoge dunk van.

Het was een prachtig moment toen Rose daar boven aan de trap stond. Het deed me denken aan Beatrix in *Esmond*; maar Beatrix struikelde niet over haar jurk op de derde tree van onderen en hoefde de leuning niet vast te grijpen met een groen geverfde hand. Maar het bleek goed van pas te komen, omdat Rose verlegen werd toen ze de Cottons zag; ik kon dat opmaken uit de manier waarop ze naar beneden zweefde, gracieus maar aanstellerig. Toen ze struikelde, sprong Neil Cotton naar voren om haar te helpen, en toen lachte iedereen en begon tegelijk te praten, zodat ze haar verlegenheid vergat.

Terwijl ik vlug mijn kleren aantrok achter de lakens, legden de Cottons uit wie ze waren. Ze zijn pas een paar dagen in Engeland. Ik vroeg me af wat voor gevoel het zou zijn als ik Simon was – om 's avonds voor het eerst aan te komen in een groot huis als Scoatney, en te weten dat het van jou is. Het leek even of ik het met zijn ogen kon bekijken, en ik wist hoe vreemd ons kasteel er moet hebben uitgezien zoals dat plotseling opdoemde uit het verdronken Engelse landschap. Ik stelde me voor hoe hij door het raam boven de gootsteen naar binnen gluurde – ik wed dat hij dat heeft gedaan voor hij zonder zijn broer terugkwam.

Ik denk dat ik dit beeld regelrecht uit zijn hersens ontving, want op het moment dat het tot me doordrong, zei hij: 'Ik kon niet geloven dat deze keuken echt was; het was of ik naar een gravure in een oud sprookjesboek keek.'

Ik hoop dat hij dacht dat Rose eruitzag als een prinses uit een sprookje; dat deed ze in elk geval. En ze was zo charmant, zo natuurlijk; ze lachte telkens haar aardige lachje. Ik bedacht hoe anders ze was geweest in haar sombere bui, nog geen halfuur geleden, en dat deed me denken aan haar wensen bij de duivel-engel. Toen gebeurde er iets vreemds. Simon Cotton leek zowel geboeid door Rose als door de keuken; hij bleef van de een naar de ander kijken. Hij had z'n zaklantaarn te voorschijn gehaald – alleen, hij noemde dat een toorts – om de muur van de schoorsteen te bekijken (ik was toen al aangekleed) en nadat hij het stenen hoofd had beschenen, ging hij naar het smalle raam dat op de slotgracht uitkijkt, in de donkerste hoek van de keuken. De zaklantaarn ging uit en hij draaide hem om om te zien of het lampje kapot was. En op dat moment ging hij weer aan. Even tekende de schaduw van zijn hoofd zich af op de muur, en door de puntbaard leek hij precies op de duivel.

Rose zag het tegelijk met mij en snakte naar adem. Hij draaide zich snel naar haar om, maar net op dat moment wandelde Heloïse door de groene lakens en gooide een droogrek om, wat even afleiding bracht. Ik voltooide het goede werk door 'Hel, Hel' te roepen en uit te leggen dat we soms die afkorting voor Heloïse gebruiken – waar ze om moesten lachen, hoewel het voor de familie Mortmain een afgezaagde grap is. Maar ik kon de schaduw niet vergeten. Het is natuurlijk onzin; ik heb nog nooit iemand gezien met zulke vriendelijke ogen. Maar Rose is heel bijgelovig. Ik vraag me af of de jongere broer ook geld heeft. Hij was even aardig voor Rose als Simon. En ook heel aardig tegen mij.

Het was even pijnlijk toen Simon aan me vroeg of het kasteel van ons was en ik antwoordde: 'Nee, van u!'

Ik voegde er meteen aan toe dat we het nog ongeveer dertig jaar konden huren. Ik vraag me af of huurcontracten geldig blijven als je geen huur betaalt. Natuurlijk sprak ik niet over de betaling. Ik had het gevoel dat dat een domper zou zijn.

Nadat we allemaal ongeveer twintig minuten hadden gepraat, kwam Topaas naar beneden in haar oude tweed mantelpak. Zij draagt bijna nooit tweed, zelfs overdag niet, en zeker nooit 's avonds – ze ziet er somber in uit; alleen maar vaal in plaats van opvallend blank – zodat ik hoogst verbaasd was; vooral omdat de deur van haar kamer op een kier had gestaan en zij dus geweten moest hebben wie er waren gekomen. Ik heb besloten om haar niet te vragen waarom ze zich op haar onvoordeligst voordeed. Misschien dacht ze dat het tweedpak ons gezin een sfeer van landadel zou geven.

Wij stelden de Cottons aan haar voor en ze praatte even met ze, maar ze leek erg mat; wat was er gisteravond toch met haar aan de hand? Even later begon ze chocola te maken; we hadden niets anders om aan te bieden behalve water. Ik had zelfs de laatste thee gebruikt voor Thomas, en dat was bijna alleen maar stof.

We hebben 's avonds nooit chocola, tenzij het voor een bijzondere gelegenheid is, zoals wanneer er iemand ziek is, of we een familieruzie moeten bijleggen; en ik vond het verschrikkelijk dat Thomas en Stephen het waarschijnlijk zouden mislopen; ze waren nog steeds naar De Vier Stenen voor paarden om de auto weg te trekken. Ik had ook het gevoel dat vader zijn deel hoorde te krijgen van elk soort voedsel dat in huis werd gebruikt, maar ik wist dat het nutteloos was om hem te vragen om vreemden te ontmoeten; ik was bang dat zelfs als hij naar beneden zou komen om een biscuitje te vragen, hij stemmen zou horen als hij door zijn slaapkamer kwam, en om zou keren. Plotseling vloog de achterdeur open en kwam hij binnen; het was weer hard gaan regenen, en het is vlugger om over de binnenplaats te rennen dan om voorzichtig boven over de muren te lopen. Hij was heftig aan het vloeken op het weer en op het feit dat zijn petroleumkachel was begonnen te walmen en doordat hij zijn deken over zijn hoofd had, zag hij de Cottons pas toen hij midden tussen ons stond. Topaas hield op met chocola maken en zei heel duidelijk en trots: 'Dit is mijn man, James Mortmain.'

En toen gebeurde er iets bijzonders. Simon Cotton zei: 'Maar… o, dit is een wonder! U moet de schrijver zijn van *Jacob worstelt*.'

Mijn vader staarde hem aan met een blik in zijn ogen die ik alleen maar kan beschrijven als wanhopig. Eerst dacht ik dat het was omdat hij geen kans zag te ontkomen aan deze vreemde mensen.

Toen zei hij: 'Ja… ja, zeker…' op een merkwaardig aarzelende manier, en ik begreep opeens dat hij verschrikkelijk blij was, maar het nog niet helemaal kon geloven. Ik kan me voorstellen dat een schipbreukeling die een schip in het zicht krijgt, kijkt zoals vader op dat moment. Simon Cotton kwam dichterbij, schudde hem de hand en stelde zijn broer voor, terwijl hij zei: 'Neil, herinner je je *Jacob worstelt*?'

Neil zei: 'Natuurlijk, hij was geweldig,' waardoor ik begreep dat hij dacht dat Jacob Worstelt de naam was van een persoon uit het boek, in plaats van dat het betekent dat Jacob met de engel worstelt, zoals het geval is. Simon begon over het boek te praten alsof hij het net had uitgelezen, hoewel ik langzamerhand merkte dat hij het jaren geleden op de universiteit had bestudeerd. Eerst was vader zenuwachtig en onhandig, en stond hij daar maar met zijn deken om zich heen geslagen, maar hij begon zich meer en meer op zijn gemak te voelen tot hij bijna alleen aan het woord was en Simon alleen van tijd tot tijd nog een woordje meesprak. En eindelijk gooide vader de deken af alsof die hem hinderde en liep naar de tafel, terwijl hij zei: 'Chocola, chocola!' Het leek wel of het de mooiste drank van de wereld was; en persoonlijk vind ik dat ook.

Terwijl wij dronken, werd het gesprek meer algemeen. Mijn vader plaagde ons met onze groene handen en Neil Cotton ontdekte de omgekeerde vleesschaal in het bad en vond het erg grappig dat ik daarop had gezeten. Rose werd steeds aardiger en aardiger, ze glimlachte en was vriendelijk. Ze zat bij het vuur met Ab op schoot, die bijna dezelfde kleur heeft als haar haar, en de Cottons kwamen hem elke keer aaien. Ik kon zien dat alles hen boeide; toen Heloïse boven op de grote boiler sprong om daar te gaan slapen, zei Neil dat het het grappigste was dat hij ooit in zijn leven had gezien. Ik zei zelf niet veel – vader en de Cottons praatten het meest – maar de Cottons schenen alles wat ik zei amusant te vinden.

En toen, net toen alles zo geweldig goed ging, stelde Simon Cotton de enige vraag waarvan ik had gehoopt dat hij hem niet zou stellen. Hij draaide zich om naar vader en zei: 'En wanneer kunnen we de opvolger van *Jacob worstelt* verwachten?'

Ik wist dat ik voor afleiding moest zorgen door mijn chocola om te gooien, maar ik had er zo'n trek in. En terwijl ik nog worstelde met mijn gulzigheid, antwoordde vader: 'Nooit.' Hij zei het niet boos of bitter. Hij fluisterde het alleen maar. En ik geloof niet dat iemand anders dan ik zag hoe hij als het ware in elkaar zakte; de houding van zijn hoofd veranderde en zijn schouders zakten naar beneden.

Maar bijna voor ik dit had gezien, zei Simon Cotton: 'Nee, dat kan natuurlijk ook niet, als je er goed over nadenkt.'

Mijn vader wierp hem een blik toe en hij ging snel door.

'Sommige unieke boeken schijnen geen voorlopers of opvolgers te hebben, althans waar het hun auteurs zelf betreft. Zelfs al beïnvloeden zij het werk van andere schrijvers heel sterk, voor hun schepper zijn ze compleet en leiden nergens naartoe.'

Topaas keek even bezorgd naar vader als ik.

'O, maar...' begon ze te protesteren. Mijn vader onderbrak haar.

'Bedoelt u dat de schrijvers van zulke boeken vaak maar één boek schrijven?' vroeg hij heel rustig.

'Allerminst,' zei Simon Cotton. 'Ik bedoel alleen maar dat het verkeerd van mij was om het woord "opvolger" te gebruiken. De oorspronkelijke geesten onder de schrijvers – misschien in zekere zin de enige ware scheppers – graven diep en brengen één volmaakt werk naar boven; compleet, geen schakel in een keten. Later graven ze weer – naar iets dat even uniek is. God heeft misschien andere werelden geschapen, maar Hij is kennelijk niet doorgegaan met van alles aan deze wereld toe te voegen.'

Hij zei het op een tamelijk statige, bloemrijke manier, maar volkomen ernstig; en toch had ik niet het idee dat hij het ernstig meende. En ik had ook niet het gevoel dat het erg veel betekende. Ik geloof dat het meer een handige en vriendelijke manier was om ons over een moeilijk ogenblik heen te helpen; maar als dat zo is, moet hij heel vlug gemerkt hebben hoe moeilijk het moment was. Het vreemde was dat vader zo onder de indruk leek te zijn. Zijn hoofd schokte even, alsof hij net een idee kreeg, maar hij antwoordde niet; het was alsof hij even wilde nadenken. Toen vroeg Simon Cotton hem iets over de derde droom in *Jacob worstelt* en hij werd weer levendig; ik heb hem nog niet zo levendig gezien sinds het jaar waarin hij met Topaas trouwde. En hij sprak niet alleen over zichzelf; nadat hij de vraag had beantwoord, betrok hij ons allemaal in het gesprek, vooral Rose; hij zei telkens dingen die maakten dat de Cottons zich tot haar richtten; en dat leken ze maar wat graag te doen.

Neil Cotton praatte niet zoveel als zijn broer. De meeste tijd zat hij op de grote boiler met Heloïse. Een keer knipoogde hij vriendschappelijk naar mij.

Eindelijk kwam Thomas binnen om te zeggen dat de paarden

stonden te wachten. (Er was genoeg chocola over voor hem, maar niets voor Stephen, die bij de paarden was gebleven. Gelukkig had ik de helft van de mijne bewaard en op het fornuis gezet om warm te houden.) Mijn vader en ik baggerden door de laan met de Cottons om te zien hoe de auto uit de modder werd getrokken – Rose kon niet komen vanwege haar mooie jurk en Topaas had kennelijk geen zin. Het was een vrolijk gedoe met de Cottons, die met hun zaklantaarns schenen, en iedereen lachte en maakte geluiden om de paarden gerust te stellen, en toen stond de auto weer veilig op de weg. Daarna was het afscheid nogal gehaast, maar allebei de Cottons zeiden dat ze ons gauw weer zouden komen opzoeken, en ik ben er zeker van dat ze het ook meenden.

Stephen en Thomas brachten de paarden terug en vader en ik sjouwden naar huis in de regen. De jongens namen de lantaarn mee, zodat het erg donker was; ik hoef nauwelijks te zeggen dat we al in geen jaren meer een bruikbare zaklantaarn hebben gehad. Mijn vader hield mijn arm stevig vast en leek bijzonder vrolijk. Ik vroeg hem hoe hij de Cottons vond en hij zei: 'Nou, ik denk niet dat ze ons lastig zullen vallen over de huur.' Toen zei hij dat hij vergeten was hoe stimulerend Amerikanen kunnen zijn en vertelde me interessante dingen van zijn reizen door Amerika. En hij zei dat Simon Cotton zoals Henry James was, het type Amerikaan dat zijn hart verliest aan Engeland: 'Hij zal een bewonderenswaardige eigenaar zijn van Scoatney.' De enige roman van Henry James die ik ooit heb proberen te lezen, was *What Maisie Knew* toen ik ongeveer negen was; ik dacht dat het een kinderboek zou zijn. We hadden toen een prachtige pruimkleurige uitgave van James' werken, maar die is natuurlijk met de andere kostbare boeken verkocht.

Zodra we terugkwamen in het kasteel, ging vader naar het poorthuis, en ik ging vlug naar Rose en Topaas. Ze waren opgewonden aan het praten; Topaas was over haar stille bui heen.

Ze wist absoluut zeker dat Rose indruk had gemaakt en begon plannen te maken om een japon voor haar te veranderen, een echte Londense japon, die Rose altijd prachtig heeft gevonden. En ze besloten de zitkamer een schoonmaakbeurt te geven, voor het geval de Cottons vlug weer op bezoek zouden komen. Ik vroeg of ze het niet heerlijk vonden dat ze echt bij vader in de smaak vielen. Door de achterramen van het poorthuis konden we hem aan zijn schrijftafel zien zitten.

Topaas zei: 'Er is een wonder gebeurd! Hij begint weer te werken!'

Stephen en Thomas kwamen terug en ik dwong Stephen de chocola op te drinken die ik voor hem had bewaard; ik moest dreigen dat ik het door de gootsteen zou gooien voor hij het wilde aannemen. Toen gingen we naar bed. Rose haalde al haar kleren te voorschijn en drapeerde ze over Miss Blossom om te kijken of sommige er misschien beter uitzagen dan ze zich herinnerde. Ze waren erger. Maar zelfs dat ontmoedigde haar niet.

We bleven praten. Plotseling ging ik rechtop in bed zitten en zei: 'Rose, we schroeven het veel te veel op. Dat moeten we niet doen. Natuurlijk zal het heerlijk zijn als we op partijtjes en zo worden gevraagd, maar... Rose, je zou toch niet kunnen tróúwen met die man met z'n baard?'

'Ik zou nog met de duivel zelf trouwen als hij geld had,' zei Rose.

Ik ben er vrij zeker van dat ze Simon Cotton in gedachten nog voor zich zag; maar omdat ze er niets over zei, deed ik het ook niet. Het heeft weinig zin om aandacht aan zoiets te besteden als het om een rijke man gaat.

Nadat we de kaarsen hadden uitgeblazen, liet ik Miss Blossom praten. Ik kan nooit bedenken wat zij zegt, tenzij ik doe alsof het echt is. Toen ik haar vroeg wat ze hier allemaal van dacht, antwoordde ze: 'Goed, het is een begin, meisjes, dat valt niet te ontkennen. Zorgen jullie nu maar dat je er op je best uitziet. Natuurlijk zullen al die oude kleren die jullie over mij hebben gehangen niet veel helpen, maar was je haar en verzorg je handen. Dat groene goedje op je handen is voor een keer wel grappig, maar dat hebben we nu gehad. En nu zouden jullie beter aan je teint kunnen denken en zorgen dat jullie je schoonheidsslaapje niet missen.'

Rose nam de raad over de verfstof ter harte; vanmorgen heeft ze haar handen geboend en geschuurd tot ze het er helemaal af had. Ze gebruikte ons laatste restje schuurpoeder, dus moet mijn verf eenvoudig afslijten; het heeft nu het grijze stadium bereikt, waarin het eruitziet als vuil. O, ik heb net een ingeving gehad: na de tea zal ik mezelf te lijf gaan met schuurpapier.

Hoe vlug kan het leven veranderen! Gisteren om deze tijd was het winters saai – en nu hebben we niet alleen de Cottons, maar zit de lente echt in de lucht. Van hierboven in de schuur kan ik de knoppen zien in de sleedoornheggen... Ik heb net gemerkt dat ik door mijn hoofd te bewegen diverse gedeelten van de laan kan zien door de vierkante opening vlak bij het dak; dat is een echt boeiend...

O, lieve help! Ze zijn er – de Cottons – ze zijn net om de laatste bocht van de laan verschenen! Wat moet ik doen...? Ze zijn al voorbij. Ik zag geen kans om Rose en Topaas te waarschuwen; ik kon niet ongezien uit de schuur komen. Ik weet in elk geval dat ze terug zijn van hun wandeling omdat ik Rose een tijdje geleden op de piano hoorde spelen. Maar wat zullen ze aan hebben? En, lieve hemel, Rose was van plan haar haar te wassen! Wij hadden nooit durven hopen dat de Cottons vandaag al zouden komen!

Door de kier in de schuurdeur zag ik ze voorbijlopen; en toen klauterde ik weer boven op het stro en keek ze na tot ze in het gangetje van het poorthuis verdwenen. Moet ik naar binnen gaan? Dat wil ik natuurlijk wel graag, maar er zit een groot gat in mijn kous en mijn gymjurk zit onder het stof van het stro...

Het is zeker een halfuur geleden sinds ik die laatste regel schreef. Ik ben niet naar binnen gegaan. Ik heb hier op het stro liggen denken aan iedereen daar in de salon met het brandende haardvuur. Het doet er eigenlijk niet toe, al heeft Rose haar haar gewassen, want het ziet er erg mooi uit als het droogt. Ik ben ervan overtuigd dat ik goed heb gehandeld door hier te blijven; soms praat ik te veel. Ik moet ontzettend voorzichtig zijn dat ik nooit de aandacht van Rose afleid. Ik houd mezelf steeds voor dat het waar is, dat het echt is gebeurd – wij hebben twee mannen leren kennen. En ze vinden ons aardig; dat moet wel, anders waren ze niet zo gauw teruggekomen.

Ik heb eigenlijk geen zin om nog meer te schrijven; ik heb alleen maar zin om hier te liggen denken. Maar er is iets wat ik wil vastleggen. Het heeft te maken met wat ik voelde toen ik de Cottons de laan zag afkomen, dat vreemde, afgescheiden gevoel. Ik vind het prettig om naar mensen te kijken als ze me niet kunnen zien. Ik heb vaak naar ons gezin gekeken door een verlicht raam, en dan lijken ze heel anders, zo'n beetje zoals kamers eruitzien als

je ze in de spiegel ziet. Ik kan het gevoel niet onder woorden brengen – het verdween toen ik het probeerde vast te leggen.

De zwarte baard van Simon Cotton ziet er bij daglicht vreem-
der uit dan ooit, vooral nu ik besef dat de man helemaal niet oud
is; ik zou zeggen dat hij nog geen dertig is. Hij heeft mooie tanden en een vrij aardige mond, die goed gevormd is. Die ziet er eigenaardig bloot uit in het midden tussen al dat haar. Hoe kán een
jongeman een baard prettig vinden? Ik vraag me af of hij een lit-
teken heeft. Zijn wenkbrauwen lopen wat omhoog aan het eind.

Neil Cotton is heel aantrekkelijk, hoewel geen enkel onderdeel
van z'n gezicht opvallend is. Erg leuk haar, blond en krullerig. Hij
ziet er heel gezond uit: Simon is een beetje bleek. Ze zijn allebei
lang; Simon is wat langer, Neil een beetje breder gebouwd. Ze
zien er niet uit als broers, net zomin ze als broers klinken.

Simon draagt tweed en ziet er erg Engels uit.

Neil draagt een jas zoals ik nog nooit in mijn leven heb gezien:
een geruite voor- en achterkant, maar met effen mouwen. Misschien is hij van twee oude jassen gemaakt; maar ik hoop van niet,
want dat zou betekenen dat hij arm was en zijn broer gierig. Maar
het zag er eerder uit als een gloednieuwe jas. Ik denk dat hij gewoon uit Amerika komt.

Ze komen uit het kasteel! Zal ik ze tegemoet hollen en ze een
hand geven? Nee, niet met deze grauwe handen...

Er is iets verschrikkelijks gebeurd; zo verschrikkelijk dat ik het
bijna niet kan opschrijven. O, hoe konden ze, hoe konden ze!

Toen ze naar de schuur kwamen, hoorde ik ze praten. Neil zei:
'Bewaar me, Simon, je mag van geluk spreken dat je er levend
bent afgekomen!'

'Merkwaardig, vond je niet?' zei Simon. 'Gisteravond maakte ze helemaal zo'n indruk niet.' Toen draaide hij zich om om
naar het kasteel te kijken en zei: 'Wat een prachtig gebouw! Maar
vreselijk oncomfortabel. En ze hebben kennelijk geen penny. Ik
veronderstel dat we het het arme kind niet kwalijk kunnen nemen.'

'We kunnen haar kwalijk nemen dat ze zich zo vervloekt liet
kennen,' zei Neil. 'En dat idiote gewaad – om deze tijd van de
dag! Gek, gisteravond vond ik dat ze er nogal aardig in uitzag.'

'De stiefmoeder lijkt me heel aardig. Ze keek ongeveer even onbehaaglijk als ik me voelde. Mijn hemel, wat maakte dat meisje me verlegen!'

'We zullen ze moeten laten schieten, Simon. Als we dat niet doen, kan ze je in een heel moeilijk parket brengen.'

Simon zei dat hij dat ook dacht. Ze spraken rustig, maar het was zo stil dat ik elk woord duidelijk verstond. Toen ze voorbij de schuur liepen, zei Neil: 'Jammer dat we het kind niet meer hebben gezien. Dat was een grappig ding.'

'Een beetje bewust naïef, vond je ook niet?' zei Simon. 'Ik vind het het ergst dat we de oude heer aan zijn lot moeten overlaten; ik had gehoopt dat ik hem zou kunnen helpen. Maar ik neem aan dat er niet veel aan te doen is als hij een hopeloze dronkaard is.'

O, ik zou ze kunnen vermoorden! Terwijl vader niet eens genoeg te eten krijgt, laat staan sterke drank! Ze moeten lasterpraatjes hebben gehoord. Hoe durven de mensen te zeggen dat hij drinkt! En hij is geen oude heer; hij is nog geen vijftig.

Meer heb ik niet gehoord. Ik wilde nu wel dat ik naar buiten was gerend en ze had geslagen. Dan zouden ze hebben kunnen zien hoe bewust naïef ik was!

Wat ter wereld heeft Rose uitgevoerd? Ik moet naar binnen.

Acht uur. In de salon.

Ik ben hierheen gegaan om uit Roses buurt te komen. Ze droogt haar haar in de keuken en manicuurt haar nagels met een gepunte lucifer. En ze praat maar en praat maar. Ik begrijp niet hoe Topaas het uithoudt, terwijl ze weet wat ze weet; want ik kon het niet voor me houden, dat hield ik niet uit. Ik zou dat misschien hebben gedaan als ik haar niet alleen had aangetroffen toen ik naar binnen ging; maar ze was alleen en zag dat ik van streek was. Ik begon het haar fluisterend te vertellen – ons huis is verschrikkelijk gehorig – maar ze zei: 'Wacht,' en ze trok me naar buiten de tuin in. We konden Rose boven horen zingen, dus spraken we niet tot we de brug over waren en een eindje de schans op waren gegaan.

Topaas was niet zo woedend als ik had verwacht; maar natuurlijk vertelde ik haar niet wat ze over vader hadden gezegd. Ze was zelfs niet verbaasd. Ze zei dat Rose de Cottons had zien aankomen uit haar slaapkamerraam en dat niets er haar van af kon

73

brengen om haar mooie huisjurk aan te trekken. (Alsof iemand ooit 's middags in zo'n gewaad rondloopt!) En ze had zich krankzinnig gedragen, terwijl ze het kennelijk op Simon Cotton had gemunt.

'Bedoel je dat ze te aardig tegen hem was?'

'Niet precies, dat zou er waarschijnlijk niet zoveel toe gedaan hebben. Ze stelde zich verschrikkelijk aan; ze daagde hem voortdurend uit – als ze een waaier had gehad, zou ze er hem mee op z'n arm hebben getikt en "foei, foei" gezegd hebben. En ze knipperde aldoor met haar ogen. Honderd jaar geleden zou het allemaal heel aantrekkelijk zijn geweest.'

O, ik zag het voor me! Rose heeft het uit oude boeken. Behalve Topaas hebben we nooit een moderne vrouw gekend, en Rose zou er niet over denken om haar na te doen. O, arme, arme Rose; ze heeft zelfs nooit moderne meisjes in de film gezien, zoals ik.

'Ze zullen niet meer terugkomen,' zei Topaas. 'Dat heb ik wel begrepen, zelfs al had je niet gehoord wat ze zeiden.'

Ik zei dat we ze konden missen als kiespijn en dat het afschuwelijke mensen moesten zijn om zo te kunnen praten. Maar Topaas zei dat dat onzin was. 'Rose heeft het ernaar gemaakt. Het kan mannen niet echt schelen of je laat zien dat je ze graag mag, maar ze nemen de benen voor een al te duidelijke veroveringslust; en dat was het natuurlijk, al die uitdagingen en het achteroverwerpen van haar hoofd, en alles op de grofste manier op Simon gericht. Als Mortmain erbij was geweest, zou hij haar met een plagerijtje eraf hebben gebracht; en in elk geval zou hij zelf met hen hebben gepraat. O, verdraaid!'

Mijn vader was een wandeling gaan maken – de eerste in maanden. Topaas zei dat Simon Cotton hem een boek van een beroemde Amerikaanse criticus had gebracht, omdat een van de artikelen daarin over *Jacob worstelt* ging.

'Ik neem aan dat er een kleine kans is dat Simon nog terugkomt om met Mortmain te praten,' zei ze. Maar ik wist wel beter.

Het begon donker te worden. In de keuken brandde licht. We zagen Rose langs het raam komen.

'Zullen we het haar zeggen?' vroeg ik.

Topaas vond van niet, tenzij we nog ooit op Scoatney worden

uitgenodigd. 'Dan moeten we proberen haar wat gezond verstand bij te brengen.'

We zullen niet gevraagd worden.

Topaas legde haar arm om mijn schouders en we sjokten de schans af; erg onhandig omdat zij langere stappen neemt dan ik. Toen we beneden aankwamen, keek ze achterom naar de Belmotte, die donker afstak tegen de avondschemer.

'Prachtig, vind je niet?' vroeg ze met haar fluweligste stem. Kon ze nu echt belangstelling hebben voor schoonheid op dit moment? Trouwens, toen ze de toren schilderde, maakte ze er een soort zwarte deegrol van op een omgekeerde groene puddingvorm.

Mijn kaars is bijna uitgebrand en het wordt steeds kouder in de salon; de haard is al uren uit; maar ik kan dit niet schrijven als ik met Rose in een kamer ben. Als ik naar haar kijk, krijg ik het gevoel of ik kijk naar een rat in een val, die hoopt dat hij nog een uitweg zal vinden, terwijl ik weet dat die er niet is. Niet dat ik ooit een rat in een val heb bekeken, en Rose denkt ook niet dat ze in een val zit; maar dit is geen moment om kieskeurig te zijn over je beeldspraak.

Heloïse heeft net de deur opengeduwd en is binnengekomen en likt me nu, wat vriendelijk is, maar zo kil bij het opdrogen. En ik kan nu veel duidelijker dan me lief is horen wat er in de keuken gebeurt. Mijn vader zit daar nu opgewonden te praten; hij zegt dat de Amerikaanse criticus dingen heeft ontdekt in *Jacob worstelt* die hij er beslist nooit in heeft gezet, en dat het niet te geloven is hoe aanmatigend de heren critici zijn. Hij verheugt er zich kennelijk op om het allemaal met Simon Cotton te bespreken. Roses uitbundigheid is ten top gestegen.

Het spijt me te moeten zeggen dat ze nu fluit.

Stephen is hier geweest en heeft zijn jas om me heen geslagen. Die ruikt naar paarden.

Bén ik bewust naïef? Misschien wel; misschien is dit dagboek het ook. Voortaan zal ik in strak proza schrijven. Maar in werkelijkheid zal ik helemaal niet meer schrijven, omdat ik aan het eind van dit schrift ben gekomen; ik heb de twee binnenkanten van de omslag al gebruikt en nu schrijf ik dwars door mijn zinnen heen, en doorgehaald snelschrift zal waarschijnlijk nooit meer te ontcijferen zijn.

Het moet vierentwintig uur geleden zijn dat die Cottons bij mij binnenwandelden, toen ik in het bad zat.

Topaas heeft net geroepen dat ze chocola maakt. O, troostvolle chocola! Niet zo best – Topaas heeft nu geroepen dat hij met water moet worden gemaakt omdat de Cottons de melk hebben opgedronken; er was geen thee meer om hun aan te bieden. Enfin, elke soort chocola is lekker. Maar het is vreselijk dat Rose denkt dat het voor de feestelijkheid is, terwijl Topaas en ik weten dat het een galgenmaal is.

EINDE

SLA HET SCHRIFT DICHT

II Het schrift van een shilling

April en mei

6

Ik heb een nieuw schrift, het mooiste dat ik ooit heb gezien! Het heeft een hele shilling gekost! Stephen heeft het miss Marcy vorige week in Londen laten kopen; ze ging ernaartoe met een goedkoop dagretourtje. Toen hij het me gaf, dacht ik dat ik er zoiets als *Wuthering Heights* in zou schrijven; ik had helemaal niet gedacht dat ik met dit dagboek zou willen doorgaan. En nu is het leven weer opnieuw begonnen.

Ik zit op Belmotte. Het voorjaar heeft zich zo snel doorgezet dat de katjes nog aan de hazelaars bengelen, terwijl de madeliefjes al uitkomen op de schans – vooral daar, in het korte, lichtgroene gras van de donjon, vind ik ze prachtig. Ze zijn daar niet alleen het bewijs van het echte voorjaar, maar doen ook denken aan de lente in een kinderprentenboek. Er bloeien narcissen in het perk op de binnenplaats, maar die kan ik van hier niet zien omdat de was daar hangt te wapperen; Topaas komt telkens naar buiten met meer dingen om op te hangen, en dat hoort allemaal bij het opwindende gevoel. Ik heb me lekker zitten verkneuteren, achterovergeleund tegen de toren, terwijl ik keek naar het voorbijdrijven van de schitterende witte wolkjes – er staat een stevige bries, maar het is warm, bijna zomers.

Het is vandaag zes weken geleden dat Topaas en ik in de schemer op Belmotte stonden en het leven zijn diepste dieptepunt had bereikt, hoewel het daarna nog veel dieper ging. Eerst waren alleen Topaas en ik maar ongelukkig; het kostte enorm veel moeite om het niet te tonen; we slopen vaak samen weg om verre wandelingen te maken, waarbij we een somber gezicht konden trekken. Roses opgewekte bui duurde ongeveer tien dagen; toen begon ze het gevoel te krijgen dat er iets moest gebeuren. Ik hield haar nog een week zoet door te veronderstellen dat de komst van Mrs. Cotton haar zoons veel drukte had bezorgd. Toen viel de slag: miss Marcy vertelde ons dat de dominee op bezoek was geweest en voor de lunch was gevraagd, en dat er verscheidene mensen uit Scoatney waren uitgenodigd.

'Maar van Godsend niemand anders dan de dominee?' vroeg ik haastig. Maar er is niemand anders in Godsend die ze zouden kunnen vragen, behalve ons.

'Volgende keer is het jullie beurt, kinderen,' zei miss Marcy. Rose stond op en liep regelrecht de keuken uit.

Die avond, toen we in bed lagen, zei ze plotseling: 'Vraag eens aan Miss Blossom wat er verkeerd is gegaan, Cassandra.'

Ik zat lelijk vast – ik had het gevoel dat ik wat wijze raad voor de toekomst moest invlechten, maar ik wist niet hoe, zonder de harde waarheid te zeggen.

'Ze zegt dat ze het niet weet,' zei ik eindelijk. Ik liet het Miss Blossom niet zelf zeggen, omdat ik me haar altijd voorstel als heel eerlijk.

'Ik denk dat het komt omdat we zo arm zijn,' zei Rose bitter. Toen ging ze rechtop zitten in het ijzeren ledikant (het was mijn week voor het hemelbed) en zei: 'Ik was aardig tegen ze, echt waar.'

Ik nam mijn kans waar en zei met Miss Blossoms stem: 'Misschien was je te aardig, liefje.'

'Maar dat was ik niet,' zei Rose. 'Ik was charmant, maar ik was... nou ja, ook nukkig en tegen de draad. Houden mannen daar juist niet van?'

'Wees jij nu maar gewoon, meiske,' zei Miss Blossom. Toen ging ik met mijn eigen stem door: 'Hoe aardig vond je ze eigenlijk, Rose?'

'Ik weet het niet; maar ik weet wel dat ik ze nu helemaal niet aardig vind. O, ik wil er niet meer over praten!'

En dat was alles wat ze er ooit over heeft gezegd; dat was bijna het ergste van alles, dat we er niet gewoon over konden praten. Nooit heb ik me zo ver van haar af gevoeld. En het spijt me te moeten zeggen dat ik, ondanks mijn diep en liefdevol medelijden met haar, op sommige momenten zin had om haar eens flink hard door elkaar te schudden. Want ze is niet het type dat haar problemen kan oplossen door een wandeling of wat werk; ze zit maar te zitten en te mokken.

Topaas was bewonderenswaardig geduldig; maar soms vraag ik me af of het alleen geduld is, of dat het iets weg heeft van een

80

koe. Het is net zoiets als haar ongevoeligheid voor kou; vader zei een keer dat ze een met bont gevoerde huid had, en er zijn momenten dat ik vind dat ze met bont gevoerde gevoelens heeft. Maar waar het vader zelf betreft zijn ze allesbehalve met bont gevoerd. Drie weken geleden ontdekte ik haar in de bufferzone, terwijl ze zat te huilen voor haar portret van hem waarvoor hij nooit poseert. (Het bestaat in hoofdzaak uit oranje driehoeken.) Ze zei dat zijn teleurstelling veel belangrijker was dan die van Rose, dat hij het zo prettig had gevonden om Simon Cotton te leren kennen, en dat hij zo graag wilde praten over dat Amerikaanse essay over *Jacob worstelt*.

'Vooral nu hij er anders over oordeelt – hij denkt nu dat hij inderdaad al die dingen bedoeld heeft die de criticus opnoemt. En ik was er zo zeker van dat het hem weer aan het schrijven had gezet. Maar ik ben net het poorthuis binnengeglipt, terwijl hij naar de pastorie was, en waaraan denk je dat hij werkt? Kruiswoordraadsels!'

Ik opperde dat er geld kon zitten in kruiswoordraadsels.

'Niet dat soort,' zei Topaas. 'Ze waren zinloos. Cassandra, wat ís er toch met hem aan de hand?'

Ik kreeg een verschrikkelijke gedachte. Ik vroeg me af of vader toch al jaren aan de drank was, of hij een geheime wijnkelder onder het kasteel had gevonden, of ergens drank van maakte – ik weet dat er een goedje is dat ze houtalcohol noemen.

'O, doe niet zo idioot,' zei Topaas. 'Je kunt heel goed merken of iemand drinkt. We moeten geduld hebben – hij is per slot een genie.'

Ze ging haar ogen met water betten, en deed toen haar lievelingsjapon aan, die van crèmekleurige zijden damast, Italiaans, en waar de gaten zowat in vallen; ze draagt er een robijnrood mutsje bij. Toen ging ze naar beneden om aardappelpannenkoeken te maken voor de tea.

Ik was in de tuin om te kijken naar een narcis die bijna open was, toen vader terugkwam uit de pastorie.

'Is er nieuws?' riep ik, om vriendelijk te zijn.

'Alleen dat het een hele onderscheiding moet zijn als je níét op Scoatney wordt uitgenodigd. Ik krijg de indruk dat de uitnodigingen worden rondgestrooid.'

Hij zei het op zijn hooghartigste toon; toen gaf hij me een vlug, verlegen glimlachje en voegde eraan toe: 'Het spijt me, meisje. Je weet toch wat er aan de hand is?'

Ik staarde hem aan en hij ging door: 'Het is de huur – ze hebben dat zaakje eens nagekeken. Ik weet het omdat de gebruikelijke kwartaalrekening niet is binnengekomen op 1 maart. O, ze zijn vriendelijk genoeg – dat zijn de beste Amerikanen altijd; maar ze willen niets met ons te maken hebben.'

Ik wist dat Topaas hem de waarheid niet had verteld; gedeeltelijk omdat ze dacht dat het hem van streek zou maken, en gedeeltelijk uit een gevoel van vrouwen moeten elkaar bijstaan. Ik vroeg me af of ik het hem zelf moest vertellen. En toen besloot ik dat het goed zou zijn als hij zich schuldig voelde over de huur – alles, wat dan ook, als het hem maar tot werken aan zou zetten. Maar zoals hij daar stond in zijn dunne oude jas, terwijl de maartwind met zijn verblekende blonde haar speelde, had ik zielsveel medelijden met hem; dus zei ik tegen hem dat er aardappelpannenkoeken bij de tea waren.

Uiteindelijk waren de aardappelpannenkoeken een mislukking omdat we tijdens het eten zo'n soort familieruzie kregen die in boeken en in de film zo grappig zijn. In het echte leven zijn ze helemaal niet grappig, vooral niet als ze plaatshebben tijdens de maaltijd, zoals zo vaak het geval is. Ik word er altijd trillerig van en voel me dan zo misselijk. Het begon doordat Thomas drie keer aan Rose vroeg of ze hem het zout aan wilde geven, en zij hem negeerde, en toen hij tegen haar begon te schreeuwen, leunde ze voorover en gaf hem een draai om zijn oren.

Topaas zei: 'Rose, ben je gek, je weet dat Thomas last heeft van oorpijn.'

En Rose zei: 'Natuurlijk moet jij dat erbij halen – ik neem aan dat hij nou doodgaat en dat het dan mijn schuld is.'

Mijn vader zei: 'Verdomme!' en hij schoof zijn stoel achteruit boven op Heloïse, die jankte.

Toen zei ik: 'Ik kan er niet tegen, ik kan er niet meer tegen!' wat belachelijk was.

Stephen was de enige die kalm bleef. Hij stond rustig op om te kijken of Heloïse pijn had. Dat was niet het geval, en ze kwam er erg goed af omdat we haar het grootste deel van de aardappelpannenkoeken gaven. Onze eetlust kwam later terug toen er niets meer te eten was.

Het eten is niet veel beter ondanks Stephens loon, dat nu regelmatig binnenkomt, omdat we het zuinig aan moeten doen tot de rekeningen zijn afbetaald. Stephen houdt een shilling per week achter – dit schrift heeft hij van zijn spaargeld betaald. Ik heb het akelige idee dat hij het voor het grootste deel aan mij zal besteden; hij geeft voor zichzelf in elk geval niets uit. De laatste tijd heeft hij me geen gedichten meer gebracht; dat is een opluchting.

Die avond van de ruzie bereikten we onze diepste diepte; ongelukkige mensen kunnen het zich niet veroorloven een hekel aan elkaar te hebben. Zware klappen van het noodlot vragen om extra vriendelijkheid in de familie.

Hadden we het maar geweten – ons geluk was al een heel klein beetje aan het keren, want dat was dezelfde dag dat vaders tante Millicent stierf. Wat klinkt dat verschrikkelijk ongevoelig! Maar als ik haar weer tot leven kon brengen, zou ik het echt doen; en omdat ik dat niet kan, lijkt het me geen kwaad te kunnen als ik God dank voor zijn wonderbare wegen. Want ze had haar persoonlijke garderobe aan Rose en mij vermaakt.

Toen de dominee de overlijdensaankondiging had gezien in de *Times*, hadden we een vage hoop dat ze vader wat geld zou hebben nagelaten; maar ze had hem uit haar testament geschrapt en alles nagelaten aan een tehuis voor schildersmodellen – ik veronderstel dat ze vond dat die in tehuizen moesten blijven en niet met haar familie moesten trouwen. ('Denk je eens in,' zei Rose, 'als vader niet met Topaas was getrouwd, zouden we nu in het geld zwemmen.' En ik vroeg me af of ik liever zou zwemmen dan Topaas in de familie hebben, en kwam tot de conclusie dat ik dat niet zou prefereren, wat prettig was om te weten.)

Toen de eerste verrukking was gezakt, schoot het ons te binnen dat tante Millicent vierenzeventig was geworden en een excentrieke smaak had op het gebied van kleren. Maar hoe dan ook, een nalatenschap is toch altijd leuk.

Het notariskantoor schreef of we naar Londen wilden komen om de kleren zelf in te pakken; ze zeiden dat ze alle onkosten zouden betalen. Het vooruitzicht van een dag in Londen was hemels, maar het was een hels probleem wat we moesten aantrekken, vooral voor Rose; over mijn kleren kun je beter maar helemaal niet denken, dus denk ik er ook maar niet over. We streken onze wintermantels en borstelden ze op, en probeerden te geloven dat ze ervan opknapten. En toen werd het mooi weer – die jassen waren gewoonweg weerzinwekkend in de schitterende zonneschijn. Ik kreeg een plotselinge ingeving.

'Laten we ons oude witte mantelpak dragen,' zei ik.

Tante Millicent had ze voor ons laten maken net voor de ruzie met vader over zijn huwelijk met Topaas. Ze zijn van een soort zijden linnen, heel strak en getailleerd. Natuurlijk waren ze veel gedragen en het mijne is te kort, ook al is het tot de laatste centimeter uitgelegd; maar het zijn verreweg de beste kleren die we bezitten, en als door een wonder waren ze schoon opgeborgen.

'Het zou best staan als het hartje zomer was,' zei Rose toen we ze pasten. 'Maar in april...!' Toch besloten we ze te dragen als het mooi weer bleef. En toen we gisteren wakker werden, leek het meer op juni dan op april. O, het was een prachtige ochtend! Ik denk dat het mooiste voorjaarsweer het beste weer is dat God ons kan bieden. Het helpt je in elk geval om in hem te geloven.

Mr. Stebbins leende zijn wagen aan Stephen om ons naar het station te brengen, en zelfs het paard leek er plezier in te hebben.

'Heb je ooit de hemel zo hoog gezien?' vroeg ik. En toen schaamde ik me dat ik zo gelukkig was, omdat ik wist dat ik dat niet was geweest als tante Millicent nog zou leven; en ze had waarschijnlijk niet willen sterven, die arme, oude vrouw.

We reden door Godsend en de vroege ochtendzon scheen op de met mos begroeide grafstenen op het kerkhof. Ik probeerde me voor te stellen dat ik zelf eens zal sterven; maar ik kon het niet geloven; en toen zag ik in een flits dat als het eenmaal zover is, ik dit ogenblik zal herleven en opnieuw de hoge hemel van Suffolk zich zal zien spannen over de oude, oude graven van Godsend.

De gedachte aan de dood – vreemd, mooi, verschrikkelijk en heel veraf – maakte dat ik me gelukkiger voelde dan ooit. De enige domper was de aanblik van Scoatney Hall door de bomen; en dat temperde mijn geluk alleen maar om Rose, want wat geef ik om de Cottons? (Tenminste, wat gaf ik toen om ze?) Ik vermeed zorgvuldig haar blik tot we het park helemaal voorbij waren, en

84

besteedde twee tactvolle minuten aan het vastmaken van mijn ene schoenknoopje.

We kwamen ruim op tijd bij het station van Scoatney. Rose vond dat we eersteklas moesten reizen omdat het notariskantoor het toch zou betalen.

'Maar stel je voor dat ze niet meteen betalen,' zei ik. We hadden Stephens loon waarmee we onze onkosten van deze dag konden betalen, maar Topaas rekende erop het terug te krijgen. Ten slotte namen we gewone derdeklasretourtjes.

Stephen bleef me maar smeken om toch vooral voorzichtig te zijn in het verkeer; hij rende zelfs naast de trein mee om het me nog eens te vragen. Toen stond hij ons na te wuiven. Hij glimlachte maar keek een beetje melancholiek. Het drong ineens tot me door dat hij nog nooit in zijn leven naar Londen was geweest.

Het was merkwaardig hoe verschillend alles leek nadat we in King's Crypt uit ons speelgoedtreintje waren overgestapt. Het landelijke gevoel verdween – het was alsof deze Londense trein de lucht van Londen met zich meedroeg. En onze witte mantelpakken begonnen er eigenaardig uit te zien. Ze zagen er nog veel en veel eigenaardiger uit toen we in Londen aankwamen; de mensen staarden ons werkelijk na. Rose merkte het direct.

'Dat komt omdat ze onze mantelpakken bewonderen,' zei ik, in de hoop haar te kalmeren – en ik vond ze leuker dan de meeste saaie kleren die de vrouwen aan hadden.

'We vallen erin op,' zei ze vol schaamte. Ze wist niet hoeveel opvallender we er zouden uitzien voor we weer thuis waren.

Het was drie jaar geleden dat we het laatst in Londen waren geweest. We hadden het natuurlijk nooit goed gekend; gisteren was de eerste keer van mijn leven dat ik door de City liep. Het was boeiend, vooral de winkels met schrijfwaren; ik zou altijd wel naar zulke etalages willen kijken. Rose vindt dat dat de saaiste etalages van de wereld zijn, behalve misschien die van slagerijen. (Ik snap niet hoe je slagerijen saai kunt vinden; die staan veel te vol met enge dingen.) We verdwaalden elke keer en moesten dan de weg vragen aan politieagenten, die allemaal nogal vrolijk en vaderlijk waren. Een van hen was zo vriendelijk om het verkeer voor ons stop te zetten, en een taxichauffeur maakte kusgebaartjes tegen Rose.

Ik had gehoopt dat het notariskantoor oud en donker zou zijn met een oude notaris uit een roman van Dickens; maar het was maar een heel gewoon kantoor en we zagen alleen een jonge klerk met heel gladgekamd haar. Hij vroeg ons of wij de weg naar Chelsea per bus konden vinden.

'Nee,' zei Rose vlug.

Hij zei: 'Goed. Neem dan een taxi.'

Ik zei dat we niet veel kleingeld bij ons hadden. Rose werd vuurrood. Hij keek even naar haar en zei toen: 'Wacht even,' en hij verdween.

Hij kwam terug met vier pond.

'Mr. Stevenage zegt dat dit voor u is,' zei hij. 'Dit is voldoende voor uw treinreis, taxi naar Chelsea, taxi om de rommel naar het station te brengen, en een voortreffelijke maaltijd. En jullie moeten terug even aanwippen met de sleutel en een ontvangstbewijs tekenen. Duidelijk?'

We zeiden dat het duidelijk was en vertrokken. Rose was razend dat geen belangrijker iemand dan een klerk de moeite had genomen ons te woord te staan.

'Het is niet eerbiedig tegenover tante Millicent,' zei ze verontwaardigd. 'Ze behandelen ons als kinderen!'

Mij kon het niets schelen of ik een kind was, met vier pond in handen.

'Laten we proberen met de bus te gaan en het geld voor de taxi uitsparen,' stelde ik voor.

Maar ze zei dat ze het niet langer kon verdragen om zo aangestaard te worden. 'We zijn geloof ik de enigen in Londen die in het wit lopen.' Op dat moment riep een busconducteur: 'Stap in, sneeuwklokjes.' Ze riep hooghartig een taxi aan.

De vijver met de waterlelies in tante Millicents geplaveide tuintje stond droog. Ik hoopte dat de goudvissen een goed tehuis hadden gevonden.

We maakten de voordeur open. Ik was verbaasd dat de hal helemaal kaal was; het was niet tot me doorgedrongen dat de meubels allemaal weggehaald waren.

'Het geeft me een raar gevoel,' zei ik, toen de deur dicht was en de zonnige dag was buitengesloten.

'Het geeft mij alleen maar een koud gevoel,' zei Rose. 'Ik neem aan dat de kleren in haar slaapkamer zijn. Ik vraag me af of ze daar is gestorven.' Ik vond het tactloos om je dat hardop af te vragen.

Op onze weg naar boven keken we even in de grote salon. De twee grote ramen keken uit over de Theems; het was er verblindend licht. De laatste keer dat ik die kamer had gezien, werd hij verlicht door tientallen kaarsen voor een avondfeest. Dat was de avond dat we Topaas leerden kennen. Haar portret door Macmorris was net tentoongesteld en tante Millicent had hem gevraagd om haar mee te brengen. Ze had de zachtblauwe japon aan waarin hij haar had geschilderd, en hij had haar het grote jaden collier geleend. Ik herinner me dat ik me verbaasde over het lange lichtblonde haar, dat tot op haar rug hing. En ik herinner me hoe vader de hele avond met haar praatte en hoe tante Millicent, in haar zwart fluwelen japon met kanten bef, woedend naar hem staarde.

Tot mijn grote opluchting stond er niets in de grote slaapkamer aan de voorkant; hoewel ik niet kan zeggen dat hij me het gevoel gaf of daar iemand was gestorven; het was er alleen maar koud en leeg.

De kleren waren in het kleedkamertje aan de achterkant, en lagen in stapels op de vloer, met twee oude zwartleren koffers om ze in te pakken. Er was heel weinig licht omdat de groene zonwering was neergelaten. Het koord was gebroken, zodat we het niet omhoog konden trekken, maar we slaagden erin om de latten een beetje schuin te trekken.

Tante Millicents oude zwarte soldatenjas lag boven op een van de stapels. Toen ik klein was, was ik er bang van; ik denk dat hij me aan heksen deed denken. Gisteren vond ik hem ook griezelig, maar op een andere manier. Het leek of hij deel uitmaakte van de dood. Dat deden alle kleren. Ik zei: 'Rose, ik geloof niet dat ik ze kan aanraken.'

'Dat moeten we wel,' zei ze, en ze begon erin te rommelen.

Misschien als we ooit van die arme tante Millicent hadden gehouden, dat we een bepaalde genegenheid hadden gevoeld voor haar kleren. Misschien zou het niet zo afschuwelijk zijn geweest als ze mooi en vrouwelijk waren. Maar het waren bijna allemaal zware, donkere mantels en rokken en dik wollen ondergoed. En

87

rijen schoenen met platte hakken op houten leesten, die me nog het meest van streek maakten; ze deden me maar steeds aan dode voeten denken.

'Er zijn tientallen linnen zakdoeken, dat is tenminste iets,' zei Rose. Maar ik haatte de zakdoeken en de handschoenen en de kousen; en een verschrikkelijk, kapot en versleten korset.

'Iemands kleren moesten met hem begraven worden,' zei ik.

'Ze zouden niet achtergelaten en dan veracht moeten worden.'

'Ik veracht ze niet,' zei Rose. 'Sommige mantelpakken zijn van prachtig laken gemaakt.'

Maar ze stopte ze in de koffers op een manier die toch beledigend was. Ik dwong mezelf om ze er weer uit te halen en ze zorgvuldig op te vouwen, en in gedachten zag ik tante Millicent opgelucht kijken.

'Ze wilde altijd dat haar pakken netjes geperst en afgeborsteld waren,' zei ik.

'Net of dat haar nu wat kan schelen!' zei Rose.

En toen hoorden we iemand naar boven komen.

Ik werd ijskoud, van top tot teen. Toen greep de angst me bij de keel, zodat ik niet kon praten. Ik staarde alleen maar in doodsangst naar Rose.

'Nee... nee...' hijgde ze. 'O, Cassandra, néé...!'

Maar ik wist dat ze dacht van wel. En ik wist op de manier waarop ik zo vaak dingen over Rose weet, dat ze bang was geweest vanaf het moment dat we het huis waren binnengekomen, en dat de nonchalante manier waarop ze de kleren behandelde puur bluf was geweest. Maar ik wist toen niet dat ze twee keer zo bang was, dat ze dacht dat als het niet tante Millicent was die de trap op kwam, het dan een landloper was die zich in de kelder had verscholen; en dat hij ons allebei zou vermoorden en onze lijken in de koffers stoppen.

O, bewonderenswaardige Rose! Met deze twee angsten in haar hart wierp ze de deur wijd open en riep: 'Wie is daar?'

De klerk van het notariskantoor stond op de gang.

'Hoe durft u, hoe durft u!' riep ze woedend. 'Om zo het huis binnen te sluipen en mijn zusje een doodsschrik te bezorgen...'

'Niet doen, Rose!' zei ik met zwakke stem.

De arme klerk maakte overvloedige excuses. 'En ik kwam al-

leen om u te helpen,' zei hij tot slot. Toen gaf hij haar een brief.
Rose las hem. 'Maar dat kunnen we niet betalen!'

Ik rukte hem uit haar hand. Het was een aanmaning dat er geld
was verschuldigd voor het bewaren van bontwerken.

'U hoeft niets te betalen, dat heb ik telefonisch al in orde gemaakt,' zei de klerk. 'Wij zijn de executeurs van uw tante, dus wij
krijgen haar rekeningen, begrijpt u? Dit lag op mijn bureau toen
u vanmorgen aankwam, maar ik had nog geen tijd gehad om het
te lezen. Het zijn nu uw bontwerken.'

'Maar tante Millicent heeft nooit bont gehad,' zei ik. 'Ze vond
dat wreed voor de dieren.' En vond altijd dat ze gelijk had.

'Toch waren deze van haar,' zei de klerk, 'en wreed of niet, u
kunt er beter even naartoe gaan en ze ophalen. Bont is geld waard.'

Ik keek weer naar de brief. Er stond niet bij wat voor bont het
was.

'Het moet mooi bont zijn als ze zoveel geld betaalde om het te
laten opslaan,' zei de klerk. 'Weet u wat, stop al deze rommel in
de koffers, dan zal ik die voor u naar het station brengen en ze in
het bagagedepot afgeven, begrijpt u? Dan kunt u achter dat bont
aan.'

We stopten de kleren haastig in de koffers – het spijt me te moeten bekennen dat ik helemaal niet meer aan tante Millicents dode gevoelens dacht. De klerk en zijn taxichauffeur sjouwden de
koffers naar beneden; toen riep hij een andere taxi aan voor ons.

'Ik wou dat ik met u mee kon om die grap te zien,' zei hij, 'maar
ik moet om drie uur in de rechtszaal zijn.' Zijn haar was vet en
hij had puistjes maar hij had een goed hart. Rose dacht dat kennelijk ook, want ze leunde uit de taxi en zei dat het haar speet dat
ze zo boos was geweest.

'Hindert niets,' zei hij. 'Ik weet zeker dat ik ook de stuipen had
gekregen als ik in uw plaats was geweest.'

Toen reed de taxi weg en hij riep ons achterna: 'Ik hoop dat
het sabelbont is!' Dat hoopten wij ook.

'Ze moeten tamelijk nieuw zijn, want ze had ze niet toen wij
haar kenden,' zei Rose. 'Ik vermoed dat haar principes wat afge-
zwakt waren toen ze oud werd en het koud kreeg.'

'Het zal waarschijnlijk wel konijn zijn,' zei ik, want ik vond dat
onze verwachtingen niet zo hooggespannen moesten zijn; maar ik

geloofde niet echt dat tante Millicent iets goedkoops zou hebben gedragen.

De taxi hield stil bij een droom van een winkel – zo een waar ik nooit binnen zou hebben durven wandelen zonder goede reden. Wij gingen naar binnen langs de afdeling kousen en handschoenen, maar er stonden hier en daar ook spullen van andere afdelingen: flessen parfum en een glazen boompje met kersen eraan, en een takje wit koraal op een zeegroene sjaal van voile. Het was een slimme zaak; mensen met geld moeten daar zwaar in de verleiding komen om het met handen vol uit te geven!

De lichtgrijze tapijten veerden als mos en de lucht was geparfumeerd, het rook een beetje naar hyacinten, maar voller, dieper.

'Waar rúíkt het eigenlijk precies naar?' vroeg ik. En Rose zei: 'Het ruikt hemels.'

Op de bontafdeling hing een andere, zwaardere geur, en het bont zelf rook opwindend. Er lagen stapels bont zo maar op de grijs satijnen divans: donkerbruin, goudbruin, zilvergrijs. En er liep een jonge, blonde mannequin rond in een hermelijnen cape over een japon van rose tule, met een mofje. Een dame met blauwwit haar kwam naar ons toe en vroeg of ze ons van dienst kon zijn. Ze nam ons bewijsje mee; en even later verschenen er twee mannen in een witte jas met het bont van tante Millicent en gooiden het op een bank.

We schudden alles uit en bekeken het. Er waren twee heel lange jassen, de een zwart en langharig, de ander glad en bruin; een kort, nauwsluitend zwart jasje met pofmouwen, en een grote, harige vacht met een rand van groen vilt.

'Wat zijn dat in vredesnaam voor dieren geweest?' vroeg ik hijgend.

De dame met het witte haar inspecteerde ze omzichtig. Ze zei dat de bruine jas beverbont was en het korte jasje, dat rossig was onder het zwart, sealskin. De vacht kon ze absoluut niet thuisbrengen – mij leek het een collie. Rose paste de lange, langharige zwarte jas. Hij kwam tot aan de grond.

'Je lijkt wel een beer,' zei ik.

'Het ís berenvel,' zei de witharige dame. 'Lieve help, ik denk dat het een koetsiersjas is geweest.'

'Er zit iets in de zak,' zei Rose.

Ze haalde een stukje papier te voorschijn. Daarop was gekrabbeld: *Mevrouw naar de trein 1.20. Juffrouw Milly naar dansles 3 uur. De jonge dames naar de Grange om 6 uur.*

Ik rekende het uit: tante Millicent was de jongste zuster van vaders vader. Deze bontjassen moesten van haar moeder geweest zijn. Dat was dus… 'Goeie hemel,' riep ik. 'Ze zijn van onze overgrootmoeder geweest.'

Er kwam een of andere chef bij. We vroegen hem of er iets kostbaars bij was.

'Bever is tegenwoordig niet voor een appel of een ei te krijgen,' zei hij, 'maar ik weet niet of u het duur kunt verkopen. Nu behandelen we bont zo heel anders. Het weegt een ton.'

De winkel kocht geen tweedehands bont en hij kon ons geen raad geven waar we het kwijt zouden kunnen. We dachten dat we ze het beste in Londen konden verkopen en wilden ze achterlaten tot we Topaas om raad konden vragen; maar hij zei dat als ze daar langer bleven, er weer een kwartaal opslag moest worden betaald en dat de notaris van tante Millicent dat waarschijnlijk niet meer zou doen. Dus zeiden we dat we ze over onze arm mee zouden nemen. Het leek de enige manier. We tekenden de formulieren en stapelden alles op onze armen. Op onze weg naar buiten keken we door een boog naar de afdeling waardoor we waren binnengekomen. Er stond een mevrouw die lichtblauwe suède handschoenen kocht. Ze droeg een heel eenvoudig zwart mantelpakje, maar Rose vond dat ze er chic uitzag.

'Zo zouden wij eruit moeten zien,' zei ze.

We stonden daar te staren naar het parfum en de kousen en zo – we zagen een mevrouw die wel tíén paar zijden kousen kocht – tot ik zei: 'We lijken Ab wel als hij een vogel voorbij het raam ziet vliegen. Als we niet oppassen, beginnen we zo meteen verlangend te miauwen.'

Rose zei dat ze ook dat gevoel had.

'Weet je wat, laten we de hele winkel door lopen nu we er toch zijn,' stelde ik voor. Maar ze zei dat ze daar de moed niet voor had, met haar armen vol bont; dus stak ik mijn hoofd door de boog en ademde de hyacintengeur diep in, en toen liepen we door de vlakbij gelegen hoofdingang naar buiten.

Rose wilde de bontjassen meteen per taxi naar de City bren-

gen, maar er was er geen een te bekennen, en ik was zo uitge-
hongerd dat ik haar overhaalde om eerst iets te gaan eten. We
strompelden naar Oxford Street – dat bont woog inderdaad tonnen – en ontdekten een restaurant met frisse witte tafellakens en
grote ronde peper-en-zoutstellen. Het kostte heel wat moeite om
te gaan zitten; eerst probeerden we de jassen op te vouwen en erop te gaan zitten, maar toen ontdekten we dat we niet bij de vloer
en ook niet bij onze borden konden. Uiteindelijk moesten we alles naast ons op de vloer opstapelen, en dat viel niet helemaal in
de smaak bij de serveerster. Maar het restaurant beviel me wel;
de meeste mensen die er aten, waren ongewoon lelijk, maar het
eten was verrukkelijk.

We namen gebraden kip (een borststuk, twee shilling), ieder een
dubbele portie *breadsauce**, twee groentes, zalige zoete pudding
en verrukkelijke koffie met melk. We voelden ons heerlijk tot barstens toe vol. Toen we klaar waren, was het bijna vier uur.

'We hebben nauwelijks iets van Londen gezien,' zei ik toen we
terugreden naar het notariskantoor. Rose zei dat ze daar toch geen
zin in zou hebben gehad, zelfs al waren we niet met bont beladen
geweest, omdat het niet leuk was om in Londen rond te lopen als
je niet goed gekleed was. Daarna zweeg ze zo lang dat ik haar
vroeg waar ze aan dacht.

'Ik probeerde God te dwingen om me een zwart mantelpakje
te geven,' zei ze.

Onze vriend de klerk lachte zich een ongeluk om al het bont,
maar hij zei dat hij het vreselijk jammer vond. Hij dacht dat de
beverjas een reisjas voor een heer was geweest – hij was zelfs hem
te groot – en dat de bever de voering was en de Schotse ruit de
buitenkant. Hij gaf ons een kop thee en ieder twee kaneelbeschuitjes, maar we waren te vol om ze op te eten; dus stopten we
ze in een envelop voor de reis. Toen we de oude leren koffers uit
het bagagedepot haalden, vroeg de man daar of er soms lijken in
zaten. Toen vertelde Rose me hoe bang ze was geweest dat die er
inderdaad ingezeten zouden hebben – namelijk die van ons.

In de trein hadden we een coupé voor onszelf, en omdat het

---

* De enige saus die ooit door een Engelsman uitgevonden is – een dikke saus, gebonden met broodkruim.

koud werd toen de zon onderging, deed ik de beverjas aan met het bont aan de binnenkant. Het gaf me een wonderlijk goed gevoel. Heel merkwaardig, ik vond al dat bont heerlijk, vond het helemaal niet afschuwelijk, wat wel het geval was bij tante Millicents kleren, hoewel ik wist dat het toch allemaal door dode mensen was gedragen. Ik dacht hier lang over na terwijl ik het steeds warmer kreeg in de beverjas, en ik kwam tot de conclusie dat het net zo was als het verschil tussen de mooie oude graven in Godsend en de nieuwe, die open waren om er de kist in te laten zakken (waar ik nooit naar kan kijken); dat de tijd het lelijke en afschuwelijke van de dood wegneemt en het verandert in schoonheid.

Een jaar geleden zou ik over die gedachte een gedicht hebben gemaakt. Ik probeerde het gisteren, maar het wou niet lukken. O, ik kon wel regels bedenken die rijmden en goed liepen, maar dat was ook alles. Ik weet nu dat mijn gedichten nooit méér waren dan dat, en toch voelde ik me altijd de koning te rijk als ik er weer een had gemaakt. Dat mis ik nogal.

Ik leunde achterover en deed mijn ogen dicht; en meteen zweefde de hele dag voor mijn ogen. Ik herinnerde het me niet alleen maar, het leek wel alsof alles zich concentreerde binnen mijn oogleden; de City, het verkeer, de winkels, alles was er en wervelde door elkaar. Toen begon mijn geest er de stukjes uit te halen waar het over wilde denken en ik merkte dat de hele dag in het teken van kleren stond: eerst ons witte pak in de vroege ochtend, toen het bewustzijn van wat men in Londen droeg, toen de arme, dode kleren van tante Millicent, toen al die beeldige dingen in die winkel, en toen al het bont. En ik bedacht hoe belangrijk kleren voor ons vrouwen waren en altijd waren geweest. Ik dacht aan de Normandische dames in de vesting van de Belmotte, en aan de dames uit de tijd van de Plantagenets die in kasteel Godsend hadden gewoond, en aan dames uit de tijd van de Stuarts, toen ons huis op de ruïne werd gebouwd – en aan hoepelrokken en Jane Austen-japonnen en queues de Paris, en aan Rose, die naar een zwart mantelpakje verlangde. Ik had hier heel diepe, filosofische gedachten over, maar misschien heb ik ze maar gedroomd, want ze lijken allemaal vervlogen te zijn. Toen Rose me wakker maakte droomde ik van het witte koraal op de zeegroene sjaal van voile.

Het was tijd om over te stappen. Ik voelde me half bevroren toen ik de jas van beverbont uittrok; ik vond dat verstandiger omdat hij er niet alleen vreemd uitzag maar bovendien over de grond sleepte. Ik was blij toen we in ons lokaaltreintje zaten en ik hem weer aan kon doen. Rose trok de koetsiersjas aan en we leunden allebei uit een raampje om de lekkere plattelandslucht op te snuiven. Je bent je er pas van bewust als je weg bent geweest.

We hadden onze kaneelbeschuitjes nog altijd, dus aten we die op, terwijl we naar buiten leunden in de avond; maar ik bewaarde de mijne voor Stephen, die ons zou afhalen met de wagen van Mr. Stebbins om de koffers te vervoeren.

En toen gebeurde het. Toen we stopten in Little Lymping, keek ik naar de bagagewagen om er zeker van te zijn dat onze koffers niet bij vergissing zouden worden uitgeladen – de stationschef is een beetje getikt. En op dat moment, nog geen zes meter van me vandaan, keek Simon Cotton uit het treinraampje. Zijn haar en baard zagen er erg zwart uit, en het vale licht van de stationslampen maakte hem heel bleek, en zelfs in dat ene moment viel me de naakte huid rond zijn mond op.

Ik dook naar binnen en gilde naar Rose.

Ik rekende uit dat we tien minuten hadden om na te denken; we waren ruim zeven kilometer van Scoatney en het lokaaltje kruipt gewoonweg. Maar, o hemel, ik had meer tijd nodig! Ik kon zo gauw niet beslissen of ik Rose moest vertellen wat de Cottons over haar hadden gezegd; ik was zo bang dat als ik het niet deed, ze weer dwaas zou doen.

'Laten we uit de hoogte doen tegen ze,' zei ik, terwijl ik mijn haar opkamde voor het spiegeltje tussen foto's van de kathedraal van Norwich en het strand van Yarmouth.

'Uit de hoogte? Denk je dat ik van plan ben tegen ze te praten? Nadat ze ons genegeerd hebben?'

'Maar we zullen toch "goedenavond" moeten zeggen? We kunnen het koeltjes zeggen en waardig doorlopen.'

Ze zei dat we niets waardigs konden doen zoals we eruitzagen, beladen met bontjassen als haardkleedjes. Ze wilde dat we uit de trein zouden springen zodra die stilhield, en weg zouden rennen voor de Cottons ons zagen.

'Maar we kunnen niet wegrennen zonder onze koffers,' zei ik.

Toen kreeg ik een idee: 'We zullen aan de verkeerde kant uit de trein stappen en langs de spoorlijn naar de bagagewagen lopen. Tegen de tijd dat we daar zijn zullen de Cottons het station uit zijn.'

Zij dacht dat dat zou lukken. We besloten de bontjassen aan te houden, zodat we niet te zien zouden zijn in het donker aan het eind van het perron, als de Cottons zouden omkijken terwijl wij onze koffers ophaalden. Rose zette de grote bontkraag op om haar blonde haar te verbergen.

'Laten we hopen dat er geen trein op de andere rails voorbijkomt terwijl wij daar lopen,' zei ik. Maar dat was onwaarschijnlijk op dat uur van de avond, en ze rijden erg langzaam.

'In ieder geval kunnen we die kleine treintjes met één hand opzij duwen,' zei Rose.

Ik hing het colliekleed over mijn schouders, en Rose nam het sealskin jasje. Op het moment dat de trein stopte, sprongen we op de rails.

We hadden niet beseft hoe moeilijk we konden lopen; de jassen waren onhandig omdat ze omhooggehouden moesten worden en we struikelden elke keer over allerlei dingen. De petroleumlampen op het perron gaven een heel zwak licht en achteraan bij de bagagewagen waren er helemaal geen lampen. We konden niet bij de deuren aan onze kant, dus liepen we om de achterkant van de trein heen en klommen op het perron. De deuren van de wagen stonden open aan die kant, maar er was geen conducteur om de koffers eruit te halen. De stationschef helpt meestal met de bagage, maar hij is ook controleur bij de uitgang en ik wist zeker dat hij het druk zou hebben met het helpen van de Cottons.

'We moeten onszelf helpen,' zei ik.

De bagagewagen was zo zwak verlicht dat we eerst de koffers niet konden vinden; toen ontdekte Rose ze helemaal achteraan, achter een heleboel grote melkbussen. Toen we ernaar toe liepen kwamen we voorbij een grote kist. Het zwakke gaslampje zat er precies boven en ik zag op het adres staan: Cotton, Scoatney, Suffolk.

Rose zag het ook en reageerde geschrokken. Het volgende ogenblik hoorden we stemmen en stappen die dichterbij kwamen over het perron.

We renden naar de deur en beseften toen dat het te laat was om er uit te komen.

'Vlug, kruip achter de koffers,' zei Rose. Als ik tijd had gehad om na te denken, zou ik haar misschien hebben tegengesproken en gezegd dat we zo'n gek figuur zouden slaan als we ontdekt zouden worden. Maar ze rende naar de koffers en ik rende mee.

'Ze zullen ons nooit zien,' zei ze toen we neerhurkten.

Ik dacht ook van niet; de koffers waren hoog en het licht was zo zwak en zover weg. 'Maar buk dieper weg,' fluisterde ik, 'jouw koffer is niet zo hoog als de mijne.'

'We zullen het samen wel klaarspelen,' zei een mannenstem; het was niet de stem van de stationschef, dus ik dacht dat het de conducteur was, die was teruggekomen.

'Ik zal je helpen,' zei Neil Cotton, terwijl hij in de bagagewagen sprong. Toen schreeuwde hij: 'Mijn god!' en sprong er weer uit.

Het volgende ogenblik sloegen de deuren met zo'n slag tegen elkaar dat het gaskousje brak en ons in het duister liet zitten.

'Wat is er? Wat is er aan de hand?' riep Simon Cotton.

Ik kon niet horen wat Neil antwoordde, maar ik hoorde de conducteur brullen van het lachen en zeggen: 'Nou, dat is een goeie mop.'

'O, Rose, hij heeft ons gezien!' fluisterde ik.

'Nonsens, waarom zou hij voor ons de deuren dichtsmijten?' fluisterde ze terug. 'Nee, het is iets anders. Stil! Luister!' Ik tilde voorzichtig mijn hoofd op. Ik kon net de omtrek zien van het raam, dat van boven een eindje openstond. Ik hoorde Simon Cotton zeggen: 'Neil, je bent gek.'

'Ik zeg je dat ik er zeker van ben.'

'Ach, welnee meneer; ik heb zelf in die wagen gezeten,' zei de conducteur.

'Maar je hebt de deuren opengelaten.' Ik zag een vage vlek bewegen in het donker; het was Roses gezicht, dat achter haar koffer omhoogkwam.

'Wat gebéúrt er?' fluisterde ze wanhopig.

'Ssst!' zei ik, terwijl ik mijn oren spitste. Ik denk dat ik me dat moment zal herinneren zolang ik leef – de sterren door het vierkante raam, het lichtpitje boven het gebroken gaskousje, de lucht van oude melk en vis. Ik hoorde Simon Cotton zeggen dat hij een zaklantaarn uit de auto ging halen.

'En zeg tegen moeder dat ze erin blijft en de deur dicht houdt,' riep Neil hem achterna.

Rose begon naar het raam te kruipen. Er volgde een doffe klap, ze was tegen een melkbus aangelopen.

De conducteur floot door zijn tanden. 'Dat klinkt of u gelijk hebt, meneer!'

'Natuurlijk heb ik gelijk,' zei Neil. 'Ik heb ze toch gevoerd in het Yellowstone Park!' En toen drong het tot me door.

'Rose,' zei ik, 'ze hebben je voor een beer aangezien.' Ik hoorde haar hijgen: 'De idioot, de idioot!' Toen bonsde ze tegen een andere melkbus.

'Nou ja, voor zeven achtste ben je een beer. En het circus is in King's Crypt – de tenten stonden vlak bij de spoorlijn, de Cottons moeten ze wel hebben gezien.' Ik begon te lachen, maar hield op toen ik haar hoorde vechten met de deuren aan de andere kant van de wagen. Ze kreeg ze open en ik zag haar zwart afgetekend tegen de sterren.

'Kom mee, gauw,' zei ze, toen ze op de rails sprong.

Ik baande me een weg naar de deuropening, en elke melkbus bonsde tegen de volgende aan. Boven het lawaai kon ik Neil Cotton en de conducteur horen rennen langs het perron, terwijl ze iets tegen de machinist riepen.

'O, Rose, doe niet zo gek,' riep ik, 'we zullen het moeten uitleggen.'

Ze pakte mijn handen vast en trok tot ik wel moest springen.

'Als je niet met me meekomt, zal ik het je nooit vergeven,' fluisterde ze fel. 'Ik sterf liever dan dat ik het uitleg.'

'Dan zúl je hoogstwaarschijnlijk sterven, want massa's mensen in de omtrek hebben geweren bij de hand...' Maar het hielp niet, ze was verdwenen in het donker achter de trein. Passagiers schreeuwden en smeten met deuren – er konden er niet veel zijn geweest, maar ze maakten een hels lawaai; gelukkig concentreerden ze zich op de perronkant van de trein. Het drong plotseling tot me door dat als ik Rose kon overhalen om haar jas uit te doen, wij mee konden doen met de achtervolging alsof we niets met de beer te maken hadden; dus wurmde ik me uit mijn eigen jas, gooide die in de bagagewagen, en rende haar achterna. Maar voor ik een paar meter had gelopen, wierp een zaklantaarn een heldere lichtstraal in het donker. Ik zag Rose heel duidelijk. Ze was voorbij het einde van het perron en krabbelde tegen het heuveltje op, en omdat ze op handen en voeten liep, zag ze er echt precies uit als een beer. Er volgde een wilde kreet van de mensen op het perron. Rose bereikte de bovenkant van het heuveltje en verdween eroverheen het veld in.

'De boerderij Het Vossenhol is die richting uit,' riep een vrouw. 'Die hebben drie kleine kinderen.'

Ik hoorde iemand langs het perron rennen. De vrouw gilde: 'Vlug, vlug – naar Het Vossenhol!'

Er klonk een bons toen er iemand op de rails sprong en toen liep Stephen door de lichtstraal van de lantaarn. Het licht glansde op metaal en ik zag dat hij een hooivork vasthield – die had zeker in de wagen van Mr. Stebbins gelegen.

'Stop, Stephen, stop!' gilde ik.

Hij draaide zich om en riep: 'Ik zal hem geen pijn doen als het niet nodig is, miss Cassandra; ik zal hem een schuur in jagen.' Neil Cotton liep me voorbij.

'Hier, geef hem aan mij,' zei hij, en hij greep Stephens hooivork. Simon kwam ook aanrennen en liet het licht van zijn lantaarn voor zich uit schijnen. De conducteur en enkele passagiers kwamen achter hem aan hollen en iemand liep tegen me aan en wierp me omver. De lantaarn begon te flikkeren; Simon sloeg ertegen en toen ging hij helemaal uit.

'Haal de stationslampen,' riep de conducteur, terwijl hij op het perron terugkrabbelde. De passagiers wachtten op hem, maar Simon en Stephen gingen Neil achterna, het donker in.

Misschien had ik het direct moeten uitleggen, maar door al dat lawaai en doordat ik omver was gelopen, was ik een beetje versuft. En ik wist hoe afschuwelijk het zou zijn voor Rose, als niet alleen de Cottons maar alle mensen uit de omgeving die in de trein zaten, het zouden weten. En ik dacht dat ze heus een goede kans maakte om te ontsnappen.

'In ieder geval zal Neil wel zien dat ze geen beer is als hij dicht bij haar komt,' zei ik tegen mezelf. Toen kwamen ze allemaal langsrennen met de lantaarns, en de stationschef had zijn grote zwarte hond aan een ketting en een steen in zijn hand. Ik wist dat het niet veilig was als ik nog langer mijn mond hield. Ik begon het hun te vertellen, maar de hond blafte zo hard dat niemand me hoorde. En toen, hoog boven alles uit, hoorde ik een doordringende gil.

Ik raakte volkomen mijn hoofd kwijt.

'Het is mijn zus,' gilde ik, 'hij vermoordt haar!' En ik rende weg over de rails. Ze kwamen allemaal schreeuwend achter me aan, en iemand viel over de ketting van de hond en vloekte langdurig. We klommen over het heuveltje op de akker en de mannen hielden de lantaarns omhoog, maar we zagen niets van Rose of de Cottons of Stephen. Iedereen praatte tegelijk en deed voorstellen. Er was een dikke vrouw, die wilde dat de stationschef zijn hond los zou laten, maar hij was bang dat die de Cottons zou bijten in plaats van de beer.

'Maar die zal ze dooddrukken,' kreunde de dikke vrouw, 'er is geen ontkomen aan.'

Ik deed mijn mond open om duidelijk te maken dat er helemaal geen beer was – en toen zag ik iets wits in de verte. De mannen met de lantaarns zagen het ook en renden ernaartoe. En plotseling kwam Neil Cotton te voorschijn in het lichtschijnsel, met Rose in haar witte mantelpakje in zijn armen. Simon Cotton en Stephen kwamen er een paar passen achteraan.

De dikke vrouw haastte zich naar hen toe.

'Opzij, alstublieft,' zei Neil Cotton vastberaden. 'Ze heeft een verschrikkelijke schok gehad.'

'Rose, Rose!' riep ik, terwijl ik naar haar toe rende.

'Er is niets met haar gebeurd,' zei Simon Cotton vlug, 'maar we willen haar naar onze auto brengen.' Hij greep een van de lantaarns, verlichtte de weg voor Neil, en ze liepen stug verder.

'Maar de beer, meneer...' zei de conducteur.

'Dood,' zei Simon Cotton. 'Mijn broer heeft hem gedood.'

'Bent u er zeker van, meneer?' vroeg de stationschef.

'We moesten maar even gaan kijken,' zei de dikke vrouw. 'De hond zal hem gauw genoeg vinden.'

'Dat denk ik niet,' zei Neil Cotton over zijn schouder. 'Hij is in de rivier gevallen en door de stroom meegevoerd.'

'Arme, arme stakker, hij had geen kans,' kermde de dikke vrouw.

'Eerst gedood en toen verdronken, en hij was vast kostbaar.'

'Ga jij met je zus mee,' zei Simon Cotton tegen me, en dat deed ik maar al te graag. Hij gaf de lantaarn aan Stephen en bleef zelf achter om de mensen weer in de trein te krijgen.

'Het is wel een rare geschiedenis,' zei de stationschef.

Wat mij betrof was het zeker een rare geschiedenis.

'Wat is er gebeurd, Stephen?' vroeg ik zachtjes.

Rose tilde opeens haar hoofd op en fluisterde fel: 'Hou je mond. Haal de koffers uit de trein.' Toen, terwijl Neil haar voorzichtig het talud afdroeg, hoorde ik haar zeggen dat ze naar buiten konden komen over het veld achter het station. Hij stak met haar de rails over en liep er recht op af. Ze gingen helemaal niet meer naar het station terug. Stephen lichtte hen even bij en kwam toen naar mij in de bagagewagen.

Voordat ik een woord kon uitbrengen, zei hij: 'Alstublieft, vraag nog niets, miss Cassandra, toe, alstublieft!'

Ik was bezig de beverjas en de vacht en het korte jasje op het perron te gooien. 'Nou, je kunt me toch ten minste wel vertellen waar de berenjas is,' begon ik, maar net op dat moment kwam de conducteur terug. De arme man, hij kon maar niet begrijpen hoe de beer uit de wagen was ontsnapt. Ik vertelde hem dat Rose daarbinnen was toen Neil Cotton de deuren dichtsloeg, en dat ze de deuren aan de andere kant open had gedaan, toen ze de beer hoorde grommen. 'Hij vloog haar meteen achterna,' zei ik. Dat leek alles prachtig op te helderen.

De stationschef hielp ons om de koffers op de kar van Mr. Stebbins te laden. De auto van de Cottons stond er maar een paar meter vandaan; Rose zat erin en praatte met Mrs. Cotton.

Simon Cotton kwam het station uit en zei tegen me: 'We brengen je zuster even thuis; ga je ook mee?' Maar ik zei dat ik bij Stephen bleef. Voor een deel was dat uit verlegenheid en voor een deel uit angst dat ik iets verkeerds zou zeggen, omdat ik niet het flauwste idee had wat er in werkelijkheid was gebeurd. En op weg naar huis kon ik niets uit Stephen krijgen. Alles wat hij wilde zeggen, was: 'O, het was vreselijk, echt vreselijk. Miss Rose kan het u beter zelf vertellen. Ik zeg niets.'

Ik moest wachten tot we gisteravond in bed lagen, voor ik zo ongeveer het volledige verhaal te horen kreeg. Weliswaar gaf ze ons allemaal een kort overzicht, zodra ze thuiskwam, maar ik had het idee dat ze het een en ander achterhield. Alles wat ze ons toen vertelde, was dat Neil Cotton naar haar toe kwam rennen met de hooivork; ze had gegild, en toen had hij opeens begrepen wat er aan de hand was, en tegen Simon en Stephen gezegd dat ze moesten doen alsof er werkelijk een beer was geweest.

'Neil en Simon hielden het zelfs tegenover hun moeder vol,' zei ze. 'Ze waren echt geweldig.'

Ik heb vader nog nooit zo horen lachen; hij zei dat het verhaal wel zou worden opgeblazen en verfraaid tot Rose achterna was gezeten door een kudde rennende olifanten. En hij was zeer onder de indruk van de tegenwoordigheid van geest van de Cottons.

Ze waren niet binnengekomen, maar hadden afscheid genomen van Rose op de binnenplaats.

'Neil zei dat ze mij mijn verhaal op mijn eigen manier wilden laten vertellen,' zei ze. 'En nu heb ik het verteld. En jullie moeten allemaal doen alsof er echt een beer is geweest, voor eeuwig en altijd.'

Ze gloeide van opwinding en was er helemaal niet over van streek dat ze zich zo opvallend had gedragen. Ik was degene die van de kook was; ik weet niet waarom; misschien was ik alleen maar oververmoeid. Ik begon plotseling te rillen en had wel willen huilen.

Topaas joeg ons naar bed en bracht chocola en warme stenen voor onze voeten, en al gauw knapte ik wat op. Ze gaf ons een moederlijke kus, waar Rose niet van houdt, en zei dat we niet te lang moesten blijven praten; ik denk dat ze zelf wel had willen blijven praten, maar vader riep dat ze naar bed moest komen.

'Laten we onze chocola in het donker opdrinken,' zei ik, en ik blies de kaars uit. Rose is altijd vertrouwelijker in het donker.

Het eerste dat ze zei, was: 'Hoeveel heeft Stephen je op weg naar huis verteld?'

Ik vertelde dat hij had gezegd dat het te erg was om te vertellen.

'Ik vroeg me af of hij het had gezien,' zei ze. Toen begon ze te giechelen – voor het eerst sinds maanden. Het gegiechel klonk onderdrukt en ik begreep dat ze het in haar kussen probeerde te smoren. Eindelijk kwam ze overeind om lucht te happen en zei: 'Ik heb Neil Cotton een draai om zijn oren gegeven.'

'Rose!' hijgde ik. 'Waarom?'

Ze zei dat ze had omgekeken en hem had zien aankomen, met de hooivork afgetekend tegen de lucht, en dat ze toen de gil had geslaakt die wij hadden gehoord. 'Toen probeerde ik de jas uit te doen, maar kon de knopen niet vinden, dus rende ik door. Hij gilde: "Stop, stop!" – hij moet toen al hebben gezien dat ik geen echte beer was – en toen haalde hij me in en greep mijn arm. Ik zei: "Laat los, verdomme," en Stephen hoorde mijn stem en riep: "Het is miss Rose." Neil Cotton riep: "Waarom loopt u weg?" en ik zei: "Omdat ik u of uw broer niet wens te ontmoeten. Jullie kunnen allebei naar de duivel lopen!" En ik sloeg hem om zijn oren.'

'O, Rose!' Ik vond het zo verschrikkelijk dat ik ervan in elkaar kromp. 'Wat zei hij?'

'Hij zei: "Goeie god!" en toen haalden Simon en Stephen ons in, en Stephen zei dat alle mensen in de trein me achternazaten.

"Dat is uw schuld," zei ik tegen Neil Cotton, "u hebt me voor de hele omgeving belachelijk gemaakt." En hij zei: "Wacht even, hou je kalm," en toen zei hij tegen ze dat ze moesten doen alsof er echt een beer was geweest, zoals ik je vertelde.'

'Vind je het niet geweldig aardig van hem?' vroeg ik.

Ze zei: 'Ja, in zekere zin,' hield toen op, en ik wist dat ze in gedachten met iets bezig was. Eindelijk ging ze door: 'Maar het hoort allemaal bij het feit dat hij ons niet au sérieux neemt – niet alleen ons, maar Engeland in het algemeen. Ik wed dat hij in Amerika zoiets geks niet zou hebben durven beweren. Hij denkt dat Engeland grappig is, een leuk soort speelgoed; speelgoedtreintjes, een speelgoedlandschap. Dat merkte ik aan de manier waarop hij sprak toen we met de auto naar huis reden.'

Ik wist wat ze bedoelde; ik had het die avond toen ze voor de eerste keer naar het kasteel kwamen, een beetje aangevoeld; maar niet bij Simon. En ik weet zeker dat Neil het niet onvriendelijk bedoelt.

Ik vroeg wat ze van de moeder vond.

'Heel mooi, en ze houdt geen ogenblik haar mond. Vader zal haar de hersens willen inslaan met een baksteen.'

'Als hij haar ooit ontmoet.'

'O, dat zal hij zeker. We zullen de Cottons nu heel vaak zien.'

Haar toon was zo vol zelfvertrouwen – bijna arrogant – dat de angst me om het hart sloeg voor haar.

'O, Rose, doe deze keer niet zo gek tegen ze!' Ik had het gezegd voor ik het wist.

Ze dook er meteen bovenop. 'Hoe bedoel je, "gek"? Heeft Topaas dat gezegd?'

Ik zei dat het alleen maar een idee was, maar ze wilde het er niet bij laten. Ze bestookte me met vragen. Maar omdat ik Topaas wilde verdedigen en bovendien erg moe was, was ik niet zo vastberaden als ik had moeten zijn; en Topaas had gezegd dat we het haar misschien konden vertellen als we nog eens een kans kregen met de Cottons. Maar ik vond mezelf erg gemeen toen ik het had verteld, zowel tegenover de Cottons als tegenover Rose. Enfin, als het voor haar bestwil is... En ik zorgde ervoor dat ik de nadruk legde op mijn bewuste naïviteit. Dat over vader liet ik weg.

Ze wilde weten welke broer de ergste dingen had gezegd. Zo goed als ik kon bracht ik de opmerkingen weer in herinnering.

'Nou, Simon had tenminste medelijden met me,' zei ze. 'Het was Neil die voorstelde om ons links te laten liggen. Wat zal ik het ze betaald zetten!'

'Reken het ze niet aan,' smeekte ik. 'Kijk nu eens hoe geweldig vriendelijk ze vanavond zijn geweest. En als je zeker weet dat ze nu goede vrienden willen worden...'

'Daar ben ik heel zeker van.'

'Hebben ze gezegd dat ze ons weer zouden opzoeken?'

'Het doet er niet toe wat ze zeiden.' En tot mijn verbazing begon ze weer te giechelen; ze wilde me niet zeggen waarom. Toen ze ophield, zei ze dat ze slaap had.

Ik probeerde haar aan de praat te houden door Miss Blossom te spelen: 'Hé, Rosie, heb je misschien geheimpjes voor ons, stoute meid?'

Maar ze ging er niet op in. 'Als ik ze heb, hou ik ze voor mezelf,' zei ze. 'Jij en Miss Blossom moeten gaan slapen.'

Maar ik lag tijden wakker, terwijl ik alles nog eens naging.

Lieve help, de kerkklok van Godsend heeft net vier uur geslagen; ik heb hier zes uur lang zitten schrijven op de schans! Topaas heeft me niet gebeld voor de lunch; in plaats daarvan heeft ze me wat melk en twee dikke boterhammen met kaas gebracht, en de boodschap van vader dat ik net zolang kon blijven schrijven als ik wou. Het lijkt zelfzuchtig, nu de anderen zo hard werken aan de kleren van tante Millicent, maar toen we ze vanmorgen uitpakten, begon ik weer te trillen, en toen Topaas ontdekte wat voor gevoel ze me gaven, zei ze dat ik het beter van me af kon schrijven. Ik geloof dat ik dat heb gedaan, want nu kan ik er zonder afkeer naar kijken zoals ze daar aan de lijn hangen, al kan ik er nog niet van houden zoals van het bont.

Stephen fietste naar het station van Scoatney voor hij naar zijn werk ging, en bracht de berenjas thuis; die hadden ze verstopt in een droge sloot. Mijn vader kan zich herinneren dat ze het over deze jas hebben gehad toen hij nog klein was. Hij zegt dat de meeste koetsiers van geluk mochten spreken als ze een korte cape van geitenvel kregen om in de winter te dragen; maar overgrootmoeder had gezegd dat als haar echtgenoot, die binnen in de koets zat, een met beverbont gevoerde jas had, de koetsier buiten in de kou minstens even warm gekleed moest zijn. De man was natuurlijk dankbaar voor de berenjas, die hem echter ook in verlegenheid had gebracht, want hij werd altijd nagejouwd door kleine jongens die hem vroegen of hij voor ze wilde dansen. Het jasje van sealskin was van tante Millicent, rond de laatste jaren van de negentiende eeuw, voor ze niets meer van bont moest hebben. Mijn vader denkt dat ze ze allemaal heeft gehouden uit een gevoel van piëteit, en misschien omdat ze alleen als kind gelukkig was. Wat vreemd om te bedenken dat de oude dame in de stijve zwarte cape de miss Milly was, die naar dansles ging! Dat maakt dat ik me afvraag hoe ik zal zijn als ik oud ben.

Mijn hand is heel moe, maar ik wil zo graag doorgaan met schrijven. Telkens rust ik en dan denk ik na. De hele dag ben ik twee mensen geweest: de ik, gevangen in het verleden, en de ik, hier buiten op de schans; en nu is er een derde ik, die erbij probeert te komen: de ik in wat er nu zal gebeuren. Zullen de Cottons ons op Scoatney vragen? Topaas denkt van wel. Ze zegt dat ze zich aangetrokken zullen voelen door de merkwaardige berengeschiedenis, zoals ze ook gefascineerd werden door het zonderlinge van de eerste avond toen ze naar het kasteel kwamen; en dat Rose de schade die ze had aangericht door haar opdringerigheid, ongedaan heeft gemaakt door weg te lopen. Als ze nu maar niet weer opdringerig wordt! Topaas vindt het goed dat ik het haar gisteravond heb verteld; vanmorgen heeft ze zelf met haar gepraat en Rose luisterde verbazingwekkend beleefd.

'Wees maar tamelijk stil en luister veel tot je je op je gemak voelt,' raadde Topaas haar aan. 'En wees in vredesnaam niet uitdagend. Je uiterlijk doet dat wel als je het de kans maar geeft.' Ik houd veel van Topaas als ze in zo'n nuchtere bui is.

Is het heel erg om mee te doen aan dit plannen smeden? Is het een poging om je zus te verkopen? Maar Rose kan toch zeker wel verliefd op ze worden; ik bedoel op degene die verliefd op haar zal worden. Ik hoop dat het Neil zal zijn, omdat ik Simon echt een beetje angstaanjagend vind; alleen is Neil degene die Engeland als een grap beschouwt...

Ik heb zitten uitrusten en alleen maar naar het kasteel gestaard. Ik wilde dat ik de woorden kon vinden – ernstige, mooie woorden – om het te beschrijven zoals het daar ligt in de middagzon; hoe meer ik het probeer, hoe meer ze me in de steek laten. Hoe kun je de vijver van licht op de binnenplaats beschrijven, de goudkleurige ramen, de vreemde sfeer van lang geleden, de sfeer die je treft in oude schilderijen? Ik kan alleen maar denken aan 'het licht van vroeger dagen,' en dat heb ik niet zelf bedacht...

O, help! Ik zag net de auto van de Cottons op de weg naar Godsend, dicht bij het hoog gelegen kruispunt waar je voor het eerst iets van het kasteel ziet. Ze komen hierheen! Blijf ik weer zitten kijken en wachten? Geen sprake van!

Ik ga naar beneden.

7

We zijn voor het diner gevraagd op Scoatney, vandaag over een week! En er is nog iets anders waar ik over wil schrijven, iets over mezelf. O, ik weet niet waar ik moet beginnen!

Ik kwam op tijd van Belmotte naar beneden om de anderen te waarschuwen; Rose en Topaas stonden te strijken en Rose trok een schone blouse aan, nog warm van het strijkijzer. Topaas knapte zich alleen wat op en ging toen voor de tea zorgen. Ik waste me en berekende dat ik alleen genoeg tijd had om vader te waarschuwen, of om mijn haar te borstelen; maar het lukte me om het allebei te doen door de kam en borstel mee te nemen naar het poorthuis. Mijn vader sprong zo vlug op dat ik bang was dat hij weg wilde rennen om de Cottons te ontlopen, maar hij pakte alleen maar mijn haarborstel en borstelde er zijn jas mee af; we vonden allebei dat we ons nu niet druk moesten maken over kleinigheden.

We hadden uiteindelijk een paar minuten over omdat ze de auto aan het eind van de laan hadden laten staan; de modder is nu wel opgedroogd, maar de karrensporen zijn nog heel diep.

'Mrs. Cotton is bij hen!' riep ik toen ze om de laatste bocht van de laan verschenen. Mijn vader zei dat hij ze zou ontvangen bij de grote toegangspoort. 'Het zal mijn schuld niet zijn als er deze keer iets misgaat; dat heb ik Topaas beloofd.' Toen keek hij een beetje grimmig en voegde eraan toe: 'Ik ben blij dat jij nog wat aan de jonge kant bent om verhandeld te worden.'

Ik ging vlug terug naar Rose en Topaas. Ze hadden een houtvuur aangestoken in de salon en wat narcissen in een vaas gedaan. Het vuur deed de kamer lenteachtiger dan ooit lijken. We deden de ramen open en de zwanen gleden voorbij, met een licht geïnteresseerde blik. Plotseling dacht ik aan die eerste voorjaarsmiddag in de salon, toen Rose haar pianostukje speelde. Ik zag mijn moeder naar buiten leunen boven de slotgracht; ik zag haar grijze jurk zo duidelijk, hoewel ik nog steeds haar gezicht niet voor me zag. Iets binnen in me zei: 'O, moeder, maak dat het goed afloopt voor Rose!' en ik had een visioen van die arme moeder, die gauw uit de hemel kwam om er zo goed mogelijk voor te zorgen. Wat al niet door je gedachten kan gaan, terwijl je alleen maar een raam opendoet!

Toen kwam vader binnen met de Cottons.

Rose vond Mrs. Cotton een schoonheid, maar zo zou ik haar niet beschrijven. Topaas is een schoonheid – voornamelijk door haar bijzondere gezicht: dat uiterlijk, alsof ze tot een blanker dan blank ras behoort. Rose, met haar beeldige teint en haar ogen, die haar hele gezicht kunnen doen oplichten, is een schoonheid. Mrs. Cotton is knap – nee, dat geeft een verkeerde indruk. Ze ziet er alleen bijzonder goed uit, precies zoals het moet. Ze heeft precies de juiste hoeveelheid kleur. Haar zwarte haar begint grijs te worden zonder dat het er streperig uitziet, omdat ze precies het juiste aantal grijze haren op precies de goede plaatsen heeft; en het golft precies op de juiste manier. Haar figuur is perfect en dat waren haar kleren ook; gewoon een tweedpakje voor buiten, maar véél opwindender dan ik ooit van tweed had gedacht; er zaten heldere kleuren in, tinten blauw die je opmerkzaam maakten op haar ogen. Ik ben bang dat ik te lang naar haar bleef kijken; ik hoop dat ze besefte dat het alleen uit bewondering was. Omdat ze Simons moeder is, kan ze niet veel jonger zijn dan vijftig, en dat is nauwelijks te geloven. Toch, nu ik erover nadenk, kan ik me niet voorstellen dat ze jonger is; het komt gewoon doordat ze een ander soort vijftig is dan ik ooit heb gezien.

Ze kwam binnen, fors pratend, en fors is een heel goed woord om het te beschrijven; het deed me denken aan een muur van woorden. Gelukkig spreekt ze prachtig – net als Simon – en het kan haar totaal niets schelen om in de rede gevallen te worden; haar zoons doen het elk moment en vader kreeg de truc gauw te pakken; ze sprak het meest tegen hem. Nadat hij Topaas en mij had voorgesteld, en zij ons allen een hand had gegeven en de hoop had uitgesproken dat Rose was bekomen van haar schrik, had ze gezegd: 'Kijk toch eens naar die zwanen!' en toen begon ze over *Jacob worstelt* en hoe ze vader had horen spreken in Amerika. Ze bleven elkaar in de rede vallen op een volmaakt vriendschappelijke manier; Rose zat op de vensterbank en praatte met Simon, en Topaas en ik glipten weg om de thee binnen te brengen. Neil was zo vriendelijk om achter ons aan te komen en zei dat hij zou helpen dragen.

We stonden om het fornuis te wachten tot het water zou koken.

'Weet je moeder echt niet dat Rose de beer was?' vroeg ik.

'Grote goedheid, nee – alsjeblieft niet,' zei hij, 'zij zou zo'n grap niet begrijpen. En in elk geval zou het niet fair zijn tegenover je zus.'

Dat begreep ik natuurlijk wel: Mrs. Cotton zou zich hebben afgevraagd waarom Rose in 's hemelsnaam was weggelopen. (Ik neem aan dat Neil vermoedt dat het was omdat zij had gevoeld dat ze ons links lieten liggen. Lieve help, wat vernederend!)

'Maar ik begrijp niet hoe iemand kan geloven dat je de beer met een hooivork hebt gedood,' zei ik.

'Dat heb ik ook niet. Hij was alleen maar gewond, vrij zwaar, geloof ik, maar niet voldoende om hem buiten gevecht te stellen. Hij kwam op me toewaggelen, ik sprong opzij en hij sloeg met zijn kop voorover in de rivier; ik kon hem in het donker horen spartelen. Ik raapte een grote steen op – het arme beest, ik vond het heel erg, maar ik moest hem afmaken. Hij kreunde één keer toen de steen hem raakte en ging toen onder. Ik hield de lantaarn omhoog, en ik zag de luchtbellen opstijgen. En toen zag ik zijn donkere massa onder water, terwijl hij werd meegesleept door de stroom.'

'Maar je had geen lantaarn,' zei ik.

'Hij had ook geen beer,' zei Topaas.

Even had ik hem zelf bijna geloofd, en had ik een wanhopig medelijden gevoeld met de beer. Geen wonder dat Mrs. Cotton erin gevlogen was.

'Mijn moeder dwong ons vanmorgen om naar de eigenaar van het circus te gaan om hem schadeloos te stellen,' ging hij grinnikend verder. 'Het is maar een miniatuurcircus; in werkelijkheid had hij helemaal geen beren; maar hij zei dat hij met het grootste genoegen ons verhaal zou bevestigen; hij hoopte dat het een goede reclame voor hem zou zijn. Ik probeerde een van zijn leeuwen te kopen, maar hij wilde hem niet verkopen.'

'Wat wilde je met een leeuw doen?' vroeg ik.

'Ach, ze zagen er zo grappig uit,' zei hij vaag.

Toen kookte het water en we brachten de thee naar binnen.

Nadat Neil had geholpen om iedereen te bedienen, ging hij bij Rose op de vensterbank zitten. En Simon kwam heel beleefd met Topaas praten. Mijn vader en Mrs. Cotton vielen elkaar nog altijd geanimeerd in de rede. Het was boeiend om iedereen te bekijken, maar de gesprekken liepen door elkaar, zodat ik er geen een kon volgen.

Ik maakte me ongerust over Rose. Ik kon zien dat ze Neil het meest aan het woord liet, wat uitstekend was; maar ze leek niet naar hem te luisteren, wat niet zo best was. Telkens leunde ze uit het raam om de zwanen te voeren. Neil keek een beetje verbaasd. Toen merkte ik dat Simon steeds op haar lette en na een tijdje ving ze zijn blik op en glimlachte naar hem. Neil wierp een vlugge blik op haar, stond toen op en vroeg Topaas om nog een kop thee (hoewel ik zag dat hij niet dronk). Simon ging naar Rose toe. Ze zei nog altijd niet veel, maar ze keek alsof alles wat hij zei verschrikkelijk belangrijk was. Ik ving hier en daar een woord op. Hij sprak over Scoatney Hall. Ik hoorde haar zeggen: 'Nee, ik heb het nooit vanbinnen gezien.' Hij zei: 'Maar dat moet natuurlijk. We hoopten dat jullie volgende week op een avond zouden kunnen komen dineren.' Toen draaide hij zich om naar Mrs. Cotton en zij nodigde ons uit. Eén afschuwelijk moment dacht ik dat ik niet mee mocht, want ze zei: 'Is Cassandra oud genoeg voor diners?' maar Neil zei: 'Nou en of!' en toen was het in orde.

O, ik vind Neil echt aardig! Toen ze vertrokken, liep ik met hem de laan af. Mijn vader liep met Mrs. Cotton en Rose met Simon. Neil vroeg hoe we naar Scoatney konden komen, en toen ik zei dat we daar iets op zouden moeten vinden, zorgde hij ervoor dat de auto ons zou komen halen. Hij is heel vriendelijk, maar toen we voorbij de schuur kwamen, herinnerde ik me dat hij destijds helemaal niet vriendelijk was over Rose. Misschien moet je de dingen die je afluistert niet meerekenen. Hoe dan ook, het was Simon die zei dat ik bewust naïef was; Neil had gezegd dat ik een grappig ding was; dat is niet precies hoe ik mezelf zie, maar het was vriendelijk bedoeld.

Toen we terugliepen naar het kasteel, zei vader dat ze allemaal erg aardig waren, en vroeg toen of we japonnen hadden voor het avondje. Ik had me hier zelf al zorgen over gemaakt, maar ik zei: 'O, Topaas zal wel ergens voor zorgen.'

'Kan er iets van tante Millicent veranderd worden? Zo niet – verdorie, we moeten nog iets kunnen verkopen...' Hij keek me op een nederige, smekende manier aan. Ik stak mijn arm door de zijne en zei vlug: 'Het komt wel in orde.' Hij keek aarzelend naar Rose. Ze glimlachte een beetje in zichzelf. Ik geloof niet dat ze een woord had gehoord van wat we zeiden.

Toen we binnenkwamen, stond Topaas de theekopjes af te wassen.

'Mortmain, je verdient een ridderorde,' zei ze.

'Waarvoor?' vroeg vader. 'Omdat ik met Mrs. Cotton heb gepraat? Daar heb ik erg van genoten.'

Topaas staarde hem gewoonweg aan.

'Ik ben aan die levendige Amerikaanse vrouwen gewend geraakt toen ik daar was,' legde hij uit.

'Praten ze allemaal zoveel?' vroeg ik.

'Nee, natuurlijk niet. Maar zij is toevallig een van het soort dat ik daar vaak heb ontmoet; dat soort vrouwen gaat naar lezingen, en geeft daarna een avondje; soms vragen ze je voor de nacht te logeren; ze zijn buitengewoon gastvrij.' Hij zat op de keukentafel en slingerde met zijn benen, en zag er tamelijk jongensachtig uit. 'Verbluffend, hun energie,' ging hij verder. 'Ze zijn heel goed in staat drie of vier kinderen te hebben, het huishouden te doen, op de hoogte te blijven van kunst, literatuur en muziek – oppervlakkig natuurlijk, maar, mijn hemel, dat is al heel wat – en ook nog een baan te hebben. Sommigen verslijten bovendien nog twee of drie echtgenoten, alleen maar om verveling te voorkomen.'

'Ik denk niet dat er één echtgenoot het meer dan een paar jaar zou kunnen volhouden,' zei Topaas.

'Dat dacht ik eerst ook; het spervuur van woorden putte me volslagen uit. Maar na een tijd wende ik eraan. Het zijn net van die oefenballen voor boksers: je stompt ze en zij stompen jou en alles bij elkaar is het resultaat heel opwekkend.'

'Tenzij ze je helemaal knock-out slaan,' zei Topaas droogjes.

'Soms hebben ze dat effect,' gaf vader toe. 'Een heleboel Amerikaanse mannen zijn opvallend zwijgzaam.'

'Ze leek heel wat te weten van *Jacob worstelt*,' zei ik.

'Ze heeft het waarschijnlijk nagelezen voor ze hier kwam; dat doen ze, en het is heel beleefd van ze. Merkwaardig dat veel van die vrouwen vroeg grijs zijn; het staat ze heel goed. En ik moet zeggen dat het een genoegen is om zo'n goed geklede vrouw te zien.'

Hij begon verstrooid te neuriën en ging naar het poorthuis, alsof hij ons ineens helemaal vergeten was. Ik had hem kunnen slaan voor die opmerking 'goed gekleed', want Topaas zag er zo bijzonder ver van goed gekleed uit. Ze droeg haar met de hand geweven jurk, die meer weg heeft van een zak, en haar prachtige haar, dat hard aan een wasbeurt toe was, zat weggestopt onder een gescheurd oud haarnetje.

'Misschien zou hij het opwekkend vinden als ik zoveel praatte,' zei ze.

'Maar wíj niet,' zei ik. Eigenlijk had ik Mrs. Cotton zelf ook erg opwekkend gevonden, maar ik was niet van plan zo tactloos te zijn om dat te zeggen. 'Topaas, zouden er motten zitten in zijn avondkleding? Hij heeft die niet meer aangehad sinds de avondjes bij tante Millicent.'

Maar ze zei dat ze ze goed verzorgd had. 'We moeten wel een paar boordenknoopjes voor hem zien te krijgen, want hij heeft zijn mooie knoopjes verkocht. O, Cassandra, het is te gek: een genie, een man over wie Amerikaanse critici recensies schrijven, en hij heeft nog niet één behoorlijk boordenknoopje.'

Ik zei dat massa's genieën niet eens overhemden hadden bezeten om knoopjes in te doen; en toen begonnen we te praten over onze eigen kleren voor het avondje.

Ik hoef me geen zorgen te maken; mijn witte jurk van het eindexamenfeest van school kan nog heel goed voor iemand die zo jong is als ik, zegt Topaas. En ze kan een van haar oude avondjurken voor zichzelf in orde maken. Rose is de moeilijkheid.

'Er is niets van je tante dat ik voor haar kan gebruiken,' zei Topaas, 'en iets van mij is niet geschikt voor haar. Ze moet iets hebben met veel strookjes en zo. Omdat we haar nooit zullen kunnen afleren om haar achttiende-eeuwse charme tentoon te spreiden, moeten we die accentueren.'

Ik kon Rose piano horen spelen. Ik deed de keukendeur dicht en zei: 'Hoe vond je dat ze zich vandaag gedroeg?'

'Ze was tenminste rustiger, hoewel ze nog steeds zat te lonken. Maar dat hindert nu in elk geval niet meer.'

Ik keek haar verbaasd aan en ze ging door: 'Simon Cotton vindt haar aantrekkelijk – heel aantrekkelijk – kon je dat niet zien? Zodra dat het geval is, kan een meisje zo dwaas doen als ze wil; een man vindt die dwaasheid waarschijnlijk aanbiddelijk.'

'Vindt Neil haar ook aantrekkelijk?'

'Dat betwijfel ik,' zei Topaas. 'Ik heb zo'n idee dat Neil haar doorziet. Ik zag hoe hij haar heel taxerend opnam. O, wat moeten we haar aantrekken, Cassandra? Ze heeft een kans bij Simon, echt waar; ik ken de tekenen.'

Ik zag opeens Simons gezicht voor me, bleek boven zijn baard. 'Maar zou je echt graag willen dat ze met hem trouwde, Topaas?' vroeg ik.

'Ik zou graag willen dat ze de kans kreeg,' zei Topaas vastberaden.

Toen kwam miss Marcy met een boek voor vader. Ze vertelde dat de dominee was uitgenodigd op dezelfde avond als wij; ze had het van zijn huishoudster gehoord.

'De meeste mensen zijn alleen voor de lunch of op de tea uitgenodigd,' zei ze. 'Dineren is toch schitterend.'

We vertelden haar over het probleem van Roses japon.

'Die moet roze zijn,' zei ze, 'met een hoepelrok; in de *Home Chat* van deze week staat precies wat je moet hebben.'

Zij dook ernaar in haar handtas.

'O, hemel, dat zou volmaakt zijn voor haar,' zuchtte Topaas.

Miss Marcy bloosde en knipperde met haar ogen; toen zei ze: 'Zou u hem kunnen maken, Mrs. Mortmain? Als... als die lieve Rose het goed zou vinden dat ik haar de stof gaf?'

'*Ik* zal het goedvinden,' zei Topaas. 'Ik vind dat ik dat mag.'

Miss Marcy keek haar even aan en Topaas gaf haar een bijna onmerkbaar knikje. Ik kon mijn lachen haast niet houden; ze waren zo verschillend, miss Marcy als een klein, roze vogeltje en Topaas, lang en bleek, bijna als een gestorven godin, maar op dat moment leken ze zo sprekend op elkaar in hun onbedwingbare verlangen om Rose uit te huwelijken.

'Misschien zouden we miss Marcy iets van tante Millicent kunnen aanbieden als een klein tegengebaar,' stelde ik voor.

Ze gingen naar de eetkamer waar de kleren uitgespreid lagen, terwijl ik achterbleef om voor Stephens tea te zorgen; Topaas had besloten dat degenen die er 's middags voor de tea waren, later een avondboterham zouden krijgen met een kop chocola.

Stephen maakte zich bezorgd toen hij hoorde dat ik zo'n oude jurk aan zal hebben op Scoatney. 'Kunt u er geen nieuwe ceintuur op nemen?' vroeg hij. 'Ik heb wat geld overgespaard.' Ik bedankte hem, maar zei dat mijn blauwe ceintuur van het schoolfeest nog zo goed als nieuw was.

'Dan een lint voor in uw haar, miss Cassandra?'

'Lieve help, ik heb geen haarlint meer gedragen sinds ik een kind was,' zei ik tegen hem.

'U droeg altijd strikjes onder aan uw vlechten voordat u uw haar kort knipte,' zei hij. 'Die stonden leuk.'

Toen vroeg hij hoe ik de twee Cottons vond, nu ik ze beter kende.

'O, ik ken Simon nog helemaal niet; hij heeft bijna de hele tijd met Rose gepraat. Maar Neil is heel aardig.'

'Zou u hem knap noemen?'

Ik zei dat ik vond van niet – 'Niet echt knap, niet zoals jij, Stephen.'

'Ik sprak zonder erbij te denken; we vinden het allemaal heel gewoon dat hij zo knap is; maar hij bloosde zo erg dat ik wou dat ik het niet had gezegd.

'Weet je, jij hebt klassieke trekken,' verklaarde ik op zakelijke toon.

'Het lijkt me zo'n verspilling omdat ik geen heer ben.' Hij grinnikte, een sarcastisch lachje.

'Zoiets moet je niet zeggen,' zei ik vlug. 'Heren zijn mannen die zich als een heer gedragen. En dat doe jij zeker.'

Hij schudde het hoofd. 'Je kunt alleen maar een heer zijn als je als heer geboren bent, miss Cassandra.'

'Stephen, dat is ouderwetse onzin,' zei ik. 'Echt. En, tussen twee haakjes, wil je nu alsjeblieft ophouden me "miss Cassandra" te noemen.'

Hij keek verbaasd. Toen zei hij: 'Ja, ik begrijp het. Het moet natuurlijk "miss Mortmain" zijn; nu u volwassen genoeg bent voor diners.'

'Dat moet het beslist niet zijn,' zei ik. 'Ik bedoel dat je me Cassandra moet noemen, zonder "miss". Je bent een lid van de familie; het is idioot dat je me ooit "miss" hebt genoemd. Wie heeft je dat geleerd?'

'Mijn moeder; zij vond dat heel belangrijk,' zei hij. 'Ik herinner me de eerste dag dat wij hier kwamen. U en miss Rose speelden met een bal in de tuin, en ik rende naar de keukendeur omdat ik dacht dat ik mee kon spelen. Mijn moeder riep me terug en zei tegen me dat miss Rose en u jongedames waren, en dat ik nooit met u mocht spelen als ik niet werd gevraagd. En dat ik u "miss" moest noemen en nooit vrijpostig mocht zijn. Het kostte haar heel wat moeite om uit te leggen wat "vrijpostig" betekende.'

'O, Stephen, wat verschrikkelijk! En toen was je... hoe oud?'

'Zeven, geloof ik. U moet zes zijn geweest en miss Rose negen. Thomas was pas vier, maar ze zei tegen me dat ik hem "master Thomas" moest noemen. Maar hij vroeg me jaren geleden om dat niet meer te doen.'

'En ík had het je ook jaren geleden moeten vragen.' Ik had er nooit over nagedacht. Zijn moeder was jarenlang dienstbode geweest voor ze trouwde. Toen haar man stierf, moest ze weer een betrekking zoeken en Stephen ergens in de kost doen. Ik weet dat ze heel dankbaar was toen mijn moeder het goedvond dat ze hem hier mee naartoe bracht, dus misschien maakte dat haar extra nederig. 'Nou, in elk geval heb ik het je nu gevraagd,' ging ik door, 'dus wil je er voortaan aan denken?'

'Moet ik miss Rose ook alleen "Rose" noemen?' vroeg hij.

Ik wist niet zeker hoe Rose daarover zou denken, dus zei ik: 'Ach, wat kan Rose ons schelen? Dit is iets tussen jou en mij.'

'Ik zou haar niet "miss" kunnen noemen en u niet,' zei hij beslist. 'Dan zou ik haar boven u stellen.'

Ik zei dat ik er met Rose over zou spreken en vroeg hem toen om zijn kopje aan te geven zodat ik nog eens in kon schenken; ik begon wat verlegen te worden met deze kwestie.

Hij roerde lang in zijn tweede kopje en zei toen: 'Meende u dat wat u zei over heren, dat dat mannen zijn die zich als een heer gedragen?'

'Natuurlijk, Stephen. Dat zweer ik, echt waar.'

Ik wilde zo graag dat hij me zou geloven, dat ik me over de tafel naar hem toe boog. Hij keek me aan, recht in mijn ogen. Die merkwaardige, gesluierde blik van hem – die ik altijd zijn schaapachtige blik noem – was plotseling verdwenen; z'n ogen leken op te lichten en toch heb ik ze nooit zo donker gezien. En zijn blik was zo intens dat het meer leek of ik werd aangeraakt dan aangekeken. Het duurde maar een seconde, maar in die seconde was hij een totaal ander mens, veel interessanter en zelfs een beetje opwindend.

Toen kwam Thomas binnen en ik veerde rechtop.

'Waarom ben jij zo rood in je gezicht, zusje?' vroeg hij op een toon om dol te worden; ik kan me voorstellen waarom Rose hem soms wil slaan. Gelukkig wachtte hij niet op antwoord, maar vertelde dat er een stukje in de krant van King's Crypt stond dat de beer dertig kilometer verder was aangespoeld. Ik lachte en ging een ei voor hem koken. Stephen ging naar de tuin.

Al die tijd dat ik voor Thomas' tea zorgde, was ik aan het tobben; want ik wist plotseling dat ik niet door kon gaan met net te doen alsof Stephen maar vaag iets voor me voelt en dat het er niet op aan komt. Ik had er in geen weken aan gedacht en ik was zeker niet kortaf tegen hem geweest, zoals vader had voorgesteld. Ik zei tegen mezelf dat ik er meteen mee zou beginnen; en toen voelde ik dat ik dat niet kon – niet nadat ik hem net had gevraagd om me geen 'miss' meer te noemen. Bovendien had ik me nooit minder kortaf gevoeld in mijn leven, omdat je er duizelig van wordt als je zo wordt aangekeken.

Ik ging de tuin in om erover na te denken. Het was op zo'n moment in de avond dat bleke bloemen nog bleker lijken; de narcissen leken bijna wit; ze stonden heel stil, alles was verstild. Mijn vaders lamp brandde in het poorthuis, Topaas en miss Marcy hadden een kaars aan in de eetkamer, Rose speelde nog altijd piano in de salon, in het donker. Ik voelde me niet meer duizelig; ik voelde me vreemd opgewonden. Ik ging door de gang onder het poorthuis naar buiten de laan in en liep langs de schuur. Stephen kwam naar buiten. Hij glimlachte niet zoals meestal als hij me ziet; hij keek me aan met een soort vragende uitdrukking. Toen zei hij: 'Laten we een eindje gaan wandelen.'

Ik zei: 'Goed.' En toen: 'Nee, ik geloof toch niet dat ik het doe,

Stephen. Ik wil miss Marcy nog spreken voor ze weggaat.'

Ik wou miss Marcy helemaal niet spreken. Ik wou met hem gaan wandelen. Maar plotseling wist ik dat ik dat niet moest doen.

Stephen knikte alleen maar. Toen gingen we samen terug naar het kasteel zonder een woord tegen elkaar te zeggen.

Toen Rose en ik naar bed gingen, vroeg ik haar of het haar zou kunnen schelen als Stephen geen 'miss' meer zei.

'Het kan me helemaal niet schelen,' zei ze. 'Tenslotte eet ik het voedsel waar hij voor betaalt.'

Toen begon ik over de Cottons te praten, maar ze vertikte het om vrolijk of opgewonden over ze te doen; ze leek te willen nadenken. En zelf ging ik ook rustig liggen denken.

Vanmorgen vroeg kwam ik Stephen tegen toen hij de kippen buiten liet, en ik zei tegen hem dat Rose het prettig zou vinden als hij geen 'miss' meer zei. Ik was mooi kortaf; het is heel makkelijk om kortaf te zijn 's morgens vroeg. Hij zei alleen maar: 'In orde,' zonder veel uitdrukking. Aan het ontbijt vatten Rose en Topaas het plan op om naar King's Crypt te gaan om stof voor Roses japon te kopen. (Ze zijn daar nu naartoe, dus ik heb bijna de hele dag voor mezelf.) Ik stond bij het fornuis brood te roosteren. Stephen kwam naar me toe.

'Mag ik alsjeblieft aan Mrs. Mortmain vragen om iets voor je te kopen voor het avondje,' zei hij.

Ik bedankte hem, maar zei dat ik niets nodig had.

'Echt niet?' Toen zei hij erachteraan, heel zacht en alsof hij een moeilijk woord probeerde: 'Cassandra.'

We bloosden allebei. Ik had gedacht dat het allemaal heel gewoon zou zijn nu hij Rose ook niet meer 'miss' zou noemen, maar dat was niet het geval.

'Grote goedheid, wat is dat vuur heet,' zei ik. 'Nee, echt, ik kan niets bedenken dat ik zou willen hebben.'

'Dan zal ik maar blijven sparen voor… voor datgene waarvoor ik aan het sparen was,' zei hij, en hij ging naar zijn werk.

Het is nu vier uur. Mijn vader is een bezoek gaan brengen aan de dominee, dus heb ik het kasteel voor mezelf. Het is vreemd hoe anders een huis aanvoelt als je alleen bent. Het is gemakkelijker om over jezelf na te denken; dat zal ik nu dan maar doen…

Ik kwam niet erg ver met mijn gedachten. Het is zo'n bleke,

stille middag waarop je je zo makkelijk in een droom verliest als je heel stil zit; ik heb ruim tien minuten lang zitten staren naar het heldere vierkant van het keukenraam zonder iets te zien. Ik zal me vermannen en eerlijk aan het denken gaan...

Ik heb gedacht. En ik heb de volgende dingen ontdekt:

(1) Ik beantwoord Stephens gevoelens niet.

(2) Ik wilde gisteravond graag die wandeling met hem maken, en omdat ik in boeken altijd een hekel heb aan meisjes die zo ongelooflijk onschuldig zijn, schrijf ik het hier op: ik gelóóf dat ik dacht dat hij me zou kussen als ik meeging.

(3) Vanmorgen bij het kippenhok wilde ik niet dat hij me zou kussen.

(4) Op dit moment gelóóf ik niet dat ik wil dat hij me kust...

Ik heb nog wat meer nagedacht; ik verloor mezelf in een betekenisvolle droom. Ik beleefde weer het moment waarop Stephen over de tafel naar me keek. Zelfs die herinnering maakte me duizelig. Ik vond het fijn. Toen ging ik in gedachten die wandeling met hem maken die ik niet maakte. We gingen de laan door, staken de weg naar Godsend over en liepen het lariksbosje in. De wilde hyacinten zijn daar nog niet uit, maar ik liet ze er wel zijn. Het was bijna donker in het bosje en plotseling koel, koud, en er hing een verwachtingsvol gevoel. Ik bedacht dingen die Stephen kon zeggen, ik hoorde ze hem zeggen. Het werd donkerder en donkerder tot alleen de bleke glans van de lucht door de boomtoppen overbleef. En eindelijk kuste hij me.

Maar ik kon dat helemaal niet verzinnen... ik kon me eenvoudig niet voorstellen hoe dat zou voelen. En opeens wenste ik dat ik dat allemaal niet had bedacht. Ik...

Ik maak dit af in de slaapkamer, want ik hoorde dat Stephen zich bij de pomp in de tuin stond te wassen, en ik ben naar boven gerend. Ik heb net uit het raam naar hem gekeken en ik voel me heel schuldig dat ik hem in gedachten op die wandeling heb meegenomen; schuldig en beschaamd, met een slap gevoel in de buurt van mijn maag. Ik zal nooit meer zoiets verzinnen. En ik weet nu heel zeker dat ik niet wil dat hij me kust. Hij ziet er geweldig knap uit daar bij de pomp, maar die schaapachtige blik is weer terug; arme Stephen, ik ben een kreng, hij kijkt helemaal niet schaapachtig! Hoewel hij absoluut niet al die dingen had kunnen bedenken die ik hem liet zeggen; sommige klonken echt wel goed.

Ik wil er helemaal niet meer aan denken. Als ik tijd heb om leuke dingen te denken, zal dat over het avondje op Scoatney zijn, wat eigenlijk veel interessanter is. Hoewel misschien interessanter voor Rose dan voor mij. Ik vraag me af hoe het zou zijn als je door een van de beide Cottons zou worden gekust... Néé! Ik ga me dat niet indenken. Echt, ik schaam me over mezelf! En in ieder geval is er geen tijd voor; Rose en Topaas kunnen elk ogenblik thuiskomen. Het liefst zou ik deze laatste bladzijden uit het schrift scheuren. Zal ik? Nee, een dagboek moet eerlijk zijn. En ik ben ervan overtuigd dat niemand behalve ikzelf mijn snelschrift kan lezen. Maar ik zal het schrift opbergen; ik stop het altijd in mijn schooltas en ik zal hem nu meenemen naar de Belmotte; ik heb daar een speciaal plaatsje om dingen te verbergen, waar zelfs Rose niets van weet. Ik zal de voordeur uitgaan om Stephen niet tegen te komen; ik weet echt niet hoe ik hem nog in de ogen kan kijken nadat ik hem zo heb gebruikt. Ik zal in het vervolg kortaf tegen hem zijn; dat zweer ik!

8

Ik moet het avondje op Scoatney stukje bij beetje doen, want ik weet dat ik onderbroken zal worden; en dat wil ik zelfs graag, want het leven is te opwindend om lang stil te zitten. Behalve dat de Cottons ons wel aardig lijken te vinden, hebben we zomaar twintig pond in handen gekregen omdat de dominee de vacht die op een collie lijkt, heeft gekocht. Morgen gaan we winkelen in King's Crypt. Ik krijg een zomerjurk. Wat zalig om 's morgens wakker te worden met dingen in het vooruitzicht waar je je op kunt verheugen!

Nu over Scoatney. De hele week hebben we ons voorbereid op het avondje. Topaas heeft meters en meters roze mousseline gekocht voor Roses japon, en ze heeft hem prachtig gemaakt. (Vroeger, voordat ze een schildersmodel werd, heeft Topaas bij een groot modehuis gewerkt, maar ze wil er ons nooit iets over vertellen – of over wat dan ook uit haar verleden, wat me altijd verbaast omdat ze over van alles zo openhartig is.)

Rose kreeg een echte hoepelrok om onder de jurk te dragen; een kleintje maar, maar het maakte een geweldig verschil. Wij mochten hem lenen van de grootmoeder van Mr. Stebbins, die tweeënnegentig is. Toen de jurk klaar was, bracht hij haar naar ons toe om te zien hoe Rose erin uitzag, en ze vertelde ons dat ze de rok had gedragen bij haar huwelijk in de kerk van Godsend, toen ze zestien was. Ik dacht aan Wallers 'Ga, lief'lijke Roos'...

Hoe weinig tijds slechts blijven zij
die zo bekoorlijk zijn als gij!

hoewel ik wel zo verstandig was om dat niet te zeggen; de arme oude vrouw huilde zo al genoeg. Maar ze zei dat ze van het uitstapje had genoten.

Het was leuk om met z'n allen aan de strookjes voor de jurk te naaien; ik stelde me al die tijd voor dat we in een Victoriaanse roman leefden. Rose speelde tamelijk gewillig mee, maar zodra ik de Cottons erbij haalde, werd ze zwijgzaam. En we hielden geen prettige, vriendschappelijke gesprekken bij kaarslicht over ze. Ze was niet boos of humeurig, ze leek alleen verstrooid; ze lag het liefst in bed zonder zelfs maar te lezen, met een vaag grijnslachje op haar gezicht. Als ik erover nadenk, was ik net zo gesloten over mezelf en Stephen; ik zou het vreselijk hebben gevonden om met haar over mijn gevoelens te spreken; maar ik ben altijd geslotener geweest dan zij. En ik weet dat ze aan hem denkt als... nou ja, als een jongen uit een ander milieu dan het onze. (Denk ik dat ook? Als dat zo is, schaam ik me over mijn snobisme.) Ik ben dankbaar dat ik kan vermelden dat ik kortaf ben geweest; hoewel het misschien beter zou zijn om te zeggen dat ik niet het tegendeel ben geweest; behalve dat ene moment gisteravond toen ik zijn hand pakte... Maar dat deel hoort bij de avond op Scoatney Hall.

Het was opwindend toen we ons gingen aankleden. Er hing nog wat daglicht, maar we deden de gordijnen dicht, namen de lamp mee naar boven en staken de kaarsen aan, omdat ik eens ergens had gelezen dat modieuze vrouwen zich bij kaarslicht kleden voor kaarslicht. Onze japonnen lagen klaar op het hemelbed. De mijne was gewassen en Topaas had de hals een beetje lager gemaakt. Miss Blossom was verrukt over die van Rose; ze zei: 'Op mijn woord, dat zal de heren bekoren. En ik heb nooit geweten dat je zulke blanke schouders had; denk je eens in dat God je zulk haar heeft gegeven zonder sproeten!' Rose lachte, maar ze was boos omdat ze zichzelf niet ten voeten uit kon zien; onze lange spiegel is verkocht. Ik hield ons kleine spiegeltje zo dat ze zichzelf deel voor deel kon bekijken, maar dat was een tantaluskwelling voor haar.

'De spiegel op de schoorsteen in de salon,' zei ik. 'Misschien als je op de piano gaat staan...'

Ze ging naar beneden om het te proberen.

Mijn vader kwam uit de badkamer en liep door naar zijn slaapkamer. Het volgende moment hoorde ik hem roepen: 'Grote goden, wat heb jij met jezelf uitgevoerd?'

Het klonk zo vol ontzetting dat ik dacht dat Topaas een ongeluk had gehad. Ik rende de bufferzone binnen, maar hield mijn vaart in voor de deur van hun slaapkamer; ik kon haar van daaruit zien. Ze droeg een zwarte avondjapon die ze zich nooit vond staan, te ouderwets. Ze had haar haar opgestoken in een knotje en ze had make-up op haar gezicht, niet veel, alleen een beetje rouge en lippenstift. Het resultaat was verbluffend. Ze zag er heel gewoontjes uit; alleen maar wel aardig maar geen tweede blik waard.

Geen van beiden zag mij. Ik hoorde haar zeggen: 'Ach, Mortmain, dit is Roses avond. Ik wil dat alle aandacht zich op haar concentreert...'

Ik liep op mijn tenen terug naar de slaapkamer. Ik was verbijsterd over zoveel onzelfzuchtigheid, vooral omdat ze er uren over had gedaan om haar beste avondjapon te repareren. Ik wist natuurlijk wel wat ze bedoelde; als ze er op haar best uitziet, kan ze Roses schoonheid doen verbleken tot alleen maar een aardig snoetje. Opeens herinnerde ik me die eerste avond dat de Cottons hier kwamen, hoe ze zichzelf trachtte weg te cijferen. Edelmoedige Topaas!

Ik hoorde vader schreeuwen: 'Nonsens! God weet dat ik heel weinig over heb om trots op te zijn. Laat me ten minste trots zijn op mijn vrouw.'

Met schorre stem riep Topaas: 'O, mijn liefste!' en toen ging ik vlug naar beneden en hield Rose aan de praat in de salon. Ik vond dat dit iets was waar wij niets mee te maken hadden. En ik voelde me verlegen; dat gevoel heb ik altijd als ik echt besef dat vader en Topaas getrouwd zijn.

Toen ze beneden kwamen, was Topaas even bleek als altijd, en haar zilverkleurige, glanzende haar dat pas gewassen was, hing over haar rug. Ze had haar mooiste japon aan, een Grieks model, als een nauwsluitende grijze wolk, met een grote, grijze sjaal, die ze over haar hoofd en schouders had gedrapeerd. Ze zag er beeldig uit; en precies zoals ik me de engel des doods voorstel.

De auto van de Cottons reed voor, met een chauffeur in uniform, en we zeilden naar buiten. Ik vond het afschuwelijk dat we Stephen en Thomas moesten achterlaten, maar Topaas had als troost gezorgd voor worstjes bij het avondeten.

Het was een geweldig grote, prachtige auto. We zeiden geen van allen erg veel toen we erin zaten; ikzelf was me te veel bewust van de chauffeur; hij was zo koel en correct en hij had zulke uitstaande oren. Ik leunde achterover en keek naar de voorbijglijdende schemerige velden, en ik voelde me nogal fragiel en luxueus. Ik dacht na over ons allemaal en vroeg me af hoe de anderen zich voelden. Mijn vader zag er erg knap uit in zijn avondkleding en hij was vriendelijk en glimlachte, maar ik kon zien dat hij nerveus was; tenminste, ik dacht dat ik dat kon zien, maar toen trof het me hoe weinig ik eigenlijk van hem weet, of van Topaas, of van Rose, of van wie dan ook behalve van mezelf. Ik had me er altijd op beroemd dat ik flitsen kon opvangen van wat mensen dachten, maar als dat al waar was, was het alleen maar van vluchtige, oppervlakkige gedachten. Al die jaren, en nog weet ik niet waarom vader ophield met werken! En ik weet niet echt wat Rose voelt voor de Cottons. Wat Topaas betreft... maar van haar gedachten heb ik nooit flitsen opgevangen. Natuurlijk heb ik altijd geweten dat ze vriendelijk is, maar ik zou haar nooit in staat geacht hebben om dat edelmoedige offer voor Rose te brengen. En net toen ik me schaamde dat ik haar ooit gemaakt had gevonden, zei ze op een toon zo zoet als pruimentaart: 'Kijk, Mortmain, kijk! Verlang je er niet naar om, als je heel oud bent, in een herberg onder het lamplicht te zitten?'

'Ja, vooral met reumatiek,' zei vader. 'Lieverd, je bent een dwaas.'

We haalden de dominee op, waardoor het nogal nauw werd, vooral door de hoepelrok van Rose... Hij is heel aardig, ongeveer vijftig jaar, gezet, met krullend goudblond haar; meer een baby van middelbare leeftijd; en bijzonder onheilig.

Mijn vader zei eens tegen hem: 'God mag weten hoe jij ooit dominee bent geworden.' En toen zei de dominee: 'Ach, dat is zijn zaak.'

Nadat hij ons had bekeken, zei hij: 'Mortmain, je vrouwen zijn een lust voor het oog.'

'*Ik* niet,' zei ik.

'Maar jij bent het verraderlijke type; Jane Eyre met een vleugje Becky Sharp. Een heel gevaarlijk meisje. Ik vind je ketting van koraal mooi.'

Toen kreeg hij ons allemaal aan de praat en maakte zelfs de chauffeur aan het lachen; het merkwaardige is dat hij de mensen laat lachen zonder iets erg grappigs te zeggen. Ik veronderstel dat het komt omdat hij zo gezellig is.

Het was donker toen we bij Scoatney Hall aankwamen en alle ramen waren verlicht. Er loopt een openbaar pad door het park, en ik had daar vaak gefietst op weg van school naar huis, dus wist ik hoe de buitenkant van het huis eruitzag; het is zestiende-eeuws, behalve het zeventiende-eeuwse paviljoen bij de vijvers; maar ik wilde het graag van binnen zien. We klommen de brede stoeptreden op, die diep uitgesleten waren, en de voordeur werd al opengedaan voor we tijd hadden om aan de bel te trekken. Ik had nog nooit een butler gezien, en hij maakte dat ik me onhandig voelde, maar de dominee kende hem en zei iets gewoons tegen hem.

We deden onze avondcapes in de hal af. Topaas had ons van alles geleend om ons de schande te besparen dat we onze wintermantel moesten dragen. Er hing een verrukkelijke sfeer van deftige ouderdom, een geur van bloemen en boenwas, zoet en toch vaag verzuurd en duf; een geur die je een heel dierbaar gevoel geeft over het verleden.

We kwamen in een kleine salon, waar de Cottons met twee andere mensen bij de haard stonden. Mrs. Cotton bleef doorpraten tot het moment waarop we werden aangekondigd; toen draaide ze zich naar ons om en was een seconde lang volkomen stil; ik denk dat ze verbaasd was over hoe Rose en Topaas eruitzagen. Ik merkte dat Simon naar Rose keek. Toen waren we allemaal aan het handen geven en werden aan de anderen voorgesteld.

Het waren een Mr. en Mrs. Fox-Cotton, Engelse familie van de Cottons; tamelijk ver, geloof ik. Toen ik iemand de echtgenoot 'Aubrey' hoorde noemen, herinnerde ik me dat hij architect is; ik heb eens iets over zijn werk gelezen in een tijdschrift. Hij is van middelbare leeftijd, met een grauw gezicht en dun, kleurloos haar. Hij heeft iets heel elegants over zich en een prachtige stem, maar wel een beetje geaffecteerd. Ik stond naast hem toen we onze cocktails dronken (mijn eerste – en hij smaakte afschuwelijk), dus vroeg ik hem over de architectuur van het huis. Hij was meteen op dreef.

'Wat het zo perfect maakt,' zei hij, 'is dat het een miniatuur van een groot huis is. Het heeft alles: een grote hal, een lange galerij, een binnenplaats in het midden, maar het is op zo'n kleine schaal dat het te onderhouden is, zelfs in deze tijd. Ik heb er al jarenlang naar gelonkt. Ik zou zo graag willen dat ik Simon kon overhalen om het voor lange tijd aan mij te verhuren.'

Hij zei het zowel hoorbaar voor Simon als voor mij. Simon lachte en zei: 'Geen denken aan.'

Toen zei Mr. Fox-Cotton: 'Zeg, die prachtige dame in het grijs, dat is toch de Topaas van Macmorris' schilderij in de Tate Gallery?' En nadat we een paar minuten over Topaas hadden gepraat, slenterde hij in haar richting. Ik had de tijd om op te merken dat Simon Roses jurk bewonderde en dat ze hem vertelde over de hoepelrok, wat hem hevig leek te interesseren; hij zei dat hij de oude Mrs. Stebbins moest gaan opzoeken; toen kwam de dominee naar me toe en het was heel aardig van hem dat hij mijn cocktail voor me opdronk. Al gauw daarna gingen we aan tafel.

De tafel was een en al kaarslicht, zo helder, dat de rest van de kamer bijna zwart leek, terwijl de gezichten van de familieportretten in het donker leken te zweven.

Mrs. Cotton had vader aan haar rechterhand en de dominee links van zich. Topaas zat rechts van Simon, Mrs. Fox-Cotton links. Rose zat tussen de dominee en Mr. Fox-Cotton; ik wou dat ze naast Simon had kunnen zitten, maar ik neem aan dat getrouwde vrouwen voorrang moeten hebben. Ik heb zo'n idee dat Neil misschien heeft gevraagd of ik naast hem mocht zitten omdat hij tegen me zei dat dat zo zou zijn, toen we naar de eetkamer gingen. Het gaf me een heel warm gevoel voor hem.

Het was een verrukkelijk diner met echte champagne (heerlijk, net heel goed gemberbier zonder de gember). Maar ik had die gerechten liever willen hebben als ik niet uit eten was, omdat je niet genoeg aandacht aan je voedsel kunt schenken als je beleefd moet zijn. En ik was een beetje zenuwachtig; de messen en vorken waren zo ingewikkeld. Ik had nooit verwacht dat ik me over zulke dingen onhandig zou voelen – we hadden altijd diverse gangen bij de dinertjes van tante Millicent – maar ik kon zelfs niet alle schotels herkennen. En het hielp niet als ik Neil probeerde na te doen, want zijn tafelmanieren kwamen me helemaal vreemd voor. Ik ben bang dat hij een keer gemerkt moet hebben dat ik naar hem staarde, want hij zei: 'Mijn moeder vindt dat ik op de Engelse manier moet eten; zij en Simon hebben dat overgenomen; maar ik laat me hangen als ik het doe.'

Ik vroeg hem om het verschil uit te leggen. Blijkbaar is het in Amerika netjes om elke hap te snijden, het mes neer te leggen op je bord, de vork van je linker- naar je rechterhand over te brengen, de hap op de vork te nemen, de volle vork in je mond te stoppen, de vork weer terug te nemen in je linkerhand en het mes weer te pakken; en je mag maar een soort eten tegelijk op je vork nemen; nooit een lekkere, gezellige homp vlees, groente en aardappelen tegelijk.

'Maar dat duurt zo lang,' zei ik.

'Nee, toch niet,' zei Neil. 'En in elk geval vind ik het een vreselijk gezicht zoals jullie allemaal aan je mes gekleefd blijven.' Het idee dat iets dat Engelsen doen, een vreselijk gezicht is, ergerde me verschrikkelijk, maar ik hield me kalm.

'Ik zal je nog eens iets vertellen dat hier verkeerd is,' ging Neil door, terwijl hij even met zijn vork door de lucht zwaaide. 'Kijk nou eens hoe alles het eerst aan je stiefmoeder wordt aangeboden. Thuis zou het eerst aan mijn moeder worden aangeboden.'

'Geven jullie er dan niet om dat je beleefd moet zijn tegen een gast?' vroeg ik. Lieve help, wat een arrogant klein mormel moet ik geleken hebben!

'Maar het ís beleefd; in ieder geval heel wat attenter. Want de gastvrouw kan je altijd laten zien wat je moet doen met het eten – of je de soep op je bord giet, of van het een of ander een hele neemt. Begrijp je niet wat ik bedoel?'

Ik begreep het heel goed en ik vond het een uitstekend idee.

'Nou, misschien zou ik zelfs wel kunnen wennen aan het wisselen van mijn vork van de ene hand naar de andere,' zei ik, en ik probeerde het. Ik vond het verschrikkelijk lastig.

De dominee keek naar ons over de tafel.

'Toen dit huis werd gebouwd, gebruikten de mensen een dolk en hun vingers,' zei hij. 'En het zal er waarschijnlijk nog staan tegen de tijd dat men dineert met capsules.'

'Stel je voor dat je je vrienden uitnodigt op capsules,' zei ik.

'Ach, de capsules zullen in afzondering worden genoten,' zei vader.

'Tegen die tijd zal men in fatsoenlijk gezelschap niet meer mogen spreken over eten. Afbeeldingen van voedsel zullen dan zeldzaam en merkwaardig worden gevonden, en alleen worden verzameld door ongemanierde oude heren.'

Toen sprak Mrs. Fox-Cotton tegen Neil en hij draaide zich om om met haar te praten; dus kreeg ik een kans om de tafel rond te kijken. Zowel vader als de dominee luisterde naar Mrs. Cotton; Aubrey Fox-Cotton legde beslag op Topaas. Op dat moment sprak niemand tegen Rose of Simon. Ik zag hem naar haar kijken. Zij wierp hem een blik toe door haar oogharen, en ook al weet ik wat Topaas bedoelt als ze het ouderwets noemt, het was beslist een bijzonder aantrekkelijke blik; misschien krijgt Rose nu wat meer ervaring. In elk geval kon ik zien dat het Simon deze keer niet tegenstond. Hij tilde z'n glas op en keek haar aan, bijna alsof hij een dronk op haar uitbracht. Zijn ogen waren heel mooi boven het glas, en opeens kreeg ik hoop dat ze echt van hem kon gaan houden ondanks de baard. Maar mijn hemel, ík zou het niet kunnen!

Ze glimlachte – het lachje vloog even over haar gezicht – en wendde haar gezicht toen af om met de dominee te praten. Ik dacht bij mezelf: ze leert het, want het zou veel te duidelijk zijn geweest als ze langer naar Simon had gekeken.

Ik had een merkwaardig gevoel toen ik ze allemaal bekeek en naar hen luisterde; misschien lag het aan wat vader een paar minuten tevoren had gezegd. Het leek plotseling verbazingwekkend dat mensen bij elkaar kwamen speciaal om samen te eten; omdat het voedsel de mond in gaat en het gesprek eruit komt. En als je naar mensen kijkt die eten en praten – als je echt op ze let – is dat een hoogst merkwaardig gezicht: de handen heel druk bezig, de vorken die op en neer gaan, slikbewegingen, woorden die naar buiten komen tussen de happen, kaken die heftig in beweging zijn. Hoe meer je kijkt bij een diner, hoe merkwaardiger het lijkt; al die gezichten, verlicht door kaarsen, handen met schotels die over de schouders verschijnen, de eigenaars van die handen, die rustig rondlopen en niet meedoen met het gelach en de conversatie. Ik liet mijn gedachten afdwalen van de tafel en tuurde in het halfduister erachter, en toen zag ik langzamerhand de bedienden als echte mensen, die ons gadesloegen, elkaar aanwijzingen toefluisterden, blikken wisselden. Ik zag een meisje uit het dorp Godsend en gaf haar een knipoogje – en wilde toen dat ik het niet had gedaan, want ze liet ineens een snurklachje horen en keek toen dodelijk verschrikt naar de butler. Het volgende moment ving mijn linkeroor iets op dat het bloed in mijn aderen deed stollen (dat is een uitdrukking waarop ik altijd heb neergekeken, maar ik kreeg echt een koude rilling tussen mijn schouderbladen): Mrs. Cotton vroeg aan vader hoe lang het geleden was sinds hij iets had gepubliceerd.

'Ruim twaalf jaar,' zei hij op de vlakke toon die ons gezin aanvaardt als het einde van een gesprek. Op Mrs. Cotton had het deze uitwerking niet.

'U vond het het beste om af te wachten,' zei ze. 'Hoe weinig schrijvers zijn zo verstandig!' Haar toon was zeer begrijpend, bijna eerbiedig. Toen voegde ze er levendig aan toe: 'Maar dat is lang genoeg geweest, vindt u ook niet?'

Ik zag hoe vaders hand de tafel vastgreep. Eén vreselijk ogenblik dacht ik dat hij zijn stoel achteruit zou schuiven en weglopen, zoals hij thuis zo vaak doet als een van ons hem hindert. Maar hij zei alleen maar heel rustig: 'Ik schrijf niet meer, Mrs. Cotton. En laten we nu over iets interessants praten.'

'Maar dit ís interessant,' zei ze. Ik keek voorzichtig naar haar. Ze zat kaarsrecht, een en al diepblauw fluweel en parels; ik geloof niet dat ik ooit een vrouw heb gezien die er zo opvallend schóón uitzag. 'En ik waarschuw u dat ik me niet laat afwijzen, Mr. Mortmain. Als een zo groot schrijver als u zo lang zwijgt, is iemand verplicht om de reden te ontdekken. Automatisch denkt men het eerste aan drank, maar dat is duidelijk niet de oorzaak bij u. Er moet een psychologische...'

Net op dat moment sprak Neil tegen me.

'Stil eens even,' fluisterde ik, maar ik miste de rest van wat Mrs. Cotton zei.

Mijn vader zei: 'Goeie hemel, u kunt dergelijke dingen niet tegen me zeggen aan uw eigen tafel!'

'Ik gebruik bij genieën altijd de tactiek van de frontaanval,' zei Mrs. Cotton. 'En je moet ze wel in het openbaar toepassen, anders gaan de genieën ervandoor.'

'Ik ben heel goed in staat om ervandoor te gaan, in het openbaar of niet,' zei vader, maar ik merkte wel dat hij het niet van plan was; zijn stem had een lichte, geamuseerde klank die ik in geen jaren had gehoord. Hij ging plagend door: 'Vertel me eens, bent u uniek of is de Amerikaanse *clubwoman* gevaarlijker geworden sinds mijn tijd?'

Het leek me vreselijk onbeleefd om zoiets te zeggen, zelfs voor de grap, maar het kon Mrs. Cotton helemaal niet schelen. Ze zei alleen glimlachend: 'Ik ben toevallig niet wat u verstaat onder een clubwoman, en in ieder geval geloof ik dat we u moeten genezen van die gewoonte om te generaliseren over Amerika, alleen omdat u twee korte tournees met lezingen hebt gemaakt.' Net goed voor vader; hij praat altijd over Amerika alsof hij het in z'n vestzak mee naar huis had genomen. Natuurlijk wilde ik blijven luisteren, maar ik zag dat Mrs. Cotton naar me keek; dus keek ik vlug naar Neil.

'Vooruit maar,' zei ik.

'Wat was er?' vroeg hij. 'Dacht je dat je een tand had gebroken?'

Ik lachte en vertelde hem waarnaar ik had zitten luisteren.

'Wacht maar,' zei hij. 'Ze zal hem nog wel acht uur per dag meesterwerken laten produceren; tenzij hij haar natuurlijk met een cakemes te lijf gaat.' Ik keek hem in stomme verbazing aan. Hij ging door: 'Ja, ze liet onze zaakgelastigde alle details van de kwestie opsturen. Ik heb er erg om moeten lachen. Maar ik denk dat ze een beetje teleurgesteld was dat het geen echte poging tot moord was.'

'Kun jij begrijpen hoe zoiets onzinnigs hem van zijn werk heeft kunnen afbrengen?' vroeg ik.

'Ik begreep zelfs je vaders werk niet toen hij er nog mee bezig was,' zei Neil. 'Ik ben nu eenmaal niet literair aangelegd.'

Daarna praatten we over andere dingen. Ik begreep dat het beleefd zou zijn om vragen te stellen over Amerika. Hij vertelde me over de ranch van zijn vader in Californië, waar hij had gewoond tot hij naar Mrs. Cotton en Simon ging. (Het is vreemd om te bedenken hoe weinig hij met hen te maken heeft gehad.) Ik zei dat het erg droevig was dat zijn vader was gestorven voor hij Scoatney Hall kon erven.

'Hij zou er toch niet gewoond hebben,' zei Neil. 'Hij zou zich nooit ergens anders dan in Amerika hebben gevestigd, net zomin als ik dat ooit zal doen.'

Ik wou net zeggen: maar je broer komt toch zeker hier wonen?

maar hield me nog net in. Neils stem had zo boos geklonken dat ik voelde dat het een pijnlijk onderwerp kon zijn. Ik vroeg hem of hij Roses jurk niet mooi vond – hoofdzakelijk om van onderwerp te veranderen.

Hij zei: 'Niet erg, als je de zuivere waarheid wilt weten; hij is me te opgedirkt. Maar ze ziet er heel mooi in uit. En dat weet ze drommels goed.'

Er blonk een pretlichtje in z'n ogen dat de onbeleefdheid van de opmerking wegnam. En ik moet toegeven dat Rose het zeer zeker wist.

Toen kwamen ze met een allerverrukkelijkste ijspudding en terwijl Neil zich bediende, liet ik mijn linkeroor weer naar vader en Mrs. Cotton luisteren. Ze leken het geweldig goed met elkaar te kunnen vinden, ook al klonk het een beetje als een wedstrijd in het schreeuwen. Ik zag Topaas er bezorgd naar kijken en toen opgelucht: vader lachte.

'O, praat met de dominee en laat mij op adem komen,' zei hij.

'Maar ik ga straks weer in de aanval,' zei Mrs. Cotton. Haar ogen schitterden en ze leek ongeveer twee keer zo gezond als iemand er normaal gesproken uitziet.

'Nou, hoe vind je je eerste volwassen partijtje?' vroeg vader me; het was het eerste woord dat hij tijdens de hele maaltijd tegen me had gesproken, maar ik kon hem dat moeilijk kwalijk nemen. Hij zag nogal rood in z'n gezicht en leek op de een of andere manier groter dan gewoonlijk; hij had weer een tikje van de schittering die ik me herinnerde uit de dagen voor het cakemes. Die kwam wat terug toen hij met Topaas trouwde, maar was niet blijvend. De verschrikkelijke gedachte kwam in me op dat hij verliefd kon worden op Mrs. Cotton. Binnen een paar minuten praatte ze weer met hem. Spoedig daarna verlieten de dames de eetkamer.

Toen we naar boven gingen, stak Topaas haar arm door de mijne.

'Kon je het horen?' fluisterde ze. 'Geniet hij er werkelijk van? Of deed hij maar alsof?'

Ik vertelde haar dat ik dacht dat het echt was.

'Het is heerlijk om hem zo te zien,' maar haar stem klonk treurig. Het is een van haar stelregels dat een vrouw nooit jaloers moet zijn, nooit een man moet proberen vast te houden tegen zijn zin;

maar ik kon merken dat zij het niet prettig had gevonden om te zien hoe iemand anders vader opvrolijkte.

Mrs. Cottons slaapkamer was beeldig; er waren massa's bloemen, nieuwe boeken lagen her en der en er stond een ligstoel, volgestapeld met leuke kussentjes; en er was een houtvuur; het moet hemels zijn om een haardvuur in je slaapkamer te hebben. De badkamer was niet te geloven; de muren waren van spiegelglas! En er stond een glazen tafel met minstens een stuk of vijf flessen odeur en lotion erop. (Amerikanen zeggen parfum in plaats van odeur, eigenlijk veel juister; ik weet niet waarom men in Engeland 'parfum' aanstellerig vindt klinken.)

'Simon zegt dat deze badkamer een misdaad tegen het huis is,' zei Mrs. Cotton, 'maar ik kan geen antiquiteiten in badkamers gebruiken.'

'Is het niet prachtig?' zei ik tegen Rose.

'Schitterend,' zei ze op bijna tragische toon. Ik kon zien dat ze het zo mooi vond dat het haar echt pijn deed.

Toen we ons hadden opgefrist, gingen we naar de lange galerij – die loopt over de volle lengte van het huis en omdat hij smal is, lijkt hij zelfs nog langer. Er zijn drie haarden en in alle drie brandde een vuurtje, maar het was helemaal niet te warm. Rose en ik liepen rond en keken naar de schilderijen en beelden en interessante dingen in glazen kasten, terwijl Mrs. Cotton met Topaas praatte. Mrs. Fox-Cotton was na het diner verdwenen; ik neem aan dat ze naar haar eigen slaapkamer was gegaan.

We kwamen bij de haard aan het verste eind van de galerij en keken om naar de anderen; we konden hun stemmen horen maar geen woord verstaan van wat ze zeiden, dus voelden we dat het veilig was om te praten.

'Hoe heb jij het gehad aan tafel?' vroeg ik.

Ze zei dat het saai was geweest; ze vond Mr. Fox-Cotton niet aardig en hij had trouwens alleen maar belangstelling gehad voor Topaas. 'Dus gaf ik al mijn aandacht aan het verrukkelijke eten. Waar heb jij met Neil over gepraat?'

'Hij zei onder andere dat je er heel mooi uitzag,' vertelde ik haar.

'Wat nog meer?'

'Hoofdzakelijk over Amerika.' Ik probeerde me zoveel mogelijk te herinneren voor haar, vooral over de ranch in Californië; dat had leuk geklonken.

'Wat, koeien en zo?' zei ze vol afkeer. 'Gaat hij daar naartoe terug?'

'Nee, de ranch werd verkocht toen zijn vader was gestorven. Maar hij zei dat hij graag zelf een ranch zou willen hebben als hij het kon betalen.'

'Maar zijn ze dan niet erg rijk?'

'Hou je mond,' fluisterde ik, en ik keek vlug naar Mrs. Cotton; maar we waren echt volmaakt veilig. 'Ik denk niet dat Neil rijk is en het kost Simon waarschijnlijk al zijn geld om dit huis te onderhouden. Kom, we moesten maar teruggaan.'

Toen we de haard in het midden van de galerij naderden, kwam Mrs. Fox-Cotton eraan. Het was de eerste keer dat ik haar werkelijk goed bekeek. Ze is klein, niet veel groter dan ik, met steil zwart haar dat in een enorme wrong laag tegen haar nek aan ligt, en een heel donkere huid. Haar huid en haar lijken me vettig.

Topaas zegt dat de lijn van haar gezicht prachtig is, en dat zie ik ook wel, maar ik geloof niet dat die lijn zou lijden van een flinke wasbeurt. Ze droeg een nauwsluitende, donkergroene japon die zo glansde dat hij bijna glibberig leek; hij deed me denken aan zeewier. Haar voornaam – het is haast niet te geloven – is Leda.

Rose en ik liepen naar haar toe, maar ze ging op een divan liggen en opende een oud, in kalfsleer gebonden boek dat ze bij zich had.

'Jullie vinden het toch niet erg?' vroeg ze. 'Ik wil dit zo graag uitlezen voor we morgen naar Londen teruggaan.'

'Wat is het?' vroeg ik uit beleefdheid.

'O, het is geen boek voor kleine meisjes,' zei ze. Ze heeft een idioot stemmetje, een metalig geblaat; ze neemt nauwelijks de moeite om haar mond open te doen; de woorden glippen tussen haar tanden door. Met het oog op wat later gebeurde, wil ik vastleggen dat ik op dat moment voor het eerst besloot dat ik haar niet mocht.

Toen kwamen de mannen binnen; ik merkte dat ze voor hen heel vlug ophield met lezen. Mijn vader en Simon leken een literaire discussie te beëindigen; ik hoopte dat ze echt een boeiend gesprek hadden gehad beneden. Het was interessant om te zien waar de mannen heen liepen: vader en de dominee praatten met Mrs. Cotton, Aubrey Fox-Cotton schoot op Topaas af, Simon en Neil kwamen naar Rose en mij toe; maar Mrs. Fox-Cotton kwam van haar divan af en onderschepte Simon.

'Wist je dat er hier een schilderij hangt waar je op lijkt?' vroeg ze, en ze stak haar arm door de zijne en trok hem mee door de galerij.

'O, dat heb ik gezien,' zei ik. Rose, Neil en ik wandelden achter hen aan, wat Mrs. F.-C. helemaal niet beviel, durf ik te wedden. Het was een van de oudste schilderijen; uit de tijd van koningin Elizabeth, denk ik; er zat een wit strookje boven aan de hoge kraag van de man. Je zag alleen een hoofd en schouders tegen een donkere achtergrond.

'De gelijkenis zit waarschijnlijk alleen in de baard,' zei Simon.

'Nee, in de ogen,' zei Mrs. Fox-Cotton.

'Hoofdzakelijk in de wenkbrauwen,' zei ik, 'die kleine draai aan de uiteinden. En het haar zoals dat op het voorhoofd groeit in een puntje.'

Rose staarde strak naar het schilderij. Simon vroeg aan haar wat ze dacht. Ze draaide zich om en bekeek hem met gespannen aandacht; het leek alsof ze zijn trekken stuk voor stuk in zich opnam. Maar toen ze eindelijk antwoordde, zei ze tamelijk vaag: 'Misschien lijkt het wel een beetje.' Ik had het gevoel dat ze over iets heel anders had gedacht dan aan het schilderij, iets dat met Simon zelf te maken had; en dat haar gedachten van heel ver waren teruggekomen om te ontdekken dat we allemaal op haar antwoord wachtten.

We slenterden terug naar de anderen. Topaas en Aubrey Fox-Cotton keken ook naar schilderijen; ze stonden bij de achttiende-eeuwse Cottons. 'Ik weet het,' zei hij plotseling tegen Topaas.

'U bent eigenlijk een Blake, vind je ook niet, Leda?' Mrs. F.-C. leek dat wel interessant te vinden. Ze keek Topaas lang en taxerend aan en zei: 'Ja, als ze meer vlees op haar botten zou hebben.'

'Rose is een Romney,' zei Simon. 'Ze lijkt vrij sterk op Lady Hamilton.' Het was de eerste keer dat ik hem haar voornaam had horen gebruiken. 'En Cassandra is natuurlijk een Reynolds; het kleine meisje met de muizenval.'

'Geen kwestie van!' zei ik verontwaardigd. 'Ik haat dat schilderij! De muis is doodsbang, de kat is hongerig en het meisje is een wreed misbaksel. Ik weiger haar te zijn.'

'O, maar jij zou de muis uit de val halen en een lekkere dode sardine voor de kat zoeken,' zei Simon. Hij begon me een beetje beter te bevallen.

De anderen waren druk bezig om een schilder te bedenken voor Mrs. Fox-Cotton. Ze hielden het uiteindelijk op een surrealist, Dalí genaamd. 'Met slangen, die uit haar oren kronkelen,' zei Mr. Fox-Cotton. Ik heb niet het flauwste idee wat surrealisme is, maar ik kan me gemakkelijk slangen voorstellen in de oren van Mrs. F.-C.; en ik zou het ze zeker niet kwalijk nemen als ze er uitkropen.

Daarna werd besloten dat we zouden dansen. 'In de hal,' zei Neil, 'omdat de Victrola daar staat.' Mrs. Cotton en vader en de dominee bleven boven praten.

'We komen een man te kort,' klaagde Mrs. Fox-Cotton, terwijl we naar beneden gingen.

Ik zei dat ik wel zou toekijken omdat ik de moderne dansen niet ken. (Rose eigenlijk ook niet, maar zij heeft ze een of twee keer geprobeerd op de feestjes van tante Millicent.)

'Welke ken je wel?' vroeg Simon plagend. 'Sarabandes, courantes en pavanes?'

Ik zei: alleen walsen en polka's. Mijn moeder heeft ze ons geleerd toen we klein waren.

'Ik zal het je leren,' zei Neil. Hij zette een plaat op de grammofoon (ik had verwacht dat een Victrola iets veel opwindenders zou zijn) en kwam toen bij me terug, maar ik zei dat ik de eerste paar dansen liever wilde toekijken.

'Toe nou, Cassandra,' zei hij, maar Mrs. Fox-Cotton bemoeide zich ermee. 'Laat het kind toekijken, als ze dat graag wil. Dans deze met mij.' Ik hakte de knoop door door de trap op te rennen.

Ik zat op de bovenste tree en keek op ze neer. Rose danste met Simon, en Topaas met Mr. Fox-Cotton. Ik moet zeggen dat Mrs. Fox-Cotton heel mooi danste, hoewel ze bijna tegen Neils borst leek te liggen. Roses jurk zag er beeldig uit, maar ze maakte telkens de verkeerde passen. Topaas hield zich zo stijf als een pook – ze vindt moderne dansen vulgair – maar Mr. Fox-Cotton danste zo goed dat ze langzamerhand ontdooide. Het was boeiend om

ze allemaal van boven af te bekijken. De hal was slechts schemerig verlicht, en de eiken vloer leek donker als water bij nacht. Ik
rook weer de geheimzinnige geur van het oude huis, maar vermengd met het parfum van Mrs. Fox-Cotton; een rijk, mysterieus
parfum, dat helemaal niet naar bloemen rook. Ik leunde tegen de
gebeeldhouwde spijlen van de trapleuning en luisterde naar de muziek en voelde me heel anders dan ooit tevoren: zachter, heel mooi
en alsof heel veel mannen verliefd op me waren en ik heel makkelijk verliefd op hen zou kunnen worden. Ik had een heel merkwaardig gevoel in mijn maag; een kwetsbaar gevoel – dichter kan
ik het niet benaderen; ik was bezig om dit op een plezierige, vage manier te onderzoeken, terwijl ik neerkeek op een grote vaas
met witte tulpen tegen de achtergrond van het grote raam zonder
gordijnen, toen ik plotseling helemaal koud werd van schrik.

Er zweefden twee gezichten in het donkere glas van het raam.
Het volgende ogenblik waren ze verdwenen.

Ik spande mijn ogen in om ze weer te zien. De dansers kwamen
elke keer voorbij het raam en dan kon ik het niet zien. Opeens
waren de gezichten er weer, maar nu vager. Toen werden ze weer
duidelijk; en op dat moment was de plaat afgelopen. De dansers
stonden stil, en de gezichten waren verdwenen.

Aubrey Fox-Cotton riep: 'Zag je dat, Simon? Twee van die dorpelingen keken weer naar binnen.'

'Dat is het grootste nadeel van een openbaar pad zo dicht bij
het huis,' legde Simon aan Rose uit.

'Ach verdorie, wat doet het er toe!' zei Neil. 'Laat ze kijken als
ze dat willen.'

'Maar laatst op een avond is mijn moeder er erg van geschrokken. Ik denk dat ik hun zal vragen om het niet meer te
doen, als ik ze te pakken kan krijgen.'

Simon ging naar de deur en deed hem open. Ik rende in volle
vaart de trappen af naar hem toe. Er zat een licht boven de deur
dat alles rondom pikdonker deed lijken.

'Pak ze niet,' fluisterde ik.

Hij keek naar me en glimlachte vol verbazing. 'Lieve help, ik
zal ze geen kwaad doen.' Hij ging de trappen af en riep: 'Is daar
iemand?' Vlakbij klonk een onderdrukte lach.

'Ze staan achter de ceder,' zei Simon, en hij begon ernaar toe te lopen. Ik bad in stilte dat ze op de vlucht zouden slaan, maar ik hoorde geen geluid dat daarop wees. Ik greep Simons arm en fluisterde: 'Toe, kom alsjeblieft terug, toe, zeg dat je ze niet kon vinden. Het zijn Thomas en Stephen.'

Simon barstte in lachen uit.

'Ze moeten hierheen gefietst zijn,' zei ik. 'Wees alsjeblieft niet boos. Ze snakken er alleen maar naar om iets van het feest te zien.'

Hij riep: 'Thomas, Stephen, waar zitten jullie? Kom even binnen om een praatje te maken!'

Ze antwoordden niet. We liepen naar de ceder. Plotseling gingen ze ervandoor, en Thomas struikelde prompt over iets en viel in zijn volle lengte. Ik riep: 'Kom maar jullie allebei; het is heus in orde.'

Simon hielp Thomas opstaan; ik wist dat hij zich geen pijn had gedaan omdat hij zo hard lachte. Mijn ogen waren toen aan het donker gewend en ik kon Stephen op enkele meters afstand zien; hij was stil blijven staan, maar hij kwam niet op ons af. Ik ging naar hem toe en nam hem bij de hand.

'Het spijt me zo vreselijk,' fluisterde hij. 'Ik weet dat we iets verschrikkelijks deden.'

'Onzin,' zei ik. 'Niemand trekt er zich iets van aan.' Zijn hand was helemaal vochtig. Ik wist zeker dat hij zich afschuwelijk voelde.

De anderen hadden het roepen gehoord en waren naar de deur gekomen. Neil kwam naar ons toe hollen met een zaklantaarn.

'Wat zie ik, mijn oude vriend Stephen?' riep hij. 'Zijn er weer beren los vanavond?'

'Nee, ik wil liever niet binnenkomen,' fluisterde Stephen me toe. Maar Neil en ik namen ieder een arm en dwongen hem om mee te gaan.

Thomas kon het helemaal niet schelen; hij bleef maar lachen. 'We begluurden jullie aan het diner,' zei hij, 'en toen verdwenen jullie allemaal. We stonden net op het punt om in wanhoop naar huis te gaan, toen jullie naar beneden kwamen.'

Toen ik Stephen eenmaal duidelijk kon zien in de hal, speet het me dat ik hem gedwongen had om binnen te komen; hij was vuurrood tot aan zijn haarwortels toe en te verlegen om een woord te zeggen. En Rose maakte het nog erger door aanstellerig te zeggen (ik denk dat het kwam omdat ze zich schaamde): 'Ik vraag excuus voor hen. Ze moesten zich schamen.'

'Trek je niets aan van oudtante Rose, jongens,' zei Neil met een grijns. 'Kom, we gaan de ijskast plunderen.'

Ik heb ze dat eens zien doen in een film en het zag er verrukkelijk uit. Ik besloot om mee te gaan, maar Mrs. Fox-Cotton riep me terug.

'Wie is die jongen, die lange blonde?' vroeg ze dwingend.

Ik vertelde haar van Stephen.

'Ik moet hem fotograferen.'

'Wat, op dit uur van de avond?'

Ze lachte hinnikend. 'Natuurlijk niet, dwaas kind. Hij moet naar Londen komen; ik ben beroepsfotografe. Hoor eens, vraag hem... Nee, laat maar.' Ze rende naar boven.

Neil en de jongens waren inmiddels verdwenen. Het speet me, want ik was tamelijk hongerig ondanks het enorme diner. Ik denk dat mijn maag ervaring had gekregen. Ik was bang dat als ik bleef rondhangen, Simon zich verplicht zou voelen met me te dansen; hij danste weer met Rose, en ik wilde dat hij dat zou blijven doen. Dus ging ik naar boven.

Het was fijn om alleen door het huis te lopen; in je eentje voel je een huis zoveel beter aan. Ik liep heel langzaam en keek naar de oude prenten aan de muren van de gangen. Overal op Scoatney ben je je zo bewust van het verleden; het is overal om je heen, een liefkozing in de lucht. Ik krijg dat gevoel niet vaak in het kasteel; misschien is het te vaak verbouwd en het oudste gedeelte lijkt zo vreselijk ver weg. Waarschijnlijk helpen de prachtige, oude meubelen op Scoatney.

Ik verwachtte dat ik stemmen zou horen die me terug zouden leiden naar de galerij, maar alles was stil. Eindelijk kwam ik bij een raam dat openstond en op de binnenplaats uitkeek, en ik leunde naar buiten en oriënteerde me; ik kon de ramen van de galerij zien. Ik kon de keukenramen ook zien, en Neil, Thomas en Stephen, die aan tafel zaten te eten. Het zag er gezellig uit.

Toen ik de galerij binnenging, zaten vader en Mrs. Cotton aan het verste eind, en de dominee lag op de divan bij de middelste haard en las in het boek van Mrs. Fox-Cotton. Ik vertelde hem van Thomas en Stephen.

'Laten we wat met ze gaan praten,' zei hij, 'tenzij je wilt dat ik met je dans. Ik dans als een gummibal.'

Ik zei dat ik de keukens graag zou willen zien. Hij stond op en sloeg het boek dicht.

'Mrs. Fox-Cotton zei dat het geen boek was voor kleine meisjes,' vertelde ik hem.

'Het is ook geen boek voor kleine dominees,' zei hij grinnikend.

Hij nam me mee de achtertrap af; hij kent het huis heel goed omdat hij bevriend was met de oude heer Cotton. Het was interessant om het verschil te zien toen we in het bediendenverblijf kwamen; de kleden waren dun en versleten, de verlichting was schel, en alles voelde veel killer aan. De geur was ook anders; net zo oud maar zonder geheimzinnigheid erin; een verschaalde, vochtige, ontmoedigende lucht.

Maar de keukens waren prachtig; helemaal wit geschilderd, met een wit geëmailleerd fornuis en een geweldig grote ijskast. (Tante Millicent had alleen maar een oude, die lekte.) Neil en de jongens waren nog steeds aan het eten. En op de tafel, druk pratend tegen Stephen, zat Mrs. Fox-Cotton.

Toen ik binnenkwam, gaf ze hem een kaartje. Ik hoorde haar zeggen: 'Alles wat je moet doen, is dit adres aan de taxichauffeur laten zien. Ik zal je reiskosten vergoeden als je komt... of misschien kan ik je beter nu wat geld geven.' Ze deed haar avondtasje open.

'Ga je er echt naartoe om gefotografeerd te worden?' vroeg ik hem. Hij schudde z'n hoofd en liet me het kaartje zien. Er stond *Leda – kunstfotografe* op, onder een prachtig getekend zwaantje, en een adres in St. John's Wood.

'Wees lief en help me om hem over te halen,' zei ze. 'Hij kan op een zondag komen. Ik zal zijn reis betalen en hem twee *guineas* geven. Hij is precies wat ik al maanden zoek.'

'Nee, dank u, mevrouw,' zei Stephen heel beleefd. 'Ik zou me niet op mijn gemak voelen.'

'Lieve help, waarom niet? Ik wil alleen je hoofd maar fotograferen. Wil je het doen voor drie guineas?'

'Wat zegt u, alleen voor één dag?'

Ze wierp een snelle, berekenende blik op hem; toen zei ze vlug: 'Víjf guineas als je aanstaande zondag komt.'

'Doe het niet als je geen zin hebt, Stephen,' zei ik.

Hij slikte en dacht na. Eindelijk zei hij: 'Ik moet er even over denken, mevrouw. Zou het ook vijf guineas zijn als ik wat later kwam?'

'Welke zondag je maar wilt; ik kan je altijd gebruiken. Maar schrijf van tevoren even om zeker te zijn dat ik vrij ben. Schrijf jij voor hem,' zei ze tegen mij.

'Hij zal zelf schrijven als hij zin heeft,' zei ik koel – ze zei het alsof ze dacht dat hij analfabeet was.

'Goed, als je hem er maar niet van afbrengt. Vijf guineas, Stephen. En ik zal je waarschijnlijk niet langer dan twee of drie uur nodig hebben.'

Ze griste een stuk kip weg en begon erop te knauwen. Neil bood mij wat aan, maar mijn eetlust was verdwenen.

Stephen zei dat het tijd werd dat hij en Thomas naar huis fietsten. Neil vroeg hun te blijven dansen, maar drong niet aan toen hij zag dat Stephen geen zin had. We gingen allemaal mee om ze uit te laten; de fietsen stonden ergens achter het huis. Onderweg kwamen we door een voorraadkamer waar enorme hammen hingen.

'De oude Mr. Cotton gaf ons er altijd zo een met Kerstmis,' zei Thomas. 'Maar vorig jaar Kerstmis was hij dood.'

Neil reikte omhoog en pakte de grootste ham van z'n haak.

'Alsjeblieft, Tommy,' zei hij.

'O, Thomas, dat kun je niet doen!' begon ik, maar ik wilde niet dat Neil me oudtante Cassandra zou noemen, dus eindigde ik: 'Maar ik denk dat je het al gedáán hebt.' En ik zou zeker flauwgevallen zijn van wanhoop als Thomas de ham had geweigerd. Ten slotte beloofde ik dat ik de ham mee zou brengen omdat hij hem niet op z'n fiets kon meenemen.

'Maar zweer dat je niet plotseling damesachtig zult gaan doen en hem achterlaat,' fluisterde hij. Ik zwoer het.

Nadat de jongens vertrokken waren, gingen we terug naar de hal waar de anderen nog aan het dansen waren.

'Kom, Cassandra,' zei Neil, en hij zwierde met me weg.

Lieve help, dansen is toch raar als je erover nadenkt. Als een man je hand vast zou houden en zijn arm om je middel leggen zonder dat het dansen was, zou dat heel belangrijk zijn; bij het dansen merk je het niet eens – nou ja, wel een klein beetje. Ik kon de passen beter volgen dan ik verwachtte, maar niet gemakkelijk genoeg om ervan te genieten; ik was heel blij toen de plaat uit was. Toen vroeg Neil Rose ten dans en ik danste een verrukkelijke wals met de dominee: we werden zo duizelig dat we op een divan moesten neerploffen. Ik geloof niet dat Rose Neil zo goed volgde als ik, want toen ze voorbijdansten hoorde ik hem zeggen: 'Maak er toch niet steeds eigen fantasiepasjes bij.' Ik vermoedde dat dat haar zou ergeren, en dat deed het; toen de muziek ophield en hij haar vroeg of ze meeging de tuin in voor wat frisse lucht, zei ze bijna grof: 'Nee, dank je!'

Daarna gingen we allemaal terug naar de lange galerij waar vader en Mrs. Cotton nog altijd even druk aan het praten waren. Mrs. Cotton hield beleefd op toen we binnenkwamen en een tijdlang was het gesprek algemeen; maar Mrs. Fox-Cotton bleef maar gapen en met haar hand op haar mond kloppen en zeggen 'Neem me niet kwalijk', wat er alleen nog meer de aandacht op vestigde, en al gauw zei Topaas dat we moesten gaan. Mrs. Cotton protesteerde beleefd en belde toen om haar auto.

Er hing een soort laat gevoel in de lucht, net als vroeger op kinderpartijtjes (de paar waar ik ooit naartoe ben geweest), nadat de eerste kinderjuf was gekomen om een kind mee naar huis te nemen.

Ik pakte de ham toen we door de hal liepen en hield hem tactvol verborgen onder de cape die Topaas me had geleend – het was een heel merkwaardig, boernoesachtig ding, maar het kwam nu goed van pas. Simon en Neil liepen met ons mee naar de auto en zeiden dat ze ons zouden komen opzoeken zodra ze terugkwamen uit Londen; ze zouden er de volgende dag naartoe rijden en er twee weken blijven.

En zo kwam er een eind aan het avondje.

'Grote goden, Cassandra, hoe kom je daaraan?' vroeg vader toen hij me de ham zag koesteren.

Ik vertelde het hem en legde uit dat ik de ham verborgen had uit vrees dat hij me zou dwingen hem te weigeren.

'Te weigeren? Ben je mal, kind.' Hij nam hem van me over om te raden hoeveel hij woog. We raadden allemaal, wat alleen maar verloren tijd was omdat we toch geen weegschaal hebben.

'Je koestert hem alsof het je eerstgeborene is,' zei vader toen ik hem eindelijk terug had.

Ik zei dat ik het betwijfelde of een eerstgeborene ooit meer welkom was geweest. Daarna werden we allemaal stil – we hadden ineens aan de chauffeur gedacht.

Zelfs toen we thuiskwamen, haastten we ons niet om onze indrukken uit te wisselen. Ik kreeg het gevoel dat we allemaal eerst eens voor onszelf wilden nadenken. Ik in elk geval wel.

Ik begon zodra Rose en ik de kaarsen in onze slaapkamer hadden uitgeblazen. Ik was helemaal niet slaperig. Ik ging de hele avond na; het was bijna nog fijner dan in werkelijkheid, tot ik aan het gedeelte in de keuken kwam waar Mrs. Fox-Cotton Stephen vroeg om voor haar te poseren; ik merkte dat ik daar woedend over was. Ik vroeg me af waarom; waarom zou hij geen vijf guineas mogen verdienen voor een paar uur werk? Vijf guineas is een enorm bedrag. En een fotografe heeft toch zeker het volste recht modellen te huren? Ik kwam tot de slotsom dat ik ontzettend onredelijk was; maar ik bleef woedend.

Terwijl ik nog met mezelf argumenteerde, stond Rose op uit het hemelbed en deed het raam wijder open; toen ging ze op de vensterbank zitten.

'Kun je niet slapen?' vroeg ik.

Ze zei dat ze het niet eens had geprobeerd en ik vermoedde dat zij net als ik over de avond had nagedacht; ik wilde wel dat ik even van hersens met haar kon ruilen om haar avond nog eens te beleven.

Ik stond op en kwam bij haar op de vensterbank zitten. Het was zo'n donkere nacht dat ik alleen haar omtrek kon zien.

Plotseling zei ze: 'Ik zou willen dat ik meer van mannen wist.'

'Hoezo?' vroeg ik op een rustig aanmoedigende toon.

Ze zweeg zo lang dat ik dacht dat ze niet zou antwoorden; toen kwamen de woorden in een stortvloed los: 'Hij voelt zich tot me aangetrokken, dat weet ik! Maar hij heeft zich waarschijnlijk aangetrokken gevoeld tot hopen meisjes; het hoeft niet beslist te betekenen dat hij een aanzoek zal doen. Als ik nou maar wist hoe ik me moet gedragen!'

Ik zei: 'Rose, heb je bedacht wat een huwelijk in werkelijkheid betekent?'

'Ja, daar heb ik vanavond aan gedacht; toen ik naar hem keek om te zien of hij op dat oude schilderij leek. Ik stelde me plotseling voor hoe het samen met hem in bed zou zijn.'

'Wat een tijdstip om daarvoor uit te kiezen! Ik zag dat je erg verstrooid was. Nou, wat voor gevoel was het?'

'Heel eigenaardig, maar ik kon het onder ogen zien.'

'Is het alleen om het geld, Rose?'

'Daar ben ik niet zeker van,' zei ze, 'eerlijk niet; ik begrijp mezelf niet. Het is vreselijk opwindend als je merkt dat mannen zich tot je aangetrokken voelen. Het is... maar dat kun jij toch niet begrijpen.'

'Ik denk dat ik het misschien wel zou kunnen.' Even overwoog ik of ik haar over Stephen zou vertellen, maar voor ik kon beginnen ging ze verder: 'Ik mag hem graag... echt. Hij is hoffelijk; hij is de eerste die me ooit het gevoel heeft gegeven dat ik belangrijk ben. En hij is knap... in zekere zin, vind je niet? Zijn ogen zijn in elk geval mooi. Als ik maar kon wennen aan die baard...'

'Weet je zeker dat je Neil niet liever zou willen hebben? Hij is zo vreselijk vriendelijk en hij heeft zo'n aardig, schoon gezicht.'

'Neil...!' Ze klonk zo verachtelijk dat ik begreep dat hij haar zelfs nog meer moet hebben geërgerd dan ik vermoedde.

'Nee, jij mag Neil hebben.'

Eerlijk gezegd was dat idee nog nooit bij me opgekomen. Natuurlijk nam ik het niet serieus; maar ik had het gevoel dat ik er eens rustig over na zou moeten denken.

'Als ik er Simon maar toe kon brengen om zich te scheren,' ging Rose door. Toen werd haar stem hard. 'Hoe dan ook, wat doet het er toe? Zelfs als ik hem haatte, zou ik met hem trouwen. Cassandra, heb je ooit zoiets moois gezien als Mrs. Cottons badkamer?'

'Ja, een heleboel,' zei ik beslist. 'En geen badkamer ter wereld is het waard om te trouwen met een gebaarde man die je haat.'

'Maar ik haat hem niet. Ik zeg dat ik hem graag mag. Ik zou bijna...' Ze hield op en ging terug naar bed.

'Misschien kun je niet zeker zijn van je gevoelens tot je hem hebt gekust,' opperde ik.

'Maar dat kan ik niet doen voor hij me ten huwelijk vraagt; anders zou hij me misschien niet vragen,' zei ze gedecideerd. 'Dat is iets dat ik zeker weet.'

Ik had het sterke idee dat ze een beetje ouderwets was, maar ik hield mijn opvattingen voor mezelf. 'Nou, ik zal bidden dat je echt van hem gaat houden – en hij van jou natuurlijk. En ik zal buiten mijn bed bidden.'

'Ik ook,' zei ze, en ze wipte er weer uit.

We baden allebei hard, Rose verreweg het langst; ze lag nog op haar knieën toen ik me alweer genesteld had om te gaan slapen.

'Het is wel genoeg, Rose,' zei ik eindelijk. 'Het is voldoende als je de dingen alleen maar noemt, weet je. Lange gebeden zijn net als vervelend gezeur.'

We waren een tijdlang rusteloos. Ik probeerde iets kalmerends te bedenken dat Miss Blossom zou kunnen zeggen, maar ik was er niet voor in de stemming. Na een tijdje hoorde ik een uil krassen en ik kalmeerde mezelf door eraan te denken hoe die over de donkere velden vloog; en toen bedacht ik dat hij op muizen zou duiken. Ik ben dol op uilen, maar ik wilde wel dat God vegetariërs van ze had gemaakt. Rose gooide zich maar steeds van de ene kant op de andere in bed.

'Zeg, hou eens op met dat rollen,' zei ik, 'je zult die paar veren die het hemelbed nog heeft, breken.'

Maar steeds als ik op het punt stond om in te slapen, draaide ze zich weer om. De kerkklok van Godsend sloeg twee uur voor ik haar rustig hoorde ademhalen. Toen viel ik eindelijk in slaap.

9

Het heeft me drie dagen gekost om het avondje op Scoatney te beschrijven; ik heb de onderbrekingen niet aangegeven omdat ik wilde dat het op een compleet hoofdstuk leek. Nu het leven zoveel opwindender is geworden, zie ik dit dagboek als een verhaal dat ik vertel. Gisteren speelde zich een nieuw hoofdstuk af en ik zou me er direct in willen storten, maar ik zal de verleiding weerstaan en eerst vertellen wat er intussen is gebeurd.

Een verleiding waaraan ik geen weerstand kon bieden, was die om mijn verbeelding een beetje vooruit te laten lopen. Aangezien Rose had gezegd dat ik Neil mocht hebben, stond ik mezelf toe met dit idee te spelen; ik dacht erover na toen ik de volgende dag wakker werd en stelde me voor dat hij me vroeg om met hem te trouwen. Ik liet het gebeuren bij de vijvers op Scoatney. Ik nam zijn aanzoek aan, en Rose en ik spraken af dat we tegelijk zouden trouwen en kochten de prachtigste huwelijksuitzetten. Toen sliep ik weer in en droomde dat ik echt met Neil was getrouwd. We waren samen opgesloten in Mrs. Cottons badkamer op een verschrikkelijk gênante manier en Stephens gezicht zweefde steeds in de muren van spiegelglas. Ik was heel blij toen ik weer wakker werd en ontdekte dat het niet waar was. Natuurlijk zal Neil me nu nooit vragen nadat ik het mezelf heb laten indenken. Niet dat me dat iets kan schelen.

Ik denk dat hij het heel misschien tóch nog zou doen; op een totaal andere manier en niet bij de vijvers.

Topaas en ik spraken heel gezellig over het avondje terwijl we de bedden opmaakten. Ze had steeds meer hoop voor Rose, maar was somber over vader; hij had haar afgesnauwd toen ze hem had gevraagd waar hij met Mrs. Cotton over had gepraat.

'Alles wat ik uit hem kreeg, was: "Doe niet zo dwaas; hoe kun je nu de details van een gesprek herhalen? Het is een zeer intelligente vrouw en ze kan zowel goed luisteren als praten." En wat denk je dat hij toen zei? Dat hij haar verkeerd beoordeeld had; haar kennis van de literatuur was helemaal niet oppervlakkig; ze is zeer goed belezen. "Dat bewijst weer," zei hij tegen mij, "dat je niet moet generaliseren over een volk na een enkele korte kennismaking." En uit zijn toon zou je hebben opgemaakt dat ík degene was die generaliseerde.'

'Wat ontzettend vervelend,' zei ik, terwijl ik probeerde om niet te lachen; ik vond het wel leuk dat vader die kleine terechtwijzing van Mrs. Cotton over generaliseren zo ter harte had genomen.

'En hoe komt het dat hij met haar over literatuur kan spreken en niet met mij? Ik probeer altijd met hem over boeken te praten, maar dat wil hij nooit.'

Ik kan vader een heleboel dingen kwalijk nemen maar dit niet; want het is werkelijk verschrikkelijk om met haar over boeken te praten. Toen ik eens rustig over Tolstojs *Oorlog en vrede* wilde praten, zei ze: 'O, die in elkaar overgaande dimensies zijn zo geweldig mooi. Ik heb eens geprobeerd om die te schilderen op een cirkelvormig doek,' en toen kon ze zich niet herinneren wie Natasha was.

Ik kon met haar meevoelen over vader, maar wilde wat opschieten omdat ik in mijn dagboek wilde schrijven. Ik kon voor de lunch maar een uur schrijven, maar het lukte me om de hele middag te werken, boven op zolder. Stephen kwam daar bij me toen hij thuiskwam van De Vier Stenen. Mijn hart zonk in mijn schoenen toen hij me een opgevouwen papier gaf; ik had gehoopt dat hij het brengen van gedichten ontgroeid was. Hij stond te wachten tot ik het zou lezen.

Na de eerste regel besefte ik dat het deze keer van hemzelf was; het ging over mij terwijl ik op de trap zat op Scoatney en de anderen dansten. Ik vroeg me af wat ik ervan kon zeggen toen hij het wegrukte en het verscheurde.

'Ik weet dat het verschrikkelijk slecht is,' zei hij.

Ik zei tegen hem dat het helemaal niet verschrikkelijk slecht was. 'Hier en daar rijmde het prachtig, Stephen. En het is helemaal je eigen werk. Het is veel beter dan die andere die je overschreef.' Ik vond dat dit een kans was om ervoor te zorgen dat hij niet meer aan het overschrijven sloeg.

'Ik schreef ze niet letterlijk over,' zei hij, terwijl hij me niet aankeek. 'Ik veranderde er altijd woorden in. Ik wilde niet oneerlijk zijn, Cassandra; ik vond alleen dat wat ik zelf gemaakt had, niet goed genoeg was.'

Ik zei dat ik het heel goed begreep, maar dat hij in het vervolg altijd zijn eigen gedichten moest schrijven. En ik raadde hem aan om ook de gedichten van een ander niet te imiteren.

'Ik weet dat je elk woord van dit laatste gedicht zelf hebt bedacht,' zei ik, 'maar het leek nog altijd een beetje op Herrick; dat hele stuk over lelies en rozen en violen. Die heb je gisteravond niet echt in de hal gezien; er waren alleen maar witte tulpen.'

'Ik wed dat Herrick ook niet alle bloemen heeft gezien waar hij over schreef,' zei Stephen grinnikend. 'En het enige rijmwoord dat ik kon vinden voor tulpen was "stulpen".'

Ik lachte en zei tegen hem dat er belangrijker dingen waren dan rijm; 'een heleboel goede gedichten rijmen helemaal niet. Het voornaamste is om te schrijven wat je werkelijk voelt.'

'Dat kan ik niet doen,' zei hij. 'Nee, dat zou niet kunnen.'

'Maar waarom niet, Stephen? Natuurlijk zou dat kunnen.'

'Nee, dat zou het niet,' zei hij, en hij glimlachte recht voor zich uit alsof hij aan een privégrapje dacht. Het herinnerde me aan die avond, maanden geleden, toen we braadpannen onder de lekken hadden gezet; toen had hij op precies dezelfde manier geglimlacht.

'Stephen,' zei ik, 'herinner je je – wacht eens even, dat was dezelfde avond dat de Cottons hier voor het eerst kwamen! Herinner je je dat je uit dit raam keek en zei: "Een begin is altijd goed?"'

Hij knikte. 'Maar ik verwachtte geen Cottons,' zei hij somber. 'Heb je gisteravond nog met ze gedanst?'

'Ik heb het één keer geprobeerd met Neil.'

'Mensen zien er verschrikkelijk uit als ze dansen; ik zou me schamen. Jij zou toch nooit zo dansen als degene die zich Leda noemt?'

'Ik zou nooit zo goed kunnen dansen,' zei ik. 'Maar ik weet wat je bedoelt. Ze drapeert zich rond haar partners, vind je niet? Je laat je toch niet door haar fotograferen?' Ik zei het heel terloops, alsof het me helemaal niet kon schelen.

Tot mijn verbazing kreeg zijn gezicht die starre uitdrukking die heel anders is dan zijn schaapachtige blik. De schaapachtige blik is wazig, dromerig; de starre uitdrukking is obstinaat, bijna nors.

Soms kijkt hij zo naar Rose, maar ik kon me niet herinneren dat hij ooit zo naar mij had aangekeken.

'Misschien wel,' zei hij. 'Als mensen met geld willen smijten...'

'Maar je zou het toch zeker vreselijk vinden, Stephen?'

'Het zou misschien de moeite waard zijn om het vreselijk te vinden als je vijf guineas kunt verdienen. Vijf guineas zou bijna genoeg zijn om...' hij hield op en draaide zich om om naar beneden te gaan.

'Genoeg voor wat?' riep ik hem na.

'O, voor... voor van alles,' zei hij zonder zich om te draaien. 'Vijf guineas is meer dan ik in een jaar kan sparen.'

'Maar je wist gisteravond zo zeker dat je het niet zou doen.' Hij keek om toen hij de bocht van het zoldertrapje om ging, zijn hoofd net boven de vloer.

'Misschien doe ik het, misschien niet,' zei hij, en hij liep verder naar beneden. Het is om gek van te worden! Een stem in mijn hoofd zei: 'Ik vervloek je als je voor Leda Fox-Cotton gaat poseren.' Toen luidde de bel voor de tea, dus ging ik hem achterna naar beneden.

Topaas had de helft van de ham gekookt. Ze zei dat we er langer mee zouden doen als we hem niet aansneden voor hij helemaal koud was, maar Thomas stond erop; hij doet geweldig bezitterig over die ham. Zolang het kon wuifden we met z'n allen de ham koelte toe met kranten. Hij smaakte natuurlijk verrukkelijk; ham met mosterd is een godenmaal.

Miss Marcy kwam na de tea om het hele verhaal over het avondje te horen. Ze vertelde me dat de foto's van Mrs. Fox-Cotton heel bekend zijn; ze worden in tijdschriften afgedrukt. Ze herinnerde zich in het bijzonder een van een meisje dat zich verschool achter een reusachtige schelp, terwijl de schaduw van een man op haar afkwam. 'En je kreeg de indruk dat hij... nou ja, niets aan had, wat me nogal verbaasde omdat je niet vaak foto's ziet die even artistiek zijn als schilderijen, is het wel? Maar ja, hij had waarschijnlijk al die tijd een zwembroek aan... dat zou je op een schaduw nauwelijks zien, denk je ook niet?'

Ik lachte; ik ben dol op die schat van een miss Marcy. Maar ik was extra vastbesloten dat Stephen niet in de buurt van dat mens van Fox-Cotton mocht komen.

De volgende ochtend gingen Topaas, Rose en ik naar King's Crypt met de twintig pond die de dominee had gegeven voor de collievacht, en kochten mijn eerste volwassen jurk, van lichtgroen linnen; Rose kreeg een roze. Topaas zei dat ze zelf niets nodig had; hoe dan ook ziet ze er heel onnatuurlijk uit in confectiekleding. Ik kreeg een paar witte schoenen en een paar bijna puur zijden kousen. Als iemand me zou uitnodigen voor een tuinfeest, kon ik ernaar toe.

Toen we thuiskwamen ontdekten we dat vader de lunch die Topaas voor hem had klaargezet, niet had opgegeten en dat hij nergens in het kasteel was. Hij kwam omstreeks negen uur opdagen en zei dat hij naar Scoatney was gefietst; Simon had hem kennelijk het vrije gebruik van de bibliotheek toegestaan terwijl ze weg waren. Ik vroeg of hij iets bijzonder interessants had gelezen.

'O, in hoofdzaak Amerikaanse tijdschriften; en enkele kritische essays,' zei hij. 'Ik was vergeten hoe ver de Amerikaanse kritiek zich ontwikkeld heeft.'

Topaas zei dat ze een maaltijd voor hem zou klaarmaken, maar hij vertelde haar dat hij daar tussen de middag had gegeten en had gedineerd. 'Het schijnt dat Mrs. Cotton instructies heeft achtergelaten dat ze me te eten moeten geven als ik daar kom.' Hij verdween naar het poorthuis met een zelfvoldane uitdrukking op z'n gezicht.

Ik trok me terug op zolder en ging met dit dagboek door. Toen ik weer beneden in de keuken kwam, zat Stephen te schrijven op een opengescheurde suikerzak. Hij werd vuurrood toen hij me zag en verfrommelde de suikerzak. Op dat moment kwam Topaas binnen uit de tuin in de zwarte cape van tante Millicent en zonder kousen of schoenen. Ik vermoedde dat ze weer een van haar naaktbuien had.

'De hemel zij dank dat de natuur me nooit in de steek laat,' zei ze toen ze de trap op stommelde. Toen ik me omkeerde stopte Stephen de suikerzak diep in het vuur.

'Was het weer een gedicht?' vroeg ik; ik heb het idee dat ik hem moet aanmoedigen nu hij zijn eigen gedichten schrijft.

'Waarom heb je het verbrand?'

'Omdat het helemaal niet kon,' zei hij, nog erg rood in zijn gezicht. Hij staarde me een seconde lang aan en toen rende hij plotseling de tuin in. Ik wachtte op hem terwijl ik met Ab en Hel bij de kachel zat, maar hij kwam niet terug.

Toen ik boven kwam, zat Rose in bed haar nagels te lakken; de nagellak was haar speciale traktatie geweest van het geld van de dominee; ik had lavendelzeep gekozen.

'Je gebruikt het te vroeg,' zei ik. 'De Cottons komen nog in geen twaalf dagen terug.'

Ik kon toen niet vermoeden dat we ze binnen vier dagen weer zouden zien!

Gisteren was het de 1ste mei. Ik ben dol op de speciale dagen van het jaar: Valentijnsdag, Allerheiligen, en vooral midzomernacht. Een dag in mei die aanvoelt zoals hij klinkt, is zeldzaam, en toen ik uit het slaapkamerraam leunde en keek naar de slotgracht waar een warm briesje rimpeltjes in blies die schitterden in het zonlicht, was ik zo gelukkig als ik nog nooit in mijn leven was geweest. Ik wist dat het een geluksdag zou worden. Maar hij begon beslist verkeerd voor het ontbijt.

Mijn vader kwam beneden in zijn beste donkere pak, dat hij in geen jaren heeft gedragen. Rose en ik gaapten hem aan en Topaas hield op met in de pap roeren om te zeggen: 'Mortmain... wat ter wereld...?'

'Ik ga naar Londen,' zei vader kortaf.

'Waarvoor?' zeiden we allemaal tegelijk, waardoor het nogal luid klonk.

'Zaken,' zei vader zelfs nog luider, en hij liep de keuken uit en smeet met de deur.

'Val hem niet lastig, stel geen vragen,' fluisterde Topaas. Toen keek ze mij diep ongelukkig aan. 'Denk je dat hij naar háár toe gaat... naar Mrs. Cotton?'

'Dat kan hij toch niet... als hij niet gevraagd is,' zei ik.

'O ja, dat kan hij wel,' zei Rose. 'Kijk maar hoe hij drie dagen achter elkaar naar Scoatney is gegaan, zich door de bedienden te eten heeft laten geven, en gesnuffeld heeft in de boeken en tijdschriften! Ik zeg je dat ze door zijn toedoen uiteindelijk een afkeer van ons krijgen.'

'Hij was niet degene die daar de eerste keer voor zorgde,' zei Topaas boos.

Ik zag dat er grote ruzie zou komen, dus ging ik naar de salon.

Mijn vader zat op de vensterbank zijn schoenen op te wrijven met het gordijn. Toen hij opstond, zat hij vol met witte haren van Heloïse van het zitkussen.

'Is er in dit huis geen plek waar een man in een donker pak kan zitten?' schreeuwde hij toen hij naar de hal liep om een kleerborstel.

'Niet tenzij we Hel zwart verven,' zei ik. Ik borstelde hem af; maar doordat de borstel bijna al zijn haren kwijt was, zijn pak bijna helemaal kaal was, en Heloïse meer haren had verloren dan aannemelijk leek, was het resultaat pover. Topaas kwam zeggen dat het ontbijt klaar was, maar hij zei dat hij zijn trein zou missen als hij daarop wachtte.

'Zeur niet, zeur niet,' zei hij toen ze hem smeekte om toch iets te eten. Toen duwde hij haar op de meest onbehouwen manier opzij en pakte de fiets van Rose omdat die van hem een lekke band had.

'Wanneer kom je terug?' riep Topaas hem achterna.

Hij schreeuwde over zijn schouder dat hij er niet het flauwste idee van had.

'Wat ís er toch met hem aan de hand?' zei Topaas toen we terugliepen door de tuin. 'Ik weet dat hij altijd humeurig is geweest, maar niet zo boos zoals nu. Het is steeds erger geworden sinds we naar Scoatney zijn geweest.'

'Misschien is het beter dan zware gelatenheid,' opperde ik in een poging om te troosten. 'Hij was verschrikkelijk slechtgehumeurd toen we klein waren, toen hij nog schreef. Je kent het verhaal van mijn moeder en het cakemes.'

Topaas keek plotseling hoopvol. 'Hij mag me afslachten als dat hem werkelijk helpt,' zei ze. Toen werden haar ogen dof. 'Maar hij heeft niets aan mij. Die vrouw heeft hem aan de gang gezet.'

'Lieve help, we weten niet of iets hem aan de gang heeft gezet,' zei ik. 'We zijn al zo vaak blij geweest met een dode mus. Waar heeft hij het geld vandaan om naar Londen te gaan?'

Ze zei dat ze hem vijf pond had gegeven van het geld van de dominee. 'Hoewel ik niet had verwacht dat hij het zou besteden om háár op te zoeken.' Toen voegde ze er edelmoedig aan toe: 'Ik neem aan dat ik me zelfs dat niet moet aantrekken, als ze hem stimuleert.'

Rose kwam de keuken uit met een boterham met jam en liep ons zonder een woord voorbij; ik maakte eruit op dat zij en Topaas hevig ruzie hadden gehad, terwijl ik vader afborstelde. We ontdekten dat de pap was aangebrand; en er bestaat weinig minder aantrekkelijk voedsel dan dat; en hierdoor en door Topaas' sombere stemming hadden we een trieste maaltijd. (De jongens waren natuurlijk al eerder vertrokken; na een ontbijt met ham.)

'Ik ga spitten tot ik mijn gemoedsrust terugvind,' zei Topaas toen we hadden afgewassen en de bedden hadden opgemaakt.

Ik wist zeker dat ze die beter in haar eentje kon vinden en ik wilde in mijn dagboek schrijven; ik was klaar met het avondje op Scoatney, maar er waren nog een paar beschouwingen over het leven die ik wilde vastleggen. (Ik heb ze niet vastgelegd; en nu ben ik vergeten welke het waren.) Toen ik me geïnstalleerd had op de schans van Belmotte, zag ik Rose door de laan lopen met de hoepelrok van Mrs. Stebbins; Stephen had overgebracht dat de oude dame hem miste. Hij had geweigerd om hem terug te brengen voor Rose omdat hij zei dat hij er zich verlegen mee zou voelen. Rose droeg hem over haar schouder, en het zag er inderdaad merkwaardig uit.

Ik besloot een beetje na te denken voor ik begon te schrijven, en ging achteroverliggen terwijl ik genoot van de zonnewarmte en omhoogstaarde naar de grote blauwe koepel van de hemel. Het was heerlijk om de warme aarde onder me te voelen en het springerige gras tegen mijn handpalmen, terwijl mijn geest omhoog werd getrokken. Ongelukkigerwijs blijven mijn gedachten nooit lang verheven, en al gauw lag ik me te verkneuteren over mijn nieuwe groene jurk en me af te vragen of krullend haar me zou staan. Ik deed mijn ogen dicht, zoals meestal als ik erg hard nadenk. Geleidelijk aan begon ik me Rose voor te stellen getrouwd met Simon; het doet er blijkbaar niet toe als je je verbeelding vrij spel laat over anderen; het verhindert alleen maar dat de dingen gebeuren als je het over jezelf doet. Ik gaf Rose een prachtige bruiloft en was zover dat ze alleen was met Simon in een hotel in Parijs; ze was een beetje bang voor hem, maar ik liet haar het toch prettig vinden. Hij keek naar haar op de manier zoals hij dat aan tafel had gedaan, toen hij zijn glas naar haar ophief...

Ik deed mijn ogen open. En daar stond hij, de echte Simon Cotton, en keek naar mij.

Ik had geen geluid gehoord. Het ene moment zag ik hem in het hotel in Parijs, duidelijk en scherp, maar toch als het ware klein en ver weg, zo ongeveer zoals je dingen ziet in een bolle spiegel; het volgende moment leek hij een reus tegen de lucht. Ik had gelegen met de zon op mijn oogleden, zodat de eerste minuut niets de juiste kleur had. Het gras en de lucht waren verbleekt en zijn gezicht leek grauw. Maar zijn baard was nog steeds zwart.

'Heb ik je aan het schrikken gemaakt?' vroeg hij glimlachend. 'Ik had met mezelf gewed dat ik de heuvel op zou komen zonder dat je me hoorde. Je sliep toch niet, is het wel?'

'Zo vroeg op de dag nog niet,' zei ik terwijl ik knipperend met mijn ogen rechtop ging zitten. Hij ging naast me zitten. Het was een heel merkwaardig gevoel om de man die ik in gedachten had gezien, te veranderen in de echte man. Ik had hem zo fascinerend gemaakt; en dat is hij natuurlijk niet echt, hoewel hij heel erg aardig is; dat weet ik nu.

Hij en Neil waren voor een dag overgekomen; Neil had hem afgezet aan het begin van onze laan en was doorgereden naar Scoatney; dat klonk alsof hij niet veel belang in ons stelde.

'Het spijt me dat ik je zuster ben misgelopen,' zei Simon, 'maar Mrs. Mortmain hoopt dat ze gauw terug zal komen.'

Ik zei dat ik daar zeker van was, hoewel ik in werkelijkheid dacht dat ze nog minstens een uur zou wegblijven, en me afvroeg of ik interessant genoeg zou kunnen zijn om hem zo lang aan de praat te houden. Ik vroeg hem of ze een leuke tijd hadden gehad in Londen.

'O ja, ik ben dol op Londen. Maar het lijkt zo'n verspilling om met dit weer niet hier te zijn.' Hij leunde achterover op z'n elleboog en keek uit over de velden. 'Ik heb nooit geweten dat de Engelse lente zo oogverblindend kon zijn.'

Ik zei dat het ons elk jaar weer verbaasde.

'Nou, na de volgende week zullen wij hier weer voor een tijdje terug zijn; tenminste, Neil en ik; mijn moeder wordt helemaal in beslag genomen door haar nieuwe appartement – flat, moet ik hier zeggen; dat vergeet ik steeds. Leda en Aubrey helpen haar met het uitzoeken van meubels. Dat doet me eraan denken,' hij haalde een envelop uit zijn zak, 'ik had dit op het kasteel moeten achterlaten. Het is voor die aardige jongen, Stephen; zijn reisgeld naar Londen, van Leda.'

'Ik zal het hem geven,' zei ik. Ik vroeg me af of Stephen had geschreven om te zeggen dat hij kon komen, of dat zij het geld had gestuurd om hem over te halen.

Simon gaf mij de envelop. 'Vertel me iets over hem,' zei hij. 'Hoe komt het dat hij zo anders spreekt dan de andere dorpsjongens?' Natuurlijk spreekt Stephen precies zoals wij; behalve dat hij nogal eenvoudige woorden kiest. Ik legde zijn geval uit.

'Ik vraag me af wat hij van Leda zal denken,' zei Simon. 'Ze wil dat hij poseert met een paar afgietsels van Griekse beeldhouwwerken. Als hij niet oppast, trekt ze hem nog een tuniek aan... of uit. Hij heeft inderdaad een prachtige kop; misschien eindigt hij nog wel in Hollywood.'

Ik deed de envelop in mijn dagboek, zodat hij niet weg zou waaien.

'Wat is dat? Huiswerk?' vroeg Simon.

'Lieve help, nee! Ik ben allang van school.'

'Neem me niet kwalijk,' zei hij lachend. 'Ik denk nog altijd aan je als dat kleine meisje in het bad. Is het een verhaal? Lees me eens een stukje voor.'

Ik vertelde hem dat het mijn dagboek was en dat ik net was geëindigd met het avondje op Scoatney.

'Kom ik erin voor? Ik zal je een doos snoep geven als je me een bladzij laat lezen.'

'Goed,' zei ik.

Hij greep het schrift. Na een paar seconden keek hij op.

'Je hebt me voor de gek gehouden. Is het je eigen geheimschrift?'

'Min of meer; hoewel het begon als echt snelschrift. Het is langzamerhand veranderd. En ik maakte het steeds korter om geen papier te verknoeien.'

Hij sloeg de bladzijden om en raadde hier en daar een woord, maar ik kon zien dat ik veilig was. Na een paar minuten zei hij: 'Gisteren las ik het dagboek in *Jacob worstelt* nog eens; ik kreeg toevallig een eerste druk in handen. Het is vreemd om te bedenken hoe moeilijk ik dat gedeelte vond toen ik het op mijn zestiende las. Tegen de tijd dat ik het op de universiteit moest doorwerken, leek het volkomen begrijpelijk.'

'Het enige stuk dat mij nog niet duidelijk is, is het ladder-hoofdstuk; je weet wel, waar het zo gedrukt is dat het er net als een ladder uitziet, met een zin voor elke sport. Mijn vader weigert daarover vragen te beantwoorden.'

'Misschien kan hij dat niet. Ik heb altijd geloofd dat het de beschrijving is van een of andere mystieke ervaring. Je kent natuurlijk de theorie dat elke sport naar de volgende leidt, zelfs ondanks het feit dat de zinnen zo weinig verband lijken te hebben?'

'Nee, die ken ik niet,' zei ik. 'Lieve help, het is zo vreemd om te horen dat mensen theorieën hebben over vaders werk, en het bestuderen op de universiteit, duizenden kilometers ver weg. Het moet belangrijker zijn dan wij beseffen.'

'Het is een van de voorlopers van de naoorlogse literatuur, zie je. En je vader is een schakel in de ketting van auteurs die geobsedeerd waren door de vorm. Als hij zijn methodes maar verder had doorgevoerd!'

'Maar heb je niet gezegd dat hij dat niet kon? Dat *Jacob worstelt* op zichzelf compleet was, zover als het hem betrof; dat het geen opvolger kon hebben?' Hij keek me vlug aan. 'Dat je je dat nog herinnert! Weet je, ik moet tot mijn schaamte bekennen dat dat niet veel betekende; het was een poging om tactvol te zijn toen ik besefte dat ik een blunder had gemaakt.'

Ik vertelde hem dat ik dat had vermoed, wat hem aan het lachen maakte.

'Jij akelig oplettend kind! Maar ik geloof niet dat je vader me door had. En in zekere zin is het waar wat ik zei, weet je; hij kan zijn methode in *Jacob worstelt* eigenlijk niet verder ontwikkelen omdat andere schrijvers hem ver voorbij zijn gestreefd in bijna hetzelfde genre; James Joyce bijvoorbeeld. Hij zou een enorme sprong moeten maken over werken die in de tussentijd zijn geschreven, en hij is er zelfs niet mee op de hoogte gebleven. Ik vraag me af of dat het soms is dat hem heeft doen ophouden met schrijven: dat de volgende sport van de ladder – als we het dan toch over ladders hebben – door anderen is gebruikt. Wat vind je van die theorie? Of ben ik alleen aan het proberen om mijn loze opmerking van die eerste avond acceptabel te laten klinken?'

'Ach, het is een prettig alternatief voor de theorie dat hij niet kan schrijven doordat hij in de gevangenis heeft gezeten,' zei ik.

'Dat is natuurlijk fantastisch; stel je voor, het verslag van het voorval deed denken aan iets van Gilbert en Sullivan. En mijn moeder zegt dat zijn beschrijving van zijn gevangenisleven nog veel grappiger was.'

'Wil je zeggen dat hij daar echt met haar over heeft gesproken?' hijgde ik; ik heb hem nog nooit één woord horen zeggen over zijn tijd in de gevangenis.

'Ze vroeg het hem ronduit. Ik moet zeggen dat ik het niet gedurfd zou hebben. Ze zegt dat hij er even uitzag of hij haar zou slaan, en dat hij toen opgewekt aan een monoloog van een half-uur begon. O, ik weet zeker dat de gevangenis niet de wortel van het kwaad is.'

Ik zei dat ik het zelf nooit had geloofd. 'Maar het is vreemd dat hij nooit meer iets heeft geschreven sinds hij eruit kwam.'

'Dat is het zeker. Hij zou natuurlijk door een psychiater moeten worden onderzocht.'

Ik vermoed dat er geen normaal intelligent mens bestaat in onze tijd, die althans niet een vaag idee heeft wat een psychiater is, maar er zijn weinig dingen waarvan ik minder weet. Ik vroeg aan Simon of hij het me uit wilde leggen.

'Goeie hemel, dat is geen kleine opgave,' zei hij lachend. 'En als leek heb ik er zelf ook maar het flauwste idee van. Maar voor zover ik het kan bekijken, denk ik dat een psychiater zou zeggen dat het kwaad veel verder terug ligt dan die paar maanden in de gevangenis, maar dat de gevangenis het aan de oppervlakte kan hebben gebracht. Hij zou zeker die periode grondig onderzoeken en je vader dwingen om er zich elk detail van te herinneren; in zekere zin zou hij weer teruggestopt moeten worden in die gevangenis.'

'Toch niet echt?'

'Nee, natuurlijk niet. Hoewel – laat me even nadenken – ja, ik neem aan dat het denkbaar is dat als het kwaad in de gevangenis begon, een nieuwe periode van gevangenschap het zou kunnen uitroeien. Maar dat is heel ver gezocht, en in elk geval volkomen onuitvoerbaar, want als hij zou toestemmen in een gevangenschap, zou hij zich niet echt gevangen voelen; en geen enkele psychiater zou hem gevangen durven zetten zonder zijn toestemming.'

'Geen psychiater zou ooit de kans krijgen om zelfs maar op kilometers afstand van hem te komen. Zelfs het noemen van het woord psychoanalyse ergert hem al; hij zegt dat het allemaal onzin is.'

'Dat is het soms ook,' zei Simon, 'maar niet altijd. Het feit dat hij erover bevooroordeeld is, zou weleens symptomatisch kunnen zijn. Tussen twee haakjes, ik neem aan dat je er zeker van bent dat hij niet in het geheim ergens aan werkt?'

'Ik zie niet in hoe dat zou kunnen; we kunnen het poorthuis zo binnen kijken, er zitten ramen aan de voor- en achterkant; en hij komt haast nooit in de buurt van zijn schrijftafel. Hij zit alleen maar zijn oude detectiveverhalen te lezen. Een paar weken geleden hadden we enige hoop: Topaas zag hem schrijven. Maar het bleek maar een kruiswoordpuzzel te zijn.'

'Hij lijkt zelf wel een detectiveverhaal,' zei Simon. '"Het mysterie van het begraven talent." Ik wou dat ik het kon oplossen. Ik zou zo graag over hem schrijven.'

Ik had niet geweten dat hij schreef. Ik vroeg: wat.

'O, meestal kritische essays; alleen maar in mijn vrije tijd. Er zijn er maar een paar gepubliceerd. Je vader zou een prachtonderwerp zijn – als ik maar kon ontdekken wat de zaak in de soep heeft gedraaid.'

'Het zou nog veel beter zijn als je de zaak uit de soep kon krijgen,' zei ik.

'Dan moeten we toch eerst de oorzaak ontdekken.' Hij ging achterover op het gras liggen denken, met zijn ogen dicht. Ik nam de gelegenheid waar om hem eens goed te bekijken. Het was vreemd om te zien hoe jong zijn huid leek in contrast met de baard. Ik was hem hoe langer hoe aardiger gaan vinden, terwijl we praatten en ik was van plan Rose aanmoedigende dingen over hem te vertellen. Ik was blij om te zien dat hij leuke oren had omdat zij waarde hecht aan goede oren. Mensen zien er heel anders uit met gesloten ogen; hun trekken lijken veel meer gebeeldhouwd. Simon heeft een sterke mond – een interessante mond. Ik hoorde mezelf al tegen Rose zeggen: weet je dat ik geloof dat hij een heel opwindende man zou kunnen zijn? Op dat moment deed hij z'n ogen open en zei: 'Heb je er een hekel aan?'

Ik voelde dat ik bloosde. 'Een hekel aan wat?' vroeg ik.

'Mijn baard,' zei Simon. 'Je vroeg je af hoe een man een baard kan dragen – tenzij hij natuurlijk een afschuwelijke aantrekkingskracht op je uitoefent. Welk van de twee is het?'

'Ik begin er eigenlijk aan te wennen.'

Hij lachte en zei dat dat de ergste vernedering was – dat iedereen dat deed. 'Iedereen behalve ik,' voegde hij eraan toe. 'Ik kan mezelf nooit in een spiegel zien zonder verbaasd te staan.'

'Zou het onbeleefd zijn als ik vroeg waarom je hem draagt?'

'Het zou in elk geval logisch zijn. Ik liet hem staan toen ik tweeëntwintig was, om een weddenschap, en toen heb ik hem uit pure halsstarrigheid gehouden; hij was zo heerlijk ongeschikt voor een kantoor in Wall Street; ik werkte daar bij een neef van mijn moeder en onze afkeer was wederkerig. En ik had het gevoel dat een baard me in contact hield met de literatuur. Maar waarschijnlijk had hij een diepere, psychologische betekenis; ik denk dat ik een oneerbare natuur voor de wereld probeer te verbergen.'

'Nou, het is verreweg de aardigste baard die ik ooit heb gezien,' zei ik. 'Denk je dat je hem ooit zult afscheren?'

Om de een of andere reden maakte dat hem aan het lachen. Toen zei hij: 'O, over tien of twaalf jaar misschien, bijvoorbeeld als ik veertig ben. Het zal zo nuttig zijn om op een ochtend zonder baard beneden te komen en er twintig jaar jonger uit te zien. Heeft je zuster er een hekel aan?'

Ik vroeg me af of hij hem zou afscheren om Rose een plezier te doen als ik 'ja' zei. En plotseling wist ik niet zeker of ik hem er af wilde hebben.

'Dat moet je haar zelf vragen,' zei ik lachend.

Hij keek op zijn horloge en zei dat hij bang was dat hij niet langer op haar kon wachten. 'Neil zou me oppikken bij de herberg in Godsend om kwart over twaalf. Wees lief en wandel met me mee naar het dorp.'

Hij stond op en stak zijn hand uit om me omhoog te trekken. Toen keek hij op naar de Belmotte. 'Ik was van plan je te vragen om me die van binnen te laten zien,' zei hij, 'maar daar is nu geen tijd voor. Van dichtbij is hij nog indrukwekkender dan anders.'

'Ben je er al aan gewend dat hij van jou is?' vroeg ik.

'Maar dat is hij niet – nou ja, althans niet voor zo'n kleinigheid als dertig jaar. En in elk geval heb ik al mijn tijd nodig om te beseffen dat Scoatney van mij is.'

Toen we de heuvel afliepen vertelde ik hem hoe ik me zijn eerste indruk van Scoatney had voorgesteld, die avond in maart.

'Hoe groot het ook is, toch was het gekrompen,' zei hij.

'Bedoel je dat je het al eerder had gezien?'

'O ja, toen ik zeven was. Mijn vader heeft me hier mee naartoe genomen toen hij de ruzie met grootvader bijlegde – die helaas weer oplaaide toen vader Amerikaans staatsburger werd.'

'Wist je toen dat Scoatney eens van jou zou zijn?'

'Lieve hemel, nee; er zaten zes levens tussen mij en Scoatney. En ik hield ervan met een hoogst vroegrijpe hartstocht. Ik herinner me hoe ik boven aan de trap stond en neerkeek op mijn grootvader, mijn vader en ooms en een neef van mijn eigen leeftijd, die samen aan de tea zaten in de grote hal, en hoe ik dacht: als ze allemaal dood zouden zijn, was Scoatney van mij. En hoe ik toen gillend naar de kinderkamer rende, vol afschuw over mijn eigen slechtheid. Soms denk ik dat ik toen al mijn familie het ongeluk heb toegewenst.'

'Dat zou een machtige hoeveelheid ongeluk zijn voor een kind van zeven,' zei ik. Ik trachtte me hem voor te stellen, heel klein en donker, op de trappen van Scoatney, waar ik had zitten kijken naar het dansen.

'Mijn grootvader noemde mij "de kleine yankee", wat me razend maakte. Maar ik vond hem geweldig. Ik wou wel dat ik hem nog eens had kunnen spreken voordat hij stierf; misschien had ik niet moeten wachten tot hij het goed vond, maar ik wilde me niet aan hem opdringen.'

Toen vertelde hij me dat zijn positie bijzonder moeilijk was geweest omdat hij er nooit zeker van was of de oude Mr. Cotton hem genoeg geld zou nalaten om Scoatney te onderhouden – het landgoed is onvervreemdbaar, maar het geld niet, en zonder dat zou Simon het huis hebben moeten verhuren en in Amerika blijven.

'Het moet erg verwarrend voor je geweest zijn,' zei ik, 'om niet te weten of je je daar zou vestigen of dat je je blik op Engeland gericht moest houden.'

'Je hebt groot gelijk, het was verwarrend; soms denk ik dat ik er nooit uit zal komen. O, ik zal hier ten slotte wortel schieten, denk ik. Maar ik wou wel dat ik het had kunnen weten toen ik op die trap stond.'

We kwamen bij het hek dat naar de laan leidde. Hij zat een paar minuten op de bovenste lat en keek naar de schuur.

'Die is schitterend,' zei hij. 'Prachtige oude balken. Moet ik het dak niet herstellen? Ik zou graag een goede huisbaas zijn.'

Ik zei dat dat onze taak was omdat wij het kasteel hebben gehuurd met de reparaties voor onze rekening. Toen kruisten onze blikken elkaar en we begonnen allebei te lachen. 'Je rekent er toch níet op dat we het dit jaar zullen doen, wel?' voegde ik eraan toe.

Hij hielp me over het hek terwijl hij nog steeds lachte. Toen zei hij: 'Luister, Cassandra, er is iets waarvan ik graag wil dat je vader het weet, en ik vind het niet prettig om het hem zelf te zeggen. Kun jij hem vertellen dat de huur me niets kan schelen, dat die me nooit iets zal kunnen schelen, zelfs al zou hij gedurende de rest van zijn contract geen penny betalen? Ik zou graag willen dat hij weet dat het voor mij een eer is om hem als huurder te hebben.'

'Ik zou hem eerder een gast dan een huurder noemen,' zei ik, en we begonnen allebei weer te lachen. Toen bedankte ik hem en beloofde dat ik het tegen vader zou zeggen.

'Wil je het alsjeblieft tactvol doen? Laat het niet genadig en beschermend klinken.'

'Maar ik vind je genadig – het goede soort genadig. Er is ook een goede soort bescherming, weet je. Misschien zal vader zijn volgende boek aan jou opdragen, als "zijn enige inspiratie".'

'Wat een lief kind ben je,' zei hij rustig.

'Niet te bewust naïef?'

Ik zweer dat ik het zonder na te denken zei – het vloog uit mijn mond. Het kwam door het kijken naar de schuur; terwijl we praatten had ik aan die dag gedacht, en me verheugd over de manier waarop alles was veranderd.

Hij keerde met een ruk zijn hoofd om. 'Wat bedoel je?'

'O, niets bijzonders,' zei ik lamlendig. 'Er zullen heus wel mensen zijn die denken dat ik dat ben.' We liepen net langs de schuur. En op dat moment stak Heloïse haar kop naar buiten op de plek waar ik die dag had zitten luisteren, en begon hard te blaffen; ze slaapt op het stro, met een oor wijd open voor ratten.

'Zat jij daar boven?' vroeg Simon.

Ik knikte. We waren allebei heel erg rood.

'Hoeveel heb je gehoord?'

'Alleen dat, over mezelf.'

Heloïse kwam nog steeds blaffend de schuur uit rennen, en ik hoopte dat dat een eind zou maken aan dat gesprek; en bukken om haar te aaien was een goede manier om zijn ogen te ontwijken. Maar ze hield meteen op met blaffen en toen bukte hij ook om haar te aaien en keek mij over haar rug aan.

'Ik schaam me zo verschrikkelijk,' zei hij. 'Ik verontschuldig me diep.'

'Onzin. Het heeft me een heleboel goed gedaan,' zei ik.

'Dat was niet alles wat je hoorde, is het wel? Hoorde je ook...'

Ik gaf hem geen kans om door te gaan. 'Kom mee, we zullen te laat zijn voor je broer,' zei ik. 'Laat me alleen mijn dagboek even wegleggen.'

Ik rende weg en legde het in de schuur, en nam daar mijn tijd voor en toen ik bij hem terugkwam, begon ik heel vastberaden over het weer.

'Het is de heerlijkste eerste mei die ik me kan herinneren,' zei ik, en toen riep ik Heloïse, die was weggelopen, met veel omhaal bij me. Ze stak haar hoofd uit de pluizige wilde peterselie, zodat ze wel een bruid leek.

'Het landschap is helemaal in witte kant gehuld,' zei ik, toen we de laan afliepen.

Hij zweeg zo lang dat ik dacht dat hij me niet had gehoord. Toen zei hij plotseling: 'Wat? O, ja... neem me niet kwalijk. Ik probeerde me te herinneren wat je me kon hebben horen zeggen over Rose.'

Ik probeerde een overtuigende manier te bedenken om hem gerust te stellen.

'Nou ja, wat het ook is, zij weet er niets van,' zei ik ten slotte.

Als ik de tijd neem, ben ik een eerlijke leugenaarster; hij geloofde mij direct.

'Wat een schitterend kind ben je, om het haar niet te vertellen.'

Ik hoorde het mezelf aan God uitleggen, zoals ik altijd doe met goede, vriendelijke leugentjes om bestwil. Simon begon me te vertellen waarom ze Rose helemaal verkeerd hadden begrepen.

'Het komt omdat ze zo origineel is,' zei hij.

'Origineel? Rose?'

'Ja natuurlijk; zelfs de manier waarop ze zich kleedt. Die roze jurk met strookjes... en een echte hoepelrok lenen...'

'Het was...' ik had willen zeggen: 'Het was Topaas, die alles heeft bedacht,' maar ik hield midden in de zin op – 'mooi, vond je niet?' eindigde ik.

'Alles aan haar is mooi.' Hij bleef wel een halve kilometer lang over haar doorpraten: hoe anders ze was dan het gemiddelde moderne meisje; en dat hij haar daarom niet had begrepen, en haar aanstellerig had gevonden; terwijl ze natuurlijk uniek was. Kennelijk is alles wat Rose doet, origineel, zelfs de manier waarop ze danst en zelf kleine pasjes bedenkt. En ze is zo intelligent, hij zei heel vriendelijk dat ik dat ook was, maar Rose is geestig (iets wat haar familie nog niet heeft ontdekt). En wat haar uiterlijk betreft, ze zou in elke periode van de geschiedenis een dronk waard zijn geweest.

Ik kon het van ganser harte met hem eens zijn over haar uiterlijk. Ik vertelde hem hoe ik me kon voorstellen dat ze in Bath aankwam, terwijl alle klokken luidden en Beau Nash haar als de schoonheidskoningin begroette; dat vond hij geweldig. Rose duurde tot we voorbij het lariksbosje kwamen. Toen stond hij stil en merkte op hoe groen de lariksen waren.

'Binnenkort zullen daar de wilde hyacinten bloeien; je kunt nu de bladpunten al zien,' zei ik tegen hem.

Hij stond een poosje naar het bosje te staren en zei toen: 'Wat is er toch met het Engelse landschap... hoe komt het dat het niet alleen zo mooi is om te zien? Waarom grijpt het je zo aan?'

Hij klonk wat treurig. Misschien vindt hij dat schoonheid droevig maakt... dat vind ik zelf ook weleens. Op een dag toen ik heel klein was, vroeg ik aan vader waarom dat zo was, en hij legde me uit dat dat kwam doordat we weten dat schoonheid niet blijvend is, wat ons eraan herinnert dat wijzelf moeten sterven. Toen zei hij dat ik waarschijnlijk te jong was om hem te begrijpen; maar ik begreep het volkomen.

Toen we verder wandelden, stelde ik Simon vragen over het Amerikaanse landschap en hij beschreef enkele dorpen in New England. Het klonk aantrekkelijk: erg schoon en wit, veel ruimer dan onze dorpen, met brede straten omzoomd door schaduwrijke bomen. En hij vertelde me over kleine plaatsjes aan de kust van Maine, waar hij een paar keer z'n verlof had doorgebracht. Hij zegt verlof waar wij zouden spreken van vakantie. Hoewel ik nog steeds vind dat hij bijzonder goed Engels spreekt, merk ik nu dat bijna elke zin van hem een of ander klein amerikanisme heeft; 'gis' voor 'veronderstel', 'bij geval' waar wij zeggen 'misschien'... o, er zijn tientallen van zulke woorden. En tegen mij is hij veel Amerikaanser dan tegen vader, en veel jonger. Tegenover vader kiest hij zijn woorden zo correct dat hij heel schoolmeesterachtig en oud klinkt, maar tegen mij was hij bijna jongensachtig.

'Hé, de meidoorn bloeit al,' zei ik toen we bij het kruispunt kwamen; de knoppen in de hagen waren nog stevig dicht, maar er zaten talloze open bloemen aan de boom bij de wegwijzer. Ik ben dol op meidoorn; eens heb ik uren lang geprobeerd om een enkele bloem te beschrijven, maar ik kwam niet verder dan: helderogig bloemke, met snorren als een jong poeske, en dat blijft net als graten in je keel steken.

'"De taxis en de mei maken dorpshuizen blij," ' citeerde Simon. 'Ik geloof dat dat gedicht me het gevoel geeft of de mensen in de tijd van Elisabeth altijd in het voorjaar leefden.'

Toen haalden we samen de rest van het gedicht op, en tegen de tijd dat we gekomen waren aan

Jonggeliefden komen samen, oude vrouwen koest'ren
zich in de zon;
allerwegen in de straten hoort men rondom:
koekoek, tsjiep-tsjiep, kie-wie, twiet-twiet!

waren we in het dorp.

'Kun jij vogels horen die zo klinken?' vroeg ik.

'Laten we luisteren,' zei Simon.

We luisterden en hoorden:

Iemand die timmerde,
een kip die een ei aankondigde,
een radio in een huis die verkondigde dat hij de BBC
was,
de pomp op het dorpsplein, die rammelde,

...allemaal nogal lelijke geluiden, maar de kerkklok, die het kwartier sloeg, maakte het op de een of andere manier tot één plezierig landelijke klank, die op de lichte voorjaarslucht dreef.

Toen verstoorde Heloïse alles door met haar oren te klapperen nadat ze op het gras had gerold.

'En hoeveel dingen kun je ruiken?' vroeg ik aan Simon.

We telden:

> Rook van een houtvuur,
> de geur van een boerderij, die op vlaagjes wind kwam
> aandrijven (we verdeelden dit onder in:
> stro, hooi, paarden, schone koeien – lekker –
> mest, varkens, kippen, oude kool – naar – maar niet te
> erg, als het maar kleine vleugjes waren),
> een verrukkelijke pastei, die ergens werd gebakken,
> de lekkere, frisse geur die niet helemaal van bloemen
> komt of gras of een of andere specifieke geur, maar
> alleen de frisse lucht van buiten; die vergeet je als je er
> jezelf niet aan herinnert.

'Ik vraag me af hoeveel meer Heloïse ruikt,' zei Simon.

'Wacht even, wat kon Chestertons hond, Quoodle, ruiken? Water en steen en dauw en donderslag...'

'En zondagochtend; hij had groot gelijk dat die een eigen geur heeft,' zei Simon. O, het is gezellig om samen te zijn met iemand die dezelfde gedichten kent als jij! Ik hoop dat ik Simon als zwager krijg.

We staken het dorpsplein over en liepen het korte laantje in dat naar het mooiste stukje van Godsend leidt. De kerk, die Normandisch is (en een deel kan zelfs Saksisch zijn), staat aan de ene kant van de laan tussen de pastorie in Queen Anne-stijl en miss Marcy's kleine achttiende-eeuwse schooltje; de herberg De Sleutels ligt ertegenover, maar omdat de laan daar een bocht maakt, lijkt het of ze allemaal bij elkaar horen; Topaas zegt dat de 'compositie' heel mooi is. De Sleutels is crème geverfd en heeft heel onregelmatige geveltoppen; daarnaast staat een enorme kastanjeboom; nog niet in bloei, maar zijn bladeren zijn op hun allermooist, nieuw en helder groen, terwijl sommige kleverige knoppen nog niet open zijn. Er staat een bank met een lange tafel tegen de voorkant van de herberg, gedeeltelijk in de schaduw van de kastanje; en daar zaten Rose en Neil, met stenen kruiken gemberbier voor zich.

Het bleek dat zij van De Vier Stenen door de weilanden was gekomen om een stuk geparfumeerde zeep te kopen in de postkantoor-winkel (Topaas geeft ons elke week een shilling zakgeld zolang de twintig pond van de dominee duren), en daar Neil had gevonden, die sigaretten kocht.

'En toen ik zei dat jij gauw zou komen, was ze zo vriendelijk om te wachten,' zei hij tegen Simon. Misschien verbeeldde ik het me, maar ik vond dat het een beetje ironisch klonk.

We gingen zitten, Simon naast Rose. Neil vroeg me wat ik wilde drinken. Ik wilde limonade vragen, maar toen kreeg ik een fantastische ingeving. 'Zou ik een cherry brandy mogen hebben? Die zou ik zo graag eens willen proeven.'

'Je kunt geen likeur drinken voor de lunch,' zei Rose op volwassen toon.

'Ja, dat kan ze wel als ze daar zin in heeft,' zei Neil, en hij liep naar de tapkast. Rose haalde nogal theatraal haar schouders op en draaide zich om om met Simon te praten. Je kon merken dat hij blij was om haar te zien. Na een paar minuten stelde hij voor dat wij daar allemaal zouden lunchen, en hij riep naar Neil om het in orde te maken.

Meestal heeft Mrs. Jakes alleen brood met kaas, maar nu toverde ze ook nog koude worstjes te voorschijn, en wat honing en cake. Neil at zijn worstjes met honing, wat me gewoonweg fascineerde; maar tegen die tijd fascineerde vrijwel alles me. Cherry brandy is iets ongelóóflijks!

Maar ik geloof niet dat mijn tevreden gedoezel alleen maar kwam van de cherry brandy, de glaasjes zijn zo klein. (Ik dronk limonade voor de dorst.) Alles bij elkaar was zo heerlijk; het eten buiten, de zonneschijn, de lucht door de kastanjeboom, Neil, die aardig tegen me was, en Simon, die meer dan aardig was tegen Rose; en natuurlijk hielp de cherry brandy.

Toen Neil mijn tweede glas haalde, keek ik Rose eens goed aan. Ze droeg haar alleroudste jurk, een vaak gewassen blauw katoentje, maar die leek precies goed om buiten voor een herberg te zitten. Een tak van de kastanje hing naar beneden achter haar hoofd, en terwijl ik keek bleef een lok van haar blonde haar vastzitten aan een blad.

'Heb je last van die tak?' vroeg Simon haar. 'Wil je van plaats ruilen? Ik hoop van niet, want je haar ziet er zo schattig uit tegen die bladeren.'

Ik was blij dat het hem was opgevallen.

Rose zei dat ze helemaal geen last had van de tak.

Toen Neil terugkwam met mijn tweede cherry brandy zei ze: 'Ach, nou we gegeten hebben, wil ik er ook wel een hebben.' Ik wist heel goed dat ze mij om de mijne benijd had. Toen riep ze hem na: 'Nee toch niet, geef mij maar een crème de menthe.' Ik was verbaasd omdat we dat allebei eens hebben geproefd bij tante Millicent en het erg vies vonden; maar ik zag wat haar bedoeling was toen ze het kreeg; ze hield het glas steeds omhoog zodat het groen prachtig uitkwam tegen haar haar, hoewel het natuurlijk verschrikkelijk vloekte met de kastanjebladeren. Ik moet zeggen dat ze zich erger aanstelde dan ooit, maar Simon leek bijzonder verrukt. Neil niet; hij knipoogde eens tegen me en zei: 'Zo meteen draagt je zus dat likeurtje nog als hoed.'

Neil is leuk, hoewel het meer de laconieke manier is waarop hij de dingen zegt dan wát hij zegt; soms klinkt hij bijna boos en toch weet je dat hij een grapje maakt. Ik geloof dat ze dat neerbuigend noemen. Rose had gelijk toen ze zei dat hij Engeland een grap vindt, een komisch speelgoedland, maar ik geloof niet dat hij het veracht, zoals zij denkt; hij neemt het alleen maar niet serieus. Het verbaast me eigenlijk dat Rose dat zo erg vindt, want Engeland is niet een van haar speciale voorliefdes zoals van mij; geen vlaggen en Kipling en voorpost van het Britse Rijk en dergelijke, maar het platteland en Londen en huizen als Scoatney. Brood met kaas eten voor een herberg gaf me een heerlijk Engels gevoel, ook al maakte de likeur het een beetje onecht. Mrs. Jakes heeft die twee flessen al zolang ik me kan herinneren, allebei vol tot boven aan toe.

We zaten te praten tot de kerkklok twee uur sloeg; en toen kwam het leukste van alles: miss Marcy begon met een zangles. De ramen van het schoolgebouw stonden wijd open en de kinderstemmen zweefden naar buiten, heel hoog en helder. Ze zongen canons; eerst 'My dame hath a lame, tame crane', toen 'Now Robin lend to me thy bow', en toen 'Sumer is icumen in', waar ik het meest van houd. Toen ik het op school leerde, hoorde het bij een les over Chaucer en Langland, en dat was een van de weinige keren dat ik opeens het gevoel had terug te zijn in het verleden. Terwijl ik luisterde naar het zingen van miss Marcy's kinderen, registreerde ik alles bij elkaar tot een geheel: middeleeuws Engeland en mezelf toen ik tien was, de zomers van vroeger en de zomer die nu echt in aantocht was. Ik kan me niet indenken dat ik me ooit gelukkiger heb gevoeld dan op dat moment; en terwijl ik dat tegen mezelf zei, zei Simon: 'Is er ooit eerder zoiets moois gebeurd?'

'Laten we de kinderen wat limonade geven,' zei Neil. Dus haalden we twintig flessen en droegen ze naar de overkant. Miss Marcy viel bijna flauw van verrukking en stelde Simon aan de kinderen voor als 'Heer van Godsend en Scoatney'.

'Vooruit, hou een toespraak, dat verwachten ze,' fluisterde ik.

Hij vatte het serieus op en keek me wanhopig aan. Toen vertelde hij hun hoe hij had genoten van het zingen en dat hij hoopte dat ze allemaal eens een keer naar Scoatney zouden komen om voor zijn moeder te zingen. Iedereen applaudisseerde, behalve een heel klein kind dat huilde en onder haar bank kroop – ik denk dat ze bang was voor zijn baard.

Daarna gingen we weg en de Cottons zeiden dat ze ons naar huis zouden rijden. Neil ging afrekenen met Mrs. Jakes en ik viste Heloïse op uit de keuken – ze was dik van de worstjes. Toen ik terugkwam, leunde Simon tegen de kastanje en staarde naar het schoolgebouw.

'Kijk eens even naar dat raam!' zei hij.

Ik keek. Het is een tamelijk hoog raam met een boog aan de bovenkant. Binnen op de vensterbank stonden een uit zijn kracht gegroeide late hyacint met zijn witte wortels in water, een jampotje met kikkervisjes en een egel.

'Dat zou leuk zijn om te schilderen,' zei ik.

'Dat dacht ik ook. Als ik schilder was, geloof ik dat ik altijd ramen zou schilderen.'

Ik keek op naar de herberg. 'Daar is er nog een voor je,' zei ik. Dicht bij het zwaaiende uithangbord met de gekruiste vergulde sleutels, was een open raam met ruitvormige glas-in-loodruitjes, waarachter je rode gordijnen en een met bloemranken versierd wasstel kon zien, met de koperen knop en zwarte spijl van het ijzeren ledikant erachter. Het was heel schilderachtig.

'Waar je je ook keert...' Hij keek overal in het rond, alsof hij alles in zijn geheugen probeerde te prenten.

De huishoudster van de dominee liet de blinden neer tegen de zon, zodat het leek of de pastorie de ogen dichtdeed. (Mrs. Jakes had ons verteld dat de dominee niet thuis was, anders waren we even bij hem aangelopen.) Miss Marcy's kinderen waren heel stil; ik denk dat ze allemaal aan de limonade zaten. Het was een heel vredig en stil moment. Toen sloeg de klok het halve uur, een witte duif streek met veel wiekgeklapper neer op het dak van de herberg, precies boven het open raam; en Neil zette de motor aan.

'Vind je dit niet móói?' vroeg Simon toen we ernaartoe liepen.

'Ja, net een plaatje,' zei Neil, 'zoals op een legpuzzel.'

'Jij bent hopeloos,' zei ik lachend. Ik wist natuurlijk wat hij bedoelde; maar alle beeldige plaatjes ter wereld kunnen het mooie van dorpen als Godsend niet uitwissen.

Rose ging achter in de auto zitten met Simon. Heloïse en ik zaten voorin; de halve tijd reed Neil met zijn arm om haar heen. 'Mijn hemel, wat heeft ze een sexappeal,' zei hij. Toen vertelde hij haar dat ze een schat van een hond was, maar of ze alsjeblieft zijn oren niet wilde wassen? Niet dat dat hielp; Heloïse kan nooit een menselijk oor binnen tongbereik zien zonder een moedergevoel te krijgen.

Toen we terugkwamen op het kasteel, vond ik het niet meer dan beleefd om te vragen of ze binnen wilden komen, maar Neil had een afspraak gemaakt voor Simon met de rentmeester van Scoatney. Simon wil kennelijk graag alles weten over het beheer van het landgoed, maar ik geloof niet dat de landbouwkant hem ligt. Neil wel; wat nutteloos lijkt omdat hij niet in Engeland blijft.

'Heeft Simon een afspraak gemaakt om ons weer te ontmoeten?' vroeg ik Rose toen we ze zagen wegrijden.

'Maak je geen zorgen, die komen wel terug.' Ze sprak heel minachtend; ik nam haar dat kwalijk nadat de Cottons zo aardig voor ons waren geweest.

'Je bent heel zeker van jezelf, geloof ik,' zei ik. Toen trof me iets. 'Rose, je rekent het ze toch niet nog steeds aan... wat ik ze over jou hoorde zeggen?'

'Ik ben tegen Neil; hij is de vijand.' Ze wierp haar hoofd dramatisch in haar nek.

Ik zei tegen haar dat ze niet zo idioot moest doen.

'Maar dat is hij; hij heeft het me zo ongeveer gezegd, voordat jullie vanmorgen kwamen. Hij zei dat hij nog steeds hoopte dat Simon met hem terug zou gaan naar Amerika.'

'Nou, dat maakt hem nog niet tot je vijand,' zei ik. Maar ik moet toegeven dat zijn optreden tegenover haar een beetje antagonistisch is. Natuurlijk zal het bezit van Scoatney datgene zijn wat Simon waarschijnlijk in Engeland zal houden, maar ik veronderstel dat trouwen met een Engels meisje ook zal helpen.

'Ja, dat doet het wel; ik haat hem in elk geval. Maar hij zal er niet tussen komen, dat zal hij niet!' Haar wangen gloeiden en er lag een wanhopige blik in haar ogen, een blik die maakte dat ik me voor haar schaamde.

'O, Rose, reken er toch niet te veel op,' smeekte ik. 'Simon denkt misschien helemaal niet aan een huwelijksaanzoek; Amerikaanse mannen zijn eraan gewend om alleen maar goede vrienden te zijn met meisjes. En ze vinden ons waarschijnlijk ontzettend komiek; net zoals Neil het Engelse landschap vindt.'

'Laat Neil verrekken,' riep ze woedend. Ik zie haar liever woedend dan wanhopig; het deed me denken aan die dag dat ze een stier te lijf ging die ons achternazat. (Het bleek uiteindelijk een nogal rare koe te zijn.) Die herinnering gaf me weer een warm gevoel voor haar, en dus vertelde ik haar alle vleiende dingen die Simon over haar had gezegd tijdens onze wandeling naar Godsend. En ik liet haar beloven dat ze hem nooit zou vertellen dat ik tegen hem had gelogen, zelfs niet als ze met hem zou trouwen. Ik zou het verschrikkelijk vinden als hij het wist, ook al deed ik het alleen uit vriendelijkheid. O, ik besef steeds duidelijker dat ik het haar nooit uit me had moeten laten trekken... dat gesprek dat ik heb afgeluisterd! Het heeft er niet alleen voor gezorgd dat ze Neil haat, maar het heeft haar ook extra meedogenloos gemaakt tegenover Simon; ze moet en zal nu met hem trouwen – of anders barsten.

We vonden Topaas slapend op de vensterbank in de salon; ze zag eruit of ze gehuild had, maar ze werd heel opgewekt wakker en zei dat onze lunch in de oven stond tussen twee borden (we hebben hem bij de tea opgegeten). Toen we haar alles verteld hadden over de Cottons, zei ze: 'Hoe kunnen we in 's hemelsnaam hun gastvrijheid beantwoorden? Dat vraag ik me steeds af sinds we op Scoatney zijn geweest. Een diner is onmogelijk zonder eetkamermeubilair. Kunnen we een picknick in de middag voor elkaar krijgen?'

'Nee, dat kunnen we niet,' zei Rose, 'we zouden er alleen maar een rommeltje van maken. Laat ze met rust; laat ze óns maar achternalopen.'

Ze liep weg naar boven. Topaas zei: 'Reken het haar niet te veel aan; de eerste keer dat meisjes zich van hun macht bewust zijn, reageren ze vaak op die manier.' Toen gaapte ze zo verschrikkelijk dat ik haar alleen liet om haar dutje verder te doen.

Ik haalde mijn dagboek uit de schuur en herinnerde me Leda Fox-Cottons briefje aan Stephen, dat erin lag. Ik zei tegen mezelf dat het belachelijk was om me eraan te ergeren en dat ik het briefje niet eens met hem ter sprake zou brengen; ik zou het gewoon ergens neerleggen, waar hij het zeker zou vinden als hij thuiskwam van zijn werk. Ik dacht dat hij het misschien niet prettig zou vinden als de anderen het zagen; ik had het gevoel dat Rose er waarschijnlijk minachtend over zou doen; daarom bracht ik het naar zijn kamer. Ik kon me niet herinneren dat ik hier nog geweest was sinds we het kasteel hadden verkend – toen dit de ruimte boven de keuken was waar de kippenhokken waren; vader had er twee kamertjes van gemaakt waar Stephen en zijn moeder sliepen; die van haar is nu nog rommelhok.

Toen ik Stephens deur openmaakte, schrok ik van de duisternis en de vochtigheid; het smalle raam was bijna helemaal overgroeid met klimop en de kalk op de muren was verkleurd en brokkelde bij plakken tegelijk af. Er stond een smal, doorgezakt bed, keurig opgemaakt, en een ladekast die eens wit was geweest, waar nu de schroeven uitstaken op de plaats waar de handvatten waren afgebroken; en drie haken in de muur voor kleren. Op de ladekast lag zijn kam precies midden tussen een foto van zijn moeder met hem als baby in haar armen, en een kiekje van mij – allebei in aluminium lijstjes die er veel te groot voor waren. Naast het bed stond een oude houten kist met daarop een exemplaar van *Jacob worstelt*, dat vader hem jaren geleden heeft gegeven, naast een bundeltje van Swinburne. (Lieve hemel, ziet Stephen iets in Swinburne?) Dat was absoluut alles – geen kleedje, geen stoel. De kamer rook vochtig en naar aarde. Het leek in niets op het kasteel zoals wij dat nu kennen, maar wel op de keuken zoals wij die voor het eerst zagen bij zonsondergang. Ik vroeg me af of de geesten van vroegere kippen bij Stephen zouden spoken.

Ik keek lang naar de foto van Mrs. Colly en herinnerde me hoe lief ze voor ons was in de jaren na mijn moeders dood. En ik herinnerde me hoe ik haar was gaan opzoeken in het ziekenhuis in het dorp en hoe ik toen vader had geholpen om Stephen voorzichtig te vertellen dat ze niet meer beter zou worden. Hij had alleen gezegd: 'Dat is heel erg. Dank u, meneer. Anders nog iets van uw dienst?' en hij was naar zijn kamer gegaan.

Nadat ze was gestorven had ik het gevoel dat hij verschrikkelijk eenzaam moest zijn en ik maakte er een gewoonte van om hem elke avond in de keuken voor te lezen; ik denk dat ik vond dat ik erg goed hardop las. In die tijd ging hij van gedichten houden. Het jaar daarna trouwde vader met Topaas en in de opwinding die daarop volgde, kwam er een eind aan mijn avonden met Stephen; ik was ze helemaal vergeten tot ik daar stond te kijken naar de foto van z'n moeder. Ik verbeeldde me dat ze me verwijtend aankeek omdat ik niet aardiger was geweest voor haar zoon, en ik vroeg me af of ik iets kon doen om zijn slaapkamer wat gezelliger te maken. Ik kon gordijnen voor hem maken, als Topaas er ooit het geld voor kon missen; maar het raam met de klimop, die erdoorheen kruipt, is het mooiste van de hele kamer, dus het zou jammer zijn om dat te verbergen. En in mijn achterhoofd weet ik altijd dat het niet aardig is om aardig voor Stephen te zijn; kortaf zijn is het aardigst. Ik keek Mrs. Colly recht in de ogen en zond haar een boodschap: 'Ik doe mijn best... echt!'

Toen bedacht ik dat het beter voor Stephen zou zijn als hij niet wist dat ik in z'n kamer was geweest; ik weet niet precies waarom, behalve dat slaapkamers erg persoonlijk zijn; en hij zou de gedachte dat ik wist wat een armzalig hokje het is, misschien niet prettig vinden. Ik keek nog eens voor het laatst rond. De middagzon filterde naar binnen door de klimop zodat alles in een groen licht werd gehuld. De kleren, die aan de muur hingen, zagen er afgedragen uit, bijna op.

Als ik het briefje had laten liggen, zou hij geraden hebben dat ik het daar had neergelegd; dus ten slotte gaf ik het maar aan hem toen hij thuiskwam van zijn werk. Op nonchalante toon legde ik uit hoe ik eraan was gekomen, en rende toen de trap op. Hij gaf helemaal geen commentaar en bedankte me alleen maar. Ik weet nog steeds niet wat hij van plan is wat Londen betreft.

Terwijl ik 's avonds in de salon aan mijn dagboek werkte, kwam vader binnenwandelen; ik was zo verdiept geweest dat ik hem niet had horen thuiskomen.

'Hallo, zijn de zaken goed gegaan?' vroeg ik beleefd.

Hij zei: 'Zaken? Wat voor zaken? Ik ben naar het Brits Museum geweest.' Toen dook hij naar mijn dagboek. Ik trok het weg en keek hem verbaasd aan.

'Lieve hemel, ik wil helemaal niet in je geheimen neuzen,' zei hij. 'Ik wilde alleen naar je snelschrift kijken. Maak maar iets nieuws voor me, als je dat liever hebt; schrijf bijvoorbeeld: "God save the King."'

Ik vond dat hij net zo goed het dagboek kon zien; ik koos een niet-vertrouwelijke bladzijde, voor het geval hij beter kon raden dan Simon. Hij tuurde ernaar, trok toen de kaars dichterbij en vroeg me om hem de woordsymbolen te laten zien.

'Die zijn er niet,' vertelde ik hem. 'Het bestaat bijna alleen maar uit afkortingen.'

'Daar heb ik niets aan, helemaal niets,' zei hij ongeduldig, en hij duwde het schrift weg. Toen beende hij weg naar het poorthuis.

Ik ging naar de keuken waar Topaas hamsandwiches voor hem klaarmaakte; ze zei dat hij met geen woord had gesproken over wat hij de hele dag had gedaan.

'Nou, hij was in elk geval niet bij Mrs. Cotton,' zei ik, 'want hij was in het Brits Museum.'

'Alsof dat iets bewijst,' zei Topaas somber. 'Dat gebruiken ze altijd voor afspraakjes; ik heb hem daar zelf eens ontmoet in de mummiezaal.'

Ze ging naar het poorthuis met zijn sandwiches; hij had aan haar gevraagd om ze hem daar te brengen. Toen ze terugkwam, zei ze: 'Cassandra, hij is bezig gek te worden. Hij heeft een vel millimeterpapier op zijn lessenaar geprikt en hij zei tegen me dat ik aan Thomas moest vragen om hem zijn passer te lenen. En toen ik zei dat Thomas al sliep, zei hij: "Breng me dan een geit. O, ga naar bed, ga naar bed!" Lieve hemel, zou hij echt een geit willen hebben?'

'Natuurlijk niet,' zei ik lachend. 'Dat is alleen maar een idiote woordassociatie, weet je wel. "Geit en Passer"; dat is de naam van sommige herbergen. Ik heb hem dat soort grapje vaker horen maken en ik vind het altijd heel flauw.'

Ze keek wat teleurgesteld; ik denk dat ze het wel leuk had gevonden om een of andere geit binnen te halen uit de donkere nacht.

Een paar minuten later kwam vader de keuken binnenstormen en zei dat hij de passer moest hebben, zelfs al zou Thomas daarvoor wakker gemaakt moeten worden; maar ik sloop zijn kamer binnen en het lukte me om hem uit z'n schooltas te gappen zonder Thomas te storen. Mijn vader liep ermee weg. Het was drie uur eer hij eindelijk terugkwam uit het poorthuis; ik hoorde de kerkklok van Godsend slaan vlak nadat hij Heloïse had wakker gemaakt, die een heidens kabaal maakte. Stel je voor om op te zitten tot drie uur 's nachts om met millimeterpapier en een passer te spelen! Ik zou hem kunnen slaan!

10

O, ik zou het nieuws er zo graag in de eerste alinea al willen uit-
flappen; maar dat doe ik niet! Dit is een kans om mezelf de kunst
te leren van spanning opbouwen.

Gedurende twee weken nadat we in het dorp hadden gegeten,
hoorden we niets van de Cottons, maar dat verwachtten we ook
nauwelijks omdat ze nog in Londen waren; en terwijl ik die dag
beschreef, leek het wel of ik hem weer beleefde, dus was ik heel
tevreden; en het kostte me heel veel tijd omdat Topaas een manie
kreeg voor wassen, herstellen en schoonmaken, en mijn hulp nodig had. Ik moest bijna al mijn geschrijf 's avonds in bed doen,
wat me ervan afhield Rose aan te moedigen om veel te praten;
niet dat ze tekenen vertoonde dat ze dat wilde, want ze had de
gewoonte aangenomen om lange eenzame wandelingen te maken.
Dit verlangen naar eenzaamheid overvalt haar vaak in de schoon-
maaktijd.

Ik kreeg het verhaal over 'mayday' af op de tweede zaterdag
erna; en onmiddellijk kreeg ik het gevoel dat het tijd werd dat er
iets gebeurde. Ik keek naar Rose in het hemelbed en vroeg haar
of ze wist wanneer de Cottons precies terug zouden komen.

'O, die zijn al terug,' zei ze nonchalant.

Ze had het die ochtend in Godsend gehoord – en het voor zich
gehouden.

'Reken er maar niet op dat je ze gauw zult zien,' voegde ze eraan toe. 'Neil zal Simon zo lang mogelijk van me vandaan houden.'

'Nonsens,' zei ik; hoewel ik echt begon te geloven dat Neil haar
niet mocht. Ik probeerde haar aan het praten te krijgen – ik had
nu wel zin in wat opwindende voorpret – maar ze deed niet mee.
En ik begreep het best; als dingen heel belangrijk voor je zijn, is
opwindende voorpret gewoon niet veilig.

De volgende dag, zondag, gebeurde er iets dat de Cottons helemaal uit mijn gedachten dreef. Toen ik beneden kwam vertelde Topaas me dat Stephen naar Londen was. Hij had tegen niemand een woord gezegd tot zij beneden kwam om voor het ontbijt te zorgen en hem klaar zag staan om te vertrekken.

'Hij was heel kalm en zeker van zichzelf,' zei ze. 'Ik vroeg hem of hij niet bang was om te verdwalen, en hij zei dat als dat gebeurde, hij een taxi zou nemen; maar hij dacht niet dat dat nodig zou zijn omdat miss Marcy hem precies had verteld welke bussen hij moest nemen.'

Ik was plotseling woedend dat hij dat aan miss Marcy had gevraagd, terwijl hij tegenover ons zo geheimzinnig was geweest.

'Ik haat dat mens van Fox-Cotton,' zei ik.

'Nou, ik heb hem gewaarschuwd dat hij z'n ogen open moest houden,' zei Topaas. 'En natuurlijk is het mogelijk dat haar belangstelling zuiver beroepsmatig is. Hoewel ik moet zeggen dat ik het betwijfel.'

'Bedoel je dat ze met hem wil vrijen?' hijgde ik; en voor het eerst wist ik heel goed waarom ik het zo erg vond dat hij was gegaan.

'Nou ja, dat zal iemand vroeg of laat toch wel doen. Maar ik zou liever hebben dat het een aardig meisje uit het dorp was. Je moet niet zo verschrikt kijken, Cassandra. Je mag hem dat niet misgunnen.'

Ik zei dat het me niet zou kunnen schelen als het iemand was die goed genoeg voor hem was.

Ze staarde me nieuwsgierig aan. 'Vind je hem helemaal niet aantrekkelijk? Toen ik zo oud was als jij zou ik hem geen ogenblik hebben kunnen weerstaan; niet met zo'n uiterlijk. En het is meer dan zijn uiterlijk alleen, natuurlijk.'

'Ik weet ook wel dat hij een prachtig karakter heeft,' zei ik.

'Dat was niet wat ik bedoelde,' zei Topaas lachend. 'Maar ik heb je vader beloofd dat ik je niet op bepaalde gedachten zou brengen wat Stephen betreft, dus laten we het hier maar bij laten.'

Ik wist heel goed wat ze bedoelde. Maar als Stephen fysiek aantrekkelijk is, waarom word ík dan niet door hem aangetrokken – echt aangetrokken? Of word ik dat wel?

Na het ontbijt ging ik naar de kerk. De dominee zag mij vanaf de preekstoel en keek heel verbaasd. Na afloop kwam hij een praatje met me maken toen ik Heloïse wakker maakte, die een dutje deed op een van de oudste grafstenen.

'Betekent deze heerlijke verrassing dat je een speciaal appeltje te schillen hebt met God?' vroeg hij. Dat betekende het natuurlijk niet, maar ik had wel van de gelegenheid gebruik gemaakt om voor Rose te bidden; ik geloof niet dat gebeden in de kerk bijzonder veel effect hebben, maar je kunt al dat knielen op een hard bankje toch niet voor niks doen.

'Nee, ik kwam zo maar eens,' zei ik zwakjes.

'Nou, kom dan een glas sherry drinken,' stelde hij voor, 'dan kun je zien hoe goed de collievacht het doet op mijn divan.'

Maar ik zei tegen hem dat ik miss Marcy moest spreken en liep vlug achter haar aan; met haar spreken was natuurlijk de werkelijke reden van mijn komst.

Ze was zo vriendelijk om meteen te beginnen over het onderwerp waarnaar ik het gesprek tactvol had willen leiden.

'Is het niet heerlijk voor Stephen,' zei ze terwijl ze verrukt met haar ogen knipperde. 'Vijf guineas voor één enkele dag – bijna zes als hij het geld uitspaart dat ze hem gestuurd heeft voor taxi's! Wat attent; wat moet Mrs. Fox-Cotton aardig zijn!'

Ik kwam niets belangrijks te weten. Stephen was bij haar gekomen om een gids van Londen; de bibliotheek heeft er geen, maar ze had hem met raad geholpen. Toen ik wegging liep ze nog steeds over van verrukking over die prachtkans voor hem en de vriendelijkheid van Mrs. Fox-Cotton. Miss Marcy is niet zo'n vrouw van de wereld als Topaas en ik.

Stephen kwam pas 's avonds laat thuis.

'En hoe heb je het gehad?' vroeg Topaas – tot mijn grote opluchting, want ik was vastbesloten hem niets te vragen.

Hij zei dat hij de goede bus had genomen en maar een paar minuten verdwaald was toen hij naar het huis zocht. Mrs. Fox-Cotton had hem teruggereden naar het station en hem onderweg Londen laten zien. 'Ze was aardig,' voegde hij eraan toe, 'ze zag er heel anders uit; erg zakelijk, in een broek, net een man. Je hebt nog nooit zo'n reusachtig grote camera gezien als zij heeft.'

Topaas vroeg wat hij had aangehad voor de foto's.

'Een hemd en een corduroy broek, die daar klaarlagen. Maar

174

ze zei dat ze er te nieuw uitzagen; ik moet ze op mijn werk dragen, dan zullen ze er de volgende keer precies goed uitzien.'

'Dus je gaat weer.' Ik probeerde dit heel nonchalant te laten klinken.

Hij zei van ja, ze zou hem laten weten wanneer ze weer een vrije zondag had, waarschijnlijk over een maand ongeveer. Toen vertelde hij ons over de brokstukken beeldhouwwerk waarmee hij gefotografeerd was en dat het eeuwen had geduurd voor het licht was ingesteld en dat hij de lunch had gebruikt met Mr. en Mrs. Fox-Cotton.

'De studio is achter hun huis,' legde hij uit. 'Dat huis is gewoon ongelooflijk. De kleden voelen aan als mos en de hal heeft een vloer van zwart marmer. Mr. Fox-Cotton liet u de groeten doen, Mrs. Mortmain.'

Hij ging zich wassen terwijl Topaas wat eten voor hem klaarmaakte. 'Het is in orde,' zei ze. 'Ik heb die vrouw verkeerd beoordeeld.'

Ik praatte met hem toen hij terugkwam en alles leek weer natuurlijk en gewoon. Hij vertelde me dat hij een cadeautje voor me had willen kopen, maar dat alle winkels natuurlijk dicht waren. 'Alles wat ik kon krijgen was wat chocola uit een automaat op het perron, en ik denk niet dat dat speciale Londense chocola is.'

Hij was te moe om veel te eten. Nadat hij naar bed was gegaan, dacht ik eraan hoe hij zou inslapen in dat vochtige kamertje terwijl beelden van de studio en het rijke huis van de Fox-Cottons voor zijn ogen zweefden. Het was vreemd om te bedenken dat hij dingen had gezien die ik nooit had gezien; het deed hem op de een of andere manier heel bijzonder lijken, en veel volwassener.

De volgende ochtend had ik iets anders om over te denken. Er kwamen twee pakjes voor me! Niemand had mij ooit een pakje gestuurd sinds onze ruzie met tante Millicent. (In het laatste dat ze had gestuurd, zaten slaapsokken, afschuwelijk lelijk maar niet te versmaden op koude winternachten. Ze eindigen hun bestaan nu als tochtlappen op de vensterbank.)

Ik kon het bijna niet geloven toen ik mijn naam zag op de etiketten van twee winkels uit Bond Street, en wat er in de pakjes zat was nog veel ongelooflijker. Eerst pakte ik een enorme ronde doos bonbons uit en toen een opschrijfboek, gebonden in lichtblauw leer, bedrukt met goud; de bladzijden – ik telde er twee-honderd – hebben een verblindende vergulde rand, en op het schutblad zitten blauwe en gouden sterren. (Topaas zei dat het minstens twee guineas moet hebben gekost.) In geen van beide pakjes zat een kaartje, maar natuurlijk herinnerde ik me dat Simon me een doos 'snoep' had beloofd als ik hem in mijn dagboek liet kijken. En hij had me ook een nieuw dagboek gestuurd!

Er was niets voor Rose.

'Hij kan mij cadeautjes geven omdat hij mij nog als een kind beschouwt,' merkte ik op. 'Hij is waarschijnlijk bang dat jij ze niet zou aannemen.'

'Dan is hij een pessimist,' zei ze grinnikend.

'Nou, je mag er in elk geval net zoveel eten als je wilt,' zei ik. 'Je kunt me terugbetalen als je verloofd bent; dan zul je wel tien-tallen dozen krijgen.'

Ze nam er eentje, maar ik kon zien dat het idee dat ze van haar waren, voor haar belangrijk was, niet de bonbons zelf. Ze at er niet half zoveel als Topaas en ik; Rose was nooit zo hebberig als het om eten ging.

We waren nauwelijks bekomen van de opwinding van de pak-jes, toen de auto van Scoatney kwam. Alleen de chauffeur zat er-in. Hij bracht een doos kasbloemen en een briefje van Simon waar-in hij ons allemaal op de lunch vroeg voor de volgende dag; zelfs Thomas en Stephen. De bloemen waren aan niemand geadresseerd en het briefje was voor Topaas; ze zei dat Simon heel correct han-delde, wat een goed teken was. Ze gaf de chauffeur een briefje mee waarin ze voor ons allemaal de uitnodiging aannam, behal-ve voor Thomas en Stephen omdat ze niet zeker van hen was; ze wilde niet namens hen weigeren zonder te weten hoe zij erover dachten; wat maar goed was ook, want Thomas wilde per se van school spijbelen om mee te kunnen. Stephen zei dat hij liever dood-ging.

Ik had dat tweede bezoek aan Scoatney meteen moeten ver-slaan, maar de beschrijving 'mayday' had mijn schrijflust wel wat uitgeput. Als ik er nu aan terugdenk, zie ik vooral het groen van de tuinen, waar wij de middag doorbrachten – we bleven voor de tea. Het was een vredig en ontspannen uitje; ik voelde me geen ogenblik ook maar in het minst zenuwachtig zoals toen we er dineerden. (Maar het dineetje was opwindender, het gloeit in mijn herinnering als een donker schilderij met een licht in het midden – kaarslicht en glanzende vloeren, en de nacht die achter de zwarte vensters opdoemde.) Mrs. Cotton was er nog niet en Simon was op en top gastheer, nogal ernstig en een beetje statig, terwijl hij in hoofdzaak met vader en Topaas praatte. Zelfs tegen Rose was hij verbluffend formeel, maar hij deed leuk tegen mij. Neil deed erg z'n best voor Thomas; hij moedigde hem aan om heel veel te eten en speelde tennis met hem; Neil vroeg Rose en mij ook om mee te spelen, maar zij wilde niet omdat ze niet meer had kunnen oefenen sinds ze van school was. Dus wandelden zij en ik op eigen gelegenheid rond en kwamen zo in de grootste kas. Het was verrukkelijk om door de warme, vochtige, zwaar geurende lucht te lopen en het gaf een bijzonder geïsoleerd gevoel – bijna alsof we in een andere wereld waren dan de anderen.

Plotseling zei Rose: 'O, Cassandra, denk je dat het zal gebeuren? Echt?'

Ze keek net zoals vroeger op de avond voor Kerstmis, als we onze kousen klaarhingen.

'Weet je heel zeker dat je het wilt?' vroeg ik, en ik bedacht toen dat dat een nutteloze vraag was; ze was kennelijk vastbesloten. Tot mijn verbazing overwoog ze het een tijdlang terwijl ze uitkeek over het grasveld waar Simon met vader en Topaas stond te praten. Er viel een roze camelia af, met een dof plofje.

'Ja, heel zeker,' zei ze ten slotte met iets scherps in haar stem. 'Tot nu toe leek het een verhaaltje dat ik mezelf vertelde. Nu is het echt. En het móét gebeuren. Het moet.'

'Nou, ik voel dat het zal gebeuren,' zei ik tegen haar, en dat was echt zo. Maar kassen geven mij altijd een afwachtend, verwachtingsvol gevoel.

Neil drong Thomas nog een ham op en zes potten jam; vader protesteerde maar dat had niet veel te betekenen; hij was in een wonderbaarlijk goed humeur. Hij leende een heleboel boeken van Simon en trok zich daarmee in het poorthuis terug zodra we thuiskwamen.

De volgende opwindende dag kwam toen we gingen picknicken; ze kwamen ons onverwacht halen. Mijn vader was weer naar Londen vertrokken (zonder enige verklaring) en Topaas verzon een excuus om niet mee te hoeven gaan, dus gingen alleen Rose en ik. We reden naar zee. Het leek niet op een gewone Engelse picknick doordat Neil biefstuk bakte boven het vuur; dat noemen ze een barbecue. Ik heb me altijd afgevraagd wat dat zou zijn, sinds ik over Broer Konijn had gelezen. De biefstuk was vanbuiten verbrand en vanbinnen rauw, maar heerlijk romantisch. Simon was op zijn jongst en meest Amerikaans die dag. Hij en Neil haalden herinneringen op aan een picknick die ze samen hadden beleefd toen ze heel klein waren, voordat hun ouders uit elkaar gingen. Ik vermoed dat ze elkaar pas langzamerhand weer leren kennen, maar ik ben er zeker van dat Neil van Simon houdt; van Simon kun je niet zeker zijn, hij is zoveel gereserveerder. Ze zijn allebei even vriendelijk, maar Neil is veel warmer en opener van aard. Hij was die dag zelfs aardig tegen Rose – nou ja, bijna de hele dag. Niet dat ik zou weten hoe iemand iets anders had kunnen zijn, want ze was op haar voordeligst. Misschien kwam het door de zee en de pret van het biefstuk bakken; iets had haar weer tot een heerlijk oprecht mens gemaakt. Ze lachte en stoeide en gleed zelfs voorover van zandheuvels af. We gingen niet zwemmen omdat we geen van allen een badpak hadden meegenomen; maar goed ook, want de zee was ijskoud.

Simon leek meer dan ooit in de ban van Rose. Laat op de middag, toen ze net heel jongensachtig had gedaan, zei hij tegen Neil: 'Heb je ooit zo'n verandering in een meisje gezien?'

'Nee, maar het is een hele verbetering,' zei Neil. Hij grijnsde tegen Rose, en ze trok een lelijk gezicht tegen hem; even had ik het gevoel dat ze echte vrienden waren.

'Vind jíj het een verbetering?' vroeg ze aan Simon.

'Dat vraag ik me net af. Laten we zeggen dat het volmaakt is voor de zee en de zon – en dat de andere Rose volmaakt is voor kaarslicht. En wat misschien het meest volmaakt is, is de ontdekking dat er meer dan één Rose is.'

Hij keek haar recht aan terwijl hij het zei, en ik zag dat ze zijn blik beantwoordde. Maar het was niet zoals die keer aan de eettafel op Scoatney; ze flirtte niet; even stonden haar ogen wijd open en weerloos, bijna smekend. Toen glimlachte ze heel lief en zei: 'Dank je, Simon.'

'Tijd om in te pakken,' zei Neil.

Het schoot door mijn gedachten dat hij had gevoeld dat dit een belangrijk moment was, net als ik, en dat hij het niet wilde rekken. Daarna was hij even nonchalant tegen Rose als altijd en zij nam eenvoudig geen notitie van hem. Het was jammer, te meer omdat ze de hele dag zo vriendschappelijk waren geweest.

Neil had op de heenweg gereden, dus op de terugweg reed Simon, met Rose voorin naast hem. Ik hoorde ze niet veel praten; Simon is een heel voorzichtig chauffeur en hij vond de kronkelende lanen griezelig. Het was leuk achterin met Neil. Hij vertelde me een heleboel interessante dingen over het leven in Amerika; ze hebben het blijkbaar goed daar, vooral de meisjes.

'Vind je Rose en mij erg vormelijk en conventioneel vergeleken bij Amerikaanse meisjes?' vroeg ik.

'Conventioneel is het woord niet,' zei hij lachend. 'Zelfs madam met haar airtjes is dat niet.' Hij knikte met z'n hoofd in Roses richting. 'Nee, ik zou niemand van jullie gezin ooit conventioneel noemen, maar... ik denk dat vormelijkheid hier in de lucht zit; zelfs de dorpelingen zijn vormelijk; zelfs jij, ondanks dat je zo leuk bent.'

Ik vroeg hem wat hij precies bedoelde met vormelijkheid. Hij vond het moeilijk om dat onder woorden te brengen, maar ik maakte er uit op dat het gereserveerdheid inhoudt en 'een soort beklemming'.

'Niet dat het er iets toe doet, natuurlijk,' zei hij haastig. 'De Engelsen zijn geweldig.' Dat was nu echt iets voor Neil; hij kan grapjes maken over Engeland, maar hij zorgt er altijd angstvallig voor de Engelse gevoelens niet echt te kwetsen.

Daarna praatten we weer over Amerika en hij vertelde me over een autotocht van bijna vijfduizend kilometer die hij had gemaakt van Californië naar New York. Hij beschreef hoe hij dan bij zonsondergang in een of ander stadje aankwam, hoe hij door de woonwijken reed waar grote bomen stonden en waar groene grasvelden waren zonder afrasteringen eromheen en hoe de mensen op de veranda's zaten met verlichte ramen achter zich; en hoe hij dan door de hoofdstraat reed, met de verlichte winkels en de felle neonlichten tegen de donkerblauwe lucht; ik moet zeggen dat ik neonlicht nog nooit romantisch had gevonden, maar bij hem klonk het wel zo. De hotels moeten schitterend zijn; zelfs de kleinste steden hebben meestal wel een hotel waar de meeste slaapkamers een eigen badkamer hebben; en je krijgt verrukkelijk eten in gelegenheden die ze cafetaria's noemen.

Toen vertelde hij me over het landschap in de verschillende staten, waar hij door was gekomen: de sinaasappelboomgaarden in Californië, de cactussen in de woestijn, de enorme uitgestrektheid van Texas, de oude steden in het Zuiden, waar vreemd grijs mos aan de bomen hangt; dat klonk bijzonder aantrekkelijk. Hij reed vanuit zomerweer naar de winter – van oranjebloesem in Californië naar een sneeuwstorm in New York.

Hij zei dat een dergelijke tocht je geweldig goed heel Amerika doet aanvoelen; en zelfs het luisteren naar zijn beschrijving maakte Amerika veel realistischer voor me dan wat ik er ooit over heb gelezen of in de bioscoop gezien. Het leefde allemaal nog zozeer voor hem dat, hoewel hij elke keer als we door een mooi dorp kwamen, zei: 'Ja, prachtig,' ik kon merken dat hij nog steeds Amerika zag. Ik vertelde hem dat ik het ook probeerde te zien; als je soms een flits van de gedachten van andere mensen kunt krijgen door telepathie, moet je kunnen zien wat hun geestesoog ziet.

'Laten we er ons op concentreren,' zei hij, en hij pakte mijn hand vast onder de plaid. We sloten onze ogen en concentreerden ons hard. Ik denk dat de beelden die ik zag, alleen maar voortkwamen uit mijn fantasie over wat hij net had beschreven, maar ik kreeg een heel merkwaardig gevoel van ruimte en vrijheid, zodat toen ik mijn ogen opendeed de velden en heggen en zelfs de hemel zo dichtbij leken dat ze me bijna insloten. Neil keek heel verbaasd toen ik het hem vertelde; hij zei dat hij zich vaak zó voelde in Engeland.

Zelfs toen we ophielden met concentreren, bleef hij mijn hand vasthouden, maar ik geloof niet dat het iets te betekenen had; ik geloof eerder dat het een Amerikaanse gewoonte is. Over het algemeen voelde het alleen vriendschappelijk en behaaglijk aan, hoewel het me af en toe een merkwaardig gevoel in de buurt van mijn schouders gaf.

Het was donker toen we bij het kasteel kwamen. We vroegen ze om mee naar binnen te komen, maar ze verwachtten dat Mrs. Cotton die avond zou komen en moesten dus naar huis.

Mijn vader kwam thuis terwijl ik bezig was met onze dag te beschrijven voor Topaas. (Hij zei geen wóórd over wat hij in Londen had gedaan.) Hij had met dezelfde trein gereisd als Mrs. Cotton en had haar voor de volgende zaterdag te dineren gevraagd – met Simon en Neil, natuurlijk. Deze ene keer werd Topaas echt kwaad.

'Mortmain, hoe kon je dat doen?' schreeuwde ze gewoonweg tegen hem. 'Wat moeten we ze geven – en waarop? Je weet dat we geen stukje eetkamermeubilair hebben.'

'Geef ze ham en eieren in de keuken,' zei vader, 'het zal ze niet kunnen schelen. En ze hebben zeker voor genoeg ham gezorgd.'

We keken hem in volslagen wanhoop aan. Het was maar goed dat Rose er niet was, want ik geloof echt dat ze hem zou hebben geslagen; hij zag er zo irriterend arrogant uit. Plotseling zakte zijn zelfverzekerdheid ineen.

'Ik... had eenvoudig het gevoel dat ik het moest doen...' alle bravoure was uit z'n stem verdwenen. 'Ze vroeg ons weer voor het diner op Scoatney voor volgende week en – mijn god, ik geloof dat ik aan hersenverweking lijd – ik was het helemaal vergeten van het eetkamermeubilair. Kun je er niet het een of ander op vinden?'

Hij keek smekend naar Topaas. Ik kan het niet uitstaan als hij nederig wordt; het is net of je een leeuw ziet opzitten en pootjes geven (niet dat ik dat ooit heb gezien). Topaas bleek prachtig opgewassen tegen het probleem.

'Maak je geen zorgen. We zullen ons wel redden. In zekere zin is het wel leuk – een soort uitdaging...' Ze probeerde haar meest kalmerende contra-altstem te gebruiken, maar hij brak wel een beetje. Ik had haar wel kunnen knuffelen.

'Laten we ten minste gaan kíjken naar de eetkamer,' fluisterde ze me toe terwijl vader zijn avondeten gebruikte. Dus namen we kaarsen mee en gingen ernaar toe. Ik kan me niet voorstellen waar ze op hoopte, maar in elk geval vond ze het niet; we vonden niets behalve ruimte. Zelfs het kleed was met de meubelen verkocht.

We gingen naar de salon.

'Boven op de vleugel zou origineel zijn,' zei Topaas.

'Terwijl vader voorsnijdt op de toetsen?'

'Zouden we op de grond kunnen zitten, op kussens? We hebben in geen geval genoeg stoelen.'

'We hebben ook niet genoeg kussens. Het enige waar we genoeg van hebben, is grond.'

We lachten tot het kaarsvet over onze handen droop. Daarna voelden we ons opgelucht.

Ten slotte kreeg Topaas van Stephen gedaan dat hij de deur van het kippenhok uit de hengsels lichtte en een paar ruwe schragen maakte om hem op te leggen; en wij schoven het geval dicht bij de vensterbank, wat ons drie stoelen uitspaarde. We gebruikten de grijze brokaatgordijnen van de hal als tafelkleed; ze zagen er schitterend uit, hoewel de naad een beetje te zien was en onze voeten erin verward raakten. Al ons zilver en het goede porselein en glaswerk waren al lang geleden verkocht, maar de dominee leende ons het zijne, inclusief z'n zilveren kandelaars. Natuurlijk vroegen we hem ook te eten, en hij kwam vroeg en zat in de keuken z'n eigendommen nog eens op te poetsen terwijl wij ons aankleedden. (Rose droeg de zwarte jurk van Topaas; we hadden ontdekt dat ze er in het minst niet conventioneel in uitzag – hij stond haar bijzonder goed.)

Het menu van ons diner was:

> Heldere soep (van de helft van het bot van de tweede ham);
> gekookte kip en ham;
> perziken met room (de Cottons hadden de perziken gestuurd – maar net op tijd);
> hartig hapje van pikante hamragout.

Topaas had alles gekookt en Ivy Stebbins bracht het binnen; Stephen en Thomas hielpen haar in de keuken. Er gebeurden geen ongelukken, behalve dat Ivy onafgebroken naar Simons baard staarde. Later vertelde ze me dat ze er kippenvel van kreeg.

Mrs. Cotton was even spraakzaam als altijd, maar heel aardig – zo gewoon; ik geloof dat zíj ons eigenlijk het gevoel gaf dat het diner een succes was. Amerikanen passen zich prachtig aan; Neil en Simon hielpen met afwassen. (Zij noemen het 'de vaat doen'.) Ik wilde wel dat zij er niet op hadden gestaan, omdat de keuken er zo erg on-Amerikaans uitzag. Het was er een enorme rommel en Thomas had alle borden op de grond gezet zodat Heloïse en

Abélard ze konden schoonlikken – heel erg verkeerd, want kippenbotjes zijn gevaarlijk voor dieren.

Ivy waste en wij droogden allemaal af. Daarna bracht Stephen Ivy naar huis. Ze is even oud als ik, maar heel groot en knap. Ze heeft kennelijk een oogje op Stephen – ik had dat niet eerder beseft. Ik neem aan dat het erg goed voor hem zou zijn als hij met haar trouwde, omdat zij het enige kind is van de Stebbinsen en de boerderij zal erven. Ik vroeg me af of hij haar op weg naar huis zou kussen. Ik vroeg me af of hij al eens een meisje gekust had. Voor een deel ging ik in gedachten met hem mee door de donkere velden, maar het grootste deel bleef bij de Cottons in de keuken. Neil zat op de tafel en streelde Ab tot die verging van zaligheid; Simon dwaalde rond en bekeek alles. Plotseling schoot me de herinnering aan die eerste keer dat ze hier kwamen weer te binnen. Ik hoopte dat Rose vergeten was dat Simons schaduw op de duivel leek – ik was het bijna zelf vergeten. Er heeft echt nooit een onduivelser man bestaan.

Al gauw kwamen we aan het opwindende deel van de avond. Het begon toen Simon vroeg of ze het kasteel mochten bekijken; ik had wel verwacht dat hij dat zou vragen en had ervoor gezorgd dat de slaapkamers netjes waren.

'Steek de lantaarn aan, Thomas, dan kunnen we over de muur gaan,' zei ik; ik had het gevoel dat hoe romantischer ik het kon maken, hoe beter het voor Rose zou zijn. 'We zullen bij de hal beginnen.'

We gingen door de salon, waar de anderen zaten te praten, dat wil zeggen, vader en Mrs. Cotton spraken. Topaas luisterde alleen maar en de dominee deed z'n ogen zo wijd open toen we binnenkwamen dat ik hem ervan verdacht dat hij had zitten dommelen. Hij zag eruit of hij wel zin had om met ons mee te gaan, maar ik moedigde hem niet aan. Ik hoopte ons groepje te kunnen uitdunnen, niet het nog te vergroten.

'Eerst het poorthuis,' zei Rose toen we in de hal kwamen, en ze liep zo snel de voordeur uit dat ik begreep dat ze de eetkamer wilde overslaan. Ikzelf vond dat zuivere leegheid gedistingeerder zou zijn geweest dan het meubilair van onze slaapkamer. Ik kon nauwelijks vermoeden hoe dankbaar Rose zich zou gaan voelen over het eenvoudigste daar!

Toen we door de tuin op de binnenplaats liepen, keek Simon omhoog naar de schans.

'Wat steekt de Belmotte hoog en zwart af tegen de sterrenhemel,' zei hij. Ik kon zien dat hij bezig was om een prachtig romantische stemming aan te kweken. Het was een verrukkelijke avond met een warm, zacht briesje – echt een uitgelezen avond hiervoor.

Ik klim nooit boven op de toren van het poorthuis zonder te denken aan die eerste keer, de dag dat we het kasteel ontdekten, toen Rose steeds van achteren tegen me op botste. De herinnering daaraan en de herinnering aan ons als kinderen, deed me extra veel van haar houden en maakte me extra vastbesloten om mijn best voor haar te doen. Al die tijd dat we achter de lantaarn liepen, terwijl Simon zich erover verwonderde dat de zware stenen treden zo sierlijk gebogen waren, probeerde ik hem door mijn wil te dwingen dat hij zich tot haar aangetrokken zou voelen.

'Dit is verbluffend,' zei hij toen hij boven aan de trap naar buiten stapte. Ik was nooit eerder 's avonds boven geweest, en het was echt nogal opwindend. Niet dat we iets konden zien behalve de sterren en een paar twinkelende lichtjes in Godsend en op de boerderij De Vier Stenen. Het was het gevoel dat opwindend was – alsof de nacht dichter bij ons was.

Thomas zette de lantaarn hoog op de kantelen zodat het licht op Roses haar en gezicht scheen; de rest van haar viel weg in het duister vanwege haar zwarte japon. De zachte wind blies haar katoenen omslagdoekje tegen Simons gezicht. 'Dat leken de vleugels van de nacht wel,' zei hij lachend. Het was fascinerend om te kijken naar zijn hoofd dicht bij het hare in het licht van de lantaarn – het zijne zo donker, het hare oplichtend. Ik deed hard mijn best om een manier te bedenken om ze daar boven samen alleen te laten, maar er zijn grenzen aan de menselijke verbeeldingskracht.

Na een paar minuten daalden we ver genoeg af om boven aan de muur te komen. Het kostte heel wat tijd om rond te wandelen omdat Neil alles wilde weten over de verdediging van kastelen; hij was bijzonder verrukt over het idee van een reuzenkatapult die een dood paard over de wallen slingerde. Rose struikelde bijna in het begin al over haar jurk en daarna hield Simon haar arm stevig vast, dus de tijd was niet verknoeid; hij liet haar niet los tot we de badkamertoren binnengingen.

We lieten het aan Thomas over om de badkamer te laten zien; ik hoorde Neil brullen van het lachen om Windsor Castle. Rose en ik vlogen naar de slaapkamer en staken de kaarsen aan.

'Is er geen manier om ons samen alleen te laten?' fluisterde ze.

Ik zei tegen haar dat ik dat al vanaf het diner probeerde. 'Maar het is erg moeilijk. Kunnen jullie niet gewoon ergens achterraken?'

Ze zei dat ze boven op de toren van het poorthuis al had geprobeerd om achter te raken, maar Simon was niet mee achtergeraakt.

'Hij zei alleen maar: "Wacht even met die lantaarn, Thomas, anders kan Rose niets zien." En toen moest ik wel naar beneden.'

'Maak je geen zorgen; ik zweer je dat ik er wel iets op zal verzinnen,' zei ik tegen haar.

We hoorden ze de overloop oversteken.

'Wie slaapt er in het hemelbed?' vroeg Simon toen ze binnenkwamen.

'Rose,' zei ik vlug; het was er toevallig mijn week voor, maar ik voelde dat het voor hem romantischer was dan het ijzeren ledikant om zich haar daarin voor te stellen. Toen deed hij de deur naar onze toren open en vond het vreselijk grappig om daar Roses roze avondjapon te zien hangen; ze hangt hem daar omdat de stroken zouden kreuken in de kleerkast. 'Stel je voor dat je je kleren ophangt in een zeshonderd jaar oude toren!' zei hij.

Neil sloeg zijn arm om Miss Blossom heen en zei dat zij precies het soort meisje voor hem was; toen knielde hij in de vensterbank om naar beneden naar de slotgracht te kijken. Ik kreeg een idee.

'Zou je zin hebben om te gaan zwemmen?' vroeg ik hem.

'Heerlijk,' zei hij meteen.

'Wat, vanavond gaan zwemmen?' Thomas' ogen puilden gewoonweg uit z'n hoofd.

'Ja, dat is leuk.' Gelukkig had hij het spoortje van een knipoog gezien dat ik hem gaf, en z'n ogen stonden weer gewoon.

'Leen Neil je zwembroek; ik ben bang dat er maar een is, Simon, maar jij kunt hem daarna krijgen. Rose moet maar niet zwemmen, want ze vat zo vlug kou.' (De hemel vergeve het me! Rose is zo sterk als een paard – ik ben degene die kou vat.)

'We zullen uit het raam naar jullie kijken,' zei Simon.

Ik diepte mijn badpak op en rende toen naar Thomas, die uit

zijn kamer brulde dat hij z'n zwembroek niet kon vinden; één tel was ik bang dat hij hem op school had laten liggen.

'Wat ben je van plan?' fluisterde hij. 'Weet je niet dat het water ijskoud is?'

Dat wist ik maar al te goed. We zwemmen nooit in de gracht voor juli of augustus; en zelfs dan hebben we er meestal nog spijt van.

'Ik zal het je later wel uitleggen,' zei ik. 'Maar waag het niet Neil ervan af te brengen.' Ik vond de zwembroek uiteindelijk; hij zat in Thomas' schoorsteen gepropt tegen de tocht; gelukkig is hij zwart.

'Je kunt je het best in de badkamer verkleden,' riep ik naar Neil, 'en de torentrap af gaan. Laat jij het hem even zien, Thomas, en blijf dan om ons bij te lichten met je lantaarn. Ik zie je wel bij de gracht, Neil.'

Ik gaf hem de zwembroek en ging me toen in de bufferzone verkleden.

Simon riep: 'Veel plezier met zwemmen,' toen ik door de slaapkamer rende, en hij wendde zich toen weer tot Rose. Ze hadden zich heerlijk in de vensterbank geïnstalleerd.

Terwijl ik me verkleedde besefte ik pas ten volle wat ik mezelf had aangedaan; ik, die zo'n hekel heb aan koud water dat zelfs het aantrekken van een badpak me al doet huiveren. Ik liep de keukentrap af en voelde me als een eskimo die naar z'n bevroren hel gaat.

Ik was niet van plan me in de salon te vertonen; mijn badpak was zo erg te klein geworden dat het schoolembleem helemaal uitgerekt was over mijn borst; dus liep ik naar de gracht via het puin achter de keuken. Daar vlakbij loopt een houten vlondertje naar het korenveld. Ik ging erop zitten en zorgde ervoor dat ik mijn voeten ver boven het water hield. Neil was nog niet beneden; ik kon de hele lengte van de gracht overzien omdat de maan opkwam. Hij wierp een heel onaards licht over het groene koren, zo mooi dat ik bijna het afschuwelijke zwemmen vergat. Wat kunnen manen toch verschillen! Sommige zijn wit, sommige zijn goud, deze leek net een schitterende cirkel van blik – ik heb nog nooit een maan gezien die er zo hárd uitzag.

Het water van de gracht was zwart en zilver en goud; zilver

waar het maanlicht erop glansde, goud onder de door kaarsen verlichte ramen; en toen zag ik hoe er een krans van goud ontstond rond de hoektoren, toen Thomas naar buiten kwam en de lantaarn in de deuropening zette. Toen kwam Neil naar beneden. Hij leek erg lang in de zwarte zwembroek en stapte van het lantaarnlicht in het maanlicht.

'Waar ben je, Cassandra?' riep hij.

Ik riep terug dat ik kwam en stak toen één teen in het water om het ergste te weten te komen. Het was een veel erger ergste dan ik had verwacht, en het dappere idee dat ik had gehad om in mijn eentje de ellende van het te water gaan te doorstaan en naar hem toe te zwemmen, verdween onmiddellijk; ik besefte dat een uitstel, zelfs van een paar minuten, de moeite waard was. Dus liep ik langzaam langs de rand van het veld, terwijl het koren koud tegen mijn benen kietelde, ging op de oever tegenover hem zitten en begon een opgewekte conversatie. Afgezien van het feit dat ik het afschuwelijke moment van het te water gaan uitstelde, besefte ik dat ik beter wat kon teuten om Rose meer tijd te geven, omdat ik heel zeker wist dat als we eenmaal in de gracht waren, we er ook weer heel gauw uit zouden zijn.

Ik sprak over de prachtige avond. Ik vertelde hem over de anekdote die het altijd goed deed, hoe ik geprobeerd had de gracht over te steken in een wasmand nadat ik voor het eerst had gehoord van de gevlochten boten uit Wales. Toen begon ik over het uitgebreide onderwerp Amerika, maar hij viel me in de rede en zei: 'Ik geloof dat je probeert om het zwemmen uit te stellen. Ik ga er in elk geval in. Is het diep genoeg voor mij om te duiken?'

Ik zei ja, als hij voorzichtig was. 'Let op de modder op de bodem,' waarschuwde Thomas hem. Hij dook voorzichtig – en kwam met een heel verbaasde blik weer boven. 'Mijn hemel, dat was koud,' riep hij. 'En dat na alle zonneschijn die we gehad hebben!'

Alsof onze gracht zich iets van zonneschijn aantrekt! Hij wordt gevoed door een stroompje dat kennelijk rechtstreeks uit Groenland komt.

Ik zei: 'Ik vraag me af of ik eigenlijk wel zou moeten zwemmen na zo'n zwaar diner.'

'Zo kom je er niet van af,' zei Neil, 'jij was degene die het voorstelde. Kom erin, of ik trek je erin; het is heus best uit te houden.'

Ik zei tegen God: 'Alstublieft, ik doe dit voor mijn zus, wilt U het een beetje warmer maken?' Maar natuurlijk wist ik dat Hij dat niet zou doen. Mijn laatste gedachte voordat ik sprong was dat ik bijna nog liever doodging.

Het was afschuwelijk – alsof je werd gevild met ijskoude messen. Ik zwom als bezeten, zei tegen mezelf dat het over een paar tellen wel beter zou gaan, en wist absoluut zeker dat dat niet het geval zou zijn. Neil zwom naast me. Ik moet er heel verbeten hebben uitgezien, want hij zei plotseling: 'Zeg, voel je je wel goed?'

'Maar net,' hijgde ik terwijl ik me optrok aan het vlondertje.

'Kom er meteen weer in en blijf zwemmen,' zei hij, 'of anders moet je naar binnen om je af te drogen. Toe nou, je went er wel aan.'

Ik glipte het water weer in en het was niet zo heel erg meer; tegen de tijd dat we teruggezwommen waren tot aan de salon, begon ik ervan te genieten. Topaas en de dominee, omlijst door het gele vierkant van het raam, keken op ons neer. Bij het raam boven was niets te bekennen van Rose en Simon; ik hoopte dat ze te veel in elkaar opgingen om naar buiten te kijken. We zwommen door een plek maanlicht – het was leuk om zilveren rimpels te maken vlak voor je ogen – en toen naar de treden van de hoektoren. Thomas was verdwenen; ik hoopte dat hij in vredesnaam niet was teruggegaan naar Rose en Simon.

Nadat we de hoek om waren naar de voorkant van het kasteel, was er geen gouden licht meer van de ramen of de lantaarn, alleen maar het maanlicht. We zwommen op onze rug en keken op naar de loodrechte, strakke muren; nog nooit hadden ze me zo hoog geleken. Het water maakte er klotsende, klokkende geluidjes tegen en er kwam een geheimzinnige geur van af; net zoals wanneer er een donderbui begint op een warme dag, maar vochtig en kruidig en toch ook een echte nachtgeur.

Ik vroeg Neil hoe hij het zou omschrijven, maar hij zei alleen: 'Ach, ik denk dat het alleen maar natte steen is' – ik ontdekte dat hij eigenlijk alleen maar wilde nadenken over de kokende olie die van de kantelen op ons werd uitgestort. Alles wat te maken had met de belegering van een kasteel, fascineerde hem; toen we bij het poorthuis kwamen, vroeg hij hoe ophaalbruggen werkten en hij was teleurgesteld toen hij zag dat onze huidige brug er niet zo een is; we noemen hem alleen maar de ophaalbrug om verschil te maken met de brug naar Belmotte. Toen wilde hij weten wat er gebeurd was met de overblijfselen van de muur waar we langs zwommen en hij was hoogst verontwaardigd over Cromwells Puriteinen omdat die hem hadden gerammeid. 'Wat een verdomd schandaal,' zei hij terwijl hij opkeek naar de enorme puinhopen. Ik zei tegen hem dat ik voor het eerst merkte dat hij wat voelde voor iets dat oud was.

'Ik ben er niet verrukt van omdat het óúd is,' zei hij. 'Ik moet er alleen steeds aan denken dat het verdraaid léúk geweest moet zijn.'

Toen we eenmaal de hoek om waren in het stuk gracht aan de kant van Belmotte, was het heel donker doordat de maan nog niet hoog genoeg stond om over het huis heen te schijnen. Plotseling doemde er iets wits voor ons op, en we hoorden een gesis en het klappen van vleugels; we waren in botsing gekomen met de slapende zwanen. Neil vond dat leuk, en ik lachte zelf ook, maar eigenlijk was ik heel bang; zwanen kunnen heel gevaarlijk zijn. Gelukkig waren de onze niet haatdragend; ze gingen ons eenvoudig uit de weg en klapwiekten naar het riet.

Daarna zwommen we onder de Belmottebrug door en kwamen weer in het maanlicht aan de zuidkant van de gracht.

Daar ligt geen puin; de tuin komt helemaal tot aan het water; het grote bed met witte violieren geurde zalig. Ik bedacht dat ik nog nooit eerder bloemen boven mijn hoofd had zien groeien, zodat ik eerst de stelen zag en alleen de onderkant van de bloemen; het was een aardige afwisseling.

Ik was zo langzamerhand moe geworden, dus liet ik me drijven en Neil deed hetzelfde; het was heerlijk om gewoon voort te drijven en naar de sterren te kijken. Op dat moment hoorden we voor het eerst de dominee aan de piano, die de Air uit Händels *Water Music* speelde, een van zijn mooiste stukken; ik vermoedde dat hij het had gekozen omdat het bij ons zwemmen paste, wat ik heel attent vond. Het kwam zacht maar duidelijk over; ik wilde wel dat ik uren lang had kunnen drijven en ernaar luisteren, maar al gauw kreeg ik het koud en moest ik weer hard gaan zwemmen.

'Nu zijn we helemaal rond geweest,' zei ik tegen Neil toen we het houten vlondertje bereikten. 'Nu moet ik uitrusten.'

Hij hielp me uit het water en we klommen over het puin en gingen zitten met onze rug tegen de keukenmuur; daar had de zon de hele dag op geschenen en de stenen waren nog warm. We zaten in het volle maanlicht. Neil had stukjes helder groen kroos op z'n hoofd en z'n ene schouder; hij zag er heel knap uit.

Ik had het gevoel dat met het maanlicht, de muziek, de geur van de violieren en het feit dat we een zeshonderd jaar oude gracht hadden rondgezwommen, er een prachtkans voor romantiek lag, en ik vond het een verschrikkelijke verspilling dat we niet verliefd op elkaar waren; ik vroeg me af of ik Rose en Simon de gracht had moeten laten rondzwemmen in onze plaats. Maar ik kwam uiteindelijk tot de conclusie dat koud water beslist niet goed is voor de liefde, want toen Neil eindelijk zijn arm om me heen sloeg, was het niet half zo opwindend als toen hij mijn hand had vastgehouden onder de warme autoplaid na de picknick. Misschien zou dat wel beter zijn geworden, maar het volgende moment hoorde ik dat Topaas me riep; ik kon niet uitmaken waar ze was tot Thomas een signaal gaf met zijn lantaarn van de Belmottebrug. Toen riep vader dat ze Mrs. Cotton en de dominee de schans en de Belmotte gingen laten zien.

'Zorg dat je geen kou vat,' waarschuwde Topaas me.

Neil riep: 'Ik zal haar meteen naar binnen sturen, Mrs. Mortmain.'

'Maar ik heb het niet koud,' zei ik vlug. Ik was bang dat Rose nog niet lang genoeg de tijd had gehad.

'Ja, dat heb je wel, je begint te bibberen... en ik ook.' Hij nam z'n arm weg van mijn schouders. 'Kom mee, waar vinden we handdoeken?'

Nog nooit heeft zo'n onschuldige vraag me zo'n gemene klap gegeven. Handdoeken! We hebben er zo weinig dat we ons op wasdagen maar moeten droogschudden.

'O, ik zal er eentje voor je halen,' zei ik luchtigjes; toen zocht ik heel langzaam mijn weg door het puin, om mezelf tijd te geven om na te denken. Ik wist dat we twee roze gastendoekjes in de badkamer hadden – dat wil zeggen, ze waren bedoeld als gastendoekjes; het waren eigenlijk kleine vingerdoekjes voor bij de tea, die miss Marcy ons zo vriendelijk had geleend. Kon ik die aanbieden aan een grote, natte man? Dat kon ik niet.

Toen kreeg ik een idee.

Toen we bij de achterdeur kwamen, zei ik: 'Kom hier maar naar binnen. Bij het keukenvuur is het lekker warm. Ik zal een handdoek voor je halen.'

'Maar mijn kleren zijn in de badkamer...' begon Neil.

Ik holde weg en riep over mijn schouder: 'Die breng ik wel mee.'

Ik had besloten dat ik mijn eigen handdoek zou halen, of die van Rose – welke het droogste zou zijn – en die op te vouwen als een schone handdoek; dan terug te gaan naar Neil met de handdoek tegen me aangedrukt, en mijn excuses te maken dat ik hem een beetje vochtig had gemaakt. Het zou nog steeds niet nodig zijn om Roses tête-à-tête met Simon te verstoren omdat allebei de handdoeken op de torentrap van onze slaapkamer lagen – ik had ze daar neergegooid toen ik het huis netjes maakte voor de Cottons – en ik kon erbij door de salondeur naar de toren. Ik was van plan me als de weerlicht aan te kleden terwijl Neil dat ook deed, en dan terug te gaan naar de keuken om hem daar nog een hele tijd aan de praat te houden.

Ik maakte heel zachtjes de salondeur naar de toren open en begon te klimmen. Toen ik de bocht om was, liep ik bijna helemaal in het donker, dus ging ik op handen en voeten lopen en zocht heel zorgvuldig op de tast mijn weg. Er kwam een lastig moment toen ik verward raakte in Roses roze avondjurk, maar toen ik daar voorbij was, zag ik de streep licht onder de deur naar onze slaapkamer. Ik wist dat de handdoeken maar een paar treden hoger lager, dus reikte ik omhoog en tastte ernaar.

En toen hoorde ik door de deur heen Simon zeggen: 'Rose, wil je met me trouwen?'

Ik stond doodstil en durfde me haast niet te bewegen, uit angst dat ze me zouden horen. Natuurlijk verwachtte ik dat Rose direct ja zou zeggen, maar dat deed ze niet. Ruim tien seconden lang heerste er een absolute stilte. Toen zei ze heel rustig maar duidelijk: 'Kus me alsjeblieft, Simon.'

Weer een stilte, een lange; ik had tijd om te bedenken dat ik het niet fijn zou vinden als ik mijn eerste kus kreeg van een man met een baard, toen om me af te vragen of Neil me gekust zou hebben als Topaas me niet had geroepen, en om te merken dat er een heel koude tochtvlaag door de toren over me heen blies.

Toen zei Rose, met die opwindende, even stokkende stem die ik zo goed ken: 'Ja, graag, Simon.'

Toen waren ze weer stil. Ik pakte een handdoek – ik kon er maar een vinden – en begon naar beneden te gaan. Plotseling bleef ik staan. Zou het niet verstandiger zijn om nu meteen naar binnen te wandelen, voor geval...? Ik weet niet precies wat ik bedoelde met 'voor geval' – ik dacht toch zeker niet dat Simon van gedachten zou veranderen? Al wat ik wist, was dat hoe sneller de verloving officieel was, hoe beter het zou zijn. Ik ging terug.

Toen ik de torendeur openduwde, stonden ze nog met de armen om elkaar heen. Simon draaide vlug z'n hoofd om en glimlachte naar me.

Ik hoop dat ik terug glimlachte. Ik hoop dat ik er niet zo beteuterd uitzag als ik me voelde. Eén moment dacht ik dat het Simon niet wás. Zijn baard was verdwenen.

Hij zei: 'Vind je het goed dat Rose met me trouwt?'

Toen praatten we allemaal tegelijk. Ik omhelsde Rose en gaf Simon een hand.

'Maar, kind, je lijkt wel een blok ijs,' zei hij toen hij mijn hand losliet. 'Ga gauw dat badpak uittrekken.'

'Ik moet eerst een handdoek naar Neil brengen,' zei ik, 'en ook z'n kleren.' Ik liep naar de badkamer om ze te halen.

'Hoe vind je Simon zonder baard?' riep Rose me na. Ik wist dat ik er eerder iets over had moeten zeggen, maar ik voelde me verlegen.

'Heel knap!' riep ik. Maar was dat zo? Natuurlijk zag hij er jaren en jaren jonger uit, en ik was verbaasd hoe knap hij eruitzag. Maar zijn gezicht had iets weerloos, alsof de kracht eruit was. O, het zat hem niet in z'n kin; dat was het helemaal niet. Het was alleen maar dat hij... er een beetje hulpeloos uitzag.

Hoe had Rose hem in 's hemelsnaam er toe gekregen om zich te scheren, vroeg ik me af terwijl ik Neils kleren bij elkaar zocht. Ik vermoedde dat ze hem had uitgedaagd. Ik moet zeggen dat ik me over hem verbaasde: het leek zo kwajongensachtig om vaders scheergerei en mijn kleine emaillen bakje te gebruiken. (Maar ja, de deftige, statige Simon lijkt te zijn verdwenen met de baard; ik kan nu nauwelijks geloven dat ik ooit ook maar een beetje ontzag voor hem heb gehad; niet dat ik denk dat de verandering alleen te wijten is aan de afwezige baard, het komt veel meer omdat hij zo verliefd is op Rose.)

Toen ik de keuken binnenkwam, stond Neil zo dicht bij de kachel dat de damp uit zijn zwembroek sloeg.

'Ik dacht dat je me vergeten was,' zei hij, en hij draaide zich glimlachend naar me om.

'Is het niet heerlijk?' riep ik. 'Rose en Simon zijn verloofd!'

Zijn glimlach verdween als een elektrische lamp die je uitdraait. Ik zei: 'Je ziet er niet bepaald verrukt uit.'

'Verrukt!' Even stond hij alleen maar woedend te kijken; toen griste hij naar de handdoek. 'Verdwijn en laat me me aankleden,' zei hij op heel onbeschofte toon.

Ik gooide z'n kleren op tafel en draaide me om om weg te gaan, maar toen bedacht ik me. 'Neil, toe...' ik probeerde heel vriendelijk en redelijk te praten. 'Waarom haat je Rose zo? Dat heb je van het begin af gedaan.'

Hij ging verder met het afdrogen van zijn schouders. 'Nee, dat is niet waar. In het begin mocht ik haar heel graag.'

'Maar nu niet meer? Waarom niet, Neil?' Hij hield op met zich afdrogen en keek me recht in mijn gezicht.

'Omdat ze een fortuinzoekster is. En dat weet je, Cassandra.'

'Dat is niet waar,' zei ik verontwaardigd. 'Hoe durf je zoiets te zeggen?'

'Kun je me eerlijk zeggen dat ze Simon niet om z'n geld trouwt?'

'Natuurlijk kan ik dat!' zei ik met volle overtuiging – en op dat moment geloofde ik het ook echt. Toen voelde ik dat ik vuurrood werd omdat, nou ja...

'Jij verdomde kleine leugenaarster,' zei Neil. 'En ik dacht nog wel dat je zo'n aardig, eerlijk kind was! Heb je me met opzet mee uit zwemmen genomen?'

Ik werd plotseling boos, zowel om mezelf als om Rose.

'Ja, dat heb ik,' riep ik. 'En ik ben er blij om. Rose vertelde me dat jij het zou verhinderen als je kon, alleen maar omdat je wilt dat Simon met je mee teruggaat naar Amerika! Bemoei je met je eigen zaken, Neil Cotton!'

'Verdwijn uit mijn ogen!' brulde hij, en hij zag er zo woedend uit dat ik dacht dat hij me zou slaan. Ik vlóóg de keukentrap op, maar op de bovenste tree bleef ik staan en sprak waardig: 'Ik raad

je aan je zelfbeheersing terug te krijgen voor je Simon spreekt!'
Toen schoot ik de deur door en vergrendelde die aan de andere
kant; hij was er toe in staat om me achterna te komen.

Een voordeel van mijn woede was dat ik het veel warmer had
gekregen, maar ik was toch blij dat ik mijn natte badpak kon uittrekken en me kon afdrogen met de sprei van Topaas. Ik was bijna klaar met aankleden in de buffer, toen ik de anderen van Belmotte hoorde terugkomen over de binnenplaats. In de kamer naast
me zei Simon: 'Laten we het ze gaan vertellen, Rose.' Dus rende
ik naar binnen en we gingen allemaal samen naar beneden.

We kwamen de anderen in de hal tegen. Mrs. Cotton stond
dicht bij de kleine lamp aan de muur zodat ik haar gezicht duidelijk kon zien. Ze keek verbaasd toen ze zag dat Simons baard
verdwenen was, maar kwam niet verder dan: 'Simon...!' Toen viel
hij haar in de rede: 'Rose heeft beloofd dat ze met me wil trouwen,' en haar mond viel eenvoudig open. Ik was er bijna zeker
van dat ze niet alleen verbaasd maar ook ontzet was – maar dat
duurde maar even; toen leek het echt of ze verrukt was. Ze kuste Rose en Simon, en bedankte haar dat ze hem er toe had gekregen om zich te scheren. Ze kuste Topaas en mij; ik dacht dat
ze vader ook zou kussen! En ze praatte... Ik heb eens geschreven
dat haar woordenvloed als een muur was; deze keer leek die meer
op een slagschip waarvan alle kanonnen salvo's lossen. Maar ze
was heel erg vriendelijk; en hoe meer je haar leert kennen, hoe
meer je van haar houdt.

Midden onder de gelukwensen kwam Neil binnen; ik was blij
om te zien dat zijn gesteven overhemd lelijk gekreukt was terwijl
ik het rondzeulde. Niemand zou denken dat hij een paar minuten
geleden zo driftig was geweest. Hij zei: 'Gefeliciteerd, Simon; ik
zie dat je baard verdwenen is! Lieve Rose, ik ben ervan overtuigd
dat je weet wat ik je allemaal toewens.'

Ik moet zeggen dat ik dat nogal handig vond; maar Rose leek
niet te merken dat het dubbelzinnig was. Ze glimlachte en bedankte hem heel vriendelijk en luisterde toen verder naar Mrs.
Cotton.

De dominee zei dat hij wat champagne in zijn kelder had en
Neil bood aan om naar de pastorie te rijden om het te gaan halen; en hij was nota bene zo brutaal om mij te vragen met hem

mee te gaan. Ik weigerde zo koel als ik kon zonder dat het te veel opviel.

Maar later, toen we allemaal stonden te praten op de binnenplaats voordat de Cottons naar hun auto gingen, troonde hij me zo beslist mee weg van de anderen, dat ik meeliep. Hij nam me helemaal mee naar het grote bed violieren bij de slotgracht; toen zei hij: 'Maken we het weer goed?'

Ik zei: 'Ik geloof niet dat ik daar veel zin in heb. Je hebt me een leugenaarster genoemd.'

'En als ik nu excuus vraag?'

'Bedoel je dat je niet gelooft dat ik dat ben?'

'Zullen we het niet liever houden op een welgemeend excuus?'

In de gegeven omstandigheden had ik het gevoel dat dit inderdaad voldoende was, maar ik zag niet in hoe ik dit kon toegeven zonder Rose te blameren. Dus zei ik niets. Neil ging door: 'En als ik er nu eens bij zeg dat ik je de leugen niet kwalijk neem – als het er een was? En dat ik je bewonder omdat je Rose verdedigt? Je hoeft helemaal niets te zeggen, maar als je me vergeeft, knijp dan in mijn hand.'

Zijn hand gleed van mijn elleboog naar beneden. Ik beantwoordde z'n kneepje. Hij zei: 'Mooi zo,' en toen met een ernstiger stem dan ik ooit van hem gehoord had: 'Cassandra, het is niet omdat ik graag wil dat hij met me mee teruggaat naar Amerika, echt waar, dat is het niet. Natuurlijk zou ik dat uit een zelfzuchtig oogpunt prettig vinden…'

'Ik had dat niet moeten zeggen,' viel ik in. 'Het is mijn beurt om excuus te vragen.'

'Excuus aanvaard.' Hij kneep nog een keer in mijn hand, liet die toen los en zuchtte diep. 'Ach, misschien beoordeel ik haar helemaal verkeerd; misschien is ze werkelijk verliefd op hem. Waarom niet? Vermoedelijk zou elk verstandig meisje dat worden.'

Ik dacht dat hij dat verkeerd zag; het leek mij dat heel wat meisjes zich niet tot Simon aangetrokken zouden voelen, hoe aardig hij ook is; en dat ze Neil wel aardig zouden vinden. De maan scheen op z'n haar, dat krulliger dan ooit opdroogde. Ik vertelde hem dat er nog een stukje kroos in zat, en hij lachte en zei: 'Het was in elk geval een verdraaid goeie zwempartij.' Toen riep Mrs. Cotton: 'Kom op, jullie tweetjes!'

Nadat we afscheid genomen hadden, leek de avond ineens erg stil. Ik geloof dat we allemaal een klein beetje verlegen waren. Toen we in huis terug waren, vroeg vader langs z'n neus weg: 'En... gelukkig, Rose?'

'Nou en of,' zei Rose heel kortaf, 'maar doodmoe. Ik ga meteen naar bed.'

'Laten we allemaal naar bed gaan,' zei Topaas. 'We zouden Stephen wakker maken als we vanavond de glazen nog gingen afwassen.'

Stephen was al een tijd thuis, hoewel ik moet zeggen dat hij er lang over had gedaan om Ivy naar huis te brengen. Ik had hem gevraagd om binnen te komen en op Roses gezondheid te drinken met de champagne van de dominee, maar dat wilde hij niet. Hij glimlachte heel eigenaardig toen ik hem over de verloving vertelde; toen zei hij: 'Nou, ik zeg niks,' en hij ging naar bed. De hemel mag weten wat hij bedoelde.

Ik had zo het gevoel dat hij Ivy had gekust.

Ik zat erom te springen om Rose aan het praten te krijgen, maar ik wist dat ze dat niet zou doen tot de gang naar en van de badkamer was afgelopen; en het leek wel of vader en Topaas ongewoon lang werk hadden om zich te wassen. Toen ze eindelijk de deur van hun kamer achter zich hadden dichtgedaan, keek Rose nog eens of allebei onze deuren wel goed dicht waren; toen sprong ze in bed en blies de kaars uit.

'En?' zei ik uitnodigend.

Ze begon heel vlug te praten, bijna fluisterend, en vertelde me alles. Het bleek dat ik gelijk had gehad met mijn vermoeden dat ze Simon had uitgedaagd om zich te scheren.

'Eerst dacht hij dat ik een grapje maakte,' zei ze. 'Toen dacht hij dat ik hem belachelijk probeerde te maken en hij deed erg uit de hoogte. Ik deed of ik het niet merkte; ik moest hem gewoonweg zonder die baard zien, Cassandra; ik had er een soort afkeer van ontwikkeld. Ik ging heel dicht bij hem staan, keek naar hem op en zei: "Je hebt zo'n mooie mond, waarom verberg je die?" en ik streek met mijn vinger over de omtrek van zijn lippen. Toen probeerde hij me te kussen, maar ik ontweek hem en zei: "Nee, niet zolang je die baard nog hebt," en hij zei: "En als ik hem afscheer?" Ik zei: "Dat kan ik nog niet zeggen tot hij eraf is," en ik

ging gauw vaders scheergerei halen en het nagelschaartje van Topaas en een kannetje heet water uit de badkamer. We lachten de
hele tijd, maar we hadden een vreemd, opwindend gevoel en ik
moest er steeds voor zorgen dat hij me niet kuste. Hij had grote
moeite met het scheren, en ik voelde me opeens heel verlegen en
wou dat ik hem er nooit aan had laten beginnen. Ik kon zien dat
hij woedend was. En mijn hemel, wat zag hij eruit nadat hij het
lange haar had afgeknipt met het schaartje! Ik wed dat ik ontzet
moet hebben gekeken, want hij riep: "Ga weg! Ga weg! Kijk niet
meer naar me!" Ik ging in de vensterbank zitten en bad; ik bedoel, ik dacht steeds: Alstublieft, God... alstublieft, God..., zonder verder te komen. Het leek wel een eeuwigheid voor Simon zijn
gezicht had afgedroogd en zich omdraaide. Hij zei: "Nou weet je
hoe erg het is," op een grappig droevige toon; ik kon zien dat hij
niet boos meer was; hij zag er op de een of andere manier nederig en ontroerend uit, en zo knap! Vind je hem nu ook niet knap,
Cassandra?'

'Ja, heel knap. En wat gebeurde er toen?'

'Ik zei: "Schitterend, Simon. Ik vind je zo duizend keer aardiger. Dank je, dank je heel erg dat je dat voor mij hebt gedaan."
En toen vroeg hij of ik met hem wilde trouwen.'

Ik vertelde haar niet dat ik dat had gehoord. Ik zou het niet
prettig vinden als iemand had gehoord hoe ik een huwelijksaanzoek kreeg.

Ze ging verder: 'Toen – het was echt heel vreemd omdat ik zeker weet dat ik jou niet in de toren heb gehoord – dacht ik plotseling aan jou. Ik herinnerde me hoe jij gezegd had dat ik niet kon
weten wat ik voor hem voelde tot ik hem me had laten kussen.
En je had gelijk; o, ik wist dat ik hem graag mocht en hem bewonderde, maar ik wist nog steeds niet of ik verliefd op hem was.
En hier was mijn kans om dat te ontdekken, met het huwelijksaanzoek veilig vooraf! Dus vroeg ik of hij me wilde kussen. En
het was heerlijk, net zo heerlijk als...'

Haar stem stierf weg. Ik had het idee dat ze het opnieuw beleefde en gaf haar een paar minuten de tijd. 'Ga nou door,' drong
ik ten slotte aan, 'net zo heerlijk als wat?'

'O, als het maar zou kunnen zijn. Mijn hemel, ik kan het niet
beschrijven! In elk geval, het was goed; ik ben verliefd en ik ben

verschrikkelijk gelukkig. En ik zal zorgen dat voor jou ook alles heerlijk wordt. Je moet bij ons komen logeren en zelf ook trouwen. Misschien trouw je wel met Neil.'

'Ik dacht dat je een hekel aan hem had.'

'Vanavond heb ik aan niemand een hekel. O, die opluchting... die opluchting toen ik ontdekte dat ik van Simon hield!'

Ik zei: 'Neem eens aan dat je dat niet had ontdekt, zou je hem dan afgewezen hebben?'

Het duurde een hele tijd voor ze antwoordde, en toen klonk het uitdagend: 'Nee, dat zou ik niet. Juist voordat hij me kuste dacht ik bij mezelf: Je zult in ieder geval met hem trouwen, meisje! En weet je waarom ik dat dacht? Achter hem op de toilettafel zag ik mijn handdoek, die ik hem had geleend voor het scheren, helemaal dun en gerafeld en lelijk. Nog niet één extra handdoek hebben we in dit huis...'

'Of ik dat niet weet!' zei ik meelevend.

'En ik wil zo niet leven. Ik wíl het niet, wil het per se niet!'

'Welnu, je zult nu net zoveel handdoeken kunnen hebben als je maar wilt,' zei de stem van Miss Blossom. 'Vreselijk hartelijk gefeliciteerd, Rosielief.'

'En net zoveel kleren als ik wil,' zei Rose. 'Daar ga ik nu over liggen nadenken tot ik in slaap val.'

'Wil je het hemelbed hebben zodat je je in stijl kunt verkneuteren?' bood ik aan.

Maar ze vond het te veel moeite om te ruilen.

Terwijl ik wakker lag en in gedachten de slotgracht nog eens rondzwom, zag ik hoe het silhouet van mijn emaillen wasstel afstak tegen het raam; het was een gek idee dat die een rol hadden gespeeld bij het scheren van Simon. Ik bleef hem de hele tijd met twee gezichten zien: met baard en zonder. Toen herinnerde ik me dat er een of andere beroemdheid was geweest die zijn baard voor een vrouw had afgeschoren. Ik probeerde te verzinnen wie dat was, maar viel in slaap zonder het me te kunnen herinneren.

Heel vroeg in de ochtend werd ik wakker en dacht: Simson en Delila. Het was of iemand die woorden in mijn oor sprak. Natuurlijk was het Simsons haar dat werd afgeknipt, niet zijn baard, dus het verhaal ging niet precies op. Maar ik dacht dat Rose het best leuk zou vinden om Delila te zijn.

Ik ging rechtop zitten en gluurde naar haar terwijl ik me afvroeg waar ze van droomde. Terwijl ik keek, werd het licht genoeg om haar glanzende haar op het kussen te zien, en de zacht
roze blos op haar wangen. Ze zag er heel mooi uit, ook al kon
niemand beweren dat de nachtpon van tante Millicent flatteus
was.

Het is vreemd hoe anders Rose eruitziet met haar ogen dicht,
veel kinderlijker en zachter en vrediger. Het gaf me een heel dierbaar gevoel voor haar. Ze sliep diep en vredig, hoewel ze heel ongemakkelijk lag, met een arm die slap buiten het ijzeren ledikant
hing; je moet nu eenmaal op het uiterste randje liggen om de ergste knobbels in de matras te ontwijken. Ik dacht aan wat voor ander bed ze nu zeker zou krijgen. Ik was vreselijk gelukkig voor
haar.

III Het boek van twee guineas

Juni tot oktober

11

Ik zit hier op het puin achter de keuken waar ik ook heb gezeten met Neil, drie weken geleden op een dag na, nadat we de slot-gracht hadden rondgezwommen. Hoe anders is het nu in de hete zonneschijn! Er zoemen bijen, er koert een duif, en de gracht weer-spiegelt de hemel. Heloïse liep er net naartoe om te drinken, en een van de zwanen kijkt naar haar met de grootste minachting. Abélard ging een paar minuten geleden het hoge groene koren in; hij leek wel een leeuw die de jungle insluipt.

Dit is de eerste keer dat ik het prachtige opschrijfboek gebruik dat Simon me heeft gegeven – en de vulpen die ik gisteren van hem kreeg. Een rode pen en een blauw met goud boek, in leer ge-bonden, wat kan er nog inspirerender werken? En toch ging het beter met een stompje potlood en het dikke schrift van twee shil-ling, dat ik van Stephen had gekregen... Ik doe telkens mijn ogen dicht en zon; dat wil zeggen, mijn lichaam zont; mijn geest is rus-teloos. Die gaat achteruit en vooruit, herleeft het verleden, is be-nieuwd naar de toekomst; en het is erg onredelijk, maar ik ver-lang meer naar het verleden dan naar de toekomst. Ik herinner er mezelf aan hoe vaak we koud en hongerig waren, met alleen vod-den om aan te trekken, en dan tel ik alle zegeningen die over ons zijn neergedaald; maar blijkbaar voel ik altijd nog het meest voor het verleden. Dit is belachelijk. En het is belachelijk dat ik dit dof-fe, zware, niet precies ongelukkige, maar... ja, negatieve gevoel heb terwijl ik stralend gelukkig zou moeten zijn. Misschien als ik mezelf dwing tot schrijven, dat ik kan ontdekken wat me man-keert.

Het is precies een week geleden dat Rose en Topaas naar Lon-den gingen. Mrs. Cotton had mij ook uitgenodigd – ze logeren in haar flat in Park Lane – maar iemand moest hier blijven om voor vader en Thomas en Stephen te zorgen; bovendien, als ik de uit-nodiging had aangenomen, zou ze zich misschien verplicht hebben gevoeld om ook voor mij kleren te kopen terwijl ze Rose haar uitzet al geeft. Ze is geweldig vrijgevig, en heel tactvol. In plaats van ons geld op te dringen om van te leven, stond ze erop om de jas met bevervoering te kopen voor tweehonderd pond. Over de uitzet zei ze tegen Rose: 'Liefje, ik heb altijd verlangd naar een dochter die ik kon aankleden; laat mij nu meedelen in jouw geluk.'

Ik was wel enigszins verbaasd dat Topaas mee wilde gaan naar Londen, maar de avond voor ze vertrokken hadden we een verhelderend gesprek. Ik kwam naar boven uit de keuken met een paar dingen die ik voor haar had gestreken en vond haar zittend op bed naast een half gevulde koffer, terwijl ze in de ruimte staarde.

'Ik ga niet,' zei ze, op zo'n tragische toon dat haar stem op die van een bariton leek.

'Goeie genade, waarom niet?' vroeg ik.

'Omdat mijn motieven helemaal verkeerd zijn. Ik heb mezelf voorgehouden dat het goed zal zijn voor Mortmain om hier een tijdje zonder mij te zijn. En dat ik een paar vrienden moet opzoeken, mijn artistieke belangstelling moet opfrissen en mezelf stimulerender moet maken. Maar in werkelijkheid wil ik een oogje houden op die vrouw en zeker weten dat ze hem niet ontmoet als hij naar Londen gaat. En dat is verachtelijk. Natuurlijk ga ik niet.'

'Maar ik zie niet in hoe je je nu nog kunt terugtrekken,' zei ik. 'En je kunt het altijd goedmaken met je geweten door geen oogje op Mrs. Cotton te houden. Topaas, denk je echt dat vader verliefd op haar is? Je hebt geen greintje bewijs.'

'Ik heb het bewijs van mijn ogen en oren. Heb je weleens op ze gelet als ze samen zijn? Hij luistert naar haar alsof hij het prettig vindt, en hij luistert niet alleen, hij praat ook. Hij praat op één avond meer tegen haar dan hij tegen mij dit hele afgelopen jaar heeft gedaan.'

Ik wees haar erop dat hij tegen niemand van ons veel praat.

'Maar waarom dan niet? Wat mankeert er aan ons? Ik begon te denken dat hij zwijgzaam van aard was, dat hij er niets aan kon doen, maar nu ik gezien heb hoe charmant hij kan zijn tegen de Cottons...! De hemel weet dat ik geen makkelijk leven verwachtte toen ik met hem trouwde; ik was zelfs voorbereid op mishandeling. Maar ik verafschuw spraakzaamloosheid.' Het was niet het moment om haar te vertellen dat dat woord niet bestaat; trouwens, het beviel me wel.

'Misschien gaat Mrs. Cotton wel terug naar Amerika met Neil,' opperde ik troostend.

'Zij niet. Ze heeft de flat voor drie jaar gehuurd. O hemel, wat ben ik een idioot; hoe kan ik verhinderen dat zij hem spreekt, zelfs als ik bij haar logeer? Er zijn duizenden plekken waar zij naartoe kunnen gaan. Waarschijnlijk zal hij zich opnieuw gaan interesseren voor het Brits Museum.'

Ik moet zeggen dat het een beetje verdacht was; terwijl Mrs. Cotton op Scoatney was, was hij geen enkele keer naar Londen geweest.

'In dat geval kun je net zo goed gaan,' zei ik. 'Ik bedoel, het doet er niet toe of je reden is dat je wilt spioneren als je heel goed weet dat je dat toch niet kunt.'

'Dat is waar.' Ze slaakte een zucht die bijna een kreun leek en erg theatraal klonk, en begon toen haar nachtponnen in te pakken, die op doodslakens lijken. Plotseling liep ze met grote stappen naar het raam en keek naar vaders licht in het poorthuis.

'Ik vraag me af...' zei ze met een grafstem.

Om haar een plezier te doen vroeg ik haar: wat.

'Of ik ooit terug zal komen. Ik heb mijn kruispuntgevoel; dat heb ik maar drie of vier keer in mijn leven gehad. Die avond in Café Royal, toen Everard de kelner sloeg...' ze hield plotseling op.

'Waarom deed hij dat?' vroeg ik hevig geïnteresseerd. Everard was haar tweede man, een modeontwerper; haar eerste heette Carlo en had iets te maken met een circus. Rose en ik hebben altijd meer over ze willen weten.

Het hielp niet. Ze staarde me lichtelijk verontwaardigd aan en mompelde vaag: 'Laat de doden hun doden begraven.' Zover ik weet, is Everard nog springlevend en ik heb nooit kunnen begrijpen hoe de doden iemand zouden kunnen gaan begraven.

Er gebeurde niets belangrijks voor mij tussen de avond van de verloving en de dag dat Rose en Topaas naar Londen gingen. Natuurlijk gingen we een paar keer naar Scoatney, maar Neil was er niet. Hij ging kijken naar de Derby en naar andere paardenrennen; het was jammer dat hij daar alleen naartoe moest. Nadat ik er veel over had nagedacht, schreef ik hem een briefje. Ik kan het me woord voor woord herinneren:

> Beste Neil,
> Ik weet zeker dat je het fijn zult vinden om te horen dat Rose echt van Simon houdt. Toen ik de laatste keer met je sprak, was ik bang dat dat misschien niet zo zou zijn; dus had je gelijk toen je me een leugenaarster noemde, maar nu ben ik dat niet. Rose heeft het me zelf gezegd en ze is heel eerlijk. Om dat te bewijzen zal ik je vertellen dat ze heel eerlijk toegaf dat ze met hem getrouwd zou zijn zelfs als ze niet verliefd was geweest. Ik geloof niet dat ik dat helemaal voor waar aanneem, maar in ieder geval, reken het haar alsjeblieft niet aan, want het is een meisje dat armoede erg zwaar te dragen vindt, en ze heeft het zoveel jaren moeten verdragen. En omdat ze op het psychologische moment verliefd op hem werd, is alles in orde gekomen.
> Ik hoop dat je het gezellig hebt in Londen.
> Veel liefs van je toekomstige schoonzusje
> Cassandra

Ik vond dat ik best 'veel liefs' kon schrijven op een zusterlijke manier, hoewel ik niet zeker weet of ik door Roses huwelijk wel zijn schoonzusje word. Misschien zal ik dat alleen van Simon zijn.

Ik moet nu naar binnen, ten eerste omdat de zon te warm wordt, en ten tweede zodat ik Neils antwoord kan overschrijven.

Nu zit ik op de vensterbank in de slaapkamer met een glas melk en een banaan die ik nu opeet.

Neil schreef terug:

> Beste Cassandra,
> Het was aardig van je om die brief te schrijven en je hebt waarschijnlijk gelijk. Ik denk dat ik onredelijk was en in elk geval erg onbeleefd. Nogmaals mijn excuses.
> Mijn moeders appartement is zo vol dat ik naar een

hotel ben verhuisd, dus ik heb ze niet veel gezien, maar gisteravond ben ik met ze naar een toneelstuk geweest en iedereen leek heel gelukkig. Het was een première en de fotografen vlogen op Mrs. Mortmain af, die er schitterend uitzag. Ik hoop je nog te zien voor ik terugga naar huis. Misschien kunnen we de slotgracht nog eens rondzwemmen. Hoe maken de zwanen het?

Ik zal het enig vinden als ik jou als schoonzusje krijg.

Liefs van Neil

Ik zou wel willen dat hij niet terugging naar Amerika. Hij hoopt een aandeel te krijgen in een ranch, vertelde Simon me; ergens in de woestijn in Californië. Woestijnen schijnen in Amerika niet woest te zijn.

Vanmorgen kreeg ik een brief van Rose, die ik zal overschrijven.

Lieve Cassandra,

Het spijt me dat ik niet eerder heb geschreven, maar we hebben het heel druk gehad. Een uitzet kopen is een heleboel werk. Ik denk dat je verbaasd zou staan over de manier waarop we het doen. We gaan bijna helemaal niet naar echte winkels, maar naar grote, mooie huizen. Daar zijn salons met kristallen kroonluchters en overal in het rond kleine vergulde stoeltjes, en je zit daar en kijkt naar de mannekains (ik weet niet hoe je het spelt) die voorbijwandelen in de kleren. Je hebt een kaart en een potlood om aan te tekenen wat je mooi vindt. De prijzen zijn fabelachtig; heel eenvoudige jurken kosten ongeveer vijfentwintig pond. Mijn zwarte mantelpak kost vijfendertig – eigenlijk meer omdat ze hier alles in guineas rekenen in plaats van ponden. In het begin voelde ik me bezwaard dat er zoveel werd uitgegeven, maar nu lijkt het heel gewoon.

Ik geloof dat mijn hele uitzet tot duizend pond mag kosten, en dan zal het echt nog niet zo erg veel zijn gezien de prijzen die we betalen. Maar dingen als bontjassen en sieraden komen nadat ik getrouwd ben. Ik heb natuurlijk al een verlovingsring, een vierkante smaragd. Beeldig!

Ik denk dat je graag wilt dat ik alles beschrijf wat we al gekocht hebben, maar daar heb ik de tijd niet voor en bovendien schaam ik me dat ik zoveel heb en jij zo weinig. Maar je krijgt een beeld van een bruidsmeisjesjapon – je moet naar Londen komen om te passen – en ik denk dat de confectiekleding die ik nu draag wel voor jou veranderd kan worden als ik mijn uitzet heb. En als ik getrouwd ben, zullen we als gekken voor jou gaan winkelen.

Er is nog een nieuwtje dat jou speciaal zal interesseren. We hebben bij de Fox-Cottons gegeten en de foto's van Stephen gezien, en hij ziet eruit alsof hij alle Griekse goden in zich verenigt. Leda is er zeker van dat hij een baan bij de film kan krijgen – echt waar. Ik zei dat het idee dat hij zou acteren om te gieren was, en ze werd echt kwaad. Je moet maar goed op je bezit passen. Ik maak maar een grapje; doe niets onverstandigs. Ik ben van plan een echt interessant iemand voor je te zoeken.

Ik mag de Fox-Cottons niet erg. Aubrey maakt een geweldige drukte over Topaas; hij heeft haar een paar keer mee uit genomen. Ze is een opvallend type. Ze kende sommige mannekains op een modeshow – ik dacht dat ik door de grond ging! En toen we naar een première gingen, kende ze de fotografen. Macmorris was er ook; hij ziet eruit als een bleke aap. Hij wil haar weer schilderen. Haar kleren lijken veel excentrieker nu we met goed geklede mensen omgaan; het is grappig om te bedenken dat ik er vroeger zo jaloers op was.

Gisteren dacht ik aan jou. Ik was er in mijn eentje op uit en ging naar die winkel waar het bont werd bewaard; de kleren daar zien er boers uit na wat ik heb gezien, maar ze hebben mooie handschoenen en

zo. Ik zag de tak witte koraal waar jij je hart aan
verloren hebt, en ik vroeg me af of ik hem voor je kon
kopen, maar hij dient voor decoratie. Toen bedacht ik
dat ik wel een fles van die odeur voor je kon kopen
waarvan je zei dat hij naar hyacinten rook, maar de
prijs is moordend en ik had niet genoeg bij me; het
enige zakgeld dat ik heb, is wat Topaas spaarzaam
uitdeelt en ze is opvallend zuinig met het geld van de
beverjas, hoewel het strikt genomen van jou en mij is.
Mrs. Cotton geeft natuurlijk kapitalen voor me uit,
maar heeft me niets aangeboden om zelf uit te geven;
misschien denkt ze dat het niet tactvol zou zijn, maar
dat zou het wel.

Lieverd, herinner je je nog hoe we stonden te kijken
naar die dame die een stuk of tien paar zijden kousen
kocht, en hoe jij zei dat we net op katten leken die
verlangend miauwden naar de vogels? Ik geloof dat ik
op dat moment besloot dat ik alles, letterlijk alles
wilde doen om maar niet zo vreselijk arm te blijven.
Het was die avond dat we de Cottons weer zagen.
Geloof jij dat je bepaalde dingen kunt laten gebeuren?
Ik wel. Ik had hetzelfde soort wanhopige gevoel op die
avond toen ik een wens deed bij de engel, en kijk eens
wat daaruit voortkwam! Het is heus een engel, geen
duivel. Het is zo heerlijk dat ik bij al het andere ook
nog verliefd kan zijn op Simon.

Lieve Cassandra, ik beloof je dat je nooit meer
verlangende kattengeluidjes hoeft te maken zodra ik
getrouwd ben. En er zijn nog andere dingen behalve
kleren waarmee ik je kan helpen, weet je. Ik heb me
afgevraagd of je misschien naar de universiteit zou
willen (weet je dat Thomas naar Oxford gaat?). Zelf
zou ik het afschuwelijk saai vinden, maar jij zult het
misschien fijn vinden omdat je zo intelligent bent.
Mijn huwelijk zal ons allemáál helpen, weet je, zelfs
vader. Nu ik niet bij hem in de buurt ben, voel ik me
veel verdraagzamer tegenover hem. Zowel Simon als
Mrs. Cotton zegt dat hij echt een groot auteur was.

Hoe dan ook, het doet er nu niet meer toe dat hij geen geld kan verdienen. Doe hem mijn groeten, en ook aan Thomas en Stephen. Ik zal ze allemaal een ansicht sturen. Deze brief is natuurlijk voor jou persoonlijk. Ik wou echt dat je hier was; ik mis je minstens honderd keer per dag. Ik voelde me zo ongelukkig toen ik in die winkel was zonder jou. Ik zal er weer naartoe gaan en die odeur voor je kopen zodra ik meer geld van Topaas heb losgekregen; hij heet Midzomernacht en je krijgt het op tijd voor de festiviteiten op Belmotte.

Mijn hemel, ik gebruik vel na vel van Mrs. Cottons elegante briefpapier, maar het geeft me een beetje het gevoel of ik met je praat. Ik had je nog alles willen vertellen over de toneelstukken, maar daar moet ik nu niet meer aan beginnen; het is later dan ik dacht en ik moet me gaan verkleden voor het diner.

Veel liefs, en schrijf alsjeblieft vaak,
je Rose

P.S. Ik heb een badkamer helemaal voor mij alleen en élke dag zijn er schone, perzikkleurige handdoeken. Telkens als ik me eenzaam voel, ga ik daar zitten tot ik weer vrolijk ben.

Dit is de eerste brief die ik ooit van haar heb gehad, want we zijn nooit bij elkaar vandaan geweest sinds we heel klein waren en Rose roodvonk had. Op de een of andere manier hoort die brief niet helemaal bij haar, hij doet veel aanhankelijker aan; ik geloof niet dat ze me ooit tevoren liverd heeft genoemd. Misschien komt het omdat ze me mist. Ik noem het een bewijs van een mooi karakter als een verliefd meisje, omringd door al die weelde, naar haar zus verlangt.

Stel je voor, vijfendertig guineas voor een mantelpak! Dat is zesendertig pond en vijftien shilling; ik vind winkels echt slim om de prijs in guineas te zetten. Ik wist niet dat kleren zoveel kónden kosten; met dergelijke prijzen heeft Rose gelijk als ze zegt dat je voor duizend pond niet zo heel erg veel kunt krijgen; niet als je denkt aan alle hoeden en schoenen en ondergoed. Ik had het idee dat Rose tientallen jurken zou hebben; je kunt zulke leuke krijgen voor twee of drie pond per stuk; maar misschien geeft het je een verrukkelijk, kostbaar gevoel om peperdure zwarte mantelpakjes te dragen; net als het dragen van echte juwelen. Rose en ik voelden ons altijd geweldig als we ons echt gouden kettinkje droegen met een hartje van pareltjes. We huilden alsof ons hart zou breken toen ze verkocht moesten worden.

Duizend pond voor kleren... bedenk eens hoe lang arme mensen daarvan zouden kunnen leven! Bedenk eens hoe lang wíj daarvan zouden kunnen leven, wat dat betreft! Merkwaardig genoeg heb ik ons nooit als arme mensen beschouwd; ik bedoel, ik heb nooit ontzettend medelijden met onszelf gehad, zoals met de werklozen en bedelaars; hoewel we er eigenlijk erger aan toe waren omdat niemand ons in dienst kon nemen en we niemand hadden om van te bedelen.

Ik geloof niet dat ik een bedelaar in de ogen zou durven kijken als mijn uitzet duizend pond had gekost... Ach, kom nou toch! Mrs. Cotton zou die duizend pond niet aan bedelaars geven als zij die niet voor Rose uitgaf, dus Rose kan ze net zo goed krijgen. En ik neem dolgraag kleren aan van Rose. Ik moest me schamen: ik ben blij dat die weelde mijn geweten niet bezwaart terwijl ik er maar al te graag van profiteer!

Ik was van plan een brief van Topaas over te schrijven, maar die zit op de keukenmuur geprikt omdat er voornamelijk aanwijzingen voor het koken in staan, waarvan ik minder weet dan ik dacht. Het ging meestal heel goed als ze weg was om voor schilders te poseren omdat we in die dagen voornamelijk leefden op brood, groenten en eieren; maar nu we ons wat vlees of zelfs kip kunnen veroorloven, heb ik pech na pech. Ik heb een paar vies uitziende karbonaden met zeep geborsteld die er niet af te krijgen was, en ik heb bepaalde delen niet uit een kip gehaald, die er wel uit moesten.

Zelfs het huis schoonhouden is ingewikkelder dan ik dacht; ik heb natuurlijk altijd wel meegeholpen, maar het nooit georganiseerd. Ik begin steeds meer te beseffen hoe hard Topaas heeft gewerkt.

Haar brief ziet eruit of hij met een lucifer is geschreven; ze gebruikt altijd een heel dikke, oranje ganzenveer. Er staan zes spelfouten in. Na de nuttige wenken voor het koken heeft ze het over de première waar ze naartoe zijn geweest, en zegt dat het stuk niet 'veelzeggend' was, een woord dat ze net heeft opgepikt. Aubrey Fox-Cottons architectuur is veelzeggend, maar Leda Fox-Cottons fotografie is dat niet; Topaas twijfelt aan de uiteindelijke motivatie. Uiteindelijk met twee l's. Die lieve Topaas! Haar bríéf is precies als zijzelf; driekwart praktische vriendelijkheid en een kwart larie. Ik hoop dat de larie betekent dat ze zich gelukkiger voelt; die stond op het punt te verdwijnen sinds ze zich zorgen begon te maken over vader. Het moet maanden geleden zijn sinds ze op haar luit speelde of de natuur aanbad.

Ze eindigt met te zeggen dat ze direct naar huis komt zodra vader tekenen vertoont dat hij haar mist. Helaas is dat niet het geval; en hij is veel minder prikkelbaar dan toen ze hier was, hoewel niet erg spraakzaam. We zien elkaar alleen maar bij de maaltijden; de rest van de dag wandelt hij of sluit zich op in het poorthuis (als hij weggaat doet hij nu de deur op slot en neemt de sleutel mee). Het spijt me te moeten zeggen dat hij miss Marcy's hele voorraad detectiveromans herleest. En hij is één dag naar Londen geweest. Toen hij weg was, zei ik tegen mezelf dat het belachelijk was zoals we ons allemaal door hem hadden laten beïnvloeden om geen vragen te stellen, dus toen hij terugkwam, vroeg ik opgewekt: 'Hoe was het in het museum?'

'O, daar ben ik niet geweest,' antwoordde hij heel vriendelijk.

'Vandaag ben ik naar...' hij hield op en staarde me ineens aan of ik een of ander gevaarlijk dier was dat hij net had ontdekt; toen wandelde hij de kamer uit. Ik had hem achterna willen roepen: 'Zeg, vader! Bent u niet goed wijs geworden?' Maar ik bedacht dat als een man niet goed wijs is geworden, hij wel de laatste is om zoiets tegen te zeggen.

Die zin heeft me met een klap tot bezinning gebracht. Geloof ik echt dat mijn vader bezig is gek te worden? Nee, natuurlijk niet. Ik heb zelfs een vage hoop dat hij misschien werkt; hij heeft twee keer om inkt gevraagd. Maar het is wel wat merkwaardig dat hij mijn kleurkrijtjes heeft gepakt – wat ervan over was – en een oud exemplaar van *Voor het jonge volkje*; en ook dat hij ging wandelen met een verouderd spoorboekje.

Zijn manier van doen is meestal normaal. En hij is heel hoffelijk geweest over mijn kookkunst, wat beslist een teken van zelfbeheersing is.

Wat was ik vroeger toch verwaand! Ik herinner me dat ik in dit dagboek schreef dat ik mijn vader later zou beschrijven; ik was van plan er een briljante karakterschets van te maken. Mijn vader beschrijven! Terwijl ik niets begrijp van wie dan ook! Het zou me niet verbazen als zelfs Thomas een dubbel leven zou leiden, hoewel hij alleen maar uit huiswerk en honger lijkt te bestaan.

Een van de heerlijke dingen is dat ik hem nu eindelijk genoeg te eten kan geven; ik laad z'n bord boordevol.

En Stephen? Nee, ik kan Stephen niet beschrijven. Het leven neemt soms een onverwachte wending. Ik was bang dat het misschien moeilijk zou zijn als ik zoveel met hem alleen was tijdens de lange avonden, als mijn vader zich had teruggetrokken in het poorthuis en Thomas bezig is met zijn huiswerk. Ik kon me niet meer vergist hebben. Na de tea helpt hij me met de afwas en daarna doen we meestal wat aan de tuin; maar vaak in verschillende delen van de tuin en in ieder geval zegt hij nauwelijks een woord.

Hij is niet meer naar Londen geweest en ik weet zeker dat hij z'n eigen foto's niet heeft gezien; als ze hier naartoe waren gestuurd, had ik het wel geweten.

Het is eigenlijk maar heel goed dat hij z'n belangstelling voor mij lijkt te hebben verloren, want zoals ik me nu voel, zou ik misschien niet kortaf tegen hem zijn geweest.

Wat bedoel je, zoals ik me nu voel, Cassandra Mortmain? Lusteloos? Bedrukt? Leeg? En als dat zo is, waarom dan, vraag ik je?

Ik dacht dat als ik mezelf dwong tot schrijven, ik zou ontdekken wat me mankeert, maar tot nog toe is me dat niet gelukt. Tenzij... zou ik misschien jaloers kunnen zijn op Rose?

Ik zal stoppen en de diepste roerselen van mijn ziel onderzoeken...

Dat heb ik nu vijf volle minuten gedaan. En ik zweer dat ik níét jaloers ben op Rose; nog sterker, ik zou het vreselijk vinden om met haar te ruilen. Natuurlijk is dat voornamelijk omdat ik niet graag met Simon zou willen trouwen. Maar gesteld dat ik verliefd op hem was, net als Rose? Dat kan ik me niet voorstellen. Neem dan eens aan dat het Neil zou zijn, want sinds hij weg is heb ik me wel afgevraagd of ik niet een heel klein beetje verliefd op hem ben. Goed, ik ben verliefd op Neil en ga met hem trouwen en hij is de rijke broer. Er wordt duizend pond uitgegeven voor mijn uitzet, terwijl bont en juwelen later volgen. Ik zal een prachtige trouwpartij krijgen waarvan iedereen zegt: 'Wat een schitterend huwelijk doet dat stille, kleine meisje.' We gaan op Scoatney Hall wonen met alles wat we maar bij mogelijkheid kunnen wensen, en vermoedelijk hoopjes knappe kinderen. Het wordt 'en ze leefden nog lang en gelukkig', net als in de sprookjes...

En toch zou ik het niet leuk vinden. O, ik zou de kleren en de trouwpartij heerlijk vinden. Ik ben er niet zo zeker van dat ik wat er bij het huwelijk hoort heerlijk zou vinden, maar ik ben over de bittere teleurstelling heen die ik voelde toen ik daar voor het eerst over hoorde, en het ligt voor de hand dat je het vroeg of laat toch moet proberen. Wat ik echt afschuwelijk zou vinden, is het bezadigde gevoel, met niets dan geluk in het vooruitzicht. Natuurlijk is geen enkel leven volmaakt gelukkig, Roses kinderen zullen waarschijnlijk ziek worden, de bedienden kunnen onhandelbaar zijn, en misschien zou die lieve Mrs. Cotton het allerkleinste miniatuurnageltje aan haar doodkist kunnen zijn. (Ik zou weleens willen weten wat voor nageltje er oorspronkelijk aan welke doodkist zat.) Er zijn honderden verdrietjes en zelfs echt verdriet mogelijk, maar ik geloof dat wat ik eigenlijk bedoel is dat Rose niet zal verlángen dat er iets bijzonders gebeurt. Ze zal wensen dat alles precies blijft zoals het is. Ze zal nooit meer het plezier kennen om te hopen dat er net om de volgende bocht iets verrukkelijks of opwindends op je kan wachten.

Ik stel me waarschijnlijk verschrikkelijk dwaas aan, maar zo is het. IK BENIJD ROSE NIET. Als ik me indenk dat ik met haar ruil, krijg ik het gevoel dat ik heb als ik een boek uitlees met een gelukkig einde als een stenen muur; ik bedoel het soort einde waarbij je nooit meer over de personen doordenkt...

Het lijkt een hele tijd geleden sinds ik die laatste woorden schreef. Ik heb hier zitten staren naar Miss Blossom zonder haar te zien – zonder iets te zien. Nu zie ik de dingen helderder dan anders; dat gebeurt vaak nadat ik 'vast' heb gezeten. Het lijkt wel of de meubels leven en ze zich naar me toe buigen, net als de stoel in dat schilderij van Van Gogh. De twee bedden, mijn kleine wasstel, de bamboe toilettafel – hoeveel jaar hebben Rose en ik die gedeeld! We bleven altijd zo precies op onze eigen helft. Nu staat er niets van haar op, behalve een roze porseleinen ringenbakje, waar ze nooit ringen voor had; enfin, nu heeft ze er een.

Ik weet ineens wat er de hele week met me aan de hand is geweest. Mijn hemel, ik ben niet jaloers op Rose, ik mis haar! Ik mis haar niet omdat ze nu weg is – ook al ben ik wel een heel klein beetje eenzaam geweest – maar ik mis de Rose die voorgoed verdwenen is. We waren altijd met z'n tweeën die uitkeken naar het leven, 's avonds met Miss Blossom praatten, benieuwd waren naar de toekomst, hoopten; twee Brontë-Jane-Austen-meisjes, arm maar opgewekt, de twee Meisjes van Kasteel Godsend. Nu is er nog maar een, en het zal nooit meer net zo leuk worden.

O, wat ben ik egoïst, terwijl Rose zo gelukkig is! Natuurlijk zou ik het niet anders willen; zelfs voor mezelf verheug ik me op cadeautjes; hoewel... ik vraag me af of er niet een nadeel kleeft aan volop geld. Haalt het uiteindelijk het plezier van de dingen niet weg? Als ik denk aan de blijdschap om mijn nieuwe groen linnen jurk nadat ik in geen eeuwen een nieuwe had gehad...! Zal Rose na een paar jaar nog zoiets kunnen voelen?

Eén ding weet ik: ik ben dol op mijn groen linnen jurk, al heeft die maar vijfentwintig shilling gekost. 'Maar' vijfentwintig! Dat leek een kapitaal toen we de jurk kochten.

Ab kwam net miauwend binnenwandelen, het moet tijd voor de tea zijn; die kat heeft een klok in z'n maag. Ja... ik kan Stephen op de binnenplaats horen praten tegen Heloïse; en mijn vader brult door het raam van het poorthuis of Thomas een nummer van de *Padvinder* voor hem heeft meegebracht. (Wat moet een volwassen man nu met de *Padvinder*?)

Ik zou weleens willen weten of Thomas aan de haringen heeft gedacht...

Ja hoor, ik heb net naar hem geschreeuwd; hij brengt nu vaak vis voor ons mee uit King's Crypt. Ze zeggen dat het goed is voor de hersens; misschien heeft mijn vader er baat bij. O, haring bij de tea, ieder twee! Dríé, als iemand er zin in heeft.

Ik voel me beter.

Ik moet naar beneden om mijn gezin te eten te geven.

12

Het is midzomerdag – en net zo mooi als het klinkt.

Ik schrijf dit op zolder; ik koos die plek omdat je uit het raam Belmotte kunt zien. Eerst wilde ik op de schans gaan zitten, maar ik zag in dat dat te veel zou zijn; daar zou ik alles opnieuw beleven in plaats van erover te schrijven. En ik moet het vandaag opschrijven zodat het altijd bewaard zal blijven, intact en mooi, ongeschonden door het verdriet dat gaat komen; want natuurlijk gaat dat komen, dat zegt mijn verstand me. Ik dacht dat dat vanochtend al zou zijn gekomen, maar dat is niet zo. Dat is zodanig niet zo dat ik niet eens echt kan geloven dát het zal komen!

Is het verkeerd van me om zo gelukkig te zijn? Moet ik me zelfs schuldig voelen? Nee. Ik heb het niet laten gebeuren en het kan niemand kwaad doen behalve mij. Dan heb ik toch zeker recht op mijn blijdschap? Voor zolang als het duurt...

Het is of mijn hart in bloei staat, vleugels die fladderen... o, kon ik nog maar dichten zoals toen ik klein was! Ik heb het geprobeerd, maar de woorden waren even goedkoop als een sentimenteel liedje. Dus heb ik het verscheurd. Ik moet het heel gewoon opschrijven – alles wat me gisteren is overkomen – zonder tierelantijnen. Maar ik zou graag een dichter willen zijn, om eer te bewijzen...

Mijn heerlijke dag begon toen de zon opkwam; ik word dan vaak wakker, maar meestal slaap ik weer in. Gisteren herinnerde ik me meteen dat het de dag voor midzomernacht was, mijn allerdierbaarste dag, en ik lag wakker en verheugde me erop en maakte plannen voor het ritueel op de schans. Dat leek nog belangrijker dan anders omdat ik me afvroeg of het misschien de laatste keer zou zijn; ik dacht niet dat dat het geval zou zijn, maar Rose was het ontgroeid toen ze ongeveer zo oud was als ik nu. En ik ben het met haar eens dat het vreselijk zou zijn om het alleen uit gewoonte uit te voeren; vorig jaar verliep het een beetje merkwaardig toen Topaas me kwam helpen en erg heidens ging doen. De prettigste keren waren toen Rose en ik nog jong genoeg waren om bang te zijn.

We voerden het ritueel voor het eerst uit toen ik negen was; ik haalde het idee uit een boek over folklore. Mijn moeder vond het niet geschikt voor kleine christenmeisjes (ik herinner me hoe verbaasd ik was dat ik een christen werd genoemd) en ze maakte zich bezorgd dat onze jurken vlam zouden vatten toen we om ons offervuur dansten. Ze stierf de winter daarop en de volgende midzomernacht hadden we een veel groter vuur. En terwijl we er meer hout op stapelden, had ik plotseling aan haar gedacht en me afgevraagd of zij ons kon zien. Ik had toen een schuldig gevoel, niet alleen vanwege het vuur, maar omdat ik haar niet langer miste, en genoot. Toen was het tijd voor de cake geweest en ik was blij dat ik twee stukken kon nemen; zij zou me er maar eentje hebben gegeven; maar ten slotte nam ik er toch maar een. Stephens moeder maakte altijd een pracht van een midzomercake voor ons; het hele gezin kreeg een stuk, maar Rose en ik stonden de anderen nooit toe om aan ons ritueel op de schans mee te doen; hoewel Stephen na het jaar dat we de Verschijning hadden gezien, op de binnenplaats begon rond te hangen voor het geval we om hulp zouden roepen.

Terwijl ik gisteren in bed lag en de zon boven het korenveld op zag komen, probeerde ik me al onze midzomernachten te herinneren in hun juiste volgorde. Ik kwam tot aan het jaar dat het goot en we een vuur probeerden aan te steken onder een paraplu. Toen sliep ik weer even in; een heerlijk, vluchtig slaapje. Ik droomde dat ik boven op de Belmotte stond bij zonsopgang en overal om me heen was een groot gouden meer, dat zich uitstrekte zover als ik kon zien. Van het kasteel was totaal niets over, maar dat leek me helemaal niet te kunnen schelen.

Terwijl ik het ontbijt klaarmaakte, vertelde Stephen dat hij er niet zou zijn met de lunch zoals anders op zaterdag, omdat hij naar Londen ging om weer voor Mrs. Fox-Cotton te poseren.

'Ze wil morgenvroeg direct beginnen,' legde hij uit, 'dus moet ik vandaag al komen en vannacht daar slapen.'

Ik vroeg of hij iets had om z'n kleren in te pakken en hij liet me een door de motten aangevreten reistas zien die van zijn moeder was geweest.

'Lieve help, die kun je niet gebruiken,' zei ik. 'Ik zal je mijn koffertje lenen, als dat tenminste groot genoeg is.'

'Dat denk ik wel,' zei hij grinnikend. Het bleek dat hij alleen z'n nachthemd, z'n veiligheidsscheermes, een tandenborstel en een kam meenam.

'Kun je geen ochtendjas voor jezelf kopen, Stephen, van die vijf guineas die je vorige keer hebt verdiend?'

Hij zei dat hij daar andere dingen mee moest doen.

'Nou, van je loon dan. Je hoeft dat nu niet meer af te staan sinds we tweehonderd pond hebben.'

Maar hij zei dat hij daar geen verandering in kon brengen zonder het met Topaas te bespreken. 'Misschien rekent ze op me. En tweehonderd pond duurt niet eeuwig. Ga je nu niet rijk voelen, dat is niet veilig.'

Uiteindelijk beloofde hij erover te zullen denken om een ochtendjas te kopen, maar ik wist dat hij dat alleen maar zei om mij een plezier te doen. Nee, ik denk dat hij het alleen maar zei om een eind te maken aan de discussie; hij heeft het opgegeven om te proberen mij een speciaal plezier te doen. En dat is ongetwijfeld maar heel goed.

Hij was nauwelijks het huis uit toen mijn vader beneden kwam in zijn beste pak; hij ging ook naar Londen en maar liefst voor een paar dagen!

'Waar logeert u? Bij de Cottons?' waagde ik te vragen – 'wagen' beschrijft het beste hoe ik hem tegenwoordig iets vraag.

'Wat, waar? Ja, misschien wel. Dat is een heel goed idee. Heb je een boodschap voor de meisjes? Hou je mond eens even.'

Ik staarde hem stomverbaasd aan. Hij had een bord van de tafel genomen en bekeek het zorgvuldig; het was een gebarsten oud bord met een wilgenpatroon dat ik in het kippenhok had gevonden en mee naar binnen had genomen om het tekort aan aardewerk wat aan te vullen.

'Interessant. Heel goed mogelijk,' zei hij eindelijk; toen liep hij naar het poorthuis en nam het bord mee. Na een paar minuten kwam hij zonder het bord terug en begon aan zijn ontbijt.

Ik kon zien dat zijn gedachten ergens anders waren, maar ik wilde weten wat er met dat bord was. Ik vroeg of het kostbaar was.

'Kan zijn, kan zijn,' zei hij, en hij staarde voor zich uit.

'Kent u iemand die het zou willen kopen?'

'Kopen? Doe niet zo dwaas. En hou je mond.'

Ik gaf het op.

Toen kwam de gebruikelijke renpartij om hem op tijd voor de trein weg te krijgen. Ik haalde zijn fiets voor hem uit de schuur en stond op de binnenplaats te wachten.

'Waar is uw nachtgoed?' vroeg ik, toen hij met lege handen naar me toe kwam.

Hij keek een beetje verschrikt; toen zei hij: 'O, nou ja, ik kan toch niet fietsen met een koffertje. Ik doe het wel zonder. Hallo...'

Hij zag ineens Stephens reistas; die had ik de keuken uitgegooid omdat hij krioelde van de mottenlarven. 'Dat ding daar zou ik kunnen gebruiken: dat kan ik over het stuur hangen. Gauw, haal mijn nachtgoed!'

Ik begon hem erop te wijzen hoe afschuwelijk die tas was, maar hij joeg me naar binnen terwijl hij me opdrachten nariep, zodat ik 'pyjama!' hoorde terwijl ik door de keuken liep, 'scheergerei!' op de keukentrap, en 'tandenborstel, zakdoeken en een schoon hemd, als ik dat bezit!' terwijl ik in zijn kamer rommelde.

Tegen dat ik de badkamer bereikte kwam er een brul: 'Dat is genoeg. Kom direct terug, anders mis ik mijn trein.' Maar toen ik naar beneden rende, was hij kennelijk vergeten dat hij haast had; hij zat op de drempel van de achterdeur en bestudeerde de reistas.

'Dit is zeer interessant; pseudo-Perzisch,' begon hij; toen sprong hij op en riep: 'Goeie hemel, geef hier die dingen!' De klok van Godsend, die het halve uur sloeg, had hem tot bezinning gebracht.

Hij propte alles in de tas, hing die aan zijn fiets en reed in razende vaart weg waarbij hij de hoek van een bloemperk vernielde. Bij het poorthuis remde hij opeens, sprong van de fiets en rende de torentrap op, waarbij hij de fiets zo slordig neerzette dat die op de grond viel. Tegen de tijd dat ik erheen was gerend en hem had opgeraapt, kwam hij weer naar beneden met het bord met wilgenpatroon. Hij duwde het in de reistas en ging er weer vandoor, heel hard trappend, terwijl de reistas tegen zijn knieën bonkte.

Bij de eerste bocht van de laan draaide hij plotseling z'n hoofd om en riep: 'Dag!' waarbij hij bijna van zijn fiets viel. Toen was hij weg. Ik heb hem nooit zo wispelturig meegemaakt – of toch wel? Was hij ook niet zo in de tijd dat hij zo driftig was?

Toen ik terugliep naar het huis, drong het tot me door dat ik die nacht alleen zou zijn: Thomas logeerde dit weekeinde bij Harry, zijn schoolvriend. Even voelde ik me bang en verlaten, maar ik overtuigde mezelf er al heel gauw van dat er niets was om bang voor te zijn; we hebben haast nooit landlopers in onze laan, en als ze komen, zijn ze vaak heel aardig; in elk geval is Heloïse een uitstekende waakhond.

Toen ik eenmaal gewend was aan het idee dat ik zo lang alleen zou zijn, vond ik het echt fijn. Ik geniet altijd van het ongewone gevoel dat in huis heerst als je alleen bent; en de gedachte dat dat gevoel twee dagen lang zou duren, versterkte het op de een of andere manier geweldig. Het kasteel leek van mij op een manier als nooit tevoren; het leek of de dag speciaal voor míj was; ik had zelfs het gevoel dat ik meer van mezelf was dan anders. Ik werd me scherp bewust van al mijn bewegingen; als ik mijn arm optilde, keek ik er verbaasd naar en dacht: die is van mij! En ik genoot van het bewegen, zowel van de lichamelijke inspanning als van de aanraking van de lucht; het was hoogst merkwaardig hoe de lucht me leek aan te raken, zelfs toen er niets bewoog. De hele dag had ik een gevoel van grote rust en ruimte. En mijn geluk had een vreemd element van herkenning, alsof ik dit al eens eerder had beleefd. O, hoe kan ik het beschrijven, dat gevoel van herkenning, van thuiskomst, of alles was zoals het hoorde? Het komt me nu voor dat de hele dag was als een oprijlaan die leidde naar een thuis waarvan ik ooit had gehouden maar was vergeten, en waaraan de herinnering zo vaag, zo geleidelijk aan terugkwam terwijl ik verder wandelde dat ik pas toen mijn thuis ten slotte voor me lag, uitriep: 'Nu weet ik waarom ik gelukkig ben geweest!'

Hoe woorden een betovering kunnen weven! Terwijl ik over de oprijlaan schreef, zag ik die voor me, omzoomd door hoge bomen met gladde stam, waarvan de takken elkaar hoog boven mijn hoofd raken. De stille lucht is doordrenkt van vrede en toch op de een of andere manier vol verwachting; net zoals toen ik eens in de kathedraal van King's Crypt was tegen zonsondergang. Ik dwaal verder en verder onder het gewelfde dak van takken en bladeren... en al die tijd is de laan de dag van gisteren, die lange toegangsweg naar schoonheid. Beelden in de geest, wat zijn ze merkwaardig...

Ik heb naar de lucht zitten kijken; nooit zag ik die helderder blauw. Grote wattenwolken zeilen langs de zon, hun randen schitterend zilver. De hele dag is zilverachtig, glinsterend, de vogels klinken schel... Gisteren was goudkleurig, zelfs in de ochtend was het licht zacht en slaperig, alle geluiden leken verstild.

Tegen tienen was ik klaar met mijn werk en vroeg me af wat ik kon doen met de ochtend. Ik slenterde door de tuin, keek naar een lijster op het grasveld die naar wormen luisterde, en ging toen op de met gras begroeide oever van de gracht zitten. Toen ik mijn hand in het glinsterende water hield, was het zoveel warmer dan ik had verwacht dat ik besloot om te gaan zwemmen. Ik zwom twee keer om het kasteel heen terwijl ik de *Water Music* van Händel in gedachten hoorde.

Toen ik mijn badpak buiten het raam van de slaapkamer hing, had ik opeens zin om in de zon te liggen zonder iets aan. Ik heb dat nog nooit eerder gehad – Topaas was in ons gezin altijd de enige die af en toe naakt liep – maar hoe meer ik erover dacht, hoe meer zin ik erin had. En ik kreeg het schitterende idee om mijn zonnebad boven op de toren van onze slaapkamer te nemen, waar geen mens die op de akkers werkte of over onze laan wandelde, me ook maar kon zien. Het was een heel gek gevoel om naakt die koude, ruwe stenen treden op te kruipen; opwindend op een geheimzinnige manier die ik niet kon verklaren. Het naar buiten komen bovenop was verrukkelijk, warmte en licht omhulden me als een grote cape. Het zinken dak was zo heet dat ik bijna mijn voetzolen brandde; ik was blij dat ik eraan had gedacht om een deken mee te nemen om op te liggen.

Ik lag prachtig afgezonderd. Die toren is het best bewaard van alles; de rand van kantelen is compleet, hoewel er een paar diepe barsten in zitten; in een ervan groeit een margriet. Toen ik eenmaal plat lag, kon ik zelfs de kantelen niet zien zonder mijn hoofd om te draaien. Er was alleen de volle zon en de wolkeloze hemel.

Wat is het een verschil of je alleen het nietigste badpakje draagt of helemaal niets! Na een paar minuten leek het of ik met elke vezel van mijn lichaam even volledig leefde als normaal gesproken met mijn hoofd en mijn handen en mijn hart. Ik had het fascinerende gevoel dat ik even gemakkelijk met mijn ledematen kon denken als met mijn hersens; en opeens dacht mijn hele lichaam dat de nonsens van Topaas over het aanbidden van de natuur helemaal geen nonsens is. De warmte van de zon voelde aan als enorme handen die zachtjes op me drukten, de lichte beweging van de lucht was als tedere vingers. Mijn soort natuuraanbidding heeft altijd te maken gehad met magie en folklore, hoewel het soms een beetje heilig werd. Dit leek er helemaal niet op. Ik vermoed dat Topaas dit bedoelt met 'heidens'. In ieder geval, het was verrukkelijk.

Maar mijn voorkant werd zo verschrikkelijk warm. En toen ik me omrolde op mijn buik ontdekte ik dat mijn achterkant niet zoveel belangstelling had voor natuuraanbidding. Ik begon alleen met mijn hersens te denken, op de gewone manier, en het gaf me een nogal opgesloten gevoel; vermoedelijk omdat het heel saai was om alleen maar naar het dak te kunnen kijken.

Ik begon te luisteren naar de stilte; ik heb nog nooit zo'n stille ochtend meegemaakt. Geen hond blafte, geen kip kakelde, en het vreemdste van alles, geen vogel zong. Het leek of ik in een geluidloze bol van hitte lag. Ik begon net te denken dat ik misschien doof was geworden toen ik een heel licht geluidje hoorde, tik, tik; ik had geen idee wat het kon zijn. Plop, plop... ik loste het raadsel op: mijn badpak, dat in de gracht uitdroop. Toen zoemde er een bij boven de margriet, vlak bij mijn oor; en plotseling leek het alsof alle bijen van de zomerwereld hoog in de lucht zoemden. Ik sprong op en zag een vliegtuig dat steeds dichterbij kwam, dus rende ik naar de trap, en daar zat ik met alleen mijn hoofd naar buiten. Het vliegtuig vloog heel laag over het kasteel, en ik kreeg het belachelijke idee dat ik een middeleeuwse vrouwe De Godys was, die over vele eeuwen heen een man zag vliegen, en misschien hoopte dat hij een minnaar was die haar liefde kwam winnen.

Daarna ging de middeleeuwse vrouwe op de tast naar beneden en trok haar hemd aan.

Net toen ik klaar was met aankleden, kwam de postbode de binnenplaats op en riep: 'Iemand thuis?' Hij had een pakje... voor mij! Rose was teruggegaan en had de Midzomernacht-odeur besteld; ik dacht dat ze het was vergeten. Wat een prachtig cadeau! Onder de buitenste verpakking zat nog een papier, wit met gekleurde bloemen erop, en daarin zat een blauwe doos die fluweelachtig aanvoelde, en daarin zat een glazen flesje met een maan en sterren erin geëtst, en daarin zat lichtgroene odeur. De stop was vastgemaakt met zilverdraad en zilveren zegels. Eerst was ik van plan het meteen open te maken; toen besloot ik om dat tot een voorspel voor het ritueel te maken, iets waar ik me de hele dag op kon verheugen. Dus zette ik het flesje op Roses helft van de toilettafel, en zond golven van dank naar haar toe; ik was van plan haar te schrijven na mijn 'gedoe op Belmotte', zoals zij dat noemde, en haar te vertellen dat ik me daarvoor met de odeur had besprenkeld... O, waarom heb ik niet direct geschreven? Wat moet ik nu tegen haar zeggen...!

Ik had honger maar had geen zin in koken, dus nam ik een heerlijk maaltje van koude witte bonen in tomatensaus; wat een zegen is het dat we nu weer dingen in blik kunnen betalen! Ik at ook brood en sla en koude rijstpudding en twee plakken cake (echte cake uit een winkel) en melk. Hel en Ab zaten op de tafel en werden verwend; ze hadden hun eigen eten natuurlijk al op. Ze vonden de bonen allebei meteen lekker; er is maar weinig dat ze niet lekker vinden, en Heloïse nam zelfs blaadjes sla met zout aan. (Tijdens onze hongerperiode was ze zo goed als vegetariër geworden.) Toen, alle drie tot barstens toe vol, gingen we een slaapje doen in het hemelbed; Ab opgerold aan het voeteneind en Hel met haar rug tegen mijn borst, wat nogal warm was maar altijd een gezellig gevoel geeft.

We sliepen uren; ik geloof niet dat ik ooit zo lang heb geslapen overdag. Ik voelde me verschrikkelijk schuldig toen ik wakker werd en ontdekte dat het bijna vier uur was. Hel kwispelde alsof ik net van heel ver was teruggekomen en Ab keek naar ons alsof hij ons geen van beiden ooit tevoren in z'n leven had gezien, waarna hij van het bed sprong, z'n klauwen ging scherpen op Miss Blossoms enige voet, en naar beneden ging. Toen ik een paar minuten later over de binnenplaats uitkeek, zat hij hoog op de muur met een poot recht naar de hemel gericht, en was zich druk aan het wassen. Dat bracht mij op het idee om mijn haar te gaan wassen.

Daarna was het tijd om bloemen te gaan plukken voor het ritueel.

Het moeten wilde bloemen zijn; ik kan me niet herinneren of dat traditie is of dat Rose en ik dat verzonnen hebben: kaasjeskruid, koekoeksbloem en wilde hyacinten voor de krans om onze hals, vingerhoedskruid om in de hand te houden, en we droegen altijd wilde rozen in ons haar. Zelfs sinds Rose niet meer meedoet aan het ritueel, ging ze soms mee om de bloemen te plukken; gisteren praatte ik steeds tegen haar en hoorde haar antwoorden; daardoor miste ik haar meer dan ooit zodat ik maar liever met Heloïse ging praten. Het was een rustige, gezellige wandeling langs de laan en door de velden, en Heloïse droeg de bloemenmand telkens meer tellen achter elkaar terwijl haar hele achterhelft meekwispelde van trots. Ik was blij dat er nog heel wat wilde hyacinten waren in het lariksbosje. Het leukste van alles vind ik als Heloïse aan een wilde hyacint ruikt met haar lange, witte, blote neus. Hoe kunnen de mensen toch zeggen dat bulterriërs lelijk zijn? Heloïse ziet er prachtig uit, ook al is ze deze laatste overvloedige weken een beetje te dik geworden.

Ik gaf de bloemen flink te drinken; wilde bloemen sterven zó gauw zonder water dat ik mijn krans nooit maak vóór zeven uur. Tegen die tijd had ik genoeg twijgjes verzameld om het vuur aan te maken – Stephen draagt de houtblokken altijd voor me naar boven – en mijn mandje gepakt. Toen ik mijn krans af had, was het bijna acht uur en er kwam een bleke maan op, hoewel de lucht nog blauw was. Ik trok mijn groen linnen jurk aan en deed mijn krans om en de wilde rozen in mijn haar. Toen, op het allerlaatste ogenblik, maakte ik het flesje met Roses odeur open.

Eén diepe ademteug en ik was terug in die luxeuze winkel waar het bont in opslag had gelegen; wat een zalige geur! Maar het gekke was dat die me niet langer deed denken aan hyacinten. Ik wuifde een beetje met een besprenkelde zakdoek en heel even kon ik ze me voor de geest halen, maar de meeste tijd hing er een mysterieuze, moeilijk te definiëren zoete geur, die me aan Londen en luxe herinnerde. Het overheerste de zwakke geuren van de wilde bloemen en ik wist dat het de verrukkelijke geur zou bederven die na een warme dag van het gras op Belmotte af komt; dus besloot ik om me er niet mee te besprenkelen voor het ritueel. Ik rook er nog eens voor het laatst aan en rende toen naar beneden naar de keuken om de zak met twijgen en het mandje te pakken. Toen ging ik op weg. Ik was blij dat Heloïse er niet was om met me mee te gaan, want zij wil altijd de rituele cake opeten.

Er was geen zuchtje wind terwijl ik de schans op klom. De zon was onder; gewoonlijk begin ik het ritueel met kijken naar de zonsondergang, maar het uitproberen van de odeur had langer geduurd dan ik gemerkt had. De lucht achter Belmotte was waterig geel met een streep groen erdoor – helder groen, toverachtig mooi. Maar die verbleekte vlug. Hij was verdwenen tegen de tijd dat ik bij de stenen kwam die we rond het vuur leggen. Ik bleef kijken tot het geel ook verbleekte, toen draaide ik me om naar de maan, die nog laag boven het korenveld stond. Het blauw eromheen was zoveel dieper geworden dat hij niet bleek meer was, maar eruitzag als een bol lichtgevende sneeuw.

Het was daar zo vredig dat het aanvoelde als een zachte, dikke massa die dicht om me heen gewikkeld was en waarin ik me moeilijk kon bewegen; maar toen de kerkklok negen uur sloeg, kwam ik ten slotte in beweging. Ik schudde de zak met twijgjes leeg binnen de cirkel van stenen en legde er de kleine blokjes op die Stephen had klaargelegd. Hij had ook een paar lange, dunne takken gebracht, dus zette ik die tegen elkaar boven de blokken als de palen van een wigwam.

Toen ging ik naar de toren voor mijn bakenvuur.

Echt bakenvuur – waaraan midzomernachtvuren moeten worden ontstoken – kan alleen gemaakt worden door twee stukken hout over elkaar te wrijven; maar toen wij de eerste keer met het ritueel begonnen, waren Rose en ik hier een vol uur mee bezig zonder zelfs maar een vonkje te krijgen. Dus besloten we dat het heidens genoeg zou zijn als we lucifers meenamen naar de toren en een waskaars aanstaken. Rose droeg die dan mee en ik volgde en zwaaide met het vingerhoedskruid. We verwonderden ons er altijd over dat zo'n klein vlammetje de schemer dieper kon doen lijken en zoveel blauwer; we beschouwden dat als het begin van de magie; en het was verschrikkelijk belangrijk dat de waskaars niet zou uitwaaien terwijl we de torentrappen afkwamen en over de schans liepen. Op winderige avonden gebruikten we een lampenglas om hem te beschermen. Gisteravond was het zo windstil dat ik hem nauwelijks met mijn hand hoefde te beschutten.

Zodra het vuur opvlamt, vervaagt het landschap in de schemering, dus keek ik voor het laatst nog eens rond naar de stille akkers; het speet me dat ik ze moest laten gaan. Toen stak ik de twijgjes aan. Ze vatten snel vlam; ik ben dol op die eerste ogenblikken van een vuur, het gekraak en geknap, de kleine opflikkeringen, en de eerste scherpe vlaag rook. Het duurde lang voor de blokken vlamvatten, dus ging ik met mijn hoofd vlak boven de grond liggen en blies. Plotseling vlogen de vlammen de wigwam van takken in en ik zag hoe de sneeuwwitte maan gevangen werd in een vurige kooi. Hij werd bedekt door rook toen de blokken eindelijk vlamvatten. Ik krabbelde overeind en ging zitten om te kijken hoe ze hoog opvlamden. Al mijn gedachten werden naar het vuur getrokken en leken ermee in brand te staan binnen de helder verlichte cirkel van stenen. De hele wereld leek te bestaan uit gesis, gekraak en geloei.

En toen, ver weg in de vergeten schemering, riep iemand mijn naam.

'Cassandra!' Kwam het uit de laan of van het kasteel? En van wie was die stem? Doodstil wachtte ik tot hij weer zou roepen, en probeerde mijn oren te sluiten voor de geluiden van het vuur. Was het een mannenstem geweest of een vrouwenstem? Toen ik me dit probeerde te herinneren, hoorde ik alleen maar het vuur. Na een paar minuten begon ik te denken dat ik het me maar verbeeld had. Toen begon Heloïse te blaffen op de manier waarop ze blaft als er iemand komt.

Ik rende over de schans en keek naar beneden. Eerst zat het licht van de vlammen nog te veel in mijn ogen om iets duidelijk te zien; toen kwam langzaam aan het bleke licht van de avond terug; maar ik kon niets zien in de laan of op de binnenplaats omdat er een dikke mist uit de gracht oprees. Heloïse klonk zo opgewonden dat ik besloot om naar beneden te gaan. Net toen ik begon af te dalen, hield ze op met blaffen; en toen, zwevend door de mist, klonk het weer: 'Cas-san-dra!' – een lang uitgerekte roep. Deze keer wist ik dat het een mannenstem was, maar ik kon hem nog steeds niet thuisbrengen. Ik wist zeker dat hij niet van mijn vader of Stephen of Thomas was. Het was een stem die me nog nooit had geroepen.

'Hier ben ik!' riep ik terug. 'Wie ben je?'

Er liep iemand door de mist en die kwam de brug over. Heloïse rende vooruit, heel blij.

'Natuurlijk, dat zal Neil zijn!' dacht ik ineens, en ik begon naar hem toe te hollen. Toen kon ik het eindelijk duidelijk zien. Het was Neil niet. Het was Simon.

Vreemd om me dat te herinneren – ik was niet blij dat ik hem zag! Ik had gehoopt dat het Neil zou zijn – als er dan al iemand moest komen op het moment dat ik net met het ritueel was begonnen. Ik zou het niemand kwalijk nemen als hij een volwassen meisje daarbij betrapte en haar dan 'bewust naïef' vond.

Toen we elkaar een hand gaven, besloot ik om hem mee naar binnen te nemen zonder iets te zeggen over het vuur. Maar hij keek ernaar omhoog en zei: 'Ik was vergeten dat het midzomernacht was; Rose heeft me verteld dat jullie altijd zo'n plezier hebben. Wat heb je een mooie krans.'

Toen liepen we ineens naast elkaar de schans op.

Hij was overgekomen om de rentmeester van Scoatney te spreken; had de hele dag met hem gewerkt. 'Toen bedacht ik dat ik jou en je vader wel kon opzoeken,' zei hij. 'Is hij er niet? Er is geen licht in het kasteel.'

Ik vertelde hem over mijn vader en zei dat hij misschien bij de flat was opgedoken.

'Dan zal hij in mijn kamer moeten slapen; we zitten in het appartement als haringen in een ton. Wat een schitterend vuur!'

Toen we gingen zitten, vroeg ik me af hoeveel Rose hem had verteld over het ritueel; ik hoopte dat hij alleen maar wist dat we er een vuur voor aanstaken. Toen zag ik hem naar het mandje kijken.

'Hoe is het met Rose?' vroeg ik vlug, om hem af te leiden.

'O, ze maakt het best, en ik moest je natuurlijk de groeten doen. En van Topaas ook. Is dat de port van de dominee, waar Rose het over had?'

Het medicijnflesje stak uit het mandje.

'Ja, hij geeft me elk jaar een klein beetje,' zei ik, en ik voelde me heel verlegen.

'Drinken we die of maken we er een plengoffer van?'

'Wij?'

'O, ik vier ook mee. Ik zal Rose vertegenwoordigen, zelfs al voelt ze zich er te oud voor.'

Opeens voelde ik me niet meer verlegen. Ik bedacht dat Simon een van de weinige mensen was die het midzomerritueel echt romantisch zouden vinden; dat hij ze zou zien als een schakel met het verleden en dat ze hem zelfs konden helpen met die Engelse wortels waarnaar hij op zoek is. Dus zei ik: 'Goed, dat zal enig zijn,' en ik begon het mandje uit te pakken.

Hij keek vol belangstelling toe: 'Rose heeft me niets verteld over het pakje keukenkruiden. Waar zijn die voor?'

'We verbranden ze; ze zijn een talisman tegen hekserij. Het mogen natuurlijk geen kruiden uit de winkel zijn; ze moeten bij maanlicht geplukt zijn. Maar ik weet nergens kruiden te vinden die lekker ruiken.'

Hij zei dat ik ze in het vervolg uit de kruidentuin van Scoatney moest halen. 'Die zal dankbaar zijn dat hij eindelijk wordt gebruikt nadat hij een volslagen mislukking is gebleken voor de sla. Wat is dat witte goedje?'

'Dat is zout. Het wendt ongeluk af, en maakt de vlammen prachtig blauw.'

'En de cake?'

'O, die laten we aan het vuur zien voor we hem opeten. Dan drinken we wijn en sprenkelen een paar druppels op de vlammen.'

'En dan dansen jullie om het vuur heen?'

Ik zei hem dat ik daar veel te oud voor was.

'Om de dooie dood niet!' zei Simon. 'Ik dans met je mee.'

Ik zei niets tegen hem over de gedichten die ik altijd opzeg, omdat ik die heb gemaakt toen ik negen was en ze veel te kinderachtig zijn.

De hoge vlammen stierven weg; we zouden meer brandstof nodig hebben als we een groot vuur wilden houden. Ik had wat oud hout in de toren gezien; een restant uit de dagen dat we vaak op de schans picknickten. Ik vroeg Simon of hij me wilde helpen om het te halen.

Toen we bij de toren kwamen, stond hij even stil en keek hoe hij hoog afstak tegen de lucht. 'Hoe hoog is hij?' vroeg hij. 'Toch zeker minstens een meter of vijfentwintig.'

'Twintig,' vertelde ik hem. 'Hij lijkt hoger omdat hij zo alleen staat.'

'Hij doet me denken aan een schilderij dat ik eens heb gezien,

De toren van de tovenaar. Kun je er bovenop komen?'

'Thomas heeft het eens een keer gedaan, een paar jaar geleden, maar het was heel gevaarlijk; en sinds die tijd is het bovenste deel van de trap nog veel verder afgebrokkeld. In ieder geval kun je nergens meer op gaan staan als je boven komt; het dak is honderden jaren geleden al verdwenen. Kom maar binnen, dan kun je het zien.'

We gingen de lange stenen buitentrap op, die naar de toegang leidt en klommen binnen de ladder af. Toen we opkeken naar de cirkel van avondlucht ver boven ons, was die nog bleekblauw, en toch al vol met sterren; het was vreemd dat je ze daar kon zien terwijl ze buiten nog bijna niet zichtbaar waren geweest.

Er kwam genoeg licht door de open deur zodat Simon kon rondkijken. Ik liet hem het begin van de wenteltrap zien, die weggestopt zit achter een soort uitbouw. (Daar bovenop verstop ik dit dagboek.) Hij vroeg wat er achter de boog lag, die naar de tegenoverliggende uitbouw leidt.

'Tegenwoordig niets,' vertelde ik hem. 'Daar waren vroeger de wasruimtes.' Ze moeten eigenlijk toiletten of latrines genoemd worden, maar je kunt makkelijker over wasruimtes spreken.

'Hoeveel verdiepingen waren er oorspronkelijk?'

'Drie. Je kunt de trapportalen nog zien. Er was een benedenverdieping, een kamer erboven en een gevangenis eronder, hier waar wij nu staan.'

'Ik wed dat ze het leuk vonden om feest te vieren terwijl de gevangenen beneden met hun kettingen rammelden.'

Ik vertelde hem dat ze waarschijnlijk ergens anders feestvierden; er moet ooit veel meer van kasteel Belmotte zijn geweest, hoewel er verder geen spoor van is overgebleven. 'Hoogstwaarschijnlijk was dit voornamelijk een wachttoren. Zorg dat je je niet stoot aan het ledikant.'

Het ledikant stond er al toen we hier kwamen, een tweepersoons, vol sierkrullen, maar nu een en al roest. Mijn vader was van plan het weg te laten halen, maar toen hij zag hoe de wilde peterselie erdoorheen groeide en omhoogkroop naar het licht, ging hij ervan houden. Rose en ik vonden het handig om op te zitten; mijn moeder klaagde dan altijd omdat onze witte broekjes vol roestkringen zaten van de spiralen.

'Het is je reinste surrealisme,' zei Simon lachend. 'Ik begrijp nooit waarom er zoveel onbeheerde ijzeren ledikanten op het platteland rondslingeren.'

Ik zei dat ze waarschijnlijk te lang meegingen terwijl andere rommel eenvoudig wegrot.

'Wat ben je toch een logisch meisje; ik zou dat nooit hebben kunnen bedenken.' Hij zweeg even en staarde omhoog naar de donkere omtrekken van de toren. Een late vogel vloog door de cirkel van sterren en fladderde naar zijn nest in een hoog schietgat.

'Kun je het voelen... heb je het gevoel dat hier echt mensen hebben geleefd?' vroeg hij ten slotte.

Ik wist precies wat hij bedoelde. 'Ik heb het vaak geprobeerd, maar ze leken altijd op figuren in een wandkleed, niet op gewone mannen en vrouwen. Het is zo lang geleden. Maar voor jou moet het iets betekenen dat een van je voorvaderen de toren heeft gebouwd. Het is jammer dat de naam De Godys uitgestorven is.'

'Ik zou mijn oudste zoon "Etienne de Godys Cotton" noemen als ik dacht dat hij dat in Engeland zou overleven; zou je denken dat dat kon? Het zou een Amerikaans kind onmogelijk maken.'
Ik zei dat ik bang was dat het ieder kind in elk land onmogelijk zou maken. Toen verscheen Heloïse boven ons in de deuropening, wat ons eraan herinnerde dat we door moesten gaan met onze taak van hout verzamelen.

Ik sleepte het te voorschijn van onder de boerentafel en gaf elke tak aan Simon, die halverwege de ladder stond; ik had me de methode die Rose en ik altijd gebruikten, herinnerd. Toen ik eindelijk de ladder opklom, hielp Simon me naar buiten en zei: 'Kijk, daar heb je je magie.'

De mist uit de gracht rolde als het ware de schans op; de lagere hellingen waren al bedekt.

Ik zei: 'Het lijkt de nacht wel toen we de Verschijning zagen.'
'De wat?'
Ik vertelde hem erover terwijl we de takken naar het vuur droegen: 'Het gebeurde in het derde jaar dat wij het ritueel hielden, na net zo'n snikhete, windstille dag als vandaag. Terwijl de mist naar ons toedreef, vormde hij zich opeens tot een reusachtige verschijning, wel zo hoog als... o, nog hoger dan de toren. Hij hing

daar tussen ons en het kasteel en het leek of hij voorover zou vallen over ons heen – ik ben in mijn hele leven niet zo bang geweest. En het merkwaardige was dat we geen van tweeën probeerden om weg te lopen; we gilden en gooiden ons plat voorover voor de verschijning. Het was natuurlijk een aardgeest; ik had net een bezweringsformule uitgesproken om er een op te roepen.'

Hij lachte en zei dat het een grilligheid van de mist moest zijn geweest. 'Jullie arme kinderen! Wat gebeurde er toen?'

'Ik vroeg aan God om hem weg te halen, en Hij was zo vriendelijk om dat te doen; Rose was dapper genoeg om na een paar minuten omhoog te kijken en toen was hij verdwenen. Later had ik erg veel medelijden met hem: ik durf te wedden dat niemand hem ooit had opgeroepen sinds de oude Britten.'

Simon lachte weer en keek me toen nieuwsgierig aan: 'Je gelooft toch zeker nú niet meer dat het een aardgeest was?'

Is dat zo? Ik weet alleen maar dat ik net op dat moment toevallig omlaag keek naar de aanrollende mist – de eerste rollende aanval was voorbij en hij kwam nu langzamer en werd dunner – en plotseling kwam de herinnering aan die enorme verschijning zo schrikwekkend terug dat ik bijna gilde. In plaats daarvan slaagde ik erin zwakjes te lachen en ik begon hout op het vuur te gooien zodat ik het onderwerp kon laten rusten.

Rose geloofde ook dat het een aardgeest was; en zij was toen bijna veertien en had helemaal geen levendige fantasie.

Toen het vuur weer hoog oplaaide, vond ik dat we het ritueel maar beter konden afwerken. Ik was er weer een beetje verlegen mee geworden, zodat ik zo zakelijk mogelijk deed; ik moet zeggen dat het weglaten van de verzen het nogal saai maakte. We verbrandden het zout en de kruiden en deelden de cake met Heloïse; Simon nam maar een klein stukje omdat hij nog vol was na het avondeten. Toen dronken we de port van de dominee; er was maar één wijnglas, dus dronk Simon uit de medicijnfles, wat er zoals hij zei, een heel interessant bijsmaakje aan gaf; en toen plengden we onze offers, met een extra voor Rose. Ik hoopte dat we het daarbij konden laten, maar Simon herinnerde me nadrukkelijk aan het dansen om het vuur. Uiteindelijk renden we er alleen zeven keer omheen terwijl Heloïse wild blaffend achter ons aan holde. Het leek een beetje alsof Simon een kinderspelletje deed, maar ik weet dat hij het zo niet bedoelde, en hij was zo geweldig vriendelijk dat ik het gevoel had dat ik moest doen alsof ik genoot; ik maakte zelfs een paar wilde sprongen. Dat is eigenlijk iets voor Topaas: vorig jaar begon de schans er bijna van te schudden.

'Wat nou?' vroeg Simon toen we eindelijk neerploften. 'Offeren we Heloïse niet?' Op dat moment probeerde ze ons net verrukt te likken nadat ze ons eindelijk had ingehaald na haar lange jacht.

Ik zei: 'Als we haar over de gloeiende as zouden jagen, zou ze genezen zijn van de veepest, maar die heeft ze toevallig niet. Er gebeurt verder niets behalve dat ik meestal stil blijf zitten terwijl de vlammen wegsterven, en me in het verleden probeer in te denken.'

Natuurlijk was dat net een kolfje naar Simons hand, maar we kwamen niet erg ver het verleden in omdat we bleven praten. Hij zei onder andere dat hij nooit zou wennen aan de lange Engelse schemering. Het was me nooit eerder opgevallen dat wij een lange schemering hebben; Amerikanen hebben er blijkbaar een handje van om dingen te zeggen die de Engelsen bewust maken van Engeland.

Een tapijt van mist was ons tot op een meter genaderd, en kwam toen niet verder. Simon zei dat ik er zeker een bezwering over had uitgesproken. Beneden bij de gracht was hij zo hoog opgestegen dat alleen de torens van het kasteel er bovenuit staken. Het vuur stierf snel weg, al gauw was er alleen nog maar wat grijze rook, die in de grijze schemering dreef. Ik vroeg aan Simon of we nu konden zien bij het laatste daglicht of bij het eerste maanlicht; en het was echt moeilijk te zeggen. Toen won het maanlicht geleidelijk aan en de mist, die het kasteel bedekte, kreeg een zilverglans.

'Zou iemand dat kunnen schilderen?' vroeg Simon. 'Debussy zou het in muziek hebben kunnen doen. Hou je van Debussy?'

Ik moest toegeven dat ik nog nooit een noot van Debussy had gehoord.

'Dat is onmogelijk! Niet op een grammofoonplaat of door de radio?'

Toen ik hem vertelde dat we noch een grammofoon, noch een radio hadden, keek hij stomverbaasd; ik veronderstel dat Amerikanen nauwelijks kunnen geloven dat er iemand bestaat die zulke dingen niet bezit.

Hij vertelde me dat ze op Scoatney een nieuwe grammofoon hadden die zelf de platen wisselde: ik dacht dat hij een grapje maakte tot hij me begon uit te leggen hoe het werkte. Tot slot zei hij: 'Maar waarom zou ik je er nu niet naartoe rijden om hem te horen? Dan kunnen we meteen nog wat eten.'

'Maar je zei dat je nog vol was van je avondeten,' hielp ik hem herinneren.

'Nou, dan praat ik met je terwijl jij eet. En Heloïse kan een bot krijgen in de keuken. Kijk eens hoe ze probeert om de dauw van haar neus te wrijven met haar poten! Kom mee, dit gras begint erg vochtig te worden.' Hij trok me omhoog.

Ik nam het maar al te graag aan omdat ik een reusachtige honger had. Simon trapte de laatste vonken uit terwijl ik de deur van de toren dicht ging doen. Ik stond even boven op de trap en probeerde het gevoel terug te krijgen dat ik anders altijd heb op midzomeravond; want omdat ik Simon moest bezighouden, had ik geen tijd gehad om er eerder over te denken. En plotseling wist ik dat ik gelijk had gehad toen ik bang was dat dit de laatste keer zou kunnen zijn; dat als ik het ritueel ooit nog eens zou uitvoeren, ík 'een kinderspelletje zou doen'.

Ik voelde me maar een klein beetje bedroefd omdat er een heerlijk maaltje op Scoatney in het vooruitzicht lag; maar ik zei tegen mezelf dat, Simon of geen Simon, ik de afscheidskreet zou roepen – een afscheid voor altijd deze keer, niet slechts voor een jaar. Het is een vreemde woordeloze schreeuw die uit alle klinkers bestaat; hij klonk opwindend toen Rose en ik hem samen riepen, maar ik doe het in mijn eentje ook tamelijk goed. 'Ayieou!' riep ik; en het echode van de kasteelmuren zoals ik had verwacht. Toen hief Heloïse haar kop op en huilde; en dat echode ook. Simon was verrukt; hij zei dat dat het mooiste deel van het ritueel was.

Het afdalen van Belmotte was een bijzonder vreemde gewaarwording; met elke stap daalden we dieper in de mist tot die zich op het laatst boven ons hoofd sloot. Het was alsof we verdronken in de geest van het water.

'Je moet een jas aandoen,' zei Simon toen we de brug naar de binnenplaats op liepen, 'want het dak van de auto is open. Ik wacht daar op je.'

Ik rende naar boven om mijn handen te wassen; die waren vuil van het hout. En ik deed wat van de Midzomernacht-odeur op mijn jurk en mijn zakdoek; ik vond dat die precies paste bij een soupeetje. Mijn krans was nog fris, dus hing ik hem over mijn jas, maar terwijl ik vlug naar beneden liep, bedacht ik dat het misschien aanstellerig was en hij zou zeker dorst hebben; dus liet ik hem in de gracht vallen toen ik de ophaalbrug over ging.

Het was niet de gewone auto van Scoatney maar een nieuwe, heel lang en laag; zo laag dat je het idee krijgt dat je je zitvlak zult stoten aan de weg. 'Ik vind hem een beetje te opzichtig,' zei Simon, 'maar Rose heeft er haar hart aan verloren.'

De avond was prachtig helder zodra we een eind uit de buurt van het kasteel kwamen; we keken ernaar terug van het hoogste deel van de weg naar Godsend en zagen alleen een klein mistheuveltje dat oprees tussen de door de maan verlichte korenvelden. 'Als je het mij vraagt, is het betoverd,' zei Simon. 'Misschien ontdekken we dat het voorgoed is verdwenen als ik je terugbreng.'

Het was enig om in de nieuwe auto te rijden. Onze ogen waren op gelijke hoogte met de steile bermen onder de heggen en elk grassprietje tekende zich schitterend groen af in het licht van de koplampen en leek meer te leven dan zelfs in de helderste zonneschijn. We moesten heel langzaam rijden vanwege de konijnen; Heloïse probeerde elke keer dwars door de voorruit achter ze aan te springen. Een arm stakkerdje rende zo lang voor ons uit dat Simon uiteindelijk stopte en de koplampen uitdeed, totdat het dier genoeg durf vergaard zou hebben om in een greppel te springen. Terwijl we wachtten, stak hij een sigaret aan en toen leunden we achterover, keken omhoog naar de sterren en spraken over astronomie en de ruimte, die tot in het oneindige doorgaat, en wat een vreselijk onzeker gevoel je dat geeft.

'En dan is er natuurlijk nog de eeuwigheid,' begon ik; toen sloeg de kerkklok van Godsend tien uur en Simon zei dat we de verloren tijd moesten inhalen.

Er waren heel weinig lichten aan op Scoatney. Ik vroeg me af of alle bedienden al naar bed zouden zijn; maar de butler kwam naar buiten naar ons toe. Wat moet het merkwaardig zijn om tegen een grote, imposante man te kunnen zeggen: 'Breng even een blad met een kleine maaltijd voor miss Mortmain in het paviljoen, wil je?' zonder zelfs je excuus te maken dat je zo laat op de avond nog last bezorgt! Ik maakte zelf een verontschuldiging en de butler zei: 'In het geheel niet, miss,' maar nogal uit de hoogte. Toen hij majesteitelijk wegwandelde achter Heloïse aan (zij kent haar weg naar de keuken nu) drong het tot me door dat hij binnenkort Roses butler zou zijn. Ik vroeg me af of ze ooit aan hem zou wennen.

We liepen de schemerige hal door en gingen naar buiten aan de achterkant van het huis.

'Hier zijn je kruiden bij maanlicht,' zei Simon. Hij ging me voor door het nogal saaie kruidentuintje – het idee van kruiden is zoveel opwindender dan hun uiterlijk – naar de vijvers, en draaide de fonteinen in het midden van de grote ovale vijver aan. We zaten er een paar minuten naar te kijken op een stenen bank en gingen toen het paviljoen binnen. Simon stak maar één kaars aan: 'Ik doe hem uit als ik de grammofoon heb aangezet,' zei hij. 'Dan kun je de fontein nog zien terwijl je naar Debussy luistert; ze passen goed bij elkaar.'

Ik ging zitten bij een van de drie hoge boogramen en tuurde in het rond; ik was niet meer in het paviljoen geweest sinds er een muziekkamer van was gemaakt. Behalve de prachtige grammofoon was er ook een grote vleugel gekomen, en op de planken van twee geverfde kasten stonden tientallen albums met platen. Simon liep er met de kaars langs, op zoek naar de Debussy-albums.

'Ik neem aan dat we je helemaal vooraan moeten laten beginnen,' zei hij, 'maar ik geloof niet dat we iets hebben uit *Jeux d'enfants*. Ik zal je "Clair de Lune" laten horen, en ik wed dat je het herkent.'

Hij had gelijk; zodra het begon herinnerde ik het me; een meisje had het eens gespeeld op een schoolconcert. Het is prachtig, en de grammofoon was verbluffend, het had best iemand kunnen zijn die werkelijk op de piano speelde, alleen veel beter dan ik ooit een piano heb horen bespelen. Toen werd de plaat helemaal vanzelf gewisseld; Simon riep me weg van het raam om te kijken hoe dat ging, en vertelde me over het volgende stuk: 'La Cathédrale Engloutie'. Je hoort hoe de verdronken kathedraal oprijst met zijn luidende klokken, en dan weer in zee verzinkt.

'Nu weet je waarom ik zei dat Debussy het kasteel in de mist zou hebben kunnen componeren,' zei Simon.

De derde plaat was 'La Terrasse des Audiences au Clair de Lune'.

Het was heerlijk om naar de fontein te kijken terwijl ik luisterde; er waren ook fonteinen in de muziek.

'Nou, Debussy is beslist aangeslagen bij jou,' zei Simon, 'hoewel ik er niet zeker van ben of je hem niet zou ontgroeien. Jij bent het soort kind dat een passie voor Bach zou kunnen ontwikkelen.'

Ik vertelde hem dat dat op school zeker niet het geval was geweest. Het enige stukje van Bach dat ik daar geleerd heb, gaf me het gevoel alsof ik herhaaldelijk op mijn hoofd werd geslagen met een theelepeltje. Maar ik was nooit erg ver gekomen met muziek; het geld voor lessen was op toen ik twaalf was.

'Ik zal iets van Bach voor je zoeken dat je wel zal bevallen,' zei Simon. Hij stak de kaars weer aan en begon in een groot album te zoeken. De grammofoon was gestopt. Ik ging naar de kasten en bekeek de ruggen van de albums; zelfs het lezen van de componistennamen was opwindend.

'Je krijgt ze geleidelijk aan allemaal te horen,' zei Simon. 'Ik zou weleens wat van die moderne dingen op jou willen proberen. Wat jammer dat Rose niet van muziek houdt.'

Ik draaide me verbaasd naar hem om. 'Maar dat doet ze wel! Ze speelt veel beter dan ik; en ze zingt ook.'

'En toch houdt ze er niet echt van,' zei hij beslist. 'Ik nam haar mee naar een concert en ze zag er diep ongelukkig uit van verveling. Ha, hier komt je soupeetje.'

Het stond op een zilveren blad en de butler spreidde een kanten kleedje over een klein tafeltje. Er was koude consommé, koude kip (alleen een borststuk), fruit en wijn; en limonade voor het geval ik de wijn niet lekker zou vinden, maar dat deed ik wel. Simon vroeg de butler om alle kaarsen aan te steken en hij ging rond langs de kristallen muurkronen met een waskaars aan een lange stok; het gaf me het gevoel alsof ik terug was in de achttiende eeuw.

'Ik ben vastbesloten om hier geen elektriciteit aan te laten leggen,' zei Simon.

Toen de butler wijn had ingeschonken voor ons beiden, zei Simon hem dat hij niet hoefde te wachten; ik was daar blij om, want hij zou me het gevoel hebben gegeven dat ik mijn soupeetje haastig moest opschrokken. Zijn naam, tussen twee haakjes, is Graves, maar ik heb mezelf er nooit toe kunnen brengen hem zo te noemen op de nonchalante manier waarop je dat moet doen.

Simon had de plaat gevonden die hij zocht. 'Maar die moet wachten tot je klaar bent; ik ga je Bach niet opdringen zolang je aan het eten bent.' Hij zette een paar dansplaten op en liet de grammofoon heel zacht spelen; toen kwam hij terug en ging bij me aan tafel zitten.

'Vertel me iets over Rose,' vroeg ik, want het drong opeens tot me door dat ik heel weinig naar haar had gevraagd. Ik was wel erg met mezelf bezig geweest!

Hij sprak over de uitzet en hoe Rose overal wordt bewonderd. 'Topaas ook natuurlijk; en mijn moeder ziet er ook heel aardig uit. Als die drie samen uitgaan, nou, dat is me wat!'

Ik zei dat ze mij nodig hadden om het gemiddelde naar beneden te halen – en wilde meteen dat ik dat niet had gezegd. Dat soort opmerking vraagt eenvoudig om een complimentje.

Simon lachte en zei dat ik niet moest vissen. 'Je bent veel mooier dan zo'n intelligent meisje verdient. Eigenlijk...' – het klonk wat verbaasd – 'ben je echt heel knap.'

Ik zei: 'Ik geloof dat ik een beetje knapper ben als Rose niet in de buurt is.'

Hij lachte weer. 'Nou, vanavond ben je beslist heel knap.' Toen hief hij z'n glas naar me zoals ik het hem eens had zien opheffen naar Rose. Ik voelde dat ik bloosde en veranderde vlug van onderwerp. 'Heb je de laatste tijd nog iets geschreven?' vroeg ik.

Hij zei dat hij begonnen was aan een kritisch essay over mijn vader, maar dat hij er niet toe kon komen om het af te maken. 'Er is kennelijk geen enkele manier om niet de aandacht te vestigen op zijn werkeloosheid. Als je zelfs maar heel vaag kon laten doorschemeren dat hij ergens aan bezig is...!'

Even was ik van plan hem te vertellen van mijn hoop, maar dan zou ik mijn vaders gedrag van de laatste tijd hebben moeten beschrijven; en het idee dat ik zulke dingen als het lezen van *Voor het jonge volkje* en het bestuderen van borden met een wilgenpatroon onder woorden zou moeten brengen, deed me beseffen hoe vreselijk eigenaardig ze waren. Dus liet ik Simon maar doorpraten over zijn essay, wat veel te geleerd klonk voor mij. Hij moet verschrikkelijk knap zijn.

Toen ik klaar was met mijn verrukkelijke kip schilde hij een perzik voor me; ik was er blij om, want dat is iets waar ik niet veel van terechtbreng; Simon deed het keurig. Het viel me op wat een bijzonder mooie handen hij heeft, en toen zag ik ineens wat Topaas bedoelde toen ze eens zei dat al zijn lijnen goed waren. Hij droeg een witzijden overhemd – hij had zijn jas uitgedaan – en de lijn van z'n schouders kwam precies overeen met de lijn van z'n kaak (verstandig van Rose om die baard weg te werken!). Ik had het bijzonder merkwaardige gevoel dat ik hem tekende; ik wist precies hoe ik die kleine knik in z'n wenkbrauwen zou maken en de boog waar z'n lippen elkaar raakten, terwijl hij zich concentreerde op de perzik. En terwijl ik in verbeelding elk lijntje tekende, had ik het gevoel alsof het zachtjes werd nagetekend op mijn eigen gezicht, schouders, armen en handen; zelfs de vouwen van het overhemd schenen me aan te raken toen ik ze tekende. Maar de getekende lijnen vormden geen beeld voor mijn ogen; ik zag hem nog altijd zoals hij daar zat in het flikkerende kaarslicht.

Ik had de perzik opgegeten en dronk het restje van mijn wijn toen de grammofoon een bijzonder leuk liedje begon te spelen. Ik vroeg hoe het heette.

'Dit? "Liefste", geloof ik,' zei Simon. 'Wou je eens dansen? Daarna moet ik je naar huis brengen.'

Hij ging de grammofoon wat harder zetten en kwam toen naar me terug. Ik had nog nooit met hem gedanst en was nogal zenuwachtig – die keer dat ik met Neil danste, vond ik het heel moeilijk. Tot mijn verbazing was het veel gemakkelijker met Simon; hij houdt je losser vast, het lijkt ongedwongener. Ik kreeg een licht en luchtig gevoel. Na de eerste paar ogenblikken maakte ik me geen zorgen meer over het volgen van zijn passen; dat deden mijn voeten wel uit zichzelf. Het merkwaardige is dat Neil je veel meer helpt om te volgen, je er haast toe dwingt. Geen ogenblik voelde ik enige druk van Simons arm.

De plaat met 'Liefste' was de laatste van de stapel, dus hield de grammofoon op toen die uit was. We waren er dicht genoeg bij dat Simon hem weer op gang kon brengen zonder z'n arm van mijn middel weg te nemen; toen dansten we het hele liedje nog eens uit zonder een woord te zeggen; sterker nog, we hebben al die tijd dat we dansten geen woord gesproken. Ik kan me zelfs niet herinneren dat ik dacht. Gedachteloos genoot ik van de beweging.

Toen de grammofoon weer stopte, zei Simon: 'Dank je, Cassandra,' terwijl hij me nog altijd in z'n armen hield en glimlachend op me neerkeek.

Ik glimlachte terug en zei: 'Ik dank jou ook; het was heerlijk.' En toen boog hij zijn hoofd en kuste me.

Ik heb steeds geprobeerd me te herinneren wat ik voelde. Ik moet toch verbaasd zijn geweest, maar daar kan ik me niets van herinneren. Alles wat ik me kan herinneren, is geluk, geluk in mijn gedachten en in mijn hart en vloeiend door mijn hele lichaam, geluk zoals de warme mantel van zonneschijn die over me heen viel op de toren. Er was ook duisternis; en die duisternis komt terug als ik dat ogenblik weer probeer te herleven... en dan voel ik me koud en verlaten – niet alleen van Simon, maar van mezelf zoals ik toen was. De figuren die ik zie in het door kaarsen verlichte paviljoen zijn vreemden voor me.

Het eerste dat ik me weer helemaal gewoon herinner, is het geluid van Simons lach. Hij lachte heel vriendelijk en zacht, maar ik schrok ervan.

'Jij bijzonder kind,' zei hij.

Ik vroeg wat hij bedoelde.

'Alleen maar dat je heerlijk kust.' Toen voegde hij er plagend aan toe: 'Je moet heel wat oefening hebben gehad.'

'Ik heb nog nooit in mijn leven een man gekust...' Meteen wilde ik dat ik dat niet had gezegd, want ik begreep dat hij, toen hij wist dat ik niet gewend was aan kussen en toch zijn kus had beantwoord, zou kunnen raden hoeveel die voor me had betekend.

Ik maakte me van hem los en rende naar de deur; ik wist alleen dat ik mijn gevoelens wilde verbergen.

'Cassandra... stop!' Hij greep me bij mijn arm net toen ik de deur openkreeg. 'O, schat, het spijt me zo! Ik had moeten weten dat je het je aan zou trekken.'

Hij had het niet begrepen. Ik kon zien dat hij alleen dacht dat ik boos was. Het lukte me om mijn zelfbeheersing terug te krijgen.

'Wat een onzin, Simon! Natuurlijk trok ik het me niet aan.'

'Daar leek het inderdaad op...' Hij keek zorgelijk en verbaasd. 'Maar waarom liep je dan zo hard weg? Lieve hemel, je was toch zeker niet bang voor me?'

'Natuurlijk niet!'

'Maar waarom...?'

Ik bedacht iets dat redelijk klonk: 'Simon, ik was niet bang en ik trok het me niet aan – hoe zou dat kunnen als iemand die ik zo graag mag, me kust? Maar daarna... nou, toen werd ik even boos omdat je het vanzelfsprekend had gevonden dat je me zomaar kon kussen.'

Hij keek echt ongelukkig. 'Maar dat was niet zo – niet op de manier zoals jij dat bedoelt. Kun je begrijpen dat het een plotselinge impuls was omdat je de hele avond zo lief was geweest en omdat ik had genoten van het dansen en omdat ik je erg graag mag?'

'En misschien omdat je Rose miste,' voegde ik er hulpvaardig aan toe.

Hij werd rood en zei: 'Verdomd als ik dat zomaar laat gaan; dat zou een belediging zijn voor jullie allebei. Nee, het was een kus die voor jóú bedoeld was, meisje.'

'In elk geval maken we er te veel drukte over,' zei ik tegen hem.

'Laten we het vergeten; en vergeef me alsjeblieft dat ik zo gek deed. Mag ik nu de plaat van Bach horen, voor ik naar huis ga?' Ik had het idee dat dit hem een beetje op z'n gemak zou stellen.

Hij stond me nog steeds bezorgd aan te kijken; ik geloof dat hij woorden probeerde te vinden om het duidelijker uit te leggen. Toen gaf hij het op.

'Goed, we zullen hem draaien terwijl ik de kaarsen doof. Ga buiten zitten, dan stoor ik je niet als ik rondloop. Ik zal de fontein afzetten, dan kun je het beter horen.'

Ik zat op de stenen bank en zag het rimpelende water weer glad worden. Toen begon de muziek in het paviljoen, de zachtste, vredigste muziek die ik ooit heb gehoord. Door de drie hoge ramen kon ik Simon langzaam rond zien gaan en elke kaarsenvlam doven met een klein metalen dopje. Iedere keer zag ik het licht op zijn opgeheven gezicht en iedere keer werden de gouden ramen een beetje doffer tot ze ten slotte zwart waren. Toen eindigde de plaat en het was zo stil dat ik het lichte plofje hoorde van een opspringende vis ver aan de andere kant van de vijver.

'Nou, heb ik een liefhebber gewonnen voor Bach?' riep Simon toen hij de deur van het paviljoen achter zich dichtdeed.

'Ja, inderdaad! Daar had ik wel voor eeuwig naar kunnen luisteren,' zei ik, en ik vroeg naar de naam van het stuk. Het was *Schäfe können sicher weiden*. We bleven over muziek praten terwijl we Heloïse uit de keuken haalden, en tijdens de hele rit naar huis kon ik heel gemakkelijk een ongedwongen gesprek gaande houden; het leek of mijn gevoelens meters diep in mijn geest lagen en wat we zeiden was alleen maar een licht waas aan de oppervlakte.

De kerkklok van Godsend sloeg twaalf uur toen we stopten voor het poorthuis. 'Ziezo, het is me gelukt om Assepoester om middernacht thuis te krijgen,' zei Simon toen hij me uit de auto hielp. Hij ging met me mee naar de keuken en stak de kaars voor me aan, en hij lachte om Heloïse die rechtstreeks naar haar mand glipte. Ik bedankte hem voor een heerlijke avond en hij bedankte mij omdat ik hem had laten meedoen met mijn midzomerritueel; hij zei dat hij dat altijd zou onthouden. Toen vroeg hij terwijl hij me een hand gaf: 'Heb je me echt vergeven?'

Ik zei: 'Natuurlijk. Ik heb drukte gemaakt om niks. Mijn hemel, wat zul je me een verwaand nest vinden!'

Hij zei ernstig: 'Ik beloof je dat ik dat niet zal doen. Ik vind jou alleen maar heel aardig en dank je nogmaals.' Toen gaf hij een kneepje in mijn hand en het volgende moment had hij de deur achter zich dichtgedaan.

Ik stond een minuut lang volkomen stil, toen vloog ik naar boven, de toren van de badkamer in en zo naar buiten, de muur op. De mist was opgetrokken, dus kon ik de lichten van de auto langzaam door de laan zien gaan en de weg naar Godsend inslaan. Zelfs nadat ze waren verdwenen aan het begin van het dorp bleef ik nog uitkijken, en ving nog een laatste glimp van ze op, op weg naar Scoatney.

Al die tijd dat ik op de muur stond, was ik als verdoofd, me nauwelijks bewust van iets behalve de bewegende auto; en toen ik weer voldoende tot mezelf was gekomen om naar binnen te gaan en me uit te kleden, hield ik welbewust mijn gedachten op een afstand. Pas toen ik in het donker in bed lag, liet ik ze eindelijk in mijn geest toe. En dat maakte me helemaal gelukkig, net zo gelukkig als toen Simon me kuste, maar rustiger. Ik zei tegen mezelf dat hij van Rose was, dat ik hem nooit van haar zou kunnen afpakken, zelfs als ik slecht genoeg zou zijn om dat te proberen – wat ik nooit zou doen. Het maakte geen verschil. Alleen het verliefd zijn al leek de zaligste weelde die ik ooit had gekend. De gedachte kwam in me op dat misschien alleen het liefhebben op zich erop aankomt, niet of de ander jou ook bemint; maar misschien kan de echte liefde nooit iets anders kennen dan geluk. Even kreeg ik het gevoel dat ik een diepe waarheid had ontdekt.

En toen zag ik toevallig het silhouet van Miss Blossom en hoorde haar zeggen: 'Wel, liefje, hou jij je maar stevig vast aan die troostende verheven gedachte, want die zul je nog hard nodig hebben.' En op een vreemde, vage manier wist ik dat dat waar was – en toch maakte het nog steeds geen verschil. Ik viel in slaap, gelukkiger dan ik ooit in mijn leven was geweest.

13

O, wat is het bitter om die laatste regel te lezen die ik ruim drie weken geleden schreef, nu ik me zelfs niet meer kan herinneren hoe het geluk aanvoelde!

Ik las niet verder terug. Ik was te bang dat ik dat gelaten, doffe gevoel van zelfbeheersing zou verliezen dat ik vanmorgen voor het eerst kreeg. Het is heel deprimerend maar beter dan je zo diep ellendig te voelen, en het heeft teweeggebracht dat ik naar mijn dagboek verlangde om er mijn zorgen in kwijt te kunnen, wat meteen een paar uren vult. Maar kan ik beschrijven hoe gemeen ik op mijn verjaardag ben geweest? Kan ik er mezelf toe zetten alles volledig op te schrijven? Misschien kan ik er geleidelijk aan toe komen.

Goeie hemel, wat een ellendig weer is het geweest; stromende regen, en een koude wind; mijn verjaardag was de enige zonnige dag. Vandaag is het warm, maar erg loom en drukkend. Ik ben op de schans en zit op de stenen trap die naar de Belmotte leidt. Heloïse is bij me; het is een van die perioden waarin ze niet los mag lopen, en ze verveelt zich zo als ik haar in haar eentje opsluit. Haar lijn is veilig vastgebonden aan mijn ceintuur, voor het geval ze het plotseling in haar hoofd krijgt op bezoek te gaan. Hou moed, lieve Heloïse, nog maar een paar dagen, dan ben je weer vrij.

Het begon net te regenen nadat ik mijn laatste zin had opgeschreven op die zondag op zolder; toen ik naar buiten keek, zag ik grote onweerswolken komen aanzeilen in de avondlucht. Ik haastte me naar beneden om alle open ramen dicht te doen. Blijkbaar was ik toen nog steeds volkomen gelukkig; ik herinner me dat ik dat nog tegen mezelf zei.

Toen ik naar buiten leunde om het raam van de slaapkamer dicht te trekken, viel het me op hoe bewegingloos en vol verwachting het koren eruitzag; ik hoopte dat het nog jong genoeg was om het niet erg te vinden dat het zou worden gebeukt. Toen keek ik naar beneden en zag dat mijn krans waar ik helemaal niet meer aan had gedacht, rond was gedreven en vlak onder me op het grijze glas van de gracht lag. De volgende seconde sloeg de regen neer; het leek alsof er duizenden nieuwe shillings uit het water opsprongen. Ik dacht erover om naar beneden te rennen en te proberen de krans te redden, maar terwijl ik nog keek, verdween hij al onder water.

Heloïse jankte bij de achterdeur, en hoewel ik meteen naar beneden rende om haar binnen te laten, was ze al drijfnat. Ik droogde haar af en stak toen het keukenvuur weer aan, dat was uitgegaan terwijl ik zat te schrijven op zolder. Ik had het net weer op gang toen Stephen thuiskwam uit Londen. Ik stuurde hem naar z'n kamer om z'n natte kleren uit te trekken; toen dronken we samen thee en zaten op de haardrand.

Ik vertelde hem over mijn avond met Simon – maar hield natuurlijk alle vertrouwelijke gedeelten voor me – en toen vertelde hij een heleboel over zijn uitstapje; het leek alsof hij veel minder verlegen was over het fotograferen, hoewel ik de indruk kreeg dat de Griekse tuniek die Leda Fox-Cotton hem had laten aantrekken, hem in verwarring had gebracht. Hij zei dat hij alle maaltijden met de Fox-Cottons had gebruikt en geslapen had in een kamer met goudkleurige gordijnen en gouden cupido's boven het bed. En Aubrey Fox-Cotton had hem een kamerjas gegeven die nog zo goed als nieuw was. Ik bewonderde de jas en gaf toe dat het heel vriendelijke mensen waren; al mijn afkeer van Leda Fox-Cotton leek te zijn verdwenen.

'Liet ze je de foto's zien die ze vorige keer heeft gemaakt?' vroeg ik.

'O ja, die heb ik gezien.' Het klonk niet enthousiast.

'En wanneer krijg ik ze te zien? Heeft ze je er geen een gegeven?'

'Ze zei tegen me dat ik er wel een paar mocht hebben, maar ik had er geen zin in. Ze zijn zo groot, en – nou ja, flatterend. Volgende keer zal ik er een paar vragen, als je ze echt wilt zien.'

'Ga je dan weer?'

'Ja, maar voor iets anders.' Hij werd heel rood. 'O, het is te gek om over te praten.'

Ik herinnerde me Roses brief. 'Wil ze dat je bij de film gaat?'

Hij zei dat het echt onzin was. 'Maar gisteravond kwam er een man dineren die daarmee te maken heeft en hij dacht dat het best zou lukken. Ze lieten me een stukje hardop lezen. Ik moet ernaar toe om te worden getest – zo noemen ze dat. Alleen weet ik nog niet of ik het wel doe.'

'Maar natuurlijk moet je dat doen, Stephen,' zei ik aanmoedigend.

Hij keek me vlug aan en vroeg of ik het leuk zou vinden als hij acteerde, en plotseling merkte ik dat ik ongelijk had gehad toen ik dacht dat hij geen belangstelling meer voor me had. (Hoewel ik toen niet vermoedde hoe erg ik er naast zat.) Ik had hem die vragen alleen uit beleefdheid gesteld – behalve Simon was er niets dat me ook maar in het minst interesseerde – maar ik probeerde enthousiasme in mijn stem te leggen: 'Maar, Stephen, dat zou prachtig zijn; natuurlijk zou ik het leuk vinden.'

'Dan zal ik het proberen. Ze zeiden dat ze het me konden leren.'

Ik had ook wel dat idee; hij heeft een prettige stem, ook al mompelt hij een beetje en klinkt hij hees als hij verlegen is.

'Nou, dat is bijzonder opwindend,' zei ik opgewekt. 'Misschien ga je wel naar Hollywood.'

Hij grinnikte en zei dat hij daar maar niet op rekende. Nadat we thee hadden gedronken, hielp hij mij met de afwas en ging toen naar de boerderij De Vier Stenen; de Stebbinsen gaven een feestje. Ik wed dat Ivy het enig vond dat hij bij de film zou komen. (Niet dat er verder al iets gebeurd is.) Ik ging vroeg naar bed en voelde me nog steeds gelukkig. Zelfs het geluid van de regen die op het dak trommelde, vond ik fijn omdat het me eraan herinnerde dat Simon alle lekken voor ons had laten maken. Alles wat maar in de verste verte met hem te maken heeft, vind ik waardevol; als iemand zijn naam maar noemt, is het of ik een klein geschenk krijg; en ik verlang ernaar om hem zelf te noemen; ik begin over een onderwerp waarbij hij ter sprake kan komen, en dan voel ik dat ik bloos. Ik bezweer mezelf steeds dat ik niet meer over hem zal spreken, en dan doet zich een gelegenheid voor en ik grijp die met beide handen aan.

Mijn vader kwam de volgende ochtend thuis met een telefoonboek van Londen, dat uit de reistas stak.

'Lieve help, krijgen we telefoon?' vroeg ik.

'Grote hemel, nee!' Hij plofte de tas op een van de keuken-stoelen, vanwaar hij meteen op de grond viel zodat het telefoon-boek en diverse andere boeken eruit gleden. Mijn vader duwde ze zo snel als hij kon terug in de tas, maar ik had de tijd om een paar heel mooi uitgevoerde boekjes te zien: *De taal der bloemen*, en *Elementair Chinees* en een blad *De Postduif*.

'Waar is het bord met het wilgenpatroon?' vroeg ik terwijl ik probeerde mijn stem onverschillig te laten klinken.

'Dat liet ik op Liverpool Street Station vallen, maar toen had het zijn dienst gedaan.' Hij draaide zich om om naar het poort-huis te gaan; toen zei hij dat hij graag eerst een glas melk wilde hebben. Terwijl ik dat voor hem inschonk, vroeg ik of hij in de flat van de Cottons had gelogeerd.

Hij zei: 'Ja, ik kreeg Simons kamer; tussen twee haakjes, hij vroeg me heel speciaal jou de groeten te willen doen; hij zei dat je hem heel leuk had ontvangen.'

'Waar bent u naartoe gegaan toen hij gisteren thuiskwam?'

'Ik ben gewoon in zijn kamer gebleven. Hij ging naar Neils ho-tel; erg geschikt van hem. Simon heeft een charmante natuur – he-laas.'

'Waarom "helaas"?' vroeg ik toen ik hem z'n melk gaf.

'Omdat Rose er misbruik van maakt,' zei mijn vader. 'Maar een man hoort ook niet zo verliefd te zijn als Simon; daardoor krijg je een tegenzin in het hele vrouwelijke geslacht.'

Ik bracht de melkkan terug naar de provisiekast en riep over mijn schouder. 'Nou, ik zie niet in waarom, aangezien Rose ook verliefd is op hem.'

'Is ze dat?' vroeg mijn vader; en toen ik in de provisiekast bleef in de hoop dat hij van het onderwerp zou afstappen, riep hij me terug.

'Weet je zeker dat ze verliefd op hem is, Cassandra? Dat zou ik graag willen weten.'

Ik zei: 'Ja, ze heeft het me verteld; en u weet hoe eerlijk ze is.' Hij dacht een minuut lang na en zei toen: 'Je hebt gelijk. Ik kan me niet herinneren dat ze ooit een leugen heeft verteld. Eerlijk-heid gaat zo vaak samen met meedogenloosheid. Ja, ja, als zij zegt dat ze verliefd op hem is, dan is dat zo, en haar optreden gisteravond is daar best mee te verenigen gezien Roses karakter.'

Hij zette zijn lege glas neer zodat ik het mee kon nemen naar de gootsteen en met mijn rug naar hem toe kon blijven staan. 'Hoe was haar optreden dan?' vroeg ik.

'Zo verdomd onverschillig; en zo kennelijk zeker van haar macht over hem. Ik geef toe dat ze er niets aan kan doen; zij is een van die vrouwen die niet al te teder bemind moeten worden; als dat het geval is, proberen ze uit een primitief verlangen naar wreedheid die uit te lokken. Maar als ze echt van hem houdt, komt het wel in orde. Simon is zo intelligent dat hij uiteindelijk het evenwicht wel zal herstellen; want ik ben er zeker van dat hij niet zwak is; het is gewoon zo dat als een man zoveel van iemand houdt, hij in een ongunstige positie wordt geplaatst.'

Ik slaagde erin te zeggen: 'O, ik weet zeker dat alles in orde komt,' en toen concentreerde ik me op het glas; ik heb nog nooit in mijn leven een glas zo grondig afgedroogd. Tot mijn grote opluchting ging mijn vader weer op weg naar het poorthuis. Toen hij langs me liep, zei hij: 'Blij dat we dit gesprek hebben gehad. Het heeft me een heel stuk gerustgesteld.'

Mij niet. Ik neem aan dat ik blij had moeten zijn dat ik hem zo verstandig had horen spreken, maar ik was veel te verdiept in mijn eigen zorgen, want op dat moment had het verdriet me overmand en het schuldgevoel ook. Alles wat hij had gezegd over Simons gevoelens voor Rose, was zo'n marteling geweest dat ik opeens wist dat het niet alleen de wonderlijke weelde van het verliefd zijn was die me zo blij had gemaakt: diep in mijn binnenste had ik mezelf op een vage, gemengde manier toegestaan te hopen dat hij niet echt van haar hield, maar van mij en dat zijn kus hem daarvan bewust zou hebben gemaakt. Je bent een dwaas en nog erger... zei ik tegen mezelf, je bent als een dief. Toen begon ik te huilen en toen ik mijn zakdoek te voorschijn haalde, rook die naar Roses odeur, en dat herinnerde me eraan dat ik nog niet had geschreven om haar te bedanken.

Voordat je dat doet, moet je eerst een zuiver geweten hebben, zei ik streng tegen mezelf, en je weet hoe je dat kunt bereiken. Als je jezelf de fantasie toestaat dat er iets zal gebeuren, gebeurt dat nooit; dus ga je gang, heb maar een heerlijke dagdroom over Simon, die van je houdt en met jou trouwt in plaats van met Rose;

en dan zal hij dat nooit doen. Dan heb je alle hoop opgegeven om hem van haar te winnen.'

Dat bracht me er toe me af te vragen of ik me in het begin, toen het nog helemaal fair zou zijn geweest, met Rose had kunnen meten. Ik dacht aan de kans die ik had gemist op de eerste mei, toen Simon en ik samen naar het dorp liepen. Als ik toen maar charmanter had kunnen zijn! Maar ik kwam tot de conclusie dat mijn charme toen gênant zou zijn geweest; ik weet dat Simon het niet erg had begrepen op die van Rose tot hij verliefd was geworden op haar mooie gezichtje; daarna vond hij de charme natuurlijk charmant.

Toen herinnerde ik me dat miss Marcy een keer had gezegd: 'Die lieve Rose zal nog weleens een loopje nemen met de mannen,' en ik bedacht dat mijn vader vrijwel hetzelfde had bedoeld toen hij het had over Rose, die haar macht over Simon toonde.

Opeens had ik een enorme zin om haar een pak slaag te geven, en omdat ik door mijn gefantaseer toch mijn kans om Simon te krijgen, zou verspelen, besloot ik dat ik waar voor mijn geld wilde hebben en Rose meteen maar af zou ranselen. Dus stookte ik het keukenvuur op en zette de stoofschotel voor de lunch op; toen trok ik er de leunstoel bij en liet mijn fantasie de vrije loop; behalve dat dat een edel gebaar was, verlangde ik er sowieso intens naar.

Ik liet alles in de flat van Mrs. Cotton gebeuren; ik maakte er een balkon bij dat op Hyde Park uitkeek. We begonnen daar en gingen toen naar binnen. Rose kwam binnen terwijl Simon me kuste en was absoluut razend – of was dat in een latere fantasie? Er zijn er zoveel geweest dat ze langzamerhand in elkaar over zijn gegaan. Ik geloof niet dat ik er toe kan komen om er een in detail te beschrijven, omdat ze me – hoe heerlijk op dat moment ook – een dof, misselijk, beschaamd gevoel geven als ik eraan terugdenk. En het is net als met een verdovend middel, je hebt ze vaker en vaker nodig en moet ze steeds opwindender maken, tot je fantasie ten slotte helemaal niet meer wil werken. Maar na een paar dagen komt die weer terug. De hemel mag weten hoe ik Rose ooit onder ogen zal kunnen komen na de dingen die ik in gedachten tegen haar heb gezegd en gedaan – eens ging ik zo ver dat ik haar schopte! Natuurlijk doe ik altijd alsof zij niet van Simon houdt en alleen maar op zijn geld aast. Arme Rose! Het is vreemd dat ik in werkelijkheid zoveel van haar kan houden, om niet te spreken van mijn schuldgevoelens over haar, en haar in mijn fantasie toch zo kan haten als de pest.

Het was heel afschuwelijk om weer tot de werkelijkheid terug te komen na die eerste fantasie omdat ik hierdoor Simon onherroepelijk opgaf; de andere gaven me niet het gevoel dat ik me met het noodlot bemoeide (maar het is altijd verschrikkelijk als de beelden die voor je ogen zweven, zinloos worden en de echte wereld ervoor in de plaats komt en ook zinloos lijkt). Ik was helemaal niet in de stemming om Rose te schrijven, maar 's middags dwong ik mezelf ertoe; het was of ik een brief verzon die een personage uit een boek zou moeten schrijven. Ik vertelde haar hoe blij ik was met de fles odeur en schreef stukjes over Hel en Ab en het afschuwelijke weer. De regen kwam me goed van pas als inleiding tot: 'Wat een geluk dat het mooi weer was op midzomeravond. Het was zo leuk dat Simon hier was; zeg hem dat ik van elke minuut heb genoten...' Het was heerlijk om dat te schrijven, bijna alsof ik hem vertelde hoe blij ik was dat hij me had gekust. Maar nadat ik de brief had gepost, maakte ik me zorgen dat hij zou kunnen raden wat ik bedoelde. En toen ik terugliep van het postkantoor kreeg ik een martelende gedachte; stel je voor dat hij Rose had verteld dat hij me had gekust en dat ze er samen om hadden gelachen?

Dat deed zo'n pijn dat ik hardop kreunde. Ik wilde me wel in de modder werpen en in de grond kruipen. Ik had nog net genoeg verstand om te beseffen hoe ik eruit zou zien nadat ik dat zou hebben geprobeerd, dus bleef ik rechtop staan; maar ik kon niet verder. Ik ging op een hek zitten en probeerde de gedachte uit mijn hersens te drijven; en toen kwamen er nog ergere gedachten op me afstormen. Ik vroeg me af of het niet verkeerd was van Simon om mij te kussen terwijl hij van Rose houdt – of hij zo'n man is die vindt dat je ieder meisje mag kussen? De ergste marteling is die waarbij ik kwaad denk van Simon; niet dat ik dat ooit erg lang blijf doen.

Nadat ik daar een tijdje in de regen had gezeten, zag ik in dat er niets verschrikkelijks school in het feit dat hij me had gekust. Ook al had hij gezegd dat het niet kwam omdat hij Rose miste, was dat toch vermoedelijk wel het geval. Hoe dan ook, ik geloof dat Amerikanen nogal makkelijk en vaak kussen; miss Marcy had eens een paar Amerikaanse tijdschriften en daarin stonden plaatjes van mensen die elkaar kusten op bijna elke bladzijde, met inbegrip van de advertenties. Waarschijnlijk zijn de Amerikanen een hartelijk volk. Ik zou zeker nooit verbaasd zijn geweest als Neil me had gekust, en zou niet gedacht hebben dat het betekende dat hij echt van me hield. Op de een of andere manier leek het niets voor Simon, maar... Toen vroeg ik me af of hij had gedacht dat ik het verwachtte, of dat ik op de een of andere manier een kus had uitgelokt. Toen wilde ik dat ik doodging van schaamte, en toch troostte het me omdat het Simon verontschuldigde als hij het uit vriendelijkheid had gedaan.

Opeens zei ik hardop in de regen: 'Hij zal het niet aan Rose vertellen en erom lachen. En hij heeft niets verkeerds gedaan; wat zijn beweegredenen ook waren, ze waren niet verkeerd. Als je van iemand houdt, vertrouw je hem.'

Toen kwam ik van het hek af en wandelde naar huis. En hoewel ik kletsnat was van de regen, voelde ik me helemaal warm.

Die troostende gloed bleef me de hele avond bij, maar was verdwenen toen ik de volgende ochtend wakker werd. Het wakker worden is altijd het ergste moment, bijna nog voor mijn ogen open zijn, lijkt het alsof er een groot gewicht op mijn hart valt. Meestal kan ik het in de loop van de dag wel een beetje wegduwen; eten helpt bijvoorbeeld een heleboel, hoe onromantisch dat ook mag klinken. Ik heb steeds meer trek gekregen naarmate ik ongelukkiger werd. Slaap is ook heerlijk: ik had dat nooit tevoren beschouwd als iets prettigs, maar nu verlang ik ernaar. Het allerbeste ogenblik is voordat ik 's avonds in slaap val, als ik de gedachte aan Simon stevig kan vasthouden en het verdriet voel wegglippen. Overdag slaap ik ook vaak. Het is toch zeker niet normaal voor iemand die zo'n ongelukkige liefde heeft, om zo goed te eten en te slapen? Ben ik abnormaal? Ik weet alleen dat ik diep ongelukkig ben, dat ik verliefd ben, maar dat ik een geweldige behoefte heb aan eten en slapen.

Een andere grote weelde is als ik mezelf toesta om te huilen; daarna voel ik me altijd wonderlijk vredig. Maar het is moeilijk om daar het goede moment voor te vinden, omdat je het zo lang aan mijn gezicht kunt zien: 's morgens is het niet veilig, als ik er gewoon wil uitzien als ik mijn vader bij de lunch ontmoet, en de middagen zijn al niet beter omdat Thomas om vijf uur thuiskomt. 's Avonds in bed zou het kunnen, maar dat is zo jammer omdat dat mijn gelukkigste ogenblikken zijn. De dagen dat mijn vader gaat lezen in de bibliotheek op Scoatney zijn goede huildagen.

Op de woensdag van die eerste week van modder en ellende ging ik naar de dominee: hij heeft veel oude muziek en ik hoopte dat ik *Schäfe können sicher weiden* zou kunnen vinden. Die ochtend regende het een paar uur lang niet, maar het was erg koud en vochtig, en het half ondergelopen landschap zag eruit zoals ik me voelde. Toen ik over de weg naar Godsend baggerde en plannen maakte om te zorgen dat ik me niet zou verraden tegenover de dominee, vroeg ik mezelf plotseling af of het me niet zou opluchten om bij iemand te biechten, zoals Lucy Snowe deed in *Villette*. De dominee is niet voldoende orthodox Anglicaans om de biecht af te nemen, en voor een groot deel verafschuwde ik het om hem of wie ook maar iets hierover te vertellen; maar ik had het gevoel dat iemand die zo ongelukkig was als ik toch enige hulp van de Kerk moest kunnen verwachten. Toen zei ik tegen mezelf dat waar ik nooit een gedachte aan de Kerk wijdde als ik me gelukkig voelde, ik nauwelijks kon verwachten dat die iets voor mij zou kunnen doen als ik dat niet was. Je kunt geen verzekering uitbetaald krijgen als je de premies niet betaalt.

De dominee, die de collievacht om zich heen had geslagen, was net bezig een preek voor te bereiden. Ik houd van zijn studeerkamer; die heeft een oude, groene betimmering, behalve op de muur die van onder tot boven bedekt is met boekenplanken. Zijn huishoudster houdt alles heel glimmend en schoon.

'Dat is nu eens prachtig,' zei hij. 'Een excuus om op te houden met werken en een vuurtje aan te steken.'

Hij stak het aan; zelfs het kijken naar de beginnende vlammen was opwekkend. Hij zei dat hij niet geloofde dat hij *Schäfe können sicher weiden* had, maar ik mocht in zijn muziek zoeken. Het merendeel zit in oude, in kalfsleer gebonden bundels die hij heeft opgekocht op een publieke verkoping. Ze ruiken muf en de druk lijkt anders dan die van moderne muziek; voor elk stuk zit een bladzijde met ingewikkelde versieringen. Als je de bladen omslaat, denk je aan alle mensen die ze in het verleden hebben omgeslagen en het lijkt alsof dat je dichter bij de componisten brengt; ik vind het prettig om te denken dat de stukken van Beethoven niet lang na zijn dood werden gespeeld. Ik vond al gauw het fragment uit Händels *Water Music*, waar ik nu niet langer speciale waarde aan hechtte; maar *Schäfe können sicher weiden* vond ik niet. Toch was het zoeken in de oude bundels rustgevend omdat als je aan het verleden denkt, het heden een beetje minder reëel lijkt. En terwijl ik zocht, haalde de dominee madera en biscuits te voorschijn. Ik had nog nooit madera gedronken en het was heerlijk; het idee bijna nog meer dan de smaak omdat het me het gevoel gaf dat ik een ochtendbezoek bracht in een oude roman. Even nam ik afstand van mezelf en dacht: 'Arme Cassandra! Nee, voor haar komt het nooit in orde. Zij kwijnt weg.'

We spraken over de Cottons en Scoatney en hoe heerlijk alles was voor iedereen en hoe blij we waren voor Rose. Hij was zeer belangstellend toen hij hoorde dat Simon midzomeravond met mij had gevierd en stelde er heel wat vragen over. Daarna kwamen we te spreken over godsdienst, wat me nogal verbaasde omdat de dominee daar zo zelden over spreekt – ik bedoel tegen ons; natuurlijk moet het in zijn dagelijks leven ter sprake komen.

'Je moet er bij gelegenheid toch eens een proef mee nemen,' zei hij. 'Ik geloof dat het je zal bevallen.'

Ik zei: 'Maar ik heb het geprobeerd, zou ik zeggen. Ik ben naar de kerk geweest. Het lijkt me nooit te pakken.'

Hij lachte en zei dat hij wist dat ik mezelf zo nu en dan aan de besmetting had blootgesteld. 'Maar iets te pakken krijgen hangt zo erg veel af van je gezondheidstoestand. Je moet eens naar de kerk komen als je ooit geestelijk niet in orde bent.'

Ik herinnerde me mijn gedachten op weg naar het dorp. 'O, het zou niet eerlijk zijn om naar de kerk te rennen omdat je ongelukkig bent,' zei ik, en ik zorgde ervoor dat ik er bijzonder opgewekt uitzag.

'Het zou heel oneerlijk zijn om het niet te doen; dan zou je de godsdienst zijn allerbeste kans ontnemen.'

'Bedoelt u: "Des mensen uiterste is Gods kans?"'

'Precies. Er zijn natuurlijk uitersten aan beide kanten; uiterst geluk vraagt bijna even hard om geloof als uiterste droefheid.'

Ik zei dat ik daar nog nooit aan gedacht had. Hij gaf me nog wat madera en zei toen: 'Bovendien geloof ik dat de godsdienst een kans maakt zo vaak de geest verlangt naar de troost van muziek of poëzie – of welke vorm van kunst ook. Ik persoonlijk vind dat godsdienst een kunst is, de allergrootste; een uitbreiding van de gemeenschap die alle andere kunsten proberen te bereiken.'

'Ik neem aan dat u bedoelt de gemeenschap met God.'

Hij schoot zo hard in de lach dat zijn madera in het verkeerde keelgat schoot.

'Wat voor grappigs heb ik in 's hemelsnaam gezegd?' vroeg ik terwijl hij z'n ogen afdroogde.

'Het was de volslagen verbijstering in je stem. Alsof God een lange, natte week was – waarop Hij ons zeker trakteert.'

Hij keek naar het raam. Het was weer begonnen te regenen, zo erg dat de tuin achter de stromende ruiten slechts een wazige groene vlek was. 'Wat zijn intelligente jonge mensen toch bang om over God te spreken! Ze voelen zich dan zowel verveeld als boven hem verheven.'

Ik probeerde het uit te leggen: 'Nou, als je eenmaal niet meer gelooft in een oude heer met een baard... Het is alleen het wóórd God, weet u – het klinkt zo conventioneel.'

'Het is alleen maar een afkorting voor: waar wij vandaan komen, waar wij naartoe gaan en waar het allemaal om gaat.'

'En ontdekken godsdienstige mensen waar het allemaal om gaat? Krijgen ze echt antwoord op dat raadsel?'

'Soms krijgen ze een vleugje van een antwoord.' Hij glimlachte tegen me en ik glimlachte terug en we dronken allebei van onze madera. Toen ging hij door: 'Ik veronderstel dat de kerkdiensten voor jou ook conventioneel klinken; en dat kan ik heel goed begrijpen. Ze zijn heel goed voor de ouderen en bevorderen het gemeenschapsgevoel, maar soms denk ik dat ze voornamelijk nuttig zijn omdat ze de kerken sfeer geven – zoals je een pijp rookt om hem te kleuren, weet je wel. Als een – nu ja – ongodsdienstig iemand troost zou zoeken bij de godsdienst, zou ik hem of haar aanraden in een lege kerk te gaan zitten. Zitten, niet knielen. En luisteren, niet bidden. Bidden is een heel riskante zaak.'

'Lieve help, meent u dat?'

'Ja, voor ongeoefende bidders soms wel. Weet je, ze hebben de neiging zich God voor te stellen als een automaat. Als er niets uit komt, zeggen ze: "Ik wist eigenlijk ook wel dat hij leeg was" – terwijl het hele geheim van het bidden is te weten dat de machine vol is.'

'Maar hoe kun je dat weten?'

'Door hem zelf te vullen.'

'Met geloof?'

'Met geloof. Je vindt dat vermoedelijk ook een saai woord. En ik waarschuw je dat de vergelijking met een automaat elk moment mank kan gaan. Maar als je je ooit erg ongelukkig voelt – wat je kennelijk op het ogenblik niet bent na al het goede dat je familie de laatste tijd ten deel is gevallen – probeer dan eens in een lege kerk te gaan zitten.'

'En luisteren of je een vleugje krijgt?'

We lachten allebei en toen zei hij dat het net zo redelijk was om te spreken over het smaken of ruiken van God als over Hem zien of horen. 'Als iemand ooit dat geluk ondervindt, zal hij het kennen met al zijn zintuigen – en zonder. Waarschijnlijk kun je het net zo goed beschrijven als "je helemaal eigenaardig voelen".'

'Maar hebt u dat dan nog niet ondervonden?'

Hij zuchtte en zei dat de vleugjes heel zeldzaam waren en met lange tussenpozen. 'Maar de herinnering eraan blijft altijd,' voegde hij er zacht aan toe. Toen viel er een stilte en staarden we allebei in het vuur. De regen viel telkens door de schoorsteen en maakte sissende geluidjes. Ik bedacht wat een goed mens hij is en toch nooit hinderlijk heilig. En het trof me voor de eerste keer dat als zo'n knappe, gestudeerde man kan geloven in godsdienst, het dan bijna brutaal is van een onwetend iemand zoals ik om me erbij te vervelen en me erboven verheven te voelen; want ik besefte dat het niet alleen het woord 'God' was dat me dat gevoel gaf.

Ik vroeg me af of ik een atheïst was. Ik had mezelf nooit als zodanig beschouwd, en soms op heel mooie dagen was ik er bijna zeker van dat er ergens iets is. En ik bid elke avond, hoewel ik geloof dat mijn gebeden net zoiets zijn als wensen bij nieuwe maan – maar toch niet helemaal: ik bid voor geval er een God is. (Ik heb niet gebeden over mijn verdriet over Simon omdat ik niet mag vragen dat hij van mij gaat houden, en ik wil niet vragen dat ik zal ophouden met hem te beminnen – ik zou nog liever sterven.) Ik heb zeer zeker nooit enig gevoel van gemeenschap met God gehad terwijl ik bad; het enige vleugje dat ik daarvan ooit heb ondervonden, was tijdens die paar minuten tegen zonsondergang dat ik ronddwaalde in de kathedraal van King's Crypt; en dat was weer verdwenen toen ik de stem van onze hoofdonderwijzeres hoorde voortdreunen over de Saksische overblijfselen. Terwijl ik daar bij de dominee zat, probeerde ik mijn gevoelens in de kathedraal terug te krijgen, maar ze raakten verward met de herinnering aan de kathedraalachtige laan die ik zag toen ik midzomeravond beschreef; en toen kwamen de kathedraal, de laan, mijn liefde voor Simon en ikzelf, die over al deze dingen zat te schrijven op zolder, samen in mijn gedachten, elk in zijn eigen licht en toch een deel van de rest. En al die tijd staarde ik in het vuur van de dominee.

Ik kwam pas tot de werkelijkheid terug toen de kerkklok het halve uur sloeg. Toen sprong ik op om weg te gaan, en kreeg een uitnodiging voor de lunch, maar ik vond dat ik terug moest gaan om voor mijn vader te koken.

Terwijl de dominee me in mijn regenjas hielp, vroeg hij me om even de kerk in te gaan kijken voor het geval hij het raam van de consistoriekamer had opengelaten en het inregende. Inmiddels bleek de regen te zijn opgehouden, maar hij wilde het raam toch dicht hebben; hij zei dat het vast weer zou gaan gieten, vermoedelijk net als hij aan z'n middagslaapje begon. Hij stond me na te kijken toen ik over het kerkhof rende; ik wuifde voor het laatst tegen hem voordat ik de kerk in ging door het zijdeurtje. Toen ik dat achter me dichtdeed, trof het me als bijna grappig dat hij me een kerk in had gezonden en me zelfs had geadviseerd hoe ik troost kon vinden in het geloof, zonder ook maar het geringste vermoeden te hebben dat ik dit nodig had.

Het raam was toch niet open. Toen ik uit de consistoriekamer kwam, dacht ik: nou, daar sta je dan in een lege kerk; probeer het dan maar eens. Ik stond dicht bij het altaar, dus bekeek ik dat eens goed. De koperen grafplaten en het altaarkleed vond ik wel bijzonder betekenisloos. De witte rozen waren vers, maar gekneusd door de regen; ze hadden het volmaakt stille dat altaarbloemen altijd kenmerkt; alles aan het altaar leek onnatuurlijk stil... streng en afstandelijk.

Ik dacht: ik voel me helemaal niet geholpen of getroost. Toen herinnerde ik me hoe de vriendelijke, welgedane stem van de dominee had gezegd: 'Zit – luister.' Hij had gezegd dat ik niet moest bidden, en omdat mijn gedachten altijd overgaan in gebed als ik naar een altaar kijk, ging ik op de treden zitten en keek naar het schip van de kerk. Ik luisterde scherp.

Ik kon de regen nog steeds uit de goten horen stromen en hoorde hoe een dunne tak tegen een van de ramen kraste; maar de kerk leek volkomen afgesloten van de ruteloze dag buiten, net zoals ik me volkomen afgesloten voelde van de kerk. Ik dacht: ik ben een rusteloosheid binnen een stilte binnen een rusteloosheid.

Na een paar minuten begon de stilte op mijn oren te drukken. Eerst dacht ik dat dit een goed teken was, maar er gebeurde niets bijzonders. Toen herinnerde ik me wat de dominee had gezegd over het kennen van God met al je zintuigen, dus gunde ik mijn oren wat rust en probeerde mijn neus. Er was een geur van oud hout, oude geborduurde knielkussens, oude gezangboeken, alles bij elkaar een muffe, stoffige geur; geen geur van de kille rozen op het altaar en toch hing er een vage, duffe zoete lucht rond het altaar; ik ontdekte dat dat uit het zwaar geborduurde altaarkleed kwam. Daarna probeerde ik iets te proeven, maar ik had natuurlijk alleen de nasmaak van madeira en biscuits. Voelen: alleen de koude stenen treden. Wat het kijken betreft, nou, er was natuurlijk genoeg te zien: het bewerkte altaarhek, de grote graftombe van De Godys, de hoge preekstoel die het presteerde om er tegelijkertijd bijzonder leeg en bijzonder verwijtend uit te zien. O, ik merkte tientallen mooie dingen op, maar meer dan dat zagen mijn ogen niet. Dus deed ik ze dicht; de dominee had gezegd: 'Met alle zintuigen en zonder,' en ik dacht dat misschien als ik mijn geest leeg zou maken...

Ik heb dat vaak geprobeerd; vroeger had ik het idee dat dat de manier was om de toekomst te voorspellen, maar ik zag nooit meer dan duisternis. Toen ik op de altaartreden zat, zag ik een zwartere duisternis dan ooit tevoren, en ik zag die niet alleen, ik voelde hem ook; het leek alsof er tonnen duisternis op me drukten. Plotseling herinnerde ik me een regel uit een gedicht van Vaughan: 'Daar is in God (zegt men) een diep doch schitterend duister,' en het volgende moment ontplofte de duisternis in licht. Was dat God; was dat echt gebeurd? vroeg ik mezelf af. Maar het eerlijke gedeelte van mijn geest antwoordde: nee. Je hebt het je verbeeld. Toen sloeg de klok boven me het kwartier en vulde de lucht met geluid. Ik deed mijn ogen open en was terug in een mooie, kille, muffe kerk, die er zich niets van leek aan te trekken of ik leefde of stierf.

De klok deed me beseffen dat ik laat zou zijn voor mijn vaders lunch, dus rende ik bijna de hele weg naar huis – om te ontdekken dat hij zichzelf aan eten had geholpen (het koude vlees zag eruit alsof hij het met een troffel had gehakt) en weg was gegaan. Omdat zijn fiets er niet was, vermoedde ik dat hij naar Scoatney was gereden. Ik riskeerde het dat mijn gezicht tegen de tea weer in orde zou zijn en trakteerde mezelf op een flinke huilbui, met cake en melk toe; en ik voelde me zoveel beter dan anders, zelfs na een huilbui, dat ik me afvroeg of ik in de kerk toch een vleugje van God had gevonden.

Maar de volgende ochtend was de druk op mijn hart erger dan ooit. Het werd helemaal niet minder terwijl ik ons ontbijt klaarmaakte en tegen dat Stephen en Thomas weg waren en mijn vader zich had opgesloten in het poorthuis, was het zo erg dat ik mezelf overal tegen de muren vond leunen; ik kan me niet voorstellen waarom verdriet me tegen muren doet leunen, maar het is zo. Deze keer had ik geen zin om te huilen; ik wilde gillen. Dus rende ik naar buiten in de regen naar een lege akker, ver van alles en iedereen en schreeuwde moord en brand; en toen voelde ik me heel erg dwaas – en heel erg nat.

Opeens verlangde ik ernaar om weer bij de vriendelijke dominee te zitten en weer madera te drinken bij de haard, en omdat ik hemelsbreed toch al bijna halverwege Godsend was, liep ik door en kroop door heggen en sloten. Ik probeerde al die tijd een goed excuus te bedenken voor dit tweede bezoek; het beste dat ik kon bedenken, was dat ik overvallen was zonder regenjas en bang was om kou te vatten, maar het kon me eigenlijk niet meer schelen wat de dominee of wie ook van me dacht, als ik maar bij het warme vuur en de madera kon komen.

En toen, toen ik bij de pastorie kwam, was er niemand thuis. Ik stond daar te bellen en op de deur te bonzen met een gevoel of ik op die manier iemand zou kunnen dwingen om er te zijn terwijl ik wist dat dat niet kon.

Zal ik de kerk binnensluipen en daar wachten? vroeg ik me af toen ik het overstroomde tuinpad afliep. Maar net op dat moment riep Mrs. Jakes uit De Sleutels aan de overkant dat de dominee en zijn huishoudster boodschappen waren gaan doen in King's Crypt en pas 's avonds thuiskwamen.

Ik rende naar de overkant en vroeg of ze mij vertrouwde voor de prijs van een glas port. Ze lachte en zei dat ze wettelijk geen sterke drank aan mij mocht verkopen vóór twaalf uur, maar dat ze me een glas gratis zou geven.

'En mijn hemel, je hebt het nodig,' zei ze toen ik haar de gelagkamer in volgde. 'Je bent door en door nat. Doe die jurk uit, dan zal ik hem bij het keukenvuur drogen.'

Een man was bezig de keukengootsteen te repareren, dus kon ik daar niet gaan zitten zonder mijn jurk; maar ze deed de deur van de gelagkamer op slot en zei dat zij ervoor zou zorgen dat er niemand uit de keuken binnenkwam. Ik gaf haar mijn gymjurk en ging in mijn hemd en zwarte schoolbroek bij de tapkast zitten om mijn port te drinken.

De port was lekker en verwarmend, maar ik vind oude landelijke gelagkamers niet erg vrolijk om in te zitten; er is iets heel neerslachtigs aan de lucht van verschaald bier. Als ik in een goede bui was geweest, zou ik de gedachte aan de dorpsbewoners die daar driehonderd jaar lang hadden gedronken, misschien leuk hebben gevonden; maar nu dacht ik steeds hoe troosteloos hun bestaan geweest moet zijn, en dat de meesten nu dood waren. Er hing een spiegel achter de tapkast tegenover het raam, en daarin kon ik de natte grafstenen op het kerkhof weerspiegeld zien. Ik dacht aan de regen die dieper en dieper doordrong tot aan de doorweekte lijkkisten. En al die tijd droop mijn natte haar op mijn rug in mijn hemd.

Maar tegen de tijd dat ik mijn port op had, was ik niet meer zo diep ongelukkig. Ik voelde me alleen maar dof en mijn ogen bleven op allerlei dingen gevestigd. Ik zat te staren naar de flessen met crème de menthe en cherry brandy waar Rose en ik van gedronken hadden op de eerste mei. En opeens voelde ik een bittere haat tegen Roses groene crème de menthe en een diepe liefde voor mijn bloedrode cherry brandy.

Ik ging naar de keukendeur en stak mijn hoofd eromheen.

'Mrs. Jakes,' riep ik, 'mag ik alstublieft een cherry brandy hebben? Het slaat net twaalf uur, dus die kan ik u schuldig zijn zonder de wet te overtreden.'

Ze kwam en gaf mij er een en toen ze de fles had teruggezet, kon ik me erover verkneuteren dat er meer uit was dan uit de crème-de-menthefles. Nou zal iedereen denken dat de cherry brandy het meest gewild is, dacht ik. Toen kwamen er twee oude mannen aan de deur kloppen die bier wilden hebben, en Mrs. Jakes had mij met mijn likeur in een wip uit de gelagkamer.

'Je kunt in miss Marcy's kamer wachten,' zei ze. 'Je jurk is nog lang niet droog.'

Miss Marcy heeft een kamer boven in de herberg, ver van het lawaai van de gelagkamer. Sinds ze in Godsend is gekomen, heeft ze altijd gesproken over een eigen huisje, maar jaar na jaar blijft ze in De Sleutels en ik denk niet dat ze nu nog ooit zal verhuizen. Mrs. Jakes zorgt erg goed voor haar en de herberg ligt zo dicht bij de school.

Toen ik de trap opklom, verbaasde het me hoe onzeker ik op mijn benen stond. Ik zei tegen mezelf: arm kind, ik ben meer uitgeput dan ik had beseft. Het was een opluchting toen ik in miss Marcy's rieten leunstoel kon gaan zitten behalve dat die zoveel lager was dan ik verwachtte; ik morste een kostbare hoeveelheid cherry brandy. Diep voldaan dronk ik de rest op; elke keer als ik een slokje nam, dacht ik: dat is weer een slag in het gezicht van de crème de menthe. En toen kreeg ik opeens de zeer verwarrende gedachte dat groen meestal mijn kleur is en roze die van Rose, zodat de likeuren helemaal in de war waren. En toen vroeg ik me af of ik een beetje dronken was. Ik bekeek mezelf in miss Marcy's toiletspiegel en ik zag er verschrikkelijk uit, mijn haar zat in pieken, mijn gezicht was vuil en mijn ogen stonden sentimenteel. Zonder enige reden grijnsde ik tegen mezelf. Toen begon ik te denken: wie ben ik? Wie ben ik? Wanneer ik dat doe, heb ik altijd het gevoel dat één flinke duw me over de rand van krankzinnigheid zou kunnen brengen; dus keerde ik me van de spiegel af en probeerde mijn gedachten van mezelf af te leiden; dat deed ik door rond te gaan kijken in miss Marcy's kamer.

Die ziet er echt leuk uit; al haar persoonlijke bezittingen zijn heel erg klein. De schilderijen zijn reproducties van oude meesters in briefkaartformaat. Ze heeft een heleboel metalen beestjes van ongeveer twee centimeter lang, kleine klompjes, en beschilderde doosjes, net groot genoeg om postzegels in te doen. En wat de dingen nog kleiner doet lijken, is dat de kamer groot is, met grote eiken balken, en al het meubilair van Mrs. Jakes is ook enorm groot.

Terwijl ik de miniatuurkannetjes uit Devon op de schoorsteenmantel bekeek (vijf, met één wilde bloem in elk), begon de gloed van de cherry brandy weg te trekken; waarschijnlijk omdat de wind die door de schoorsteen blies dwars door mijn broekje heen woei. Dus wikkelde ik mezelf in het dekbed en ging op het bed liggen. Ik viel net bijna in slaap toen miss Marcy thuiskwam voor de lunch.

'Ach arm kind,' riep ze terwijl ze naar me toe kwam om haar hand op mijn voorhoofd te leggen. 'Ik vraag me af of ik je temperatuur moet opnemen?'

Ik zei tegen haar dat ik nergens last van had behalve van de sterke drank. Ze giechelde en knipperde met haar ogen en zei: 'Nee, heus!' en opeens voelde ik me heel zielig en erg oud vergeleken bij haar. Toen gaf ze me mijn gymjurk en haalde wat warm water voor me. Nadat ik me had gewassen, voelde ik me heel normaal behalve dat de hele morgen akelig en beschamend op mijn geweten drukte.

'Ik moet als een haas naar huis,' zei ik. 'Ik ben al een halfuur te laat met mijn vaders lunch.'

'O, je vader is weer op Scoatney,' zei miss Marcy. 'Ze geven hem een lekkere, dikke biefstuk.' Dat had ze gehoord van Mrs. Jakes, die het had gehoord van de slager, die het weer had gehoord van de keukenmeid op Scoatney. 'Dus kun je hier bij mij blijven eten. Mrs. Jakes brengt zo meteen genoeg voor twee personen.'

Ze krijgt haar maaltijden op een blad uit de keuken van de herberg, maar ze bewaart dingen die ze 'extraatjes' noemt in de grote mahoniehouten kast in de hoek.

'Ik vind het heerlijk om 's nachts wat te knabbelen,' zei ze terwijl ze wat biscuits te voorschijn haalde. 'Ik word altijd omstreeks twee uur wakker en heb dan zin om iets te eten.'

In een flits zag ik haar liggen in het brede, doorgezakte bed terwijl ze naar het door de maan verlichte vierkant van het raam kijkt en op haar biscuits knabbelt.

'Ligt u lang wakker?' vroeg ik.

'Meestal hoor ik de kerkklok het kwartier slaan. Dan zeg ik tegen mezelf dat ik braaf moet zijn en weer gaan slapen. Gewoonlijk verzin ik dan een aardig verhaaltje tot ik in slaap val.'

'Wat voor soort verhaaltje?'

'O, geen echte verhaaltjes natuurlijk. Soms probeer ik te bedenken wat er met de personen uit een boek gebeurt – nadat het boek uit is, bedoel ik. Of ik denk aan de interessante mensen die ik ken, Rose aan het winkelen in Londen, of Stephen, die gefotografeerd wordt door die aardige Mrs. Fox-Cotton. Ik vind het heerlijk om verhaaltjes te bedenken over mensen.'

'Verzint u ze nooit over uzelf?'

Ze keek heel verbaasd. 'Wil je wel geloven dat ik voor zover ik weet dat nooit doe? Ik neem aan dat ik mezelf niet erg interessant vind.'

Er werd op de deur geklopt en ze ging het blad binnenhalen. Mrs. Jakes had een stamppot en appeltaart naar boven gebracht.

'Heerlijk,' zei miss Marcy. 'Stamppot is zo lekker op een regendag.'

Toen we aan tafel gingen, zei ik dat het heel merkwaardig moest zijn als je jezelf niet interessant vond. 'Hebt u dat ook nooit gedaan, miss Marcy?'

Ze dacht na terwijl ze een enorme hap verwerkte. 'Ik geloof van wel toen ik een jong meisje was. Mijn lieve moeder zei altijd dat ik erg egocentrisch was. En zo ontevreden!'

Ik zei: 'Dat bent u nu niet. Wat heeft u zo veranderd?'

'God zond mij een écht verdriet, kind.' Toen vertelde ze me dat haar ouders binnen een maand na elkaar waren gestorven toen zij zeventien was en hoe vreselijk ze dat had gevonden.

'O, lieve help, ik kon niet geloven dat de zon nog ooit zou schijnen. Toen vroeg onze dominee me hem te helpen met een stel kinderen die hij meenam naar het platteland – en weet je, dat deed wonderen voor mij. Ik denk dat dat het begin was dat ik anderen interessanter vond dan mezelf.'

'Het zou voor mij geen wonderen doen,' zei ik, 'ik bedoel als ik ooit ongelukkig zou zijn.'

Ze zei dat ze dacht dat dit uiteindelijk wel het geval zou zijn; toen vroeg ze me of ik Rose erg miste. Ik zag dat ze mij nogal onderzoekend aankeek, dus zei ik heel onverschillig: 'O, ja,' en sprak opgewekt over Roses uitzet en hoe blij ik voor haar was, tot we kinderen onder het raam hoorden praten die in groepjes terugliepen naar school. Toen sprong miss Marcy op en poederde haar neus helemaal wit met een klein poederdonsje uit een kartonnen doosje.

'Het is zingen vanmiddag,' zei ze. 'Daar verheugen we ons altijd op.'

Ik dacht aan het zingen op de eerste mei en aan Simon, die zo verlegen en zo vriendelijk de kinderen had toegesproken. O, wat een heerlijke dag – voordat hij Rose ten huwelijk vroeg!

We gingen naar beneden en ik bedankte Mrs. Jakes voor alles, ook voor het opschrijven van de cherry brandy. (Een shilling – en dat was met korting! Drank is ruïneus.) De regen was opgehouden, maar het was nog heel grijs en kil.

'Ik hoop dat het voor zaterdag opklaart,' zei miss Marcy toen we de druppels uit de kastanjeboom probeerden te ontwijken, 'want ik ga picknicken met de kinderen. Ik neem aan dat je geen tijd zult hebben om me te komen helpen? Jij bedenkt altijd zulke heerlijke spelletjes.'

'Ik ben bang dat ik het een beetje druk heb op het kasteel,' zei ik vlug; de kinderen gilden bij een of ander spelletje op de speelplaats en ik had niet het idee dat ik dat een hele middag zou kunnen verdragen.

'Wat gedachteloos van me! Natuurlijk heb je je handen vol in de weekends, met behalve je vader ook de jongens thuis, die verzorgd moeten worden. Misschien heb je wat tijd over op deze lange, lichte avonden; sommige oude mensen vinden het heerlijk als je ze voorleest, weet je.'

Ik staarde haar verbaasd aan. Rose en ik hebben nog nooit zoiets gedaan; trouwens, ik geloof niet dat de dorpsbewoners het echt op prijs stellen als je een goede daad voor ze doet. Miss Marcy moet mijn uitdrukking hebben gezien, want ze ging haastig door: 'O, het was maar een idee. Ik dacht dat het je misschien een beetje zou afleiden als je het leven zonder Rose saai vindt.'

'Heus niet,' zei ik opgewekt; en de hemel weet dat je verdriet niet bepaald saai kunt noemen. Die lieve miss Marcy, hoe kon ze ook weten dat ik meer te verwerken had dan het gemis van Rose. Op dat ogenblik kwamen er een paar kinderen naar ons toe met een kikker in een kartonnen doos, dus nam ze afscheid en ging met hen naar de vijver om hem te zien zwemmen.

Toen ik thuiskwam, was het kasteel helemaal verlaten, zelfs Ab en Hel waren er niet. Ik voelde me schuldig omdat ze geen eten hadden gehad, en riep en riep, maar ze kwamen niet. Mijn stem klonk wanhopig en plotseling voelde ik me eenzamer en dieper ongelukkig dan ooit zover ik me kan herinneren. Alles waar ik naar keek was grijs; grijs water in de gracht, grote grijze hoog oprijzende muren, ver verwijderde grijze hemel; zelfs de kleur van het koren, tussen groen en goud in, zag er vaal uit.

Ik zat op de vensterbank in de slaapkamer en staarde wezenloos naar Miss Blossom. Opeens sprak haar stem in mijn hoofd: 'Ga jij nu maar naar die picknick, liefje.'

Ik hoorde me haar vragen, waarom.

'Omdat die kleine miss Knipperoog gelijk heeft; het zou je afleiden. En dingen voor anderen doen geeft je een heerlijk warm gevoel.'

'Port ook,' zei ik cynisch.

'Zulke praat komt niet te pas – niet op jouw leeftijd,' zei Miss Blossom. 'Hoewel ik moet zeggen dat het een erg grappig gezicht was zoals je in je broekje rondwandelde met die cherry brandy. Stel je voor, jij aan de drank!'

'Nou, ik kan er mijn verdriet niet vaak in verdrinken,' zei ik tegen haar, 'het is te duur. Een goede daad is goedkoper.'

'Godsdienst ook,' zei Miss Blossom. 'En sommigen beweren dat dat het beste is. Je zou het best kunnen krijgen als je maar doorging met proberen, weet je, jij die zo van gedichten houdt.' Nu is het heel merkwaardig, maar ik heb mezelf via Miss Blossom vaak dingen verteld waarvan ik niet wist dat ik ze wist. Toen ze dat zei, over het 'krijgen' van godsdienst, wist ik meteen dat ze gelijk had; en dat was zo'n verrassing voor me dat ik dacht: mijn hemel, ben ik bekeerd? Ik kwam al gauw tot de conclusie dat het nog niet helemaal zover was; alles wat er in werkelijkheid over me was gekomen, was – nou ja, dat een bekering mógelijk was. Ik wist opeens dat godsdienst, God – iets dat boven het dagelijks leven stond – bestond en gevonden kon worden mits je het eerlijk wilde. En ik besefte dat, hoewel dat wat ik in de kerk had gevoeld alleen maar fantasie was, het toch een stap in de goede richting was geweest; omdat fantasie zelf een soort bereidwilligheid kan zijn; een doen alsof iets echt bestaat omdat je ernaar verlangt. Het trof me dat dit op de een of andere manier verband moest houden met wat de dominee had gezegd over godsdienst die een uitbreiding is van de kunst; en toen kreeg ik even een idee hoe godsdienst werkelijk je verdriet kan genezen; door er op een bepaalde manier gebruik van te maken, het in iets moois te veranderen, net als kunst droevige dingen mooi kan maken.

Ik hoorde mezelf zeggen: 'Opoffering is het geheim; je moet iets opofferen voor kunst en het is hetzelfde met godsdienst; en dan blijkt dat het offer je winst is.' Toen raakte ik in de war en wist niet meer wat ik bedoelde, tot Miss Blossom opmerkte: 'Onzin, liefje; het is doodeenvoudig. Je verliest jezelf in iets boven jezelf en dat geeft een heerlijke rust.'

Ik zag dat heel duidelijk. En toen dacht ik: maar dat is ook hoe miss Marcy haar verdriet verwerkte – behalve dat zij zichzelf verloor in andere mensen in plaats van in de godsdienst. Welke manier van leven was de beste, de hare of die van de dominee? Ik kwam tot de conclusie dat hij van God houdt en de dorpsbewoners alleen maar graag mag, terwijl zij van de dorpsbewoners houdt en God alleen maar graag mag; en toen vroeg ik me plotseling af of ik beide manieren niet kon combineren, en net zoveel van God als van mijn naaste houden? Wilde ik dat werkelijk?

Ja, dat wilde ik! Even wilde ik dat echt! Ik zag mezelf vaak naar de kerk gaan, aangenomen worden, een klein kapelletje maken met bloemen en kaarsen, en geweldig aardig zijn voor iedereen thuis en in het dorp, terwijl ik verhalen vertelde aan de kinderen en oude mensen voorlas (ik zou zeggen dat je met tact kunt verdoezelen dat je een goede daad doet). Zou het mij ernst zijn of zou ik maar doen alsof? Zelfs als het begon met doen alsof, zou het toch zeker vrij gauw echt worden? Misschien was het al echt, want zelfs de gedachte eraan wentelde het verdriet van mijn hart af en dreef het zover weg dat ik het niet langer voelde, ook al zag ik het nog wel.

En toen gebeurde er iets heel merkwaardigs: ik zag plotseling de nieuwe weg voor me die langs King's Crypt loopt, breed en recht, met een overvloed aan ruimte voor het doorgaande verkeer. En toen zag ik het drukke gedeelte van de stad, met zijn wirwar van nauwe, oude straatjes, die op marktdagen zo verschrikkelijk zijn voor automobilisten, maar wel heel erg mooi. Natuurlijk, wat het beeld in mijn gedachten me probeerde duidelijk te maken, was dat de dominee en miss Marcy het verdriet dat de meeste mensen treft, hebben kunnen vermijden: hij door zijn godsdienst, zij door haar goede daden voor anderen. En ik begreep dat als je dat doet, je dan tegelijk met het verdriet misschien te veel mist – misschien in zekere zin het leven zelf. Is dat de reden waarom miss Marcy zo jong lijkt voor haar leeftijd, en waarom de dominee, ondanks al zijn geleerdheid, eruitziet als een oude baby?

Ik zei hardop: 'Ik wil níéts missen.' En toen stroomde het verdriet terug als een rivier die afgedamd was. Ik probeerde mijn hart ervoor open te stellen, het te verwelkomen als een deel van mijn levenservaring, en eerst maakte dat het makkelijker te dragen. Toen werd het erger dan ooit; het was fysiek zowel als geestelijk; mijn hart en ribben en schouders en borst, zelfs mijn armen deden pijn. Ik verlangde zo wanhopig naar iemand die me kon troosten dat ik naar Miss Blossom toe ging en mijn hoofd tegen haar boezem legde. Ik deed net of die zacht en moederlijk was onder een koningsblauwe satijnen blouse, en in gedachten hoorde ik haar zeggen: zo is het goed; ga er dóórheen, niet ómheen, liefje. Het is uiteindelijk de beste manier voor de meesten van ons.'

En toen sprak er een andere stem in mijn hoofd, een bittere, sarcastische stem – de mijne op z'n alleronaangenaamst. Die zei: je bent aardig laag gezonken, meisje, dat je een paspop moet omhelzen. En ben je niet een beetje oud voor die nonsens van Miss Blossom? En toen begon ik voor het eerst van mijn leven me af te vragen hoe ik Miss Blossom 'deed'. Was ze net als Stephens moeder, maar niet zo gedienstig, of leek ze meer op een werkster van tante Millicent? Of had ik haar overgenomen uit een boek? Plotseling zag ik haar duidelijker dan ooit, terwijl ze achter de tapkast van een ouderwetse Londense kroeg stond. Ze keek me hoogst verwijtend aan, trok toen een sealskin jasje aan over haar blauwe blouse, deed alle lichten uit en ging naar buiten de nacht in, terwijl ze de deur achter zich dichtdeed. Het volgende ogenblik was haar buste zo hard als een plank en rook naar stof en oude lijm. En ik wist dat ik haar voor altijd verloren had.

Gelukkig kwam Heloïse toen thuis, anders zou ik zo gehuild hebben dat ik met geen mogelijkheid weer normaal had kunnen zijn voor de tea. Je kunt niet huilen op Heloïse; ze klopt meelevend met haar staart, maar kijkt verlegen en gaat ervandoor. In ieder geval moest ik haar eten gaan klaarmaken, waar ik toch al veel te laat mee was.

Sindsdien heb ik niet meer naar Miss Blossom kunnen kijken. Het is niet alleen dat ze nu niets anders meer is dan een paspop; ze doet me denken aan het lijk van een paspop.

Godsdienst, een goede daad, sterke drank – maar er is nog een andere manier om te ontsnappen, een gemene, veel erger dan drank. Ik heb die geprobeerd op mijn verjaardag, een week geleden.

Toen ik die ochtend wakker werd, scheen de zon, de eerste keer in ruim twee weken. Ik had dit nauwelijks verwerkt toen ik muziek hoorde, vlak voor de deur van mijn slaapkamer. Ik sprong op en rende naar de overloop, en daar op de grond stond een kleine draagbare radio met een kaart erop, met de woorden: 'Hartelijk gelukgewenst door Stephen.' Daarvoor had hij dus gespaard! Daarom had hij voor Leda Fox-Cotton geposeerd!

Ik riep: 'Stephen, Stephen!'

Thomas schreeuwde van beneden: 'Hij is vroeg naar z'n werk gegaan. Ik denk dat hij zich verlegen voelde bij de gedachte aan de bedankjes. Het is een heel goede radio. Kleed je gauw aan, dan laten we hem spelen bij het ontbijt.'

Hij kwam de trap op vliegen en had de radio meegenomen voordat ik zelfs maar aan de knoppen had kunnen draaien. Ik was net van plan tegen hem te zeggen dat hij hem moest terugbrengen toen ik dacht: mijn hemel, wat doet het er toe? Het gewicht van de morgen lag op mijn hart. Terwijl ik me aankleedde, berekende ik dat slechts twee weken en twee dagen eerder het bezit van een radio me dolgelukkig zou hebben gemaakt; en nu had het totaal geen betekenis. Toen bedacht ik me dat ik nu tenminste kon lijden met muziekbegeleiding.

Toen ik beneden kwam, merkte ik dat Stephen de ontbijttafel voor me had gedekt en er bloemen op had gezet.

'En hier is míjn cadeau,' zei Thomas. 'Ik heb het niet ingepakt omdat ik er net midden in ben.' Het was een boek over astronomie waar hij heel veel belang in stelt; ik was blij dat hij iets had gekozen dat hij zelf graag wilde hebben, want ook al krijgt hij nu een beetje zakgeld, het zal toch een hele tijd duren voordat al die jaren dat hij geen zakgeld kreeg, zijn goedgemaakt.

Toen kwam mijn vader beneden; natuurlijk had híj niet aan mijn verjaardag gedacht. 'Maar dat doet Topaas wel,' zei hij opgewekt. 'Zij zal je wel iets namens mij sturen.' Hij keek vol afschuw naar de radio; hij heeft altijd gezegd dat een van de weinige voordelen van armoede is dat je geen radio hebt; maar tijdens het ontbijt begon hij er belangstelling voor te krijgen. Alleen kon hij de muziek en de stemmen niet uitstaan – wat hij leuk vond, waren de atmosferische storingen.

'Ik neem aan dat je me hem niet voor een uurtje wilt lenen?' zei hij toen Thomas naar school was gegaan. 'Deze geluiden zijn schitterend.'

Ik liet hem de radio meenemen. Alles wat er voor mij op aankwam, was of Simon me een cadeautje zou sturen of niet.

De pakketpost kwam om elf uur. Ik kreeg een ochtendjas van Topaas, een Shakespeare van mijn vader (zo tactvol van Topaas om eraan te denken hoe vervelend mijn vader het vindt als ik die van hem leen), een nachtpon – echte zij – van Rose, zes paar zijden kousen van Mrs. Cotton en een grote doos bonbons van Neil. Niets van Simon.

Niets van Simon, inderdaad! Ik zat nog verdoofd van teleurstelling toen een claxon in de laan toeterde. Het volgende moment reed er een vrachtwagen voor en de chauffeur smeet een krat op de ophaalbrug. Ik gilde naar boven om mijn vader te vragen of hij naar beneden wilde komen, en samen wrikten we het deksel eraf. Binnenin zat een radio, gecombineerd met een grammofoon – o, zoiets prachtigs! Als hij dicht is, is het net een dikke handkoffer met een handvat, waaraan je hem kunt dragen. De buitenkant is prachtig blauw, net linnen, maar dan glanzend. Er zat een bijpassende platenkoffer bij. Niemand heeft nog ooit zo'n schitterend cadeau gehad!

Simon had er een briefje bij gedaan, waarin stond:

Lieve Cassandra,

Ik had je een elektrische willen sturen, maar herinnerde me dat jullie geen elektriciteit hebben. De radio werkt op batterijen die opgeladen kunnen worden in de garage op Scoatney, maar de grammofoon is nog van het ouderwetse type dat opgewonden moet worden. Maar toch, dit is beter dan niets. Ik stuur je de Debussy die je zo mooi vond, maar kon de Bachplaat die ik voor je afspeelde niet krijgen. Leen wat je wilt van Scoatney tot je ontdekt hebt wat je muzikale smaak precies is, en dan zal ik nog stapels platen voor je kopen.

Ze hebben gezworen dat het ding je op de juiste dag zal bereiken en ik hoop dat dit zo is. Heel, heel hartelijk gefeliciteerd. Ik kom je gauw opzoeken.

Veel liefs van Simon.

Het was met potlood geschreven in de winkel, dus kon ik niet verwachten dat het lang of persoonlijk zou zijn. En er stond 'veel liefs', hij had ook 'hartelijke groeten' of 'in haast' of zoiets kunnen schrijven. Natuurlijk wist ik wel dat het niet betekende dat hij van me hield, maar het was toch kostbaar.

Ik las het briefje steeds opnieuw terwijl mijn vader de meest hartverscheurende geluiden uit de radio haalde.

'O, hou op!' riep ik eindelijk. 'Het kan er niet goed voor zijn als het zo krijst.'

'Klinkt als de verdoemde zielen van zeemeeuwen, vind je niet?' riep hij boven het lawaai uit.

Ik duwde hem opzij en draaide de radio af. In de plotselinge stilte konden we net Stephens radio horen spelen in z'n eentje in de kamer van het poorthuis.

Mijn vader zei: 'Is het al tot je doorgedrongen wat dit ding voor je vrijer zal betekenen?'

Al wat ik voelde, was een wrok tegen Stephen omdat het feit dat het hem verdriet zou doen mijn genoegen in Simons cadeau zou bederven; maar toch niet zo erg – niets kon dat bederven.

Gelukkig wachtte mijn vader niet op een antwoord. 'Dit is een veel sterkere radio,' ging hij door. 'Ik wil hem een tijdje lenen.'

Ik riep zo hard: 'Nee!' dat hij me stomverbaasd aanstaarde. 'Ik wil de grammofoon zo graag proberen,' voegde ik eraan toe in een poging om kalm en redelijk te klinken. Hij glimlachte plotseling en zei: 'Nou, nou!' op een bijna vaderlijke toon; toen droeg hij waarachtig het instrument voor me naar binnen en liet me er mee alleen. Ik haalde de platen uit het geribbelde karton en speelde ze telkens weer. Behalve het Debussy-album waren er een paar Preludes en Fuga's van Bach.

Simon had de plaat met 'Liefste' niet gestuurd.

Tegen de tijd dat Stephen thuiskwam, had mijn betere natuur de overhand gekregen en ik maakte me geweldige zorgen over z'n gevoelens. Ik had zijn radio in de keuken staan (mijn vader had er alle belangstelling voor verloren) en zorgde ervoor dat die heel hard speelde toen hij binnenkwam. Ik barstte bijna in mijn pogingen hem ervoor te bedanken, en ik geloof niet dat ik hem ooit zo blij heb zien kijken. Ik had mijn vader bij de lunch gevraagd of het een goed idee zou zijn om Simons cadeau een paar dagen te verbergen, maar hij dacht dat dat uiteindelijk harder zou zijn voor Stephen.

'Vertel hem maar hoe blij je bent dat je een lichte radio hebt die je makkelijk mee kunt dragen; en dat je die van Simon waarschijnlijk alleen zult gebruiken voor de grammofoon,' stelde hij voor, en ik vond dat heel verstandig van hem; maar het volgende moment zag ik hem een plaat om en om draaien alsof hij de groeven las, en een man die een grammofoonplaat probeert te lezen kan toch zeker niet normaal zijn?

Ik deed mijn best om Stephen het nieuws zo tactvol mogelijk te vertellen; ik zei alles wat mijn vader me had aangeraden en nog veel meer. 'De jouwe heeft een echte houten kast,' zei ik, 'met zo'n prachtige diepe glans.' Maar de lichtjes verdwenen uit z'n ogen. Hij vroeg of hij Simons cadeau mocht zien; dat had ik naar mijn slaapkamer gedragen. Nadat hij er een paar ogenblikken naar had gestaard, zei hij: 'Ja, dat is heel mooi,' en hij draaide zich om om weg te gaan.

'Het radiodeel is niet zo erg goed,' riep ik hem na, in strijd met de waarheid.

Hij liep door naar beneden.

O, ik had zo'n medelijden met hem! Na al die maanden dat hij ervoor had gespaard! Ik rende hem achterna, en van de bovenste tree van de keukentrap kon ik hem zien staren naar zijn kleine bruine radio. Hij draaide hem uit en ging toen de tuin in met een heel bittere uitdrukking op z'n gezicht.

Ik haalde hem in toen hij de ophaalbrug overging.

'Laten we een eindje gaan wandelen,' zei ik.

'Best, als jij dat wilt.' Hij zei het zonder me aan te kijken.

We sjokten de laan uit. Ik had hetzelfde gevoel als die keer toen Rose zo'n erge kiespijn had; dat het harteloos van me was om je niets aan te trekken van de pijn, en dat alleen medelijden hebben met anderen niet voldoende is. Maar toch, toen ik me afvroeg of ik ter wille van Stephen Simons cadeau af zou willen staan, wist ik dat ik dat niet kon.

Ik probeerde gewoon te praten over de twee radio's en wijdde erover uit hoe ik zijn kleine radio van de ene kamer naar de andere kon dragen en hem zelfs mee naar buiten kon nemen (ook al wist ik dat tenzij Stephen in de buurt was ik die van Simon overal heen zou sjouwen, zelfs als het mijn rug zou breken.) Ik veronderstel dat ik het er te dik oplegde, want hij viel me in de rede en zei: 'Het is heus in orde.'

Ik keek hem vlug aan. Hij probeerde geruststellend te glimlachen, maar hij wilde me niet aankijken.

'O, Stephen!' riep ik. 'Het cadeau van jou was veel groter. Simon hoefde er niet voor te sparen – of te werken.'

'Nee, dat was mijn voorrecht,' zei hij rustig.

Ik vond dat een prachtige manier van hem om het te bekijken. Daardoor kreeg ik nog meer medelijden met hem dan ooit, zoveel dat ik bijna wilde dat ik verliefd was geworden op hem in plaats van op Simon. Toen voegde hij er heel zacht aan toe: 'Lieveling.' En in die seconde flitste er een wilde gedachte door mijn hoofd. O, hoe kwam dat? Wekte iets in zijn stem dat gevoel bij mij op? Of was het omdat we voorbij het lariksbosje kwamen en ik me herinnerde hoe ik eens in gedachten met hem daar naartoe ging?

Ik bleef stilstaan en staarde hem aan. Zijn gezicht werd verguld door de ondergaande zon. Hij vroeg me of ik terug wilde. Ik zei: 'Nee. Laten we gaan kijken of er nog late wilde hyacinten in het bos staan.'

Hij keek me vlug aan, eindelijk recht in mijn ogen.

'Kom mee,' zei ik.

Toen we de eerste groene larikstakken opzij duwden, dacht ik: zo, dat werpt mijn theorie omver dat de dingen die ik me heb verbeeld in werkelijkheid nooit kunnen gebeuren. Maar dat deed het niet omdat alles zo heel anders was dan ik het voor me had gezien. Het bosje was uitgedund zodat het niet koel en donker was zoals ik had verwacht; de lucht was nog warm en de stralen van de ondergaande zon schenen van achter ons naar binnen. De boomstammen hadden een rode gloed. Er hing een warme, harsachtige geur in plaats van de geur van hyacinten – en de paar die er nog over waren, waren uitgebloeid en bezig zaad te vormen. En in plaats van een stil, afwachtend gevoel was er een benauwende opwinding. Stephen zei geen van de dingen die ik destijds voor hem had bedacht; geen van ons beiden sprak een woord. Ik liep de hele tijd vooraan en bereikte de kleine met gras begroeide open plek midden in het bos eerder dan hij. Daar keerde ik me om en wachtte op hem. Hij kwam dichter en dichter bij en stond toen stil terwijl hij me vragend aankeek. Ik knikte en toen nam hij me in z'n armen en kuste me, heel voorzichtig. Het betekende niets voor me; ik weet dat ik hem niet terugkuste. Maar plotseling veranderde hij en kuste me opnieuw en nog eens, helemaal niet voorzichtig; en ik voelde me ook anders en verlangde ernaar dat hij door zou gaan. Ik hield hem zelfs niet tegen toen hij mijn jurk over mijn schouders naar beneden trok. Hij was het die ten slotte ophield.

'Laat het me niet doen, laat het me niet doen!' hijgde hij, en hij duwde me zo hard weg dat ik bijna omviel. Toen ik achteruit wankelde, overviel me een wilde angst en zodra ik mijn evenwicht had gevonden, baande ik me blindelings een weg terug door het bos. Hij riep me na: 'Pas op je ogen! Het is al goed, ik kom je niet achterna.' Maar ik bleef doorrennen tussen de lariksen terwijl ik mijn armen voor mijn gezicht hield. Ik rende het hele eind naar het kasteel en vloog de keukentrap op met de bedoeling om me in mijn kamer op te sluiten, maar gleed halverwege uit en stootte mijn knie heel erg, en toen barstte ik in tranen uit en lag daar maar te snikken. Het is vreselijk dat iets binnen in mij hoopte dat als ik daar maar lang genoeg lag, hij binnen zou komen en zien hoe diep ongelukkig ik was – hoewel ik nog steeds niet kan begrijpen waarom ik dat wilde.

Na een poosje hoorde ik hem bij de keukendeur. 'Cassandra, toe, hou op met huilen,' riep hij. 'Ik was niet van plan binnen te komen, maar toen ik jou hoorde... Toe, alsjeblieft, hou op.' Ik bleef huilen. Hij stond onder aan de trap. Ik begon me aan de leuning op te trekken terwijl ik nog steeds huilde.

Hij zei: 'Maar het is in orde, heus. Er is niets verkeerds in als we van elkaar houden.'

Ik draaide me fel naar hem om: 'Ik hou niet van je. Ik haat je.'

En toen zag ik de blik in z'n ogen en besefte hoe verschrikkelijk het allemaal voor hem was; tot dat ogenblik had ik alleen maar aan mijn eigen verdriet gedacht. Hijgend bracht ik uit: 'Nee, nee – dat bedoel ik niet, maar... O, dat kan ik nooit uitleggen.' En toen rende ik verder naar mijn kamer en deed beide deuren op slot. Ik wou me net op het bed neergooien toen mijn blik op Simons cadeau op de vensterbank viel. Ik ging erheen, deed de grammofoon dicht en ging er met mijn hoofd op mijn armen op liggen. En voor de eerste keer in mijn leven wilde ik dat ik dood was.

Toen het helemaal donker was, had ik genoeg zelfbeheersing vergaard om een kaars aan te steken en ik begon diep ongelukkig naar bed te gaan. Een paar minuten later werd er op de deur naar de overloop geklopt en Stephen riep: 'Ik wil niet binnenkomen, maar lees alsjeblieft het briefje dat ik onder de deur door schuif.'

Ik riep terug: 'Goed,' en ik zag het briefje onder de deur door komen. Toen ik het opraapte, hoorde ik z'n voetstappen naar beneden gaan en toen het geluid van de voordeur die dichtging.

Hij had geschreven:

Liefste Cassandra,
Wees alsjeblieft niet ongelukkig. Alles komt in orde.
Het komt alleen maar omdat je zo jong bent. Ik
vergeet dat soms omdat je zo knap bent. Ik kan het
niet uitleggen omdat ik denk dat je je dan nog
ongelukkiger zou voelen en in ieder geval weet ik niet
hoe ik het uit moet leggen. Maar er is niets verkeerds
gebeurd. Het was allemaal mijn schuld. Als je me
vergeeft dat ik je zo heb laten schrikken, wil je dan ja
op een stuk papier schrijven en het onder mijn deur

schuiven? Ik ga nu weg en kom niet terug voor je licht
uit is, dus hoef je niet bang te zijn dat je me
tegenkomt. En morgenvroeg ga ik naar mijn werk
voordat jij op bent.
We zullen er niet over praten – tenminste voorlopig
nog niet. Jij moet maar zeggen wanneer. Heus, het is
in orde.
Veel liefs van Stephen
xxxxxx maar niet voordat jij ze wilt hebben.

Op een apart velletje had hij geschreven: 'Misschien kan dit je helpen om het te begrijpen. Dat is natuurlijk alleen maar voor als we
getrouwd zijn' – en daaronder had hij vier regels uit 'Liefdesfilo-
sofie' overgeschreven.

Eenzaam is er niets op aarde,
Waar alles volgens wet van God
Eens zich met elkander paarde;
Waarom niet ons lot?
Door Percy Bysshe Shelley. (Geboren in 1792,
gestorven in 1822.)

Ik vermoedde dat hij er Shelleys naam en de jaartallen onder had
gezet zodat ik niet zou denken dat hij weer poëzie had gestolen.
O, Stephen, ik weet heel goed waarom je het deed! Ik zou zo graag
mijn liefde voor Simon willen beschrijven en niets van mezelf is
daar goed genoeg voor.

Ik schreef 'ja' en schoof het onder zijn deur door. Ik kon het
niet over mijn hart verkrijgen om dat niet te doen; en natuurlijk
is het in zekere zin waar; ik heb het hem vergeven. Maar het liet
hem in een leugen geloven: dat ik alleen maar van streek was geweest omdat hij me had laten schrikken.

Sinds die tijd zijn we nooit meer alleen geweest. Met de anderen erbij praten we tamelijk gewoon, maar ik kijk hem nooit recht
aan. Ik neem aan dat hij alleen maar denkt dat ik verlegen ben.

Natuurlijk zou het eerlijk zijn als ik hem zou vertellen dat het
nooit tot iets kan komen, maar zelfs als ik hem zoveel verdriet
zou kunnen doen, betwijfel ik het of ik hem zou kunnen overtui-

gen zonder te erkennen dat ik van iemand anders houd; omdat ik zeer beslist de indruk heb gewekt dat er wel iets van zou kunnen komen toen hij me kuste. O, waarom heb ik het toegelaten? Toegelaten? Je moedigde hem aan, meisje! Maar waaróm, waaróm? Terwijl ik met heel mijn hart naar Simon verlangde! Misschien zou ik mezelf beter begrijpen als ik er niet zo'n hekel aan had om het me te herinneren; zelfs nu heb ik nog niet helemaal alles opgeschreven wat er gebeurd is.

Wat ik weet is dit: dat ik hem vroeg om mee naar het bos te gaan, was gemeen; gemeen tegenover hem en gemeen tegenover mezelf. Zeker, dat ik zo'n medelijden met hem had, had er iets mee te maken, maar in hoofdzaak was het puur gemeenheid. En het was alleen aan Stephen te danken dat het niet nog veel gemener werd. Ik heb echt gezondigd. Ik ga nu ophouden en hier op de schans berouw zitten hebben en me heel diep schamen...

O, lieve help! Dat was een grote vergissing! Terwijl ik na zat te denken over het berouw besloop me de gedachte dat het geen zonde zou zijn geweest als het Simon geweest was in plaats van Stephen. En het omwisselen van die twee heeft me meer en meer doen beseffen hoe ik de herinnering aan Simons kus heb bedorven. Hoe kan ik mijn rampzalige toekomst onder ogen zien? Ik zal Roses bruidsmeisje moeten zijn, haar jaar na jaar met Simon op Scoatney zien wonen en toekijken hoe hij haar aanbidt. En hoe moet ik mijn gevoelens verbergen als ik hen samen zie?

Als ik maar weg kon gaan! Maar het enige waar ik voor leef is om Simon weer te zien.

Ik herinner me net dat ik eens heb geschreven dat ik Rose niet benijdde, dat ik dacht dat een gelukkig huwelijk saai zou zijn. Mijn hemel, wat was ik een dwaas!...

Mijn vader komt door de laan aanfietsen nadat hij vandaag weer op Scoatney is geweest, en de jongens kunnen elk ogenblik thuiskomen. Ik denk dat ik naar beneden moet om voor de tea te zorgen; ik geloof dat zalm in blik me het meest zal opvrolijken. Het is heel vreemd en ellendig om weer naar het leven van alledag terug te keren nadat ik zo lang in dit dagboek heb geleefd; ik heb de hele dag geschreven, met maar één onderbreking toen ik Heloïse binnenriep voor haar eten en zelf een paar worstjes nam.

Een van mijn hevigste verlangens naar een huilbui overvalt me.

Ik ga de schans af hollen, al grijnzend en zingend om die de baas te worden.

Negen uur – geschreven in bed.

Er is iets gebeurd. O, ik weet dat ik er niet op moet bouwen, maar dat doe ik wel.

Terwijl we aan de tea zaten, kwam er een telegram voor Stephen van Leda Fox-Cotton; ze wil dat hij volgend weekeinde naar Londen komt. Dus ging hij terug naar de boerderij om te vragen of ze hem op zaterdagochtend kunnen missen. Zodra hij weg was, draaide ik de radio uit en ging naar boven om die van Simon te laten spelen; die gebruik ik nooit als Stephen in huis is. Thomas kwam ook en vroeg me de *Preludes en Fuga's* van Bach op de grammofoon te zetten; die vindt hij heel mooi. We lagen op de bedden en luisterden gezellig. Het komt me voor dat Thomas de laatste tijd veel volwassener en verstandiger is geworden. Hij was altijd intelligent wat zijn schoolwerk betreft, maar ik vond hem nooit interessant om mee te praten. Nu verbaast hij me vaak. Misschien is al het goede eten dat hij de laatste tijd heeft gehad, naar zijn hersens gestegen.

Nadat we de Bach-platen hadden gespeeld, zei hij plotseling: 'Herinner je je dat Rose een wens deed bij het stenen hoofd?'

Ik vroeg hem wat hem in 's hemelsnaam daaraan had doen denken.

'O, het luisteren naar Simons grammofoon, denk ik; dat is voor een deel het verschil dat de Cottons in ons leven hebben gebracht. Het is nooit tevoren tot me doorgedrongen dat Rose zichzelf aan de duivel wilde verkopen, een wens deed – en op dat moment kwamen zij binnenwandelen.'

Ik staarde hem aan. 'Maar Rose verkoopt zichzelf niet; zij is verliefd op Simon. Ze heeft me dat zelf gezegd en je weet dat ze nooit liegt.'

'Dat is waar,' zei Thomas. 'Dan is het haar misschien gelukt om zichzelf voor de gek te houden, want ik weet dat ze niet verliefd is. En ze past helemaal niet bij Simon.'

'Maar hoe kun jij nou weten dat ze niet verliefd is?'

'Nou, alleen al omdat ze het haast nooit over Simon heeft. Harry's zuster is verliefd en die houdt nooit op met praten over haar verloofde. Harry en ik sluiten er weddenschappen op af. Dat laatste weekend toen ik daar logeerde, heeft ze vijfenvijftig keer over hem gesproken.'

'Dat is onzin,' zei ik. 'Rose is toevallig veel terughoudender.'

'Terughoudend? Rose? Nota bene, ze praat je altijd suf over alles waar ze fel op is. Weet je wel dat in de brief die ik van haar kreeg, niet één woord staat over Simon?'

'Wanneer heb jij een brief gekregen?' vroeg ik. 'Mag ik hem niet zien?'

Hij zei dat hij een paar dagen geleden toevallig de postbode in de laan was tegengekomen. 'En ik liet je de brief niet lezen omdat ze dat vroeg, maar ze gaf daar een heel idiote reden voor, dus zie ik niet in waarom ik het niet zou doen. Ik zal hem nu even halen.'

Het was een bijzonder eigenaardige brief. Er stond inderdaad niets over Simon in; maar er stond niets in over wie dan ook, zelfs niet over Rose zelf. Het was alleen een enorme lijst met dingen die voor haar gekocht waren en hoeveel alles had gekost. Aan het eind schreef ze: 'Ik heb liever niet dat je deze brief aan Cassandra laat zien omdat het vreselijk is dat ik zoveel beeldige dingen heb, en zij zo weinig. Jij bent niet jaloers want jij bent geen meisje. En ik vind het fijn dat ik het aan iemand kan vertellen.'

'En ik wed dat ik weet waarom ze die lijst heeft gemaakt,' zei Thomas. 'Het was om zichzelf ervan te overtuigen dat trouwen om geld het allemaal waard is. O, ik zou me er niet te veel zorgen over maken; vrouwen trouwen altijd om geld, weet je. In elk geval is het voor ons werkelijk een godsgeschenk, zelfs al is het een beetje een duivelsgeschenk voor Rose.'

'En voor Simon dan?' vroeg ik.

'Simon? O, die is niet meer te helpen. Herinner je je ons laatste bezoek aan Scoatney voordat ze allemaal naar Londen gingen? Hij noemde Roses naam tweeënveertig keer terwijl we door de stallen liepen – ik heb het geteld. De paarden moeten doodziek geweest zijn van het horen van haar naam.'

Ik zei tegen hem dat hij absoluut geen bewijs had wat betreft de gevoelens van Rose; maar ik voelde een wilde hoop opkomen in mijn hart, want het is inderdaad vreemd dat er niets over Simon in haar brief staat; je wilt toch zeker schrijven over degene van wie je houdt? Ik schrijf Simons naam zelfs op vodjes papier! (En dan krijg ik het op mijn zenuwen bij de gedachte dat ik ze niet goed heb verscheurd.)

Nadat Thomas was weggegaan om zijn huiswerk te maken, haalde ik de enige brief te voorschijn die Rose me heeft geschreven. Eerst deed die mijn hoop tot nul dalen, want wat kan definitiever zijn dan: 'Het is zo heerlijk dat ik bij al het andere ook nog verliefd kan zijn op Simon.' Maar veronderstel dat ze zichzelf echt 'voor de gek houdt' zoals Thomas dacht? Er staat zo weinig in over Simon. En een deel van de brief doet zo treurig aan; ze schrijft over eenzaamheid, over in de badkamer gaan zitten tot ze weer vrolijk wordt. Mijn hemel, als ik Simon had, zou ik nooit eenzaam kunnen zijn!

Ik heb in bed proberen te bedenken wat voor soort brief ik zou hebben geschreven als ik Rose was geweest. Ik geloof niet dat ik veel zou hebben gezegd over mijn diepere gevoelens; ik kan me heel goed begrijpen dat Rose die voor zich houdt. Maar ik weet dat ik gezegd zou hebben welke jurken Simon mooi vond, wat hij dacht over de toneelstukken...

Ik weet dat hij het belangrijkste onderwerp in de brief zou zijn geweest.

Verzin ik het allemaal maar – geloof ik wat ik graag wil geloven? En zelfs als zij niet van hem houdt, weet ik dat hij van háár houdt. Maar misschien als zij hem zou opgeven...

O, wat is het heet in deze kamer! Ik durf het raam niet wijd open te zetten voor het geval Heloïse eruit zou springen; een van haar bewonderaars, de herdershond van De Vier Stenen, sluipt om het kasteel heen. Heloïse, lieverd, hij zou een bijzonder ongeschikte partij voor je zijn. Ik vraag me af of hij is weggegaan... Nee, hij is er nog. Er lopen nu twee honden, net aan de andere kant van de gracht; ik kan vier ogen zien gloeien in het donker. Ik heb vreselijk medelijden met verliefde honden. Maar ik kan niet zeggen dat het Heloïse veel kan schelen; ze ziet er nogal zelfvoldaan uit...

Ik heb net besloten wat ik zal doen. Ik moet op de een of andere manier achter de waarheid komen. Als Rose werkelijk van hem houdt, zal ik nooit proberen hem van haar af te nemen, zelfs niet in mijn gedachten. Dan zal ik weggaan – misschien naar de universiteit zoals zij voorstelde. Maar ik moet de waarheid weten. Ik moet haar zien.

Ik zal zaterdag met Stephen meegaan naar Londen.

14

Ik ben weer terug. Het heeft niets geholpen.

Het zal nooit meer hetzelfde zijn tussen Rose en mij.

Al die tijd dat Stephen en ik gisteren in de vroegte naar het station van Scoatney fietsten, moest ik denken aan het begin van mijn laatste reis naar Londen, toen zij bij me was. Ik betrapte me erop dat ik tegen haar praatte zoals ze toen was; dat ik zelfs haar raad vroeg over wat ik moest zeggen tegen de nieuwe Rose. De Rose met de uitzet van duizend pond leek me een totaal ander iemand dan de Rose in het armzalige witte mantelpakje, die op een heldere aprilmorgen met mij op reis ging. Wat was het landschap toen fris! Het was gisteren groen na de regen, maar ik had geen hoopvol gevoel van een nieuw begin. De zon was heet, en hoewel ik blij was dat het slechte weer voorbij was, vond ik hem toch nogal fel. De volle zomer kan meedogenloos zijn voor wie neerslachtig is.

Het alleen zijn met Stephen was veel minder moeilijk dan ik had verwacht. We spraken heel weinig en alleen over de allergewoonste dingen. Ik voelde me schuldig tegenover hem en was – heel unfair – daarom ook een beetje boos op hem. Ik vond het vervelend dat ik bij al het andere me ook nog zorgen over hem moest maken.

Terwijl we op het station zaten te wachten, arriveerde een uitgeputte Heloïse, die aan Thomas was ontsnapt en achter onze fietsen was aangerend. Ze hoeft nu niet meer opgesloten te worden, en we wilden haar liever niet op het perron achterlaten, want toen we dat eens een keer hebben gedaan, was ze de volgende trein in geslopen en in het politiebureau van King's Crypt terechtgekomen. Dus kocht Stephen een hondenkaartje voor haar, en de stationschef gaf haar flink te drinken en zocht een stuk touw om als riem te gebruiken.

Ze gedroeg zich perfect tijdens de reis behalve dat ze, nadat we waren overgestapt in de trein naar Londen, een koekje afpakte van een jongetje. Ik bedankte hem vlug dat hij het aan haar had gegeven en hij geloofde me op mijn woord dat dat zijn bedoeling was geweest.

Stephen stond erop mij helemaal naar Park Lane te brengen. We spraken af dat we elkaar zouden opbellen over de trein waarmee we naar huis terug zouden gaan, en toen ging hij vlug naar St. John's Wood.

Ik liep een keer met Heloïse om het blok met flats heen en ging toen naar binnen. Het gebouw leek wel op een paleis met verende tapijten en blinkende portiers en een lift die je zelf bedient. Je krijgt een vreemd, onherroepelijk gevoel als je op de knop hebt gedrukt en begint te stijgen. Heloïse kreeg claustrofobie en probeerde tegen de met leer beklede wanden op te klimmen. Dat was er niet erg best voor.

Ik heb nog nooit iets gezien dat er zo uitdrukkelijk rustig uitzag als de gang die naar de flat liep; het was nauwelijks te geloven dat er iemand kon wonen achter die glimmende voordeuren. Toen die van Mrs. Cotton voor mij werd opengedaan, gaf me dat gewoonweg een schok.

Ik vroeg naar Rose en vertelde het dienstmeisje wie ik was.

'Ze zijn allemaal weg,' zei ze.

Ik besefte plotseling dat ik hen had moeten laten weten dat ik zou komen.

'Wanneer komen ze thuis?' vroeg ik.

'Mrs. Cotton zei halfzeven, op tijd om zich te kleden voor het diner. Wilt u niet binnenkomen, miss?'

Ze bood aan om water te halen voor Heloïse, die dramatisch hijgde, en vroeg of ik iets wilde gebruiken. Ik zei misschien wat melk en vroeg of ik me wat mocht opknappen? Ze liet me in Roses slaapkamer. Die was magnifiek; het tapijt was echt wit – het leek me verschrikkelijk om erop te lopen. Alles was wit of crème behalve een grote bos rode rozen in een marmeren vaas op het nachtkastje. Daarnaast stak een kaart uit een envelop met 'goedemorgen, lieveling' erop in Simons handschrift. Terwijl ik naar de rozen stond te staren, kwam het dienstmeisje terug met mijn melk en water voor Heloïse; toen liet ze ons alleen.

Roses badkamer zag eruit alsof hij nog nooit was gebruikt; zelfs haar tandenborstel was opgeborgen. Ze had in haar brief gezegd dat er elke dag schone handdoeken waren, maar ik had me niet voorgesteld dat het er zoveel zouden zijn: drie maten, en de beeldigste washandjes met monogram.

Toen ik me had gewassen, ging ik terug naar de slaapkamer en vond Heloïse prinsheerlijk op de witte gewatteerde sprei; dat leek niet gek. Ik trok mijn schoenen uit, ging naast haar liggen en probeerde te bedenken wat ik moest doen. De geur van de rozen was verrukkelijk.

Ik begreep dat er geen kans zou zijn om met Rose te praten als ze pas zo laat thuiskwam; ik moest het voorzichtig aan doen en tactvol zijn, en daarvoor zou noch voor noch na het diner tijd zijn, zelfs al wachtte ik tot de trein van halftien. Ik vroeg me af of ik haar zou kunnen vinden; ze zou toch zeker thuiskomen als ze wist dat ik in de flat was?

Ik belde om het dienstmeisje, maar toen ze kwam, bleek ze er geen idee van te hebben waar ze allemaal naartoe waren.

'Is er niemand die dat kan weten?' vroeg ik wanhopig.

'Misschien zouden we Mr. Neil kunnen proberen, hoewel hij de laatste tijd hier niet vaak is geweest.' Ze belde naar zijn hotel, maar Neil was er niet. Toen vroeg ik me af of de Fox-Cottons me zouden kunnen helpen, en we draaiden hun nummer.

Het bleek dat Leda Fox-Cotton helemaal niet blij was dat ze mijn stem hoorde.

'Jij dwaas kind, waarom heb je ze niet gewaarschuwd?' zei ze. 'Nee, natuurlijk weet ik niet waar ze zijn. Wacht eens even, ik zal het aan Aubrey vragen. Misschien heeft Topaas iets tegen hem gezegd.'

Ze was binnen een minuut terug. 'Hij weet alleen dat Topaas vanavond thuis is omdat hij haar zou afhalen. Het zal wel het beste zijn als je bij ons komt lunchen; maar je zult tot twee uur moeten wachten omdat ik er een lange ochtend van maak met Stephen. Ik moet hem vanmiddag meenemen naar een paar mensen van de film. Je kunt jezelf toch wel een uurtje of zo bezighouden? Neem om halftwee maar een taxi.'

Ik dacht er eerst over om te weigeren, maar ik wilde graag haar huis en studio zien – en haar en haar man nog eens bekijken; het klonk alsof Topaas zeer bevriend was met hem.

Dus bedankte ik haar en nam de uitnodiging aan. Toen ik haar blatende stem niet meer hoorde, zei ik tegen mezelf dat het toch heus erg vriendelijk van haar was om me te vragen en dat ik mijn vooroordeel tegen haar moest overwinnen.

'Dat is prettig voor u,' zei het meisje, 'hoewel de keukenmeid u natuurlijk wat te eten zou hebben gegeven. Eens even kijken, u moet nog anderhalf uur zoekbrengen; ik vermoed dat u wat winkels zult willen kijken.'

Maar ik voelde er niets voor Heloïse door drukke straten mee te zeulen, dus zei ik dat ik alleen een beetje in Hyde Park zou gaan wandelen.

'Uw japon is nogal gekreukt, miss,' zei ze tegen me. 'Als u wilt, kan ik hem wel opstrijken.'

Ik bekeek mezelf in Roses lange spiegel. Het is vreemd hoe een omgeving je kleren kan beïnvloeden; ik had mijn groene jurk de vorige dag gewassen en gestreken en hem heel netjes gevonden, maar in Roses kamer leek hij goedkoop en ordinair. En dat ik erin op het bed had gelegen, had de zaak niet beter gemaakt. Maar ik voelde er niets voor om hem uit te trekken om hem te laten strijken omdat mijn ondergoed zo oud en versteld was; dus bedankte ik haar en zei dat ik het maar zo zou laten.

Het was warm wandelen in het park, dus ging ik onder een paar bomen in het gras zitten. Heloïse ging aan het rollen en nodigde me met wuivende poten uit haar te kriebelen; maar ik was te lui om het naar behoren te doen, dus draaide ze zich om en ging liggen slapen. Ik leunde achterover tegen een boomstam en keek om me heen.

Het trof me dat dit de eerste keer was dat ik alleen in Londen was. Onder normale omstandigheden zou ik het heerlijk hebben gevonden om het te gaan 'aanvoelen' – dat kun je nooit helemaal zolang je ergens niet in je eentje bent geweest – en zelfs in mijn gespannen toestand was het prettig om daar rustig te zitten kijken naar de rode bussen in de verte, de oude, roomkleurige huizen in Park Lane, en de grote nieuwe flats met hun gestreepte zonneschermen. En het 'gevoel' dat je krijgt in het park was heel eigenaardig en interessant: wat me het meest opviel was dat het zo geïsoleerd lag; het leek alsof het vriendelijk glimlachte, en op de een of andere manier niets te maken had met de ontelbare kilometers Londen eromheen. Eerst dacht ik dat dit kwam omdat het bij een vroeger Londen hoorde – Victoriaans, achttiende-eeuws, of nog vroeger. En toen, terwijl ik naar de schapen keek die vreedzaam aan het gras knabbelden, drong het tot me door dat Hyde Park nooit bij welk Londen dan ook heeft gehoord, dat het in wezen altijd een stukje landelijkheid is geweest; en dat het op die manier de Londens van alle tijdperken prachtig verenigt – door altijd onveranderd te blijven in het hart van de steeds veranderende stad.

Nadat ik een klok kwart over een had horen slaan, ging ik naar Oxford Street en vond een leuke, open taxi. Het was Heloïses eerste rit door Londen en ze blafte bijna onophoudelijk; de chauffeur zei dat het hem het toeteren bespaarde.

Ik was nog nooit in St. John's Wood geweest; het is een boeiend gedeelte, met stille straten met bomen en geheimzinnig uitziende huizen, de meeste oud, zodat de vuurrode voordeur van de Fox-Cottons enorm opviel.

Aubrey Fox-Cotton kwam naar de hal om me te begroeten.

'Leda is nog bezig,' zei hij met zijn mooie, geaffecteerde stem. Bij daglicht leek z'n smalle gezicht zelfs nog grauwer dan die avond op Scoatney. Hij is niet erg opvallend en toch blijft zijn matte elegantie je bij. Het leek alsof hij bij Heloïse in de smaak viel, maar hij zei alleen: 'Grappig beest,' en hij wuifde even losjes naar haar.

Hij gaf me een sherry en praatte heel voorkomend – tot lang na tweeën – maar besteedde niet echt aandacht aan me. Eindelijk zei hij dat we 'er maar eens heen moesten slenteren en de anderen opdiepen'.

We gingen door de achtertuin naar een gebouw dat eruitzag alsof het oorspronkelijk een stal was geweest. Toen we binnenkwamen, stonden we tegenover een zwartfluwelen gordijn, dat van de ene kant naar de andere reikte. In een hoek was een kleine wenteltrap.

'Ga maar naar boven,' fluisterde hij, 'en hou je stil voor het geval het een psychologisch moment is.'

Boven aan de trap liep een galerij van waar we naar beneden in de studio konden kijken. Die was helder verlicht met alle lichten gericht op een platform aan het andere eind. Daar stond Stephen in een Griekse tuniek tegen een geschilderde achtergrond van een tempelruïne. Hij zag er prachtig uit. Ik kon Leda Fox-Cotton nergens zien, maar ik kon haar horen.

'Je mond is te strak,' riep ze. 'Bevochtig je lippen en sluit ze dan niet helemaal. En kijk een heel klein beetje naar boven.' Stephen deed wat ze zei en toen vloog zijn hoofd omhoog en hij werd vuurrood.

'Wat donders...' begon Leda Fox-Cotton; toen begreep ze dat hij iemand op de galerij had gezien en ging ergens staan waar ze ons zelf ook kon zien.

'Zo, is het dat,' zei ze. 'Nou zal ik niets meer van hem gedaan krijgen. Hij is de hele morgen al verlegen geweest; ik neem aan dat het door die tuniek komt. Ga je maar verkleden, Stephen.'

Ze was helemaal in het zwart – zwarte lange broek, zwart hemd – en erg warm en vettig, maar ze zag eruit alsof ze hard had gewerkt en dat maakte de vettigheid minder erg dan toen op Scoatney. Terwijl we op Stephen wachtten vroeg ik of ik iets van haar werk mocht zien en ze nam me mee naar wat de stal van het huis ernaast moet zijn geweest. Het vertrek was ingericht als een zitkamer met grote divans, beladen met kussens. Alles was zwart of wit. Aan de muren hingen vergrotingen van foto's die ze had gemaakt, waarvan een van een prachtige, volkomen naakte neger, veel meer dan levensgroot. Hij reikte van de vloer tot aan het plafond en was afschrikwekkend.

Er stond een reusachtig ingelijst hoofd van Stephen te wachten om te worden opgehangen. Ik bewonderde het en zei dat hij een prachtig object was om te fotograferen.

'Hij is de enige van de jongens die ik ooit voor mijn toestel heb gehad die mooi was zonder er verwijfd uit te zien,' zei ze. 'En zijn lichaam is even mooi als z'n hoofd. Ik zou wel willen dat die malle jongen zich helemaal voor me zou uitkleden; ik zou hem zo graag naast mijn neger hangen.'

Toen gaf ze me een hele bundel foto's van Stephen, allemaal even prachtig. Het merkwaardige was dat ze precies op hem leken en toch heel iemand anders voorstelden – veel positiever, krachtiger, intelligenter. Er was er geen een met die blik die ik altijd schaapachtig noem.

Terwijl we aan de lunch zaten (aan een tafel met een spiegel als blad) vroeg ik me af of die blik in werkelijkheid misschien ook weg was. Stephen was zeer zeker veel volwassener, en vreemd genoeg op z'n gemak met de Fox-Cottons. Maar hij was nog altijd niet – nou ja, zo'n persoonlijkheid als op de foto's.

Het eten was verrukkelijk – trouwens alles daar was prachtig op een ultramoderne manier.

'Helemaal verkeerd voor dit oude huis,' zei Aubrey (ze vroegen me hen bij hun voornaam te noemen), nadat ik het meubilair had bewonderd. 'Maar in Londen geef ik de voorkeur aan moderne meubelen en Leda wil haar studio's niet kwijt en op een flat wonen. Moderniteit in Londen en antiquiteit op het land – daar hou ik van. Wat zou ik graag willen dat Simon Scoatney aan me verhuurde!'

'Misschien verliest Rose haar hart aan New York als ze daar op huwelijksreis naartoe gaan,' zei Leda.

'Gaan ze dáár naartoe?' vroeg ik zo onverschillig als ik kon.

'Ach, Rose had het erover,' zei Leda vaag. 'Het zou een goede tijd zijn om te gaan als ze in september trouwen. New York is beeldig in de herfst.'

Er overviel me een afschuwelijke golf van neerslachtigheid. Ik wist plotseling dat niets het huwelijk kon tegenhouden; dat ik een vergeefse reis had gemaakt naar Londen; ik geloof dat ik dat begon te beseffen toen ik in de flat Simons rozen zag. Ik verlangde terug naar het kasteel waar ik in het hemelbed kon kruipen om te huilen.

Leda vroeg Stephen om de volgende ochtend weer voor haar te poseren.

'Maar we moeten vanavond naar huis,' zei ik vlug.

'O, nonsens, je kunt toch in de flat slapen,' zei Leda.

'Er is geen ruimte,' zei ik. 'En hoe dan ook, ik moet naar huis.'

'Maar Stephen hoeft toch zeker niet mee? Je kunt best alleen terug.'

'Nee, dat kan ze niet; niet laat op de avond,' zei Stephen. 'Natuurlijk ga ik met je mee als jij wilt gaan, Cassandra.'

Leda wierp een vlugge, scherpzinnige blik op hem; het was alsof ze plotseling had begrepen wat hij voor mij voelde, dit niet prettig vond, maar niet van plan was met hem te argumenteren.

'Nou, dat is heel vervelend,' zei ze, en ze keek weer naar mij.

'Ik weet zeker dat ze je op de een of andere manier kunnen onderbrengen in de flat. Waaróm kun je niet blijven?'

Ik had zin om tegen haar te zeggen dat ze zich met haar eigen zaken moest bemoeien. Maar aangezien ze mijn gastvrouw was, zei ik alleen beleefd dat mijn vader en Thomas me nodig hadden.

'Maar mijn hemel,' begon ze – toen zag ze mijn vastbesloten uitdrukking, haalde haar schouders op en zei: 'Nou, als je van gedachten verandert, bel dan op.'

De lunch was afgelopen. Toen we door de hal liepen, lag Heloïse op de zwartmarmeren vloer, voldaan van al het eten. Leda bleef staan en keek naar haar.

'Aardig, haar spiegelbeeld in het marmer,' zei ze. 'Ik vraag me af of ik een foto van haar zal maken. Nee – er is geen tijd om de lichten hier te installeren.'

Er kwam geen spoortje van een glimlach op haar gezicht toen Heloïse met haar staart kwispelde. Ik bedacht opeens dat ik haar nog nooit had zien glimlachen.

Terwijl ze zich verkleedde om Stephen naar de filmstudio's te brengen, vond ik dat het beleefd zou zijn om met Aubrey te praten over zijn werk en te vragen of ik er afbeeldingen van mocht zien. Natuurlijk weet ik niets van moderne architectuur, maar het leek me erg goed. Het is vreemd dat zo'n uitgedroogde man zo knap is, en vreemd dat iemand die zo gek doet als Leda zulke schitterende foto's kan maken. Toen ze beneden kwam, droeg ze een prachtige zwarte japon en hoed, met donkerrode handschoenen en een antiek robijnen halssnoer; maar ze zag er nog altijd vrij vettig uit.

Ik had besloten terug te gaan naar de flat voor het geval Rose eerder zou terugkomen dan het dienstmeisje verwachtte, dus zette Leda me daar af op weg naar de filmstudio's. Stephen sprak af dat hij me om halfnegen op zou halen.

Leda moest nog even op me vitten: 'Je bent een lastig kind dat je hem dwingt om je vanavond thuis te brengen. Hij zal meteen terug moeten komen naar Londen als hij die baan krijgt.'

'Hij hoeft niet mee te gaan tenzij hij het zelf wil.' Ik geloof niet dat ik het onhebbelijk zei. 'In elk geval, veel succes met de baan, Stephen.'

Toen ze wegreden, wilde ik met Heloïse om het blok met flats wandelen, maar ik was nog niet ver toen de auto stopte en Stephen naar me terug kwam rennen.

'Weet je zeker dat je wilt dat ik deze baan aanneem als ik hem kan krijgen?' vroeg hij.

Ik zei dat ik dat natuurlijk wilde en dat we allemaal erg trots op hem zouden zijn.

'Heel goed... als jij het zeker weet...'

Terwijl ik hem nakeek toen hij naar de auto terugrende, had ik een heel verkeerd gevoel van trots – niet zozeer omdat hij zo dol op me is als wel bij de gedachte dat Leda het moet hebben gemerkt.

Ik bracht de middag door in de zitkamer van de flat. Ik las een beetje; er lagen een paar serieuze Amerikaanse tijdschriften, helemaal niet zoals die van miss Marcy. Maar het grootste deel van de tijd dacht ik alleen maar na. En waar ik het meest over dacht, was luxe. Ik was er me nooit eerder van bewust geweest dat het meer is dan alleen het bezit van dingen; het maakt dat zelfs de lucht anders aanvoelt. En ik voelde mezelf anders terwijl ik die lucht inademde: ontspannen, lui, nog wel verdrietig, maar de scherpe kant was van mijn verdriet af. Misschien slijt die invloed op den duur of misschien merk je het niet als je erin geboren bent, maar het lijkt mij dat rijkdom altijd een beetje verdovend op de zintuigen werkt. Misschien neemt die niet alleen de scherpe kantjes weg van het verdriet, maar ook de diepte van de vreugde.

En hoewel ik niet eerlijk kan beweren dat ik ooit enige weelde die ik zou kunnen krijgen, zou versmaden, heb ik toch het gevoel dat er iets verkeerds in zit. Misschien maakt dat het alleen maar prettiger.

Om vijf uur bracht het vriendelijke meisje ijsthee en komkommersandwiches – en koekjes voor Heloïse, maar die gaf verreweg de voorkeur aan de sandwiches. Daarna viel ik op de divan in slaap.

En plotseling waren ze allemaal thuis; de kamer was meteen vol en ze lachten en praatten. Ze waren alle drie in het zwart; klaarblijkelijk dragen de meeste modieuze vrouwen in Londen zwart bij warm weer. Het lijkt niet geschikt, maar ze zagen er heel charmant in uit. En ze waren zo blij me te zien; Rose knuffelde me gewoonweg. Iedereen was vastbesloten dat ik het hele weekeinde moest blijven. Rose beweerde steeds dat haar bed groot genoeg was voor ons allebei en toen ik zei dat we elkaar zouden schoppen, zei ze: 'Goed dan; dan ga ik op de vloer slapen, maar blijven moet je.'

'Ja, doe dat, lieverd,' zei Mrs. Cotton. 'En dan kunnen we maandagochtend op je bruidsmeisjesjapon uitgaan.'

'Had ik maar geweten dat je hier was, dan zou ik naar huis zijn gevlogen,' riep Rose. 'We zijn naar een oervervelende matinee geweest.'

Ze wuifde zichzelf koelte toe met het programma. Drie maanden geleden zou ze geen matinee ter wereld vervelend hebben gevonden.

Topaas drong er ook op aan dat ik zou blijven, maar in één adem vroeg ze of vader het zonder mij zou kunnen stellen. Ik vertelde haar precies wat voor eten ik voor hem en Thomas had achtergelaten.

'We zullen Scoatney bellen en een koud stuk gebraden vlees laten brengen,' zei Mrs. Cotton. 'Daar kunnen ze dan even mee doen.'

Toen kwam Simon binnen en alleen al het weerzien was zo heerlijk dat ik me plotseling volmaakt gelukkig voelde.

'Ja, natuurlijk moet ze blijven,' zei hij, 'en vanavond met ons mee uitgaan.'

Rose zei dat ze mij een jurk kon lenen. 'En bel jij Neil op, Simon, en zeg dat hij moet komen om met haar te dansen. Je kunt in het bad in mijn badkamer, Cassandra.'

Ze sloeg haar arm om me heen en nam me mee naar haar slaapkamer. De rustige flat was tot leven gekomen. Deuren en ramen stonden open, het meisje had de zonneschermen opgetrokken, er woei een koel briesje binnen uit het park dat naar droog gras en benzine rook; een heel opwindend, Londens luchtje dat zich vermengde met de verrukkelijke geuren van het diner dat werd klaargemaakt.

'De keukendeur moet open hebben gestaan,' zei Mrs. Cotton echt boos tegen het meisje. Alsof iemand bezwaar zou kunnen hebben tegen de geur van een goede maaltijd.

Terwijl ik in het bad zat, telefoneerde Rose voor mij naar het huis van de Fox-Cottons; ik was bang dat Leda aan de telefoon zou komen en ik had geen zin om haar zelf te vertellen dat ik van gedachten was veranderd. Toen bedacht ik dat het bijzonder onvriendelijk zou zijn als ik Stephen niet zou vragen hoe het onderhoud was afgelopen, dus gilde ik naar Rose dat ik hem wilde spreken.

'Hij is in de studio met Leda,' riep Rose terug. 'Aubrey zegt dat hij hem zal vragen je later op te bellen.'

Nadat ze had afgebeld, vertelde ze me dat Stephen de baan bij de film had gekregen. 'Aubrey zegt dat Leda er hevig opgewonden over is; Stephen krijgt minstens vijf dagen lang tien pond per dag. Hij hoeft niets te zeggen, alleen maar rond te dwalen met een paar geiten. Het is symbolisch of zoiets.'

'Lieve help, stel je voor, Stephen, die vijftig pond verdient!'

'Hij zal nog wel meer verdienen voordat Leda met hem klaar is,' zei Rose. 'Ze is gek op hem.'

Toen ik uit bad kwam, lag er een avondjurk voor me klaar – weer het modieuze zwart! Later bleek dat Rose die jurk voor mij had gekozen omdat het toevallig de kortste was. Hij paste me heel goed, hing net vrij van de grond, en was uiterst luxueus, hoewel Rose zei: 'O, het is maar een van die confectiejurken die dienden om me voorlopig mee te redden.'

Toen ik bijna klaar was met aankleden, hoorde ik Neils stem in de hal.

'Dat is een compliment voor jou,' zei Rose, 'hij is in geen weken bij ons geweest. Lieve help, ik hoop niet dat hij vergif in mijn soep doet.' Ik zei dat het jammer was dat ze niet met elkaar konden opschieten.

'Nou ja, mijn schuld is het niet,' zei Rose. 'Ik wil best goede vrienden met hem zijn ter wille van Simon. Ik heb het telkens opnieuw geprobeerd, en ik zal het vanavond weer proberen, alleen om het je te bewijzen. Maar het zal niet helpen.'

Toen ze zei 'ter wille van Simon' dacht ik: natuurlijk houdt ze van hem. Ik was een idioot om Thomas te geloven. Toch bleef ik me gelukkig voelen. Ik zei telkens tegen mezelf: ik heb hem gezien; over een paar ogenblikken zal ik hem weer zien. Dat is bijna genoeg.

Neil klopte op de slaapkamerdeur en riep: 'Waar is mijn vriendin Cassandra?'

Rose was nog niet helemaal klaar, dus ging ik alleen naar hem toe. Ik was vergeten hoe ontzettend aardig hij is. We gingen naar de zitkamer en Simon zei: 'Nee maar, ze is volwassen!'

'En ze is heel knap geworden,' zei Mrs. Cotton. 'Volgende week moeten we gaan winkelen, schat.'

Ik geloof dat ik er redelijk aardig uitzag in Roses jurk.

Iedereen was bijzonder vriendelijk tegen me; misschien hadden ze het gevoel dat ze me een beetje hadden verwaarloosd. Toen Rose binnenkwam, stak ze haar arm door de mijne en zei: 'Ze moet heel, heel lang blijven, vinden jullie niet? Dan moet vader maar voor zichzelf zorgen.'

Topaas zou daar ogenblikkelijk tegen op gekomen zijn, maar zij was uitgegaan met Aubrey Fox-Cotton.

Na het diner (vier gangen; de koude consommé was verrukkelijk) spraken ze af waar wij zouden gaan dansen. Mrs. Cotton wilde niet mee; ze zei dat ze thuis wilde blijven om Proust weer te lezen.

'Ik begon er gisteravond aan,' zei ze tegen Simon, 'en ik wil er dolgraag mee doorgaan. Deze keer maak ik aantekeningen en probeer mijn lievelingspassages in het oog te houden zoals jij hebt gedaan.'

Toen begonnen ze een gesprek over Proust waar ik graag naar had geluisterd, maar Rose sleepte me mee naar haar slaapkamer om ons klaar te maken.

'De manier waarop die twee over boeken praten!' zei ze. 'En zonder ooit een schrijver te noemen van wie ik zelfs maar een regel heb gelezen.'

Het was heerlijk om langs Park Lane te wandelen naar het hotel waar gedanst werd, met de diepblauwe hemel boven de straatlantaarns. Maar na de eerste paar stappen merkte ik dat ik last zou krijgen met Roses satijnen schoentjes; ze pasten heel goed toen ik ze aantrok, maar ik ontdekte dat ze uitslipten als ik liep, tenzij ik mijn voeten heel stijf hield. Dansen bleek nog erger te zijn dan lopen; na een keer de zaal rond wist ik dat het hopeloos was.

'Ik zal gewoon moeten toekijken,' zei ik tegen Neil.

Hij zei: 'Geen denken aan,' en nam me toen mee naar een verlaten gang naast de balzaal. Die moest bedoeld zijn als een plek waar je een dans kon uitzitten – er waren kleine nissen in de met roze brokaat beklede muren – maar Neil zei dat er bijna nooit iemand kwam.

'Trek nu die ellendige schoenen uit,' zei hij tegen me. 'En ik zal de mijne ook uitdoen, voor het geval ik op je tenen trap.'

Het was een heel vreemd gevoel om op het dikke tapijt te dansen, maar ik genoot er echt van. Toen de muziek ophield, gingen we in een van de nissen zitten praten.

'Ik ben blij dat jij naar Londen bent gekomen,' zei hij. 'Als je niet was gekomen, zou ik je misschien niet meer hebben gezien. Ik ga vandaag over een week terug naar huis.'

Ik was heel verbaasd. 'Bedoel je Californië? Blijf je niet voor het huwelijk? Ik dacht dat jij bruidsjonker moest zijn.'

'Simon moet maar iemand anders vinden. Ik kan deze kans niet laten lopen. Ze hebben mij het compagnonschap in een ranch aangeboden; ik kreeg het telegram vandaag. Ze hebben me meteen nodig.'

Op dat moment zagen we Rose en Simon de balzaal uitkomen, kennelijk op zoek naar ons. 'Zeg er niets over, wil je?' zei Neil vlug. 'Ik wil moeder eerst voorzichtig voorbereiden voor ik het de anderen vertel. Zij zal het niet prettig vinden.'

De muziek begon weer vlak nadat Rose en Simon zich bij ons hadden gevoegd. Zij richtte zich tot Neil en zei op een echt lieve toon: 'Wil jij deze dans met mij doen?'

Toen zag ik dat ze gelijk had gehad toen ze zei dat het hopeloos was om goede vrienden met hem te worden; even dacht ik dat hij echt zou weigeren. Maar ten slotte zei hij alleen: 'Zeker, als je dat wilt,' heel beleefd maar zonder een schijntje van een glimlach, en ze verdwenen samen en lieten mij alleen met Simon.

Wij hadden het eerst over Rose; hij maakte zich zorgen dat het vele winkelen haar had vermoeid. 'Ik zou wel willen dat we meteen konden trouwen en uit Londen vertrekken,' zei hij. 'Maar zowel zij als moeder wil op de uitzet wachten.'

Ik had zelf al gedacht dat Rose wat minder levendig leek dan normaal, maar niet half zo vermoeid als hij er zelf uitzag. Hij was bleker dan gewoonlijk en zijn manier van doen was zo stil. Daardoor hield ik nog meer van hem dan ooit; ik wilde zo vreselijk graag lief voor hem zijn.

Nadat we heel lang erg veel belangstelling hadden gehad voor Rose vroeg hij naar mijn vader en we bespraken of het mogelijk zou zijn dat hij weer aan het werk was en het geheimhield.

'Hij deed bijzonder eigenaardig toen hij een paar weken geleden in de flat logeerde,' zei Simon. 'Mijn moeder vertelde me dat hij naar de keuken was gegaan en alle kookboeken had geleend.'

Ik begon het wanhopige gevoel te krijgen dat de tijd maar voorbijvloog zonder dat we spraken over iets dat ik als een schat kon bewaren voor de toekomst. Hij was charmant en vriendelijk zoals altijd, maar het leek alsof hij me nauwelijks als mens zag. Ik wilde dolgraag iets amusants zeggen, maar kon niets bedenken, dus probeerde ik intelligent te zijn.

'Denk je dat ik Proust moet lezen?' vroeg ik.

Klaarblijkelijk was dat meer amusant dan intelligent, want het maakte hem aan het lachen. 'Ik zou niet willen beweren dat het móét,' zei hij, 'maar je zou een poging kunnen wagen. Ik zal je *Du côté de chez Swann* sturen.'

Toen zei ik iets over het verjaarscadeau dat hij me had gegeven, en hij vond dat ik hem een aardige bedankbrief had geschreven.

'Ik hoop dat je alle platen van Scoatney leent die je wilt hebben,' zei hij.

Toen hij dat zei, zag ik opeens het paviljoen in het licht van de maan en de kaarsen – en toen, door een uiterst wreed toeval, begon de band die een potpourri had gespeeld, net 'Liefste' te spelen. Ik voelde dat ik fel bloosde; nog nooit heb ik me zo verlegen gevoeld. Ik sprong overeind en rende naar een spiegel, een eindje verder in de gang.

'Wat is er aan de hand?' riep Simon me na.

'Een ooghaartje in mijn oog,' riep ik terug.

Hij vroeg of hij me kon helpen, maar ik zei dat ik het wel alleen af kon en frommelde met mijn zakdoek tot de blos wegstierf. Ik geloof niet dat hij het zelfs maar gemerkt heeft.

Toen ik naar hem terugliep, zei hij: 'Het is merkwaardig hoe die jurk je verandert. Ik weet niet of ik het wel leuk vind dat je volwassen wordt. Maar ik zal er wel aan wennen.' Hij glimlachte tegen me. 'Maar je was volmaakt zoals je was.'

Het was het grappige kleine meisje waarvan hij had gehouden, het komieke kind dat het midzomerritueel had gespeeld; háár had hij gekust. Hoewel ik niet geloof dat ik ooit helemaal zal weten waarom hij het deed.

Daarna praatte ik makkelijk genoeg en maakte hem vaak aan het lachen; ik kon zien dat hij me weer graag mocht. Maar het was absoluut niet de tegenwoordige ik die sprak; ik gaf een imitatie van mezelf zoals ik vroeger was. Ik was erg 'bewust naïef'. Ik was dat nooit eerder tegenover hem geweest; hoe wat ik zei ook mag hebben geklonken, ik was altijd volmaakt natuurlijk geweest. Maar ik wist toen ik daar zat en hem amuseerde terwijl de band 'Liefste' speelde, dat heel veel dingen die ik vanzelfsprekend had gevonden voordat ik dat voor het eerst hoorde, nooit meer vanzelfsprekend voor me zouden zijn. Niet alleen de zwarte jurk had me volwassen gemaakt.

Rose en Neil kwamen terug toen de muziek ophield; toen verdween Neil om iets drinkbaars voor ons te bestellen.

'Dat was een aardig liedje, dat laatste,' merkte ze op. 'Hoe heet het?'

'Ik vrees dat ik er niet op heb gelet,' zei Simon,

'Ik ook niet,' zei ik.

Rose ging in de tegenoverliggende nis zitten en legde haar voeten op de bank.

'Moe?' vroeg Simon terwijl hij naar haar toe ging.

Ze zei: 'Ja, heel erg.' Ze maakte geen plaats voor hem; dus ging hij naast haar op de vloer zitten.

'Wil je graag dat ik je naar huis breng zodra we iets te drinken hebben gehad?' vroeg hij, en ze zei ja.

Neil had graag willen blijven met mij, maar ik zei dat wij niet zonder schoenen konden blijven dansen in die gang.

'Het begint inderdaad een beetje te lijken op een gecapitonneerde cel,' gaf hij toe.

Ik zal het nooit vergeten: het dikke tapijt, de met brokaat bedekte muren, het heldere licht dat weerkaatst werd door de vergulde spiegels; alles was zo luxueus – en zo zinloos, zo levenloos.

Toen we bij de ingang van het flatgebouw kwamen, zei Neil dat hij niet mee naar boven ging, maar hij liep met ons mee naar de lift en zorgde ervoor dat hij en ik een heel eind achter de anderen waren.

'Het ziet ernaar uit dat dit voor ons het afscheid is,' zei hij.

Ik voelde een droefheid die helemaal los stond van mijn eigen loodzware pakket van ellende. 'Maar we zullen elkaar op een goede dag toch nog weleens zien, niet?'

'Vast en zeker. Je moet naar Amerika komen.'

'Kom jij nooit meer hier terug?'

Hij zei dat hij het betwijfelde; toen lachte hij en voegde eraan toe: 'Nou, misschien toch wel als ik rijk en oud ben.'

'Waarom heb je zo'n hekel aan ons, Neil?'

'Ik heb geen hekel aan jóú,' zei hij vlug. 'O, ik heb nergens een hekel aan. Maar ik pas hier eenvoudig niet.'

Toen riepen de anderen dat de lift op me wachtte, dus gaven we elkaar vlug een hand. Ik vond het vreselijk dat het jaren en jaren zou kunnen duren voor ik hem weer zag.

Er lag een boodschap van Stephen voor mij in de flat; ik had helemaal vergeten dat hij me zou opbellen. Rose las hardop voor: 'Voor miss C. Mortmain van Mr. S. Colly. Mr. Colly vroeg om te zeggen dat hij geheel tot uw beschikking was indien nodig.'

'Dat noem ik nog eens een aardige boodschap,' zei Simon. 'Zou je hem niet even terugbellen?'

'O, stel het uit tot morgenochtend,' zei Rose, 'en laten we naar bed gaan. Ik heb nog nauwelijks de kans gehad om met je te kletsen.'

Toen kwam Topaas uit haar slaapkamer en zei dat ze met me wilde praten.

'Kun je niet wachten tot morgen?' vroeg Rose.

Topaas zei dat ze niet inzag waarom. 'Het is pas halfelf en ik ben expres vroeg thuisgekomen.'

'Nou, schiet dan in ieder geval op,' zei Rose.

Topaas nam me mee naar de daktuin. 'In die flat weet je nooit of iemand anders je kan horen,' zei ze. Het was prettig op het dak; er stonden een heleboel boompjes in potten, en een paar mooie tuinmeubelen. Er was niemand anders. We gingen zitten op een grote schommelbank en ik wachtte af met wat voor belangrijks zij zou aankomen; maar zoals ik wel had kunnen raden, bleek ze alleen maar over mijn vader te willen praten.

'Ik had nauwelijks een minuut met hem alleen toen hij hier logeerde,' zei ze. 'Mijn kamer is te klein voor twee. En Mrs. Cotton hield hem allebei de avonden heel laat op met haar gepraat.'

Ik vroeg haar of ze zich nog steeds zorgen maakte over hen.

'Niet op de manier zoals eerst. In ieder geval, van háár kant is er zeker niets. Ik zie nu in dat ze geen belang stelt in de mán maar wel in de beroemdheid – als hij haar het genoegen wil doen er weer een te worden. Ze hoopt dat hij dat zal doen en wil eraan meewerken. En Simon ook.'

'Wat is daar voor verkeerds aan?' vroeg ik. 'Je weet dat ze de beste bedoelingen hebben.'

'Simon wel; hij stelt belang in Mortmains werk om het werk zelf en om Mortmain. Maar ik geloof dat Mrs. Cotton alleen maar beroemdheden verzamelt; ze stelt zelfs mij op prijs nu ze een paar geschilderde portretten van me heeft gezien.'

'Ze vroeg je om bij haar te komen logeren voordat ze die had gezien,' zei ik. Ik mag Mrs. Cotton graag; en haar vriendelijkheid voor ons gezin is niet minder dan fabelachtig geweest.

'Toe maar – zeg maar dat ik onrechtvaardig ben.' Topaas slaakte een van haar kreunende zuchten, en voegde er toen aan toe: 'Ik weet wel dat ik dat eigenlijk ben. Maar ze werkt op mijn zenuwen tot ik zou kunnen gillen. Waarom werkt ze niet op Mortmains zenuwen? Dat vind ik onbegrijpelijk. Praten, praten en nog eens praten – en nog nooit heb ik zo'n vitaliteit gezien. Ik geloof niet dat het normaal is voor een vrouw van haar leeftijd om zo gezond te zijn. Als je het mij vraagt, zijn het haar klieren.'

Ik begon te lachen, maar zag toen dat het haar ernst was; 'klieren' is altijd een lievelingsuitdrukking van Topaas geweest. 'Nou, kom dan terug naar het kasteel en rust uit,' stelde ik voor.

'Dat wilde ik je net vragen. Heeft Mortmain ook maar het geringste teken gegeven dat hij me nodig heeft?' Ik probeerde een tactvolle manier te bedenken om 'nee' te zeggen. Gelukkig ging zij meteen door: 'Ik moet iemand hebben die me nodig heeft, Cassandra; dat is altijd zo geweest. Mannen hebben mij geschilderd of van mij gehouden of me gewoon mishandeld – sommige mannen moeten aan mishandeling doen, weet je, het is goed voor hun werk; maar op de ene of de andere manier hebben ze me altijd nodig gehad. Ik moet mensen inspireren, Cassandra – dat is mijn levenstaak.'

Ik vertelde haar toen dat ik een vage hoop had dat vader aan het werk was.

'Bedoel je dat ik hem heb geïnspireerd, alleen door uit z'n buurt te blijven?'

We brulden allebei van het lachen. Topaas' gevoel voor humor is weleens afwezig, maar goed als het aanwezig is. Toen we wat gekalmeerd waren, zei ze: 'Wat denk je van Aubrey Fox-Cotton?'

'Niet veel,' zei ik. 'Heeft híj inspiratie nodig? Het lijkt me dat hij het er aardig goed afbrengt zoals de zaken nu staan.'

'Hij zou beter kunnen werken. Dat voelt hij.'

'Bedoel je als jullie allebei een echtscheiding kregen en met elkaar zouden trouwen?'

'Dat nou niet precíés,' zei Topaas.

Ik voelde plotseling dat het een belangrijk ogenblik was en vroeg me af wat ik in 's hemelsnaam zou kunnen zeggen om haar te beïnvloeden. Het hielp niets om te doen alsof mijn vader haar nodig had, omdat ik wist dat ze zou hebben ontdekt dat dit niet het geval was voor ze een halfuur thuis was.

Eindelijk zei ik: 'Ik neem aan dat het niet genoeg is dat Thomas en ik je nodig hebben?'

Ze keek verheugd – en kwam toen aanzetten met een vreselijk 'Topasisme': 'O, schat! Maar zie je niet in dat de kunst vóór het individu gaat?'

Toen kreeg ik een idee. 'Dan kun je vader niet verlaten,' zei ik. 'Topaas, begrijp je dan niet dat onverschillig of hij je mist of niet, een dergelijke schok hem volkomen te gronde zou kunnen richten? Denk je eens even in dat zijn biograaf zou schrijven: "Mortmain stond op het punt de tweede fase van zijn carrière te beginnen toen de trouweloosheid van zijn vrouw, het schildersmodel, het weefsel van zijn leven verscheurde. We zullen nooit weten wat de wereld verloor door deze onwaardige jonge vrouw..." en je zou het nooit weten, Topaas, want als vader nooit meer een regel zou schrijven nadat je hem had verlaten, zou je altijd het gevoel hebben dat het misschien jouw schuld was geweest.'

Ze zat me aan te staren; ik kon zien dat ik een geweldige indruk had gemaakt. Gelukkig was het niet tot haar doorgedrongen dat niemand een biografie van mijn vader zal schrijven tenzij hij wat meer presteert.

'Begrijp je niet hoe het nageslacht jou verkeerd zou beoordelen?' deed ik er nog een schepje bovenop. 'Terwijl als je bij hem blijft je misschien zult zijn: "Dit meisje, mooi als een engel van Blake, die haar vele eigen talenten opofferde om zeker te zijn van

Mortmains wedergeboorte."' Ik hield op, bang dat ik het te erg had gemaakt, maar ze slikte alles.

'O, schat, jij zou die biografie zelf moeten schrijven,' hijgde ze.

'Dat doe ik, dat doe ik,' verzekerde ik haar, en ik vroeg me af of zij zou willen blijven om mij te inspireren; maar ik vermoed dat ze zichzelf alleen maar ziet als een inspiratie voor mannen. Hoe dan ook, ik hoefde me geen zorgen te maken, want ze zei met haar ergste dubbele-basstem: 'Cassandra, je hebt me gered van een verschrikkelijke vergissing. Dank je wel, dank je!'

Toen zakte ze in elkaar op mijn schouder, met zoveel kracht dat ik van de schommelbank viel.

Die schat van een Topaas! Zij noemt Mrs. Cottons belangstelling voor mijn vader het verzamelen van beroemdheden, en ziet helemaal niet in dat haar eigen wens om mannen te inspireren hetzelfde in een andere vorm is – een veel minder eerlijke. Want Mrs. Cottons interesses zijn wel van intellectuele – nou ja, sociaal-intellectuele – aard, terwijl het intellectualisme van mijn lieve, mooie stiefmoeder heel, heel erg namaak is. De echte Topaas is degene die kookt en schrobt en naait voor ons allemaal. Wat zijn de mensen toch gecompliceerd – gecompliceerd en aardig!

Toen we van het dak naar beneden gingen, zei ze dat ze over een dag of tien, veertien thuis zou komen – zodra Macmorris zijn nieuwe portret van haar af had. Ik vertelde haar hoe geweldig blij ik was, hoewel het plotseling tot me doordrong dat het heel moeilijk zou zijn mijn verdriet voor haar te verbergen. Het gesprek met haar had mijn gedachten ervan afgeleid, maar toen we de flat binnengingen, was het net of het daar op mij had gewacht.

Iedereen was naar bed gegaan. Er scheen een streep licht onder Simons deur. Ik bedacht hoe dichtbij hij sliep, en om de een of andere reden maakte me dat ongelukkiger dan ooit. En het vooruitzicht dat ik hem 's morgens weer zou zien, troostte me niet; ik had in die glinsterende gang naast de balzaal ontdekt dat bij hem zijn pijnlijker kon zijn dan niet bij hem zijn.

Rose zat in bed op me te wachten. Ik herinner me dat het me opviel hoe mooi haar blonde haar afstak tegen het hoofdeinde van wit fluweel.

Ze zei: 'Ik heb een van de nachtponnen van mijn uitzet voor je klaargelegd.' Ik bedankte haar en hoopte dat ik hem niet zou scheuren; hij leek erg teer. Ze zei dat er in elk geval nog genoeg andere waren.

'Zo, nu kunnen we praten,' zei ik opgewekt – ik bedoelde 'kun jíj'. Ik was niet langer van plan haar te ondervragen over haar gevoelens voor Simon: natuurlijk hield ze van hem, natuurlijk kon niets het huwelijk tegenhouden; mijn reis naar Londen was een idiote vergissing geweest.

'Ik geloof niet dat ik daar vanavond zin in heb,' zei ze.

Dit verbaasde mij – ze had zich er zo op verheugd – maar ik zei alleen: 'Nou, morgen is er tijd genoeg.'

Ze zei dat zij dat ook dacht; het klonk allesbehalve enthousiast; toen vroeg ze mij de rozen voor de nacht in de badkamer te zetten. Toen ik ernaar toe liep, keek ze naar Simons kaart op het nachtkastje en zei: 'Gooi dat in de prullenmand, wil je?'

Ze zei het niet terloops, maar met een soort verachtelijke afkeer. Mijn voornemen om niets te zeggen smolt weg en ik zei: 'Rose, jij houdt niet van hem.'

Ze gaf me een ironisch glimlachje en zei: 'Nee. Is het niet jammer?'

Daar was het dan – dat waar ik op had gehoopt! Maar in plaats dat ik blij was, in plaats van weer wat hoop te koesteren, werd ik boos – zo boos dat ik beter niets kon zeggen. Ik stond haar maar aan te staren tot ze zei: 'Nou? Zeg eens wat.'

Het lukte me om heel kalm te praten. 'Waarom loog je tegen mij, die avond dat je je verloofde?'

'Dat deed ik niet. Ik dacht echt dat ik verliefd was. Toen hij me kuste... O, dat kun jij niet begrijpen... je bent te jong.'

Ik begreep het heel goed. Als Stephen mij had gekust voordat ik wist dat ik van Simon hield, zou ik dezelfde fout hebben kunnen maken; vooral als ik die had wíllen maken, zoals Rose. Maar ik bleef boos.

'Hoe lang weet je het al?' vroeg ik.

'Nu al sinds weken en weken; ik ontdekte het kort nadat we in Londen waren; Simon is hier zoveel vaker bij me. Als hij maar niet zo verliefd op me was! Kun je begrijpen wat ik bedoel? Het is niet alleen dat hij me wil aanhalen – elke minuut die we samen zijn, kan ik hem voelen vragen om liefde. Hij legt het op de een of andere manier met alles in verband – als het een bijzonder mooie

298

dag is, als we iets moois zien of samen naar muziek luisteren. Ik zou erom kunnen gillen. O god... ik was niet van plan het jou te vertellen. Ik wilde het wel, ik wist dat het me zou opluchten; nog maar een paar minuten geleden had ik besloten om het niet te doen omdat ik wist dat het egoïstisch zou zijn. Het spijt me dat jij het uit me hebt gekregen. Ik zie dat het je verschrikkelijk van streek heeft gemaakt.'

'Dat hindert niet,' zei ik. 'Wil je dat ik het hem namens jou zeg?'

'Het hem zeggen?' Ze staarde me aan. 'O, geen wonder dat je van streek bent! Maak je geen zorgen, lieverd – ik trouw toch met hem.'

'Nee, dat doe je niet,' zei ik tegen haar. 'Zoiets gemeens doe je niet.'

'Waarom is het opeens gemeen? Je hebt altijd geweten dat ik met hem zou trouwen, of ik van hem hield of niet; en je hebt me geholpen zoveel je kon zonder er zelfs zeker van te zijn of ik van hem hield.'

'Ik heb het niet begrepen; ik vond het alleen leuk, net als iets uit een boek. Het was niet echt.' Maar diep in mijn hart wist ik dat mijn geweten er nooit gerust op was geweest maar dat ik er niet naar had geluisterd. Al mijn verdriet was mijn verdiende loon.

'Nou, het is nu wel degelijk echt,' zei Rose grimmig.

Door mijn eigen schuldgevoel was ik minder boos op haar. Ik ging op het bed zitten en probeerde redelijk te klinken. 'Je kunt het niet doen, dat weet je best, Rose – alleen voor kleren en juwelen en badkamers...'

'Je praat alsof ik alles alleen voor mezelf doe,' onderbrak ze mij. 'Weet je wat elke avond mijn laatste gedachten zijn als ik hier in bed lig: nou, in elk geval hebben ze vandaag genoeg te eten gehad op het kasteel... Zelfs Heloïse is dikker geworden! En ik heb meer aan jou gedacht dan aan de anderen – aan alles wat ik voor jou kan doen als ik getrouwd ben...'

'Dan kun je ophouden met denken, want ik zal niets van je aannemen...' Plotseling kwam mijn woede teruggolven en er volgde een woordenstroom. 'En je kunt ophouden met te doen alsof je het voor ons allemaal doet; je doet het alleen voor jezelf omdat jij de armoede niet aandurft. Je wilt Simons leven verknoeien omdat jij hebzuchtig en laf bent...' Ik ging maar door in een soort gillend gefluister; ik was me er de hele tijd van bewust dat iemand me zou kunnen horen en het lukte me om niet te schreeuwen, maar ik wist niet wat ik zei; ik kan me zelfs het meeste niet meer herinneren. Rose probeerde me geen enkele keer te onderbreken; ze zat mij maar aan te staren. Opeens kregen haar ogen een begrijpende blik. Ik hield meteen op.

'Jij houdt zelf van hem,' zei ze. 'Dat ontbrak er nog maar aan.' En toen barstte ze uit in krampachtig snikken en begroef haar gezicht in haar kussen om het lawaai te smoren.

'Toe! Hou op,' zei ik.

Na een paar minuten hield ze op met brullen in het kussen en begon haar zakdoek te zoeken. Dat kun je iemand niet zien doen zonder te helpen, hoe boos je ook bent, dus gaf ik hem aan haar; hij was op de grond gevallen.

Ze veegde haar ogen af en zei toen: 'Cassandra, ik zweer je bij alles wat me heilig is dat ik hem zou opgeven als ik dacht dat hij in plaats van met mij, met jou zou trouwen. Ik zou het met beide handen aangrijpen: we zouden het geld nog in de familie hebben en ik zou hem niet als man hoeven te hebben. Ik wil Scoatney niet; ik hoef geen grote weelde. Alles wat ik vraag is niet terug te moeten naar die gruwelijke armoede. Dat wil ik niet... dat wil ik echt niet! En dat zou moeten als ik hem opgaf, omdat ik weet dat hij niet verliefd op jou zou worden. Hij denkt aan jou alleen als een klein meisje.'

'Wat hij van mij denkt, heeft er niets mee te maken,' zei ik. 'Ik denk nu aan hem, niet aan mezelf. Je zult niet met hem trouwen zonder van hem te houden.'

Ze zei: 'Weet je dan niet dat hij me liever op deze manier krijgt dan helemaal niet?'

Daar had ik nooit aan gedacht; maar toen ze het zei, begreep ik dat het waar was. Dat deed me haar nog meer haten dan ooit. Ik begon de zwarte jurk van me af te rukken.

'Dat is goed, kom in bed,' zei ze. 'Laten we het licht uitdoen en de dingen kalm bepraten. Misschien verbeeld je je maar dat je van hem houdt; kan het geen kalverliefde zijn, schat? Je kunt niet werkelijk weten of je verliefd bent tot iemand je heeft liefgehad. In ieder geval, je zult er wel overheen komen als je andere mannen ontmoet; en ik zal ervoor zorgen dat dat gebeurt. Laten we praten... laten we proberen elkaar te helpen. Kom naar bed.'

'Ik kom niet naar bed,' zei ik, en ik schopte de jurk weg. 'Ik ga naar huis.'

'Maar dat kan niet... niet vannacht! Er zijn geen treinen.'

'Dan ga ik in de stationswachtkamer zitten tot morgenochtend.'

'Maar waarom...'

'Ik ben niet van plan naast jou te komen liggen.' Ik worstelde me in mijn groene jurk. Zij sprong uit bed en probeerde me tegen te houden.

'Cassandra, toe luister nou...'

Ik zei haar dat ze haar mond moest houden, anders zou ze de hele flat wakker maken. 'En ik waarschuw je dat als jij me probeert tegen te houden, ík ze wakker zal maken en ze alles zal vertellen. Dan zul je je verloving móéten verbreken.'

'O nee, dat doe ik niet...' Het was de eerste keer dat haar stem kwaad klonk. 'Ik zal ze vertellen dat jij liegt omdat jij verliefd bent op Simon.'

'Hoe dan ook, het is beter om ze niet wakker te maken.'

Ik zocht overal naar mijn schoenen, die de meid had opgeborgen.

Rose volgde me door de kamer, half boos en half smekend.

'Maar wat moet ik zeggen als je vannacht vertrekt?' vroeg ze.

'Vertel ze niets tot morgenochtend en zeg dan maar dat ik een plotselinge aanval van gewetenswroeging had omdat ik vader alleen had gelaten en dat ik met de vroege trein ben gegaan.' Ik vond eindelijk mijn schoenen en trok ze aan. 'Voor mijn part vertel je ze wat je maar wilt. Hoe dan ook, ik ga.'

'Je laat mij in de steek... en net nu ik je zo wanhopig nodig heb.'

'Ja, om meevoelend naar jouw klaagliederen te luisteren en je op je rug te kloppen – het spijt me, maar dat gaat niet op!'

Tegen die tijd was ik alle laden aan het opentrekken op zoek naar mijn handtas. Toen ik die had opgedolven, duwde ik haar opzij.

Ze probeerde nog één keer me om te praten: 'Cassandra, ik smeek je, blijf. Als je wist hoe rampzalig ik me voel...'

'Nou, ga dan in je badkamer zitten en tel je perzikkleurige handdoeken,' hoonde ik. 'Díé zullen je wel opvrolijken, jij leugenachtige, hebberige kleine bedriegster.'

Toen ging ik naar buiten en had mezelf gelukkig voldoende in bedwang om de deur zacht dicht te doen. Even dacht ik dat zij achter me aan zou komen, maar dat deed ze niet; vermoedelijk omdat ze bang was dat ik dan echt de waarheid zou uitschreeuwen: en ik geloof dat ik het in blinde woede zou hebben gedaan ook.

Het enige licht in de hal was een glimp vanuit de buitengang langs de randen van de voordeur. Ik liep er op mijn tenen heen. Net toen ik daar was, hoorde ik een zacht gejank. Heloïse! Ik had haar helemaal vergeten. Het volgende ogenblik stond ze in het donker bij me, kwispelend met haar staart. Ik trok haar door de voordeur en rende naar de lift, die gelukkig net op onze etage was. Toen we goed en wel naar beneden gingen, ging ik op de vloer zitten en liet haar haar poten om mijn hals slaan en haar verrukking afreageren.

Ze had haar halsband om en ik gebruikte mijn ceintuur als riem; er was nog steeds te veel verkeer om haar los te laten lopen, zelfs toen wij uit Park Lane een rustiger straat insloegen. Ik was blij dat ik buiten in de koele lucht was, maar na de eerste paar minuten van opluchting beleefde ik in gedachten steeds opnieuw de scène met Rose. Ik bedacht telkens ergere dingen die ik had kunnen zeggen en stelde me voor dat ik ze had gezegd. Ik zag de witte slaapkamer nog zo duidelijk voor me dat ik nauwelijks wist waar ik liep; ik herinner me alleen nog vaag dat ik maar steeds doorliep langs voorname huizen.

In een van die huizen was een bal aan de gang, en een paar mensen stonden op een balkon een luchtje te scheppen – ik herinner me vaag een gevoel van spijt dat ik te verdiept was in mezelf om er belang in te stellen. (Een paar maanden geleden zou het een prachtig onderwerp zijn geweest om er in mijn fantasie mee te spelen.) Achter in mijn gedachten had ik het idee dat ik vroeg of laat wel een bus zou zien of een ingang van de ondergrondse, en dan kon ik terug naar het station en in de wachtkamer gaan zitten. Ik kwam pas weer tot enig besef van mijn omgeving toen ik in Regent Street belandde.

Ik besloot dat ik me moest beheersen; ik herinnerde me dat ik dingen had gehoord over Regent Street, laat in de avond. Maar ik denk dat ik hem verward moet hebben met een andere straat, want het leek totaal niet op wat ik had verwacht. Ik had me een massa vrolijk geklede, opgemaakte vrouwen voorgesteld die daar liepen te lonken – maar de enige vrouwen die ik zag, leken heel respectabel; ze waren erg elegant in het zwart gekleed en het leek of ze alleen nog een laatste wandelingetje maakten; sommigen hadden hun hondjes meegenomen, wat Heloïse interesseerde. Maar het viel me op dat de meeste dames met z'n tweeën waren, wat me deed beseffen dat ik zo laat op de avond niet alleen op straat hoorde te zijn. Net nadat ik dat had gedacht, kwam er een man naar me toe die zei: 'Neem me niet kwalijk, maar heb ik uw hond niet al eens eerder gezien?'

Natuurlijk nam ik er geen notitie van, maar ongelukkigerwijs begon Heloïse te kwispelstaarten. Ik trok haar mee, maar hij liep met ons op en zei idiote dingen zoals: 'Natuurlijk kent ze me... we zijn oude vrienden... heb haar ontmoet in het Palais de Dance in Hammersmith.'

Heloïse werd steeds vriendschappelijker. Haar staart kwispelde bijna in een cirkel en ik was heel bang dat ze nu gauw tegen de man op zou springen om hem een lik te geven. Dus zei ik scherp: 'Hel, wie ís dat?' wat we zeggen als er een verdacht uitziende landloper om het kasteel scharrelt. Ze begon zo hard te blaffen dat de man achteruitsprong tegen twee dames aan. Hij probeerde ons niet meer te volgen, maar ik kon Heloïse niet laten ophouden met blaffen; ze bleef blaffen tot helemaal over Piccadilly Circus, en maakte dat we afschuwelijk opvielen.

Ik was blij dat ik eindelijk een ingang van de ondergrondse zag, maar dat duurde niet lang, want het bleek dat ze geen honden in de treinen toelaten. Je kunt ze boven op de bus meenemen, maar het bleek dat er niet veel meer reden; het was toen al lang na middernacht. Ik begon te denken dat ik beter een taxi kon nemen toen ik me herinnerde dat er een Corner House-restaurant is vlak bij Piccadilly, en dat Topaas me eens had verteld dat dit de hele nacht open bleef. Ik had heel erg veel zin in thee en had het gevoel dat Heloïse ook wel wat water kon gebruiken; ze was eindelijk opgehouden met blaffen en zag er nogal uitgeput uit. Dus liepen wij daar naartoe.

Het was zo'n prachtig gebouw dat ik bang was dat ze Heloïse misschien niet binnen zouden laten, maar wij kozen een moment dat de aandacht van de man bij de deur door iets anders werd getrokken. En ik nam een tafeltje bij de muur zodat ze nauwelijks zou opvallen als ze eronder zat; de serveerster zag haar, maar zei alleen: 'Nou, als u haar langs de portier hebt gekregen... maar ze moet zich heel rustig houden,' wat ze wonder boven wonder deed. Nadat ik haar onopvallend drie schoteltjes vol water had gegeven, ging ze stevig liggen slapen op mijn voeten, wat wel een beetje warm was, maar ik durfde ze niet te bewegen uit risico dat ze wakker zou worden.

De thee deed me goed – en ik was er hard aan toe. Bijna alles aan me deed pijn van vermoeidheid en mijn ogen voelden net of ze jarenlang open waren geweest; maar nog erger – erger zelfs dan mijn ellende over Simon waaraan ik min of meer gewend was – was het groeiende besef dat ik volkomen ongelijk had gehad tegenover Rose. Ik zag in dat de voornaamste reden voor mijn uitval niet uit edele bezorgdheid voor Simons geluk was geweest, maar uit pure, vlammende jaloezie. En wat was er onrechtvaardiger dan haar eerst te helpen bij het tot stand komen van een verloving en me daarna van haar af te keren om die verloving. Wat had ze gelijk gehad toen ze me ervan beschuldigde dat ik haar in de steek liet! Het minste wat ik had kunnen doen, was de zaak rustig bepraten. Wat me nog het akeligste gevoel gaf was dat ik in mijn hart wist dat ze van mij meer hield dan van wie dan ook; net als ik van haar tot ik verliefd werd op Simon.

Maar dat van die kalverliefde had ze niet moeten zeggen. Hoe durft ze! dacht ik. Wie is ze dat ze kan uitmaken dat wat ik voel kalverliefde is, en dus iets dwaas – in plaats van een eerste liefde, en dus iets prachtigs? Zij is nota bene zelf nog nooit verliefd geweest.

Ik zat er maar steeds over te denken terwijl ik de ene kop thee na de andere dronk – de laatste was zo slap dat ik het suikerklontje op de bodem kon zien liggen. Toen kwam de serveerster en vroeg of ik nog iets wilde hebben. Ik had geen zin om weg te gaan, dus bestudeerde ik het menu zorgvuldig en bestelde een lamskotelet – het duurt heerlijk lang voor die gaar zijn en ze kosten maar zeven penny's per stuk.

Terwijl ik zat te wachten, probeerde ik mijn ellende om Rose te verzachten door te denken aan mijn ellende over Simon, maar toen dacht ik over de twee ellendes tegelijk. Het is hopeloos, dacht ik.

We zullen alle drie voor de rest van ons leven ongelukkig zijn. Toen kwam het lamskoteletje met eromheen een zee van wit porselein, en het zag er heel klein uit – ik had niet gedacht dat een koteletje zo klein kon zijn. Ik at het zo langzaam mogelijk op; ik at zelfs het takje peterselie op dat ze erbij doen voor die zeven penny's.

Toen legde de serveerster de rekening op tafel en nam mijn bord op een heel gedecideerde manier weg; ik nam nog een flinke slok water en voelde dat ik maar beter kon vertrekken. Ik maakte mijn handtas open om er een fooi voor de serveerster uit te halen en toen...

Ik zal dit van mijn leven niet vergeten. Mijn portemonnee zat niet in mijn tasje.

Ik zocht als een razende, maar zonder enige hoop. Ik wist immers dat die portemonnee nog in het avondtasje zat dat Rose me had geleend. Het enige dat ik vond was een zanderig muntje in het kammenzakje.

Ik voelde me ijskoud en misselijk. Het leek alsof de lichten veel scheller waren, de mensen om me heen opeens luidruchtiger en toch heel onecht. Een stem in mijn hoofd zei: hou je kalm, hou je nou kalm... je kunt het de gerant uitleggen. Geef hem je naam en adres en bied aan iets waardevols achter te laten. Maar ik had niets waardevols; geen horloge of juwelen, mijn tas was bijna versleten, en ik had zelfs geen hoed of jas – even vroeg ik me zelfs af of ik mijn schoenen kon achterlaten. Maar hij zal zien dat je respectabel bent – hij zal je vertrouwen. Ik probeerde mezelf gerust te stellen – en toen begon ik me af te vragen of ik er wel respectabel uitzag. Mijn haar zat slordig, mijn groene jurk glom en was ordinair vergeleken met de Londense kleren, en dat ik de ceintuur voor Heloïse nodig had, maakte de zaak niet beter. Maar ze kunnen de politie niet waarschuwen alleen voor een pot thee en een kotelet, zei ik tegen mezelf. En toen drong het tot me door dat ik niet alleen voor mijn rekening geld nodig had – hoe moest ik naar het station komen zonder taxi? Ik kon Heloïse niet al die kilometers laten lopen, zelfs al zou ik het zelf kunnen. En mijn treinkaartje...

Dat zat ook in de portemonnee.

Ik moet hulp hebben, dacht ik wanhopig.

Maar hoe? Er waren telefooncellen in het voorste deel van het restaurant, maar nog daargelaten dat ik liever zou sterven dan de flat opbellen, wist ik dat Rose er een onmogelijke verklaring voor zou moeten geven. Toen herinnerde ik mij opeens Stephens boodschap dat hij altijd tot mijn beschikking zou zijn – maar kon ik de Fox-Cottons wakker maken om bijna twee uur 's nachts? Ik zat nog met mezelf te overleggen toen de serveerster terugkwam en me heel nadrukkelijk aankeek, zodat ik voelde dat ik iets moest doen.

Ik stond op en liet mijn rekening op de tafel liggen. 'Ik wacht op iemand die laat is; ik zal moeten telefoneren,' zei ik. 'Wilt u deze tafel voor mij vrijhouden?'

Heloïse had er een hekel aan als ze wakker gemaakt werd, maar ik durfde haar niet onder de tafel te laten; gelukkig was ze te slaperig om te blaffen. Ik legde aan de kassa uit dat ik ging telefoneren; ik zag dat het meisje erop lette dat ik geen telefooncel binnenging. Het was afschuwelijk heet daarbinnen, vooral met Heloïse tegen me aangeleund als een met bont beklede kachel. Ik opende het telefoonboek om het nummer van de Fox-Cottons op te zoeken...

En toen pas dacht ik eraan: je hebt penny's nodig om op te bellen uit een openbare telefooncel.

Eens zul je hierom lachen, zei ik tegen mezelf, je zult er vreselijk om lachen. En toen leunde ik tegen de wand van de cel en begon te huilen; maar daar hield ik gauw mee op toen ik me herinnerde dat mijn zakdoek in Roses avondtasje zat. Ik staarde naar het kastje waar je de penny's in doet en bedacht dat ik het dolgraag zou beroven als ik maar wist hoe. O, alstublieft, God, dóé iets! zei ik vanbinnen.

Toen tilde iemand die ik schijnbaar niet was, heel vlug mijn hand op en drukte op knop B. Toen de penny's eruit rolden, zei mijn innerlijke stem: Ik wist dat dat zou gebeuren.

En toen hoorde ik in gedachten de dominee spreken over gebed, geloof en de automaat.

Kan geloof een terugwerkende kracht hebben? Kon het feit dat ik zou bidden iemand hebben doen vergeten zijn penny's terug te nemen? En als het echt door het gebed kwam, kon knop B me dan niet hebben bespaard dat ik Stephen lastig moest vallen door me een pond te geven? Maar dan had het natuurlijk in penny's moeten zijn, dacht ik. Ik bad weer en drukte de knop in terwijl ik me afvroeg hoe ik een regen van tweehonderdveertig penny's de baas zou kunnen: maar ik had me geen zorgen hoeven maken. Dus ging ik er maar toe over de Fox-Cottons op te bellen.

Leda antwoordde – vlugger dan ik had verwacht. Ze klonk woedend. Ik vertelde haar dat het mij verschrikkelijk speet dat ik haar moest lastig vallen, maar dat ik er eenvoudig niets aan kon doen. Toen vroeg ik haar om Stephen te roepen.

Ze zei: 'Geen sprake van. Je kunt nu niet met hem spreken.'

'Maar dat moet...' zei ik. 'En ik weet dat het hem niet zal kunnen schelen als je hem wakker maakt – hij zou willen dat je het deed als hij wist dat ik in moeilijkheden zat.'

'Je kunt in moeilijkheden blijven tot morgenochtend,' zei ze. 'Ik sta niet toe dat je Stephen nu lastig valt. Het is walgelijk, de manier...'

Ze brak af, en een afschuwelijk moment dacht ik dat ze de hoorn had opgehangen. Toen hoorde ik stemmen, hoewel ik geen woorden kon onderscheiden, tot ze plotseling gilde: 'Als je dat toch durft!' Toen liet ze een schelle kreet horen – en het volgende ogenblik sprak Stephen tegen me.

'Wat is er gebeurd, wat is er aan de hand?' riep hij.

Ik vertelde het hem zo vlug ik kon, maar liet er de ruzie met Rose natuurlijk buiten. Ik zei dat ik van plan was geweest met een late trein naar huis te gaan.

'Maar er is geen late trein...'

'Jawel,' zei ik vlug, 'er gaat er een waar jij niets van weet. O, dat zal ik allemaal later wel uitleggen. Waar het nu op aankomt, is dat ik hier gestrand ben en als je niet vlug komt, word ik gearresteerd.'

'Ik kom meteen...' Hij leek erg van streek. 'Wees niet bang. Ga terug naar je tafeltje en bestel iets anders; dan zullen ze je niet langer verdenken. En laat je door geen enkele man aanspreken – en ook door geen enkele vrouw, vooral geen verpleegster.'

'Goed, maar kom zo vlug mogelijk.'

Later wou ik dat ik maar niets had gezegd over gearresteerd

worden omdat ik wist dat hij het zou geloven – wat ik zelf nooit helemaal had gedaan. Maar je kunt ontzettend in paniek raken als je op zo'n manier in een Londens restaurant gestrand bent, vooral midden in de nacht, en ik wilde per se dat hij zou komen.

Ik was kletsnat toen ik de hoorn ophing. Ik moest Heloïse van mijn voeten afrollen en haar gewoonweg terugsleuren naar mijn tafel. Haar ogen waren nog maar twee roze spleetjes. Ze slaapwandelde zo ongeveer. Ik zei tegen de serveerster dat mijn vriend nu gauw zou komen en bestelde een chocoladesorbet. Toen leunde ik achterover en zwolg eenvoudig in mijn opluchting; die was zo groot dat ik vergat hoe ongelukkig ik was, en ik begon belang te stellen in mijn omgeving. Aan een tafeltje dichtbij zaten een paar mensen die te maken hadden met een nieuw toneelstuk – een van hen was de schrijver – en zij zaten te wachten tot de ochtendbladen met de kritieken zouden uitkomen. Het was grappig hoe aardig en interessant bijna iedereen eruitzag nu ik niet meer in paniek was; voor die tijd was er alleen maar een zee van luidruchtige gezichten geweest. Terwijl ik genoot van mijn sorbet (het was verrukkelijk) kwam er een verpleegster binnen die aan het tafeltje naast me ging zitten. Ik verslikte me bijna door mijn rietje – omdat ik wist wat die arme Stephen had bedoeld. Miss Marcy heeft eens een verhaal verteld dat er vrouwen rondlopen die doen alsof ze verpleegster zijn, en die eropuit zijn om meisjes te verdoven en ze dan te verschepen naar Argentinië om daar te worden wat zij noemt 'nou ja, meisjes van plezier, lieverd'. Maar voor zover ik weet, heeft Argentinië genoeg eigen plezierige meisjes.

Stephen kwam pas na drieën; hij zei dat híj bijna anderhalve kilometer had moeten lopen voordat hij een taxi had gevonden. Hij zag er vreemd gespannen uit, wat ik weet aan het feit dat hij zo bezorgd was geweest. Ik dwong hem een groot glas koude limonade te drinken.

'Heb je de telefoon van Leda afgepakt?' vroeg ik. 'Zo klonk het. Wat een geluk voor mij dat je haar hoorde praten! Is hun telefoon boven of zoiets?'

'Er is er een in de studio – daar waren we,' zei hij.

'Bedoel je dat ze je nog steeds aan het fotograferen was?' Hij zei nee, het was in de andere studio. 'Waar de grote foto's hangen. We zaten gewoon te praten.'

'Wat, tot twee uur 's nachts?' Toen zag ik dat hij mijn blik ontweek en daarom ging ik vlug door: 'Vertel me nou eens iets over je gesprek met die filmmensen.'

Hij begon te vertellen, maar er drong nauwelijks een woord van tot me door; ik had het te druk met me hem voor te stellen in de studio met Leda. Ik wist zeker dat ze met hem had gevrijd. Ik stelde me voor hoe ze op de divan zaten, met maar een flauw lampje aan en de grote, naakte neger, die op hen neerkeek. De gedachte was afschuwelijk en toch fascinerend.

Ik kwam weer tot bezinning toen Stephen zei: 'Ik zal je naar huis brengen en ga dan mijn kleren inpakken; hoewel Leda zegt dat ik wat beters zal moeten kopen. En dan zal ik met Mr. Stebbins gaan praten. Hij zei dat hij mijn carrière niet in de weg zou staan.'

'Carrière' leek een grappig woord voor Stephen.

'Wat zal Ivy zeggen?' vroeg ik.

'O, Ivy...' Het leek alsof hij zich haar uit een ver verleden herinnerde. 'Ivy is een best meisje.'

Iemand kwam met de ochtendbladen voor de mensen die erop zaten te wachten. Alle kritieken waren blijkbaar erg slecht. Die arme, kleine auteur zei steeds: 'Voor mezelf kan het me natuurlijk niet schelen...' En zijn vrienden waren allemaal erg verontwaardigd over de critici en zeiden dat kritieken niets betekenden, nooit iets betekend hadden en nooit iets zouden betekenen.

'Ik neem aan dat jij nu ook gauw kritieken zult krijgen,' zei ik tegen Stephen.

'Nou, niet bepaald kritieken, maar ze zullen mijn naam wel noemen. Er komt een stuk over mij onder de foto die Leda in de kranten zal laten zetten – waarin staat dat ik een jong acteur ben, van wie nog heel veel te verwachten is. Na deze ene film waarin ik steeds te zien ben met geiten, krijg ik een contract en dan moet ik leren acteren. Maar niet te veel, zeggen ze, omdat ze me niet willen bederven.'

Eigenlijk klonk hij een beetje verwaand. Dat paste zo slecht bij hem dat ik hem vol verbazing aanstaarde; en hij moet geraden hebben waarom, want hij bloosde en voegde eraan toe: 'Nou ja, dat zeiden ze. En jij wilde dat ik het deed. Kom, laten we hier weggaan.'

Ik was blij dat we gingen. Mijn opluchting over mijn redding was verdwenen; en ik vond dat er een verschaalde, lusteloze en onnatuurlijke atmosfeer in het restaurant hing; de gedachte dat het nooit sloot, gaf me een uitgeput gevoel. De meeste mensen zagen er nu moe en zorgelijk uit; de arme kleine auteur ging net weg en zag er verschrikkelijk terneergeslagen uit. Maar de verpleegster leek tamelijk opgewekt; ze was bezig aan haar tweede portie gepocheerde eieren.

We zaten een tijdje op een bank op Leicester Square, met Heloïse over allebei onze knieën. Haar ellebogen deden me pijn; en de sfeer van het plein beviel me al helemaal niet; het lijkt totaal niet op andere Londense pleinen; dus zei ik: 'Laten we naar de Theems gaan kijken nu het licht wordt.'

We vroegen de weg aan een politieagent. Hij zei: 'U wilt er toch niet in springen, miss?' – wat me aan het lachen maakte.

Het was een hele wandeling en Heloïse vond het verschrikkelijk; maar ze vrolijkte op nadat we een saucijzenbroodje voor haar hadden gekocht bij een koffiekraam. We kwamen net bij Westminster Bridge toen de lucht rood werd van het ochtendgloren. Ik dacht aan het sonnet van Wordsworth, maar het klopte niet; de stad was zeker niet 'heel fris en glinsterend in rookvrije lucht'; er hing een spookachtig waas over alles. En ik kreeg het gevoel van 'mijn god! de huizen zelf lijken te slapen' niet te pakken omdat ik in gedachten nog half in het Corner House was, dat helemaal nooit kan gaan slapen.

We stonden tegen de brug te leunen en keken uit over de rivier. Hij was prachtig, ook al voelde ik me helemaal niet vredig. Er woei een zacht briesje in mijn gezicht; het was alsof iemand medelijden met me had. De tranen rolden uit mijn ogen.

Stephen zei: 'Wat is er, Cassandra? Heeft het... iets te maken met mij?' Even dacht ik dat hij bedoelde omdat hij me had gekust in het lariksbosje. Toen zag ik de beschaamde uitdrukking in z'n ogen. Ik zei: 'Nee, natuurlijk niet.'

'Dat had ik kunnen weten,' zei hij bitter. 'Ik had kunnen raden dat wat ik vannacht voor jou heb gedaan, ook maar iets voor je heeft betekend. Van wie hou je, Cassandra? Is het Neil?'

Ik had hem moeten vertellen dat hij onzin uitsloeg, dat ik van niemand hield, maar ik was te moe en te ellendig om te doen alsof.

Ik zei alleen: 'Nee. Het is Neil niet.'

'Dan is het Simon. Dat is erg omdat Rose hem nooit zal loslaten.'

'Maar ze houdt niet van hem, Stephen. Ze gaf het toe...' en voor ik het wist, vertelde ik hem alles over onze vreselijke ruzie in haar slaapkamer, en beschreef hoe ik de flat was uitgeslopen.

'Jij en je laatste trein!' viel hij in. 'Ik wist wel dat die er niet was.'

Ik ging door met alles er uit te gooien. Toen ik hem vertelde dat ik had beseft hoe fout ik me had gedragen tegenover Rose, zei hij: 'Maak je daar maar geen zorgen over. Rose is slecht.'

'Niet echt slecht,' zei ik, en ik begon haar te verontschuldigen door hem te vertellen dat zij ons allemaal had willen helpen en niet alleen zichzelf.

Hij onderbrak me met de woorden: 'Maar ze is slecht, echt waar. Veel vrouwen zijn dat.'

Ik zei: 'Soms zijn we slecht zonder het te willen zijn.' En toen vroeg ik hem of hij me ooit zou kunnen vergeven dat ik hem mij had laten kussen, terwijl ik wist dat ik van iemand anders hield.

'Stephen, dat was slecht! En ik liet je in de waan dat ik van je zou kunnen gaan houden.'

'Dat duurde maar een paar dagen; ik zag al gauw in dat ik bezig was me belachelijk te maken. Maar ik kon het niet begrijpen... waarom je het me ooit toestond, bedoel ik. Ik begrijp het nu. Zulke dingen gebeuren als je van de verkeerde houdt. Ergere dingen. Dingen die je jezelf nooit kunt vergeven.'

Hij staarde recht voor zich uit en zag er diep ongelukkig uit.

Ik zei: 'Voel je je ellendig omdat je gevrijd hebt met Leda Fox-Cotton? Het was haar schuld, denk ik. Je hoeft het jezelf niet te verwijten.'

'Ik zal het mezelf verwijten zolang ik leef,' zei hij, en toen keek hij me opeens aan. 'Jij bent degene van wie ik hou en altijd zal houden. O, Cassandra, weet je zeker dat je nooit van mij zult kunnen houden? Je vond het fijn toen ik je kuste – nou ja, het leek alsof je het fijn vond. Als we zouden trouwen...'

De gloed van de zonsopgang scheen op zijn gezicht en het briesje woei door zijn dikke, blonde haar. Hij zag er wanhopig en prachtig uit, nog veel mooier zelfs dan op een van Leda's foto's.

De vage uitdrukking was uit zijn ogen verdwenen; ik had het gevoel dat die voor altijd was verdwenen...

'Ik zou voor je werken, Cassandra. Als ik deug voor acteur, zouden we misschien in Londen kunnen wonen, ver weg van... de anderen. Kan ik je er niet op de een of andere manier overheen helpen – als Simon getrouwd is met Rose?'

Toen hij Simons naam noemde, zag ik Simons gezicht. Ik zag het zoals het er had uitgezien in de gang naast de balzaal, moe en nogal bleek. Ik zag het zwarte haar, dat in een punt op zijn voorhoofd groeit, de wenkbrauwen, die omhoogbuigen aan de uiteinden, de kleine lijntjes naast zijn mond. Toen hij voor het eerst zijn baard had afgeschoren, vond ik hem heel knap, maar dat was alleen maar omdat hij er zoveel jonger en gewoner uitzag; ik weet nu dat hij niet knap is – vergeleken met Stephen al helemaal niet.

En toch, toen ik naar Stephen in het licht van de opgaande zon keek en me uit het duister van mijn gedachten losmaakte van Simon, was het alsof Simons gezicht het levende was geweest en dat ik Stephen alleen maar in gedachten had gezien; of dat zijn gezicht een foto was, een schilderij, iets heel moois, maar dat niet echt voor me leefde. Mijn hele hart was zo vol van Simon dat zelfs mijn medelijden met Stephen niet helemaal echt was; het was alleen maar iets waarvan ik dacht dat ik het moest voelen; meer iets van mijn verstand dan van mijn hart. En ik wist dat ik te meer medelijden met hem moest hebben omdat ik eigenlijk zo weinig medelijden met hem had.

Ik riep uit: 'O, alsjeblieft, alsjeblieft, hou op! Ik hou zoveel van je en ik ben je zo erg dankbaar. Maar ik zou nooit met je kunnen trouwen. O, lieve Stephen, het spijt me zo verschrikkelijk.'

'Het is al goed,' zei hij, en hij staarde weer voor zich uit.

'Nou, we zijn in elk geval lotgenoten in het verdriet,' zei ik.

Toen ging Heloïse op haar achterpoten staan en zette haar voorpoten op de brugleuning tussen ons in, en mijn tranen maakten grijze vlekken op haar glanzend witte kop.

15

Ik schrijf dit aan mijn vaders bureau in het poorthuis. Als het het bureau van de koning in Buckingham Palace was geweest, zou ik niet verbaasder hebben kunnen zijn.

Het is nu halftien 's avonds. (Vorige week om deze tijd praatte ik met Simon in die gang naast de balzaal; het lijkt eindeloze jaren geleden.) Ik ben van plan aan dit dagboek te werken tot ik Thomas om twee uur ga wekken. De vorige nacht heeft hij deze uren gewaakt en ik de volgende. En ik voelde me bijna de hele tijd diep ellendig. Vanavond ben ik minder van streek, maar krijg toch nog telkens een nerveus wee gevoel in mijn maag. Hebben we een wonder bewerkt, of hebben we iets zo verschrikkelijks gedaan dat ik er zelfs niet over door durf te denken?

Ik heb mijn vorige aantekeningen nooit afgemaakt; de herinnering aan mijn tranen die op Heloïse vielen, dompelde me zo in zelfmedelijden dat ik niet verder kon. Maar er was niet veel meer te vertellen over mijn reis naar Londen. We kwamen met de eerste trein terug. Ik sliep bijna het hele eind en ging weer naar bed toen we thuiskwamen.

Het was midden op de middag toen ik wakker werd... en ik ontdekte dat ik alleen was in het kasteel: Stephen was naar De Vier Stenen gegaan; mijn vader was op Scoatney en Thomas bracht het weekeinde door bij zijn vriend Harry.

Stephen kwam omstreeks negen uur thuis en ging naar bed zonder mij lastig te vallen; ik zat op zolder in dit dagboek te schrijven. Toen ik hem over de binnenplaats hoorde lopen, vroeg ik me af of ik naar beneden moest gaan om met hem te praten, maar ik had het idee dat ik niets kon zeggen dat hem zou helpen.

Later bedacht ik dat ik ten minste wat chocola voor hem had kunnen maken en wat kletsen over zijn werk bij de film, maar tegen de tijd dat ik in de keuken kwam, was het licht in zijn kamer uit.

Hij ging op maandagochtend vroeg terug naar Londen, met zijn kleren in een klein, met ijzer beslagen zeemanskistje, dat de oude Mrs. Stebbins hem had geleend; het was van haar broer geweest, die van huis was weggelopen om scheepsjongen te worden. Ik ging niet naar het station omdat Stephen me had verteld dat Mr. Stebbins hem ernaar toe zou rijden en ik vermoedde dat Ivy ook mee zou gaan. Ik vond dat Stephen recht had op iedere kans op troost; en ik had liever dat hij die bij Ivy vond dan bij Leda omdat Ivy echt een aardig meisje is. Omdat Stephen nog niet helemaal klaar was toen ze kwamen aanrijden, ging ik naar buiten om met haar en Mr. Stebbins te praten. Ivy droeg een lichtgrijs mantelpakje, strakke witte handschoenen en de helderblauwste hoed die ik ooit heb gezien, en die het rood in haar wangen accentueerde. Ze ziet er echt knap uit maar heeft enorme voeten.

Het duurde zo lang voor Stephen kwam dat ik maar eens ging kijken wat hij aan het doen was. Ik zag hem door de open deur van zijn slaapkamer. Hij stond alleen maar om zich heen te kijken. Het raam is nu zo begroeid dat hij in een groene grot leek te staan.

'Misschien zul je beroemd zijn als je deze kamer weer terugziet,' zei ik. 'Maar wacht niet te lang voor je bij ons komt logeren!'

'Ik kom niet terug,' zei hij rustig, 'zelfs niet als ik niet deug voor acteur. Nee, ik kom niet terug.'

Ik zei dat hij dat natuurlijk wel zou doen, maar hij schudde z'n hoofd. Toen keek hij nog eens voor het laatst de kamer rond. De foto's van mij en zijn moeder waren verdwenen. Het bed was afgehaald en de deken netjes opgevouwen.

'Ik heb de kamer geveegd zodat je geen extra werk hebt,' zei hij. 'Je kunt hem afsluiten en vergeten. Ik heb Mr. Mortmain zijn boeken teruggegeven voordat hij naar Scoatney ging. Boeken zal ik missen.'

'Maar je kunt ze nu zelf kopen,' zei ik tegen hem.

Hij zei dat hij daar niet aan had gedacht. 'Het lijkt of ik de financiële kant van de zaak maar niet kan vatten.'

'Zorg dat je spaart... voor geval van nood,' waarschuwde ik hem.

Hij knikte en zei dat hij waarschijnlijk al gauw weer varkens zou voeren. Toen hoorden we Mr. Stebbins toeteren.

Ik zei: 'Ik doe je uitgeleide, maar laten we hier afscheid nemen.' Ik stak mijn hand uit, maar voegde eraan toe: 'Geef me alsjeblieft een kus als je dat graag wilt; ik zou het fijn vinden.'

Even dacht ik dat hij het zou doen; toen schudde hij z'n hoofd en raakte mijn hand nauwelijks aan. Ik probeerde hem te helpen met het dragen van het zeemanskistje, maar hij tilde het op zijn schouder. We liepen naar buiten naar de auto. Daar stond Heloïse, die de wielen onderzocht, en nadat Stephen het kistje op het bagagerek had gebonden, bukte hij zich en gaf haar een kus op haar kop. Hij keek geen enkele keer om toen ze de laan af reden.

Toen ik de ontbijtboel had afgewassen, drong het tot me door dat ik er geen idee van had waar hij zou logeren. Zou hij teruggaan naar de Fox-Cottons? Rose zou het vermoedelijk wel weten. (Ik schreef haar die ochtend, zei dat ik ongelijk had gehad en vroeg haar of ze me wilde vergeven. Ik moet zeggen dat zij de tijd nam om te antwoorden: maar vanmiddag kreeg ik een telegram van haar; ze zou schrijven zodra ze kon en of ik alsjeblieft wilde proberen het te begrijpen. Ze zette er niet in dat ze me vergaf, maar omdat het was ondertekend met 'je altijd liefhebbende Rose' vermoed ik dat ze dat heeft gedaan.)

Ik werkte zo ongeveer de hele maandag aan mijn dagboek en eindigde in een stortvloed van tranen, te laat om mijn gezicht nog in orde te krijgen voordat Thomas thuiskwam. Hij zei: 'Je hebt gejankt, geloof ik. Ik neem aan dat je somber wordt van het kasteel nadat je in Londen bent geweest,' wat het prettig en gemakkelijk voor me maakte. Ik zei, ja, dat was het, en dat het akelig was geweest om Stephen te zien vertrekken en me af te vragen wat er met hem zou gebeuren.

'Ik zou me over Stephen maar geen zorgen maken,' zei Thomas. 'Hij zal ongetwijfeld een enorm succes hebben bij de film. Alle meisjes van het dorp zijn verliefd op hem; ze hingen altijd rond op de weg naar Godsend, alleen maar omdat er een kans bestond dat ze hem tegenkwamen. Vandaag of morgen zul je beseffen wat je je hebt laten ontgaan.'

Ik begon voor de tea te zorgen; Thomas had een schelvis meegebracht.

'Vader zal wel thee krijgen op Scoatney, dus hoeven we niet te wachten,' zei ik.

'De bedienden zullen er weleens genoeg van krijgen dat ze hem te eten moeten geven,' zei Thomas. 'Wat doet hij daar toch dag in dag uit? Leest hij alleen maar voor z'n plezier, of is hij iets van plan?'

'Ja, als we dat eens wisten,' zei ik.

'Harry zegt dat hij gepsychoanalyseerd moet worden.'

Ik draaide me stomverbaasd om. 'Weet Harry iets van psychoanalyse?'

'Zijn vader praat er soms over; die is dokter zoals je weet.'

'Gelooft hij erin?'

'Nee, hij doet altijd erg laatdunkend. Maar Harry voelt er zich nogal toe aangetrokken.'

Toen moest ik me concentreren op het koken van de schelvis; maar terwijl we die opaten, bracht ik de psychoanalyse weer ter sprake en vertelde Thomas over het gesprek dat Simon en ik erover hadden gehad, die eerste keer dat we met elkaar praatten op de schans, hoewel ik het me niet zo duidelijk meer kon herinneren.

'Ik wou dat Simon me er meer over had verteld,' zei ik. 'Zou Harry's vader ook boeken hebben die ons konden helpen, denk je?'

Thomas zei dat hij dat zou vragen, hoewel het er, nu Rose met Simon ging trouwen, niet zoveel meer toe deed of vader schreef of niet.

'O, Thomas, dat doet het wel!' riep ik. 'Het komt er voor vader verschrikkelijk op aan. En voor ons ook; want als al die excentrieke dingen die hij nu al maanden lang doet niet tot iets leiden, nou, dan wordt hij werkelijk gek. En een gekke vader is niet zo leuk, nog afgezien van onze dierbare gevoelens voor hem.'

'Heb jij dierbare gevoelens voor hem? Ik geloof niet dat ik die heb... al zeg ik niet dat ik hem niet mag.'

Op dat moment kwam mijn vader binnen. Hij zei nauwelijks 'Hallo' in antwoord op mijn groet, en begon de keukentrap op te gaan naar zijn slaapkamer. Halverwege bleef hij staan en keek op ons neer; toen kwam hij vlug terug.

'Kun je dit missen?' vroeg hij, en hij pakte de schelvisgraat tussen duim en wijsvinger.

Ik dacht dat hij sarcastisch wilde zijn... dat hij bedoelde dat wij geen vis voor hem hadden overgelaten. Ik legde uit dat wij hem niet hadden verwacht en bood aan meteen een paar eieren te koken.

Hij zei: 'O, ik heb al thee gehad,' en droeg toen de schelvisgraat, druipend van de melk, door de achterdeur naar buiten en naar het poorthuis. Ab volgde hem hoopvol. Tegen dat hij terugkwam – een zeer teleurgestelde kat – tuimelden Thomas en ik de keuken door en lachten zo hard dat het pijn deed.

'Arme Ab,' hijgde ik toen ik hem wat restjes van mijn bord gaf.

'Hou op met lachen, Thomas. We zullen ons nog schamen over onze harteloosheid als vader echt bezig is gek te worden.'

'Dat is hij niet; hij doet het er om of zoiets,' zei Thomas. Toen kwam er een verschrikte blik in z'n ogen en hij voegde eraan toe: 'Probeer de messen uit z'n buurt te houden. Ik ga morgen met Harry's vader praten.'

Maar Harry's vader was absoluut niet behulpzaam.

'Hij zegt dat hij geen psychoanalyticus is en geen psychiater en geen psycho-wat-dan-ook, godzijdank,' vertelde Thomas toen hij 's avonds thuiskwam. 'En hij kon zich niet voorstellen waarom we vader weer aan het schrijven wilden krijgen omdat hij *Jacob worstelt* eens heeft ingekeken en er geen woord van had begrepen. Harry schaamde zich gewoonweg.'

'Begrijpt Harry het dan?'

'Ja, natuurlijk… het is de eerste keer dat ik heb gehoord dat het moeilijk te begrijpen zou zijn. In elk geval, wat abracadabra is voor de ene generatie is zo klaar als een klontje voor de volgende.'

'Zelfs dat ladderhoofdstuk?'

'O, dat!' Thomas glimlachte toegeeflijk. 'Dat is maar een grapje van vader. En wie zegt dat je altijd alles moet begrijpen? Je kunt ervan houden zonder het te begrijpen – er zelfs soms meer van houden. Ik had ook eigenlijk moeten weten dat Harry's vader ons niet zou kunnen helpen: hij is het soort man die zegt dat hij van een goed verhaal houdt.'

Ik heb Thomas beslist onderschat; nog maar een paar weken geleden zou ik verwacht hebben dat hij zelf van een goed verhaal hield. En nu ontdek ik dat hij heel wat moeilijke moderne poëzie heeft gelezen (een leraar op zijn school heeft hem die geleend) en er zijn hand niet voor heeft omgedraaid. Ik wilde wel dat hij mij wat had laten lezen – hoewel ik heel goed weet dat ik iets niet mooi kan vinden als ik het niet begrijp. Het verbaast me dat hij zo'n intellectuele smaak heeft – veel meer dan ik. En het is hoogst merkwaardig dat hij alle kunstvormen zo kan waarderen, en er toch zo zakelijk en onemotioneel over doet. Maar ja, zo is hij ten opzichte van de meeste dingen. Hij is deze hele week zo kalm en zelfverzekerd geweest dat ik vaak het gevoel had dat hij ouder was dan ik. En toch kan hij opeens beginnen te giechelen en dan is hij weer een doodgewone schooljongen. Wat zijn mensen toch raadselachtig!

Nadat we over Harry's vader hadden gepraat, ging Thomas aan zijn huiswerk en ik wandelde naar buiten, de laan in. Er was een immense, rode zonsondergang vol vreemd gevormde, profetisch uitziende wolken, en er woei een warme wind pal uit het zuiden; een opwindend soort wind, vind ik altijd; die hebben we niet vaak. Maar ik was te neerslachtig om veel belang te stellen in de avond.

De hele dag had ik gehoopt op die psychoanalyse; ik had verwacht dat Thomas een paar boeken mee naar huis zou nemen waarop we konden aanvallen. En ik had niet alleen aan mijn vaders toestand gedacht. Vroeg in de morgen had ik ineens beseft dat als hij weer ging schrijven, Rose zou kunnen geloven dat er genoeg geld zou binnenkomen om het leven draaglijk te maken, en dat zij alsnog haar verloving zou kunnen verbreken. Ik rekende er niet op dat ik Simon zou kunnen winnen, zelfs als zij hem opgaf. Maar ik wist en zal altijd weten dat hij niet moet trouwen met een meisje dat op die manier voor hem voelt zoals Rose.

Ik liep tot het eind van de laan en sloeg de weg naar Godsend in terwijl ik steeds iets probeerde te bedenken om zowel mijn vader als mezelf te helpen. Toen ik bij het hoge deel van de weg kwam, keek ik achterom en zag zijn lamplicht in het poorthuis. Ik bedacht hoe vaak ik die lamp had zien schijnen over de velden op mijn zomeravondwandelingen en hoe dat altijd een beeld van hem opriep – afgezonderd, teruggetrokken, ongenaakbaar.

Ik zei tegen mezelf: je mag toch eigenlijk wel een beetje meer van je vader weten dan het geval is. En toen ik terug begon te wandelen naar het kasteel vroeg ik me af of het behalve zijn schuld ook de onze kon zijn. Had ikzelf weleens serieus geprobeerd goede vrienden met hem te zijn? Ik was er zeker van dat ik dat vroeger wel had gedaan – maar de laatste tijd? Nee. Ik verontschuldigde mezelf door te denken: maar het is hopeloos om vriendschap te sluiten met mensen die nooit over zichzelf spreken. En toen drong het tot me door dat een van de weinige dingen die ik weet van de psychoanalyse, is dat de mensen ertoe gebrácht moeten worden om over zichzelf te praten.

Had ik dat hard genoeg geprobeerd bij mijn vader – had ik me niet altijd te gemakkelijk laten afschepen? Ben je bang voor hem? vroeg ik mezelf af. In mijn hart wist ik dat ik dat was. Maar waarom? Heeft hij ooit in zijn leven een van ons geslagen? Nooit. Zijn enige wapen is zwijgen geweest, en soms een beetje sarcasme. Wat is dan die onoverkomelijke muur om hem heen? Waaruit bestaat die? Waar is die vandaan gekomen? Het was nu zo alsof iemand buiten mij de vragen stelde en er mij mee aanviel. Ik probeerde antwoorden te vinden. Ik vroeg me af of mijn moeders eeuwige instructie dat wij hem nooit moesten lastig vallen of storen, nog nawerkte; en of Topaas daarmee door was gegaan door haar gewoonte hem te beschermen. Ik vroeg me af of ik een onbewuste angst had overgehouden van die dag dat ik hem met het cakemes had zien zwaaien; of ik geloofde zonder het ooit te hebben toegegeven dat hij echt van plan was geweest mijn moeder ermee te steken. Lieve hemel! dacht ik, nu ben ik mezelf aan het psychoanalyseren! Als ik dat nou eens bij mijn vader kon doen!

Ik was om de laatste bocht van de laan gekomen en kon hem zien achter het door de lamp verlichte raam van het poorthuis. Wat voerde hij uit? Dat hij aan zijn bureau zat, hoefde niet per se te betekenen dat hij zat te schrijven; hij zit daar altijd als hij in de encyclopedie leest omdat die te zwaar is om vast te houden. Was hij nu aan het lezen? Hij hield zijn hoofd gebogen, maar ik kon niet zien over wat. Op dat moment tilde hij z'n hand op om zijn haar naar achter te strijken. Hij hield een potlood vast! En op dat ogenblik zei de stem die me steeds had aangevallen terwijl ik naar huis liep: stel je nu eens voor dat hij echt aan het werk is? Stel je nu eens voor dat hij een prachtig boek schrijft, waarmee hij veel geld zal verdienen – maar dat je er niet achter komt tot het te laat is om jou en Rose te helpen?

Ik begon terug te lopen naar het kasteel. Ik herinner me niet

dat ik een of ander plan maakte of zelfs maar dat ik een defini-
tief besluit nam; het was alsof mijn geest niet vooruit kon lopen
op mijn voetstappen. Ik liep de schemerige gang onder het poorthuis binnen, en toen de donkere torentrap op. Ik liep op de tast
omhoog naar mijn vaders deur. Ik klopte.

'Ga weg,' kwam onmiddellijk het antwoord.

De sleutel zat aan de buitenkant in het sleutelgat, dus wist ik
dat hij zichzelf niet had opgesloten. Ik deed de deur open.

Toen ik naar binnen ging, keerde hij zich met een woedende
blik om vanachter zijn bureau. Maar bijna voordat ik tijd had om
zijn gezicht te zien, was het alsof er een gordijn over viel, en de
woede was verborgen.

'Iets belangrijks?' vroeg hij op volledig beheerste toon.

'Ja. Heel erg,' zei ik, en ik deed de deur achter me dicht.

Hij stond op en keek me onderzoekend aan. 'Wat is er aan de
hand, Cassandra? Je bent ongewoon bleek. Ben je ziek? Je kunt
geloof ik beter gaan zitten.'

Maar ik ging niet zitten. Ik stond daar maar in de kamer te staren. Er was iets mee gebeurd. Tegenover me zag ik in plaats van
de lange rijen boekenplanken tussen de ramen naar het noorden
en het zuiden, een geweldige lap fel gekleurd papier.

'Mijn hemel, wat bent u hier aan het doen geweest?' hijgde ik.

Hij zag waar ik naar keek. 'O, dat zijn maar Amerikaanse beeldverhalen; ze worden meestal "moppen" genoemd. Wat is er nou,
Cassandra?'

Ik kwam dichterbij en zag toen dat wat ik voor behang had gehouden eindeloze vellen krantenpapier waren, die met de bovenkant zaten vastgeprikt tegen de randen van de boekenplanken. In
het vage licht van de lamp kon ik de plaatjes niet duidelijk zien,
maar het leken kleine, gekleurde illustraties die tegen elkaar aan
zaten.

'Waar komen die vandaan?' vroeg ik.

'Ik heb ze gisteren meegenomen van Scoatney. Ze komen uit de
Amerikaanse zondagsbladen; ik heb de indruk dat Neil niet kan
leven zonder die dingen. Goeie hemel, begin ze nu niet te lezen.'

'Hebben ze iets te maken met uw werk?'

Hij deed z'n mond open om te antwoorden, en toen kregen z'n
ogen een zenuwachtige, gesloten blik.

'Waarvoor ben je gekomen?' vroeg hij scherp. 'Bemoei je niet met mijn werk.'

Ik zei: 'Maar daar ben ik juist voor gekomen. Vader, u moet me vertellen wat u doet.'

Een seconde staarde hij me zwijgend aan. Toen zei hij ijskoud: 'En is dat de enige reden voor dit bezoek... om mij een kruisverhoor af te nemen?'

'Nee, nee,' begon ik, en toen vermande ik me. 'Ja, dat is het; dat is het precies. En ik geef het niet op tot ik een antwoord krijg.'

'Eruit,' zei mijn vader.

Hij pakte me bij mijn arm en voerde me zo naar de deur; ik was zo verbaasd dat ik me nauwelijks verzette. Maar op het laatste ogenblik rukte ik me van hem los en rende de kamer door naar zijn bureau in de wilde hoop dat ik daar iets van zijn werk zou zien. Hij kwam meteen achter me aan, maar ik had net de tijd om een vage indruk te krijgen van stapels bladen vol lange met de hand geschreven tabellen. Toen greep hij me bij mijn pols en sleurde me weg; nooit eerder heb ik zo'n woede in zijn ogen gezien als toen! Hij slingerde me met zoveel kracht van het bureau vandaan dat ik de hele kamer door vloog en tegen de deur bonsde. Dat deed zo'n pijn dat ik gilde en in tranen uitbarstte.

'O hemel, is het je elleboog?' vroeg mijn vader. 'Dat kan een helse pijn doen.'

Hij kwam naar me toe en probeerde te voelen of er botten waren gebroken; zelfs door de pijn heen viel het me op hoe zijn woede op verbazingwekkende manier was verdwenen. Ik bleef krampachtig huilen – het deed echt heel erg pijn, helemaal tot in mijn pols en hand. Na een minuut of zo begon mijn vader me op en neer te laten lopen, met zijn arm om me heen.

'Het wordt al minder,' zei ik zo gauw als ik kon. 'Laat me maar een beetje zitten.'

We zaten samen op de divan en hij leende me zijn zakdoek om mijn gezicht af te drogen. Al gauw kon ik uitbrengen: 'Het is nu bijna over... kijk maar!' Ik bewoog mijn hand en arm om het hem te laten zien. 'Het was niets ernstigs.'

'Dat had het wel kunnen zijn,' zei hij met een vreemde gespannen stem. 'Het is de eerste keer dat ik zo driftig ben sinds...' Hij hield plotseling op, stond op en ging terug naar zijn bureau.

Ik zei: 'Sinds u moeder aanviel met het cakemes?' en ik stond versteld toen ik de woorden uit mijn mond hoorde komen. Ik voegde er haastig aan toe: 'Natuurlijk weet ik dat u haar niet echt aanviel, het was allemaal een vergissing, maar... nou ja, u was heel boos op haar. Vader, is dat het wat u heeft gemankeerd – dat u nooit meer woedend bent geweest? Heeft het onderdrukken van uw drift iets te maken met het onderdrukken van uw talent?'

Hij snoof sarcastisch en nam niet eens de moeite om me aan te kijken. 'Wie heeft je dat schitterende idee in je hoofd gepraat? Was het Topaas?'

'Nee, ik bedacht het zelf, nu net.'

'Heel vernuftig van je, maar het is toevallig wel klinkklare onzin.'

'Toch is het niet gekker dan denken dat u opgedroogd bent omdat u in de gevangenis hebt gezeten,' zei ik, en ik was opnieuw verbaasd over mezelf. 'Sommige mensen geloven dat dat de reden is, weet u.'

'Idioten!' zei mijn vader. 'Goeie god, waarom zouden een paar maanden in de gevangenis mij ook maar enig kwaad hebben gedaan? Ik heb vaak gewenst dat ik daar weer zat; de cipiers zaten tenminste nooit onder elkaar nabeschouwingen over me te houden. Heus, had ik de vrede van die kleine cel maar terug!'

Zijn toon was heel sarcastisch, maar niet half zo boos als ik had verwacht, dus verzamelde ik al mijn moed om door te gaan.

'Hebt u er zelf enig idee van waarom u met werken bent opgehouden?' Ik bleef kalm en op conversatietoon spreken. 'Simon denkt natuurlijk...'

Hij draaide zich abrupt om en viel me in de rede. 'Simon? Heb je met hem over mij gesproken?'

'Nou, we stellen natuurlijk belang in u...'

'En welke theorieën verkondigde Simon?'

Ik was van plan geweest te zeggen dat Simon psychoanalyse had voorgesteld, maar mijn vader keek weer zo kwaad dat ik de moed niet had en mijn hersens afpijnigde voor iets tactvollers. Uiteindelijk bracht ik uit: 'Nou, hij dacht destijds dat u geremd zou kunnen zijn omdat u zo'n origineel auteur was dat u zich niet eenvoudig kon ontwikkelen net als gewone schrijvers; dat u een heel nieuwe weg zou moeten vinden...' Ik liep vast, dus eindigde ik vlug: 'Hij zei iets dergelijks die avond dat ze hier voor het eerst kwamen... weet u het niet meer?'

'Ja, ik herinner het me heel goed,' zei mijn vader wat toeschietelijker. 'Het maakte nogal indruk op me. Sindsdien ben ik tot de conclusie gekomen dat het alleen een staaltje van uiterst tactvolle onzin was van Simons kant, God zegene hem ervoor; maar toentertijd geloofde ik het inderdaad. Ik weet niet helemaal zeker of dat me niet deed...' Hij hield op. 'Nou ja, ga nu maar gauw naar bed, mijn kind.'

Ik riep uit: 'Vader, bedoelt u dat u een nieuwe werkwijze hebt gevonden? En al die rare dingen – de kruiswoordraadsels en *Voor het jonge volkje* en *De postduif* en wat niet allemaal... betekenen die werkelijk iets?'

'Goeie hemel, waar zie je me voor aan? Natuurlijk betekenen die iets!'

'Zelfs het bord met het wilgenpatroon... en de poging om grammofoonplaten te lezen? Wat opwindend! Hoewel ik me eenvoudig niet kan voorstellen...'

'Dat hoef je ook niet,' zei mijn vader gedecideerd. 'Je hebt je alleen maar met je eigen zaken te bemoeien.'

'Maar kan ik u niet helpen? Ik ben redelijk intelligent, geloof ik. Hebt u nooit het gevoel dat u met iemand zou willen praten?'

'Nee, nooit,' zei mijn vader. 'Praten, praten; jij bent al net zo erg als Topaas. Alsof een van jullie ook maar het flauwste idee zou kunnen hebben waar ik naartoe wil! En als ik er met haar over had gesproken, zou ze het aan elke schilder in Londen hebben verteld; en jij zou het aan Simon vertellen en hij zou er een keurig afgerond artikel over schrijven. Grote hemel, hoe lang blijft een vernieuwing nieuw als men erover praat? En in ieder geval is voor mij geheimhouding de essentie van het scheppen. En ga nu weg!'

Ik zei: 'Goed, als u nog één enkele vraag wilt beantwoorden. Hoe lang duurt het voor het boek af is?'

'Af? Het is zelfs nog niet begonnen! Ik verzamel nog steeds materiaal; hoewel dat natuurlijk tot in het oneindige kan doorgaan.' Hij begon op en neer te lopen en sprak meer tegen zichzelf dan tegen mij. 'Ik geloof dat ik nu een begin zou kunnen maken als ik een geraamte zou kunnen vinden dat me echt beviel. Ik moet een ruggengraat hebben...'

'Nam u daarom die schelvisgraat?' vroeg ik onwillekeurig.

Hij draaide zich onmiddellijk naar me om. 'Probeer nu niet grappig te zijn.' Toen zag hij, geloof ik, aan mijn gezicht dat dat niet mijn bedoeling was geweest, want hij barstte ineens in lachen uit en ging door: 'Nee, de schelvis leidde me naar een dood spoor; dat doen veel dingen. Maar ik weet het nog niet, het ladderpatroon was interessant. Ik moet alle vissen van de hele wereld bestuderen... en walvissen... en de voorlopers van walvissen...' Hij sprak weer tot zichzelf terwijl hij door de kamer liep. Ik hield me muisstil. Hij ging door. 'De oertijd, antediluviaans, de ark? Nee, niet weer de bijbel. Prehistorisch... van het kleinste beentje van de mammoet? Is daar een weg?'

Hij haastte zich naar zijn bureau en maakte een aantekening; toen zat hij daar nog steeds in zichzelf te praten. Ik kon alleen maar brokken van zinnen en losse woorden verstaan, zoals: 'Tekening, afleiding, reconstructie... symbool... patroon en probleem... speurtocht die zich steeds verder ontwikkelt... eeuwig enigma...' Zijn stem klonk steeds zachter tot hij ten slotte zweeg.

Ik zat daar te kijken naar de achterkant van zijn hoofd, omlijst door de zware stenen stijlen van het raam erachter. De lamp op zijn bureau maakte dat de schemering heel diep blauw leek. Het getik van het reisklokje, dat van mijn moeder was geweest, klonk ongelooflijk luid in de stilte. Ik vroeg me af of hij nu het idee kreeg waar hij naar zocht. Ik bad dat dat zou gebeuren... voor zijn eigen geluk; want ik had de hoop opgegeven dat het nog op tijd zou zijn om Rose en mij te helpen.

Na een paar minuten begon ik te denken dat ik beter weg kon sluipen, maar ik was bang dat het opendoen van de deur lawaai zou maken. En als zijn idee is gekomen, dacht ik, zou zo'n afleiding alles weleens kunnen verknoeien. Toen drong het tot me door dat als hij er eenmaal aan gewend zou zijn mij in de kamer te hebben, ik hem echt zou kunnen helpen; ik herinnerde me nu weer dat hij het prettig vond als mijn moeder bij hem zat terwijl hij schreef, zolang ze zich maar heel stil hield; hij wilde niet eens dat ze zat te naaien. Ik herinnerde me dat ze me vertelde hoe moeilijk zij het in het begin had gevonden, hoe ze tegen zichzelf had gezegd dat ze het nog vijf minuten zou volhouden... en dan nog eens vijf, en op zo'n manier werden de minuten uren. Ik zei tegen mezelf: over tien minuten slaat haar klokje negen uur. Ik zal tot zolang stil zitten. Maar na een paar minuten begon ik overal een verschrikkelijke jeuk te voelen. Ik staarde naar de wijzers van de klok, die door de lamp verlicht werd, en bad bijna dat die zouden opschieten; het getik leek steeds luider te worden tot het binnen in mijn oren zat. Ik was net in het stadium gekomen dat ik het geen seconde langer kon verdragen, toen de wind een van de ramen op het zuiden openstootte; de Amerikaanse kranten, die aan de planken waren geprikt, vlogen met luid geritsel omhoog, en mijn vader draaide zich plotseling om. Zijn ogen leken dieper in z'n hoofd gezonken; hij knipperde – ik kon zien dat hij van heel ver kwam.

Ik verwachtte dat hij heel boos zou zijn dat ik er nog was, maar hij zei alleen: 'Hallo,' op een soort versufte, vriendelijke manier.

'Had u iets aan het idee?' durfde ik te vragen.

Even leek hij niet te weten waar ik het over had. Toen zei hij: 'Nee, nee, weer een dwaallichtje. Was je voor mij aan het duimen, arm klein muisje? Je moeder zat ook altijd zo.'

'Dat weet ik. Ik dacht ook net aan haar.'

'Echt waar? Ik ook. Vermoedelijk telepathie.'

De kranten fladderden weer en hij ging het raam dichtdoen, en stond toen naar de binnenplaats beneden te kijken. Ik dacht dat hij me weer zou gaan vergeten, dus zei ik vlug: 'Moeder heeft u toch veel geholpen?'

'Ja, op een merkwaardige, indirecte manier.' Hij ging in de vensterbank zitten, klaarblijkelijk niet afkerig van een praatje.

'God weet dat ze nooit een idee in haar hoofd had, die lieve vrouw, maar merkwaardig genoeg zei ze per ongeluk bruikbare dingen; ze noemde bijvoorbeeld de naam "Jacob" toen ik zocht naar een kernidee voor *Jacob worstelt*. Eigenlijk had ze het over de melkboer. En haar aanwezigheid in de kamer leek me vertrouwen te geven; het was of de atmosfeer doortrokken werd van haar gebeden. Nou, welterusten, mijn kind...' Hij stond op en kwam naar me toe. 'Is je elleboog beter?'

Ik zei: 'Helemaal, dank u.'

'Goed. De volgende keer als je komt, zal ik proberen je beter te verwelkomen... de rode loper uitleggen. Maar je moet wachten tot je wordt uitgenodigd. Ik moet zeggen dat ik benieuwd ben te horen waar je vanavond de moed vandaan had voor deze aanval. Mrs. Cotton heeft je toch niet toevallig opgestookt?'

'Grote goedheid, nee!' Natuurlijk was ik niet van plan hem de werkelijke reden voor mijn bezoek te vertellen; het zou hem volkomen onnodig zorgen hebben gebaard en bovendien unfair zijn tegenover Rose. 'Ik maakte me alleen maar bezorgd.'

'Mijn hemel, bedoel je over mijn geestestoestand?' Hij begon te lachen, en keek toen een beetje zorgelijk. 'Arm kind, dacht je echt dat ik bezig was gek te worden? Tja, ik vermoed dat ik tamelijk excentriek heb geleken, en een heleboel mensen zullen dat zwak uitgedrukt vinden wanneer dit boek uitkomt. Als het ooit uitkomt. Waarom kan ik de sprong toch niet wagen? Het gaat alleen om de opzet... die kan ik niet te pakken krijgen. Ik ben mijn vertrouwen kwijt, zie je; ik zweer je dat het geen luiheid is,' hij klonk nederig, bijna smekend, 'dat is het nooit geweest. Ik hoop dat je dat wilt geloven, liefje. Het... nou ja, het ging eenvoudig niet.'

Ik zei: 'Natuurlijk geloof ik dat. En ik geloof dat u nu heel gauw zult beginnen.'

'Ik hoop het.' Hij lachte een beetje op een vreemde, zenuwachtige manier. 'Want als ik niet gauw aan de gang kom, zou de hele impuls weleens kunnen verdwijnen; en als dat gebeurt, nou, dan overweeg ik echt een lange, rustgevende duik in de krankzinnigheid. Soms gaapt de afgrond heel aanlokkelijk. Kom, kom... je moet dat niet serieus nemen.'

'Natuurlijk niet,' zei ik opgewekt. 'Hoor eens, vader, waarom zou u mij hier niet laten zitten zoals moeder dat deed? Dan zal ik ook bidden, net als zij; dat kan ik heus erg goed. En dan gaat u naar uw bureau en begint vanavond nog.'

'Nee, nee, dat zou ik nog niet kunnen...' Hij zag er echt geschrokken uit. 'Ik weet dat je het goed bedoelt, meisje, maar je maakt me zenuwachtig. Ga nou naar bed. Ik ga zelf ook.'

Hij tilde de Amerikaanse kranten op en dook eronder naar de plank met zijn oude detectiveromans, en hij deed er een willekeurige greep naar. Toen deed hij de lamp uit. Net toen we de kamer uit gingen, sloeg mijn moeders klokje negen uur. Zelfs nadat mijn vader de deur had afgesloten en we op de tast onze weg naar beneden vonden langs de pikdonkere trap, kon ik de kleine, klingelende slagen horen.

'Ik moet eraan denken dat ik lucifers bij me heb,' zei hij, 'nu er geen Stephen meer is om een lamp voor mijn deur te zetten.' Ik zei dat ik daar voortaan voor zou zorgen. Er was ook geen lantaarn in de gang van het poorthuis – nog iets dat Stephen altijd deed; ik ontdek steeds meer dingen die hij deed zonder dat ik het ooit heb beseft.

'Zal ik wat warme chocola voor u klaarmaken, vader,' stelde ik voor toen we de keuken binnengingen, maar hij zei dat hij niets nodig had... 'Behalve misschien een biscuitje... en zoek een kaars voor me waar ik nog minstens drie uur bij kan lezen.' Ik gaf hem een heel bord met biscuits en een nieuwe kaars. 'Onze huidige rijkdom blijft me verbazen,' zei hij toen hij naar boven ging.

Thomas zat verdiept in zijn huiswerk aan de keukentafel. Ik wachtte tot ik mijn vader naar Windsor Castle hoorde gaan en zei toen zachtjes: 'Kom mee naar buiten, ik moet met je praten. Neem een lantaarn mee zodat we de laan in kunnen gaan; ik wil niet dat vader door een open raam onze stemmen hoort.'

We liepen helemaal tot het hek en gingen erop zitten, terwijl de lantaarn tussen ons in balanceerde. Toen vertelde ik hem alles, behalve de werkelijke reden waarom ik vader op ging zoeken; ik zei dat dat een plotselinge impuls was geweest.

'Nou, wat vind je ervan?' zei ik tot slot.

'Ik vind het heel afschuwelijk,' zei Thomas. 'Ik ben bang dat hij echt gek wordt.'

Ik was ontzet. 'Dan klinkt mijn verhaal erger dan het is – omdat ik het te vlug heb verteld. Alleen maar op het allerlaatst was zijn manier van doen vreemd, en misschien ook een beetje toen hij in zichzelf praatte, over walvissen en mammoets.'

'Maar al die veranderingen in zijn gedrag... het ene moment razend op jou en het volgende echt aardig. En als je alle idiote dingen optelt waarin hij de laatste tijd belang heeft gesteld... o hemel, als ik er nog aan denk hoe hij die schelvisgraat meenam.' Hij begon te lachen.

Ik zei: 'Niet doen, Thomas, dat is net als die mensen in de achttiende eeuw die om de gekken in Bedlam lachten.'

'Nou, ik wed dat ik er zelf ook om zou hebben gelachen; iets kan grappig zijn ook al is het verschrikkelijk, zie je. Maar ik vraag me af,' hij was plotseling ernstig, 'zijn wij net als Harry's vader, die zich spottend uitlaat over *Jacob worstelt*? Misschien is hij echt iets van plan. Hoewel al die lijsten die hij maakt me helemaal niet bevallen; dat is net als het maken van een massa aantekeningen op school; je hebt het gevoel dat je iets hebt bereikt terwijl dat helemaal niet het geval is.'

'Je bedoelt dat hij misschien nooit aan het boek zelf zal beginnen.' Ik was een ogenblik stil en staarde in de lantaarn, maar zag alleen steeds mijn vaders gezicht toen hij nederig en zenuwachtig was. 'O, Thomas, als hij dat niet doet, geloof ik dat hij echt gek zal worden. Hij zei dat hij het niet serieus meende van dat onderduiken in krankzinnigheid, maar ik geloof dat hij wel degelijk serieus was. Hij is misschien een grensgeval; genie en krankzinnigheid liggen toch heel dicht bij elkaar? Als we hem maar in de goede richting konden duwen.'

'Nou, jij bent vanavond niet erg goed begonnen,' zei Thomas, 'je hebt hem alleen maar naar bed gedreven met een detectiveroman. Hoe dan ook, ik ga naar binnen. Of vader bij zinnen is of krankjorum, ik moet mijn algebra doen.'

'Je kunt hem x, de onbekende grootheid maken,' zei ik. 'Ik geloof dat ik hier nog een beetje blijf. Kun je je redden zonder de lantaarn?'

Hij zei dat het wel zou gaan; er was vrij veel licht van de sterren. 'Maar het zal je niet veel goed doen als je hier blijft zitten piekeren,' voegde hij eraan toe.

Maar ik was niet van plan te zitten piekeren. Ik had me voorgenomen het verslag van mijn gesprek met Simon over psychoanalyse na te lezen, want je kon nooit weten of er iets in stond dat me zou kunnen helpen; en ik was niet van plan Thomas te laten weten waar ik mijn dagboek verborg. Ik wachtte tot ik zeker wist dat hij terug zou zijn in het kasteel, stak toen de wei over en klom de schans op. Een wolkje witte motten ging het hele eind met me mee, dansend om de lantaarn.

Het gaf een vreemd gevoel om vanuit de warme, winderige avond de koele stilte van Belmotte binnen te komen. Toen ik langs de ladder naar beneden klom, bedacht ik hoe ik hier met Simon was geweest op midzomeravond, zoals elke keer als ik de toren binnenga. Toen riep ik mezelf tot de orde.

'Dit is misschien je laatste hoop om je vader uit een gecapitonneerde cel te houden,' zei ik streng tegen mezelf. En inmiddels kreeg ik weer een vaag glimpje hoop voor mezelf. Ik had het idee dat als ik hem maar eenmaal kon laten beginnen aan een belangrijk boek, ik misschien Rose zou kunnen overhalen om haar huwelijk althans uit te stellen; en dan kon er nog van alles gebeuren.

Ik kroop de brokkelige trap op en haalde mijn broodtrommel naar beneden; die heb ik nu al een heel tijdje in gebruik omdat er altijd mieren in de aktetas kropen. Ik spreidde mijn drie dagboeken uit op het oude ijzeren ledikant en zat ze daar door te kijken; ik kon heel goed lezen bij het licht van de lantaarn. Ik had niet veel tijd nodig om het verslag van de eerste mei te vinden met het stukje over psychoanalyse.

Eerst kwam het gesprek waarin Simon zei dat hij niet geloofde dat mijn vader met schrijven was gestopt, alleen omdat hij in de gevangenis had gezeten, en dat we waarschijnlijk veel verder terug zouden moeten zoeken. Maar de gevangenis zou het aan de oppervlakte hebben kunnen brengen. In elk geval zou een psychoanalyticus mijn vader zeker vragen stellen over de tijd die hij daar had doorgebracht – hem in zekere zin geestelijk terugstoppen in de gevangenis. En dan was er het stukje over de mogelijkheid dat een nieuwe periode van fysieke opsluiting de problemen zou kunnen oplossen. Maar Simon zei dat dat als behandeling niet praktisch was omdat het niet uitgevoerd kon worden zonder mijn vaders toestemming; en als hij die gaf, zou hij zich natuurlijk niet gevangen vóélen.

Het leek erop dat er niets in stond dat ik kon proberen. Ik keek nog een bladzijde door voor het geval ik iets had gemist, en stuitte toen op de beschrijving van Simons gezicht zoals hij in het gras lag met zijn ogen dicht. Het gaf me een steek waarin geluk en verdriet op de een of andere manier deel uitmaakten van elkaar. Ik deed het dagboek dicht en staarde omhoog in de donkere schacht van de toren.

En toen... Opeens was het hele plan compleet in mijn gedachten, bijna tot in het kleinste detail. Maar ik moet het toen toch zeker als een grap hebben bedoeld? Ik weet nu nog dat ik dacht hoe het Thomas aan het lachen zou maken. Het was nog steeds een grap toen ik mijn dagboeken weglegde en uit de toren begon te klimmen; ik moest de ladder heel langzaam opklimmen omdat ik een hand nodig had voor de lantaarn. Ik was halverwege toen er iets merkwaardigs gebeurde. De kerkklok van Godsend begon tien uur te slaan, en toen hoorde ik behalve de ver verwijderde galmende klok in gedachten ook de klingelende slag van mijn moeders reisklokje. En toen zag ik haar gezicht voor me – niet de foto die ik anders altijd zie als ik aan haar denk, maar haar gezicht zoals dat was. Ik zag haar lichtbruine haar en sproeterige huid – tot op dat moment was ik vergeten dat ze sproeten had. En op datzelfde moment hoorde ik haar stem in mijn hoofd – na al die jaren dat ik hem niet heb kunnen horen. Een rustig, afgemeten stemmetje was het, volkomen zakelijk. Het zei: hoor eens, lieverd, ik geloof dat dat plannetje van jou heel goed zou kunnen werken. Ik hoorde mijn eigen stem antwoorden: maar, moeder, dat kunnen we toch zeker niet doen? Het is fantastisch...

Nou, ik zou zeggen dat je vader nogal een fantastisch man is, zei mijn moeders stem.

Toen sloeg een windvlaag de deur van de toren vlak boven me dicht en maakte me zo aan het schrikken dat ik bijna van de ladder viel. Ik greep me vast en luisterde toen weer naar de stem van mijn moeder, stelde haar vragen... Al wat ik hoorde, was de laatste slag van de kerkklok. Maar mijn besluit stond vast.

Ik liep vlug terug naar het kasteel en dwong Thomas weer mee naar buiten te gaan. Tot mijn verbazing vond hij mijn plan niet zo onmogelijk als ik – hij was er vanaf het begin erg op gebrand, en op een volkomen zakelijke manier.

'Geef me wat huishoudgeld, dan zal ik morgen alles kopen wat we nodig hebben,' zei hij. 'En dan zullen we het meteen de volgende dag doen. We moeten vlug handelen omdat Topaas misschien volgende week al thuiskomt.'

Ik sprak niet over mijn vreemde ervaring dat ik raad had gekregen van mijn moeder; dat zou ik misschien hebben gedaan als hij zich had verzet tegen het plan, maar dat deed hij niet. Geloof ik echt dat ik contact had met mijn moeder, of was het iets diep binnen in mezelf dat deze manier koos om me raad te geven? Ik weet het niet. Ik weet alleen dat het zo was.

Mijn vader ging de volgende ochtend naar Scoatney zodat er geen gevaar was dat hij zou zien wat ik in mijn schild voerde. Tegen dat Thomas thuiskwam, had ik alles in orde behalve de paar dingen die te zwaar voor mij waren om alleen te dragen. Hij hielp me daarmee en toen maakten we onze laatste plannen. 'En we moeten het direct na het ontbijt doen,' zei Thomas, 'anders is hij er misschien weer vandoor naar Scoatney.'

Zodra ik op donderdagochtend wakker werd, dacht ik: ik kan er niet mee doorgaan. Het is gevaarlijk: er zou iets verschrikkelijks kunnen gebeuren. En toen herinnerde ik me hoe mijn vader had gezegd dat als hij niet gauw begon te werken, de hele impuls weleens zou kunnen verdwijnen. Terwijl ik me aankleedde, dacht ik maar steeds: als ik maar zeker wist dat dit het juiste is! Ik probeerde meer raad van mijn moeder te krijgen. Er gebeurde niets. Ik probeerde tot God te bidden. Er gebeurde niets. Ik bad tot 'wie er ook luistert, alstublieft', tot de ochtendzon – tot de natuur via het korenveld… Uiteindelijk besloot ik er kruis of munt voor te gooien. En toen kwam Thomas binnenrennen om te zeggen dat vader niet wachtte tot na het ontbijt en elk moment naar Scoatney verdwenen kon zijn; en toen wist ik meteen dat ik ons plan wilde doorzetten, dat ik er niet van af kón zien.

Het gepiep van het oppompen van fietsbanden kwam door het open raam naar binnen.

'Het is te laat. Voor vandaag is het mislukt,' zei Thomas.

'Nog niet,' zei ik. 'Ga het huis uit zonder dat hij je ziet… ga over de muur en de trap van het poorthuis. Vlieg dan de schans op en verberg je achter de toren. Wees klaar om me te helpen. Ga nou… gauw!'

Hij rende weg en ik haastte me naar beneden naar de binnenplaats en deed alsof ik me zorgen maakte dat mijn vader wegging zonder zijn ontbijt. 'Ach, ze zullen me op Scoatney wel iets geven,' zei hij luchtig. Toen praatte ik over zijn fiets, bood aan die voor hem schoon te maken en zei dat er nodig nieuwe banden op moesten.

'Laat mij die achterband een beetje harder voor u oppompen,' zei ik, en ik bleef ermee bezig tot ik dacht dat Thomas genoeg tijd zou hebben gehad. En toen ik de fiets aan hem gaf, zei ik terloops: 'O ja, kunt u nog een ogenblikje missen om mee te komen naar de Belmotte? Misschien kunt u iemand op Scoatney waarschuwen over wat daar is gebeurd.'

'Lieve hemel, heeft die laatste zware regenval veel schade veroorzaakt?' vroeg mijn vader.

'Nou, ik denk dat u nogal wat veranderingen zult zien,' zei ik volkomen naar waarheid.

We liepen de brug over en begonnen de schans op te klimmen.

'Je ziet niet vaak een Engelse hemel zo blauw als vandaag,' zei hij. 'Ik vraag me af of Simons agent de toren mag laten repareren.'

Hij bleef hoogst genoeglijk en normaal praten. Al mijn twijfel kwam in volle kracht terug; maar ik voelde dat de teerling geworpen was.

'Ik zou eigenlijk hier binnen wat meer tijd moeten doorbrengen,' zei hij terwijl hij me volgde op de trap buiten aan de toren. Ik opende de zware eiken deur en ging opzij staan om hem door te laten. Hij klom langs de ladder binnen naar beneden en stond toen even met z'n ogen te knipperen.

'Kan nog niet veel zien na het zonlicht,' riep hij naar boven terwijl hij om zich heen tuurde. 'Hé, ben jij hier beneden aan het kamperen geweest?'

'Dat gaat een van ons doen,' zei ik, en ik voegde er toen vlug aan toe: 'Klim de trap een eindje op, wilt u?'

'Is die erger aan het afbrokkelen?' Hij ging onder de poort door en begon de trap op te klimmen.

Thomas was al van achter de toren te voorschijn geslopen. Ik wenkte hem en in een flits stond hij naast me. Samen trokken we de ladder omhoog en gooiden hem naar buiten.

Mijn vader riep: 'Kom me wijzen wat je bedoelt, Cassandra.'

'Niets zeggen tot hij terugkomt,' fluisterde Thomas.

Mijn vader riep weer en ik antwoordde nog steeds niet. Na een paar minuten kwam hij terug door het poortje.

'Kon je me niet horen roepen?' vroeg hij terwijl hij omhoogkeek naar ons. 'Hallo, Thomas, waarom ben jij nog niet naar school?'

We keken op hem neer. Nu de ladder weg was, leek hij veel verder van ons af; de ronde schacht rees rond hem op als een kerker. In de verte was hij zo klein geworden dat hij alleen een gezicht, schouders en voeten leek te hebben.

'Wat is er aan de hand? Waarom antwoorden jullie niet?' riep hij.

Ik pijnigde mijn hersens om de meest tactvolle manier te bedenken waarop ik hem zou kunnen vertellen wat er met hem was gebeurd. Eindelijk wist ik uit te brengen: 'Wilt u alstublieft om u heen kijken, vader? Het is een soort verrassing.'

We hadden de matras uit het hemelbed op het oude ijzeren ledikant gelegd, met dekens en kussens. Onweerstaanbaar aanlokkelijk nieuw schrijfpapier lag uitgestald op de rustieke tafel, met wat stenen erbij die als presse-papier dienst konden doen. We hadden hem de keukenleunstoel gegeven.

'Er is wasgelegenheid en drinkwater in de garderobe,' riep ik naar beneden – mijn emaillen wasstel was weer goed van pas gekomen. 'U zult wel genoeg licht hebben om bij te werken nu we de klimop hebben weggehaald bij alle lage schietgaten; 's avonds zullen wij u natuurlijk een lantaarn geven. En wat het eten betreft: we zullen prima maaltijden in een mand naar beneden laten; we hebben een thermoskan gekocht...' Ik kwam niet verder, de uitdrukking op zijn gezicht was te veel voor mij. Het was juist tot hem doorgedrongen dat de ladder er niet meer was.

'Heer in de hemel!' begon hij, en toen ging hij op het bed zitten brullen van het lachen. Hij lachte en lachte tot ik bang was dat hij erin zou blijven.

'O, Thomas!' fluisterde ik. 'Hebben we hem de verkeerde kant op geduwd?' Mijn vader droogde zijn ogen af. 'Lieve, lieve kinderen!' zei hij eindelijk. 'Cassandra, hoe oud ben je... zeventien, achttien? Of ben je acht? Breng onmiddellijk die ladder terug.'

'Zeg jíj eens iets, Thomas,' fluisterde ik.

Hij schraapte z'n keel en zei toen heel langzaam en hardop: 'We vinden dat u aan het werk moet, vader. Voor uw eigen bestwil, veel meer nog dan voor de onze. En we geloven dat eenzame opsluiting hier u kan helpen om u te concentreren, en ook in andere opzichten goed voor u kan zijn. Ik verzeker u dat we over deze kwestie heel veel hebben nagedacht en het komt overeen met de psychoanalyse...'

'Breng die ladder terug!' brulde mijn vader. Ik zag dat Thomas' gewichtige manier van doen hem razend had gemaakt.

'Het helpt niets of u al tegenspreekt,' zei Thomas kalm. 'We zullen u nu alleen laten om eraan te wennen. Met de koffie kunt u ons vertellen of er nog boeken of papieren zijn die u voor uw werk nodig hebt.'

'Waag het niet weg te gaan!' Mijn vaders stem brak zo meelijwekkend dat ik vlug zei: 'Toe, put uzelf niet uit met om hulp roepen, want er is niemand behalve wij, kilometers in de omtrek. Kom vader, het is een experiment: probeer het nou eens.'

'Jij kleine gek...' begon mijn vader woedend.

Thomas fluisterde me in: 'Ik waarschuw je, dit loopt op ruzie uit. Laat mij de deur dichtdoen.' Er was al ruzie aan mijn vaders kant. Ik liep achteruit en Thomas deed de deur dicht.

'Lunch om een uur, vader,' riep ik bemoedigend.

We sloten de deur af en vergrendelden hem. Er was niet de minste kans dat mijn vader ernaar toe zou kunnen klimmen, maar we hadden het gevoel dat het psychologisch effect goed zou zijn. Toen we de schans afliepen, klonk mijn vaders geschreeuw verbazingwekkend zwak; tegen de tijd dat we bij de brug kwamen, konden we het helemaal niet meer horen.

Ik zei: 'Wat denk je, zou hij zijn flauwgevallen?' Thomas liep de schans een eindje op. 'Nee, ik kan hem nog horen. Het komt alleen omdat de toren het geluid vasthoudt.'

Ik draaide me om en keek ernaar. 'Thomas, hebben we iets krankzinnigs gedaan?'

'Helemaal niet,' zei Thomas opgewekt. 'Het zou best kunnen dat alleen al de verandering van atmosfeer voldoende is om hem te helpen.'

'Maar hem op te sluiten... en hij is vroeger als kerker gebruikt! Je eigen vader gevangen te zetten...!'

'Nou, dat is toch de bedoeling, of niet soms? Niet dat ik zoveel verwacht van die psychorommel als jij. Ik voor mij denk dat het besef dat hij niet verlost zal worden voordat hij wat heeft gewerkt, bijna nog belangrijker is.'

'Dat is onzin,' zei ik. 'Als het psychologisch niet in orde komt – vanuit vaders innerlijk – dan komt het helemaal niet in orde. Je kunt een scheppende geest niet kluisteren.'

'Waarom niet?' zei Thomas. 'Zijn scheppende geest is jarenlang ongekluisterd geweest zonder een steek uit te voeren. Laten we nu eens zien wat kluisteren eraan kan doen.'

We gingen naar binnen om te ontbijten; ik vond het verschrikkelijk dat mijn vader zijn avontuur moest beginnen met een lege maag, maar ik wist dat we hem daarvoor gauw schadeloos zouden stellen. Toen schreef ik naar de school van Thomas dat hij een paar dagen wegens ziekte niet zou kunnen komen en ging naar boven om de bedden op te maken. Thomas was zo vriendelijk dat hij ging stof afnemen.

'Hé!' zei hij opeens. 'Kijk hier eens naar!'

De sleutel van de kamer in het poorthuis lag op mijn vaders toilettafel.

'Laten we naar binnen gaan en eens kijken naar al die lijsten waar je het over had,' zei Thomas.

Toen wij de trap van het poorthuis opklommen, zei ik: 'Zeg, Thomas, lijkt dit niet op spionage?'

'Ja, natuurlijk,' zei Thomas terwijl hij de deur openmaakte.

Ik voelde me plotseling bang en schuldig; het leek of er nog iets van mijn vaders geest in de kamer hing en woedend op ons was omdat wij binnendrongen. Het zonlicht stroomde naar binnen door het zuidelijke raam, de beeldverhalen zaten nog aan de boekenplanken geprikt, mijn moeders klokje tikte nog steeds op het bureau. Maar de lijsten waren er niet meer; en het bureau was op slot.

Ik was blij dat we niets konden vinden. Ik voelde meer wroeging over het rondsnuffelen in zijn kamer dan over het opsluiten in de toren.

Thomas bleef achter om de beeldverhalen te lezen terwijl ik mijn vaders eten begon klaar te maken. Toen het een uur was namen we alles mee in een mand – soep in een thermoskan, sla met kip, aardbeien met slagroom en een sigaar (negen penny's).

'Ik vraag me af of het goed is dat we hem verwennen met lekker eten,' zei Thomas toen we de schans begonnen op te klimmen. 'Water en brood zou een betere gevangenissfeer scheppen.'

Alles was rustig toen we bij de toren kwamen. We maakten de deur open en keken naar beneden. Mijn vader lag op het bed en staarde omhoog.

'Hallo,' zei hij met een volmaakt vriendelijke stem.

Ik was stomverbaasd, en nog meer toen hij tegen ons glimlachte. Natuurlijk lachte ik terug en zei dat ik hoopte dat hij trek had.

Thomas begon de mand aan een eind waslijn naar beneden te laten.

'Het is maar een lichte lunch die u niet slaperig zal maken,' legde ik uit. 'Vanavond krijgt u een zwaardere maaltijd... met wijn.' Ik zag dat hij al een glas water voor zichzelf had gehaald, en het leek er dus op dat hij er een beetje aan begon te wennen.

Hij bedankte Thomas heel beleefd voor het mandje en zette de inhoud op de tafel. Toen keek hij glimlachend omhoog naar ons.

'Dit is heerlijk,' zei hij op zijn joviaalste toon. 'Luister nu eens, stel grapjassen: ik heb een lange rustige morgen gehad om eens na te denken; het was echt heel prettig om hier naar de lucht te liggen kijken. Ik ben volkomen ernstig als ik zeg dat ik ontróérd ben dat jullie dit hebben gedaan in een poging me te helpen. En ik ben er helemaal niet zeker van dat jullie er niet in zijn geslaagd. Het is stimulerend geweest; ik heb een paar schitterende ideeën gekregen. Het is een succes geweest, begrijpen jullie dat? Maar het nieuwtje is er nu af; als jullie me hier nog langer houden, zul je al je goede werk weer ongedaan maken. Nu zal ik van dit voortreffelijke maal gaan genieten en dan brengen jullie de ladder toch wel terug?' Zijn stem beefde bij het 'terug?'. 'En ik zweer dat er geen sprake zal zijn van represailles,' zei hij ten slotte.

Ik keek naar Thomas om te zien wat hij hiervan dacht. Hij zei alleen maar onbewogen: 'Zijn er nog boeken of papieren die u nodig hebt, vader?'

'Nee, die zijn er niet,' schreeuwde mijn vader terwijl zijn goede humeur plotseling verdwenen was. 'Alles wat ik wil is hier uitkomen.'

Thomas sloeg de deur dicht.

'Avondeten om zeven uur,' riep ik, maar ik twijfelde eraan of mijn vader me hoorde, want hij brulde veel harder dan toen we hem de eerste keer opsloten. Ik hoopte maar dat het zijn eetlust niet zou bederven.

Ik bracht het begin van de middag door met het lezen van de beeldverhalen; je denkt in het begin dat het onzin is, maar ze krijgen je steeds meer te pakken. Toen maakte ik alles klaar voor mijn vaders maaltijd; het zou een volledig diner worden, niet alleen een uitgebreide tea: meloen, koude zalm (we lieten hem in de put neer om hem echt koud te krijgen), perziken uit blik, kaas en biscuits, een fles witte wijn (drie shilling), koffie en nog een sigaar van negen penny's. En ongeveer een eierdopje vol port, die ik nog in het medicijnflesje had.

We droegen alles naar buiten op dienbladen, net toen de kerkklok van Godsend zeven uur sloeg. Het was een heerlijke, vredige avond. Al gauw nadat we de brug over waren, hoorden we mijn vader schreeuwen.

'Hebt u uzelf moe gemaakt door de hele middag te roepen?' vroeg ik toen Thomas de deur had opengemaakt.

'Zo ongeveer,' zei mijn vader; zijn stem klonk erg schor. 'Er moet vroeg of laat iemand door de velden komen.'

'Ik betwijfel het,' zei Thomas. 'Al het hooi is binnen en Mr. Stebbins oogst het koren de eerste weken nog niet. In elk geval klinkt uw stem niet verder dan de schans. Als u uw lunchmandje weer wilt inpakken, zal ik het naar boven halen en uw diner laten zakken.'

Ik verwachtte dat mijn vader als een razende tekeer zou gaan, maar hij gaf zelfs geen antwoord en begon meteen te doen wat Thomas had voorgesteld. Zijn bewegingen waren erg onhandig en schokkerig. Hij had zijn jasje uitgetrokken en zijn boord losgemaakt waardoor hij er nogal zielig uitzag – net of hij klaarstond om weggeleid te worden voor de executie.

'We moeten hem een pyjama en een kamerjas brengen voor vannacht,' fluisterde ik tegen Thomas.

Mijn vader hoorde mij en zijn hoofd vloog met een ruk omhoog. 'Als je me hier de hele nacht laat, word ik gek... ik meen het, Cassandra. Dit... dit gevoel van gevangenschap, ik was vergeten hoe verschrikkelijk het kan zijn. Weet je niet wat het mensen aandoet om opgesloten te zitten in een kleine ruimte? Heb je nooit van claustrofobie gehoord?'

'Er is overvloed van ruimte de hoogte in,' zei ik zo dapper als ik kon. 'En u hebt nooit last van claustrofobie als u uzelf in het poorthuis opsluit.'

'Maar het is heel iets anders als je door een ander wordt opgesloten.' Zijn stem brak. 'O, jullie verdomde kleine idioten, laat me eruit! Laat me eruit!'

Ik voelde me afschuwelijk, maar Thomas leek er zich niets van aan te trekken. Hij haalde de mand op, die mijn vader had gevuld, pakte de borden en schalen eruit, en deed er het diner in. Ik denk dat hij wist dat ik zwak begon te worden, want hij fluisterde: 'We moeten er nu mee doorgaan. Laat het maar aan mij over.'

Toen liet hij de mand zakken en riep gedecideerd naar beneden: 'We laten u eruit zodra u iets hebt geschreven – zeg vijftig bladzijden.'

'Ik heb nog nooit vijftig bladzijden geschreven in minder dan drie maanden, zelfs toen ik kón schrijven,' zei mijn vader terwijl zijn stem erger oversloeg dan ooit. Toen viel hij in de leunstoel neer en greep met twee handen naar zijn hoofd.

'Pak even uw diner uit,' zei Thomas. 'U kunt het beste eerst de koffiepot eruit pakken.'

Mijn vader keek op en zijn hele gezicht werd plotseling donkerrood. Toen dook hij naar de etensmand en het volgende moment vloog er een bord langs mijn hoofd. Er schoot een vork door de deur net voordat we hem dicht kregen. Toen hoorden we aardewerk breken.

Ik ging op de trap zitten en barstte in tranen uit. Mijn vader riep met schorre stem: 'Mijn god, ben je gewond, Cassandra?' Ik hield mijn gezicht dicht bij de kier onder de deur en riep: 'Nee, ik ben in orde. Maar alstublieft, alstublieft, gooi niet al uw schalen voordat u hebt opgegeten wat erin zit. Wilt u ten minste niet proberen te schrijven, vader? Schrijf maar iets – schrijf 'De kat zat op de mat' als u wilt. Wat dan ook – als u maar schrijft.'

Toen huilde ik harder dan ooit. Thomas trok me op en hielp me de trap af.

'We hadden het nooit moeten doen,' snikte ik toen we de schans afliepen. 'Vanavond laat ik hem eruit, ook al zou hij ons vermoorden.'

'Nee, dat doe je niet... denk aan je eed.' We hadden gezworen niet toe te geven tot we het daar allebei mee eens waren. 'Ik word nog niet zwak. We zullen zien hoe hij na het eten is.'

Zodra het daglicht begon te vervagen, haalde Thomas de pyjama en de kamerjas, en stak een lantaarn aan. Er was geen geluid toen we in de buurt van de toren kwamen.

'Thomas, stel je voor dat hij zijn hoofd tegen de muur te pletter heeft gelopen!' fluisterde ik. En toen kwam er een lichte, geruststellende geur van sigarenrook naar ons toe.

338

Toen we de deur opendeden, zat mijn vader aan de tafel met zijn rug naar ons toe. Hij draaide zich om met de sigaar in de ene hand en een potlood in de andere.

'Jouw schitterende idee heeft het hem gedaan!' riep hij, schor maar gelukkig. 'Het wonder is gebeurd! Ik ben begonnen!'

'O, wat heerlijk!' hijgde ik.

Thomas zei op vlakke toon waarin geen trilling te bespeuren viel: 'Dat is prachtig, vader. Mogen we zien wat u hebt geschreven?'

'Geen denken aan; je zou er geen woord van begrijpen. Maar ik verzeker je dat ik een begin heb gemaakt. En laat me er nu uit.'

'Het is een list,' fluisterde Thomas.

Ik zei: 'Hoeveel bladzijden hebt u geschreven, vader?'

'Nou ja, niet veel, het licht hier beneden is het laatste uur erg slecht geweest...'

'Dat komt in orde met de lantaarn,' zei Thomas, en hij begon hem te laten zakken.

Mijn vader nam hem aan en zei toen op een volmaakt redelijke toon: 'Thomas, ik geef je mijn woord dat ik begonnen ben met werken; kijk, je kunt het zelf zien.' Hij hield een vel papier dicht bij de lantaarn en trok het meteen weer weg. 'Cassandra, jij schrijft zelf, dus jij begrijpt dat je eerste opzet... nou ja, niet altijd overtuigend hoeft te zijn. Verdomme, ik ben pas na het eten begonnen! Tussen twee haakjes, een uitstekend diner; dank je wel. En schiet nu op met die ladder. Ik wil terug naar het poorthuis om de hele nacht te werken.'

'Maar u bent op een ideale plaats om de hele nacht te werken,' zei Thomas. 'Verhuizen naar het poorthuis zou alleen maar een onderbreking betekenen. Hier zijn uw pyjama en kamerjas. Ik zal morgen vroeg langskomen. Welterusten, vader.'

Hij gooide de kleren naar beneden, deed de deur dicht en pakte mij stevig bij mijn elleboog. 'Kom mee, Cassandra.'

Ik ging mee zonder tegenstribbelen. Niet dat ik geloofde dat mijn vader blufte. Ik geloofde dat onze methode inderdaad bezig was iets uit te halen, maar ook dat hij wat tijd moest hebben om 'in te werken'. En nu mijn vader zo helder en beheerst bleek, was ik volkomen bereid hem daar de hele nacht te laten.

'Maar we moeten de wacht houden,' zei ik, 'voor het geval hij zijn beddengoed in brand steekt of zoiets.'

Wij verdeelden de nacht in wachtblokken. Ik sliep – niet zo goed – tot twee uur en nam het toen over van Thomas. Ik ging elk uur de schans op, maar het enige dat ik hoorde, was een zwak gesnurk omstreeks vijf uur.

Ik wekte Thomas vanmorgen om zeven uur, en was van plan met hem mee te gaan bij dat eerste bezoek van de dag; maar hij glipte op zijn eentje weg terwijl ik op Windsor Castle was. Ik kwam hem tegen op de brug toen hij al op de terugweg was. Hij zei dat alles in orde was en dat vader blij was geweest met de emmer lekker warm water die hij hem had gebracht.

'En ik begin te geloven dat hij echt aan het werk is; hij was absoluut aan het schrijven toen ik de deur opendeed. Hij is kalm en hij werkt veel meer mee; hij had al z'n etensboel al ingepakt in de mand voor me klaarstaan. En hij zei dat hij nu graag zijn ontbijt wilde hebben.'

Elke keer vandaag dat we met zijn maaltijden kwamen, was hij als een bezetene aan het schrijven. Hij vraagt nog steeds of hij eruit mag, maar zonder er veel adem aan te verspillen. En toen we hem vanavond de lantaarn brachten, zei hij: 'Schiet een beetje op, ik ben er al door opgehouden!' Hij kan dat bluffen toch zeker niet zo lang volhouden? Ik zou hem er vanavond uitgelaten hebben, maar Thomas zegt dat hij ons eerst iets van zijn werk moet laten zien.

Het is nu bijna vier uur in de nacht. Ik heb Thomas niet gewekt om twee uur omdat ik bij wilde komen met dit dagboek; en die arme jongen is zo uitgeput; hij ligt hier op de divan. Hij dacht niet dat het nodig was vannacht de wacht te houden, maar ik stond erop; afgezien van de angst dat mijn vader iets kan overkomen, loopt de barometer achteruit. Zouden we onverbiddelijk kunnen blijven als het erg ging regenen?

Thomas is flinker dan ik. Hij liet een paraplu zakken met de lantaarn.

Ik heb elk uur uit het raam op het zuiden gekeken; onze voornaamste reden om in het poorthuis te willen slapen, is dat we de Belmotte kunnen zien door het ene raam en een oogje op de laan houden door het andere. Hoewel, wie zou er naar het kasteel komen midden in de nacht? Niemand, niemand. En toch voel ik me als een schildwacht op post.

Mannen moeten in dit poorthuis de wacht hebben gehouden, zeshonderd jaar geleden...

Ik heb net nog eens naar de toren gekeken. Het volle licht van de maan schijnt er nu op. Ik had het merkwaardige gevoel dat het bouwsel meer was dan dode steen. Zou het weten dat het weer een rol speelt in het leven; dat zijn kerker weer een slapende gevangene herbergt?

Vier uur. Het is net of mijn moeders klokje een eigen leven begint te leiden; een vierkant, druk wezentje, een paar centimeter van mijn hand af.

Wat slaapt Thomas zwaar! Als je naar slapende mensen kijkt, voel je je verder dan ooit van hen verwijderd.

Heloïse jaagt op konijnen in haar droom; ze jankt zachtjes door haar neus en haar poten blijven bewegen. Ab vereerde ons met zijn gezelschap tot middernacht; nu is hij naar buiten, op jacht in de maneschijn.

Morgen moeten we mijn vader toch zeker bevrijden, zelfs als hij ons nog steeds zijn werk niet wil laten zien? Zijn omhooggeheven gezicht zag er zo vreemd uit toen hij gisteravond de lantaarn van ons aannam; bijna als dat van een heilige, alsof hij een visioen had gehad.

Misschien kwam het ook alleen maar omdat hij zich nodig moest scheren.

Zal ik Thomas wakker maken nu ik bij ben met mijn dagboek? Ik voel me helemaal niet slaperig. Ik zal de lamp uitdoen en bij het licht van de maan blijven zitten...

Ik kan nog steeds genoeg zien om te schrijven. Ik herinner me hoe ik bij maanlicht schreef, die avond waarop ik met mijn dagboek begon. Wat is er sindsdien veel gebeurd!

Ik ga nu aan Simon denken. Nu? Net of ik niet steeds aan hem denk! Zelfs terwijl ik me zoveel zorgen maakte over mijn vader zei een stem in mijn hart: maar niets komt er voor jou echt op aan behalve Simon. Als Rose haar verloving nou maar zou verbreken, zal hij toch zeker eens wel naar mij komen?

Er rijdt waarachtig een auto op de weg naar Godsend! Het is vreemd om naar de koplampen te kijken en me af te vragen wie er 's nachts rijdt.

O hemel! De auto is onze laan in gedraaid! O, wat moet ik

doen? Blijf kalm, blijf kalm: hij is alleen maar een verkeerde zij-weg ingeslagen. Hij zal zo meteen wel achteruitrijden of in het ergste geval omdraaien als hij bij het kasteel komt. Maar mensen die tot aan het kasteel komen, blijven meestal stilstaan om ernaar te kijken; en als mijn vader de auto heeft gehoord, zou zijn stem dan zover dragen? Het zou kunnen in de stilte van de nacht. O, ga terug, ga terug! Hij komt steeds dichterbij. Ik voel me als iemand die een dagboek bijhoudt tot op het moment van een naderende catastrofe...

De catastrofe heeft plaatsgevonden. Simon en Topaas stappen uit de auto.

16

Wij renden de keuken binnen net toen Topaas een lucifer afstreek om de lamp aan te steken. Ik hoorde Simons stem voordat ik zijn gezicht zag.

'Is Rose hier?'

'Rose?' Mijn stem moet totaal verbijsterd hebben geklonken.

'O mijn god!' zei Simon.

De lamp ging aan en ik zag de wanhopige blik in zijn ogen.

'Ze is verdwenen,' zei Topaas. 'Wees niet bang; het is geen ongeluk of zoiets; ze liet een briefje achter voor Simon. Maar...' Ze keek vlug naar hem en ging toen door: 'Het verklaarde eigenlijk niets. Klaarblijkelijk is ze er vanochtend vandoor gegaan. Simon was er niet; die bracht zijn moeder naar vrienden waar ze ging logeren; Rose had geen zin om mee te gaan. Hij bleef daar eten zodat hij pas laat terug was. Ik was de hele dag weg, poseerde voor Macmorris en ging daarna met hem naar de schouwburg; ik kwam pas thuis toen Simon het briefje van Rose stond te lezen. We dachten dat ze misschien hiernaar toe was gegaan om bij jou te zijn, dus reden we meteen hiernaar toe.'

'Nou, ze is in elk geval veilig,' zei ik tegen Simon. 'Ik kreeg een telegram van haar... al stond er alleen in dat ze zou schrijven zodra ze kon en of ik alsjeblieft wilde proberen het te begrijpen.' Het was net tot me doorgedrongen dat die zin over het begrijpen helemaal niet op onze ruzie sloeg, maar op haar weglopen.

'Waar vandaan is het telegram verzonden?' vroeg Topaas.

'Daar heb ik niet op gelet. Ik zal het halen en kijken.'

Het lag in mijn slaapkamer. Toen ik wegrende naar de hoofdtrap hoorde ik Topaas zeggen: 'Hoe is het mogelijk dat Mortmain hier allemaal doorheen slaapt!' Ik was bang dat ze naar boven zou gaan om hem wakker te maken voor ik terug was, maar dat deed ze niet.

Ik vouwde het telegram uit onder de lamp.

'Hé, het komt uit dat kleine kustplaatsje waar we toen gepicknickt hebben!' zei ik tegen Simon.

'Waarom zou ze in 's hemelsnaam daar naartoe gaan?' vroeg Thomas. 'En waarom kon die stomme gans geen uitleg geven in haar briefje?'

'Ze heeft die uitleg wel gegeven,' zei Simon. 'Dank je voor je pogingen mijn gevoelens te ontzien, Topaas, maar bet heeft werkelijk weinig zin.' Hij nam het briefje uit zijn zak en legde het neer naast het telegram. 'Jullie mogen best zelf lezen wat ze schrijft.'

Het was maar een potloodkrabbeltje:

Lieve Simon,
Ik wil je laten weten dat ik niet heb gelogen in het begin. Ik dacht echt dat ik van je hield. Nu kan ik niet anders dan je om vergiffenis vragen.
Rose

'Staan de zaken zo,' zei Thomas terwijl hij me een stiekeme dat-zei-ik-toch-blik toewierp.

'Maar daarmee is de zaak niet afgedaan,' zei Topaas vlug. 'Ik heb al tegen Simon gezegd dat het alleen een zenuwaanval is voor de verloving; over een paar dagen zal ze zich wel anders voelen. Ze is kennelijk naar die plaats gegaan om met zichzelf in het reine te komen.'

Simon keek op zijn horloge. 'Ben je te moe om meteen weer te vertrekken?' vroeg hij aan Topaas.

'Je bedoelt dat je haar achterna wilt gaan? Maar, Simon, weet je wel zeker dat dat verstandig is? Als ze een poosje alleen wil zijn...'

'Ik zal haar niet lastig vallen. Ik zal haar zelfs niet aanspreken als ze dat niet wil. Jij kunt eerst met haar praten. Maar ik moet een beetje meer weten.'

'Dan ga ik natuurlijk mee. Laat me eerst even met Mortmain praten...' Ze liep naar de keukentrap, maar ik ging voor haar staan.

'Je zou voor niets naar boven gaan,' zei ik.

'Wat, is hij weer in Londen?'

'Nee...' Ik keek vlug naar Thomas in de hoop dat hij me er uit zou helpen. 'Zie je, Topaas...'

'Wat is er? Wat verberg je voor me?' Ze was zo bang dat ze haar contra-altstem vergat.

Ik zei vlug: 'Hij is volkomen in orde, maar hij is niet boven. Het is werkelijk goed nieuws, Topaas... je zult er verschrikkelijk blij om zijn!'

Toen nam Thomas het over en zei kalm: 'Vader is al twee dagen in de Belmotte. Wij hebben hem opgesloten om hem aan het werk te krijgen; en als we hem mogen geloven, zijn we daarin geslaagd.'

Ik dacht dat hij het bewonderenswaardig duidelijk had gezegd, maar Topaas stelde een heleboel zenuwachtige vragen voor het tot haar doordrong. Toen dat eindelijk het geval was, was ze ontzettend woedend.

'Jullie hebben hem vermoord!' schreeuwde zij.

'Nou, hij was gisteravond anders nog springlevend,' zei ik. 'Dat was toch zo, Thomas?'

'Springen deed hij niet bepaald,' zei Thomas. 'Hij had het zich daar heel gemakkelijk gemaakt. Als je nog een beetje verstand hebt, Topaas, laat je hem daar nog een paar dagen.'

Ze stond al bij het buffet waar de sleutel van de toren gewoonlijk hangt. 'Waar is hij? Geef hem onmiddellijk! Als ik die sleutel niet binnen twee minuten krijg, hak ik met een bijl de deur in!'

En wat zou ze daarvan hebben genoten! Ik kon horen dat ze niet meer echt bang was omdat ze nú met een uiterst tragische grafstem sprak.

'We zullen hem er nu wel uit moeten laten,' zei ik tegen Thomas. 'Ik zou het in elk geval morgen hebben gedaan.'

'Ik niet,' zei Thomas. 'Dit zal het hele experiment bederven.' Maar hij ging de lantaarn halen.

De maan was onder, maar de sterren waren nog helder toen we de binnenplaats op gingen.

'Wacht, ik zal mijn zaklantaarn uit de auto halen,' zei Simon.

'Ik moet je wel mijn excuses maken,' zei ik tegen hem, toen we achter de anderen aan de Belmotte-brug over gingen. 'We hebben het recht niet jou in onze familiemoeilijkheden te betrekken terwijl jij al zoveel zorgen hebt.'

Hij zei: 'Zorgen of geen zorgen, dit zou ik niet willen missen.'

Er kwam geen geluid uit de toren toen wij de schans op klommen.

'Begin nu niet te gillen dat je hem komt redden,' zei ik tegen Topaas. 'Je weet wat het betekent als je plotseling wakker wordt gemaakt.'

'Als hij ooit nog wakker wordt!'

Ik had haar kunnen slaan – gedeeltelijk omdat zij zich zo ontzettend aanstelde, en gedeeltelijk omdat ik zelf zenuwachtig was. Ik geloofde echt niet dat mijn vader dood zou zijn, maar ik was wel een beetje bang dat we zijn evenwicht hadden verstoord – vooral omdat hij al labiel was voor we begonnen.

Nog geen geluid toen we onder aan de trap kwamen.

'Geef mij de sleutel,' fluisterde Topaas tegen Thomas. 'Ik wil er alleen op af.'

'Als je niet voorzichtig bent, zul je erop afgaan met je hoofd naar beneden, vijf meter diep,' zei hij tegen haar. 'Laat Cassandra en mij de deur openmaken en de ladder vastzetten, dan kun jij neerdalen als een reddende engel.'

Het idee van de reddende engel trok haar aan. 'Goed, maar laat mij de eerste zijn die hij ziet.'

'Wees zo stil als je kunt,' fluisterde ik Thomas toe terwijl we de ladder haalden. 'Ik zou graag even naar hem willen kijken voor hij wakker wordt. Ik heb Simons zaklantaarn geleend.'

We kregen de deur bijna geluidloos open; toen liet ik de lantaarn in de duisternis beneden schijnen.

Mijn vader lag op het bed – zo volkomen stil dat ik een ogenblik doodsangsten uitstond. Toen zorgde een licht gesnurk voor opluchting. Het zag er daar beneden merkwaardig uit. In het licht van de lantaarn was het hoge onkruid, dat nooit zonlicht kreeg, zo wit als bladnerven. De poten van het oude ijzeren ledikant stonden wijd uit; het kon kennelijk vaders gewicht ternauwernood dragen. De paraplu lag ernaast, geopend; ik kreeg het gevoel dat het met zijn geest best in orde was nu hij die voorzorg had genomen. En mijn stemming werd nog beter toen ik de lantaarn op de rustieke tafel liet schijnen. Behalve de grote stapel ongebruikt papier lagen er vier kleinere stapels, zorgvuldig verzwaard met stenen.

Thomas en ik lieten de ladder zachtjes neer; Topaas stond achter ons, gewoonweg hunkerend om af te dalen. Ze moest natuurlijk achterwaarts de ladder af en leek daardoor helemaal niet op een reddende engel, maar die schade haalde ze wel in toen ze eenmaal beneden was. Terwijl ze de lantaarn zo hoog hield als ze maar kon, riep ze: 'Mortmain, hier ben ik om je te redden! Hier is Topaas, Mortmain! Je bent veilig!' Mijn vader vloog overeind tot hij zat en hijgde: 'Grote goden! Wat is er gebeurd?' Toen stortte zij zich boven op hem en het bed plofte in elkaar terwijl het hoofd- en voeteneind elkaar bijna raakten boven hun hoofd.

Stikkend van het lachen doken Thomas en ik uit het zicht en slopen de trap af. Beneden hoorden we een geweldige herrie; we hoorden mijn vader tegelijkertijd vloeken, ontwaakgeluiden maken en lachen terwijl Topaas een soort contrabas-gekoer aanhief.

'Kunnen we ze niet beter een tijdje alleen laten?' vroeg Simon.

'Ja, ze moet eerst haar ergste aanstellerij maar lozen,' zei ik tegen Thomas.

We bleven op de binnenplaats wachten tot we de lantaarn de schans af zagen komen. Toen besloot Simon tactvol zich niet te laten zien en ging in de auto zitten wachten.

'Zullen wij ook verdwijnen?' vroeg Thomas.

'Nee, we kunnen de ontmoeting maar beter meteen achter de rug hebben.'

We renden naar hen toe toen ze de brug over liepen. Topaas hing aan mijn vaders arm; ik hoorde haar zeggen: 'Steun maar op mij, Mortmain, steun maar op mij,' net als de Kleine Lord tegen zijn grootvader.

'Is alles goed met u, vader?' riep ik opgewekt.

'Mijn lieve jonge cipiers,' zei mijn vader, nogal uitgeput. 'Ja, ik denk wel dat ik het zal overleven – als Topaas tenminste ophoudt me te behandelen of ik allebéí de prinsjes in de Tower was.' Toen hij de keuken binnenliep, bleef Topaas achter, greep mijn arm en vertoonde een van haar bijzonder innemende staaltjes van een snelle overgang tot nuchterheid.

'Ren terug en kijk wat hij heeft geschreven,' fluisterde ze. We renden de schans op; gelukkig had ik nog steeds Simons lantaarn.

'Mijn hemel, wat opwindend,' zei ik toen wij voor de rustieke tafel stonden. 'Misschien zal ik het eens beschrijven in mijn vaders biografie.'

Thomas haalde de steen van de eerste stapel papier. 'Kijk, dit is het begin,' zei hij toen de lantaarn een groot 'Sectie A' bescheen.

Hij griste vlug het bovenste blad weg, en toen stokte zijn adem van verbazing.

De hele tweede bladzijde was bedekt met hoofdletters; slecht geschreven zoals een kind ze maakt als het leert schrijven. Toen ik het licht langs de regels bewoog, lazen we: DE KAT ZAT OP DE MAT. DE KAT ZAT OP DE MAT. DE KAT ZAT OP DE MAT... steeds maar door tot onder aan het vel.

'O, Thomas,' kreunde ik. 'We hebben hem gek gemaakt.'

'Onzin. Je hoorde hoe verstandig hij sprak...'

'Dan is hij misschien aan het beter worden, maar zie je niet wat er is gebeurd?' Het was me opeens weer te binnen geschoten. 'Herinner je je niet wat ik onder de deur door riep toen ik zo van streek was? "Schrijf wat u wilt zolang als u maar schrijft," zei ik tegen hem. 'Schrijf: "De kat zat op de mat.'''

'En dat heeft hij geschreven!' Thomas sloeg meer bladen om. Wij lazen: DE KAT BEET DE RAT, en zo verder nog steeds in hoofdletters. 'Hij is gewoon kinds geworden,' kermde ik. 'Lang voor zijn tijd. En dat hebben wij op ons geweten.'

'Kijk, dit is beter,' zei Thomas. 'Hij groeit op.' Eindelijk zagen we mijn vaders gewone handschrift, netter en mooier dan ooit. 'Maar wat... Goeie god, hij heeft puzzels zitten maken!'

Er was een gemakkelijk acrostichon, een rebus, een paar rijmpjes met verborgen namen van dieren – elk soort kinderlijke puzzel uit ons oude, ingebonden deel van *Voor het jonge volkje*. Toen kwam er een bladzijde met eenvoudige raadseltjes.

Op de allerlaatste bladzijde had mijn vader geschreven:

Onderzoeken:
Oude schoolschriften
Merklappen
Kinderencyclopedie
Legpuzzels
Speelgoed in het Londens Museum

'Daar is niets abnormaals aan,' zei Thomas. 'Ik verzeker je dat dit iets te betekenen heeft.'

Maar ik geloofde hem niet. Niet dat ik nog bang was dat mijn vader gek zou zijn; maar ik dacht dat al die kinderachtige onzin een middel was om de tijd door te komen; zoiets als het spelletje dat hij speelt met de encyclopedie.

Thomas had de steen van Sectie B afgehaald. 'Nou, hier is zeker niets kinderachtigs bij,' zei hij na een paar minuten, 'al kan ik er geen touw aan vastknopen.'

Er waren een heleboel genummerde zinnen, elk van ongeveer twee of drie regels. Eerst dacht ik dat het poëzie was; er waren prachtige samengestelde woorden, en hoewel ze raadselachtig klonken, kreeg ik het gevoel dat er een betekenis achter zat. Opeens stierf mijn pasverworven hoop.

'Het zijn de sleutels tot een kruiswoordraadsel,' zei ik geërgerd. 'Hij heeft zich gewoon zitten vermaken; ik lees niet verder.' Het was net tot me doorgedrongen dat als ik niet vlug naar het kasteel terugging, ik Simon misschien niet meer zou zien voor hij vertrok.

'Kom hier, kom terug met die lantaarn,' riep Thomas toen ik de ladder begon op te klimmen. 'Ik ga niet weg voor ik alles heb gezien wat hij heeft geschreven.' Toen ik toch verder klom, greep hij de lantaarn uit mijn hand. Tegen dat ik boven aan de ladder kwam, riep hij me na: 'Je moet Sectie C eens zien; allemaal diagrammen met de afstanden tussen steden. En hij heeft een vogel getekend met woorden die uit zijn snavel komen.'

'Dat is een postduif,' riep ik spottend terug. 'Je zult vermoedelijk de reistas en het bord met wilgenpatroon ook wel gauw tegenkomen.'

Hij riep dat ik net Harry's vader was toen die spotte met *Jacob worstelt*. 'Hier zit iets in, dat weet ik zeker.' Maar ik geloofde hem nog steeds niet. En op dat moment kon het me niet veel schelen ook. Mijn gedachten draaiden weer helemaal om Simon.

Topaas kwam uit de slaapkamer naar beneden hollen toen ik de keuken binnenstapte. 'We kunnen rustig praten, Mortmain neemt een bad,' zei ze. 'Is het niet heerlijk dat hij is begonnen te werken? Wat heb je gevonden?'

Ik vond het zo afschuwelijk dat ik haar moest teleurstellen dat ik maar zei dat Thomas gelijk kon hebben en ik ongelijk. Maar zodra ik het kruiswoordraadsel noemde, verdween haar hoop.

'Maar het staat wel vast dat hij dénkt dat hij heeft zitten werken,' zei ze zorgelijk. 'Hij moet in de war zijn; dat komt door alles wat hij heeft meegemaakt. Ik heb jou een paar dingen te zeggen, meisje... Maar daar is nu geen tijd voor; we moeten iets aan Simon doen. Cassandra, wil jij met hem meegaan in mijn plaats? Dan kan ik bij Mortmain blijven. Ik wil niet dat hij het weet van Rose tot hij een beetje op verhaal is gekomen; hij weet zelfs niet dat Simon hier is.'

Mijn hart sprong op. 'Ja, natuurlijk ga ik mee.'

'En probeer in 's hemelsnaam Rose weer bij haar verstand te brengen. Ik heb tegen Simon gezegd dat ik liever wilde dat jij ging, en hij vindt het een goed idee; omdat jij misschien meer invloed op haar hebt. Hij wacht in zijn auto.'

Ik rende naar boven en maakte me klaar. Het was het gemeenste moment van mijn leven, want terwijl ik geloofde dat we gefaald hadden met mijn vader, en ondanks de ellende die ik op Simons gezicht had gezien, was ik dolgelukkig. Rose had hem opgegeven en ik zou met hem de dageraad inrijden.

Het was nog donker toen ik naar buiten naar de auto rende, maar de lucht had een vaag, wollig uiterlijk en de sterren verbleekten. Toen ik over de ophaalbrug liep, hoorde ik Heloïse huilen in de kamer van het poorthuis waar we haar achtergelaten hadden met de deur op slot. Ze stond op mijn vaders bureau en drukte haar lange neus tegen de donkere ruit. Toen ik haar zag, schoot het me te binnen dat mijn dagboek nog op het bureau lag, maar gelukkig kwam Topaas me achterna met wat sandwiches en beloofde het weg te leggen zonder te proberen het snelschrift te lezen.

'En doe de groeten aan vader en zeg tegen hem dat wij het voor zijn bestwil deden,' zei ik; ik was zo gelukkig dat ik vriendelijk wilde zijn voor de hele wereld. Toen vertrokken we; langs de schuur waar ik ooit Simon afgeluisterd had; langs het kruispunt waar we die eerste meigedichten begonnen op te zeggen; langs de dorpswei waar we geuren en geluiden stonden te tellen. Toen we onder de kastanje voor de herberg doorreden, voelde ik een steek in mijn hart voor Simon – zou hij zich het haar van Rose tegen de bladeren herinneren? Ik zal het hem vergoeden, zei ik tegen mezelf. Ik zweer dat ik het kan nu ik vrij ben om het te proberen.

Vlak nadat we vertrokken waren, hadden we wat gepraat over mijn vader. Simon wilde niet geloven dat wat Thomas en ik hadden gevonden echt onzin was; hij zei dat hij het zelf zou moeten zien. 'Hoewel ik moet toegeven dat het uiterst vreemd klinkt,' voegde hij eraan toe. En daarna verviel hij in zwijgen. We waren een paar kilometer voorbij Godsend voor hij zei: 'Kende jij Roses gevoelens voor mij?'

Ik was zo lang bezig met het bedenken van een antwoord dat hij doorging: 'Zeg maar niets. Dat mag ik jou eigenlijk niet vragen.'

Ik begon: 'Simon...'

Hij belette me verder te gaan. 'Ik geloof dat ik er toch liever maar niet over wil praten; niet voor ik er zeker van ben dat zij het echt meent.'

Toen vroeg hij of ik het warm genoeg had of dat hij de kap zou opzetten; het was warm geweest toen ze Londen verlieten en daarom had Topaas hem open willen hebben. Ik zei dat ik dat ook liever wilde. De lucht was wel fris en koel, maar niet echt koud.

Het was een merkwaardige gewaarwording, dat rijden door de slapende dorpen; de auto leek dan plotseling lawaaiiger, de koplampen feller. Ik merkte dat Simon iedere keer vaart minderde; ik wed dat de meeste mannen in zijn toestand er als gekken doorheen zouden hebben gereden. In een huisje zagen we het schijnsel van een kaars achter de kleine ruitjes van een raam op de eerste verdieping en er stond een auto voor de deur.

'Misschien is daar een dokter,' zei ik.

'Voor een sterfgeval misschien of voor een geboorte,' zei Simon.

Langzamerhand werd de donkere lucht bleker tot hij eruitzag als rook heel ver weg. Er was nergens iets kleurigs: de huisjes waren krijttekeningen op grijs papier. Het gaf eerder de indruk van avondschemer dan van ochtendgloren, maar leek toch niet echt op enig tijdstip van de dag of de nacht. Toen ik dat tegen Simon zei vertelde hij me dat hij aan het vreemde licht voor het ochtendgloren altijd dacht als aan limbolicht.

Een tijdje daarna hield hij stil om op een kaart te kijken. Overal om ons heen aan de overkant van de kale greppels, lagen dampige vloeiweiden met verspreide knotwilgen. Ver weg kraaide een haan.

'Jammer dat er geen mooie zonsopgang voor je is,' zei Simon. Maar ik had nog nooit een mooiere zonsopgang gezien dan wat ik zag toen de dikke mist langzaam veranderde in een gouden waas.

'Dat is echt de moeite waard,' zei Simon, die ernaar zat te kijken. 'En je kunt eigenlijk helemaal geen zon zien.'

Ik zei tegen mezelf dat dit symbolisch was; dat hij niet kon zien hoe gelukkig ik hem later zou maken.

'Heb je zin in een sandwich?' vroeg ik.

Ik geloof dat hij er alleen maar een nam om mij gezelschap te houden, maar hij praatte heel gewoon terwijl we zaten te eten – over hoe moeilijk het was om de lichtgevende mist onder woorden te brengen, en waarom je de pracht wilt beschrijven.

'Misschien is het een poging die te bezitten,' zei ik.

'Of er door bezeten te worden en dat is misschien in wezen hetzelfde. Ik denk dat het de volledige eenwording met de pracht is die je zoekt.'

De mist werd lichter en lichter. Ik zou ernaar hebben kunnen blijven kijken, maar Simon stond op, stopte het sandwichpapier netjes ergens onder aan de greppel en toen reden we verder.

Het duurde niet lang of je kon de nabijheid van de zee voelen. De mist boven de ziltige moerassen was te dik voor de zon om erdoorheen te dringen, maar de witte damp was oogverblindend. Het leek alsof we door een tunnel in de wolken reden.

'Weet je zeker dat we hier ergens hebben gepicknickt?' vroeg Simon toen we de hoofdstraat doorreden. 'Het ziet er heel anders uit.'

Ik zei dat dat kwam door de zomervakantiesfeer. Toen we er in mei waren, had het dorp er net zo uitgezien als elk ander dorp in het land, maar nu stonden er kinderemmertjes en -schepjes en garnalennetten buiten de deuren, en hingen er badpakken over de vensterbanken. Ik wilde opeens dat ik een kind was dat wakker wordt in een vreemde slaapkamer, met een dag aan het strand voor de boeg: hoewel de hemel weet dat ik op dat moment met geen mens ter wereld van plaats zou willen ruilen.

We zagen geen kip in de hoofdstraat, maar de voordeur van het enige hotel ter plaatse stond open en een werkvrouw, die bezig was de hal te schrobben, liet ons in het hotelregister kijken.

Niets te bekennen van Rose.

'We kunnen beter wachten tot de mensen wakker zijn en dan bij elk huis in het dorp informeren,' zei ik.

'Zou ze niet in De Zwaan kunnen zijn?' opperde de werkster.

'Het is eigenlijk geen hotel, maar ze hebben wel een paar slaap-plaatsen.'

Ik herinnerde het me van die dag van de picknick, een kleine herberg vlak bij de zee, ongeveer anderhalve kilometer verder; maar ik kon niet geloven dat Rose daar ooit zou logeren.

'Niettemin zouden we het kunnen proberen tot het dorp wakker wordt,' zei Simon.

We reden langs de verlaten kustweg. Boven de zee hing geen mist; hij was een en al bleek, glinsterend goud, en zo kalm dat het leek alsof de golfjes maar net op het strand konden kruipen en een waas van kant over het zand konden spreiden.

'Kijk! Daar is de plek waar we hebben gepicknickt,' riep ik. Simon knikte alleen maar en toen wou ik dat ik maar niets gezegd had. Dit was geen moment om hem te herinneren aan een geluk-kige dag.

We konden De Zwaan al uit de verte zien, het was het enige gebouw dat voor ons lag; een stokoude herberg, net zoiets als De Sleutels in Godsend, maar dan nog kleiner en eenvoudiger. De ra-men glinsterden en weerkaatsten de vroege zon.

Simon stopte precies voor de deur.

'Er is iemand wakker,' zei hij terwijl hij omhoogkeek.

Er stond een raam open in het puntdak; een raam dat merk-waardig veel leek op het dakvenster van De Sleutels met inbegrip van het wasstel dat er stond. Het geluid van een meisjesstem die 'Vroeg op een morgen' zong, kwam naar ons toedrijven.

'Het is Rose!' fluisterde ik.

Simon keek verbaasd. 'Weet je dat zeker?'

'Absoluut.'

'Ik wist helemaal niet dat ze zo goed kon zingen.'

Hij zat te luisteren terwijl z'n ogen plotseling oplichtten. Na een paar ogenblikken hield ze op met zingen en neuriede alleen het wijsje. Ik hoorde haar rondlopen, en toen het geluid van een la die werd opengetrokken en weer gesloten.

'Maar ze zou toch niet zo kunnen zingen als ze niet gelukkig was?' vroeg Simon.

Ik dwong mezelf om te zeggen: 'Misschien is alles al weer in or-de; misschien waren het alleen maar zenuwen zoals Topaas zei. Zal ik haar roepen?'

Voordat hij kon antwoorden, werd er op een deur in de herberg geklopt. Toen zei een mannenstem: 'Goedemorgen! Ben je klaar om mee te gaan zwemmen?'

Ik hoorde Simons adem stokken. Het volgende moment had hij de auto weer gestart en we schoten vooruit.

'Maar wat heeft dat te betekenen?' riep ik. 'Dat was Neil!' Simon knikte. 'Even niets zeggen.'

Na een paar minuten liet hij de auto stoppen en stak een sigaret aan.

'Het is in orde... kijk niet zo diep ongelukkig,' zei hij. 'Ik heb nu het gevoel dat ik het altijd heb geweten.'

'Maar, Simon, ze haten elkaar!'

'Ja, daar lijkt het veel op,' zei Simon grimmig.

We reden door tot we een andere weg vonden om terug te gaan zodat we de herberg konden vermijden. Simon zei niet veel, maar hij vertelde me wel dat hij wist dat Neil in het begin wel wat voor Rose had gevoeld. 'Toen kwam hij tot de slotsom dat ze zich aanstelde en op geld uit was; tenminste, dat zei hij. Ik maakte mezelf wijs dat hij gepikeerd was omdat ze de voorkeur gaf aan mij... net zoals ik mezelf wijsmaakte dat ze echt van me hield: tenminste in het begin. De laatste weken ben ik daaraan gaan twijfelen, maar ik hoopte dat alles in orde zou komen als we maar eenmaal getrouwd waren. God weet dat ik nooit ook maar enig idee had dat ze van Neil hield of hij van haar. Ze hadden het me ronduit moeten vertellen. Dit is niets voor Neil.'

'Net zomin als ik gedacht had dat het iets voor Rose was,' zei ik doodongelukkig.

In het volle, heldere ochtendlicht gingen we naar huis. Alle dorpen werden wakker en we werden overal begroet door vrolijk blaffende honden. Er dreven nog steeds een paar mistslierten over de vloeiweiden waar we naar de versluierde zonsopgang hadden gekeken. Toen we erlangs reden, herinnerde ik me hoe ik tegen mezelf had gezegd dat ik Simon gelukkig zou maken. Ik had nu het gevoel dat ik niet meer hetzelfde meisje was. Want nu wist ik dat ik mezelf had zoetgehouden met een dwaas sprookje, dat ik voor hem nooit kon betekenen wat Rose voor hem had betekend. Ik geloof dat ik dat voor de eerste keer besefte toen ik naar z'n gezicht keek terwijl hij naar haar zingen luisterde, en sterker nog toen hij over die hele ellendige geschiedenis begon te praten: niet boos of bitter, maar rustig en zonder enig woord ten nadele van Rose. Maar ik wist het vooral door een verandering in mezelf. Misschien leer je bij het zien lijden van iemand van wie je houdt, nog meer dan van eigen lijden.

Lang voordat we terug waren in het kasteel zou ik haar met heel mijn hart en zowel voor mijn eigen geluk als voor het zijne, aan hem terug hebben willen geven als ik dat maar had gekund.

Nu is het oktober.

Ik zit op de schans dicht bij de cirkel van stenen. Er liggen nog altijd een paar stukjes verkoold hout van mijn midzomervuur. Het is een stralende gouden, windstille middag – ook al is het een beetje kil, maar ik draag het sealskin jasje van tante Millicent, dat verrukkelijk warm is, en ik heb mijn vaders oude reisdeken om op te zitten. Hij gebruikt nu de grote jas van berenvel. Zo hebben alle bontstukken van tante Millicent uiteindelijk hun bestemming gevonden.

Nu zijn de korenvelden bedekt met touwkleurige stoppels. De enige heldere kleur die ik ergens kan ontdekken, is van de kardinaalsmutsheester beneden in de laan. Bij De Vier Stenen zijn Mr. Stebbins en zijn paarden aan het ploegen. Al gauw zullen we weer midden in een zee van modder zitten zoals Rose dat noemt. Vanmorgen kreeg ik een brief van haar.

Zij en Neil zijn dwars door Amerika gereden en wonen nu in de Californische woestijn, die er helemaal niet uitziet zoals ik me een woestijn voorstel; Rose zegt dat er geen kamelen zijn en de ranch heeft drie badkamers. Ze is volmaakt gelukkig, behalve met haar uitzet, die nu meer bij een sprookjesfee hoort. Ze heeft daar alleen shorts en lange broeken nodig zegt ze, en die zaten er toevallig niet bij. Maar ze gaat met Neil naar Beverly Hills zodat ze daar kan dansen in haar avondjurken.

Ik zou wel willen dat ik niet zo boos op haar was; het is verkeerd van me nu ik haar officieel heb vergeven. En achteraf blijkt dat zij en Neil niet zijn weggelopen zonder het Simon uit te leggen. Neil schreef een briefje en liet het met dat van Rose achter op het tafeltje in de hal, maar het raakte onder de brieven die met de middagpost kwamen. Simon heeft er geen moment aan gedacht nog naar een andere brief te kijken nadat hij Roses boodschap had gelezen.

Ik heb haar maar een keer alleen gesproken voor ze naar Amerika ging. Het was op die vreselijke dag toen we allemaal naar de flat gingen en alles werd bijgelegd. Eerst sprak Mrs. Cotton met Rose en Neil en schonk hun vergeving, en toen sprak Simon met ieder van hen apart, en ging door met vergeving schenken. Toen vroeg Mrs. Cotton aan mijn vader of hij Rose alleen wilde spreken en hij zei: 'Grote goden, nee! Ik begrijp niet waarom Simon deze verschrikking wil ondergaan.' Mrs. Cotton zei: 'We moeten toch beschaafd blijven,' waarop mijn vader zo nijdig snoof dat Topaas waarschuwend zijn arm greep. Daarna deden we allemaal of er niets aan de hand was bij een lunch met champagne.

Stephen kwam in een mooi, goed gesneden pak, en zag er echt ontzettend knap uit. Toen Rose hem een hand gaf, zei ze: 'Ik zal je mijn hele leven dankbaar zijn.'

Ik wist niet wat ze bedoelde tot ik later alleen met haar was om haar te helpen pakken. Toen vertelde ze me dat Stephen naar Neils hotel was gegaan en hem ronduit had verteld dat ze niet van Simon hield. Neil moet mij dus hebben geloofd toen ik hem schreef dat ze dat wel deed; in ieder geval ontliep hij haar zoveel mogelijk terwijl ze in Londen was. Maar nadat hij met Stephen had gesproken, ging hij naar de flat en vroeg het haar op de man af.

'En weet je waar het op leek?' vroeg ze. 'Herinner je je nog hoe ik thuiskwam nadat ik roodvonk had gehad; hoe we elkaar maar bleven omhelzen zonder een woord te zeggen? Dit was net zoiets, maar een miljoen keer heviger. Ik dacht dat we elkaar nooit meer los zouden laten. Ik zou met hem zijn getrouwd ook al had hij geen penny gehad; en dat zou ik weken geleden al hebben gedaan als hij me de kans maar had gegeven. Maar ik wist helemaal niet dat hij om me gaf.'

'Maar, Rose, hoe wist Stephen dat hij dat wel deed?' vroeg ik.

'Nou, hij had een kleine aanwijzing dat Neil, nou ja, wel iets voor me voelde,' zei ze, en toen begon ze op die leuke manier van haar te giechelen. 'Herinner je je die avond dat ze me voor een beer hielden, en ik Neil een draai om z'n oren heb gegeven? Nadat hij me over de spoorlijn naar het veld achter het station had gedragen, zette hij me neer en zei: "Dit is voor die draai om mijn oren," en toen kuste hij me. En dat heeft Stephen gezien.'

Dus dat was wat ze had achtergehouden toen we die avond in bed lagen te praten! Ik vóélde dat ze iets verborg... en heb er toen verder niet meer aan gedacht.

Ik zei: 'Maar alleen omdat hij heeft gezien dat Neil jou een kus gaf...'

'Het waren er meer dan een, het waren er een heleboel. En het was verrukkelijk. Maar ik vond dat ik hem moest straffen voor de dingen die jij hem over mij hebt horen zeggen in de laan – en omdat hij me zo durfde te kussen, ook al vond ik dat fijn. Bovendien was hij niet de rijke broer. Hoewel... echt, Cassandra, ik geloof niet dat ik dat in de weg zou hebben laten staan als hij ooit had laten zien dat hij echt van me hield. Maar dat deed hij nooit; hij was nooit meer aardig tegen me, altijd onbeleefd en akelig; omdat hij dacht dat ik jacht maakte op Simon... wat ik inderdaad ook deed. En toen Simon me kuste was dat ook wel heerlijk – je kunt echt niet op kussen afgaan – en daardoor raakte ik in de war. Maar dat duurde niet lang.'

Ik herinnerde me nu zoveel meer! Ik begreep hoe ze geprobeerd had om Neil te haten; ik had haar afkeer van hem altijd overdreven gevonden. Ik herinnerde me hoe vlug ze erbij was geweest om Simon te zeggen dat hij hem naar de flat moest laten komen op die avond dat ik er was, hoe ze hem had gevraagd met haar te dansen, hoe teleurgesteld ze had geleken toen ze terugkwamen in die schitterende gang. En natuurlijk was een groot deel van Neils woede op die avond van de verloving te wijten geweest aan jaloezie!

Ze waren die ochtend de flat uitgelopen in de hoop meteen te kunnen trouwen. 'Dat kun je in Amerika doen, zegt Neil; maar we ontdekten al gauw dat dat hier niet kan. Dus zijn we naar de herberg gegaan om te wachten tot we konden trouwen. We hebben die plek gekozen omdat Neil zei dat het bij de picknick de laatste keer was geweest dat hij me gewoon had zien doen. En natuurlijk ben jij het eigenlijk, lieve schat, aan wie ik alles te danken heb omdat ik zeker weet dat Stephen alleen om jou naar Neil is gegaan. Hij vertelde Neil dat jíj de geschikte vrouw was voor Simon; ik neem aan dat hij had geraden dat je verliefd was en jou probeerde te helpen.'

357

O, lieve, lieve Stephen, hoe kan ik je ooit voor zoveel onzelfzuchtigheid belonen? Maar het geluk dat je voor mij hoopte te
winnen, zal me nooit ten deel vallen.

'En natuurlijk zal alles nu in orde komen,' ging Rose verder.
'Zo gauw Simon een beetje over dat met mij heen is, zul jij hem
kunnen krijgen.'

'Ik zou denken dat je het nu wel had afgeleerd om te praten
over mannen "krijgen",' zei ik koel.

Ze bloosde. 'Zo bedoelde ik het niet, dat weet je heel goed. Ik
hoop dat hij echt van je zal gaan houden. Hij mag je al zo graag
– dat zei hij vandaag nog.'

Er kwam een vreselijke gedachte bij me op. 'Rose, maar Rose!'
riep ik. 'Je hebt hem toch niet verteld dat ik van hem hou?'

Ze zwoer dat ze dat niet had gedaan.

Maar ik ben bang dat ze het wel heeft gedaan. Hij is sinds die
tijd zo vriendelijk geweest: dat was hij altijd al, maar nu lijkt het
alsof hij met opzet vriendelijk is. Of verbeeld ik het me? Ik kan
er daardoor bijna niet tegen om bij hem te zijn; maar het kost zoveel zelfoverwinning om uit zijn buurt te blijven nu hij bijna elke
dag met mijn vader komt praten. Ze zitten nu samen in het poorthuis.

Kennelijk zat ik er wat mijn vader betreft helemaal naast. Het
is blijkbaar vreselijk knap om een boek te beginnen door negentien keer te schrijven DE KAT ZAT OP DE MAT.

Hou nu op, Cassandra Mortmain. Je bent nog steeds een beetje in je wiek geschoten omdat het Thomas was die geloofde dat
wat we in de toren vonden niet alleen maar onzin was. Je probeert je stommiteit goed te praten... en het was een stommiteit
omdat vader je nadrukkelijk had gezegd dat al zijn excentriciteit-
en iets betekenden. En het is niet waar dat het boek begint met
negentien katten op matten; in de herziene editie zijn het er maar
zeven. En er is een volmaakt logische verklaring voor volgens die
knappe kop van een Thomas. Men veronderstelt dat die woorden
leven in de gedachtewereld van een kind dat leert lezen en schrijven.

Ben ik abnormaal dom? Ben ik ouderwets? Ben ik echt net als
Harry's vader, die de spot drijft met *Jacob worstelt*? Ik zie wel in
dat mijn vaders puzzels en problemen op zichzelf heel knap zijn,

dat de taal die hij gebruikt, prachtige beelden oproept; maar waarom neemt men aan dat ze méér zijn dan puzzels en problemen?

Thomas en ik werden gebruikt als proefkonijnen voor de eerste vier secties toen mijn vader ze volledig had herzien; er staat nu veel meer in dan toen we ze twee maanden geleden vonden. Ik heb het echt geprobeerd. Ik kon de kinderraadsels heel makkelijk oplossen. Ik kon de kruiswoordpuzzel maken; en ik kan niet zeggen dat ik het leuk vond, want de oplossingen hebben allemaal te maken met nachtmerries en angst. Ik behandelde die postduif met de grootste eerbied (hij is de held van een soort beeldverhaal, getiteld 'De tocht van de postduif'). Ik heb me zelfs door het grootste deel van sectie D geworsteld; dat is een nieuw soort puzzel, door mijn vader bedacht, met gedeeltelijk woorden, gedeeltelijk patronen, waar elke aanwijzing je verder en verder terugvoert in het verleden. Maar het betékende allemaal niets voor mij – en wel voor Thomas, hoewel hij toegaf dat hij het niet onder woorden kon brengen.

Mijn vader zei: 'Als je dat zou kunnen, mijn jongen, zou ik me gaan verdrinken.' Toen brulde hij van het lachen omdat Topaas zei dat sectie A 'een bijbetekenis van de eeuwigheid' had.

Volgens mij heeft alles een bijbetekenis van krankzinnigheid… Néé. Ik zit weer te spotten. Ik ben stóm. Als Simon zegt dat mijn vaders enigma iets geweldigs is, is dat zo. (Simon was degene die het 'enigma' noemde… en dat is er een heel goede naam voor.) En uitgevers, zowel in Engeland als Amerika, hebben mijn vader een voorschot betaald, zelfs al komt het hele boek misschien in jaren nog niet klaar. En de eerste vier secties worden binnenkort afgedrukt in een Amerikaans tijdschrift. Dus zal ik nu eindelijk niet meer spotten?

Als mijn vader maar eens een paar vragen wilde beantwoorden! Als Thomas nog eens een paar van zijn schrandere ideeën zou willen spuien! (Nadat hij me had verteld dat sectie A een kind was dat leerde lezen en schrijven, gaf hij te kennen dat hij niet 'bereid' was meer te zeggen.) Topaas vindt het natuurlijk altijd heerlijk om met haar opvattingen te koop te lopen, maar ik kan niet zeggen dat die me veel helpen. Haar nieuwste bijdragen zijn 'kosmische betekenis' en 'sferische diepte'.

De enige die me zou kunnen helpen, is natuurlijk Simon; maar ik wil hem niet vragen om een gesprek onder vier ogen voor het geval hij denkt dat ik hem achternaloop. Ik probeer hem te ontlopen tenzij er iemand anders bij is. Vaak blijf ik uit de buurt tot ik weet dat hij naar Scoatney terug is.

Zal ik mezelf toestaan hem vandaag te zien? Zal ik de schans af rennen als hij het poorthuis uitkomt en dan zeggen dat ik hem iets wil vragen over mijn vaders werk? Dat wil ik ook, maar nog liever wil ik alleen maar bij hem zijn. Als ik er maar zeker van was dat Rose hem niets over me heeft gezegd! Ik zal wachten tot morgen. Ik beloof mezelf morgen...

Ik heb het niet meer in handen. Ik keek naar beneden en zag hem op de binnenplaats staan – hij wuifde naar me – liep naar de brug – hij komt hierheen! Ik wil niet verlegen zijn! Het zal wel helpen als ik heel druk over mijn vader praat...

Wat kun je veel leren in een uur!

Alles wat ik eigenlijk op wil schrijven, is wat er gebeurde vlak voordat hij wegging. Maar als ik mezelf daarmee laat beginnen, vergeet ik misschien enkele dingen die eraan voorafgingen. En elk woord van hem is voor mij heel belangrijk.

We zaten naast elkaar op de reisdeken. Hij was gekomen om afscheid te nemen; over een paar dagen gaat hij naar Amerika; ten eerste omdat Mrs. Cotton de winter in New York wil doorbrengen en ten tweede omdat hij er bij wil zijn als mijn vaders werk in het tijdschrift wordt gepubliceerd. Hij gaat er een paar artikelen over schrijven.

'Je vader zegt dat ik net een vinnige terriër ben die een rat te pakken heeft,' zei hij tegen me. 'Maar ik geloof dat hij het wel prettig vindt als hij te pakken wordt genomen. En het is heel belangrijk dat hij aan de voeten van de juiste mensen wordt neergelegd.'

Ik zei: 'Simon, kun je mij bij wijze van afscheidscadeautje iets vertellen dat me kan helpen te begrijpen wat hij bedoelt?'

Tot mijn verrassing zei hij dat hij al van plan was geweest dat eens te proberen. 'Want zie je, als ik weg ben, zul jij de enige van zijn naasten zijn die er iets van kan begrijpen... Thomas is wel een slimme jongen, maar zijn belangstelling is maar oppervlakkig; in zekere zin is het nog de belangstelling van een kind. In ieder geval weet ik zeker dat het jóúw belangstelling is waar je vader naar hunkert.'

Ik was verbaasd en gevleid. 'Nou, ik wil maar al te graag. Maar als hij het niet wil uitleggen... Waarom wil hij dat niet, Simon?'

'Omdat het de essentie van een enigma is dat men het zelf moet oplossen.'

'Maar je mag toch in elk geval weten... nou ja, wat de regels zijn voor het oplossen van een raadsel.'

Hij zei dat hij dat helemaal met me eens was en dat hij daarom mijn vader had overgehaald hem met mij te laten praten. 'Wil je me vragen stellen?'

'En of. De eerste is: waarom moet zijn werk eigenlijk een raadsel zijn?'

Simon lachte. 'Je begint daar met een pracht van een vraag. Niemand zal ooit weten waarom een scheppend artiest schept op de manier waarop hij dat doet. In ieder geval had jouw vader een zeer vermaard voorloper. God maakte van het heelal een raadsel.'

Ik zei: 'En dat heeft al heel wat mensen in de war gebracht. Ik zie niet in waarom mijn vader hem na moest volgen.'

Simon zei dat hij geloofde dat iedere scheppende kunstenaar dat deed en dat misschien elk menselijk wezen het latente vermogen tot scheppen bezat. 'Ik denk dat een van de dingen waar je vader naar streeft, is die latente scheppingsdrang te stimuleren; om degenen die zijn werk bestuderen, te laten delen in het scheppingsproces. Natuurlijk ziet hij schepping als ontdekking. Ik bedoel, alles is ooit al geschapen – door God als je het zo wilt noemen – alles is er al om te worden gevónden.'

Ik denk dat hij gezien moet hebben dat ik een beetje verbijsterd keek, want hij hield op en zei: 'Ik druk dit niet duidelijk uit... wacht, geef me een ogenblikje...'

Hij dacht met z'n ogen dicht zoals hij dat ook deed op die eerste mei; maar deze keer durfde ik maar heel even naar z'n gezicht te kijken. Ik probeerde mijn diepste gevoelens in bedwang te houden; ik had mezelf verboden erover na te denken dat hij weg zou gaan. Daar zou genoeg tijd voor zijn als hij eenmaal weg was.

Eindelijk zei hij: 'Ik denk dat je vader gelooft dat de belangstelling die zoveel mensen hebben voor puzzels en problemen – en die vaak al begint in de vroege jeugd – meer betekent dan alleen het verlangen naar ontspanning; dat het zelfs kan voortkomen uit de eeuwige nieuwsgierigheid van de mens naar zijn afkomst. In ieder geval maakt die gebruik van bepaalde vermogens tot progressief, cumulatief onderzoek waar geen enkele andere herseninspanning gebruik van maakt. Je vader wil zijn ideeën mededelen via die vermogens.'

Ik vroeg hem om het langzaam te herhalen. En plotseling daagde het me... ik begreep het helemaal! 'Maar hoe werkt het?' riep ik uit.

Hij zei dat ik aan een kruiswoordraadsel moest denken – aan de honderden beelden die door je geest gaan als je er een oplost. 'In de puzzels van je vader geven al die beelden bij elkaar de bedoeling weer die hij uit wil drukken. En alle secties van het boek bij elkaar, alle puzzels, problemen, patronen en progressies – ik geloof dat er zelfs een detectivesectie komt – geeft zijn filosofie van de ontdekkings-schepping.'

'En wat hebben die katten op de matten ermee te maken?' vroeg ik een beetje sarcastisch.

Hij zei dat die waarschijnlijk nodig waren om een stemming op te roepen. 'Denk je eens in dat je een kind bent dat geconfronteerd wordt met de eerste raadselachtige symbolen in je leven, de letters van het alfabet. Denk aan de letters voor je ze begreep, dan aan de letters die tot woorden werden, dan aan de woorden die beelden vormden... Waarom kijk je zo zorgelijk? Breng ik je in de war?'

'Helemaal niet,' zei ik. 'Ik begrijp alles wat je hebt gezegd. Maar... Simon, ik erger me zo! Waarom moet mijn vader alles zo moeilijk maken? Waarom kan hij niet gewoon zeggen wat hij bedoelt?'

'Omdat er zoveel is wat eenvoudig niet gewoon gezegd kan worden. Probeer maar eens te beschrijven wat schoonheid is, dan zul je zien wat ik bedoel.' Toen zei hij dat kunst heel weinig kon zéggen, dat die alleen ten doel had reacties op te roepen. En dat zonder vernieuwingen en experimenten – zoals die van mijn vader – alle kunst zou verstarren. 'Daarom mag je je er niet aan ergeren... hoewel ik geloof dat dat een normale reactie is die voortkomt uit een onderbewuste angst voor wat we niet begrijpen.'

Toen sprak hij over een paar grote vernieuwingen waar de mensen zich eerst ook aan hadden geërgerd. Beethovens laatste kwartetten en een heleboel moderne muziek, en het werk van veel grote schilders dat nu bijna iedereen bewondert. Er zijn niet zoveel nieuwigheden in de literatuur als in de andere kunstvormen, zei Simon, en dat is een reden te meer waarom je vader dient te worden aangemoedigd.

'Nou, ik zal hem uit alle macht aanmoedigen,' zei ik. 'En ook al erger ik me nog een beetje aan hem, ik zal proberen dat te verbergen.'

'Dat zul je niet kunnen,' zei Simon. 'En ergernis zal je vermogen tot begrip verminderen. Mijn hemel, hoe kan ik je op zijn hand krijgen? Kijk, kun jij in je dagboek altijd precies uitdrukken wat je wilt? Is alles in keurig nette woorden uit te drukken? Word je niet voortdurend tot beeldspraak gedwongen? De eerste mens die beeldspraak gebruikte, was een enorme vernieuwer en nu maken wij er bijna onbewust gebruik van. In zekere zin is je vaders hele werk alleen een verlengstuk van de beeldspraak.'

Toen hij dat zei herinnerde ik me plotseling hoe moeilijk ik het had gevonden om de gevoelens die ik op midzomeravond had te beschrijven, en hoe ik die dag had beschreven als een kathedraalachtige laan. De beelden die ik toen voor me zag, zijn sindsdien altijd verbonden geweest met die dag en met Simon. Toch kon ik nooit uitleggen hoe het beeld en de werkelijkheid in elkaar overgaan en hoe ze elkaar op de een of andere manier aanvullen en mooier maken. Probeerde mijn vader dingen uit te drukken die zich net zomin lieten uitdrukken als dat...?

'Er is je een licht opgegaan,' zei Simon. 'Kun je het onder woorden brengen?'

'Zeker niet in keurig nette...' Ik probeerde luchtig te spreken; de herinnering aan midzomeravond had me zo heel erg bewust gemaakt van mijn liefde voor hem. 'Maar ik erger me niet meer. Het komt nu in orde. Ik sta aan zijn kant.'

Daarna bespraken we wat mijn vader weer aan het schrijven had gekregen. We zullen wel nooit te weten komen of het opsluiten in de toren hem werkelijk enig goed heeft gedaan.

Volgens Simon was het het meest waarschijnlijk dat alles had samengewerkt... 'Onze komst hier; mijn moeder is heel stimulerend zoals je weet. En het lezen op Scoatney kan geholpen hebben; ik heb het huis volgestopt met spullen waarvan ik dacht dat ze hem zouden interesseren. En verder heeft hij, geloof ik, het gevoel dat het opgesloten zitten in de toren een soort emotionele uitlaat heeft veroorzaakt; en hij erkent volledig jouw verdienste door tegen hem te zeggen dat hij desnoods maar moest schrijven: "De kat zat op de mat." Dat bracht hem op gang en gaf hem het idee van een kind dat leert lezen.'

Zelf denk ik dat zijn woede-uitbarsting hem het meest heeft geholpen. Ik geloof meer en meer dat het incident met het cakemes een enorme les voor hem is geweest en hem op de een of andere manier geestelijk heeft vastgezet. Simon vond dat een heel goede theorie.

'Hoe is zijn humeur tegenwoordig?' vroeg hij.

'Nou, meestal is hij aardiger dan ik mij hem van vroeger kan herinneren. Maar bij buien is het verschrikkelijk. Topaas geniet het.'

'Die goeie Topaas!' zei Simon glimlachend. 'Zij is de volmaakte vrouw voor hem nu hij aan het werk is; en dat weet hij. Maar ik denk niet dat het leven in het kasteel deze winter voor jóú zo leuk zal zijn. Er is een dienstmeisje in de flat, als je daar soms eens naartoe wilt. Weet je zeker dat je niet wilt gaan studeren?'

'Heel zeker. Ik wil alleen maar schrijven. En daarvoor bestaat geen andere hogeschool dan het leven zelf.'

Hij lachte en zei dat ik een en al vreugde voor hem betekende – soms zo oud voor mijn leeftijd en soms zo jong.

'Ik zou graag willen leren typen en echt stenograferen,' zei ik tegen hem. 'Dan zou ik secretaresse van een auteur kunnen zijn tot de tijd dat ik zelf een schrijfster ben.'

Hij zei dat Topaas het voor me in orde zou maken. Ik weet dat hij geld bij haar achterlaat voor ons allemaal; hij gaf haar het gevoel dat ze het moest aannemen om mijn vader te behoeden voor zorgen. Hij is werkelijk een bijzonder hoffelijke en edelmoedige 'beschermheer'!

'En jij moet me schrijven als je iets nodig hebt,' voegde hij eraan toe. 'In ieder geval kom ik gauw terug.'

'Dat vraag ik me af.'

Hij keek me vlug aan en vroeg wat ik bedoelde. Ik wou dat ik het niet had gezegd. Al weken lang ben ik bang geweest dat hij niet meer in Engeland zou willen blijven wonen nadat Rose hem zo heeft gekwetst.

'Ik vroeg me alleen af of Amerika geen beslag op je zou leggen,' zei ik.

Het duurde zo lang voor hij antwoordde dat ik me al voorstelde hoe hij voor altijd weg was en de Fox-Cottons zich op Scoatney hadden geïnstalleerd, zoals ze zo graag willen. Misschien zie ik hem nooit meer, dacht ik, en ik kreeg het opeens zo koud dat ik even rilde. Simon merkte het op en kwam dichter bij me zitten terwijl hij de reisdeken om ons heen trok. Toen zei hij: 'Ik kom heus terug. Ik zou Scoatney nooit voorgoed kunnen verlaten.'

Ik zei dat ik wist dat hij er heel veel van hield.

'Heel veel en op een heel treurige manier. In zekere zin is het net of je van een mooie vrouw houdt die stervende is. Je weet dat de sfeer van zulke huizen niet lang meer blijft bestaan.'

Toen hadden we het over de herfst; hij hoopte dat hij nog op tijd zou zijn om er in New England iets van te zien.

'Is de herfst daar mooier dan hier?' vroeg ik.

'Nee. Maar minder droefgeestig. In Engeland zijn zoveel prachtige dingen droefgeestig.' Hij staarde over de velden, en voegde er toen vlug aan toe: 'Niet dat ik vanmiddag droefgeestig ben. Dat ben ik nooit bij jou. Weet je dat dit ons derde gesprek is op de schans bij Belmotte?'

Of ik het wist. 'Ja, dat geloof ik ook,' zei ik, en ik probeerde het onverschillig te laten klinken. Ik geloof niet dat me dat lukte, want plotseling sloeg hij zijn arm om me heen. De stille middag leek nog stiller, het late zonlicht was als een zegening. Zolang ik leef zal ik me dat zwijgende ogenblik herinneren.

Eindelijk zei hij: 'Ik wou dat ik je mee kon nemen naar Amerika. Zou je mee willen?'

Even dacht ik dat het alleen maar een grapje was, maar hij vroeg het me nog eens: 'Zou je dat willen, Cassandra?' Er was iets in de manier waarop hij mijn naam uitsprak dat me opeens de zekerheid gaf dat als ik ja zei, hij me ten huwelijk zou vragen. En ik kon het niet, hoewel ik niet geloof dat ik toen ten volle wist, waarom.

Ik zei zo gewoon mogelijk: 'Had ik mijn opleiding maar vast achter de rug, dan kon ik met je meegaan als je secretaresse. Maar ik ben bang dat ik dit jaar niet graag zo lang bij mijn vader vandaan wil zijn.'

Door het over die boeg te gooien, hoopte ik niet te laten merken dat ik zijn gedachten had geraden. Maar ik geloof dat hij het toch gemerkt heeft, want hij zei heel rustig: 'Jij wijze jonge rechter.'

Toen babbelden we nog een poosje heel gewoon over de auto, die hij aan mijn vader leent, en hij zei dat we allemaal naar Scoatney kunnen gaan zo vaak we er zin in hebben. Zelf zei ik niet veel; mijn gedachten werden voornamelijk in beslag genomen door de vraag of ik een verschrikkelijke vergissing had begaan.

Toen hij opstond om weg te gaan, wikkelde hij de deken dicht om me heen en vroeg me om mijn hand naar buiten te steken. 'Deze keer is het geen klein groen handje,' zei hij toen hij hem in de zijne nam.

Ik zei: 'Simon, je weet dat ik het heerlijk zou vinden om Amerika te zien als de omstandigheden ooit... nou ja, gunstig zijn.'

Hij keerde mijn hand om en kuste de palm; toen zei hij: 'Ik zal er verslag over uitbrengen als ik terugkom.'

En toen liep hij vlug de schans af. Terwijl zijn auto door de laan reed, rukte een plotselinge windvlaag bruine bladeren van bomen en heggen zodat een wolk van blaren hem leek te volgen.

Ik heb geen vergissing begaan. Ik weet dat het maar een impuls was toen hij me zojuist bijna ten huwelijk vroeg, net zoals toen hij me op midzomeravond kuste; een mengeling van grote vriendschap voor mij en verlangen naar Rose. Het hoort bij dat zwaankleef-aanspelletje dat we allemaal hebben gespeeld – Rose met Simon, Simon met mij, ik met Stephen en Stephen vermoedelijk met die vreselijke Leda Fox-Cotton. Het is geen fraai spelletje; je doet de mensen met wie je het speelt zo gauw verdriet. Misschien geldt dat zelfs voor Leda, hoewel ik niet kan zeggen dat ik daar erg over inzit.

Maar waarom, o waarom moet Simon nog steeds van Rose houden? Terwijl zij zo weinig met hem gemeen heeft en ik zoveel? Aan een kant zou ik hem dolgraag achterna willen rennen naar Scoatney en heel hard roepen: 'Ja, ja, ja!' Een paar uur geleden, toen ik schreef dat ik nooit iets voor hem zou kunnen betekenen, zou zo'n kans me de hemel op aarde geleken hebben. En ik kan hem toch wel... een soort tevredenheid geven?

Tevredenheid geven is niet genoeg. Niet voor de gever.

Het daglicht wordt minder. Ik kan nauwelijks zien wat ik schrijf en mijn vingers zijn koud. Er is nog maar één bladzijde over in mijn mooie blauwleren opschrijfboek; maar meer heb ik ook niet nodig. Ik ben niet van plan met dit dagboek door te gaan; ik ben dat willen schrijven over mezelf ontgroeid. Ik ben vandaag alleen begonnen uit een soort plichtsgevoel; ik was van mening dat ik Roses geschiedenis netjes moest afmaken. Het lijkt alsof ik de mijne ook meteen heb afgemaakt, wat ik niet bepaald heb voorzien...

Wat een belachelijke opmerking, een en al zelfbeklag, en dat terwijl Simon nog op deze wereld rondloopt, en met een auto die we te leen hebben en een flat in Londen! Stephen heeft daar nu ook een flat; een kleintje maar. Hij heeft zo naar tevredenheid met zijn geiten rondgezworven dat hij in zijn volgende film iets moet zeggen. Als ik in de flat van de Cottons logeer, kan ik weleens met hem uitgaan en heel, heel aardig voor hem zijn, maar wel op een duidelijk zusterlijke manier. Nu ik erover nadenk, kan deze winter heel opwindend worden, vooral met een vader die zo heerlijk vrolijk is, of soms zo verfrissend driftig. En er zijn duizenden mensen over wie ik kan schrijven die niet mij zijn...

Het helpt helemaal niets om te doen alsof ik niet huil, want dat doe ik wel... Pauze om te boenen. Nu gaat het beter.

Misschien zou het in werkelijkheid nogal saai zijn om getrouwd te zijn en voor je hele leven gevestigd. Leugenaarster! Het zou zalig zijn.

Nu is er nog maar een halve bladzijde over. Zal ik die vullen met 'Ik hou van je, ik hou van je', net als mijn vaders bladzijde vol katten op de mat? Nee. Zelfs een gebroken hart rechtvaardigt niet het verkwisten van goed papier.

Er schijnt licht beneden in de keuken van het kasteel. Vanavond neem ik een bad voor het vuur terwijl Simons grammofoon speelt. Topaas heeft hem nu aanstaan, veel te hard – om mijn vader op tijd voor de tea terug op aarde te brengen – maar op deze grote afstand klinkt het prachtig. Ze draait de Berceuse uit Stravinsky's *L'Oiseau de feu*. Ik hoor erin: wat zal ik doen? Waar moet ik naartoe?

Je gaat naar binnen voor de tea, meisje... en met heel wat meer erbij dan je vorig jaar om deze tijd gehad zou hebben.

Over de velden komt mist opzetten. Waarom is zomermist romantisch en najaarsmist alleen maar droevig?

Het was mistig op midzomeravond, en mistig toen we de zonsopgang tegemoet reden.

Hij zei dat hij terug zou komen.

Nu kan ik alleen nog maar in de kantlijn schrijven. Ik hou van je, ik hou van je, ik hou van je.